中国三部曲·骄阳

我要写下我们的一生，并给自己一个活着

的理由。

——我 的 创 作 札 记

而我两鬓已然斑白，

我的思潮无穷无尽……

中国三部曲·骄阳

幸存者

陆天明———著

人民文学出版社

图书在版编目（CIP）数据

幸存者 / 陆天明著. —北京：人民文学出版社，2017
（中国三部曲·骄阳）
ISBN 978-7-02-013415-1

Ⅰ. ①幸… Ⅱ. ①陆… Ⅲ. ①长篇小说—中国—当代 Ⅳ. ①I247.5

中国版本图书馆 CIP 数据核字（2017）第 243101 号

责任编辑　胡玉萍
　　　　　宋　强
装帧设计　刘　静
责任印制　王景林

出版发行　人民文学出版社
社　　址　北京市朝内大街 166 号
邮政编码　100705
网　　址　http://www.rw-cn.com

印　　刷　三河市鑫金马印装有限公司
经　　销　全国新华书店等

字　　数　359 千字
开　　本　890 毫米×1290 毫米　1/32
印　　张　15　插页 3
版　　次　2017 年 9 月北京第 1 版
印　　次　2017 年 9 月第 1 次印刷

书　　号　978-7-02-013415-1
定　　价　42.00 元

如有印装质量问题，请与本社图书销售中心调换。电话：010-65233595

我要写下我们的一生，并给自己一个活着的理由。

（摘自我的创作札记）

而我两鬓已然斑白，我的思潮无穷无尽……

（摘自俄国诗人尼古拉·雷连科夫的诗）

也算是序的开场白

那天,沙尘暴袭击了卡拉库里荒原。给我的感觉,仿佛几十列蒸汽机车直冲着我俩而来。几分钟前他还说得高傲:"我确实不是在这片荒原上出生的。但我真真正正是在这片荒原上成长起来的。甚至也可以说是喝狼奶长大的。也许还不能说我就是一棵千年不倒的**胡杨**,但怎么也算得上是一丛高大的'红柳疙瘩'吧?"说到"**高大**",他并没有掩饰他的得意。我知道这个身材不算高的年轻人刚被提起来当了垦区党委办公厅主任。此刻,他穿着一双深褐色的高筒牛皮皮靴。马裤呢做的制式上衣,腰间还束着一根军用皮带。一边倒的发型。黑亮。整齐。谈话中间,他好几回都有意无意地跟我提及,他最近搞到一支手枪。"好使!太好使了!头一回打靶就命中八环。还从草窠里惊出一只灰兔。哈哈……"其实那天我是受独立师的同志之托,来跟他谈那条北高地铁路的立项问题的。能不能建起这条铁路,对全垦区,尤其是对独立师今后的发展具有至关重要的意义。独立师的同志之所以要托我来"敲他这个门",无非是因为垦区党委几位首长之间对建与不建这条铁路存在严重分歧。异议蜂起。他们希望能得到这位新任办公厅主任的支持。但在谈话中,他却一直在回避我的恳请。对我的说辞,既不点头,也不摇头。只待我要发火。他却往那高背椅上一靠,似笑非笑地看定我,就像在看一个不懂事的孩子——而我实实要比他大十来岁。就这样看了有十分钟之久吧,再把双手搭在椅子的扶手上,慢慢挺直上身,俯冲过来逼近我,坚定却又低声地说道:"记住了,老大哥,关于那条铁路,你今天啥也没对我说。我啥也没听到。"随即,不等我再开口,从身后的一个铁皮柜子里取出那把用红绸子裹着的手枪,又带上一盒子弹,硬拽上我到这个坐落在戈壁深处的靶场来"放松放松"。也就是在这个时候,沙尘暴降临。铺天盖地。覆盖一切。他脸色苍白了。赶紧从门口退回。静听枯枝乱石砰砰地击打靶场这间地窝子的窝顶。甚至惶惶地看着我。直至尘暴远去。我真没想到他即刻间脸色便会"苍白"。要知道,他毕竟是"荒原上长起来的一棵红柳丛"啊。曾经经历的尘暴应该也不止十回八回了。曾有过那么一回,那时的他才二十来岁吧?刚被提起来当了某团场副场长。奉命带人去千里之外的军马场接马。他邀我同行。往回返时,装载马匹的闷罐子列车行驰在茫茫大戈壁上,也遭遇了沙尘暴。紧急停车后,车厢在狂风袭击下急剧摇晃。飞沙走石击碎车窗玻璃。他便扒着尾车的窗框,死死地盯着什么都看不见的窗外。即刻间,脸色同样苍白。事后,他在装满了饲料草的麻袋上闷坐了好大一忽儿。突然对我说了这么一段话:"据说往北二百七八十公里,是玄奘取经走过的高昌古国……"我刚想对他的这个"据说"表示高度疑问。他无奈地笑道:"就算我在姑妄说之。你老兄就先姑妄听之吧。据说玄奘从这一带路过时,也发生过沙尘暴。当天夜里,高昌王麴文泰和王妃张氏怕这位不远万里从大唐走来的高僧出事,曾派人去半路上拦阻过他,劝他别再往前走了,留在高昌国接受供养。但玄奘却执意要去取经,不改初衷:'**要请未闻之旨……决择微言应得尽露于东国。**'并说,如果高昌王一定要滞留他,他只能'骨被王留,识神未必留也'。随即三四天滴水粒米不进,以一命搏求继续西进取经。搞得高昌王麴文泰很没面子,只得礼送他继续上路。"话说到这里,他突然停下了,问,"千余年后的今天,你说我堂堂之'东国'还会出现这样一种以命来博取真经,并坚守初衷的义士高人吗?"我愣了一下,反问:"你这是在问我呢,还是在问你自己?"他不作答了。只把眼神黯淡了那么一小忽儿,便转身去车头处通知司机松刹开车……以后,随着他的步步高升,他再也没跟我提及过,更没探讨过这个问题。当然,再也没机会见到他因沙尘暴袭击而"脸色变苍白"的情景了。必须要再多说一句的是,他曾是我爱人当年在大西北农场当知青,做教员时的一个学生。姓钟。名绍灵。

是为序。

……那一年,白杨河垦区独立师师机关食堂好长时间没沾荤腥。到了那个月,记得好像是九月,居然在一周内连着吃了两回大肉。这让同志们的情绪陡然高涨起来……

　　但,谁曾料想,到月底二十六、二十七两天却接连发生两起大事。先是二十六日。造反派群众组织"红色近卫军"出动一百来个战斗队员,三辆解放牌卡车,到担负武装值班任务的一七零三连"索要武器"。哨兵劝阻不住,向天鸣枪警告也不成。那帮人继续开起车往里冲。这时,不知是谁又为了什么,突然扔出一颗手榴弹,炸死零三连一位副连长。重伤该连一名排长和一名女职工(该连连长的家属)。嗣后引发重大冲突。造成重大伤亡。群众组织方面,死十四人(其中七人为十五六岁的中学红卫兵)。伤八九人。事发后第二天,即二十七日中午,师武装处值班参谋夏得福刚从机关食堂打饭回来。一份油乎乎的蒜焖扁豆。一碗清汤寡水的西红柿蛋花汤。两个刚出笼的苞谷馍倒插在那根"疤痕累累"的铜勺把上。晚霞强势地挤进斑痕累累的窗框。他刚走到值班室门口，电话铃就是在这一刻响起来的。而且响得着急。他赶紧撩起拴在裤腰襻儿上的那个钥匙串儿，拣出那把长柄大头钥匙开门，才得知打电话的是二管处武装科值班参谋孙守志——那个个头比他老婆还要矮一截的老转业兵。老孙在电话里呼哧带喘地报告：一七零三连不见了，整个连队，连带家属娃娃，**迹近三四百口人**，"**窝……窝……全都不见了咧**"。

夏得福一愣。

一七零三连是个武装加强连。各方面——包括人员、武器以及领导班子配备等，不仅在全独立师，就是在全垦区整个武装值班系统中都要算是最强最齐全的。它坐落在自然条件十分恶劣的卡拉库里荒原，正对着著名的昆冈老风口。虽说离国境线还有百十公里，但这里"战略位置"十分重要。西线一旦有战事，它和其他几个同样驻守在卡拉库里的重装值班连队必须担负起协助现役野战部队在老风口阻击敌方坦克集群的重任。敌人只要突破了老风口这道防线，再往东侵，数百公里一荡平泱。他们就有可能长驱直入直捣我省会城市。到那时再要拦截，就得付出加倍甚至多倍的代价。为此，特地给它配备了反坦克用的三七战防炮和四〇火箭筒，至于那些常规的步兵武器，如班用机枪、冲锋枪等一应俱全。只是战士使的步枪和现役部队使的比起来稍嫌老式了一点，还是"二战"时期苏联红军用的那种苏式七点六二口径步骑枪，但都实兵实配到了每个战士手中。这枪"年岁"是大了一点，但精度高。威力大。弹药充足。好使。管用。除此以外还配备了几门八二迫击炮。这样的重装水平，在全垦区各武装值班步兵连里，绝对是拔尖儿的。甚至要说是"绝无仅有"，或少有。特别要说一说的是那个四〇火箭筒。拿几十年后今天的眼光看它，它的确不算个啥了。但在那忽儿，算是步兵手中反坦克的最新式的精良武器。现役野战部队也刚配备到步兵班。另外还要说到,这个一七零三连还种着五六千亩小麦和苞谷(一般不给武装值班连队下达棉花种植任务。因为种棉花太费功夫。必须留出足够的时间,让他们搞军训和在必要时执行某些军事任务)。为此,还给他们配了一辆链轨式拖拉机和两三辆轮式拖拉机,一个机务排做技术支持。还让他们兼管着二支渠上好几个重要的闸门。东去十来公里,又逼近红山煤矿。矿上好几个劳改中队监押着一二千名正在服刑的重刑犯。这样一个切切实实担负着"屯垦戍边"和"维护地方治安重要使命"的连队,居然突然间……全不见了!

雁过留声。雨去湿衣。怎能就这么悄无声息地"不见了"?

可能吗?

夏得福不信。略略地呆站了一忽儿。下意识地端起汤碗小啜了一口,却又立马警觉到,这根节儿咋还能分心去喝这鸡巴玩意儿?混不吝呐!便赶紧撂下汤碗,对着送话器追问:"武器呢?"大老孙忙答:"武……武器……窝……窝也不见了咧。"但武器库的门倒是锁得好好的,只是里头全搬空了。连师武装处寄存的那二十箱反坦克手雷也不见了。瞬间,一股冷汗便从夏得福那单薄而修长的后脊梁上涌出,立马湿透了他那件领口和袖肘上已经打过仨俩补丁的白夏布衬衣。他赶紧去翻看值班电话记录。自打"文化大革命"在大江南北轰轰烈烈展开,中央就下过一道死命令:运动期间,但凡要调动或移动一个连以上(含一个连)兵力的,必须经中央军委批准。除此以外,任何人任何组织都无权调动和移动一兵一卒。但看值班记录,本师任何人都没接到过中央军委下达的类似命令。它怎么就擅自行动了呢?而且还带走了全部武器弹药。更为严重的是,事前不请示报告。事中和事后更没留任何口信或便条,向上级首长报告说明自己的去向。整个儿闹了一个完完全全的"不知去向"。

整整一个重装加强连啊！而且头一天还在那儿发生过"严重流血冲突"。

咋回子事?!

夏得福赶紧追问:"情况属实?"电话那头,孙参谋则憋红脸更大声吼着回答道:"窝和刘科长刚从零三连驻地回来咧。窝还敢瞎报? 真是不想干了咧还是咋的咧?!!"

"那么……情况属实啰?"

夏得福在电话机旁一下子呆住了。

几分钟后,独立师临时党委几位在 家的常委便急匆匆赶往常委会议室

临时常委会使的还是原党委常委会使的那个会议室。它设在师第一招待所。独立师师部一共有三个招待所。这第一招待所专门接待地师级以上高干,所以也被简称为"高招"或"一招"。这么称呼它,当然也表示"它的装潢和陈设都很高档"、"在当地可算是首屈一指"。其实把它跟三十多年后的今天在全国各地风起云涌般拔地而起的那些五星级宾馆和超五星级迎宾馆、国宾馆等"大牌""大巫"们来比,它连个"小牌""小巫"都算不上。因为说到底它也就是一幢普普通通砖混结构的三层小楼。那忽儿之所以能被人如此高看,除了它接待的人不一般以外,还有两个重要原因。一,那时候,整个垦区,绝大多数职工都还住在土块房里。那些土房都是用树棍、苇把子和不经窑烧,只是晒干了就用的土坯搭建起来的。有一部分职工还住在鼹鼠洞式的地窝子里。这些土块

房的窗户洞上多数糊的是废旧化肥袋袋子。晚上点的还是煤油灯。"床板"也是用苇把子或红柳把子替代。"床架"更是用土块垒起。屋里再拉上根生锈的铁丝。铁丝上撂几件旧衣服和一条皱了巴唧黑了巴唧的毛巾。屋子一角的空肥皂箱上放着半袋苞谷粉和几棵大白菜一小堆土豆……这几乎就是他们全部的"家当和生活设施"了。而相比之下,这幢小楼不仅砖砌,房间里还铺着地板,摆放着成套的制式家具。窗户上安的是双层玻璃。在常委会会议室的窗户上还挂着墨绿色的金丝绒窗帘。白天黑夜二十四小时供电。走廊里铺着纯手工织成的新疆喀什特产羊毛地毯。相比之下,它的"高档"不言而喻。其二,由于当年垦区整体的规划设计,包括农田水利、道路交通、居民点布局等都沿用了苏联专家提供的图纸,这个原本挺普通的三层小楼也毫不例外和垦区众多公事用房一样,在外形上也带上了一些"苏俄"建筑的特色和风格。比如:都有个深蓝色或墨绿色的铁皮大屋顶。明黄色的外墙。天蓝色的窗棂格儿……特别是小楼门前那个前出的拱形雨檐,用四根鼓肚子的橡木柱子支撑起,檐面全部装饰着花纹繁复的铸铁条。走近这样的一个雨檐,你常常会忍不住觉得,从正面那扇厚重的雕花门楼里即将走出来的一定会是果戈理笔下的那个老年地主或契诃夫笔下那个年轻的套中人。也可能是托尔斯泰笔下那个肥胖不堪、行动迟缓却又聪明睿智决策果敢的库图佐夫将军或多情自恋且又命运多舛的贵妇安娜·卡列尼娜……再加上门厅地上那几何图纹水磨石、房间里深褐色油漆木地板、整套制式家具和笨重高大却又气势轩昂的俄式圆筒状铸铁取暖炉,以及上边已经提到过的全羊毛手工地毯、双层玻璃、墨绿色金丝绒窗帘,等等等等……再加上它还拥有一个相当宽敞、差不多有两三个篮球场那么大的院子,并被一条宽达三十米的林带拱围着。林带里栽有九行加拿大阔叶杨。每棵都有三四层楼那么高。三四十公分粗。再加上头顶上那一方蓝得让你心碎的天空——为此,它整体所呈现出的就绝不只是一种遥远的静谧,还必定有一份儿固有的威严和庄重。所以,在那些年里,不管你去跟谁打听,即便去叩问那曾千百万次扫荡过整个卡拉库里荒原和昆冈大戈壁的干热旋风或西伯利亚寒流,它们也一定都会把双手安放在胸脯前,虔诚地低下头,同时多少带着一点敬畏之心告诉你,在那个曾经让无数志士仁人心甘情愿来到这一片亘古荒原上流血流汗开拓未来的岁月中,在这方圆一二百公里范围之内,这幢小楼的的确确要算是一个"最高档次"、"首屈一指",也曾令无数拓荒者无数次赞叹感喟并向往过的"顶级"建筑……两三年前,向少文、李爽、谢平等上海知青第一次从下边农场搭便车到师部来找师首长反映知青们下连队以后所遭遇的种种问题,经人指点来到这个第一招待所跟前时,他们的感觉也就是这样,被震撼。激动。呆若木鸡。以至一时间都有点分不清东西南北。不知自己身在何处……懵懵懂懂中甚至觉得自己仿佛又回到了上海,如果再向前走那么一小忽儿,眼前便会出现被秋雨淋湿了的柏油马路。路面上铺满了枯黄落叶。在几条马路(汾阳路?岳阳路和桃江路?)的交会处,在那落叶稀疏的地方,阴沉的天空下,会出现一座同样被雨淋湿了的普希金青铜胸像……

临时师党委常委会会议室就在它的二楼。

几位临时常委——还有几位非常委,但他们都是师"文化大革命"领导小组成员或新成立的抓革命促生产指挥部的成员,前后脚走进会议室时,夏得福已奉武装处处长之命,把一幅五万分之一的卡拉库里荒原地形地貌图展开在那张长方形的大会议桌上了。

会议桌上铺着一条深蓝色的呢料旧桌布。桌布的边边角角早已磨出白不呲呲的筋络。大长桌上还放着两把铁壳暖壶。几只带盖儿的青花瓷茶杯。三四个铜质的异形烟灰缸。那是曾担任过垦区副司令员、后来又在该师兼任过政治委员的林辅生用他当年从朝鲜战场上带回来的几颗高射机枪子弹壳做的。现在,这些物件还在使用,制作物件的人一度被"打倒"靠边站后,刚被解放出来。

与会者一致认为零三连肯定是向卡拉库里荒原深处走去了。意见如此一致,近年来少见。自从"文革"开始,党委会要么开不起来,要么开起来吵个不可开交,往往以不了了之。今天之所以能如此迅速而又一致地得出结论,首先,当然是因为昨天发生的事情太重大,可以说,垦区成立以来这么些年,还从未没发生过如此重大的流血事件。事件发生几个小时后,该群众组织上千名成员就抬着十几具尸体在该管理处处部举行了"声势浩大"的游行。冲砸了直接领导零三连的二管处武装科办公室。武装科的几位参谋干事,连带科长刘本金和他的老婆小尹还有三个娃娃,如果不是事先得到内情线报,都先一步躲开去了,很可能就被连锅端。一锅焖了。而事态的严重性还在于,昨天事后清点,零三连少了四支七点六二口径步骑枪、一挺轻机枪和若干发子弹。零三连一定是担心这些威力巨大的制式武器万一被群众组织中别有用心的人"抢走"了,掌握了,用它来寻衅复仇。双方因此再一次发生冲突。这后果的严重性怎么估算都不为过。零三连绝对是为了避免事态进一步扩大和恶化,才下决心"出走",躲开去了……

情况连夜报到北京。军委办事组当即命令西北军区党委和垦区武装部,会同独立师武装处、二管处武装科成立联合调查组,查明事件真相。严惩肇事真凶。务必收缴"丢失"的武器弹药。同时,疏解群众情绪,稳定当地局势。今天上午,第二管理处武装科刘科长奉联合调查组之命,准备先分别找零三连的几位领导谈一谈,听一听作为当事一方的他们对事件的看法。不料,电话打过去,居然没人接。再打,还是没人接。刘科长紧张了。要知道,这一段时间中苏边境形势日趋恶化,时有大小战事发生。根据中央军委的安排,农建独立师有五个武装值班连队进入一级战备状态。零三连就是其中之一。按规定,进入一级战备的武装连队必须二十四小时不间断实行战备值班。在这期间,尤其对于一个素有军事素养的老兵连队,打电话没人接是绝对不可能发生的事。也是绝对不允许的。刘科长让电话总机房的接线员不间断地要零三连。但零三连方面居然一直没反应。刘科长觉得该连一定又出大事了。便立即带着参谋孙守志和警卫班的两名战士驱车赶往零三连。才得知整个连队都不见了……

临时常委们同意师武装处周处长的分析,零三连如果真的是为了防止事态进一步恶化而"躲"出去的,它最佳的选择,最可能的去处,便是这个卡拉库里荒原腹地。理由是:一,它离这个连队最近。前些年,国家困难,连队没肉吃了,派个班排长,带上几名战士几支枪,一抬腿就进了荒原,转上一圈打上两头黄羊野猪什么的回来改善一下连队生活,曾是家常便饭。再一个,这个卡拉库里方圆百八十公里。地形复杂。既有长达数十公里的峡谷,又有铺满片石和漂砾的戈壁滩。有万年洪水纵横切割冲刷出来的干沟,更有远古时期留存下的苇子湖和沼泽地。还有成片的灌木林、连绵不绝的沙包。在沙包和沙包中间,生长着千年不倒的胡杨。只折不弯的芨芨草和蓬勃密集的红柳棵、梭梭柴……再加上那里气候往往一日多变。有些峡谷据说还有群狼把守。故而,荒原深处的不少地段几乎都没被生人涉足过。在当地老乡嘴里,它自古以来就是一个好进不好出的"鬼地方",凿凿实实也是隐藏自己以达到"避祸"之目的的最佳去处。另外,据刘科长说,他和孙参谋曾在该连驻地通往其他居民点的大大小小公路、土路上做过详尽探查,都没发现该连有向那些地方移动的痕迹。这一点也足可佐证零三连此去只有一个方向,那就是卡拉库里腹地。但问题偏偏没那么简单。刘科长等人为了坐实零三连就是去了卡拉库里腹地,还沿着通往那儿的各路径寻找它移动的痕迹。出人意料的是,在这些路径上他们同样没有发现该连队移动的痕迹。这就太不可思议了,甚至都有点吓人了:零三连既没去有人居住的地方,也没去荒无人迹的卡拉库里腹地,那么,它究竟去了哪儿呢?要知道,零三连这回"出走",除了没带走拖拉机,(没带走这些机子,可能考虑到它们开动起来动静太大,容易暴露行踪),几乎带走了其他一切能带的活物和器物,包括十几匹挽马。五六挂大车。连几头给连里的大肚子孕妇准备的奶牛和十几只还没到催肥阶段的架子猪也都带起走了。人员方面,除了带走三四百名干部、战士和家属、娃娃,还带走了所有的老弱病号,带走了连队卫生室里所有的药品针剂,包括那只被连队卫生员特别看重的高压消毒锅……这样一支队伍,浩浩荡荡,拖泥带水。拉动起来,怎么可能连一个脚印、一条车轱辘印、一只马蹄子印都不留下也找不见?甚至都找不见任何一点抛撒物。找不见一根被牛蹄蹄子马蹄蹄子和人脚板踩折过碰烂过碾碎了的猪灯笼草和骆驼刺呢?整个连队居然就像是被瞬间点化,蒸腾了一般,死净死净的。直应了几十年后某一首流行歌曲中所唱的那样:"**只有那风儿在我寂寞疼痛的心头飘荡……**"

这样的勘查结论说给鬼听,鬼也不信啊,又怎么拿了去跟上级报告?特别是怎么向老资格的师长和那位新来的代理政委交代?!

……

就在这时候,一个电话从垦区总部直接打到常委会会议室来了。

打电话的正是老师长丁方。昨天事发后,他和那位代理政委被垦区党委连夜叫到垦区总部去汇报情况了。

"情况咋样了?"老师长问。虽然远在三四百公里之外,但听得出,他已经有点着急上火了。可能垦区首长已经在向他俩催要零三连的去向。而背景情况一定是,中央军委首长也在向垦区首长催问零三连的下落。首长们担心的是,据可靠情报称,涉事的那个群众组织"红近军"也已经派出精干小分队进入卡拉库里腹地追寻零三连。"红近军"此举的真实意图尚不明确。如果他们真是为了"寻衅报复"而去的,如果二者在荒原腹地再度交集,双方的情绪再度失控,而群众组织手中可能已经掌握着一部分制式武器,接下去可能发生的事情真的是连想都不敢想了……

所以,尽快找到这个连队,让他们回到原驻地,控制好全连指战员的情绪,便是当务之急。更是燃眉之急。

"嗯……"武装处处长一时忐忑着不知该怎么回答老师长的催问才是。想把电话递给临时主持会议的曹副政委。曹副政委忙向他摆了摆手,意思当然是让他直接跟师长说明情况。

"嗯啥嗯?!到底是找着了还是没找着?"师长立即觉察出处长的犹豫和两难来了。

"正……正……正在找……"

"**在哪儿找呢?** 在师机关后院,还是在你们家菜窖里找?!"老资格的师长说话向来比较冲,况且这忽儿又在急火头上。

"……"武装处处长不作声了。

"立即通知师直警卫连,全体出动,朝卡拉库里方向去找。你亲自带队。"

"二管处刘科长刚带人去找过……"

"他刘某人没找着就能证明零三连确实没去卡拉库里腹地？他零三连不去那儿,还能去哪儿？你说!"

"他们在零三连通往卡拉库里腹地方向所有的地面和路面上找了个遍,都没有发现移动痕迹。"

"刘大科长没找到痕迹就能说明零三连没去卡拉库里腹地了?"

"那……"处长同志真不知道该怎么回答了。

"同志哥,亏你转业前在老部队还当过几天侦察参谋。要学会用脑子想问题,懂吗？别老用脚后跟想。爹妈给你脚后跟不是让你用来想问题的。好好琢磨一哈嘛,零三连出走,就是为了躲造反派的嘛。避免再发生冲突嘛。它有可能去人多的地方吗？不可能嘛。它躲造反派还能有啥更好的去处？只有一个去处嘛,那就是卡拉库里腹地嘛。为什么找不到它移动的痕迹？别人不懂,你这个当过侦察参谋的人还不懂？只有一种可能嘛:有人把撤退转移的隐蔽伪装实施得太到位、太漂亮,做到了天衣无缝、不露一点痕迹的程度。有没有这种可能,我的大处长?"

"……"周处长一愣。

"各种可能都要想一想嘛。使劲用脑子想。到底有没有这种可能？有没有这样一个人能做到这一点,把隐蔽伪装做到了天衣无缝、不露一点痕迹的程度?"

"做到这一点当然……可那是……也不是……"

"不是啥？啊?! 想一想,再想一想,拿脑子想! 在我们眼皮子底下到底有没有这么一个人能做到这一点?"

"……"在老师长连连的逼问下,武装处处长的脸色由青白转紫红,又由紫红转青白,然后略略端起下巴颏,把脸盘子整个都冲上,闭起眼呆愣了一忽儿,突然间睁大眼,放大声,喊叫:"有。有这么个人。他妈的……"

是的,他终于想起来了,确实有这么一个人能做到这一点,而这个人只能是"他妈的"那个**老家伙徐又成**。

没错。徐又成。**零三连连长兼党支部书记。**一九五一年入伍的老兵。

"告诉二管处那个谁……"

"刘科长。刘本金。"周处长忙提示。

"让那个刘本金带领搜索小分队继续往卡拉库里纵深方向寻找。你再从师直警卫二连抽调两个排,由你亲自带队,从另一个方向往卡拉库里腹地搜索。来一个双管齐下。齐头并进。他徐又成再有本事,也不可能把纵深方向多少公里上的痕迹全都抹干净了。鸡巴毛!雁过留声。人过留影。蚊子飞过还哼一哼咧。我就不信,他几百号人真能一个印迹迹子都不给我留哈。他徐又成再有能耐,还真成仙出鬼了不成?!别再犹豫不决东张西望了,下决心给我往卡拉库里的纵深方向去找!军委首长着急着哩!你还等啥哩?等毛主席亲自给你下命令?!"老师长斩钉截铁地命令着。

"是!下决心往卡拉库里纵深方向去找!"周处长应道。

但,徐又成和零三连确实没进卡拉库里腹地。他们没走恁远

零三连确实转移了。但没走恁远。事发当晚,徐又成先把全连的家属、老人、娃娃和所有重武器、弹药转移到了一个叫库尔台的地方。

后来又分两次把其他该挪的人和东西悄悄挪了过去,并下令把战士手中的轻重武器一律实行分解保管。所谓"分解保管",就是卸下轻武器的枪栓,把它和枪身分开保管。重武器的炮身和弹药分开保管。炮弹则把引信和弹身分开保管。这样,即便武器被抢了,哪怕落到居心不良的人手中,他们也没法用它制造出更不堪的后果。当然,这样做会使连队和全体指战员面临另一种危机:在十分危急的关头无法迅速自卫。但在当下这种形势下,徐又成只能先顾一头了:**他必须确保连队在任何情况下都不会再和群众组织发生流血冲突。坚决彻底不折不扣地落实中央一直在强调的"三不指示"——在受到群众组织围攻的情况下,绝对做到:骂不还口,打不还手,绝不开枪。**

……在库尔台安排好大队人马食宿,四下里布置妥流动哨和潜伏哨,徐又成再次去看望了被炸身亡的张副连长的家属,并找来两个战士家属去照应这悲恸欲绝的一家人。然后又和卫生员一起去仔细查看了一排长的伤。当然也去看了一下自己的家属。事件发生时,她正在连部给几位年轻的孕妇讲孕期注意事项。听到哨兵为劝阻群众组织"强行进入"而发出的鸣枪警告声,她安抚住惊慌起来的孕妇们。自己冲出连部去看个究竟。这时,张副连长带着几名战士正迎面向连部跑来。就在这一刹那间,一颗手榴弹响了。弹片扎进张副连长的心脏,也扎进了她的肺部。她一头栽倒在连部门前的小树林里……

然后,徐又成又去布置落实各宿营点的灯火管制和夜间指挥联络等事项。最后把连里剩余的几个领导和各排排长找来,想开个紧急会。他已经注意到,连队里已弥漫起一股沮丧、失落和恐慌的情绪。如果由着这种情绪升涨,再遭遇什么突发事件,整个连队真有可能走向崩溃的边缘,甚至进而完全失控,自发采取某种极端报复措施。

他在泉眼旁的水杞柳丛中找到一小块空地,让司务长把几辆大车的车排子架到这块空地上,搭成一个"人"字形的架子,再往上铺了层厚厚的苫布。遮风挡雨。做成一个简易会场。

不一忽儿,连排干部陆续到来。但随即就有战士报告,有人在半路上把正动身来参会的副指导员向少文围住了,吵吵着要他向大伙交代啥"内幕"。有人还拿枪对着向副指导员。这些枪居然都是没卸掉枪栓、子弹上膛、随时能击发的枪。

徐又成立即赶过去。

"连长……"看到徐又成大步走来,有人抢上前来向他解释他们此举的原因。徐又成此刻根本无心听他们解释。关于"九·二六"事件,现在有太多的谜团要揭开。太多的成见要撇清。太多的纠葛怨情要平复。而这些"揭开""撇清"和"平复"都需要时间。需要某种心情和宏观的制动力。当务之急是先让大伙平静下来,起码保持一个最低限度的理智。深藏起所有的龃龉和猜忌。否则,任何一点火星子都会引发一场毁灭性的烈火。所以,他冲着那些要向他解释的战士低低地吼了一声:"都给我闭嘴!"但没等这一声呵斥落地,更多声叫唤此起彼伏地响了起来:"连长!""连长!""连长!""连长!"……

骚动。

很明显,这是一种骚动。

这种现象,在以往的零三连,是绝对不可能发生的。但出现在这一刻也完全可以理解。虽说零三连的战士都是从各大军区退伍转业来的老兵。都有六年以上的军龄。但他们中的绝大部分仍然只是个"和平兵",都没经历过昨天那样的流血场面。所以,他们急于寻找真相。痛恨让自己坠入如此困境的"元凶"。他们把怀疑、忌恨的矛头指向副指导员向少文并不是"毫无由头"的。首先,这次来"抢枪"的是"红近军"。而"红近军"的总头目、一号勤务员谢平和这位副指导员向少文不仅是"上海老乡",还是至交的好友。其次,在事发前,他们亲眼看到"红近军"的人到零三连来过。来找向少文。但仅凭这几条就能坐实向少文是"内奸"了?好像还不能。所以他们一定要让向少文交代清楚这里到底掖着藏着啥"猫腻"……所幸,在徐又成平静而又稍显冷冽的目光注视下,这股"妄图"骚动起来的"浪潮"还是渐渐消停了下来。静默以后的现场,月色稀薄。那几支对准了向少文的枪却依然平端着。

于是,徐又成向这几个战士走过去。

要是在以往,不用徐又成开口,在场的其他战士都会上前制服那些公然抗命不卸枪栓的人,还会缴下他们手中的枪。但今天没人动手。不仅没人动手,反而都以一种异样的沉默和旁观表达着对这些违令者的同情和支持。

徐又成终于走到那几个战士跟前。

"卸掉枪栓!"徐又成说。

"……"没人动弹。

"卸掉枪栓!"徐又成又吼了一声。

"……"依然没人动弹,只有一两个战士在迟疑了一下后,把冲着向少文平端起的枪口稍稍低垂了一些。徐又成立即上前抓住其中一根枪管,顺势卸下那支枪上的枪栓,转身又向另外那几支枪走去。那几个持枪的战士本能地后退。但让人想不到的是,他们在慌乱中居然把枪口冲向了徐又成,同时又慌慌地大口大口喘起粗气。

因为有人把枪口对准了连长,局面一下加倍紧张起来。许多人因此圆睁大眼。屏住呼吸。有人吼叫了:"连长,肯定是有人把群众组织勾引到我们连里来抢枪才造成这么大一档子事儿的。在清除我们队伍中的内奸之前,你不能再卸我们的枪栓,让我们单方面解除武装。现在群众组织手里已经有了我们的制式武器。他们万一再次疯狂起来,我们咋办?你真的想让我们一个个都像张副连长那样白白牺牲了?!您别忘了,他们还炸伤了您的家属啊!"

徐又成停下脚步,所有人几乎都能听到他粗重的呼吸声,看到他泛红了的眼圈。"炸死张副连长的那颗手榴弹到底是谁扔的,现在还没整明白。不管咋说,张副连长牺牲了。一排长和我的家属也被炸伤了。但是……也要看到……"徐又成艰难地大声嘟哝着,"看到……群众组织在我们连也丢下了十四具尸首。其中一多半都还是十五六岁的中学生。十五六岁啊。"徐又成在重复了这一句之后,突然加大音量,不加任何控制地吼叫了起来:"他们只有十五六岁!你们难道还想让这样的事发生在我们连队里吗?!"

徐又成的吼声没能传得太远。它们在因冷凝而显得格外沉重的夜空中战栗了两下,便被周围密集的灌木丛和苇子棵吸收消解。之后,晴明的夜空依旧显得那样的高远和宁静。这时,几个班排长匆匆从那个刚搭建起来的简易会场赶了过来。他们二话不说便冲到各自的战士面前缴下他们手中的枪,并训斥道:"犯浑呢?!狗胆包天,居然拿枪对着自己的连长?!"其中一个排长还狠狠地甩了旁边战士一个大嘴巴子。那个战士被打得趔趄了一下,又摇摇晃晃连着倒退好几步,差一点摔倒在地。等站定了。又蹲下。捂着即刻就红肿起来的脸委屈地呜咽起来。

随着这个战士的呜咽声起,现场的气氛反倒开始缓解。

当晚,徐又成又派人偷偷潜回二管处,让他们办两件事。一,尽快找到武装科的刘科长,通过他,向上级报告我连目前所在的确切位置和现状。以便在需要的时候,上级可以及时通知到我连,调动到我连,向我下达相关的战备任务。这是万万耽误不起的。第二件事,赶紧找到"九·二六"事件当事的另一方,即"红近军"核心勤务组的主要头头谢平,请他尽一切努力,协助找回从零三连"流失"出去的那些武器弹药。这些武器弹药在外头多流失一分钟,就增加一分被居心不良的人制造更大恶性事件的危险性和可能性。

刘科长也不好找——因为武装科办公室被砸以后,科长便带着科里的全体人员、家属娃娃、警卫班和通讯站的那些同志上戈壁滩上暂避风险去了。而最难的还是去联系"红近军"。找到那个叫谢平的造反派大头头。这一两天,他们一直纠集了几百上千人,在师部和管理处处部搞声讨零三连的示威游行。在这种情况下,它会搭理你零三连派出的"信使",跟你商讨什么"如何不让事件再派生出新的恶果"?还会配合你去寻找"丢失"的武器弹药?说不定还会五花大绑了你派去的信使,拉到街上,再掀一个声讨游行的高潮!

但即使如此,徐又成觉得,还是得去找。即使有风险,也得去冒。流失在外的毕竟是"一挺机枪、四支步骑枪,再加上那么多的子弹"。在当下如此混乱的情势下,没有对方一些有良知的人的帮助,很难及时地找回这些武器弹药。派谁去?他想到向少文。向少文确实是谢平的好朋友,他俩同一年在上海的同一所重点中学读完高中。同时在高考体检中查出肺结核。失去高考资格。后来把病治得差不多了,重新取得高考资格。又在同一年放弃高考,"高歌挺进"大西北,来到白杨河垦区"战天斗地"。可说是"志同道合"的好朋友。铁哥们儿。向少文去找谢平,不管谢平见还是不见,帮还是不帮着去找回这些武器弹药,有一点是可以肯定的:**他不会绑了向少文去游街。**谢平绑谁都不会绑向少文。还有一点,徐又成也是有把握的,运动开始前他本人和谢平曾有过一段交往,他俩之间虽不能说是"非常好的朋友",起码也算是很能谈得来的忘年交（他比谢平要大十来岁）。这个平日里少言寡语、瘦瘦小小的年轻人，那忽儿经常到零三连来找"著名"的"老兵"徐大连长讨教一些军事上的问题。运动起来后，这小子**突然间**成了全师造反火力最猛的群众组织"红色近卫军"造反兵团的总头目。这不仅出乎徐又成的意料，也出乎所有熟识谢平的人的意料。但有两件发生在谢平身上的事情又让徐又成印象深刻。一件是"红近军"起来造反后，炮轰师党委，打倒原政委林辅生，并没收了独立师师一级领导干部住的"特权房"——七幢小别墅。（正师职是每家一幢。副师职是两家合住一幢。）"红近军"内部有人主张沿用红军当年"打土豪分田地"的光荣传统，把这些清退出来的小别墅在"红近军"内部分了。有一个姓贺的勤务员当时不由分说就占了其中一幢别墅的两间正房，而且已经把家属、娃娃都搬了进去，"我们也尝尝革命胜利果实。革命造反派怎么就不能在龙床上打个滚蹦上三蹦?!"此举却遭到谢平的严厉制止。谢平说，当年毛主席带领红军打土豪闹革命，把胜利果实是分给贫苦农民，而不是分给他自己和红军将领。同样一个"分"，有本质区别。"把胜利果实分给劳苦大众的，是红军。把胜利果实分给自己和将领的是国民党军阀和土匪。请问，我们'红近军'是学红军，还是学国民党军阀和土匪?"当时，谢平去求助过徐又成。因为那个主张占别墅的勤务员贺老五原先也是个退伍军人。（和他一起去占别墅房的还有两个上海知青。）知青的工作谢平自己可以做。他希望徐又成能帮他做做那个退伍军人贺老五的工作。他知道全独立师的退伍军人都特别敬重这位"老资格"连长徐又成。徐又成当然不赞成那个退伍军人的做法，但也不赞成谢平全部没收干部住宅的做法。他说，革命反对搞特权。但也不能搞平均主义。当年红军二万五千里长征。战士步行。将领们还享有骑马的特权。到了延安，还按级别分大灶中灶小灶开饭。战士只能吃大灶。这也是工作的需要。谢平很激动地反驳，你不知道我们连队里那么多职工都住什么样的土块房子？不知道我们长年累月在吃发霉的苞谷粉，吃盐水煮烂白菜？他们住别墅楼房，一日三餐在第一招待所翻着花样吃白面细粮顿顿有荤腥。尽着饱紧着好地吃。每天只要交一斤粮票和三毛钱餐券。这也是工作需要？徐又成没再反驳，只是默默地笑了笑，指着谢平说了一句："我不跟你吵。你还是太年轻。许多事情以后你会慢慢领悟到的。总之一步跨不到共产主义。**丢掉共产主义理想信念，会出机会主义、实用主义和叛徒；妄想一步走进共产主义，会导致盲动和左派幼稚病。同样会使我们的革命事业伤筋动骨。我的小兄弟，请记住我这句话。**"

那时，零三连还没移防到卡拉库里边缘，仍驻扎在师部，也就是现在师警卫二连的地面上。独立师师部这地方说大不大，论人口也就两三万吧。说小，也不能算小了——有百货大楼。有医院、俱乐部、露天电影院。一个电厂。棉纺厂。还有一家从无锡整体搬迁过来的针织厂。一个"穿鞋戴帽"的中学（兼有小学部和高中部的中学，在这儿被大伙称之为"穿鞋戴帽"）。一家报社和一个广播站更是必不可少的。因为垦区总部养了一个"文工团"之外，还养了好几个职业剧团，如豫剧团、京剧团、楚剧团等。独立师师部也养着一个四五十人的演出队。所以也能算是"五脏俱全"了。（**白杨河垦区在全国农垦系统里要算是个比较小的垦区。完全不能和老大哥新疆兵团、北大荒垦局相比。**）即便如此，师部还是聚集了一批文化人。这些文化人也都爱上徐又成那儿聚会聊大天。这可能跟他来自一支著名的野战部队有一点关系。（他转业前就是个正营级军官。来到独立师，由于零三连的特殊重要性，把他这个正营级干部高配到零三连去当军政一把手，但在他的任职命令上特别用括号注明三个字"正营级"，拿的也还是正营级的工资。）本人又以

"见多识广、多闲情逸致、好待客交友"著称。

　　某一天，徐又成约了几个这样的朋友，正在自己家里关起门来喝茶聊天。其中一位是师部中学的物理老师，带了一架自制的唱机和几张老版的胶木唱片来助兴。没想到谢平事先不打招呼也来了。一敲门，瞧见徐又成正和这几位朋友在听周信芳的《徐策跑城》、程砚秋的《锁麟囊》和马连良的《空城计》，还有一些英文歌曲。那时候，谢平刚带人树起"红色近卫军"的造反大旗。在座的那几位——有中学的老师，演出队的美工，广播站的记者和技工，还有师宣教科的一位副科长，还是个女的，半老徐娘吧，歌唱得不错。他们刚听完了那几张京剧唱片，正在听美国著名的四兄弟合唱。那时节，这些玩意儿都算"四旧"，都在被砸被批之列。徐又成当然不愿意让人知道——特别是让一位造反组织的头头知道，他一个武装连的连长这时刻还在自己家里找一帮"遗老遗少"一起沉湎在"封资修"中。听到门外谢平的叫门声，他赶紧做个手势，让人把留声机停了。藏起唱片。疾步上前，想把谢平堵在门外。但已经来不及了。这小子已经"闯"进屋里来了。况且他在门外一定已经"窃听"了一忽儿。一进屋，打量了一眼在场那几位"遗老遗少"，便直奔唱机而去。还在那一摞唱片里翻看。出乎所有人意料的是，他只是来还书。一周前，他在徐又成这儿借了本内部发行的《军事战略学》（好像是苏联时期一位叫什么科索洛夫的国防部长写的。）放下书后居然啥也没说就走了。徐又成还是有点忐忑，借口送他，跟着一起走了出去。到门外，老徐故意试探了一下问："没别的事吧？"那小子坏笑笑，只说声："没事。以后再有好书，想着我点。"就走了。当天晚上，徐又成正在连部召集会议，研究调防问题——刚接到命令，中苏边境局势吃紧，要他们向卡拉库里那儿移防。那小子打来电话了："开会呢？""啊，咋了？""跟你借样东西。""你说。""唱机。再借张唱片。""嗯……""咋了，不借?""借,当然借。不过……这些玩意儿都不是我的……""谁的?""那你就别问了。""不告诉我?有猫腻?"谢平在电话里继续坏笑,接着说道,"你替我转告机器和唱片的主人,我只是借用,而且保证'完璧归赵'。不过,你也替我转告他,这些玩意儿还是赶紧销毁了好。我再给他垫一句:下不为例。勿谓言之不预。"他居然点名要借美国四兄弟合唱歌曲《绿草地》和《离家五百里》。后来,徐又成不止一回,看到这小子独自一人时,对着窗外绚丽的秋末景色,或萧瑟的冬雪初霁的傍晚,在低声地哼着这两支歌的旋律。这让徐又成不仅感到意外,甚至还有点惊诧,惊诧之余多少又有点暗自欣喜。因为,无论在人前,还是在人后,这小子总是表现出一副钢铁般的强硬和烈焰般的炽热。一副"天下舍我其谁"的霸气。而这两支歌恰恰都有浓重的怀旧恋乡恋情这种"不健康"的"小资情调"。歌词里还提到当时最忌讳的"上帝"。比如在《离家五百里》中,有一段歌词就是这样唱的:"上帝啊,我已离家五百里,五百里啊五百里,五百里啊五百里。上帝啊,我已离家五百里。我衣衫褴褛,我身无分文。上帝啊,我不能这个样子回家,这个样,这个样,这个样,这个样,上帝啊,我不能这个样子回家。如果你错过了我坐的那班火车,你应明白我已离开。"而在那支《绿草地》中唱的则是:"有一片被阳光亲吻过的绿草地,它们都曾是永恒的爱的一部分。我俩正是漫步穿过绿草地的恋人。绿草地已不再,它被太阳晒成了焦黄,从潺潺河水曾经流过的山谷中消失,随着吹进我心里的寒风消失,随着让梦想分道扬镳的恋人消失。我俩曾漫步其中的绿草地如今何在?我永远无法得知你为何要离开?"按说,他这样的"造反派头头"不该喜欢这样的歌啊?!过后,徐又成故意问他,你知道这歌的歌词是啥意思吗?(唱片里的歌是原版英文的。)这小子仍然坏坏地一笑,说,不知道啊。徐又成知道他中学里学的是俄语。以为他真不懂这英文歌词的内容,还特意请唱片和唱机的主人、那位大学毕业的物理教师把歌词翻译成中文,抄了给他。那小子接过去,漫不经心地草草瞟了一眼,便扔进火炉里烧了。等那纸片烧完,才坏坏地笑着告诉徐又成:"老徐大哥,别以为我们在学校里只学了俄语,我还正经自学过英语哩。"然后拍拍徐又成的肩膀头,笑着走开了。

大概由于以上这些印象,徐又成总觉得,这个谢平有可能会帮他一起来找回这些枪支弹药。

第二天,向少文奉徐又成之旨意,到"红近军"设在师机修总厂的那个造反总部去见谢平。果不其然正如徐又成担心的那样,谢平不见

"那你能替我给你们谢司令递个话吗?"向少文好声好气地恳求在大门口站岗的那个战斗队员,"我是他一个上海老乡……"那天,向少文故意没穿垦区值班连队统一制作的灰色制服(这着装是经军委批准并备了案的),只一身便装,以为可以蒙混过去。但还是被"红近军"派在厂门口站岗的那几个战斗队员认了出来,便把他拉到一旁,低声说道:"向副指导员,我们组织里的人正想着要找你们零三连的人算账哩。这火头上你还敢上这儿来?要让其他人瞧见了,你还脱得开身?不挑了你脚筋也要卸你一条胳臂。快走。赶快走。"向少文还想说点啥,其中一位战斗队员上前一把拽住他的胳膊,强行把他带离了机修厂大门,一路走一路还悄悄地告诉向少文:"谢司令被弄去上学习班了……还非得让带着行李铺盖卷,怕是一时半会儿回不来了。""学习班?啥学习班?"

向少文一愣。"你咋不知道呢？师里新成立的抓革命促生产指挥部，组织了一个学习班，把各派群众组织头头都弄去圈了起来。听说还把师警卫一连调去站岗，把头头们管得死死的，一步都不许他们离开学习班。"向少文还要细问，那个战斗队员再无心跟他扯，便匆匆对他做了个噤声的手势，把他留在马路对面，自己掉转身一溜小跑地颠回去了。听说谢平已经被人带去参加什么学习班，向少文开始忐忑。踅摸着总得想个什么招能见一下谢平才是。正犹豫着，就看见对马路的厂门里拥出一群"红近军"的战斗队员，嚷嚷着要抓"零三连来的那个家伙"。向少文赶紧闪了。没走多远，却又听见身后有一阵很紧急的脚步声踢踢踏踏地逼近过来。他刚想纵身往一旁的矮墙头上扑去。准备翻墙远遁。便听到一个熟悉的声音叫住了他："老向，是我。"

他迟疑着回头看去，才知是袁雅芳。也是个上海知青。当年在上海街道里当过团总支副书记。曾是向少文、谢平等人在街道里做"社会青年"时的"上级"。后来一起报名来垦区支边。一直在大田里劳动，前不久才被调到连队子弟学校当代课老师，现在成了"红近军"核心勤务组成员之一。谢平的"得力助手"。也是向少文的熟人。

袁雅芳喘着气递给向少文一张规规整整折成四方块的便条。这种折便条的方式很复杂，要通过多次转折，才能把一张大大的便条折成这样一个小小的正方块。这也是谢平独创的。他告诉自己身边的人，只有拿着这样折成的方块，才能确定这个便条是他传出来的。光认字迹和签名还不作数。向少文立即打开便条看，果然是谢平写的，约他明天下午九点二十分在管理处机关后身的那个鸡场见。

这小子不是进了学习班了吗？咋又来约他见面了呢？刚想问问袁雅芳这是怎么一回事。袁雅芳已经慌慌地走了。

隔日的二十一点二十分,谢平准时来到那个养鸡场见向少文。

养鸡场和管理处机关隔着一条长得很不景气的沙枣林带,还隔着一大片开阔地。开阔地上泛碱严重。(这也是那条林带长不景气的主要原因。)但凡天色放晴,开阔地上便会扬起一片白花花的碱粉。养鸡场在这里用枯枝树杈围出老大不小一片场地,算是鸡们的游乐园。鸡们和养鸡老汉的宿舍则全在那几间土块垒的破旧低矮的房子里。

谢平按约定的暗号,敲开其中一间简陋的门。

六个战斗队员紧随着谢平。这是核心勤务组规定的,让他们随时随地近身保护谢平,别让对立面组织"革命造反总部"(简称"革造总")把谢平绑走了,更不能让他们伤害了谢平。进入开阔地前,谢平在林带里留下两个战斗队员。在鸡场栅栏门前,又留下两个,并把最后两名布置在屋后。这样梯级纵深布防,才能发挥最佳防御能力。这是他最近才从一些军事教科书上学到的。

敲开门,屋里除了向少文,还有一位,李爽。第二管理处党委办公室秘书,也是和他们一起从上海到垦区来支边的好同道。"同志加兄弟"。但几天前他仨曾经狠狠地吵过一架,到底同意不同意解放"旧党委书记""原政委"林辅生,吵到几乎要绝交的程度。向少文和李爽的态度是,运动中也批了林辅生、一度也让他靠边站了。但在最后一个要害问题上——在全独立师以至全垦区最大的引水渠**库都克达吾克引水渠**龙口闸门垮塌事件上并没有找到证据坐实林辅生确实参与了挪用工程款,致使闸门垮塌造成人员重大伤亡。现在没有理由不"解放"他。不让他重新出来工作。但谢平坚信,证据是一定存在的。现在解放了林辅生,只能使得那些掌握了证据的证人更不敢出来做证。"河清"更无望。而此刻,让谢平更吃惊的是,紧接着从灯光暗处又走出一个人,也是此时此刻他最不愿意看到的人——徐又成。他一下愣住了，然后本能地向后退了半步，拧起眉头极其不满地扫视了向少文一眼，似乎在问，他怎么也来了？我不是在便条上写得非常清楚：此次面谈只限在你我两人之间吗？一边这么暗自责备对方，一边就想夺门而去。因为谢平马上联想到，徐又成一定是为"九·二六"这档子事来的。这位大连长一定带了人，带了枪，上这儿来抓捕他的。**有陷阱**。**是圈套**。说时迟，那时快，谢平转身夺门而去。却不料，军事素质极佳的徐又成动作更迅捷，一个箭步上前便拦住了谢平，且脸不红气不喘，笑得坦诚，同时敞开衣襟，拍拍腰间，向他表示自己并没有带"家伙"，接着又说道："谢大司令，别慌走嘛，有个熟人大老远地来了，你不见？"一边朝灯光暗处指了指。

此时谢平一只脚已经挣出门去，听徐又成这么一说，虽然没敢立即收回那只脚，眼睛却不自觉地朝徐又成指的方向看了过去。

那儿果然坐着一个人，文文静静，且又少见的白净。徐又成话音刚一落地，那人不慌不忙地从那张板凳上站起，并微笑着朝谢平缓缓走来。大概因为屋里油灯的光还是太暗，让谢平一时定不下对方是男还是女，怎么也认不准到底是谁。假如说是女的吧，个子又嫌过于挺拔了些。说他是男的吧，一身的匀称和纤细又让人觉得上苍造物主在为他塑形时过于用心又过于精致了些。再定睛一看，从对方起身时腰肢摆动的样子看，好像还是个女子……而那不慌不忙从容不迫的步姿，那两片薄薄的、缺少了一些血色的嘴唇，以及总在嘴唇上浮现的那种似有若无的微笑，微笑中常有的自信，宽容和温和，却让谢平隐隐约约又实实在在地想起了一个人，一个在这样一个时刻这样一个地方这样一个夜晚，应该是绝对不可能见得到的人——

应奋？

应奋姐?!

一惊之下,他愣住了。那只已经跨出去的脚不知不觉间慢慢往回收了。对面的她也伸过一只绵软的手来了。"谢平……"她轻轻地叫了一声。眼眶里带着湿润的光。温暖的光。微微战栗的光。这一切,久违了……很久很久地暌违了……

那年,在高考前的体检中,因为查出肺结核,而且正处在危险的浸润期(病灶正在扩散,又极具传染性),他必须休学。回家治病。(那两年,由于国家经济困难,粮食和各种副食品供应均限量凭票供应。许多像谢平那样正在青春发育期的青少年身体素质急剧滑坡。因而"集体"患上类似肝炎和肺结核那样的慢性病。或退学或休学者,可以说是"成批成群"。再加上大学和高中的招生名额也大幅减少,相当数量的初高中毕业生只能待学、待业在家,聚集在街道里都成了所谓的"社会青年"。像谢平家所在的那个街道,当时就有这样休学待学待业的"社会青年"两千还有余。已成为当时一大社会问题。)谢平从上海最著名的重点中学内定要保送直升大学的高才生,一下子坠落到社会最底层,成了一个失学待业的"社会青年",他一时无法适应这个新身份,也看不起那些已经安于"社会青年"身份的同龄人,内心无所适从,情绪一度相当低落。被动员去参加街道团总支(后来升格为团委)组织的学习活动——总是偎缩在一个角落里,从不发言。用沉默表达自己的不安于和不甘于现状。**呈现命运的无望。**就是在这一类的学习会上,他结识了一个大朋友。她也很少发言,但眼角和嘴角处却总是捎带着几分微笑,总在静静地打量着眼前这些因各种原因暂时休学、待业在家,且年龄比她小得多的"男生""女生"们。有一天,学习会结束,像往常一样,谢平做出一副连一分钟都不愿多逗留的神情,跟谁也不打招呼,便急急忙忙闷头向外走去。学习场所是由街道办事处早年一个车库改装的。他刚走出这个车库门，忽听得身后有人叫他。起先他还当是自己听错了，没在意。但后头那叫声一直在继续。他只能回头去看。叫他的就是这位大朋友。她一如既往穿一身洗得有点发白的旧军装。有时上身换件浅色格子或条纹的衬衣。要是阴天刮风或下雨，就换成大翻领的深色两用衫，但下身永远是那样一条旧军裤。脚上则穿着一双黑直贡呢面圆口带搭襻的布鞋。加一双干干净净的白线袜。（当年还只有十六岁的他确实还不懂什么女性体征。现在回想起来，她那时候大概是因为体弱有病，又因为当过兵，除了齐耳的短发和说话的声调，别的方面的女性体征确实不是很明显。）

"那么着急回家？"她淡淡地微笑着问。竟然说的是一口纯正的普通话，捎带一点北方口音，而不是像他和别的那些青年在学习讨论时只能说的那种上海洋泾浜普通话——z、zh，n、l 不分，而且只要一散会，互相之间就会立即改用上海方言交谈。

"……"谢平站住了。不无窘迫。自从被街道团总支的人通知来参加这种学习会，他从没有和会上的同龄人打过交道，更没有跟这里的女生接触过，甚至都没跟她们说过什么话。当然更别提什么"交换眼神"之类的"青春游戏"了。他知道她们中有一两个常在暗中打量他。他很不愿意接受这种打量。也不喜欢看她们把辫梢或刘海儿烫成蓬蓬松松的卷儿。（听说有的还是在自己家的煤球炉子上用烤热了的铁火钳烫的。"真是庸俗到了家！"他不屑。）也看不惯她们笑起来叽叽喳喳的疯样。他料想这些女生都是学习差劲、在中考或高考中落榜的"垃圾货"。在他心里，因病无奈休学在家等待就业或复学，和那些因成绩不如人、没考上上一级学校才"遗落"在街道里的，完全是两个档次上的人。

"听说你在找陀斯妥耶夫斯基的《**卡拉玛佐夫兄弟**》?"她一边说,一边伸手把谢平往车库门外那棵高大的玉兰树下轻轻地拽了拽。许多参加学习的男生女生这时正从车库里往外拥出。她不想挡了他们的道。

　　这么一个大女生当众拽拉自己袖口,谢平不禁有点脸红了。为了不让更多人看到这种会让人产生某种误解和联想的尴尬场面,(其实有谁会在意,又有谁会在乎呢?! 况且她还比他大那么些。大五六岁? 七八岁? 八九岁?)他赶紧往更远处多走了两步,走得都有一点趔趄。走到那棵玉兰树背后,才回过头来慌慌地反问:"侬哪能晓得我正在寻这本书?"慌忙中竟改口说起上海方言来了。

　　"侬自家(自己)讲过的嘛。"她笑着也学他用上海方言对话,不过她说的上海方言显然非常不地道。拗口。

　　"我? 自家讲的?"

　　"……"她只是笑笑,不答,让他自己去回想。

　　"……"他愣愣地看着她。想不起来什么时候在什么地方又是跟谁讲过关于《卡拉玛佐夫兄弟》的话。但,他的确很想看这本书。也正在寻找这本书。这是事实。

　　"你应该先看看车尔尼雪夫斯基的《怎么办?》。或者托尔斯泰的《复活》。雨果的《悲惨世界》《九三年》。或许会更好一点。哪怕先读读高尔基的《我的大学》呢。"她终于改用到普通话,腔调和语气就顺溜多了,但脸上呈现的依然是她那种招牌式的恬静和微笑,辅以那一通平静的阐述,俨然呈现出一种大姐姐对小弟弟,或小姨妈对大外甥那般的关切。

　　大概谈话涉及读书的范畴,谢平的神情一下也显得轻松自如许多,便应道:"《复活》和《悲惨世界》《九三年》我早看过了。《怎么办?》……《怎么办?》……"

这时，那边有几个女生在叫她。她便不等他说出下半句，一边赶紧向她们招了招手，一边转过身对谢平匆匆说了句："还是先读读《我的大学》吧！高尔基的。嗯？"

这时，那几个女生冲她大声喊道："应奋姐，侬做啥啦？慢慢吞吞的！"

她赶紧笑着回应："来了来了！急煞鬼！"然后又急忙对谢平说道，"区工人文化宫图书室里大概有的。要是在那里找不到，市图书馆里一定有。晓得市图书馆在啥地方吗？人民广场西头口口子上。要是再找不到，你来找我。听到哦？"说着，便笑着朝那几个女生跑了过去，并搂着她们嘻嘻哈哈向马路对面走去。那几个女生恰恰是谢平最看不惯的那种"把前刘海儿和辫梢都烫成蓬松狮子毛那样"的"俗气小姑娘"。"她怎么可以一面跟我谈什么陀斯妥耶夫斯基、雨果和高尔基，一面又跟那样的小姑娘勾肩搭背、嘻嘻哈哈？"谢平很不理解地看着她走远。后来的两次学习会，她见了他再没提什么读书的事，只是微笑着冲他点点头，好像只是在应付一个刚认识的陌生人一般。到了那个月的下半月，仍然是在一次学习会上，散会时，那几个烫发梢的女生簇拥着她往外走时，她突然回转身来递给他一本用旧报纸包着的书，只跟他强调了一句："哎，这是借给你的。看完要还我的哦！"就赶紧跟那帮女生走了。谢平打开旧报纸一看，是高尔基的《我的大学》——

"就这样决定了，我要去喀山大学读书。我暗下决心，无论如何都要进入大学……打那以后，我就来到这座有一半鞑靼人的城市了，住在一幢寂寞地栖身于一条僻街尽端山岗上的平房里。房子对面是一片火烧之地，长满了茂密的野草，一大堆倒塌的建筑废墟从杂草和林木中突兀而出，废墟下是一个大地洞，那些无处安身的野狗常躲到这里，有时它们也就葬身于此了。这个地方令我永生难忘，它是我的第一所大学。"

……书里还夹着一张便条："来还书前先给我打个电话。别忘记。"下边便写着一个电话号码。等谢平打去电话，问这是哪儿的电话时，她在电话里笑道："我家里的呀。怎么了？有啥问题哦？"谢平当然是有点不相信的。因为在那个年代，甚至在以后的很多年里，在上海，在北京，以至在全国都是这样，只有提升到一定级别的干部或身份很特殊的人经过特批，才有资格在家里装电话。一般市民，像谢平和他的邻居们总要走出多半条街去，在一家小烟纸店里或在一个专设的公用电话点打电话。打一次五分钱。她家里怎么会安得有电话？难道她不是一般人家？他按她在电话里告诉的地址找去。越走，真还越讶异了。因为他不敢相信她会住在这样一个街区。这里在新中国成立前曾是法租界。整条街两旁都是一幢幢带花园的尖顶小别墅。最一般的，也都是清一色的高档新式里弄房。弄堂外的马路上都长着水桶般粗的法国梧桐。弄堂极宽敞。干净。当然也极安静。一丛丛高高挺拔的夹竹桃开着丽而不艳的粉色花朵。一家家落地钢窗上挂着乳白色的纱窗帘。后门口都挂着小巧的银灰色的信箱和刷着白漆的牛奶箱。他终于站定在一道黑漆竹篱笆和一个绿漆大木门前。在那黑漆竹篱笆和大木门门框上爬满了爬山虎一类能攀缘的绿植。在茂密的爬山虎枝叶中找到那乳头状的门铃按钮叫开门，她竟欢天喜地般地跑出来应门。她说这套花园洋房是她祖父留下来的。在小花园的一角，她还指给他看一座铜像。她说这就是她的祖父，一位全身上下地道英伦绅士打扮的老人，背略微有点驼，嘴里叼着一根硕大的烟斗。一手挂着手杖，一手牵着一条昂首瞪眼的德国黑贝。当然，狗也是铜铸的。她告诉他，她的祖父是当年上海滩上最富有的几个"资本家"之一，曾经和哈同——当时上海滩上最大的英籍犹太地产商，搭档做过房地产生意。父亲接手祖产后，还在南通、无锡、苏州等地开过纱厂、火柴厂、榨油厂和当铺。在上海十六铺码头拥有过好几个大仓库。但她却没告诉他,拥有这样的身世、这样的小洋楼在中华人民共和国成立后怎么会没有被充公,居然还允许她家"留用"。也没说她这个富家千金小姐这一身旧军装又是怎么来的。是借来穿穿赶个时髦做做门面的,还是正经投身过革命,在革命队伍里认真"脱胎换骨"干过一阵?也没解释后来又怎么退伍回上海,"沦落"到街道里来跟他们这些"社会青年"一起"瞎混混"……当然他也没敢问她家这部"私人电话"又是怎么一回事。谢平只感觉到,整幢房子和花园,都欠收拾。陈年的枯叶飘落在她祖父铜像的肩上和脚下。而铜像的额头上掉落了不少灰白色的鸟屎。小楼门洞前那个木质雨檐的廊柱也明显开裂,甚至都有点倾斜。直到走上二楼,走进她起居的那间大房间之前,整幢小楼给谢平的感觉都是阴暗的。陈旧的。甚至有一点衰败破落大而无当的感觉。所以,一待走进她起居的大房间,看到一整面墙都被几扇落地钢窗占据,又都向南冲着花园,收纳进那么些爽朗的阳光。书架、桌子,以至地板上都堆放着那么多的书——不少还是羊皮软面精装烫着金字的外文原版。还有各种小摆件也已蒙上了薄薄一层灰尘。仍显琳琅满目。片刻间就让谢平觉得自己似乎像是走进了另一个世界。好比是走进了米利亚坡尔纳的圣托马斯圣殿一样。

"中午在我这儿吃饺子吧。"她提议。

"那怎么好意思?"谢平微微红了下脸,说了句实话。

"哈哈,还不好意思。"她笑着,居然伸出手来刮了一下谢平的鼻子。这一刮,让谢平更不好意思了,但也让他心间突然涌出一种他从未体验过的暖意和亲近感。**谢平十岁就失去了母亲。父亲文化不高,对他管束却十分严厉。手段简单粗暴。**也许因为从小就失去母亲。父亲又过分严厉。他对异性历来有一种遥远。神秘。可望不可即且又不敢即之感……这时,被应奋刮了一下鼻子后,谢平本能地向后退了半步,防备她再度"袭击",一边伸手擦去鼻尖上的面粉,一边打量大屋的陈设。在另一张同样堆满了书的圆桌子上,腾出一小块地方,放着一块小小的案板。一小盆调好的馅子。一小团和好的面和一根不大的擀面杖。"不要自作多情哦,"她大大咧咧地笑道,"饺子不是专门为你准备的。我自己平时就喜欢包饺子吃。一个人嘛,连菜带主食都有了嘛。方便。在部队多年,习惯了吃北方面食。其实,包饺子不像你们上海人想象的那么麻烦。从和面剁馅开始,十五分钟,最多二十来分钟,喊里喀嚓绝对解决战斗。"然后她指着房间里唯一的一个镜框里陈放的一张解放军军官的黑白相片告诉谢平:"这是我哥。我俩长得像吗?他是不是要比我神气?"

谢平不置可否地笑了笑,然后又环顾了一眼这大房间,吞吞吐吐地问:"这房子……"

"这房子怎么了?"她一边擀着饺子皮,一边反问。

"是不是也应该趁早修理修理了?"

"让它自然淘汰吧。你说呢?"她快活地瞟了谢平一眼。

那天,谢平还不明白这位应奋"大姐姐"所说的"自然淘汰"到底是啥意思,更不明白,这么好的一个住宅,为什么要让它"自然淘汰"?!要知道谢平家住的街区是被上海人称作"下只角"的棚户区。再说得形象一点,跟老舍先生笔下的"龙须沟"有一拼。那条弄堂曾经就是一条长长的臭水浜,经常浮起死猫死狗,好像也曾淹死过一个或几个小姐姐。也许这些上海底层的小姐姐也曾喜欢过红色的小金鱼儿。臭水浜臭到二十世纪五十年代初才被新成立的人民政府填没。铺上卵石。变成一条不宽的马路。路两旁保留下来一些低矮的两层小楼或平房,以及几株高大开紫花的桐树和瘦小的槐树。那些房子既不是砖木结构的,更不可能是钢筋混凝土的。大都是用不太厚的木板搭建。为了防雨,木板上涂两层焦油。讲究一点的人家在房顶上铺瓦片,凑合一点的就只铺一层油毛毡。那里的居民新中国成立前大多干苦力。让上海人讲起来,就是拉拉老虎塌车,摆摆水果摊头,做做小生意,或者帮有钱人家做娘姨(佣工,保姆)。活得稍好一点的,开家烟纸店卖点零七八碎的东西。或开一家老虎灶卖卖开水。或跟青红帮爷叔们四处敛敛场子……还有一帮手工匠人,编竹篾。熟牛皮。腌咸菜。爆米花。吹糖人……后来最摆得上桌面讲得出口的就是当初进厂三班倒的那些人。比如谢平的父亲,在造船厂做木工。当时都觉得他(她)们白班做出翻夜班。太辛苦。后来被定性为"产业工人",领导阶级,就光荣了。(但再到后来,遭遇下岗大潮,为整个中国转型改制另走一条道做成了铺路垫脚石。又不怎么被人瞧得起了。)直至二十世纪五十年代,人民政府在这条弄堂里开设了一家做缝纫机面板的小厂。在当时也算是一家"新兴产业"。谢平一家五口住的那间板壁房还没有这位应奋大姐姐家最大的那间卫生间大。以他十六岁的年龄和阅历、家庭背景,当然没法理解把这么洋气且又难得的花园洋房**"自然淘汰"**背后所包含的全部社会复杂性,以及人生况味中包含的那点政治意味。

那天,剩下的时间,她一直在跟他谈读书问题。她讲高尔基的传奇一生。讲契诃夫冷幽默中的忧郁。讲涅克拉索夫长诗中磅礴的沉重。讲普希金和十二月党人的血性和浪漫。讲托尔斯泰贵族心中那一份抹不去的平民意识。讲雨果《九三年》和《悲惨世界》中的悲悯之心。最后讲到那本《怎么办?》……她常常讲着讲着就不自觉地停下了手里的活儿。两眼注视着墙上正缓缓移动的光影。任由话头像幽谷中的小溪那样平静而自主地流淌。轻声细语一般。波澜不惊。只让眼神跟随不同的讲述内容去变化,做出自动的闪烁。黯转。凝视。那样的阐释有时会长时间地停顿,好似在回想,又在对某一观点进行"自我反刍"。让谢平觉得,她此刻已经把他的在场彻底丢开了遗忘了,完全沉浸在自己对自己的寻找和回味、拷问之中……至于,她偶尔从对面墙上收回目光,向谢平瞟瞥过来的那一瞬间,让他感受到的往往是一种无比陌生的凌厉、尖刻或询问……

她到底是怎样一位"大姐姐"呢?

那天谈到很晚他才离开她那儿。他真的有点不愿走。完全记不起来到底吃了她多少个饺子。那饺子又是什么馅儿。更记不住吃完饺子后还喝了点啥。(隐隐约约能想得起来的是,在吃完最后一个饺子时,她替他舀了一碗饺子汤,还说了一句:"原汤化原食儿。吃饺子不喝汤,骨里要受伤。")然后,她请他到院子里散了一忽儿步。即使是散步,也还是听她一个人在滔滔不绝地"阐释"、"抒发"。院子里月色时隐时现。他们在一棵长疯了的玉兰树下还站了好大一忽儿。在讲完了《我的大学》后,她又给他讲高尔基的《人间》。光是开卷第一句:"**我来到人间,在本城一家'时式鞋店'里做一名学徒。**"她就足足讲了十来分钟。"我来到人间……我来到人间……你听听。你听听:В ЛЮДЯХ……В ЛЮДЯХ……这样一种强烈的生命本真意识,你有吗?我有吗?……我来了,我出现了,不管我是谁,我不只是身在一个家庭,一群兄弟姐妹之中。不,我、我们身在人间。你要明白,我,我们,面对的是整个人间……整个人类……那是一种什么感觉?什么境界?它把单体的生命意识上升到一个什么层次了?啊?"那一晚上,他精神上得到了少有的满足。这是自离开学校后还从未获得过的一种满足。一直在向往的那种"满足"。他仿佛像是一个久居青藏高原的人,骤然回到内地,发生了醉氧现象。一路往家走,整个人甚至都有点飘忽和摇晃了。她眼神中那种无意的闪烁。她声音中那种清脆的磁性。她苍白病态脸颊上的那一抹淡红。那一绺无意间从额角垂落到唇角的黑发……第一次让他发呆……而且以后让他经常为此发呆……有好几次他都会莫名其妙地不由自主地走到那个高档街区去,有意无意地从那爬满绿植枝叶的黑漆篱笆墙跟前走过,去想象她那个大房间里的阳光和影斑。想象她一边擀着饺子皮,一边发出率真的笑声……他久久地隐身在马路对角,远远地注视着那棵在夜间已然和整幢小楼融为一体的玉兰树,还有那后面的天空……其实那天下午,他本想问问她,她那一身穿旧的军装、她家那幢已显破败的小楼、她哥作为一名现役军官、她其余的家人(据说她和她那个哥是她家八位兄弟姐妹中比较小的两个。令人奇怪的是,谢平认识她的时候,她已经二十四五岁了。但她和她那些哥哥姐姐——据说她的大哥已经四十岁了,却全都单身着,全都没结婚成家。说准确一点,不是"没"结婚,而是"不"结婚。是生理的原因,还是有什么社会"症结"? 到底为什么呢?)。还有,她和他们的来龙去脉。她和他们的前世今生……所有这一切……后来都没问。一方面是没顾上问。再者,也是因为听她说话入了神,听到后来反而觉得问不问这些"世间俗事"已无所谓了……全属旁枝侧叶多余的了……

　　……于是,他突然觉出,自己居然产生了一种渴望,渴望着总想能再见到这位"大姐姐"。一种扩张。紊乱。胀满。十六岁的他为这种从未体验过的扩张、紊乱和渴望而深感惶惑,却又不明所以地隐隐为之激奋。街道的学习会对于他已经变得绝非可有可无了。他开始迫不及待地早去。占一个最容易看到她、能听清她发言的位置,坐在那儿期待她的出现。在期待她出现的那个时段里,他居然会坐立不安:想着她一定会出现,又担心她不出现。因为她答应要为他借到陀斯妥耶夫斯基的《卡拉玛佐夫兄弟》,同时还要借给他由她力荐的那本车尔尼雪夫斯基的《怎么办?》。但是她却不出现了。连着几次学习会都没出现。他又不好意思打听为什么。只想到,或许……她病了?(从别人的闲谈中他得知,她也是因为肺结核,还有哮喘,从一个军工保密单位病休下来的。)或者,她已经把他忘了? 一个十六岁的"小屁孩子",在一个家里有资格安私人电话的大女子心目中,本来就不算个啥嘛。在挣扎中,他告诫自己:你以为自己看到的世界、接触到的人,包括曾经在自己眼前发生过的事就是这世界的全部真相了?**"大圆方方,大方茫茫"。"大雪"果真"无痕"**? 太不一定了。他开始嘲笑自己。告诫自己,既然已在**人间**,就要学会冷静。但偏偏在准备冷静,甚至已经开始冷静下来的时刻,突然接到了她的电话。不知道她是怎么搞到他家附近公用电话号码的。管公用电话的那个宁波老头大声喊叫:"谢平,有电话来哉! 一个女小囡打来格。""女小囡? 侬问过伊姓啥哦?""伊讲伊姓应。侬就勿要噜嗦哉,快点去接哦!"一听对方姓"ying",他再没问是应该的应,还是因的因,还是尹桂芳的尹(上海一位极有名的越剧女演员),便箭也似的冲下了楼去,差一点把那陈年老旧、连猫走过都会发出咯吱咯吱声响的楼梯板蹬出一串窟窿眼儿来。

确实是她。应奋。姐。他喘得厉害。

"你干啥了? 喘得那么厉害?"她笑着问。

"没什么……没什么……"

"没什么,你喘个啥?"

"嘿嘿……"

"今天下午有空吗?"

"有啊。当然有啊。"

"书都替你借到了。下午到我家来取吧。还记得我家在什么地方吗?"

"记得记得。当然记得。"挂了电话后,他激动得差一点没付电话传呼费就跑了。

约好是下午三点。但他不到两点就到了。这忽儿就去敲门,显然不合适。幸亏她家隔壁是一家教堂。天主教教堂。青砖砌的围墙。灰漆大木院门。门虚开着。他轻轻推门而入,在教堂院子里转了转。教堂本体是用同样的灰砖砌起的。因为不是星期天的缘故吧,堂门关着。教堂上方的十字架孤寂地耸立在江南那温润的秋风中。甬道旁栽种着成片的簪春棒。在夏季她已开过洁白的花串儿了。现在叶子依旧碧绿,但也只剩下这一片碧绿,虔诚地陪伴着这满院的静谧和在十字架上方以自身的虚空超脱俯瞰关爱着人世间的上帝。他知道这院子后头还有几棵海棠,每每到初春,总是抢在其他树前把自己的花开齐,意图在教堂后头亮出一片耀眼的粉红和青白。但他从未过了开花季节再来看过她们。她们真能结出海棠果吗?也许早就结过了?他想知道。便漫步似的向后院的海棠树们走去。刚拐过墙角去,就听到那头有说话声。

"好了好了……别这样……别……"

"怕什么?你不是约了人家三点吗?还早呐。"

"哎呀……瞧你……"

一对青年男女相拥在一起,正做亲热状。还从来没见过男女亲热状的他忙本能地收住脚步,向后转。刚转过半拉身子,突然觉得那一对里的女方似乎有点眼熟。心便咯噔。并站定。情不自禁地回头去打量。第一眼看到的便是她下身穿的那条洗得略显发白的旧军裤。再仔细一看,竟然真的是她,应奋姐。他呆住了。一秒?两秒?脑子里一片空白。这时,那一对男女也觉出有人来了,都抬起头向这边张望。在和应奋姐略显有点慌张羞涩的目光交会的那一瞬间,他浑身的血都一起涌到了头上,真是她。**应。奋。姐。**她想从那男士怀里挣脱,还没彻底挣脱时,谢平已经转身向教堂门外冲去了。同时他听到身后响起应姐的尖叫声:"谢平……你等等……你等等……"

从那天以后,他再没见过应姐。不是她不见他。她倒是又给他打过几次电话。当他只要问清了还是那个"姓应的女小囡打来的",便都不去接。总有一个多月的时间他没再去街道参加那个学习会。快入冬了,西北风看紧。街边的梧桐树陆续发黄,准备轻装迎接江南那阴湿寒冷的冬天。这时,谢平听到一个消息,应奋姐离开这个街道了,再不来参加街道里的活动了。没人说得清楚她到底去了哪儿。让街道办事处和团总支的同志感到意外的是,临走前她还特地到街道团总支来了一趟,不为别的,"只为留两本书给一个叫谢平的小青年"。书用牛皮纸包裹。捆扎好。委托团总支的同志"务必转交给这个小青年"。团总支的同志当然无心主动去找"这个小青年"送书。当时整个街道里有数以千计的"小青年"需要团总支和街道党委的诸位同仁们去关怀。为此,书就一直那样扔在团总支办公室报架下边一个搁板上。他们倒也通知了谢平,然后就干等着谢平自己去取。谢平一直犹豫着要不要去取。有一天上午,谢平跟往常一样,吃罢早饭,便早早地去上海西区著名的静安寺庙对马路一个公园里,跟一帮同样因病休学在家的"社会青年"一起,交五毛钱的学费,跟一位五十多岁的拳师学简化太极拳。还自发组织了一个"哲学研习会"。每逢一三五,便聚在公园的一个凉亭里交流各自的读书心得。那天恰好是当月的二十五号,他们准备出一个油印的会刊。专门刊登会员们写的读书心得和一些议论时政的短文。伙伴们委托谢平先拟出几个刊名备选。说好今天由大伙一起从这些备选刊名中最后敲定一个。这时,街道团总支副书记袁雅芳陪着一个中年男人向他们走了过来。袁雅芳也跟谢平他们一样,是高考前夕体检查出肺结核不得不休学回家养病的一个"不幸儿"。说起来,她要比谢平他们更"不幸"。因为她原先是上海少数几个女中里的一个高才生,不仅品学兼优,而且临毕业前就入了党。本来已内定要保送她读复旦大学外语系英国文学专业的。所以说,这个病对她造成的损失要比别人的更大。甚至大得多。好在上海当时的各级党委和团委都把做好街道社会青年的工作列为重点。在这样的背景下,袁雅芳刚把组织关系从学校转到街道,就被街道当"宝贝","请"出来当了团总支副书记。让她协助街道党委去做社会青年工作。其实,在以往,她和谢平、向少文及李爽一样,都是很瞧不起这些"社会青年"的。没想到有朝一日,自己不仅成了他们中的一员,还要出来做他们的"头头"……

街道的学习会照例一直是由袁雅芳主持的。所以,她认识谢平。

"谢平,你出来一下。"袁雅芳站在凉亭外叫了一声。

见是袁雅芳,谢平自然不敢怠慢。因为一起养病的伙伴不止一次跟他说过,千万别小瞧了袁雅芳这种"街道团干部"。今后招工就业等都是由街道说了算的。袁雅芳这个共青团副书记出面说句话,还是有相当影响力的。

"这是颜牧师。人家是专门来看你的。"袁雅芳指着身旁那个中年男士,对谢平介绍道。

那个被称作"颜牧师"的中年男子(看长相绝对还不到中年,最多不超过三十二三岁,这可能跟当牧师的心境比较平和超脱,平时生活起居比较有规律有节制,也比较讲究自我保养有关),微笑着很温和地向谢平点了下头。他身材修长匀称,皮肤白里泛红,(不知道为什么,这位牧师皮肤的颜色,让谢平总感到不舒服,总能让他联想到自己家隔壁阿娘家养的那只白猫。)上身穿着一件紧身的黑直贡呢小立领制服。(天主教牧师的制服?)在点头的同时,他还向谢平略略地弯了下腰,以示诚意。

谢平开始愣了一下,不知道一个牧师为什么要来找自己。但很快就想到了那一天,那棵海棠树下,那个拥着应姐"求欢"的家伙。谢平自己也说不清,全身的血为什么一下子又立刻都向头上涌来。他竭力控制住自己,才让自己的脸只是微微红起,心跳的频率也不至于剧烈到让自己的呼吸变得那么粗重和急促的程度。

"小奋见你这么长时间没去取书,以为你出了什么事。特地让我来看望一下。"颜牧师解释道,"听你们袁书记说,你没出什么事。这就最好不过了。书,还是请你收下。不用还的。这不是从公家图书馆里借的。是小奋自己的。"说着,他把那包在街道团总支办公室里放了这么长时间的书用双手递给谢平。"你有什么话要带给小奋吗?"他客气地问道。

"没……没有……"

"光知道说没有。也不说声谢谢。"袁雅芳嗔责般地提醒。她比谢平略大个一两岁。但平时在街道里即便和那些跟她一般大,甚至比她大一两岁的"社会青年"说话时,她也习惯性地会用这种"提醒式"和"教诲式"的语气。

"谢谢……"谢平慌忙谢过。

颜牧师和袁雅芳相视一笑后,对谢平说了声:"那,你忙。病治得怎么样了?有什么需要我和小奋做的,只管开口。如果真没什么话要带给小奋,我就走了。再会。再会。"告辞。

这包规规整整捆绑好的书,谢平一直留到当天晚上全家人都睡下了,才悄悄地拿到小弄堂口的路灯下打开它来看。一共三本。两本是《卡拉玛佐夫兄弟》的上下册,另一本便是《怎么办?》。但这时候他更期盼的是能从书里找到一张便条。他觉得无论如何,应奋姐一定会,也应该给他夹上一张便条,留下一两句什么话的。但仔仔细细、来来回回地翻找了两三遍,却什么也没找到……

应奋姐就像奇谲的日全食和闪烁的流星一样,倏忽间消失了。而且这么些年都不通音信。用几十年后的一句流行语说,真就是**"失联"**了。但她今天又怎么会突然出现在这儿?出现在徐大连长和向少文李爽们中间,出现在这个离上海有万里之遥、充满着鸡屎臊味的鸡场土屋里,又是在这样一个寒冷的大西北之夜……

谢平愣怔住了,呆呆地打量着眼前这位应奋姐,心想:她,瘦了……真的瘦了……

谢平当然不知道,前些时候曾有两个皮肤黝黑的中年男子去上海找过应奋

那时,应奋的日子也不太好过。上海的"文革"铺天盖地掀起以后,她这样的家庭自然要受冲击。此前年老多病的祖父长期住在华东医院特护病房里治疗,(这个医院在上海之所以出名,是因为它长期以来主要收治相当一级的高干和知名人士。)虽然是"在中央统战部报备了的上海市重点统战对象",也被医院造反派"扫地出门"。至于那幢正等着"自然淘汰"的花园大洋房当然也住不成了。在应奋那位军官小哥哥的主持下,他们开了个家庭会议,一致同意把祖父"剥削"来的家产主动捐给街道"革委会"。应奋则在小哥的帮助下,托一位在市"革委会"工作的战友,在一个环境还算不错的新式里弄里"借"到了一间亭子间暂住

了下来，并把她安排到这个里弄生产组去劳动——所谓"亭子间"，也就是在石库门或新式里弄房子的二楼和三楼之间楼梯拐弯处被单辟出的一个小房间。一般不超过十一二平方米，也就能搁一张床，再放一张书桌。这也是当年外省一些穷困的进步文人或觉醒之初的潦倒青年到上海谋出路，搏生存，求知识，闹革命，经常租住的地方。小哥因此还跟她开玩笑道："你总算过上三十年代进步青年在上海追求革命的日子了。"

那天，应奋先是跟里弄生产组的组长姚大姐请了一个小时的假去街道红医站拿药。刚回到生产组。姚大姐就告诉她，有两位从大西北垦区来的同志找她做外调，坐在生产组门外的小板凳上已经等她好大一忽儿了。

"又是外调的，烦死了！"应奋心里嘀咕，但听说是从"大西北垦区"来的，她立即想到了谢平和他的那些同伴，又不能不慎重对待。

果然，垦区的那两位同志是来外调谢平的。向应奋了解谢平支边去垦区前，在上海街道时的思想情况和日常表现。

"外调谢平？为什么？他还是个孩子！"这让应奋着实吃了一大惊，"再说要了解他在上海街道里的情况，你们应该去找街道组织，找他家所在的居委会啊，找我干什么……"

"该找谁不该找谁，是组织的事。这一点不用你操心。"其中一位说道。很严肃。

"至于'他还是个孩子'这种说法，既不符合事实，立场也有问题。"另一位同样很严肃地指出。

"四年前他离开上海的时候还不足十六岁。"

"我们今天奉命外调的是四年后的谢平。你还认为他只有十六岁吗？"

"……可是,我所知道的就是他十六岁时的情况。四年后的谢平,今天的谢平,你们问不着我。这四年里,我没有跟他在一起生活工作过。"应奋据理力争。

"我们是组织派来搞专案审查的。请你态度放端正一些。认真协助我们工作。我们只要求你有什么说什么,知道多少说多少。"

"……"应奋不作声了。

那时还没发生"九·二六"事件。有关方面为什么就已经注意上他了,还要派专人来外调他?

这两个搞外调的有纪律约束,当然不会告诉应奋到底因为什么他们才要来外调谢平。从他们的**片言只语**中,应奋只听出一个情况,得知谢平已经成了当地一个造反派的大头头。这让她难以想象——一个当初如此热衷于俄罗斯文学的小青年,那么热血澎湃地向往去最艰苦的地方"战天斗地","改天换地",和"贫下中农打成一片"的纯情青年,怎么就成了造反派?退一万步说,就算是造反派,在当时的上海,都还是非常吃香的。在上海,只有造反派有权外调别人,谁敢外调造反派头头?!这个大西北垦区怎么倒过来了?真是天地倒转。日月换位。等那两个外调的人走后,应奋冷静下来一想,觉出事情有点严重。"是啊,不管怎样,对方总是一级组织派出来的。组织总不会平白无故花上一大笔钱,派人万里迢迢又是火车又是汽车地来上海外调一个nothing(无足轻重、啥也不是)的知青……"难道这"孩子"真出了问题?他到底干了啥坏事?应奋在生产组门外的小板凳上呆坐了好大一忽儿。回到简易冲床跟前干活,还不时地在发愣。(她们最近在这种简易冲床上做啤酒瓶盖儿。)让在她旁边一个冲床上干活的阿姨老担心她一不留神会冲压到手指头上。

忐忑大半夜。她下决心要打听清楚谢平的现状。找谁才好呢?忽然间想起小哥。小哥跟她说过，他战友转业，好像也有去大西北，去那个垦区的。那一年，从各大军区集体转业去了将近十万退伍军人。于是，她马上找到小哥。一手转二手，二手又转三手……中间到底转了多少手，她没管。总之，最后找到了一个人，他说他认识"谢平这个小家伙"，"跟这个小家伙还挺熟"。这个人就是徐又成……

徐又成在电话里先是试探着对应奋说："应奋同志，如果你最近能腾出点时间来……"

应奋问："那怎样？"

徐又成说："最好来一趟，亲自见见谢平。"

应奋问："他到底出什么事了？"

徐又成坚持："如果你真关心谢平，最好还是来一趟。"

后来，应奋通过街道办事处的熟人，又找到向少文、李爽和袁雅芳的下落。袁雅芳在电话里倒没说啥，只说"谢平蛮好的啊。就是这儿的斗争老复杂、老复杂的。可能还会有点大的反复。反复不怕嘛。伟大领袖毛主席教导我们，道路总归是曲折的，前途也一定是光明的。如果你真的能来看看我们，当然好啦。来以前，要是有可能，麻烦你一桩事，到我家去一趟，帮我带两斤油炒面过来。还有一点咸鱼干，假使不太麻烦，也请你一道带过来。谢谢啦"。

少文和李爽则在电话里说："你还是来一趟吧。电话里不方便说，也没法说得清楚。你要能来，就快来，越快越好。来之前，发个电报，我们到火车站去接你。"

于是应奋就来了。

……等应奋在鸡场那土屋里坐定，徐又成提出"要先撤一步"。他琢磨着，还是让他们几个上海小青年在一起掏心窝子聊聊，对谢平起的作用更大。"原汤化原食,乡情动真心"嘛。徐又成起身刚走,不料,向少文和李爽也提出要"先撤一步"。他俩要撤,是因为不想再和谢平吵架。因为他俩已经跟谢平大吵过一架。那是在应奋到达前,谢平接到通知,要他于当日二十四点之前"随身携带被褥铺盖洗漱用具和粮票去昆卡水库报到,参加为期一个月的毛泽东思想学习班"。谢平拿着这个通知,找少文和李爽商量对策。他俩谈了自己对形势的分析和应对方案,就跟谢平发生了严重分歧,狠狠地"吵"了一架。他们不想再吵。怕伤了最后那点感情。只把希望寄托在应奋身上,但愿她能"疏通"了谢平头脑中那根在他俩看来已然被完全堵塞的"筋脉"。

要想知道这三个好朋友为什么突然"大吵",这话还得从头说起。向少文和李爽一直是谢平最铁的哥们儿,最中肯的好朋友,最知心的同志。向、谢在上海同一所著名重点中学同学六年,虽不在一个班,却在同一年级,都是各自班上的学习尖子。李爽和他俩虽不在一个学校,但是同一届的高中毕业生。他仨都参加了当年团市委召开的全市优秀学生表彰大会。大会是在"金碧辉煌"的中苏友好大厦召开的。会议的隆重和庄严,给这三个孩子留下了永世难忘的记忆。不幸的是,他们都病了,都被取消了当年参加高考的资格。所幸的是他们三个的家都在一个街道里,在参加街道团组织的活动时,他们又相遇了。但最早的重逢,还不是在街道,而是在他们家附近的一个小公园里。众多因病休学的青年学生都相信早晨到公园练练太极拳,吸进大量新鲜空气,有利于摆脱这该死的肺结核杆菌的纠缠。他们三个——主要是向少文(他比李爽大一岁,比谢平大三岁,原先在外地上学的他本该比李爽和谢平早一年毕业。但三年前随他父母工作调动到上海定居——他父亲被调来担任一个区委的领导;由于调动搬迁安家转学等诸多琐事缠身,向少文中间曾休学过一年)在公园里那帮病休青年中组织了那个"哲学研习会"，除定期交流读书心得以外，还不定期研讨一些社会热点问题，比如"中国该向何处去？""当代青年的出路到底在哪里？""'家、国'二字在我们的生命中应如何安放才更得当？"等等，那个不定期的油印"刊物"的发起人也是向少文。业务主管是李爽(拟定每次讨论议题，确定重点书目。他看的书比较多。)至于具体事务的操办便都由年龄最小的谢平主动承担起来。刻蜡版。油印。装订。通知。召集。收取成本费。按时公布账目，等等。他全包揽了。后来身体初愈，通过体检，重新获得高考资格，这三位又一起下决心放弃几乎是必定会考上重点大学的机会，一起报名获准奔赴大西北边陲。当时他们这一"壮举"正经轰动过上海滩。被上海几家报纸和电台隆重当作有志青年典型宣传过。为此，向少文和李爽在离开上海前夕还被街道党委破格(所谓破格就是不经支部大会讨论通过，直接由党委批准)吸收为"火线入党"的中共预备党员。谢平不到党章规定的入党最低年限，没能实现"火线入党"。但街道党委还是很负责任地为他写了一份热情的推荐信，放在他的档案袋里。对他在"上山下乡"运动中的出色表现做了很详尽的介绍。希望垦区组织对他能加以进一步的关注和培养。

分到独立师，在连队劳动锻炼一年，党籍转正后，向少文即被调入一七零三连担任副指导员一职。李爽则被调到第二农场管理处党委办公室任秘书，也是个副连职的岗位。这个管理处下辖七个农场。百十来万亩耕地。一七零三连就驻扎在它的辖区范围内。让一个劳动锻炼才一年的知青到一个武装值班加强连当副指导员，让另一个到管理处的党委办公室当秘书，正经算是**高举高看**了。至于谢平，农场方面觉得他在政治上还是稚嫩了一点，为进一步培养造就他，把他从连队大田班调到一个水库上担任文化教员。说起来，这也应该算是组织开始对他实施多岗位锻炼、考察、培养了……

如果没有后来发生的一切，他仨的人生之路便由此规划齐全。但是，"文化大革命"声起。垦区近十万上海知青受老家上海的影响——当时的上海可说是全国"革命造反"的主要发源地和根据地。无数封家信，再加上雪片般纷至沓来的铅印油印手抄传单和造反小报，都如暴风骤雨惊雷霹雳，搅动着震撼着这一颗颗已经在连队大田繁重单调的劳动中麻木沉寂了的年轻心，使他们中的绝大多数突然间仿佛又找到了一个喷发口——于是垦区大部分上海知青都成了本农场本连队的造反派。而使所有人都想不到的是向少文、李爽和谢平，深受垦区各级领导"厚爱"的三人居然也成了"造反派"，特别是那个年龄最小的谢平还成了独立师造反火力最"凶猛"的造反组织"红色近卫军造反兵团"的一号头头，统领起了一万三四千名万死不辞的"捍卫伟大领袖毛主席革命路线"的造反队员。

那天，向少文和李爽之所以要抢在谢平去学习班报到前跟他"彻彻底底，认认真真地谈一谈"，是因为就在前一天傍晚，李爽从内部得到确切消息，中央"文革领导小组"根据国际斗争形势的发展和变化需要，将提前结束垦区的运动。他把这消息告诉谢平和少文时，他俩起初都不相信这消息是真的。因为那忽儿，运动在全国可说是正处在热火头上，"炮轰""夺权""揭发""批判"，一切都进行得如火如荼。方兴未艾。"一定要把无产阶级文化大革命进行到底"的口号也正喊得地动山摇。垦区怎么可能就要"提前结束"了呢？但经过一番核实，消息是确实的。原因是中苏关系骤然吃紧。东西两段国境线上已多次爆发正面的武装冲突。"美帝苏修亡我之心不死"。要准备打仗，甚至准备打大仗，就要有一个稳固的战地后方。而要稳固西北边陲，重要的一条就是让拥有一百多万干部职工的白杨河垦区先稳定下来。为此，中央决定，立即停止垦区的"四大"(大鸣。大放。大字报。大批判),立即禁止垦区内所有群众组织进行跨农场跨连队的串联活动,一律回本单位本连队开展正面教育。在本连队实行"革命大联合"。(这一招也等于解散所有群众组织。)"认真抓革命促生产"。严禁冲击党政领导机关进行夺权活动。同时要立即解放一批被打倒、靠边站的老同志。并从解放军驻京三总部(总参。总政。总后)调派一批优秀的现役军官,遵照中央提出的三结合原则——党政军三结合,老中青三结合,组建垦区各级新的政权机构——抓革命促生产指挥部。为此,学校要复课。工厂要开工。所有的拖拉机都要开动起来。该开沟的开沟。该播种的播种。该间苗的间苗。该浇水的赶紧浇水……也就是说,垦区群众组织的历史使命告终了。运动结束了。"大革命"的这一页,在垦区,算是彻底翻过去了……

应该说,在当前的形势下,他们做出这个决定是可以理解的。"但是……但是,我们怎么办?"李爽当即想到了"我们"。"我们"——李爽,向少文,谢平,还有袁雅芳,等等。还有十万上海知青中的"造反派"们怎么办?

对于造反组织中的一般成员,经过一番认真学习,消除了派性,无非是重新回到各自的连队,重新拿起铁锹砍土镘,在重新建立起来的正常生产生活秩序中,去重新创造"革命"的"美好"未来。(用某些知青的话来说,就是重新背朝苍天面向黄土,老老实实修地球。)但对一些曾经的造反头头们,会怎样?

向少文和李爽的处境会好一些——虽然他俩和谢平一样,都持造反派观点,但向少文所幸是武装系统的人。根据中央的规定,从运动一开始,武装系统持枪人员就不得参加群众组织,也不开展"四大"。所以他一直没有公开从事和参与派性活动。没有什么可抓的"辫子"留在脑后。"九·二六"事件后,确实有人怀疑到是他把"红近军""勾引"到零三连来"抢枪"的。但此说查无实据。而李爽作为党办秘书，按规定可以参加群众组织。依他本人的意愿，也是要参加群众组织起来造反的。如果他当时参加了那个"红色近卫军"造反兵团，百分之二百三百地也会像谢平一样，成为这个造反兵团的核心头目之一，比如担当智多星吴用在水泊梁山上那个角色是绰绰有余的。但在组建"红近军"造反兵团的前夜，他们三位曾"秘密"地开过一个"碰头会"，根据三人不同的情况和"斗争"的需要，做了个"秘密决定"（说是"策略安排"也可）：向少文自然不能出来公开干，就稳定在武装值班连队里，到必要时再看情况出来助阵。李爽作为管理处党办的秘书，经常能接触到一些内部文件，了解到高层动态，保留和畅通这样一个"情报"管道是"今后斗争所必需"，其作用不可小觑。所以，他们决定他暂时也不出来公开活动，装作逍遥派晃着。最后议定，暂时由谢平一个人出头露面上第一线**冲锋陷阵**。而这一"暂时"，三个哥们儿中年龄最小的这一位在第一线上就一直干到了现在……

现在啊现在……

现在，他还能全身而退吗？

这一年多，他上上下下**"伤害""得罪"**了多少人？这些人会容他全身而退吗？特别是作为"红近军"造反兵团的第一把手，他一直把揭发批判打倒独立师党委一把手林辅生作为主要"革命目标"。现在林辅生可能要复职。被解放。并作为新型革命政权班子**抓革命促生产指挥部**的主要成员，重新回到垦区的历史舞台上。一旦重新站到台前，他，会饶了谢平吗？

问题就是这样，既很清楚又很尖锐地摆在了谢平面前。一，要不要继续阻挠林辅生复职。原因牵涉到前边已经提到过的那个"龙口闸门垮塌事件"。二，经过再三考虑，向少文和李爽都希望谢平找个机会去

"看望"一下林辅生。不说是"道歉",起码也应该去找这位老同志"交交心",说说初衷。强调一下大环境对自己的影响。再强调一下自己毕竟年轻。缺乏必要的政治经验和历练。在运动中的某些作为确有欠缺和过火之处,以便取得老同志的"理解"。如能争取到"谅解"就更好。"当然,也别指望去个一两回,看望那么一两次,就能把关系缓和了。"李爽还特意提醒。

"哦?看个一两回还不够?那得去几回?是不是还得提溜两瓶大曲特曲、带两条大前门美丽牌香烟什么的?"谢平裹着他那件不怎么干净的军棉大衣,偎缩在李爽单身宿舍的一把破木圈椅里,捎带着一点调侃的口气反问。因为熬夜,他的脸色总是白里还带点黄。

"假如需要,也未尝不可。酒和烟我负责替你准备。还需要啥,开口。"李爽应得诚恳。

"酒是次要的。"向少文强调指出。

"那……啥是主要的?"谢平立即在圈椅里拧过身来正面对着少文,并索性把一条腿跷在圈椅一边的把手上,坏笑道。这一年多的"一号头头"经历,在他身上确实产生了不小的某种**"化学反应"和"物理反应"**。

"谢平,你小子能不能正经一点?没人跟你开玩笑。把身子给我扳正了。腿放下。好好说话。"年龄最大的向少文历来把谢平当自己的弟弟看待,"态度,态度是最主要的……"

这时,谢平突然一下子收敛起脸上的坏笑,直直地蹿了起来,敞开的大衣衣襟顿时像一只受了重伤从空中坠落的大鸟的两片翅膀,无力地飘散开,同时又用力挥舞起一条胳臂,冲到李爽跟前,大声嚷道:"还要带啥?说!点心盒子?没有。中华烟?对不起,老子买不起。从来也没伺候过谁抽,今后也不想去伺候谁抽他妈的烟。还要提溜啥?啊?快说!"说着,从大衣内襟的口袋里,甩出一本精装红塑封皮袖珍版的《毛主席语录》，又甩出一块在红丝绒底子上用黄丝线绣着"红色近卫军"字样的特大号袖箍。(红袖箍上端还别着一枚特大号的毛主席像章。这种规格这样型号做得又这么精致的袖箍只有核心组勤务员才有资格使用。一般战斗队员戴的都是用红平布做的。尺寸也要小一号。上面的字只是用黄漆写上去的。)最后又掏出一把单嘣响的土制手枪，一起拍在李爽面前的小方桌上。"你们不就是要我向林辅生缴枪。投降。下跪。解散'红近军'兵团。行。我缴枪。我去向他磕头道歉。行了吧?! 满意了吧?! 你他妈的! 他那个引水渠龙口闸门垮塌事件查清了吗?"

向少文拍着桌子也蹦了起来："谢平，你骂谁'他妈的'? 你跟谁发疯呢?"

谢平冷笑过后跟着也大声吼："我骂谁? 不明白? 嘿嘿。我骂的就是你，你们俩。我疯了? 哈哈。哈哈。今天到底谁疯了? 啊? 让人'去看望他一下'，还要'去跟他交交心'。鸡巴毛! 就因为他林辅生要进指挥部了，马上就要重新站到台上去了，我们就要向他投降了?!"

"谁让你去'投降'了? 就算是去说声'道歉'又怎么了? 难道我们就没做过任何过火的不得当的事?"

"这、就、是、投、降! 懂吗?!"谢平立即涨红了脸，直着嗓门一字一顿地指着李爽的鼻尖吼叫。简直要把嗓子吼出血来。

李爽和向少文被谢平这突然的发作镇住了，一时间竟然不知再说些什么才好，直气得脸发白，嘴唇微微地哆嗦。

"你……你……你……你知道他们办这么个学习班意欲何为? 你跟他们死顶，知道最后会落个什么下场? 有句古话叫啥来着?'风拐着弯才能去大山背后'。'水顺势流才能走得远'。'识时务者方为俊杰'。"李爽尽量平静着自己，做最后的劝说。

谢平也控制住了自己的情绪，收罗起扔在小方桌上的那些物件，把它们一一重新揣进大衣里边的口袋里，继续冷笑一声道："对不起，谢平我从来就不是什么'俊杰'。也从来不懂啥叫'识时务'。我要识时务，早他妈的也混个副指导员和党办秘书干干了。"

　　这句气话实实地伤着向少文和李爽了。"你他妈的纯粹是狗咬吕洞宾，不识好人心。"向少文吼着蹦起来，恨不能冲过去甩这"浑小子"两巴掌，却被李爽一把拽住。但没等李爽再说什么，谢平已经满不在乎地把两只手插在大衣口袋里，向外走去了。一直走到宿舍门口才回过身来，再次带着些许玩世的神色对屋里这两位说道："好啦好啦。非俊杰的我就不陪两位俊杰了。一忽儿不是还要我见一个人吗？到底是什么人啊，搞得这么神秘。我待一忽儿再来。至于，说到这个'下场'问题……"说到这里，他停下了，收敛起脸上全部的调侃神色，一本正经地打量了那两位一眼，这才继续正色地往下说道，"我想，二位一定还没忘了成立'红近军'造反兵团的前一晚上，我们三个人躲在机修厂后身那个废弃的砖瓦窑里说的那些话吧？当时我们约定起来造反，谈到最后，有一句话是你说的……"他指着李爽，"就是你，李爽，对我俩说：'**我们都是"时间"的俘虏，更是"永恒"的人质。为此，在我们短暂的人生面前只有一条捷径，那就是为理想、为多数人的正义勇往直前，决不回头。**'"李爽刚要对自己当年说的这句话做些新的注解，谢平即刻从长长肥肥脏脏的棉大衣袖管里伸出一只疤痕累累的手（那是在一次试制土手榴弹时炸伤的），"恶狠狠地"指着李爽，没让他把辩解的话说出口，自己却接着往下说道，"你还'教导'过我，生死和公平之间从来就没有建立起直接的因果性逻辑关系。但人类全部的文明进化史又偏偏都证明了一点：为了实现普遍的属于多数人的公平正义，我们只能也必须把生死置之度外。这也就是伟大领袖毛主席教导我们的'为有牺牲多壮志，敢教日月换新天'。这些话,忘了?李爽同志,你真忘了?可惜啊。老师把自己说过的话丢脑后了,可是,做学生的偏偏没忘,也不会忘!"说着,再冷笑一声,转身招呼起早已等候在门外的那六个战斗队员,大摇大摆地走了。

……在跟应奋讲了上述这些情况后,向少文和李爽又特别跟应奋说了一个"相当危急"的情况。谢平被"圈"进那个学习班后,据说遭遇不好,还挨了打。"红近军"核心勤务组正在"策划"一次行动,想把谢平从学习班里"劫持"出来。"这太危险了。这个学习班不像一般的学习班,仅限读读红宝书,表表决心就可以了。它确实是要解决一点问题的。所以才把所有群众组织的头头都圈了进去。为防止某些群众组织的人盲动,也做了充分的保安准备。事先就调了师警卫一连来守着这个学习班。平时都有持枪战士站岗。到晚上加双岗。听说在那个废弃的水库大坝上,晚间还会架上机枪。你要冲这样一个学习班,不明摆着是想再制造一起'九·二六'事件吗?这是在救谢平,还是紧着给谢平脖子里套绞索、给他身上添枪眼儿呢?"

"谢平他自己不考虑这些吗?"应奋不解地问。

"唉……"李爽深深地叹了一口气。

"这段时间,应该有三四个月了吧,我们也难得见他一回。"向少文说。

"他那么忙?"

"他能不忙吗?他手下有一万好几千个铁杆儿战斗队员……"

"多少?一万多?他一个小屁孩子……"

"他不再是几年前的'小屁孩子'啦。'红近军'刚建立时,只有十来个人。一眨眼……真是眨眼工夫小老鼠就变大老虎了……"

"所以，您得有充分的思想准备，今天的谢平已不是当年您印象中的那个谢平了。我们俩都摁不住他了，才想到请您来帮这个忙。"

"可是，我跟他……也多年不联系了……我都怀疑他还记不记得我……"

"这您就不知道了。谢平偶尔跟我们说起您的时候，眼神中的那种向往……"

"胡说八道，怎么谈得上'向往'？"应奋脸微红起。心却扑通了一下。

"最起码也是敬佩，而且常常是不加掩饰的。真的。"

"是吗？"应奋再度脸微微红起。但她还是无法相信，谢平真会发生那么大的变化。

难道真的会是这样？

真的会？

……

就是在这种忐忑、疑虑却又期待的心情中，应奋终于见着了谢平。那第一眼，确实让她愣怔住了，心居然会怦怦地乱跳起来。"这是'谢平'？怎么会是他？当初那个多少有点腼腆、跟她一起用地道的俄语腔调念着'В ЛЮДЯХ……В ЛЮДЯХ……'的谢平哪儿去了？"她现在看到的是一个虽然身形依然瘦小，但却近似完全不修边幅的大男人。一件军棉大衣。大衣上安了个深棕色的剪绒领子。大衣算不上脏，但也绝对说不上干净。领子半竖起，遮去他整个脖子和半拉耳朵。露在领子外头的那颗脑袋上则顶着一头乱蓬蓬的头发。皮肤黧黑是预料之中的。但嘴唇干裂起皮，有一两个裂口处还渗着些微的血丝，嗓音沙哑沉闷则又完全在应奋的意料之外。大衣衣襟从来不扣，两只手深深地插在大衣口袋里，随意地往里一合，就算是把大衣裹起了。大概是因为经历过太多的大小场面,也跟太多的人交过锋,已习惯了跟任何人见面都会先隐藏起自己的真实意图,以便让自己在嗣后的交往中能始终处于后发制人的主动地位。因此,他还故意在嘴角处流露出一种万事不在乎、举世皆无谓的神情,表明他是有备而来的……当然,在这个"谢平"身上,应奋还是在一两处认出了和过去那个谢平某些相似的地方。比如,他体形虽瘦小,眼神中却不时会闪烁出的那种机敏,以及不管他怎样用心掩饰,眼睛中还是会不住地流露出那种过于较真和固执的神情。这种"固执"应归到那种死活也要对事实真相做最终的诘问、哪怕是"打破了砂锅也要璺(问)到底"的执着之中……

"你……你咋来了?"谢平也是一愣。并惊喜。但很快掩饰和控制住了自己的诧异和惊喜后,故意稍稍耸了一下眉尖,不咸不淡不温不火地问了这么一声。

"你?谁是'你'啊?大司令,不认人了?"应奋也强作镇静,在故意的调侃中,掩饰住自己对眼前这个"谢平"的陌生和失望……还有一种骤然而起的失落。

"嘿嘿……应姐。应奋姐,您怎么来了?"说着,他上前握手,"稀客。大老远的。坐,坐,坐……"随即,甩手脱去那件过于肥大的军棉大衣,同时也故作大大咧咧的模样,取下插在腰间的那把土制单嘣响手枪,连大衣一起扔到一旁的板凳上,唤来在门外站岗的那个战斗队员,指了指火炉子上的那把细长嘴铁皮水壶,命他为自己和应奋煮奶茶。不一忽儿,大概是觉得这名战斗队员煮茶的动作不规范,又挥了挥手把他打发了。自己动起手来。重新用清水涮过茶壶。重新掰了几小块砖茶扔进壶里。等水烧开了,煮出茶香味儿来了,又去身后的搁板上取下一个很旧很旧的搪瓷茶缸。从茶缸里往铁皮壶里倒进些奶子。又往这煮成的奶茶里撒进一点盐粒儿。斟出一海碗来端到应奋面前,多少带点显摆似的说道:"奶茶。尝尝。我们大西北最好的饮品,好东西啊。耐饥解渴。"

其实,谢平并不会煮奶茶。但这忽儿他需要做点什么,以免除一时间不知该跟应奋说些什么的尴尬。即便如此,他还是因为真切地感受到应奋此刻用追究的目光一遍又一遍在他身上"扫描""打点"时,而微微地冒热汗了。正因为如此,当向少文和李爽提出也要先走一步时,应奋也才会显得有点慌张,竭力地想要挽留那二位。她此刻似乎已经明白,留下她一个人,应该是对付不了眼前这么一个"谢平"的。于是她紧张得脸都有点紫了。而谢平不知为什么,没有半点想留他二位的意思。甚至不等他二位说完,一步跨过去,拉开土屋的门,似乎有点迫不及待地要让向、李二人赶快离开。"别别别……"应奋迭声地说着,还带着恳求的眼神看着李、向二人。无非是希望他俩留下。"应姐,让他们走。他们既然大老远地把您请来做说客,那就留下我俩单练。"谢平倚住门框,把双臂抱在怀里,轻佻地看着向、李二人,催促道,"走吧,我不会把应姐当唐僧肉吃了的,放一百个心吧。快走。快走。""你小子别油腔滑调。应姐大老远来一趟不容易。好好听着。只有弱者和愚者才会在真理面前固执自己的偏见。维吾尔族有句谚语说得好,在真理面前低头的人不会成为矮子。""那是自然的,您二位的个子历来就比我高嘛。真理万岁嘛。万万岁!"谢平坏笑着,又问,"你们几点来接应姐?""你们好好谈,谈彻底了。急啥?"向少文答道。"要等我们谈彻底,那……那恐怕得等到明年开春了。应姐,我们是不是有特别多的话要说。多少年都没见了嘛。有太多事情要向您汇报。对不?"谢平再一次坏笑。

"……"面对谢平的要贫嘴,向少文和李爽二人只有直起眼睛,狠狠瞪了他一忽儿,最后还是向少文说了一句:"少耍嘴皮子。告诉你,应姐

还没吃晚饭。她这一顿就交给你了。好好张罗。"说着,两人转身快快
地走了。

不料向少文、李爽刚出门,谢平就急
不可耐地"哐"一声把门给关上了

不等应奋张嘴问,只见谢平立即冲她做了个噤声的手势,然后屏住
气息侧过身去全神贯注地倾听门外的动静。大概是在听向少文和李爽
的脚步声是否真在渐渐远去。得到确认后这才低声对应奋说了声:"别
出声,马上跟我走。"应奋一愣:"干吗?""先别问。"谢平马上又叫进一男
一女两个战斗队员,把自己的军棉大衣和应奋披着的那条黑红格子大
方羊毛披巾与对方的蓝布面棉大衣做了交换。再让他俩坐在自己和应
奋刚才的座位上,装出对谈的样子,并调整了那盏小油灯的位置,以便
能把他俩的人影恰到好处地投射到窗户上。然后四下里打量,确认再
无破绽,便揣起那把土制手枪,拉着应奋出门。这时,那个女战斗队员
问:"要不要让小祥子他俩跟着你们,应付万一?"她说的"小祥子他俩",
就是刚才留在林带里警戒着的那两个战斗队员。谢平忙摇了摇头说:
"别动他们。他们一动,别人就会猜到我已经不在这屋里了。"

屋外,月光如水。谢平裹紧蓝大衣,步频既快又碎,让应奋跟得有
点气喘。她追问:"我们去哪儿?"谢平再一次只跟她做了个噤声的手
势,啥也不说。紧巴巴走了十来分钟。鸡场那低矮的泥巴屋已经被从
地面上缓缓隆起的一个个大碱包遮去。眼前呈现出一片戈壁和荒芜。

这时应奋的脚步已经有点跟不上趟了,更分不清东西南北,恍惚间只觉得随谢平走进了一条大排碱渠里。很显然,它已废弃多年。深达三四米,口宽足有七八米。四五个应奋躺平了,头脚相连,怕是从渠岸的这边都够不着那边的渠岸。废弃后,渠道开始淤积,长满斑茅和苇子草。渠帮上那些原先长得挺整齐的护渠旱柳,也被胡乱砍伐得零落不堪。又走了一忽儿,因为脚下高低不平,又要提防锋利的苇叶割着脸,应奋走得很是辛苦。喘得急促。那件又长又肥一直拖到她脚背上的蓝布棉大衣也显得越来越笨重,总是妨碍迈步。再走一忽儿,完全喘不上气来的她正想出声抗议,却从那苇子棵中突然发现了一样她曾经很熟悉的东西——十四号粗铁丝。应奋在部队曾当过两年通信兵。她当然知道,早先,没有可能使用价格较昂贵的皮线做电话线时,通常就是用这种十四号粗铁丝来连通电话的。接着她又发现,这一路谢平其实一直就是沿着这么一根十四号铁丝的走向在走。难道他是在去一个有电话机的地方? 好奇心立即减轻了她的疲乏和喘息。她决心不再责怪质疑。不出声。跟着走下去看个究竟。但就在这时候,谢平偏偏站住了。而且是突然一下子站住的。应奋一时间没收住脚步,向前磕撞过去,一下重重地碰到谢平身上。亏得谢平反应机灵,也亏得他手臂有力,一下托住了她下沉的身体,否则她完全有可能把谢平一起带倒在渠底。而这渠底里不仅杂乱不堪且又到处戳着锋利的苇茬茬尖儿。

"怎么样?"等摇晃的身体在谢平的搀扶下终于站稳了,应奋一边重重地喘,一边却这样问谢平。

"什么怎么样?"谢平坦诚地笑着反问。终于不是坏笑和玩世般的谑笑,更不是无奈的或刻薄的冷笑。这样的笑容在脸上泛出,倒让他又有点像十六岁时的谢平了……这时应奋发现那根粗铁丝不见了,好像是拐进一边的土壁里去了……

谢平于是把她带进一个地窝子里。地窝子的入口开在渠帮内侧，平时用一大块粘满干草的苇席遮盖，做了伪装。那根突然消失的十四号铁丝就直直地伸进这个地窝子。

应奋平生头一回见识"地窝子"

谢平告诉她，这是他们"红近军"造反兵团为防不测而修建的"第二总部"。应奋果然在地窝子土墙上一个小龛似的壁洞里，看到了一部老式的摇把电话机。用的是两节特大型号的干电池。这干电池有小孩手臂般粗。二三十公分长。

"二总部？想得够周全的！准备跟人打持久战呢？"应奋环视。调侃着。

"曾经有过这样的想法。"谢平忙着生炉子。平时没人留守的这地窝子很潮。冷。折腾了一忽儿，炉子终于被他生着了。火头还挺旺，呼呼作响。看见谢平又要为自己煮奶茶，应奋赶紧阻拦："别忙。别忙。咱们赶紧说话吧……"

"我也没吃晚饭哩。怎么也得整碗奶茶喝喝。"谢平一边说，一边煮他的奶茶。又从蓝大衣口袋里掏出三个老大不小的苞谷馍馍。同时掏出一把带鞘套的"皮恰克"（维吾尔语，小刀），把苞谷馍切成片，烤在炉盖上。这大概就是今晚为他自己和应奋准备的"上等"晚餐了——奶茶加烤馍片。

这时，应奋也觉出有点饿了。便不再催谢平。只在一旁安静地看着谢平煮茶。烤馍片。这让她想起一点跟谢平相关的"茶事"来了。她早知道谢平家境不好，母亲去世早，兄妹几个全靠在船厂当工人的父亲那点微薄工资度日。日子过得相当拮据。当时他到她家借书，两人很偶然地说起茶，想不到十五六岁的他居然挺懂茶，还会品茶，说，这是他父亲教的。是家传的。家里居然还收藏着一套民国时期一个顾姓大制壶家亲手做的紫砂茶具。轻易不示人。还说也许还藏着不止一套这样的茶具。因为家里一只常年上着锁的旧牛皮箱子，被父亲塞在大床底下的最深处。从来不许他们去碰它。也不告诉他们里头到底藏了些什么。老实说，一开始应奋并不相信谢平说的这些话。但看到谢平诚挚的神情，再想到上海这地方近百年来风云变幻，各种人的命运更是起伏有加。在别的地方说"三十年河东三十年河西"，在上海，也许三五年不见一个熟人，再见时，他际遇的变幻和命运的起落或变赤贫或见暴富，都有可能让人目瞪口呆。甚至一晃之间，某人从地狱到天堂，或者从天堂坠落到地狱的事情可说是代有先例。屡见不鲜。比如她家那个带花园的大洋房，自从一年多前一家人被扫地出门后，就搬进了十几户操着不同口音，随身带着马桶、煤球炉和雪里蕻腌菜缸的人家……这些几代人都只能在上海"下只角"的棚户区里安身落户的人，一夜间便"进驻了别墅、洋房"。另一方面，你也很难说在上海一条最蹩脚、最丑陋寒酸的弄堂里会找不到当年洋场上的小开，外乡落魄的财主，或带着一票私房钱和她家的账房先生私奔到上海的外地小镇上某珠宝店老板娘，或曾经富得流油的掮客，或他曾经的小老婆的私生女？那么，谢平家为什么就不可能有一个"嗜茶"的传统？一个"藏着顾姓制壶大师做的名壶的旧皮箱"呢？后来，应奋又从徐又成嘴里听到过另一则故事，彻底推翻了"谢平懂茶和爱茶"的印象。徐又成告诉她，那还是在运动初期，年轻人忙着抄家破"四旧"。谢平带人去抄林辅生的家。那天徐又成恰好去看望林辅生,也在现场。林辅生当年参军前是兰州(也可能是宝鸡)师范学校的学生。祖上家境不错。在垦区师一级的领导干部中,他应该算是相当有文化底子。爱好广泛。也是个老茶客。还收藏了一些古旧名贵的宜兴紫砂茶壶。那天,他让妻子用其中的一把壶给徐又成沏了一泡当年的新茶。垦区自身不产茶,所以一般情况下不易喝到新茶。这茶是林辅生的老战友从北京刚给他邮来的。用新鲜茉莉花反复窨制六七遍。由着茉莉花香完全自如地充分渗进当年新茶的叶片中。自然是花茶中的极品。特地沏给"茶友"徐又成"品赏"。那天,谢平和他的造反小伙伴们在林家抄砸了一阵后,就注意到了那壶茶汤。谢平端起这一壶茶汤,闻了闻,训斥林辅生,你知道我们职工在连队大田里,在风沙毒日中都在喝啥吗?知道不?知道不?到底知道不知道?啊?我们喝的是渠道水涝坝水。水里还漂着羊粪蛋哩。你知道不?你没觉出自己的生活方式已经离无产阶级越来越远了,已经彻头彻尾资产阶级化了吗?!知道不?连声追问不见回答,便连壶带汤向林辅生砸了过去。转身又指挥战斗队员把林辅生家所有的紫砂茶壶都砸了个稀巴烂。而那个壶恰好砸到林辅生额头上。立即出血。破了个大口子。至今在林辅生的额头上还留下一道疤痕。"如果谢平真有一丁点儿爱茶懂茶的家传习惯,他能那么对待那些名贵的茶壶,会抄起一壶刚沏的新茶就向别人额头上砸过去吗?如果他有那么个家教,传统,他一定会知道,用我们整个连队一年收获的麦子玉米钱,都买不来林政委家这样的一把壶。当时他可真是连眼睛都不眨一下,稀里哗啦砸了一二十把啊。应奋同志,您不会认为这件事是我故意编排出来糟蹋你这位小朋友的吧?"徐又成问。应奋当时没作答,只是有点发呆,心一阵阵紧着抽得隐疼……

地窝子里自然不会有好茶叶。沏在粗糙的陶质黑釉大海碗里,即便煮进了奶子,茶汤上面仍浮着一层茶梗和泡沫。谢平沏得还算是用心的,甚至都没忽略了洗茶这一道工序。而在垦区,即便在某些大机关里,待客之道,也无非是抓一把叶子往杯子里一扔,冲进水去就直接端过来了。但即使这样,这茶,应奋还是没喝。她没喝,不是因为这茶不好。也不是嫌碗脏。她毕竟当过兵,比这更糟更脏的茶她也喝过。也不是因为喝不惯这大西北的奶茶。她此时只是没心情去喝什么茶。只想尽快结束这场谈话。

谢平倒稳住劲了。有点"既来之,则安之"的劲头。捧起大碗,顺着碗边嘶嘶地吸着那有点烫嘴的奶茶。好像是真渴了。又从里间小屋里取出一个旧广口瓶和两头生大蒜。广口瓶是袁雅芳从上海带来的。原先是装梅林食品公司出的奶油话梅。现在装着满满一瓶的油泼辣子。苞谷馍片烤得脆香。谢平往上抹一层油泼辣子,递给应奋:"非常时期。条件有限。姐,您凑合。"应奋接过馍片,却没马上往嘴里送,只是问:"说说吧,神神秘秘地把我带到这儿,到底有啥特别的事?"

"不着急,已经到这儿了,'革造总'那帮子二毬货就找不着咱们了,咱们可以缓着劲儿说话。"

"'革造总'?'革造总'是谁?"应奋问。

"我们这儿的一个保皇组织。林辅生的御用保皇军。我'红近军'的死对头。应姐,您吃。尽着吃。馍还有哩,管饱。甭管好赖,反正得吃饱。吃饱了再闹革命。"说着,他替自己又抹了两片馍,又剥出两瓣生蒜丢进嘴里,也是真饿了,大口大口嚼得嘎吱嘎吱山响海响。但应奋还是没吃。"您咋的了?"他瞟了一眼应奋,问。"说事吧。说了,我再吃。"应奋口气坚决。谢平犹豫了一下笑道:"那……等我把这一口吃了吧。姐,这可是我今天头一顿饭呐。"说着,又从那广口瓶里抠了一大勺辣子抹到那馍片上，一起送进嘴里，鼓鼓囊囊地嚼了，再吞两口奶茶，把嚼碎了的馍片蒜粒儿送下肚，用手掌心抹去嘴角唇边的馍渣碎屑，心满意足地打个饱嗝，仰身往那把白皮靠背椅的椅背上一靠（但立刻又坐起，好像椅背上有什么钉子扎了他一下似的），对应奋客套了一句道："今天能见到您，真的很高兴。"不等应奋回应，起身去里头的一个小间取出一个扁扁的小木匣，"不过，要请您帮个忙，替我带件小东西回上海……"说着，便把这个小木匣放到应奋面前。应奋打量了一眼这松木做的木匣，大约四十来公分长，八九公分高，十来公分宽，既没油漆，也没做榫卯，全靠小钉子钉成；她屈起一根食指，轻轻地敲了两下这木匣笑着问："不会是个定时炸弹吧？谢司令。"

"还真说不准。"谢平也笑了笑。

"带给谁？"应奋问。

"暂时寄放在您家里。行吗？"

听说要寄放在她家，应奋再次拿起小木匣掂了掂分量，问道："这里装的是什么重要东西，能告诉我吗？"

"一些材料。很重要的材料。关系到我和我们'红近军'身家性命的材料。"

"交给我，不怕我偷看？"

"能交给您，当然就不怕您看。不过，看完了，请替我原样放好，保管好。绝不外传。更别丢失了。"

"谢谢你这么信任我。"

"不管谁来取，您都不要给。到一定的时候，我会来取的。"

听谢平这么说，应奋便放下了那个木匣，问起另一档事："听说你正组织你们造反兵团的人去冲学习班，劫你出来？"

"您真是啥都知道。"谢平哈哈一笑，"是的。是的。确实有这么回事。"

应奋马上激动了："难道你不清楚这个学习班的保安措施有多严密？听说整整一个持枪警卫连在戒备着你们这帮人。你怎么可以只为了个人，让自己这一派的同志去冒这么大的风险，去逞这种匹夫之勇？你是不是觉得这地方出一起'九·二六'事件还不过瘾，还得再来一起，再死上一二十个人才舒服？"

"冷静，姐，莫激动，激动要变长方形。冷静下来听我说一句，行吗？先请您看看这个。"说着，他背过身去，脱下外衣，再撩起里边的衣服。应奋看到他光溜溜的脊背上，深深浅浅地叠印着无数条被什么抽打后形成的伤痕。有一些依然红肿着。那些条红肿的皮肤上有些地方甚至还破了口子。

应奋一惊。

"打的？"

谢平放下衣服，慢慢地笑道："肯定不是画的。"

应奋不作声了，只是定定地看着谢平，等他做进一步的解释。

"这就是我在这个学习班里享受的'高级待遇'。在这种情况下，我想您也会同意我下面这个判断，如果我提出要请几个小时的假出来见一位远道而来的熟人，他们一定不会让我出学习班大门的……"

"那就可以让你的那些伙伴冒死去冲学习班？"

"别激动。别激动。听我慢慢给您说嘛。但是今天我必须见到您。虽然在此以前，少文和李爽他们并没有告诉我今天要来看我的这位'熟人'到底是谁。但我无论如何一定要出来，目的只有一个，就是把这个小木匣子托这个远道来的熟人带出垦区，替我，替我们'红近军'保管好，收藏好。所以我们就设了这样一个局……"

"设了一个局？"

"对。准确地说,所谓要去冲学习班,只是一个局,虚晃一枪而已。但我确实下过一道命令,调动了几百人集合在我们那个总部附近,做出一副要冲学习班的架势。还让他们赶紧四处去散布舆论,说'红近军'要冲学习班。去劫谢平。目的无非就是要让学习班和新成立的抓革命促生产指挥部的领导紧张起来。正如您刚才说的,在出了一档'九·二六'事件后,谁都害怕再出这么一档流血事件。特别是抓革命促生产指挥部的那些新领导,刚掌了权,当然更希望局面稳稳当当的,能把这个官做下去。于是,正如我们预料到的那样,他们立即派人找我谈话,让我去做'红近军'的工作。立即停止这种'盲动'的'极其危险'的行为。我当然得提条件啊,去做工作可以,得放我出去跟他们当面谈……"

"他们就这么轻信你?放你出来不怕你跑了,再不回学习班去交代问题了?"

"跑?我能往哪儿跑?"

"垦区那么大,你怎么就不能跑?随便买张车票你哪儿不能去?"

"随便买张车票?哈哈,我的应大姐哎,您以为中国所有的地方都跟上海北京、跟口里其他地方一样,只要有钱就能买到车票了?垦区范围里的车站一直有规定,没有垦区团场一级组织出具的通行证明,他们是不会卖给你票的,连招待所也住不上。"

"你不能在公路上拦便车吗?"

"可您也看到了,进出垦区的大公路就那么一两条,他们只要派人在路上设个卡,谁都插翅难飞。"

"为什么一定要走公路?戈壁滩那么大,哪儿不是路?"

"我说亲爱的上海人啊,别再想当然了,好不好?求您了。别让我怀疑你们这些人的地理知识是体育老师或色盲的美术老师教的。戈壁滩虽大,但也荒无人烟,一望无际几十上百公里。有首脍炙人口的歌怎么唱来着？'没有草也没有树，连鸟儿也不飞'。夏天走，渴死你。冬天走，冻死你。迷了路饿死渴死冻死你。还有狼群等着你。跟您说一个例子，您可能还不信，我们这儿的劳改队……"

"劳改队？"

"就是你们口里人说的'监狱'。我们这儿的劳改队一般都没围墙。也没大铁门。更没铁丝网、电网啥的。为什么？它用不着。它不怕你劳改员往外跑。为什么？就是因为想跑也跑不出去。为什么他跑不出去？就因为劳改队周边都是大戈壁滩嘛。最佳逃跑季节是青纱帐起来和秋熟挂果时。但有青纱帐和秋庄稼的地方仍旧只是一小片。而只要走出那一小片地方，仍旧是一望无际荒无人烟'连鸟儿也不飞'的大戈壁。"

"……"应奋不作声了。过了一小会儿，她问："你挖空心思设下这样一个局，就是为了让我带走这个小木匣？"

"是的。"

"它有那么重要？"

"我说过了，它关系到我个人、关系到我'红近军'一万多名战斗队员的身家性命和政治声誉。"

"有那么严重？"

"有过之无不及。"

"能再跟我说得详细些吗？"

"今天没时间跟您细说了。大致说说吧，这匣子里装着两类材料，一类是关于'九·二六'事件的。另一类是关于林辅生的。"

"'九·二六'事件不是已经成立了调查组，你不相信他们会公正调查？"

"我们愿意相信，但也得以防万一。万一调查组的人也有派性呢？万一他们这一碗水端得不是那么平呢？我们'红近军'的人去冲了零三连，引发了'九·二六'事件，这一点是板上钉钉的。确实是我们的一个错误。我们要为这个错误付代价。我们认了。但这里还有三个关键问题是不能含糊的，牵扯到我们的错误到底有多大、将来为此到底要付多大的代价。而一直到目前为止，对这三个关键问题的看法普遍存在着严重分歧。有人乘机把一切责任都推到我们'红近军'头上，推到我谢平头上，想彻底毁了我们。这当然不行。这三个问题是：一，'红近军'去零三连，到底是去抢枪，还是按事先约定的去取枪？这涉及事件的定性。如果是去抢枪，'红近军'当然该杀。第二，第一颗手榴弹到底是谁扔的？这个细节的重要性，不仅在于这颗手榴弹炸死了人，还在于事件中一切过激行为都产生在这颗手榴弹爆炸以后，都是由这颗手榴弹引起的。也就是说当它炸死炸伤了零三连的几个同志以后，事件才瞬间升级，才会造成后来一二十人的伤亡。所以，查清这颗手榴弹到底是谁扔的尤为重要。现在社会舆论几乎一边倒地认定是我'红近军'的人扔的，因为他们认为零三连的人绝对不可能扔颗手榴弹去炸自己的副连长和连长的家属。如果这颗手榴弹确实是我们'红近军'扔的，'红近军'当然也该杀。第三个要害问题就直接关系到我了：这个事件到底是谁策划的？当天事发时，我谢平在不在现场指挥了'抢枪'？社会上一边倒的舆论是这个事件完全是由我谢平一手策划，并在现场指挥实施的。因为他们觉得除我谢平以外，'红近军'不可能再有第二个人能策划指挥得了这么大的一个事件。如果这说法也属实，那我谢平也该杀。但事实并不像某些人臆想的那样。我们有足够的证据证明，在'九·二六'事件中，'红近军'虽然犯有严重错误，但至少没有犯以上三个错误，'红近军'不该'杀'。谢平也不该'杀'。"

"你们还收集了林辅生的什么材料？他是谁？你们师党委原先的领导？"

"是的。"

"你要我带走关于他的材料，干啥？"

"这个情况就更复杂了。来不及跟您做更多的解释了。"

"你想用这部分材料来说明你们当初到底是为什么才起来造反的？"

"有这个因素。但不尽然。"

"……"应奋沉默了一忽儿，又问了件事，只是不自觉地把声音放低了许多，"谢平，听说你也打过人？"她以为谢平会否认，最起码也会含糊其词一下。但没想到谢平回答得特别干脆："打过。""怎么打的？""用茶壶砸的。""砸谁了？""林辅生。不过那时我才十九岁……""十九岁已经成人了啊。十九岁就可以打人了？""是的，不可以……""后来呢？"谢平犹豫了一下："后来，我们'红近军'的人当然还打过他。但后来的那几回，我没上手……当时我们把林辅生看管起来，要他交代问题，但他老避重就轻……"

"没按你们需要的交代，你们就认为是'避重就轻'？"

"现在想起来，有这么点意思。当然，还有个态度问题，他当时挺不老实，在'革造总'的帮助下，他还逃跑。后来被我们又抓回来。大家气愤不过，就用柳条抽了他半夜。"

"抽了半夜？天呐，你们怎么能这么干?!"

"所以，这一回，他们也用柳条抽我嘛。"

"是林辅生抽的？"

"应姐，您……您能不能不说这么天真的话？他是刚被解放的三结合领导干部。他再笨再恨我，也不会亲自动手。而且也用不着他亲自动手嘛……"

"就像当年,也用不着你这位谢司令亲自拿着柳条去抽他一样?"

"实事求是地说当年我没制止同伴们的过激行为,但也没鼓励他们这么干。"

"为什么不制止?"

"在那样一个轰轰烈烈的大革命形势下,怎么可以去阻止同志们的革命行动?"

"打人也是革命行动?"

"有时候是。有时候不是。您应该读过法国大革命史吧?知道罗伯斯庇尔和他的红色恐怖……"

"罗伯斯庇尔们用皮鞭断头台对付的是封建王朝的帝皇贵族。你们用柳条棍棒对付的是我们革命的老同志,能一样吗?"

"可他们多吃多占,贪污腐败,推行修正主义的经营模式,搞资本主义复辟,欺压百姓。"

"他们真的那么干了?"

"难道他们真的没这么干?!"

"你能确认他们全都变质了?"

"当然还不能说全部……"

"那你们为什么把他们一概地全都打倒?"

"……"谢平张口结舌了。

"既然你认为打人也是革命行动,为什么你不去鼓励,后来自己又不去参与了?"

"……"这回轮到谢平彻底不作声了,低下头去默坐了一忽儿,突然捧起那个陶质粗釉大碗,稀里哗啦地转着圈吸了几口奶茶,好像要以此来掩饰自己某种尴尬似的。然后他问应奋:"几点了?"应奋看出他是要回避那个他没法回答的问题,在转移话题。她不想让他太难堪,也就没去"揭穿",应和着看了看手表答道:"快十一点了。哎,你自己的手表呢?"

"我哪来手表?"

"不对。你应该有块手表。那天你们离开上海,我去北站送行。记得当时你是戴着手表的。"

"那天你去北站了?我怎么没见你?"

"当时站台上人山人海。一片哭声。就你们几个激进分子从车窗口探出头来还向人群发表告别演说,慷慨激昂。一副普天之下舍我其谁的气派,哪里还看得到我?"谢平愣了一下:"但当时我一直在用眼角的余光瞄着站台,找您……""得了吧,还找我哩。好几回我都看到你的目光从我站的地方扫过,你都装作没瞧见。""我确实没看到……真的没看到……"谢平慌慌辩白。"你当时还领着大伙喊口号。我没说错吧?正因为你举拳头喊口号,我才看见你手腕上戴着表,是金属表带,亮亮地一闪。应该是一块上海牌的全钢表。对不?手表呢?"谢平叹了口气道:"砸坏了。有一次带人去查证落实林辅生的一个材料,半路上中了'革造总'的埋伏,差一点被他们抓了去。赶紧钻进一边的旧砖瓦窑里躲藏。窑里好大一堆没取走的残砖垮塌下来,只顾用手去护脑袋。几块砖砸在手表上。报废了。"说到这里,谢平忙站了起来,"不能再扯了。我得回学习班了。再晚,他们又得收拾我了。"

应奋忙说:"我再问最后一个问题。行吗?"

谢平一边收拾水壶、油泼辣子瓶等东西,一边答道:"您问。"

"如果你真把我当姐,请如实告诉我,这些年,你除了打过一回林辅生以外,到底还干了哪些坏事?招得一些人这么恨你,总想着要用种种方式收拾你。"

"向少文、李爽,还有徐大连长没跟你详细介绍我的'罪行'?"谢平又开始坏笑了。

"好好说话。"应奋瞪了他一眼。

"……"坏笑即刻从谢平嘴角处消失。他沉吟了一下,然后抬起头认真地打量了应奋一眼,答道:"是的,我,还有我们'红近军'这一年多来确实做了一些错事。但是……"

"别跟我'但是'。据说,向少文和李爽想认真跟你回顾一下这一年多的所作所为,做做人生总结。你根本听不进去,还很激烈地跟他俩吵了一架。"

"是的……"

"为什么?你谢平就那么英明伟大,不需要总结教训?"

"……"谢平又沉吟了一忽儿,只不过,这回沉吟的时间更长。应奋见他好像有些犹豫,便说:"如果你不愿跟我说,可以不说。"

"不是不愿说。"

"那是什么?"

"因为……因为我觉得,到这个份儿上,再来说这些好像已经没啥用了。"

"什么叫已经没啥用了?一个人该回头的时候就该回头,该总结教训的时候就得好好总结,重新向前走嘛。"

"晚了。亲爱的应姐,来不及了。已经晚了……来不及了……"

"这是什么话嘛!晚了,你七老八十了?你才多大?二十。"

"二十。已经很老了。"说着,谢平长出一口气,"……в людях……в людях啊……在人间,尤其经历了那样一番折腾,二十岁已经很老了……回头已经来不及了……"

"是别人不让你回头,还是你不想回头?"

"……"谢平苦笑了一下,在又一次低下头以后,便再不肯说什么了。

第三天凌晨三点四十六分,独立师抓革命促生产指挥部值班室接到学习班值班室一个同志打来的电话,称:"红近军"坏头头谢平请假外出,超时未归,经多方寻找未果,确证已外逃……

……凌晨四点零一分徐又成接到师抓革命促生产指挥值班室的电话,让他立即赶到指挥部复命。指挥部的同志之所以要把徐又成找去,是因为他们得到消息说谢平在逃跑前专程去过零三连。估计徐又成能提供一点谢平的去向。徐又成告诉指挥部的同志,谢平去零三连是为了看望他重伤的妻子,顺便去归还被他借走的那个唱机和唱片。他在零三连大概只待了十几分钟就匆匆走了。那时刻,徐又成妻子伤情突然危急,大伙忙着全力抢救(后来还是没抢救过来,在当晚去世了),所以谁也没顾到跟他说话。以致他到底什么时候离开零三连的,都没人注意到,更没人知道他到底去了哪儿。指挥部的人又找向少文和李爽。也没谈出啥名堂。因为谢平走前压根儿就没跟他俩打照面。自从那次吵架后,他也再没搭理过他俩。指挥部还派人把"红近军"总部所有的人员都集中起来追问。这"所有的人"却高度一致地保持了沉默。指挥部的人直训了他们两个多小时。这些人一直蹲坐在地上,低头不语。会场上一片鸦雀无声,呈现了极罕见的静场。无奈,指挥部只得下决心派人去公路上设卡堵截。设卡的人还没出动,学习班的人却打来电话,声称"谢平回来'投案自首'了。这忽儿正在学习班班部办公室里,等着接受'超假'的处分哩"。

"这家伙到底在搞啥名堂?"闻知这消息,指挥部的人全都一愣。

这时候,师部小礼堂附近的林带里
突然聚集起了成百上千只乌鸦……

乌鸦们在树冠上不断地起落,聒噪了好一阵子。天色逐渐阴沉。风也硬冷。木工厂后身那家照相馆门前的林带里拴着十多辆毛驴车,却不见人影儿。厂区里那两架巨大的锯木机也一并闲起。只有烤房里还有动静,在烘烤一堆寸板和方子。继续透过那啤酒桶状的粗胖烟囱和土块砌就的厚墙,向四周发散一缕缕白烟似的热气。而从师部中学的操场上时不时传来一下下嘭嘭声。很单调。很单调。那是篮球砸到篮板上发出的声音。随即,这声音和鸦群一起向着南山深谷的方向消失。那是一个被朦胧派诗人称作"远方"的地方。往往也是风和云消失或聚集的地方。然后,人们开始纷纷对着窗外低声念叨,哦,到底是要下雪了吧?

可是,雪呢?雪又在哪儿呢……

……这时,林辅生正奔波在去"老会堂"的路上。"老会堂"坐落在垦区总部所在地白杨河市市郊三十五公里处的一个谷地里。白杨河市完全是由垦区当年一些老领导带着林辅生等一大批"就地转业的年轻军官和军人"，靠一把把铁锹十字镐砍土镘和一提提人拉犁，从万古戈壁荒漠上建起来的。一片片挺拔高大秀丽的钻天杨点缀在黄墙红瓦的楼群和黑油马路之间。于是，那条千古默默无闻的白杨河开始著名。车出了白杨河市西南郊，路面便开始有点颠簸。而后路的一侧出现了火红色的山谷和黑褐色的谷底。牧民破旧的冬窝子像被人无意间遗忘在旅途上的一个个旧羊皮水袋。半小时后，翻过一个高耸的大坂，那个曾经被他惊叹过的镜像又出现了：由于此间一年四季都在刮强劲的西北风，所有的树都朝向东南这一个方向呈三四十度的倾角生长，似乎在统一的口令下，整整齐齐地向着某个神灵叩拜。于是他知道目的地快到了……

这个"老会堂"全名叫**"垦区文艺会堂"**。垦区前一把手苏政委爱好文艺，自诩是"文艺界不成气候的护花使者和最虔诚辛勤的园丁"。还是京剧和曲剧的"名票"。在北京、天津的戏曲界里颇有人缘。也有一定的"名望"。据说跟马连良先生和著名女武生裴艳玲有相当的过往。运动前，在他力主下，垦区养了好几个专业剧团、豫剧团、楚剧团、京剧团和以歌舞为主的文工团。正在筹建话剧团时，让运动冲了。这个文艺会堂当年就是专为接待从各地请来的文化名人和各演出团体而建的。之所以没把这个会堂建在白杨河市里，当然是为了"避嫌"。多年来全垦区职工的生活一直比较清苦。相当一段时间里甚至可以说还比较艰难。主食常年以粗粮为主。有时过好几个月才勉强给每家发几两棉籽油炝炝锅。相当一部分农场都不能按时开工资。打白条欠着。或油印一些农场内部购物券让职工拿着它到本农场商店去换取一点日用必需品，以救家用之急。但接待这些口里来的文化名家和演出团体，总不能让人吃粗粮，也不能用内部购物券来给人充当劳务费。人家拿着这样的购物券也没法去正规商店购物啊。苏政委亲自到北京、上海等地考察。发现他们都在经济困难、各种副食品限量凭票供应时期，在一般市民不能随意出入的政协礼堂里设特供点。印制一种专用券。让名家们凭券在这样的供应点里喝到外头喝不到的咖啡。吃到在外头吃不到的淮扬小笼汤包或上海凯司令西式糕点。每一张专用券还可以很便宜地买到一份青菜打底的红烧大排骨加一碗大米饭。或买到各种黑胶木唱片。内部书刊。高档一点的小提琴和名优糖果、手表、自行车等等……当时白杨河市的老百姓和农场里的职工一样都在吃粗粮、拿盐水煮白菜酸渍萝卜干下饭。当然不能把这样一个整天从烟筒管和窗户里向外扩散白米饭、肉菜和蛋糕香味的特供点安置在市里。要**"注意群众影响"**啊。才决定把这个文艺会堂建在了三十五公里外的这个谷地里。

再浓烈的肉蛋香味儿分子也扩散不到三十多公里外去。这是个极其简单的物理常识和生活真理。

……

车终于停下。眼前就是"老会堂"。不远处的雪山顶上还在渲染火烧云的绚丽，而洼地里却已弥漫起一层层淡紫色的暮霭了。暮霭升起的地方一定是一大片密集的林子。林子高耸，绿得发黑。由于进入深秋，树梢头上的叶子已经被浓霜涂染成棕红褐黄。林区的面积并不大。但老式吉普车一驶入林区，便能听到（或闻到）溪水的清澈。松林的清冽和暮霭的阴沉清润。

随行警卫进门去通报后，立即有人迎出。三十五六岁。熟人。垦区总部前政委苏楚海的前秘书小胡。"林政委，您挺好吧？家里人都好着呢吧？"小胡同志十分热情，用双手握住林辅生。"你也挺好的吧，小胡？"林辅生笑着反问。一批被解放重获工作机会的老同志与熟人第一次见面时通常都会这样去问候对方。林辅生赶紧又问:"苏政委咋样?好着哩?""好着哩。好着哩。啥事都没有。啥病也没有。就是腿脚有点不方便。这些日子请了个气功大师给他治疗哩……"这时,他俩已经走上那水泥台阶,而后一脚跨进那高大的门厅。水泥台阶有点开裂。门厅里曾挂过苏政委多方求来的名家字画。这忽儿空了,只剩那用昂贵的菲律宾硬木做的护墙板和仿绸缎布纹墙纸,这就使整个门厅显得有点黝黯。单调。古旧和不协调。这时,从楼上那间大起居室里传来一阵阵爽朗的谈笑声。林辅生从中听出些许熟悉的声音。都是当年在各农建师担负主要领导责任的老同志的声音。再往上走了一段,便听到一个既厚重又有点沙哑,多少带些沧桑感的嗓音直接从他俩的头顶上倾泻下来:"哦嗬嗬嗬,瞧瞧,瞧瞧,谁来了?"林辅生立马听出是苏政委的声音,便紧抢了几步,跑过去,刚要伸出双手去握这位老领导的手,一时间却傻愣在那儿了——最后一次见到苏政委时,他还底气十足(虽然现在底气仍然挺足),国字形的脸上脸色虽有一点苍白(多年习惯熬夜,他的脸色从来没红润过),但腿脚捷健,眼神明亮而锐利。而这忽儿出现在他面前的这位苏政委……却坐在轮椅上了。脸带微笑,眼神也变得含蓄且又温和……更让林辅生吃惊的是,随着苏政委一声张扬,从起居室里拥出不少人。果不其然,全是垦区下属几个农建师的前政委、前师长,还有五六个重点团场的老领导——老政委今天这是想干啥呢?这样召集起一批一度曾被打倒的老部下,会不会引起其他人猜疑?转念间,林辅生的脚步不知不觉地放慢了。当然没停。更不会向后转。依然保持着那种礼貌的微笑,甚至在快要走完最后一级楼梯时,仍然做出一副"迫不及待"的模样,抢上一步去握住苏政委那只早已伸在那里等着他去握的手。那手,依然是那么地宽厚,柔软,只是不再像从前那样,总是温热温热的,而有一点点凉凉的感觉了。手背上的皮肤也皱得可以,并点缀着少许老年斑了……

苏政委也是刚被解放了经三结合而在新成立的垦区抓革命促生产总指挥部中担任了副总指挥一职的。各级指挥部的总指挥一般都由刚从北京来的现役军人担任。总部也不例外。

总指挥部通知,明天要召开指挥部成立后的第一次工作会议,部署当前抓革命促生产工作。接此通知后,林辅生又接到小胡的电话,让他提前一天到"老会堂"来,"**有要事**"。既然是小胡打的电话,那所谓的"提前一天"一定是苏政委的意思。既然要他提前一天,那一定是苏政委要"单独召见他"。既然是单独召见,那便一定是有"要事"。这使他很兴奋。没想到的是,竟然已经有这么些老同志都接到了小胡的电话,都"提前一天"来了。"单独召见"大概仅仅是自己的臆测和"一厢情愿"而已。一时间不免有一点失落,还产生了三分担心:老同志们刚解放出来,立即就这么搞"私下聚会",会不会让人产生某种误解,认为是对运动的一个变相的"示威",更甚者还可以演绎成"这是在从事某种非组织活动"? 要知道,运动在垦区是"结束"了。但在全国还"如火如荼"着哩。一批曾被打倒的老同志私下聚会,在运动中这可是特别忌讳的事啊。

"一忽儿康占德同志也要来看望你们。在工作会议之前,请一些刚解放出来的老同志聚一聚,以示慰问,这是占德同志提议的。"苏政委可能从林辅生的神情中感觉到了这样的疑虑,不等林辅生开口,就先把这个小型"聚会"的背景解释了。康占德就是中央从北京解放军三总部调来主持垦区全面工作的新领导,现在是刚成立的垦区临时党委的党委书记。现役军人。曾被授过少将军衔。也曾担任过解放军总参某二级部的领导。

"你们那儿有个造反派头头叫谢啥来着？谢平？"苏政委把林辅生带到二楼一个小起居室里，刚关上门就问道。

"有……"林辅生一边点头称是，一边心里嘀咕，"这个谢平！怎么闹到苏政委那儿去了？"

"这是占德同志转给我的。"苏楚海把一封"人民来信"放到林辅生面前。林辅生拿起来一看，是谢平写给"尊敬的无产阶级司令部派来的领导同志"的。内容大致是申述他在学习班里的那些遭遇。

"学习班里有这样的事吗？"苏政委问。

"我们的学习班完全是遵照垦区指挥部下达的文件精神办起来的，怎么可能会发生这样的事？"

"信里还说，学习班在审查他们的问题时，所使用的工作人员都是他们对立一派的群众组织成员。"

"这您应该知道，现在从上到下各师各团哪里还找得到没参加过群众组织的人？要审查这些造反派头头，当然不能用他们造反派自己的人。否则，还不是把羊赶到菜地里当警卫，越折腾越没名堂了？"

"那也不能用刑，对不？不能用他们这些造反派摧残我们老同志的手段来审查他们。"

"当然不可以的。这个问题，我回去查。一定查实此事，尽快给您一个确切的回音。"

"不是要给我一个回音，要直接给占德同志一个报告。占德同志很关心这件事。他不希望我们用派性去反派性。否则，别说垦区永无宁日，中国也永无宁日。就很难团结起大多数，建立起反修防修所需要的坚强后方基地。他告诉我们，一定要从这个高度去认识当前这个清除派性的工作，千万不能用派性去反派性，更不能用某一种派性去替代另一种派性。这是占德同志的原话。"

"明白。"

这时,秘书小胡轻轻敲了敲门,把一张便条递给林辅生,低声说道:"刚才你们独立师指挥部的同志打电话来找您。我说苏政委正跟您谈话,不方便接电话。他们就让我记下这两句话,并让我务必尽快把这两句话交到您手里。"

林辅生向苏政委示意了一下,便赶快打开便条来看。只见上面写了这样两句话:"谢平跑了,正设法堵截。有何指示,请尽快明示。"林辅生暗自一惊,随即盘算了一下,决定暂时不向苏政委报告这个新动向。谢平问题再大,在整个垦区来说毕竟只是一个很小的局部问题。没必要拿它去惊动总部领导,便对苏政委请示道:"有一点小事,我得去给家里回个话。"征得同意后,立即上隔壁房间给师值班室回了个电话,才得知,谢平的"逃跑"是一天前发生的事。林辅生很生气,批评他们为什么拖这么久才向他报告。值班室的同志解释,事情发生后,他们就要向他报告,但是因为他在去总部的路上,无法联系就耽误了。"好了,别啰唆了。我正在苏政委那儿谈事哩。请示过丁师长没有?先按指挥部其他领导同志的指示办。一定要设法找到这小子,控制住他。控制住了他,就能控制住'红近军';控制住了'红近军'就能有效稳住咱们独立师抓革命促生产的整个局势。明白不?要随时向丁师长报告情况。"放下电话后,林辅生仍有些不放心,又直接给学习班班部办公室打了个电话,让他们找朱留长接电话。朱留长是"革造总"的一号勤务员。现在在学习班负责专案审查。最早是个转业战士,爱好摄影,为人豪爽,热情,经常免费给朋友拍照冲洗相片,也爱往师领导家里跑。当时,一些师领导常有老家的亲戚朋友上这儿来看望,也想去师里的一些景点玩玩。这个朱留长总是主动提出带他们下团场,跑景点,为他们当"导游"。一路上还免费为他们拍照。林辅生从垦区总部副司令位置上被放到独立师来当政委,起初几个月,家属没跟过来,单身住师部一招。朱留长更是协助一招的协理员照顾林辅生。家属偶尔过来探望,他朱留长也是事无巨细地帮着安排一切。后来林辅生把他安排到师直木工厂后身的那个东方红照相馆当技师。不久,他那个照相馆就成了一大帮业余摄影爱好者的联欢场所,也是一些文化人不约之请的聚会场所。"文革"开始后,他挑头成立了"革命造反总司令部",成了一号勤务员,很快把这个"革造总"发展成全师最大的一个群众组织,"红近军"的死对头。成立学习班后,林辅生点名把他调进学习班专案办公室任副主任,专门负责谢平和"九·二六"事件的专案审查。

听说是林政委要找朱留长,学习班办公室的同志自不敢怠慢。但赶紧找了一大圈儿,也没找到朱留长,就想请林辅生留下话,由他们转告朱留长。林辅生没应承,只说了句"再去找找,找到小朱让他赶紧给我回电话",就把电话挂了。办公室的同志当然懂得,领导有些话可以让人转告,有些话是不能由他人转告的,便很知趣地放下了电话。当晚,由苏政委主持,康占德总指挥亲自参加的这个茶话会一直开到深夜。散会后,几个老同志觉得机会难得,又兴致勃勃地上林辅生房间里聊天。抽烟喝茶。嗑瓜子剥花生。聊了好大一忽儿。林辅生虽然急着想知道谢平的下落,但也只能隐忍。陪那些老哥儿们瞎聊。等各位自觉尽兴。走开。林辅生躺下。已是凌晨光景。他在床板上辗转反侧折腾了一个多小时,刚迷糊着,却又被人叫醒。是小胡。送来一张便条。还是独立师指挥部同志打来的电话记录,上面只有一句话:"谢平已寻获。控制住了。并截获他让一位上海朋友带出去的一个小木匣。请指示具体处置办法。"

林辅生立即翻身起床回电话，才得知谢平
并非是"寻获"的，而是"投案自首"的

谢平确实跑了。他要去北京。当得知学习班让朱留长来负责他的专案，同时负责调查"九·二六"事件真相，他觉得，这样下去，自己"必死无疑"。这也是"红近军"核心勤务组所有头头的看法。所以，他们一致认为，谢平必须带着他们所掌握的那些材料，亲自去北京向有关部门申述，以求一个公正的结论。在此前，他曾经从李爽那儿搞到过好几张盖了公章的空白通行证。备着没用。也是以防"万一"的。这些空白通行证足以助他买到去白杨河市的长途班车票和去北京的火车票。同时，他也很清楚自己的一举一动都在"革造总"那一帮人的严密监控中。"革造总"那一帮人一直密谋着（甚至不惜采取一切手段）想搞到"红近军"手里掌握的这些"原始材料"。怎么保证这些"原始材料"的完好无损，谢平和他们那一伙人着实煞费了一番苦心。他明白，"革造总"是无论如何也不会让他带着这些材料走的。于是就利用应奋的到来，设计了一套"声东击西""金蝉脱壳"方案。用应奋来吸引"革造总"和朱留长们的注意——也就是说在那个木匣子里装的只是一些假材料。等朱留长他们从应奋手里截获那个木匣子，"欢呼""庆祝"而有所放松和疏忽之际，他赶紧从另一个最为保密的地方取出那些"真材料"直奔北京。这方案经"红近军"核心组几人密商再三，觉得万无一失。但没承想，随后发生了两起事，完全打乱了他的步骤。第一件事发生在那天他去零三连看望徐又成负伤的妻子之时。前边说过，运动之前，他和徐又成有过相当的来往。那忽儿，到农场，原先认为最不好过的"劳动关""生活关"

"思想关"，对于谢平、向少文、李爽那种思想准备比较充分的人，偏偏都没遭遇什么太大问题。而偏偏在当初认为最不可能出问题的"精神生活关"上被卡住了。连队里不通电。晚上一片漆黑。精神生活到了相当贫乏的程度。早晚架在连部办公室房顶上的那个大喇叭各响半小时，播放场广播站播出的本场新闻和"最新最高指示"。这就是他们和外界唯一的精神联系和精神补充物。向少文很快调去当了连干。李爽也去了机关。谢平则一直被放在最底层"锻炼"，"有待进一步成长和成熟"。时间一长，自然就有点扛不住。于是，只要有可能，用他自己的话来说，就会四处去接触一些能聊得上的人给自己打个**"精神补丁"**。徐又成便是这些人中的一位，而且是最重要的一位"老师兼朋友"。

得知徐又成的妻子在"九·二六"事件中负了重伤，谢平一直感到特别内疚。九月二十六那天他确实不在现场。他事先和几十公里外一个石油矿区的造反派头头约了去谈"革命联防"问题。届时还想请矿区的战友支援他们几十根无缝细钢管，带回来准备做长矛用。要不要去零三连"取枪"，在核心组有过激烈争论。零三连和垦区绝大多数武装值班连队一样，在运动中的观点是支持"革造总"那一派的，也就是说对垦区曾经的主要领导，包括独立师的几位主要领导，像林辅生那样的，他们所持的观点是：可以揭发批判，但反对立即统统打倒。零三连只有一小部分人是支持"红近军"的，那就是向少文和这回负了重伤的徐连长的妻子和一排长。以及一排的部分战士。徐连长的妻子没到垦区前是个大夫，随徐连长到零三连后，因为零三连原先已经有个卫生员了，她又不愿离开老徐去场部或管理处处部医院任职，就留在连里，为机修排大车班七八个老职工的孩子办了个小学。(转业战士们都结婚不久，或者还没生养，或者刚怀上，或者孩子还小。受伤前，她正计划为这些战士的家属筹办一个托儿所。)她特别喜欢谢平这个既"文气"(运动前，谢平确实寡言少语)又"聪明""懂事"的上海小子。她后来支持(同情)少数派的"红近军",不能说和她当初喜欢谢平没有一点关系。谢平每回到零三连,都叫徐又成"大哥",但从来都称她为"林姨"。徐又成曾"抗议"过:"你这不是乱了辈分吗? 她是你姨,你又叫我哥,那我是她谁? 你存心在她跟前压我一头? 臭小子!"谢平当时还正经愣了一下,答道:"我没想压谁啊。在我感觉里,你就是我大哥,她就是我姨嘛。"

……因为马上要去北京,还不知道什么时候能回来,想着应该把借人的东西都还了,谢平那天是带着那个唱机和那张唱片去的零三连。但一到连里,觉得气氛特别紧张。见到的每一个人都无心跟他搭讪,甚至都不愿跟他搭讪。这和"九·二六"事件有关。主要还是因为林姨伤情突然恶化转危。许多人都焦急地聚集在连长家门前。等结果。一开始谢平还不好意思往里挤。也没人给他让个空儿。他只好悄悄地在屋外那个存煤放杂物的小棚子边上待着,后来还是向少文知道他来了,才把他带进了屋。

谢平看到徐又成坐在林姨跟前。林姨已经快不行了。脸色惨白。整个人虚弱得都握不住徐连长的手。但她还是坚持把自己的手放在了徐连长的手里,不舍得放开。平时她也不爱说话,在家里接待老徐的客人时,双手总是捧着一杯茶,在一旁微笑着听他们大声喧哗说笑。这忽儿想说句什么,却又说不动了。肺部的伤处一直在流血。没有止血的药。"一点都没有了吗?"徐又成低声问卫生员。卫生员愧疚得快要哭了,只知道一个劲儿地冲着徐又成惶恐地战栗着,啥话都说不出来。徐又成也只能握住妻子的手,反复安慰她:"没事……没事的……一忽儿我们就送你去大医院……"她想冲丈夫笑一下,但已笑不动了。她很清楚,这儿离能救她一命的大医院太远。太远。实在是太遥远。他也知道她有无数的话无数的事要向他交代。托付。关于这个家。关于他们的双胞胎闺女。甚至关于那个刚打完还没来得及油漆的大衣柜。还关于三排长年轻的媳妇胎位不正。关于连队这个卫生员有必要送出去进修……关于……关于……还有无数个关于"关于"的关于……在所有人眼中，无论从哪方面看，徐又成都是个天生的军人，刚烈的汉子，全能的正营职连长，是个典型的说一不二的好丈夫。而他的妻子在人们眼中，似乎只是个贤淑女子，是徐又成忠诚的影子，是附和跟随在徐又成身后的一个副存在而已。但只有徐又成自己知道，这个妻子对于他来说有多么重要。他们之间共同生活的这些年过得又是多么默契。她虽然不爱说话，但也总是不用等他开口，就把他(和这个家)想做的应该做的必须做的都做了，把她应该承担和能够承担的全都承担了起来。就像徐又成转业时，跟她商量，能不能跟他一起到一个遥远的垦区去**"反修反帝"**。她稍稍沉吟了一下，只说了句，我不跟你去我又能去哪？她用沉默证明了自己在丈夫生命中的绝对不可或缺。今天她要走了……他不知道该怎么办……他张皇……他极度不安……极度愧疚……他就是再活一万年，也不能原谅自己，也不相信，在二十世纪的六十年代，在自己主政的连队里，面对命悬一线的妻子，自己竟然束手无策。竟然没有一点办法和有效手段来抢救她。在自己领导下的卫生员竟然会告诉自己，没有止血药了，而且也来不及往场部卫生队送了。路太远。路况太差。无论派什么样的车，这一路就是颠也能把嫂子颠死。孩子们的妈血快要流完了……他的脑子只剩下一片空白……最后几分钟里，孩子们的妈喃喃地只是在叫唤："又成……又成……又成……又成……"他弯下身子凑近她，问她，是不是想再看一眼两个闺女？她摇摇头。他问，是不是有话要留给爸爸妈妈？她摇摇头。他问，是放心不下头一年在屋子门前种下的那两棵苹果树？她还是摇了摇头。他再问，还是……还是有啥丢不开的事情？她仍然只是摇头。只是摇头，只是在轻轻地摇头。他筋疲力尽了。无可奈何了。完全绝望了。他抱起她，含着眼泪问，你说，你要我做啥？我马上去做。这时她已经没有力气摇头了，只是在微弱地喃喃地叫唤"又成……又成……又成……"他呜咽了，紧紧地依偎在她的胸前，泪水同时沾湿了他和她。他抽泣着说，我知道你不愿意离开我和闺女……我知道你不愿走……不愿走……你不愿意走……可妻子仍然只是在微弱地喊着"又成、又成、又成……"只是一声比一声低微，一声比一声的间隔时间更长，直至整个世界都寂静了下来，徐又成才爆发出一声石破天惊的号叫……

这时，几个班排长站在门外树丛里的暗处。一动不动。一声不响。谁也不去惊扰他，只是默默地流着泪，替他把所有的悲和痛留在这凝固的时间和空间中……

半个小时后，徐又成从屋里走了出来，整个人僵硬得像一大块历尽亿万年沧桑变迁的火山石。脸色同时发黑。班排长们想上前去安慰。他忍住眼泪，摇了摇头，冲他们只说了一句话："不要告诉任何人我的家属走了。这两天，就让她自己一个人在这儿静静地待着。谁也别去吵她……她太累了……"

……那天，等向少文想起谢平的时候，谢平已经走了。谢平后来回忆，当时自己完全不知道是怎么走出零三连的。谢平来到人世间这二十载，头一回见到人死去，是十岁那年妈妈病逝。他记得特别清楚，当时小妹拽着他的手哭喊着："哥，妈妈她怎么了？哥，妈妈她怎么了？"他看着一动不动地躺在那儿的妈妈，不知道该怎么去向才三岁多一点的小妹解释"妈妈死了"。因为连他自己都不相信"妈妈会死"，更不信"妈妈已经死了"。第二回，是前不久在"九·二六"事发现场，在零三连大库房前的那片白花花的碱包地上，看到横七竖八躺着十几具"红近军"战斗队员的尸体。当时他脑子有点发蒙。两腿僵直。但一忽儿就过去了,只想赶快在渐浓的暮色中,乘车回到第二管理处处部,集合起上千名战斗队员,去砸武装科。现在是第三回……按说他应该已经能"习惯"了"人总会要死去的"这个人世间唯一无法抗拒的法则。他"习惯",不仅因为已经是第三回了,还因为坚信"革命总是要付代价的嘛"。"也应该有人为之付出代价",而革命战士应该**"流血流汗不流泪"**。但当时他好似胸口上压上了一大块麻条石,完全透不过气来。再不敢看一眼已经合上眼、再不会起身来体贴地招呼他一声的林姨。也不敢看一直把头低垂到林姨怀里,并不住地抽动着肩膀,只是在低声呜咽的徐连长一眼……他就这样,一直无声地流着泪,哽咽着,抽泣着,完全不知道自己是怎么走出徐连长家,又怎么找到去师部的那条公路,在公路上又是怎么搭上便车,回到设在师机修厂的"红近军"总部来的。

那时,袁雅芳和核心组的人正等着他。袁雅芳替他留着的饭菜还在火炉盖上热着。

进门前,他已经把眼泪擦去了。

当然,大家还是看出他哭过了。谢平哭了。这在"红近军"核心组的头头们看来,绝对是个大新闻。但没人去取笑。一年多来,他们差不多都信服了这样一条结论:虽然在他们中间,谢平年龄最小,但是"最坚强"的。"最坚定"的。也是"最聪慧"的。他要哭,总是有理由的。别管他。

"干吗呢?都跟个二杆子似的,傻看着我。"为了掩饰内心的愧疚自责和不安,谢平一边跟在场的伙伴以这样的方式打了声招呼,一边赶紧低头坐下去,端起饭菜便大口大口往嘴里扒。

"菜梗梗子有点老,多嚼嚼……"袁雅芳提醒。

谢平只当没听见,继续一个劲儿地闷头往嘴里扒饭菜。他不敢开口应声,只怕自己一开口,不管说什么,眼泪都会喷涌而出,也会控制不住大声号叫起来。是的,当年在上海静安寺庙附近那个小公园里,他和一帮肺结核青年在一个宽大茅草顶的大凉亭里,多次讨论过**"人最后的走向和历史的形成"**这个命题。当向少文和李爽激烈争论时,他总是静静地听着——虽然内心无比激动,想到"最后走向"的那种悲壮和华丽,玄妙和深奥,犹如屈原做的天问。但丁在神曲中的深究。青年马克思恩格斯召唤共产主义幽灵的勇气。还有那位年轻神父马丁·路德石破天惊般的"离经叛道"……也许正因为这些,那天他决定放弃病愈后重新取得的高考资格,报名到万里之遥的垦区当一名农工,走向最苦最穷的地方,走进最纯朴的"人民"中间,磨炼自己,和他们一起"改天换地"。当时一向粗暴待他的父亲竟"怆然而涕下",跪倒在他面前,求他不要这么冲动。父亲在他的感觉中,历来是个无法捉摸得透的人。在外,他十分懦弱,从不敢拂逆别人的意愿。在家,却极其刚愎自用,尤其对谢平这个长子粗暴又严厉。父亲的突然跪下,希望他慎重考虑一下自己作为长子对这个家的责任和担当。尽管如此,却没让他产生一丝怜悯和同情,有的只是鄙视。他确实没认真想过,自己对这个家庭到底应负什么样的责任? 让他多少还有一点惶惑的是,如此一甩手弃家走了,是否也是做一个**大写的人**唯一的选择?

为此,所有的牺牲和代价都不在话下。甚至"九·二六"事件中面对那十多具同伴的尸体都没让他认真追问过自己,他们就这样走到了自己生命的终点,合适吗? 值得吗? 我对这一切到底要负什么样的历史和伦理道德法理上的责任?! 但今天,他的心灵却战栗了。是因为徐连长的呜咽? 还是因为林姨最后一刻对人世人生人间人伦人身……对作为一个"人"的不舍? 他说不清楚。他只知道,他脚下那坚实的大地,在林姨泣血般低微的"又成……又成……"一声声呼唤之中,居然隆隆地"分崩瓦解"了……

他需要让自己安静一下，彻彻底底安静一下。

但袁雅芳却还在唠叨："你听见没有？多嚼嚼。这样囫囵吞下去，要出毛病的。"她一边数落，一边伸过手去夺谢平手里的饭碗。谢平终于忍耐不住了，一下站了起来，发泄般大吼一声："你想干啥？干啥？是我在吃，还是你在吃?!"趁机把碗筷一推，不等眼泪决堤般涌出，就冲进另一个小间里去了。

这个小间，是核心组特地设置用来每天集体向伟大领袖毛主席做早请示晚汇报用的。正面墙上贴着一张青年毛泽东挟着一把雨伞去安源搞工人运动的油画印刷品。画像下边两个高凳上架着一个精加工过的扁长玻璃柜。柜子里陈列着他们能收集到的各种版本、各种样式的毛泽东著作合集、单行本、语录本和像章。核心组还做了这样的规定：核心组成员之间但凡闹矛盾，有意见冲突了，出现了不团结的苗头，当事双方便应"主动地自觉地"到这里来，在伟大领袖面前，"斗私批修，各自多做自我批评"，并"在新的高度上实现新的团结"。如果只是个人在思想上遇到什么过不去的坎儿，也应该"主动地自觉地"到这里静下心学一学"老三篇"（毛主席写的《为人民服务》《纪念白求恩》和《愚公移山》三篇文章），"在灵魂深处"再进行一次"自我解剖"和"自我革命"。

谢平在这个"神圣"的小间里发呆一般地默坐了二十来分钟。在这二十来分钟里，就像有一部出了故障的老式电影放映机或唱机，把刚才在徐连长家所经历的一切反反复复地再现着。中间，又不断插进"九·二六"事件的场面。那天，得知核心勤务组中有人带三辆解放牌卡车去了零三连，"死伤多人"。他立即赶去了。当时得到消息的那些勤务员都劝他"先别慌，看看情况再决定去不去"事发现场。这时候现场人慌马乱，情况不明，冒冒失失地去了，如果别有用心的人有意设伏，用一颗'流弹'把你打死或打伤在现场，以此来证明是你谢平组织并带人过去实施了这次'抢枪'事件，别说是跳进黄河，就是跳进黄海也洗不清了。你就死有余辜了"。但他还是第一时间赶到了现场。看到十四具"红近军"伙伴的尸体扑倒在地，(很奇怪的是，即便在后来的许多年里，他仍然回忆不起来，为什么那些扑倒在地的伙伴身下竟没有一点血迹？是因为他们那统一配发的蓝棉大衣裹住了身体没让血流出来？)他膝盖一软，头一晕，一口气憋在胸口怎么也捯不上来，如果不是紧跟在他身旁的两个伙伴(保卫他的战斗队员)和袁雅芳手快扶了一把，他肯定跪倒在地了。有一二十秒钟时间，他完全呆住了。还是袁雅芳轻轻地推了一把，才惊醒了他，提醒他，垦区武装部、师武装处和管理处武装科的人在军区同志带领下正向你走过来，你得有个态度，要对零三连的这种行为提出严重抗议……是的，他重重喘出一口气，迎了上去，提出了"严重抗议"，又组织人去砸了武装科。后来又找到足够的证据证明，"红近军"不是去"抢枪"的。第一颗手榴弹也不是他们"红近军"的人扔的。这一段时间，他仍然把"革命无罪，造反有理"的口号喊得天响地响山响海响……但每每到夜半三更月黑人静时，他心里都会产生一种从未有过的不踏实。空空荡荡的紊乱。非常非常地不踏实，说不清道不明的一种紊乱和不踏实……今天走出徐连长家的时候，他开始有点明白了，这种不踏实是因为他看到了"历史"书写的背后有一种代价叫"个人毁灭"。二十岁的他第一次感受到历史的书写远远不只是"华丽而玄妙"或"壮阔而辉煌"那一种景况。他感到脚下的大地远不是那么坚实，反而有一种踩在海边酥软的沙滩上，正经受大潮冲刷，脚趾间的细沙正一点点陷落，要把他带向大海……

他一遍又一遍地问自己：出现这种感觉和疑问，是小资产阶级软弱性和革命不彻底性的表现吗？但这时，他还没有最后下定决心回到学习班去接受最后的"审判"。至于几分钟后，袁雅芳端着重新收拾过并又热过的饭菜走进小间，告诉他，应奋姐让"革造总"的人"捉"去了，那个小木匣也让他们搜去了。这个情况并没让他吃惊，应该说这是他预先就估计到的。所以他只是很平静地问了声："应奋姐呢？他们把她放了吗？"在听到"革造总"的人随即就放了应奋，他便松了口气，然后吩咐袁雅芳，把核心勤务组的人全都找来，他要开会，部署下一步的行动。

核心组的几个伙伴看到今天的谢平情绪如此反常，不明白个中的原因，故而，几个人在小间门外志忑了好大一忽儿。这一段时日以来，他们都觉出谢平的脾气变大了，但还从没见他像刚才摔筷子摔碗那样不讲理和沉不住气，特别是对袁雅芳发这么大的无名火，更是从来都没发生过的。"小小年纪心里揣着个大算盘；小小秤砣能压得住长长的秤杆儿"，这是这些伙伴一向以来对谢平的总评。他们都听袁雅芳讲过谢平在上海街道里养病时的不少"趣闻逸事"。说他如何和向少文、李爽在公园里组织一帮肺结核青年搞"哲学研习会"。讨论"中国究竟应该向何处去"。还要出什么油印刊物，准备给这个油印刊物取一个列宁办地下革命刊物时用过的一个刊名《星火》，因而引起区公安分局治安大队的注意。(当时就是因为这件事，街道团总支派袁雅芳分别去他们三人家中拜访，劝他们自觉地把所办的"地下刊物"停了，她才认识了这个"小不点儿"谢平。)人家治肺结核靠吃药吃营养品。谢平家经济条件不允许，买不起那么昂贵的西药，更不用说吃什么营养品。他就用冬天洗冷水澡，在床单下放置鹅卵石，去市图书馆看书时只步行不乘车等办法，既磨炼自己的意志，又兼收"提高自身免疫力"的功效，终于治愈了曾被人视作不治之症的肺结核，创造了他自己的"人生奇迹"。这种办法，还是当年俄罗斯一帮激进的十二月革命党人(大部分都是年轻的贵族后裔)为推翻沙皇封建统治，应对革命征途上必然会遭遇到的残酷斗争考验而提前磨炼自己时用过的。谢平也是在应奋竭力向他推荐车尔尼雪夫斯基那本著名的《怎么办?》一书中学到的。

"这小子脑袋瓜好使。""还有一种特别执拗的邪性。哈哈。"这是一帮伙伴最初对谢平的评价。开始他们无论如何也不接受这个来自大上海的小年轻在衣着打扮上的"不修边幅"。有时比一些最不讲究的老职工还要随意和率性。(说好听了,是"不修边幅"。说不好听,就是"疏于拾掇"而呈现的"滥脏""邋遢"。)后来他们才知道,这也是一种"风度"。说得更有学问一点,这叫"名士风"。再到后来,如果有一天忽然看到谢平的头发梳理得平整有序了,衬衣扣子全扣上了,两只裤管也全放下,而且长短还真放齐了,他们反而不习惯,不自在了,就好像感觉到跑动中的拖拉机上有哪颗螺丝没拧紧,正放着水的大渠上哪儿垮了口子似的。

谢平要跟核心组的伙伴们部署的正是去北京做申述的事。他告诉核心组的同志,为了加大保险系数,还应增派两个人,把现有的材料分成三份。让他俩分别携带其中一部分,分头上路,到北京再会合,以防在路上被"革造总"的人一锅端了。

"小木匣里装的不是真材料?"

"是的。"

"真材料搁哪了?"

"你们放心吧……"

"到底在哪儿?"

"不该我们知道的就别问。"袁雅芳立即截住了这样的追问。

"我可以问这样一个问题吗,它们现在还安全吗?"

"安全。绝对安全。"谢平回答得很干脆。

"那就好。"大伙顿时都松了口气。

这时，一个叫贺老五的核心组成员大步走了进来——接下来发生的事情，最终促使谢平"自首投案"就和此人有关。他嚷嚷着："这鸡巴鬼天气，都啥时候了，还恁热。"说着撩起衣襟擦了擦额头上的汗，对袁雅芳说道："事办妥了。咋个谢我？"

　　"你把人家安置在哪个招待所了？"

　　"我办事你还不放心？一招是肯定进不去的，甭想；三招即使让进我也不忍心让这么个白白净净的姑娘上那儿去受罪。在二招给她开了个单间，咋样？"

　　"谁呀，白白净净的姑娘？"谢平问。

　　"还能有谁？你那个应奋姐呗。"袁雅芳话中带话地答道，"人家是专程来看你的，总得给安排个合适的住处吧？搁在零三连，有点远嘛。"说着，又转身问贺老五，"照片的事办得咋样了？"

　　"嗨，多余问的。"

　　"到底办得咋样了吗？这照片可不敢含糊。"

　　"啥照片？"谢平问。

　　"就是作为主要旁证要你带到北京去的那一摞照片。"

　　"那张零三连张副连长的遗体照？"

　　"是啊。你不是说得再翻印两三套，以防万一。"

　　"老五，这照片你拿走了？"谢平一怔，忙问。

　　"是啊。雅芳让我找人去翻印了。这点小事……"

　　"你找谁去翻印了？"

　　"放心，在你动身前，一定把翻印好的照片妥妥地交到你手里。"贺老五似乎在有意回避谢平的追问。

　　"你到底找谁去翻印了？"

　　"嗨，这又不像在北京上海，满大街都找得到照相馆。咱这儿，还能找谁?"

谢平心里一紧,忙问:"你把照片交东方红照相馆了?"

"啊。咋的了?"

谢平一听,急了,冲上去揪住贺老五的领口,吼道:"鸡巴毛,你个贺老五,是故意的吧?"

"咋了咋了……"贺老五一惊,(但从他眼底闪过的那一丝神情看,这惊乍多少有一点夸张和故意的成分。)本能地抓住谢平那只手,同时用力拧了下他那粗壮的腰。想挣脱谢平。只是没挣脱,便连连倒退了两三步,把谢平也一起带到了大屋门前。几个核心组成员立马都围了过去,七手八脚把两人拉扯开,并嚷嚷:"咋了咋了……""谢平,你松手。松手。有话说话。""嗨嗨嗨……"

"贺老五,朱留长给你啥好处了? 你他妈的!"谢平涨红了脸,跳起来冲着贺老五吼道。

"你骂谁呢? 谢平,你眼里也太没人了!"贺老五的话还没说完,谢平冲上去,撩起胳臂,一个大耳刮子便劈到贺老五那个宽厚肥大的四方脸上了,随即发出惊天动地般的一声响。打得贺老五一个趔趄。如果不是门框边的那堵墙把他挡住,他肯定扑地一下栽倒在地。

不等贺老五重新站直身子,谢平再度扑过去,一手扼住他的脖子,一手指着对方的鼻尖,问:"说,朱留长到底给了你多少好处?!"

谢平突然着急并暴怒起来,不是没来由。前边已多次说到,在澄清"九·二六"事件真相的众多关键点中,有一点必须整明白的就是那第一颗手榴弹到底是谁扔的。现在双方都不承认是自己这方的人扔的,又都拿不出铁证去证实是对方扔的。这件事一直让谢平寝食不安。因为这档子事让"革造总"使劲把屎盆子扣自己头上了,一而再再而三地造舆论说是"红近军"的人扔了这颗手榴弹,杀害了作为革命钢铁长城一分子的张副连长和徐连长的妻子。如果再加上"就是'红近军'派人去零三连抢枪才造成这么大的流血事件"这一条,"红近军"和他谢平就真的"永世不得翻身"了。他在内部再三追查,得到的结果确确实实是:那天"红近军"的人没扔手榴弹。可是口说无凭啊,从哪儿去搞这个**铁证**呢?就在这一筹莫展之际,养鸡场那个神秘的老汉派他儿子给谢平送来一张纸条,并嘱咐谢平看后立即销毁。纸条很简单地写着这样一句话:"军用手榴弹在人体上造成的伤口和土制的是不一样的。"一句话拨开乌云见了青天。对啊,就算是"红近军"扔的,"红近军"扔的也只能是自造的土制手榴弹。而土制手榴弹一是威力小——都是用黑火药做的,而军用手榴弹里装的一定是TNT黄色炸药,威力巨大。再一个,土制的都用普通钢管做弹体。弹体是光滑的。爆炸后,形成的弹片一定是大块儿的。而军用手榴弹设计制造时就在弹体上铸造出许多规整的凹凸纹,爆炸后形成的弹片多而细小(这能加大它的杀伤力)。大块的和细小的弹片在人体上形成的伤口肯定不一样。所以只要验一下受害者身体上的伤口形状就可以分辨出这伤口究竟是哪一种手榴弹造成的。但由这颗手榴弹造成的伤亡者都是零三连的人。张副连长的遗体很快被火化了。而徐连长妻子和一排长身上虽然也有伤口,但"红近军"的人根本接触不到啊。徐又成曾让一个实习大夫把三个人身上的伤口拍摄下来,作为"受害的实证"。后来由于各种事情的烦扰,徐又成一时间就再没去过问"照片"的事。也就是说,这照片至今还有可能保存在那个年轻的实习大夫手里。得到这个消息,谢平立即派人去找到这个大夫。但这大夫不愿意交出底片,只说可以让他们看一下冲印出的样片。看一下后必须立即交还他。不能带走。看过样片后,谢平兴奋异常。因为样片上显示的伤口形状(尤其是张副连长背上的十多个伤口)非常清晰地显示了只有军用手榴弹细小而密集的弹片才能形成。这就足以证明这颗手榴弹不是"红近军"扔的。当确定由谢平亲自去北京申诉后，他们就让袁雅芳一面稳住这位大夫，一面找人去赶快把样片翻拍下来。袁雅芳也没多想，就把这事交给了贺老五。贺老五也是核心组的勤务员。交给他去办也不是没理由的。这个贺老五在"红近军"核心组里向来都是"最会搭关系，也最会来事儿"。但谁也没想到他会把样片交给"东方红照相馆"去翻拍。他应该想到，东方红照相馆是朱留长和"革造总"的老窝。这个照相馆里的工作人员全都持"革造总"观点，都是"革造总"的铁杆儿。把如此重要的证据交给东方红照相馆的人，等于交给了朱留长和"革造总"。"革造总"和朱留长怕就怕"红近军"得到证据洗白了自己，你还偏把证据交到他们手上，这不等于用肉包子打狗吗?! 这铁证似的相片还能拿得回来吗?!

这情况别人不清楚，你贺老五还不清楚吗?!

你他妈的贺老五这么干，不是别有用心是什么?!

贺老五何许人？是"红近军"核心组里年龄最大的一个。原先在一招小食堂当上士。小食堂是专为师首长办的。伺候他们一日三餐。同时也接待从上头来的师以上高级首长。上士一职专事本食堂采买，也可以说是师部的"大内侍应生"。不算个官儿。但油水大。贺某人在那儿一直干得挺红火。后来不知在哪个岔道上崴了脚——据说是跟顶头上司、一招的协理员（正营级干部）闹了什么别扭，在社教四清运动中被查出手脚不干净，一度被协理员下放到师部附近一个农业连队的积肥班起羊圈去了。好在他在师机关多年，人事关系上早有铺垫，豁出老本拼命活动了一番，后来又被调回一招。当然不可能让他再当上士了。又好在他早先就有一手白案上的绝活儿。能做别的大师傅做不了的、林辅生和老师长偏偏又都特爱吃的那种油烙饼。便被留在了小食堂，专事白案。运动刚起来，他就按捺不住，在一招内部带头贴了那个协理员的大字报,先把那个协理员打倒了。但那忽儿师党委派出不少工作组到各农场收拾了一批像贺老五那样带头给各单位领导贴大字报的家伙。(二管处子女校一个从上海来的知青女教师在别人的大字报上签了个名,也被工作组当典型在大会上批了两回。从没见过这种场面的她完全吓蒙。喝了敌敌畏。抢救了半夜也没抢救过来。)这事让贺老五震撼,赶紧收手缩脑袋,主动把贴出去的大字报扯了下来。过几天,有北京红卫兵来点火,在师机关大楼的正墙上贴出大幅标语"以革命的名义,向独立师党委开炮!! 向镇压革命派的资产阶级反动路线开炮!!"每个字都一米见方,狠狠地震撼了被这些红卫兵小将们认为是处于"严重封闭状态"中的"垦区人民"。贺老五又按捺不住要起动,却看到师直各单位领导奉命组织了几百上千人把那几个北京红卫兵里三层外三层,团团围起来搞辩论,历数垦区从无到有白手起家,在大西北建立起建设边疆保卫边疆反修防修美好家园和坚强堡垒的事迹。辩论整整进行了十八小时,没让这些十五六、十七八岁的北京孩子离开包围圈一步。其中有两个女孩因此还尿了裤子。辩到最后,这些毛孩子因为完全不了解垦区情况,完全无法应对这些成人们(特别是一些有充分准备的机关干部)罗列的种种"铁的事实",以证明垦区各级党委都不能冲。更不该冲。他们只有瘫坐在地上嘶哑地反复唱着"抬头望见北斗星,心中想念毛泽东"。这时,谢平、向少文、李爽,还有几个天津武汉的知青,冲进包围圈想给这些北京孩子送一点水和馍馍。说实话,当时他们仨都还没想到要"造反",只是同情这些北京娃娃,当然也被那个"以革命的名义炮轰……"的大幅标语震动。但几十个人又怎么"敌得"过那支有组织有准备的几百上千人的队伍呢!(后来才知道,那个队伍的组织者就是朱留长。是他的一个好朋友、二管处党办秘书金达同奉林辅生之命给他打电话,让他带一些人去跟那些"北京来的混毬孩子说说垦区人民的心里话"。)谢平他们冲进去后,也被截住。在一通混战中,忽见几个大汉吼叫着冲过来,一通胡噜,拽起谢平等人拖出包围圈,才使他们没遭到更大的伤害。这几个大汉的带头人就是贺老五。

……应该说,贺老五在"红近军"刚开始起来造反那一阵子,确实起了不小的作用。以他长期在师机关小食堂工作之便,掌握了不少"师领导多吃多占、搞特殊化"的材料。也掌握了一些所谓的高级领导"私家后院生活内幕"情况。抛出这些似是而非、类似"绯闻"的"内幕"和"真相",通常都能在普通民众中造成轰动效应。用三十多年后的流行语来说,就是特别能吸引"眼球"。老五本来只想整一整那位曾经"欺负打压"过他的协理员,但此"潘多拉魔盒"一旦打开,就由不得他了。他很快走红。很快便成了"红近军"的第二把手。指挥掌控"红近军"最能冲锋陷阵的"特别行动队"。对谢平也特别照顾。经常私下里单独给谢平做一些小锅饭,烙个他拿手的油烙饼之类的,改善一下谢平的生活。但不久之后就出了"小别墅一事"。这老小子和核心组大多数成员出现了重大分歧。裂痕。贺老五一家搬进其中一幢别墅后,他家属还带几个河南来的好姐妹去别墅里"参观""炫耀"了一番。听说谢平下令要让他把家搬出来,他家属在老五跟前把谢平狠狠地痛骂了一通,"啥玩意儿么!恁些油烙饼都吃狗肚子里了?白眼儿狼!气人!"因为擅自带家属住进走资派住宅,核心组给了贺老五一个处分,还通过了谢平的一个提议:把他在核心组的排名从第二挪到最后一位。这一下,谢平把贺老五得罪得不轻,让他一直耿耿于怀放不下来……

不能说贺老五只是因为这档子事,才把这么重要的证据"故意"送到了朱留长手里。多年后才得知,在此前的一个多月,朱留长就已经派人"秘密"地对这位老五同志做了"分化瓦解"工作。而最起分化瓦解作用的一颗"炸弹",一剂"稀释催化剂",便是告诉贺老五,根据形势的发展和他得到的内部消息,被你们炮轰打倒的老干部们一个个都要复职了。你们"红近军"的日子肯定长不了了。你贺老五将来假如还想回师机关在一招小食堂占个位置混混,那就趁早安排自己的退路吧……

这一夜,二十岁的谢平头一回失眠了。

他不承认自己错了。他觉得自己当年之所以放弃高考、放弃上海户口、面对跪在自己面前的父亲而未改初衷,就像是普罗提诺在《在约伯的天平》一书中所说的那样**"伟大的和最后的斗争在等待着人的灵魂"**。也像恩格斯在阐释马克思哲学的本质时所说的那样,**在此以前所有的哲学只是在解释这个世界,而马克思哲学是要改造这个世界**。而维特根斯坦在他那本特别有名的《哲学研究》一书中说:**"一个人可以不信自己的感觉,但不能不信自己相信的。"**是的,他是为了改变"落后贫穷的大西北"而来的。他在垦区确实看到了不公不平和许多让自己匪夷所思的现象。如果像几十年后有一位作家说过的那样:**"我本来可以假装生活在别处"**,那我一生都会不得安宁,也逃不过这样一个追问:当初你为什么要跨出这一步到这儿来?为什么?!

轰轰烈烈是他期待的。但他不承认他只是为了轰轰烈烈才做下了这一切。他承认他把现实世界的进步过程想象得过于简单和美好。他明白自己之所以是"太年轻",归根结底还是不体会什么叫"曲折"。更不懂得"复杂"。也不懂世界本来就是在曲折中前进的。而以往自己只是相信世界一定会进步会变好,却完全不懂得对于每一个具体操作者,大量的存在是"曲折",是"反复",是"坡坡坎坎"。而"好"只是一瞬间的感受。那一瞬间胜利烟花盛放之时,就是下一步曲折繁难的开始。任何一个真正的革命者一生都会在承受"曲折"……他也终于承认了林辅生曾经给他的一个政治结论:你还是不够成熟啊。单凭书本上的一些教条是无法去改变现实的。向往涅槃的神奇,却不知它必经一番脱胎换骨的苦痛和风险。在其过程中,可以说多数人会因各种原因和动因"被毁灭"、"被沉降"、"被坠落"。复归"平庸",甚至"死寂"……真正实现了涅槃的只会是少数中的极少数。个别中的极个别。

所谓"涅槃",无非是凤凰在大火中再生。现在,直冲天庭的大火已经燃起。有人可以退却。但他谢平,面前已经没有退路。照直走过去,或者在大火中灰飞烟灭。或者再生一个新的谢平。这是另一种类型的哈姆雷特式拷问,但实质却是一样的:"生存耶,抑是毁灭?"

……这一夜,让他深刻体会到了大西北深秋之夜竟然是那样的漫长、缠绵和寒冷;但最重要的还在于,他做出了一个不可变更的决定,那就是回学习班,去接受、承担那必然要降临的后果。他明白,这一切已经回避不了了,也不该回避。

"在许多重大历史事件面前,我们往往都在扮演着半是同谋者半是受害者的角色。"三十年后,五十岁的谢平对许多人都这样感慨过。他也许还不知道,这样一种略嫌凄婉又兼具悲壮色彩的人生感悟,在法国哲学大师萨特的夫人波伏娃所写的那本名著《第二性》里早已被明确而精准地表达过了。

第二天一早,他就把自己的这个决定通知了核心组全体成员。他原以为,会引起一阵强烈"地震"。为此,他准备好了,在一番"从未有过的"激烈辩论中——有人赞成他回学习班,有人会誓死阻止他回学习班——他会像尤里乌斯·伏契克在《绞刑架下的报告》一书里做过的那样,发表一通最为悲壮最具感情色彩的"告别革命战友的演说",说一些如"人们啊,我是爱你们的,你们要警惕啊"一类的话,另外他还想好了,一定要把当年牛虻临死前说过的那句话向伙伴们说一下:**"如果我必须去死,我会把黑暗当新娘。"**然后在同伴们伤感和怜惜的目光中,诀别而去……然而当时的场景却是，当他说出这个决定之后，核心组的成员先是愣了一下，然后都沉默了。少数人用一种不解的目光看着他，多数人或者垂下头，或者无奈地把目光转向黝黯的房梁，个别人装作去捅炉灰，还有人弯下腰去整理本不需要整理的裤脚管……

都在回避他询问答案的目光。都明白这是一个不可避免必然要到来的结局。"红近军"必须有人出头去接受这个结局。这个人，没有比谢平更合适的了。除非那天组织大伙去零三连"索取枪"的那个人主动站出来。但现在谁都不承认自己是唯一的组织者。事实也是这样。当时许多人都嚷嚷过"去零三连搞点枪，我们才能对付得了'革造总'对我们的围剿"。而谢平当时是有这个力量去制止内部的这种"喧嚣"和躁动的。但他没去制止。现在面对历史，有人来追究责任。他作为一号勤务员，必然首当其冲，承担起应当承担的那一份责任。这既是"义不容辞"，也是**"理所当然"**……而年轻的他只是没料到，这一份轰轰然降临到自己头上来的责任，竟会是如此地沉重，沉重到了几乎要将他毁灭的程度……

那天，谢平没让这略显尴尬的局面持续太久。真心说，当时他很失落。非常失落。而且非常非常失落。转瞬间却又觉得很正常。非常正常。非常非常正常。许多年以后，他回顾自己的这一生，一直认为，这天的核心组会议（也是他们"红近军"最后一次以核心组的名义召开的会议）是他人生极其重要的一堂**"课"**。这一堂课给予他的教训（或"教益"），他几乎用了大半生的时间来反复咀嚼消化运用……也曾抗拒过，甚至为此一度迷茫过。后来他告诉自己，这就是现实，中国的现实，对付它唯有一径，就是自己必须长大，尽快地长大……成熟……

几分钟后，他宣布散会。但他没有像以往那样，用力拍一下桌子，然后站起来大声嚷嚷一声"散会吧各位！"他只是轻轻说了句："就这样吧。这样也行……"但同伴们没有一个起身的。（当时他们没通知贺老五与会。）伙伴们全都盯着他，仿佛在看一个从来没见过的陌生人。他竭力控制住自己的情绪，又说了句："就这样吧……后会有期……"就立即起身向门外走了。到这时候，仍然没有一个伙伴起身。全体仍然保持着那样一种极度紧张的沉默。等他走到门外，他才听到有人跟着他一起走了出来。他知道，那是袁雅芳。

袁雅芳在流泪。

他没劝她，也没安慰她，只是对她做了个暗示，让她靠近他一些。然后他装作要系鞋带的样子，蹲了下来，蹲在袁雅芳身旁，用极低的只有他俩才听得到的声音说道："那批重要的材料，存放在一个可靠的人那儿。需要的时候，我会通知你去取。千万要保管好这批材料。别让任何人知道这件事。"然后，他站了起来，仍然保持着背对袁雅芳的姿势，目光平视远方，却低声有力地说了声："雅芳，咱们后会有期！"说罢，便扔下袁雅芳，急速向前走去。这么快步地离去，只是为了不让袁雅芳看到，此时，他已经控制不住地开始哽咽了。而且抽噎得极其厉害。

学习班结束的前一天,林辅生代表新成立的独立师临时党委和抓革命促生产指挥部来讲话。"我高兴地宣布,独立师数百个群众组织按照伟大领袖毛主席的最高指示实现了革命大联合,并从今天起宣布解散。从此在我广袤的卡拉库里地面上只有一个组织,它就是直属垦区新党委领导的具有光荣革命传统的农建独立师。我们将永远高举毛泽东思想伟大红旗,抓革命促生产,深挖洞广积粮,反帝反修为人民,坚决紧跟伟大领袖毛主席,把无产阶级文化大革命进行到底。"

群众组织解散了。参加学习班的那些群众组织头头绝大多数都"解甲归田"回原单位"抓革命促生产"去了。个别的,像"革造总"的朱留长,根据"三结合"原则(上级党委委派的领导干部、原党委中被解放的老干部和优秀的群众代表相结合),被结合进了新成立的抓革命促生产指挥部,成了新领导成员。另有少数几个头头因问题较为重大且比较复杂,上头一时无法给他们定性做结论,需继续接受审查,故暂时"挂着"。其中就有谢平。

于是,十二年后……

那一夜,风大雪大。

有人敲门。敲得跟砸锅卖铁似的。

"谁呀?狗日的!"敲门声吵醒李爽。十二年后,他仍在第二管理处党委办公室。任秘书。"三秘"。他直想抄起床底下那块红砖照这个不知趣的家伙砸去。为收拾那一锅羊肉,他一个半小时前才躺下,习惯性失眠又迫使他看了好大一忽儿新一期《国内哲学动态》。这忽儿将将蒙蒙眬眬泛出一丝睡意……而前半夜之所以也没捞着睡,是因为要代另一个也不是什么好东西的家伙、他们管理处党委办公室原大秘、刚被提起来任了办公室副主任的金达同起草管理处冯政委明天上午急用的一篇讲话稿。按说,这样的讲话稿就该是他金大秘干的活儿。谁让你是大秘呢?但自从被提起来代理了这个党办副主任,他就再没亲自动过笔了,学着党办张主任的样儿,动笔的事都卸到李爽头上。最多口头上给你几条"杠杠"。画个大框框。剩下的就都得由你去"谋篇成文"。有时,会带小半瓶散装白酒来算是"犒劳"。但多数时候只会带一身酒气,而酒,对不住,没有。而这讲话稿又必须赶在前半夜整完。因为冯政委不爱念手写稿,所以还得给打印留出足够时间。而那时节还没电脑和汉字排版软件那一说,使用的只是一种机械汉字打字机。这种打字机虽然相比李爽他们刚到垦区时(或在上海搞《星火》那忽儿)在钢板上刻蜡纸用手推滚筒油印那一套超原始的方式已经有了相当大的进步。但这种机械汉字打字机仍然笨拙。烦琐。几百上千个铅铸字模密密麻麻插放在一个不算太大也不算小的金属盘子里。由打字员操作一个机械小臂,从中逐一夹出所需的字模儿,再用力按动机械小臂把这个字模磕击到复写纸(或蜡纸)上。同时必然会发出一下特别清脆而又响亮的啪嗒声。于是乎,一篇通常要写够一万到一万五千字才能让政委念上一到两小时的讲话稿,必须得磕出一万到一万五千个啪嗒声才"善罢甘休"。而那位狗日的金代副主任这忽儿却必定缠守在打字室里,一边儿从小半拉生葵花盘上一粒一粒地剥下葵花子扔进嘴里嗑着,一边儿跟胖胖的打字员小凤调笑。经常借口帮着辨认底稿上某个连笔字,漫不经心似的探过手去触碰小凤那饱满结实而富有弹性的胸脯……此刻,月色虽已朦胧,机关后院也完全静谧。打字室里却还在连续不断地啪嗒着。即使这样,在往常,从交稿到天亮,李爽仍可以勉勉强强再睡上四五个小时……而今天他才迷盹了不到二十分钟啊,就有人来砸门了。这狗日的到底是谁啊!

　　……很是挣扎了一忽儿。他还是得起身。因为那家伙已经在门外鬼哭狼嚎般吼叫开了:"李爽!李爽!你狗日的是想冻死我还是咋的?快给老子开门!"是的,这两天西伯利亚寒流提前袭击垦区山北大片地域。气温骤降一二十度。但凡入夜,就准能听到大树被冻裂炸枝时发出的那一下下嘎嘎巴咔咔嚓的巨响。刺骨的寒风也会整夜整夜在黢黑的百里荒原上或居民点的房顶上空、周边林带缝隙间穿梭号叫。所以,还真不能将这家伙太长时间地拒之门外。再说,自己反正也得起来照看一下还在炉子上咕嘟着的那锅羊汤。这锅羊汤,事关重大。大半年前,由在云南下乡插队红卫兵知青起事并泣血发难,跪求返城。几经周折,高层终于改变了向来的知青政策,同意全国数以千万计已在农村锻炼多年的红卫兵知青返城。消息传到白杨河垦区,十多万"文革"前以支边名义来垦区的各大城市知青肯定待不住了,也要求以"同等资格"享受这个"返城政策"。原以为都是知识青年,都是响应伟大领袖毛主席和党的号召下乡的,现在既然批准他们返城,也该批准我们返城。**"理所当然"**啊。没料想,"理所"偏偏"不当然"。上头有人认定垦区这十来万城市支边青年只能算"移民",算不得"知青"。算不得知青,自然就不能享受专给知青制定的返城政策。要求他们继续安心边疆,扎根农场,"抓革命,促生产,巩固和发展当前这个来之不易的大好形势"。说实话,上头的这种说法就其大方向和总目标并无毛病,也完全说得过去。如果在执行时真能出于公心,一碗水端平,对所有人都一视同仁一律对待,再施之耐心细致的工作,假以时日,也许还能把这十多万"支边青年"稳定在边疆地区。但某些执行者心底偏偏有亲疏厚薄之分:支边青年中一些干部子女,尤其是部分高干子女的父母因为落实政策重上高位掌权,便通过各种关系,以各种理由——有的根本不解释理由,便"悄悄"地把他们的子女从垦区调回大城市。也就是说,同样是来支边的"移民",有的——那是绝大多数啊,"必须"留下,安心边疆扎根农场,继续在这儿"抓革命促生产,巩固和发展当前这个来之不易的大好形势"。有的——只因为他们是当官的子女,就可以"不必"在这儿"巩固和发展"了,就可以返城了。这算哪门子理嘛?! 这在众多支边青年中引发了广泛的不满和骚动——既然"同是天涯支边人",为何"返城遭遇不同命"? 难道我们不是一样的"人"?! 不该享受同等的权益? 难道父母有级别和地位的不同,子女也必须被分门别类地对待和处置? 难不成"老鼠"的儿子真的只能在戈壁滩上打一辈子洞?! 马克思当年是这么教导的? 毛主席是这么教导的? 宪法和党章上是这么规定的? 为什么有些人总是喜欢把马克思主义装在手电筒里,只照别人?!(当然,也有像向少文那样的,父亲在落实政策得到平反后,调中央机关工作成了副部级京官。他就没动用关系把儿子从垦区弄回自己身边。)于是,一石激起千重浪。"文革"结束后已然平静下来的垦区再掀狂澜。十多万上海、天津、武汉和北京支边青年中的相当一部分人再度开始折腾。当年,他们冲着"建设边疆,保卫边疆""好男儿志在四方""广阔天地,大有作为"这些火辣辣的口号,义无反顾地迈出青春第一步,也曾立志在这边疆大地上扎下根,做那荒原深处一棵矢志"千年不死、死了千年不倒、倒了千年不朽"的胡杨树或一片胡杨林。为此,他们中许多人都已经在这儿恋爱结婚成家生子,相当一部分娶的和嫁的还都是"外省人"或"本地人"。他们的子女已经完全当地化,除了还能听懂一点他们父母嘴里丢不开忘不掉的那点上海话天津话或武汉话外,都只会说垦区当地的方言了。那是一种由甘肃、河南方言再掺和上一点普通话,再拖带上一点当地少数民族学说汉话时必然会带上的那点尾腔而杂交混糅成的独特土话。他们已经在内心深处巍巍然筑起了一道恒久弥坚的长堤——虽然这长堤上早已布满了灰白的碱壳和盘根错节的芦蒿。是谁在这样一条长堤上凿出缺口,造成当下崩堤的险情?是谁让他们终于想起要向这个世界问一个最基本的问题:谁家儿女不是血肉身没有骨肉情?谁不想活在更加文明舒坦的环境中,在父母跟前尽一份孝心?大海已经沸腾,你又怎能让河水再保持温顺? 于是乎,全管理处四千多上海老知青联手其他师其他管理处其他团场其他大城市来的支边老知青,开始了申诉和请愿。在反复遭拒后,这个管理处的五六百知青,在一个多星期前聚集起来,"强行冲进"管理处机关大院,开始进行一场不达目的绝不罢休的绝食请愿,并派出谈判代表,要求跟管理处党委进行谈判。要求向上反映他们的心愿。当时零下二十一度。当时大雪一声不响地下了两天一夜。当时只见一棵棵高耸的白杨树在大雪的压迫下吱吱嘎嘎地折断。垮塌。当时他们就那样静静地静静地坐在雪地里,坐在白杨树下,捂着厚厚的狗皮帽,紧裹着一床床棉被,打着这样的标语牌:"我们拥护政府拥护改革开放""我们当年高唱战歌走出校门支边,我们也是'知识青年'""我们曾把青春献给边疆,让我们把剩下的生命献给我们故乡的改革开放"……有的还把自己年仅三四岁五六岁的小嘎娃子带到现场,抱在怀里一起绝食。这着实急坏了上上下下的领导们。让他们寝食不安——真要冻死饿坏一两个娃娃和老知青,在共和国光荣的屯垦戍边历史上被记下这样一笔,那可真没脸向后人交代了。情况紧急报到北京。两天前,上头终于松口,承认这些城市支边者的"知青"身份。同意按政策所规定的为他们办理户口和粮油关系迁移手续——也就是说他们这些没当过红卫兵的知青也可以像红卫兵知青一样,回他们上海武汉天津北京的老家了。要知道,为了这一天,他们中的多少人已经奋争了多少个日夜啊。真可谓是绝望和吼叫同时**奔涌**。迟疑和愧疚一起**燃烧**。消息传来,万众欢呼。聚集在管理处机关大院里的那几百个上海知青不吃不喝在零下二十多度的露天地里坚持了几天几夜,多数已经站不起来也欢呼不动了,但他们还是集体哭泣着拼尽最后一点气力喊了一声"老天爷啊……老天爷……"

于是,他们决定要庆祝。而且必须隆重。必须有酒。当然也必须得有手扒羊肉。抓饭和拉条子。揪片子。(那时候还不兴大盘鸡。)羊,是向少文到畜牧三场去淘来的。当年那个学习班结束后,除了对少数群众组织头头,如谢平那样的,继续进行清查和审查,对整个党政机构各级组织也进行了一个大调整。比如二管处武装科科长刘本金、一七零三连连长徐又成等都因为受"九·二六"事件牵连,承担了他们必须承担的领导责任,被调离武装系统。向少文一度也被怀疑受到审查——

当然也是因为"九·二六"事件。但事实证明他并没有像一些人猜想的那样,因为和谢平的关系,"勾引"过"红近军"这个造反组织到该连来"索要枪支弹药"。就在这不太长的被怀疑和受审查阶段,少文曾被下放到畜牧三场劳动了几个月。在那里结交了不少朋友,有的还成了铁哥们儿。所以,上那儿搞一两只"淘汰羊"对于他来说简直就跟剔个牙缝儿似的不费劲儿。这一回他搞来的可不是那种赢弱不堪半死不活开春后就要送屠宰场的淘汰玩意儿,而是好草好料喂了一冬、只待开春送去剪毛的大肥家伙。李爽提醒他:"你给人钱了没有?"他仰天大笑三声。答:"我操,我还能跟你一样?!"少文之所以这么说,是因为李爽这小子的精细和抠门,历来在上海知青中颇有知名度。去年有人给他介绍对象,是下边农场卫生队的一个护士长,一个特能干的老丫头。丰满。大个儿。嗓门也大。做静脉注射,不管多小的年纪多细的血管,她从来不用扎第二针。人称"咱们卫生队的一针姐"。这位"一针姐"是个热心人,整天给年轻护士做媒介绍对象,用她们卫生队那个喜欢说荤段子的副队长的话来说,这老丫头呀,光顾着给小姐妹们找"针"扎了,自己都快三十了,还没找到扎自己的那根"针",亏得慌哦。那天李爽把这位赫赫有名的"一针姐"带到管理处处部唯一的那条街上转了一大圈。边走边谈话。跟搞外调摸底审查似的,把人家三代五族八辈儿的家况兜底儿审了一个遍。在商场里,从这个柜台转到那个柜台,到了(liǎo)还是啥也没给人家买。直到中午饭点儿了,把人带到一个私人新开的河南烩面店里,要了一碗羊肉烩面。还让人家老板往里尽量地多搁些青蒜末和油泼辣子。老丫头"一针姐"瞅了瞅这架势,鼓起天大的勇气问这位管理处党办秘书,咋只要一碗呢?秘书大人回答:"一碗咋了?怎大一海碗还不够你喝的?"老丫头压低了嗓门又问:"我够了。你呢?"他回答说:"你甭管我。管理处机关食堂给我留着饭哩。"在这种场面上都没舍得给自己买一碗烩面，真是笑不死人，也噎你一个够屁呛。这就是他妈的李爽。

向少文被查清后回到零三连，很快从连队副指导员任上破格任命为管理处武装科副科长。有人说，这和他在许多场合表态坚决留在垦区不返城有直接关系——垦区就是要树一批这样的标杆儿，鼓励大伙儿继续扎根边疆。而向少文之所以愿意留下是因为他被许诺了，只要留下就一定能得到提拔。也有人说，他得到提拔跟他父亲当了京官有某种关联。但这两种说法，都有失偏颇。有点似是而非。事实是得到许诺的人真不止一个两个。但真正愿意留下的有几个？而且留下的也并不是人人都得到了提拔。这也是实际情况。向少文身上没有人们认为的那种高干子女一向有的娇骄二气。平日里待人诚恳。即便早早脱产当了干部，也大大咧咧的毫无官架。既肯吃苦，又能实干。在基层武装值班连队待过的人都明白，以一个从没当过兵的知青资历能在一个以退伍老兵为主干组成的持枪武装连队副指导员位置上干下来，并得到老兵们真心认可，绝对不是只靠一纸任命或上头有什么关系就办得到的。恐怕这才是他得到提拔的主要原因。当然，时势造英雄。后来他又很快从管理处武装科副科长位置上破格提升为师武装处副处长，据说还要放到某农场场长副场长的岗位上去锻炼，后续还要送省委党校中青班去深造等等，如此这般就明显带上"列入梯队，重点培养"的意味在里头了。当然这是后话，暂且按下不表。

……这时李爽已经从睡眼惺忪中清醒，真真儿地听出在门外吼叫砸门的正是向少文这家伙。多年来他喜欢脱光了睡。他觉得只有光溜溜地躺在被窝里身心才能得到充分释放。也更暖和。于是他赶紧起身草草裹件军棉大衣去开门。但等门一开，他却小小地吃了一惊——外头站的不止一个向少文,还有那位"狗日的"金代副主任。他便迟疑。问二位:"你……你们……咋……"那二位完全顾不上答话,照直冲进屋,一边用力碰上门,一边压低了声音,对他呵斥:"赶快收拾东西,跟我们走……"

"哎哎哎,二位,开啥玩笑呢?想喝羊汤的话也不能这样……"不等李爽把这句话说完整,金达同居然抄起炉铲,撮了满满一铲炉灰扔进那一大锅羊汤里,同时冲着李爽又大声嚷了一句:"还羊汤呢?狗屁!快收拾你东西,听到没有?跟我们走!"后来李爽才知道,一夜之间,风云突变。上级改变了决定:为恢复和重整长时间以来被"闹返城"严重扰乱的垦区生产生活秩序,接有关首长指示,立即停止为各大城市支边青年办理返城迁移手续。已经办理的全部作废。同时出动所有力量去劝说仍擅自离开连队生产岗位游荡在外,为返城进行非法串联活动的支边青年。要求他们立即返回各自连队备耕备料。迎接即将到来的春耕春播高潮。违反此令,继续煽动群众停工停产、蓄意破坏当前由打倒"四人帮"而形成的大好形势,继续顽固对抗者,立即就地……

"就地咋样?"

"你说还能咋样?"

"不至于吧?"

"不至于?"

"……咋样?"

"咋样?立即逮捕。特别是带头聚众闹事、冲击行政机关、严重破坏正常生产生活秩序的'谈判代表',一个都不能放过。"

金达同这一番话,无疑跟晴空霹雳似的震呆了李爽。他瞪大眼睛问金达同:"承诺给大伙办理转移户口和粮油关系手续的决定是不是官方做的?"

"这你就甭多问了。"

"什么叫甭多问?!"李爽涨红了脸吼叫起来,"作为一级组织,一级政府,怎么可以这样出尔反尔,翻手为云覆手为雨? 怎么可以跟这十几万人开这种玩笑?!"说着,眼眶里立即涌满了泪水。脸色开始由紫红变苍白。

"现在只能做这样的理解,高层领导中意见不一致。有的赞成顺应潮流放这些青年一马。有的则可能更坚持要把大家留下来。现在看来,后者占了上风……"金达同推测道。

"这么干是在火上浇油,你们懂吗?! 他们这样做,考虑过后果没有?"李爽继续吼叫。

"冷静!"这时,作为管理处武装科副科长的向少文忍不住也吼了一声,希望能抑制住李爽的狂躁,"你怎么也有点像当年的谢平了?"

"谢平怎么了? 像谢平又怎么了? 谢平他到底又怎么了?"李爽不仅没被抑制住,反而迹近歇斯底里地狂叫起来。金达同只得用力推了他一把,以此来压压他那股气焰,并拉开刚关上的门,指着不远处的机关大院对李爽说:"睁开你的狗眼,自己瞧吧。"随着訇的一声门洞大开。一团浓雾似的寒气立即像白毛雄狮似的翻滚着蹿进屋,并带进一股飕飕的寒风。金达同和向少文立即打了个寒战侧过身去躲避。而狂躁之中的李爽却完全像没知觉似的,直敞着被风吹开的大衣衣襟,由着针扎似的寒流扑向自己赤裸的身子,顺着金达同手指的方向看去。只见上床前还黢黑一片寂静万分的机关院落,这时已被莫名的灯光照得明光锃亮,犹如白昼一般。还搅和着一阵阵杂乱的汽车引擎声和人的叫嚷声。"……我们武装科也接到了通知,让我们立即就近出动一个连的持枪人员,配合公安民警执行今晚这个任务。要求我们把今晚强行留宿在机关各办公室和招待所里的那些闹事支青全部清理出去。内部还列了一份名单。凡是在前些日子带头冲击管理处机关和组织支边青年绝食静坐，特别是那几个'谈判代表'都列在那份名单上。而凡是被列在名单上的，都是必捕的……现在有关人员已经控制了机关大院。哨兵也已经把岗哨放到了机关办公楼的天台顶上。他们正在……"

"还要抓人?"李爽一惊。

"你耳朵感冒了还是咋的? 不是'还要抓人'，是正在抓人。已经在抓人。而且你也是这名单上的。是必捕的前三名。"

李爽的脸色一下灰白起来。接着又青黑了。

"哦，哦哦哦，你……你们原来是来抓我的? 我……我又没有参与绝食和请愿……也不是什么谈判代表。老子昨晚还熬夜替你为政委明天接见那些支青谈判代表整了一万五千字讲话稿哩!"李爽冲金达同吼叫。

"嘿嘿。'老子昨晚还熬夜替政委整了一万五千字讲话稿'。到这节骨眼儿上还在跟我装鸡巴洋蒜。你以为别人都是傻蛋、吃干饭的，都不摸底，对不?"说到这里，金达同故意停顿了一下，把眼睛睁大了瞪圆了盯住李爽，"这一回全管理处四五千上海支边青年闹得四海翻腾五洲震荡家家鸡犬不宁，而且步调还那么一致，进退那么有序，没有人在幕后组织指挥策划行吗? 如果有的话，这个**幕后组织指挥策划者**是谁? 嗯? 他是谁? 到底是谁? 说呀，咋不吭气了? 心虚了? 那就让我来告诉你，这幕后策划组织的总指挥就是一个叫李爽的家伙。李爽! 你这个'内奸'潜伏得不浅啊。"

"我们只是要一个'知青'的名分而已……"

"还'而已'? 哈哈，'而已'，说得轻巧。那管理处机关办公室的窗户玻璃是它自己碎成八瓣的? 办公室里的暖瓶一个个都是自己掉到地上砸坏的? 墙上那些墨涂涂大标语是处长政委自己画上去的? 你们想要回城,不假,也可以理解,但有话好好说不行?时到如今还在玩'文革'造反派那一套,不觉得有点太过分,也太狂妄太无知了吗?你们真是不把土豆当干粮,不把村长当领导了?前天有一些刚办了户口准迁和粮油转移手续的支青回到连队就把连长指导员捆了起来……"

"造谣!"

"造谣?"说着,金达同从怀里掏出一卷公文纸,拍在李爽面前,"这是从下午三点到六点前,各农场报到党办来的情况报告。不止一个连队发生了这种事。你他妈的自己瞧瞧。"

"即使有这现象,也是个别的。也是因为这些连队的连长指导员曾经捆绑过我们的知青。"

"李爽!你在农场生活工作也这么多年了,你也算是了解和掌握面上情况的人。你他妈的说句实话,到底有多少连长指导员曾这么粗暴野蛮地对待过你们这些大城市来的支边青年?到底是对你们好的多,还是不好的多?"

"当然是善待我们的多。但是话也要这么说:拿到户口准迁证就回连队去报复那些二毬连干的知青也是少数。而且是极少数。他们这么干,绝对不代表我们大多数知青……"

"够了!"金达同一声呵斥,一边说一边抄起李爽床头的一本书用力向李爽砸去,"你他妈的还算是个读书人、笔杆子!这些书都他妈的读到狗肚子里去了?你就没听说过'一颗老鼠屎毁了一锅汤'这样的至理名言?没听说过'成就一段伟大,需要千百万人多少年的牺牲付出,而毁了同样一种伟大只需要一两个流氓恶棍一两次的心血来潮就足够了'?谢平的教训还没让你们长记性?这段时间,上边要治乱,要组织全国民众埋下头来发展经济。正愁没个反面典型可抓。你们这不是凑个典型送上门,正经去撞那个枪口吗?没有金刚钻就甭揽什么鸡巴瓷器活儿。没那个本事控制宏大局面，别动不动就学'文革'那一套发动群众瞎起哄！还当什么谈判代表幕后总指挥?！当年伟大领袖都没能控制住群众局面，你们算哪只公鸡哪条虫，也想打鸣叫天明，也跟着发动群众？这不是纯粹挖坑让自己跳，不想灭了自己都不行?！"

"……"李爽不作声了。

过了一小会儿，李爽乖乖地去关门——就这小一忽儿工夫，雾状的冷空气已经让室内的温度降到了零度左右。而后他开始平静下来。背过身去。甩掉那件军棉大衣，光着屁股，从容地穿上内衣内裤毛衣毛裤和棉衣棉裤。再封上炉子里的火，从杂乱的书堆里挑出两三本，连带牙刷牙膏和那条脏得已经看不出布眼了的纯白毛巾，一起塞到自己那个已经用了很多年的黄军用布挎包里，又带上那本《国内哲学动态》，走到金达同跟前，向他亮出两只手腕，示意金达同可以替他戴手铐了。

"矫情。你他妈的！带上现金。粮票。有银行存折的话，也一并带上。赶紧！"金达同只是冷冷地瞥了他一眼，这么提醒。

"带现金、粮票和银行存折干毬啊?！上劳改队看守所还要我自己买饭菜票？不至于吧?！"

"让你带着就带着。这个时候你还跟我顶啥鸡巴嘴?！"

"咋的啦？老子今天还偏要跟你金代主任顶一回'鸡巴嘴'。请你替我带个话给派你们来抓人的那些决策者，让他们仔细瞧瞧他们今天干的这狗屁事！就算我们知青中有人干了些过火的事，也不能把我们已经办了的准迁证和粮油关系统统作废了。告诉他们，这样做是要断子绝孙的，将来就是生个儿子也会不长屁眼儿的……"

"你说谁断子绝孙？谁生的儿子不长屁眼儿？"

"你。你们！"李爽终于忍不住再一次激愤起来，用力把大衣甩到地上，大吼一声，暴跳着喊叫道，"是的，我说的就是你，你们！这次请愿就是老子在幕后策划指挥的,咋啦？抓吧。就地正法吧。操鸡巴蛋！老子当年堂堂正正上海重点中学一个高中毕业生。刚把肺病治好了。主动放弃高考,来支援边疆建设。老老实实干到今天。十五六年。十五六年啊！哪一点对不起人民对不起党？凭什么不承认我们是知青？凭什么全国几千万知青都可以返城,就生生地要扣下我们这十来万人？妈的,是谁官复原职后一个个先把自己的子孙儿女统统都弄回大城市去的？又是谁允许全国的红卫兵知青全部返城,彻底动摇了我们这十几万'文革'前来支边的城市知青扎根边疆的决心的？现在又来说我们不安心说我们闹事,要求我们继续稳定在垦区农场,并且把垦区发生动荡的这笔账全都算到我们头上。凭什么？凭什么？天底下还有你们这样不讲理的吗？中国到底还有没有一个让人讲理的地方?!"说着说着,他胸口发紧,眼圈发红,眼眶湿润,近一步逼到金达同跟前,冲他喘着灼热的粗气。

金达同倒也不急,只是冷冷地瞟着李爽,等他说完便一把推开他,弯腰去地上捡起那件军棉大衣,把从大衣口袋里掉出来的那本《国内哲学动态》又塞回去,然后把大衣扔还给李爽,提醒道:"这本杂志我只是借给你的。我自己还没来得及看哩。好借好还,再借不难。弄丢了,在这地面上你还真没处去给我整第二本来。最后我再跟你说一句,只说这一句,听着:小子,在这块地盘上,想聚众闹事,就是不行。"而后径直出门去了;走了两步,没听到身后有脚步声跟上,回头见李爽还呆呆傻傻地站在屋里,便又冲回来,压低了声音吼道:"大英雄,开动你那上海重点中学高才生的聪明脑袋好好琢磨一哈吧。我金达同现在好歹也算是管理处领导班子的一个成员了吧。这忽儿真要是来逮你,怎么也得带个政法助理员、带一两个持枪警卫吧？我能这么光杆儿一个,只带一个你的铁哥们儿就来了?! 我真的找打来了？轴性！用你们上海话该咋说来着? 黄鱼脑袋死脑筋! 赶紧吧,再磨蹭,他们马上就搜寻到这儿了! 我说你们这伙人啊,都到这份儿上了,一个个怎么都还活不明白?! 这十几年的苞谷馍馍都吃到哪个鳖坑里去了?!"

听金达同这么一说,李爽这才有点明白了,忙瞟了向少文一眼。太了解李爽为人的向少文这忽儿在一旁一直没吭声,由着他发作。到这时候,才不紧不慢指指床头一个自制的白皮小柜(这个小柜还是少文在零三连当副指导员时,让连里的木工替李爽打的)。那意思是告诉李爽,那里头还有你更重要的东西没带上。李爽忙弯腰去取。取出两厚本账簿样的东西和一包信札。李爽的脾性随他在上海江南造船厂当工程师的父亲,喜欢把日子过得精细有序。自从离开上海到垦区,每花一笔钱他都会入账。这样的账目已经攒了几大厚本。他曾经得意兮兮地告诉向少文和谢平:"多少年以后,我相信会有经济学家对我这些个账本感兴趣的。用一滴水去折射太阳的光芒,这是聪明人的做法。而从一个人的日常经济支出记载中同样可以看出一个时代的变迁和社会经济大潮涨落的轨迹。找到其中的某些规律性启示。原始资料很重要啊。马克思写《资本论》,不就是在大英图书馆里泡了多少年嘛,从被别人完全忽略的浩如烟海的原始资料里抽象出'剩余价值'和'商品经济'等这些经典概念来的吗?"那一大包信札则是这十多年他收到的全部来信。(李爽正经谈过好几回恋爱。也挺会写情书。就是轻易不下水,更不随便"湿了自己的鞋"。在前几年上海知青普遍开始恋爱结婚的大潮中,却一直下不了决心把那位"一针姐"娶了,在垦区结婚成家。但据说,他已经不止一回趁人家"一针姐"上管理处机关来看望他、替他洗被子包饺子做贴饼时,把她留宿在自己宿舍里。沾鞋不湿鞋,妈的,这就是你李爽的本事! 同志们都这么开他玩笑。)他说所有这些通信,都是要留着将来写回忆录用的。"同样会是一个不可能再复制的大时代苦难而又辉煌的篇章。"他说,"我们这一代人,将会成为中国当代史上前无古人、以后也不可能再有来者的一代人。那些狗娘养的家伙称我们是'喝狼奶长大'的。我一定要用各种事实告诉全世界,到底是谁存心把'狼奶'喂到我们嘴里,最后又把我们当'狼'来打的……"李爽弯腰去取出这两包东西后,放在手里掂了一掂,好似很惋惜,又好似很无奈和痛绝,犹豫了一下,随即捅开炉门,把它们都扔进火堆里。

"干啥呢……干啥呢?"向少文忙不迭地扑上去,把那两包东西从炉火中抢出,并狠狠踹了李爽一脚,啐道,"还不至于那么悲观,更不至于装得那么悲壮吧。兄弟,有一句话是咋说的? 光去掉影子是没用的,毕竟树还在,而且还要在这块土地上扎根活下去的。"然后,等李爽稍稍平静了,把他拉到一旁,低声告诉他,他们是来让他完成**另一项**任务而不是来抓捕他的。

"啥任务?"李爽瞪大了眼睛,缓缓地问。

"先跟我们走。一忽儿再说。"

随后,这三人很快穿过大院后头那片疏疏朗朗的白杨林,在干粉似的积雪中高一脚低一脚地踩出一连串紧凑的咯吱声……这时节,机关大院那头已经乱成一片。大人吼小孩哭。而那伙人今晚聚集在那里原本是想喝酒吃肉庆胜利的

这三个家伙又走了十来分钟,穿过林带后头那片小果园,照直向种子站后头那个排灌站方向走去时,已逼近黎明时分。整个儿的气温也

降到了最低点。即便是在旷野上缓缓游动的那种微风,此时也狰狞得像无数只锐利的狼爪在抓挠人的脸颊。脖梗。李爽只能拼命捂紧大衣,把脸更深地偏进毛茸茸的大衣领里。贴胸的口袋里揣着十多元现金、几十斤全国粮票和一张三百五十元的银行定期存折。这便是十多年里他积存下的全部"财富"——当然,堆满半屋子的书如果能变现的话,肯定也是一笔可观的钱财。不变现,也是精神财富。只不过现如今能看得上这种精神财富的人越来越少了。(说实话,这些书也不全是他掏钱买的。"文革"初期各单位抄家交上来不少"黑书"。抓革命促生产指挥部的领导让他去销毁。他"以权谋私",一边烧一边挑自己中意的留下。狠狠"中饱了一回私囊"。而让他大为意外的更是,即便偏僻遥远到如此地步的某些生产连队,居然仍有人收藏着不少"资产阶级"的经典名著。对此,他曾着实感慨了一通。)

金达同此时反而越走越快,时不时还回头探望一下身后。他不是在察看李爽,而是在窥探是否有人跟踪。这家伙方头圆脸,中高等个儿,戴一副深度黄框眼镜。厚嘴唇,黑皮肤,身板壮实。说起话来喉音深重。笑起来咔咔响,听起来像咳嗽。十多年前他毕业自东北一所著名大学的哲学系,据说还是东北地方上一个少数民族后裔。(那所大学好像是当年张学良创办的。)毕业时也是一腔热血,自愿要求分配到大西北这个垦区来锻炼。从此一个东北学生就成了西北娃。大概是出身贫寒,又善于藏起锋芒做人,所以,一向很得管理处领导的信任重用。为人也绝对随和。跟机关里的一帮兄弟以及下边团场一级的领导也处得相当融洽。绝对是烟酒不分家。优势是:酒量大,酒品好。来者不拒。喝醉了常说的一句名言是:"人生哪有输赢啊?哪有?掰开了揉碎了仔细瞧瞧,哪有啊。明白不?你以为你赢了就真赢了?不见得。黄雀在后哩。你以为你输了?回头再瞧瞧。你正在喝的还是别人碗里的苞谷糊糊哩。兄弟,你以为你看到的世界就是真实的世界?太不一定了。知道谁是叔本华吗?听说过他这句特别著名的话吗?没有什么太阳、什么地球。只有我们的眼睛。永远呈现的只是我们眼睛所显示的。我们只是在被动地活着。让你怎么活就怎么活呗。还说啥输赢呢?你感觉活着就是在活着。就这么活吧……"但到清醒时,闲下来,嘴里半句"哲学"都不会有,也是嘻嘻哈哈一个荤段子接着一个荤段子地扯。更把机关和连队里像李爽、向少文那样的城市知青当自家小兄弟对待。但此时急匆匆赶路的一副神情却是罕见的严肃刻板。

……再往前走,是一片开阔地。在开阔地的尽头有一个自然形成的大碱包。早年,这儿曾是刑场。那个高高隆起的大碱包就是用来阻挡万一打偏或射透了死刑犯身体的子弹的。五十年代初剿匪。在这儿正经处决过一批凶残奸杀我民(主)改(革)工作队女队员的匪徒。后来在这儿又处决过几个越狱逃跑的重刑犯。他们沿途抢劫杀害了在山窝窝里放牧的一家哈萨克族老乡。焚烧他们的帐篷,企图毁尸灭迹。"文革"期间还在这里处决过所谓的"现(行)反(革命)分子"。处决过一个盗抢银行金库团伙中两个首犯。还处决过一批在偷渡国境时杀害我边防战士的亡命徒。等等。后来有一阶段,管理处领导曾设想,通过引进垦区外的资金,利用这片开阔地建一个大型副食品加工基地,把原先分散在各处的酿(酒)、榨(棉籽油)、轧(棉花)、磨(面)、熬(糖饧)、烤(饼干)和制(酱油醋)等"作坊",综合在一处,办个像样的"现代化"副食品加工大厂子,以跟上时代的步伐。后因种种原因,计划一度搁浅。但刑场还是搬走了。这里便久久地再没听到过类似的枪声。倒是能经常看到一种也许可称作"凤头鸟"的小家伙在满地的碱蒿骆驼刺丛中叽叽喳喳地蹦来蹦去,觅食做爱。

金达同最终把李爽带进了西果园。这里曾经是个著名的果园。著名，是因为这是林辅生当年在二管处当政委时亲手创建起来的。还有个原因，是因为了这几排平房。林辅生当时下决心要在这儿仿照"老会堂"的模式建一个供各级领导——主要还是为**上级**领导提供一个放松身心，缓解疲劳，适当娱乐用的"憩园"。不久，毛泽东发动"社教"运动，搞"四清"（清思想，清政治，清组织，清经济），这工程被迫中断。"四清"结束，他顺利地"洗澡下楼"通过审查，回师里任职，仍没放弃这个打算。但那时候整个师经营上总是亏损。财务上特别掣肘。好不容易筹集到一笔款子，想趁那年重回二管处蹲点搞苜蓿轮作试验的机会，再建起这个憩园，不幸的是"文革"又开始了。谢平和一帮年轻人（加上师和管理处两级机关里的一些"内应"）一致起来拿这个"憩园"说话，以此证明林辅生及其一班人不只在"经营管理上搞修正主义"，革命意志也严重"衰退"。物质上"贪图享受"。精神上"蜕化变质"。把它做成打倒林辅生的主要口实之一。经过一番"搬弄"，这个果园和这几排始终处于未完成状态的平房就越发地出名了。"文革"结束，林辅生被解放，立即向师临时党委打了报告，建议重修这个小庄园。他此举的真实动机自不为外人所知，但公开的理由是明确的：要充分利用现有建筑，将它建成一个"独立师师史"展览馆。对后人进行革命传统教育。这个展览场所有一样"展品"应是别处不可能拥有的——在果园的东北角里，有一株百十来年历史的葡萄藤，据说是当年林则徐被流放途经此间亲手栽种的。林辅生准备在这棵老藤旁立一块碑，再请某一位善作四六骈文的中学老师写篇文理情三者俱佳的铭文，以张扬这块土地上一代又一代屯垦戍边者艰难玉成的历程，更张扬在此历程中先辈们所积攒下的那种深厚的人文渊薮和情怀。

……那天，李爽以为自己会被带进这个正在整修的憩园里，其实没有。他最后被带进果园北头一条林带外的一间小屋。那是以往给看果园的人盖的。然后，金达同和向少文就都不见了。他俩走时，对李爽说，一忽儿带一个你的熟人来见你。等他俩再现身，果然带了个人。因为屋里没灯，起初李爽看不出那人是谁，只觉得此人个子有点矮。裹着件肥肥大大的棉大衣。手里还提着个行李包袱似的东西。向少文掏出火柴想点个亮，被金达同阻拦。随即摁亮一支手电。李爽顿时看清，被他俩带进屋来的那人竟然是谢平。

是的，是谢平

谢平这些年先是被隔离在和卡拉库里荒原一沟之隔的昆卡戈壁深处一个叫"飞机场"的放牧点上（这条"沟"，是个干沟，可宽了，足有二三百米吧），一边接受审查一边放羊。这个所谓的"飞机场"，据说是四十年代苏联人掺和这边一场内乱时修建的。（还有一种说法是老毛子抗战时为支援我国往这边运送军用装备而修建。）当时老毛子的大马靴在这一带走得咔咔响。至今还能在杂草丛中找到一点儿飞机跑道的残迹。谢平常常赶着羊群走在这跑道的残迹上，想象着一架又一架涂着红星标志的伊尔型飞机起降。六年啊。六年里，专案组的人只找他谈过两次话。第一次谈话，是向他宣布"组织上正式决定，你被隔离审查"。让他把自己在运动中，尤其是在"九·二六"事件中的"错误言论"和"所犯罪行"好好做一份书面交代。并深刻挖掘思想根源。然后就把他晾那儿，再没人来搭理他。第二次谈话便是在六年后，向他宣布审查结论："经审查，谢平在运动初期犯有严重的方向和路线性错误；虽然没有直接参与和组织策划实施'九·二六'事件，但具体策划实施该事件的群众组织和个人当时都受他领导，在政治思想、组织路线上深受其影响。为此，其对该事件负有不可推卸的政治责任。该结论事实清楚，定性准确，现可予以解除隔离审查。"拿到这个结论，他立即打报告请求回上海探亲——按规定，他们这些来垦区支边的知识青年在成家前每三年可享受一次探亲假。但八九年了，依然单身的谢平一次都没享受过。第一次该享受时，他正热衷于造反。"义无反顾"地自动放弃了极珍贵的探亲权。第二次又到期时，他已被隔离，正接受审查，当然就无权享受这"政策红利"。后来隔离审查结束，他的问题也被定性为"人民内部矛盾"，无论怎样也该回上海探一回亲了。这时形势又发生了重大变化：有关方面根据上头指示，对于造反派头头，要"有一个查办一个"。回过头去又拿"九·二六"事件说事儿，并升格：开始追究有关人员的刑事责任。于是，就在宣布对他解除隔离审查后的第三天，他又因"必须对'九·二六'流血事件所造成的死十四人伤九人的重大后果负责"而被正式逮捕。后被判刑六年零六个月。直至两天前，因获第二次减刑，"提前刑满释放"。向少文得到消息，立马动用武装科那辆老旧的苏式嘎斯六九车，亲自去红山口煤矿接回了他。（谢平服刑的那个劳改队这些年一直在红山口挖煤。）暂且把他安顿在一个熟人家里住下。几十年后，谢平回顾自己这前半生说过这么一段话：风风火火干了一年半"大革命"。接续在戈壁荒原上放了六年羊。后来又实实在在在劳改队挖了五年煤。这就是**"我的大学"**，也就是我的"**В ЛЮДЯХ——在人间**。"后悔吗？一个字：不。为什么不？嗯……一时半会儿还真说大不清。也许……也许就因为它让我真正懂得了什么叫**"在人间"**吧。

无论怎样,我还是终于回到了人间。

谢平服刑这些年,一直拒绝别人去探监,总是说:"我挺好。你们别来。"说"挺好",特假。你想啊,那年头的红山口不像现在,一水儿的新设备,还装备了各种瓦斯探测仪防爆急救设施。当时简陋啊。别的不说,只说从巷道深处挖出的煤都得靠人扛驴驮才能运上地面。但凡巷道低矮窄小了,坡度再陡点儿,更是只能靠人爬着一筐筐地往外背。这样的活儿他干了整两年,而且每顿饭都是限量的苞谷馍馍加盐水煮白菜。能"好"得了吗?后来幸亏队上分来一些年轻的法警和管教,大部分都是当年管理处和师部子女校中学部的学生,也都曾在运动中折腾过一番,起码也都听说过谢平这个人。有一两个还参加过"红近军",铁杆儿跟着谢平四处"战斗"过。实行革命大联合复课闹革命后,这些娃娃又回学校把最后的书念了,总算捡回一点课本知识。再赶上垦区奉命恢复一度被砸烂的公检法系统。自行办班培训警员。他们又幸运地成了当地公安系统这个"黄埔一期"培训班的学员。其中一个"铁杆儿"毕业后一直在政法系统干得不错。这一回调来当了红山口劳改队的副队长(等于后来的副监狱长)。他当然"认识"谢平。这样一来,很自然地,谢平的处境就有了相当的改善。从井下改到井上。有一阵子在井口那个黑黢黢脏兮兮的小屋里专门负责收发和修理矿灯。也管过一阵图书室。广播室……虽然有时也会让他代行安全检查员的职责,下井走走,毕竟大不一样了。即使如此,他还是不让别人去探监,主要还是怕他们来了,会搅乱自己已然"平静""沉寂"下来的心境。不想让他们看到在自己浓密的满头黑发中间竟然已冒出"数茎白发"。要知道,能让自己接受这个惩罚,并真正平静下来,实在太不容易了。所以,这五年里他大致上只见了三个人,偏偏都是女子。(除此以外,让所有人不解的是,他居然还见了鸡场老汉的儿子,管理处中学的一个高中生。)那三个女子,一个是他的亲妹妹,从上海带了些他小时候喜欢吃的糯米糕和形状像老鼠屎、味道却酸酸甜甜、特别耐吮吸、放在嘴里可以含化很长时间的"盐金枣"。那是五六十年代,流行在上海低收入家庭孩子群中的一种零嘴。它便宜,一分钱便能买到一小包。另一个女子便是应奋。不知道为了什么,她到最后也没应了那位颜牧师,成了他的太太。她为谢平带了一本早些年发表在《解放军文艺》上的苏联翻译小说《一个人的遭遇》。是苏联著名作家肖洛霍夫的作品。这个老肖同志是著名小说《静静的顿河》的作者、诺贝尔文学奖获得者。另外还带了几本内部出版的丛书。一开始,谢平看到丛书中收集的全是从外国翻译来的西方人文科学理论和近代史著作,他内心有所抵触,借口劳改队不让看外国特别是从西方翻译过来的作品,执意要让应奋带走。后来听了应奋一段话,才勉强把书收下了。应奋说:"我不会强迫你接受这些小册子里的思想和观点。但谢平,你听我一句话,**如果到现在你的心还没死,你必须了解外头世界的变化。你还年轻。你的心不能死,也不该死。心一死,再年轻也没用了。**这些书里有一句话,我认为对你,对我们大家都是有启迪的。它说'**思想的闪电,一旦照进人们荒芜的心田,必将发出无穷的力量**'。我们现在都需要接受这种'闪电'来刺激。你也不例外。而且更不该例外。听我的,小老弟,**刑期是有尽头的。心死了,就无期了。我不希望你心死了。更不希望你把自己判了个'无期徒刑'。**"谢平当时疑怔了好大一忽儿,低声反问:"你觉得我的心田已经荒芜了?"应奋反问:"你觉得呢?"谢平没再作声。更没反驳。只是经过请示以后,把书收下了——队里还是过了一下"筛"。只看书名。剔去那些过于带政治性的,给谢平留下了几本类似罗马史、日本近代史之类的书籍。谢平见的第三个女子,说起来还真让人大跌眼镜,竟然会是林辅生家的人。他的亲侄女,林圆圆。如果说亲妹妹来探监,谢平见了,理所当然。见应奋,也可用四个字来解释:"情有可原"。曾经的思想启蒙者。这里甚至还有一份"情愫"说出来也不怕丢人:谢平对这个"姐"一直怀有一种说不清道不明的缱绻、依恋。这是不是跟他从小就没有妈,特别缺母爱,小小年纪又离开学校、师长,卷入时代大漩涡中独自艰难跋涉,随后的遭遇和沉浮又如此坎坷曲折有关?所以在他的潜意识中对那种年长于他又能给予他母爱式关怀的异性总是会产生一种异常的亲近感。会依恋。能不能说"情有独钟"?……但要说到这个林圆圆,**那又算是哪根藤上的瓜哪块地上的葱能受他如此"优待"**?妹妹那天来,按规定只见了三十分钟。那时候,谢平还在巷道里运煤。整个人黄白干瘦,下巴颏尖得简直可以当锥子用来扎鞋底。头发胡子也留得老长。指甲缝和手掌纹里都嵌着洗不去的煤黑。一眼看去,整个人脏极了。衰极了。管教让他收拾一下再去见妹妹。他偏犟着说,我平时在这儿怎么活着就怎么去见人。没必要粉饰。为了他不当地使用了这**"粉饰"**二字,劳改队差一点取消他这次会见。但还是在他妹妹离去的当天晚间,组织他所在中队的全体服刑人员开了他的批斗会。他妹妹在见他的三十分钟里,可以说一直在流泪,又不敢出声。怕哭出声来回头会害得谢平受管教的呵斥。又多一回批斗。而谢平当时对妹妹说得最多的一句话便是:"别这样……别这样……听到没有,别这样……我挺好……"应奋去看他时,谢平已经不在井下干活了。探望的时间也特许延长到一小时。应奋掏钱请劳改队主要领导吃了顿饭,然后也被特许和谢平一起吃了顿饭,还特许他们从外头的餐馆要了一份毛氏红烧肉和一个东坡肘子。(猛吃一通向往已久的大肉,害得谢平拉了好几天肚子。痢特灵和黄连素也没管用。)而到林圆圆那忽儿,不仅被允许在监所里待整整一天,和谢平一起吃了两顿饭,而且先后还来了不止一次。这当然和她是"林辅生的亲侄女"有密不可分的关系,也和林辅生当时已经被恢复了独立师政委一职,并传闻有可能恢复他曾经担任过的垦区总部副司令员一职有关。监所上下当时都曾极其纳闷过,林政委的亲侄女怎么会来看望这个"文革"中一直以打倒林辅生为己任的谢平?他们当然不敢直接去探问那位亲侄女。倒是讯问过谢平,就像多年后中国某些娱记和"狗仔队"特别喜欢挖掘明星的隐私绯闻那样,追问有幸被领导亲戚探望的谢平:"你他妈的咋勾搭上人家林政委亲侄女的?什么路子?说说!"谢平以不太标准的立正姿势站在他们面前,(那天他奉命去砖厂搬砖,搬刚出窑的砖。扭了腰。)毕恭毕敬地回答:"报告,我没敢勾搭。真不敢。打死我也不敢。也没啥门道,更没路子。""那她干吗来了一回又一回?你有那么好看吗,就冲你这一副干瘪屌毬样?""报告,这个您真的得去问林小姐本人。那天,我得知有个小姐要探我的监……""啥啥啥?小姐?你妈的不知道现在称小姐的都是些啥玩意儿吗?鸡!鸡,懂吗?人家可是政委家的亲侄女。""鸡?下蛋的那个……""哈哈哈……"队里的几个领导开心地大笑起来,笑得前仰后合。倒是那个"红近军"时期曾经在谢平手下当过战斗员的副队长没忍心嘲笑谢平,还向谢平解释:"鸡,就是妓女。别傻帽儿了。""妓女?"谢平一愣。现在怎么又有妓女了?在上海,五十年代初就绝迹了的玩意儿。在这么偏僻的大西北,咋又会复活了呢?但没敢问出口。也没敢再问下去。回到号子里,他悄悄问一个上了年纪的老难友:"现在外头又有妓女了?现……现在?!"那老家伙白了他一眼,只说了句:"你妈的,书呆子,这有啥奇怪的?听见妓女这两个字就熬不住了?想干啥呢?我靠!熬不住就自摸去吧,哈哈!你他妈的**书呆子**!"

其实谢平和林圆圆之间的关系还要从圆圆的父母说起。他俩都是现役军人,在军方北京某总部做外语翻译,虽然是小语种,(波兰语? 匈牙利语? 还是捷克斯洛伐克语? 谢平最后也没闹清楚……那时候,捷克斯洛伐克还没被西方大国鼓捣成"捷克"和"斯洛伐克"两个小国,就像南斯拉夫也还没被它们鼓捣成斯洛文尼亚、克罗地亚、塞尔维亚、波斯尼亚和黑塞哥维那、科索沃、黑山、马其顿等七个小国一样。)却正经是资深高级翻译,好像还曾外派东欧某国做过访问学者。(驻外武官?)那时候,不知道是她老爸还是她老妈的身体上出了点啥问题,再加上北京开始发动"文革"了。战友们和大院门诊部的大夫都认为她父母不再适合继续待在北京。而那时的垦区由于偏远,一时还没动起来,一如往常地平静。林辅生便动用了一些关系,把他这位亲哥哥一家三口都弄到独立师来,安顿在东苇湖,歇憩。治疗。休养。东苇湖那儿有个闲置的老渡口。老渡口上有三间闲置许久的红砖房。三间红砖房面对着风景优美的东苇湖。湖面幽静啊,幽静到除了风声水声,就只能听得到苇叶与苇叶在微风中互相摩擦的窸窣声。还有那野鸭们偶尔从苇丛里往外扑腾的声音。为了让哥嫂彻底静下心来养病,林辅生甚至没收了他们随身带来的熊猫牌三波段半导体收音机。也不给他们提供任何报纸杂志。这让天生好动好奇的圆圆寂寞得简直要疯了。实实在在地说,圆圆本来是可以不来的。她也不愿来。你想啊,当时她才十五六岁。当然想和同学们一道在如此史无前例的"伟大斗争"中"轰轰烈烈"地"经一番风雨",把自己锤炼成坚定的"无产阶级接班人"。但事情就坏在了她父母的几位老战友手中了。这几位老战友因为运动一开始"站错队"——他们原先就不是四野的,又对"林副主席"有过一些微词,因此受到过激烈冲击,就力劝她父母无论如何也要把小圆圆带出北京这个是非之地。于是,她父母半绑架、半哄骗地把她带到了垦区。寂寞的时日里,幸亏有老渡口岸畔一棵老杨树相伴。老杨树的树干偏偏弯下来贴着水面向湖中心长。东苇湖里还有一样奇物:金色鲤鱼。要知道,自古以来就从没人往湖里放养过这种鱼。它们到底是从哪里来的呢?于是人们设想:东苇湖湖底有条暗道直通遥远的大海。金鲤鱼通过暗道从大海那边游过来。圆圆就常常坐在这棵老杨树上,把光着的双脚浸到清澈的湖水里,在那儿长时间发呆。看那些金鲤鱼不时蹦出水面来探望她,她时常想就此纵身一跃,追随金鲤鱼们而去。甚至奢望也能通过那条暗道,寻游到那波涛汹涌的大海里去,回到曾经那段在北戴河海滨度假的日子里去……呆坐在老杨树上最初的日子里,她当然不知道此间还有谢平这么个人。那时,谢平和几个"革命战友"正密谋成立"革命造反组织",四处寻觅一个可供他们秘密聚会的场所。谢平和他的伙伴们听说东苇湖老渡口有几间红砖房闲着,就悄悄来探察。结果发现房前空场上骤然晾出男男女女刚洗出的衣服和被单,才觉出它们已被占用。赶紧往回撤。刚走了没多远,却听见一阵歌声传出。曼妙动听。柔柔伤感。后来回忆,他才知道那是美国著名的四兄弟唱的《离家五百里》。唱歌的就是林圆圆。"**上帝啊,我已离家五百里。(其实垦区离北京都远超五千公里了。)五百里啊五百里。五百里啊五百里。上帝啊,我已离家五百里。我衣衫褴褛,我身无分文。上帝啊,我不能这个样子回家,这个样,这个样,这个样,这个样,上帝啊,我不能这个样子回家。如果你错过了我坐的那班火车,你应明白我已离开……**"圆圆唱的是英文原词。谢平听懂了像"五百里啊五百里""上帝啊上帝""这个样,这个样……"这些简单的语句。反倒是那咏叹似的旋律和圆圆忧伤清纯的音色认真地触发了他"离家已万里"的乡情。这也是后来他在徐又成家再次听到这支歌,勾得他一定要向徐又成借唱机和这张唱片的起因。那天,他是停住了脚步的。循声找人。没多大一忽儿,便看到一个身材苗条、面容清秀的小丫头从苇丛里漫步出来。穿着一身很别致的秋装——完全是城市女生装束啊。黑色的薄呢长袖连衣裙,却缀以白色的圆盆式衣领。袖口紧收。一双圆口加搭襻的黑皮鞋,同样辅以一副洁白的线袜。(跟当年应奋脚上穿的一个样啊!)手里拿着两枝刚折来的苇秆儿。苇秆儿上还带着几片细长的苇叶。一边漫步徜徉,一边轻轻拂动着那枝苇秆儿低声哼唱。一直在基层连队劳动,已经有好几年没再见到过这种城里清纯装束的"小布尔乔亚式"的女生,不仅让谢平,也让他那些伙伴——其中多数都是上海、武汉、天津几个大城市来的支边知青,眼睛为之一亮。心也怦然激荡。说他们"心猿意马"也不为过啊。立刻就产生了某种冲动,想上前去招呼这女孩。却被谢平一把拉住——正在秘密行动中的他们咋能如此轻易暴露自己?! 男孩们只得勉强收住脚步,无比遗憾地转身悄悄隐入路旁的芦苇丛中。而因为那一瞬间的"心动",当天晚上谢平在日记中还认真把自己狠狠批判了一通。认真重新学了一遍"老三篇"。其实那天,林圆圆压根儿就没瞧见谢平。谢平更不知道这位让他发生过瞬间"心旌摇动"的小女孩到底是谁。后来促成他俩真正发生交集的人竟然还是林辅生。就在谢平快要正式祭出"革命造反大旗"前的某一天,有人来通知谢平,说是师里的林政委让你到他办公室去一下。但没说到底是为了啥事找他。他立即去和向少文、李爽、袁雅芳等人合计。向少文和李爽等都鼓励谢平去见林辅生。他们想来想去,去接触一下本师最大的"走资派",没啥可怕的。权当一次"战前练兵"。"阵前侦察"。去探探虚实也无妨。因为早晚总要与他**"正面交锋"**。躲不开的嘛。其实他们不知道,谢平和林辅生早有来往,更不知道作为独立师的一把手,林辅生一直关注着这一群从大城市来的知识青年,尤其关注谢平、向少文和李爽这三个"小年轻"。在这三个后生中,他尤其关注的不是出身干部家庭的向少文和出身高级知识分子家庭的李爽,而是这个出生在血统工人家庭中的谢平。(林辅生那时候特别推崇一部苏联小说,也喜欢由这部小说改编成的那部苏联电影《茹尔宾一家》。它讲的就是苏联一个血统造船工人家庭两代人的故事。)这种关注和关爱甚至开始于谢平他们到垦区以前。当时为动员和接收上海青年支援边疆建设,垦区派出过一个强有力的工作组赴上海。林辅生就是这个工作组为数不多几位副组长中的一位。他分工负责的区域,恰好包含了这三位家所在的那个区和街道。那时候他从区和街道两级组织的情况介绍中,就听说了有这么三个因病休学在家的年轻人,特别有头脑。也特别有组织能力。要求到大西北来"改天换地"的愿望也特别坚定特别强烈。甚至放弃了病愈后刚获得的高考资格,为此还写过血书以表决心。为此,林辅生特地去做过家访。他多次对身边的工作人员说,这些年轻人走出这一步的难度绝不次于甚至更难于当年他们在战争年代参军打仗所遭遇的。在这三个人中,他之所以尤其看好谢平,不只是因为他年龄更小,家庭出身更"正"。他看中他乐意在人后做各种烦琐平凡细碎但又不可或缺的工作。看重他不争出头却韧于坚持的品性。看重他在群体中愿以一己之付出求得整体凝聚的大局观。特别看重的(喜欢的)是这小子那一种在集体活动中从不计较个人得失的"傻劲儿"。憨劲儿。他认为,这种"傻",这种"憨",其实是最聪明的。懂得舍小我而取大局,舍眼前而求长远。自己几十年的政治经历告诉他,任何一个战斗群体都需要有这么一些不计较个人得失的"傻人"和"憨人",或在幕前,或在幕后操作,才能把这个群体真正凝聚成形,维持下去,以至发展壮大起来……当然,这个谢平身上也有一点是让他极为担心的:如果有什么事真被他想通了,看中了,甩开膀子干将起来,这家伙为谋此事往往同样也会不计后果,"一往无前"地"凶猛"。这一点太像林辅生年轻时的自己了。而自己也正是因为这种"不计后果的冲劲儿",后来遭遇了那么多的挫折和坎坷,现在想起来仍有些后怕……

　　谢平、向少文和李爽来到垦区，主动要求到自然条件最艰苦的二管处共青团农场过劳动关。那忽儿，林辅生在二管处蹲点，特意把谢平借调到自己身边来帮助工作，目的就是要就近考察他。考察结果觉得他还是不够成熟。(那年谢平还不满十七周岁嘛。)许多地方不仅仅是不太懂事，而且是太不懂事。比如，跟林辅生去开调研会，听汇报，但凡遇到他没听明白的，就会不顾一切地大声发问，甚至会抢在林辅生之前发问，而不懂得随首长参会，只有首长才有发问的资格。你在一旁只需要老老实实埋头做好笔录就行了。再比如，跟着林辅生下农场。住招待所。林辅生是师首长，按规定当然得住"高间"。你一个见习干事，小屁孩子，能给个单间住已经是看在首长面子上照顾你了。要不就该住大间。通铺。或双层叠叠床。但他竟然会跟人家招待所的管理员争论什么"官兵必须一致"。"同甘共苦才是我党我军从延安窑洞里传下来的光荣传统"。话传到林辅生耳朵里，让他尴尬不已。后来，林辅生让谢平重新回连队去劳动，积淀阅历。即使这样，他也没有放弃谢平。他告诉谢平，你每过两三个月，到师部来找我一回，汇报一下自己的思想和劳动生活情况。也就是说，他仍然希望谢平在他的直接监控下，得以"健康成长"。要知道，这可是师党委一把手亲自给开的"进门条"。换了任何一个人，都会无比珍惜这样一种接近领导，争取个人进步的机会。但谢平去过两三回竟然再也不去找林辅生了。他不去的理由竟然是："每回去他家，总有好些人排着队在他家等着见他。好不容易轮到你了，也只有三言两语的机会，根本不可能'谈心''交流思想'。**我去干啥?**"而且让他非常不习惯、"不舒服"的是，"一见面，政委他一张嘴第一句话肯定是'你来了? 有啥事，快说'。"我有啥事? 不是你让我来向你汇报思想的吗?! 难道非得有事来求你才能来看你? 啧! 但他不懂，但凡去政委家的，一般都是"有事要去求着解决的"。排队求见的人又多。政委必须用这种"开门见山""单刀直入"的谈话方式才能在有限的时间里，接见更多的求见者。解决更多的问题。那些去见林辅生的人手里多少都会提溜一些东西。谢平头一两次没带东西，就觉得阿姨（林辅生的家属）有点不待见他。其实，这完全是谢平身上那种"小知（资）"的脆弱和过敏所致。师首长的家属怎么会在意你这种小青年手里带没带东西？再一次去，他还真"懂点事儿了"。也带东西。带一小包水库上仅有的土产。咸鱼干。（那时他已经被调到某水库上当文教。）但那天还是出了点糗——遭遇大雨。垦区是典型的内陆性干旱气候。常年雨量极稀少。所以，老职工家里一般都不备雨具。即使下点雨，快跑几步，也就躲过去了。即便没躲过去，不要多大一忽儿，一切被淋湿的衣物都会自行干透。那天，谢平也没带雨具。再说在更偏僻、更少见到陌生人的水库上待久了，本来就不好"修边幅"的他自然就更加地不修边幅。（在那儿"修"给谁看吗？）胡子也不刮。（刮给谁看吗？用什么刮！）头发也得过好几个月才找人随便剪那么一下。日常就裹件军棉大衣。里头再穿件旧圆领衫。（多数带破洞。）下边一条单军裤。热了把大衣一脱，凉了再把大衣裹上。这样无论冬夏全对付了。那天偏偏雨大，把谢平淋个透湿，也把那一小包咸鱼干淋了。咸水带着鱼干的腥味儿溻他一身。他就这样走进了独立师第一把手家的小别墅。让林辅生愣了好大一忽儿才认出他来。赶紧让他脱了湿大衣，扔到后厨那儿烤上。又见他胳肢窝里居然夹着一小包湿淋淋的咸鱼干，让林辅生想笑也笑不出。说，你这是干吗呀？你瞧瞧，我这儿的东西都处理不了，你还往这儿带这玩意儿？顺着政委手指的方向看去。果不其然，在过道的墙根前，放着一长溜这两天各种各样的人送来的水果干果豆油（连队职工吃的都是棉籽油。农场自己种棉花。刚采收的叫"籽棉"，必须轧出里头的棉籽，做成

"皮棉"才能售出换钱。而棉籽也不舍得丢弃。得拿去榨油。供职工食用。一举两得。只是这棉籽油有轻微毒性。吃多了,有害。好在那时候农场最多时每月每人也只供应二三两。有时连续几个月还供应不上。吃到职工肚子里的"棉籽油"远不足以让他们中毒。)还有整扇的猪羊肉和成捆的大葱成堆的"皮芽子"(洋葱头)。土豆。整袋的大米。白面……那天林辅生打电话叫来理发员,替谢平把乱草窝似的头发理了。胡子刮了。林辅生又问:"你还有啥事?"要是按以往的做法,谢平定会起身告辞,但这一回谢平偏偏没走。他还有话要对政委说。"你说。"林辅生很想听听谢平这段时间以来在基层锻炼的心得和收获。但谢平低头沉吟了一忽儿后,却滔滔不绝地说起这大半年在基层看到听到的种种让他感到匪夷所思的"阴暗面"。比如,某个新生队的指导员,(按当时的政策,劳改员刑满后,不能回原籍,必须留场就业。为便于管理和监督,垦区把这些人员单独组成一个生产队。这样的生产单位被称作"新生队"。紧挨着谢平所在的那个水库,就有这么两三个"新生队"。)"睡"了多少个来队探亲的新生员家属。这个指导员还特变态,非得在自己家的床底下"睡"那些家属——他把自己家的大木床床腿加高,再在床底下铺上草褥子,再在床腿四沿拉上布幔,强迫那些新生员家属躺在床底下的草垫子上跟他发生性关系。又比如,直接管辖他们这个水库的水管所所长经常用他们水库产的鲜鱼去附近劳改队做交换。劳改队的领导得到鲜鱼,就派劳改员去他家干各种家务活儿。如上房泥。挖菜窖。砌火墙。打煤饼。种自留地。让女劳改员伺候他家属坐月子,常年为他家娃娃洗尿片。而他从来也不为他拿走的那些鲜鱼付一分钱……他还听说邻近水库有一个团场的张副场长在大会上嚷嚷,劳改员比新生员可靠,因为他们更听话更好管。同理,新生员比地富反坏右可靠。地富反坏右比老职工可靠。老职工比大城市来的知青可靠。他娘的，最不是东西的就是刚转业来垦区的那些退伍军人，仗着自己退伍时带来的三块金牌——贫下中农、共产党员、转业军人，"谁都不尿"。就数这些人最不听话，最难管。我宁可要十个劳改员新生员，也不要一个贫下中农、转业战士……"这是什么阶级立场吗？还是一个副场长！"谢平说到这儿，林辅生的脸子已经耷拉下来。他"正告"谢平，凡事一定要摆正九个指头和一个指头、全局和局部的关系。不要用一个指头和局部的问题抹杀九个指头和全局的成绩。只看一个指头上的问题，而看不到九个指头上的成绩，这样就会发生方向性错误。这也是当年许许多多年轻人最后堕落成右派分子的主要根源。但谢平越说越激动，从坐着说到站着说，一直说到"这样下去，会把整个农场、整个垦区，以至整个中国带到什么方向上去？"完全容不得林辅生插话，也觉察不到林辅生的神情已发生很大的变化。直至谢平说到下面这两件事时，林辅生实在按捺不住，才虎起脸，呵斥道："够了。你给我坐下！"那两件事，一件说的就是那个"憩园"的事。谢平说，现在连队里绝大部分职工住的还是土块房，相当一部分还住在地窝子里。师部那个第一招待所已经够高级的了，再做一个什么"憩园"符合党的"四清"精神吗？然后又说第二件事，"前些年有一位高层领导到垦区来视察，下团场慰问。团场之间大部分还是土路，路况极差，车子也跑不起来。为了保证这位已有一把年纪的大领导顺利走完全程，能给他留下一个好印象，重新修缮这百十公里的路不仅时间上来不及，经济上也没那个力量，于是垦区总部下令沿途各团场用麦草把这位领导要经过的土路全铺一遍。麦草每年储存下来都是要在冬季大雪覆盖草场后给畜群当饲料的，特别是冬春交替青黄不接之际给产羔的母羊补饲。救命。如果用去铺路了，相当数量的产羔母羊和刚出生的羊羔都会活不到春暖花开时。万一再遭雪灾，大批的成年马牛羊也会因缺救命草料而死亡。到明年，相当一部分团场的牲口存栏数会大幅度下降……""胡说八道嘛！啥大幅度下降？"林辅生立即打断谢平的话，"那年牲畜存栏数是略有下降，但大致上还是和往年持平。至于用麦草为远道而来的领导同志铺路这件事，可以从不同的角度、用不同的方式、站在不同的立场上去看待，就会得出完全不同的结论。这也就是平时我们天天在讲的那个阶级立场和阶级感情问题。一位老革命、老同志、老领导来了，就算用了些麦草，为此又付出了某些代价，那又怎么样？没有这些老同志，怎么会有我们的今天?!"说着，林辅生激动地推开窗户，指着窗外沐浴在阳光下那些整齐的条田、林带和在树丛里时隐时现的居民点，问谢平："眼前所有这一切是谁创业的？难道是你们这些城市知青？更不是哪朝哪代人留下的。十多年前，这里就是一片荒凉的大戈壁嘛。这个，我去上海接收你们的时候，都给你们讲过，还放过许多纪录片给你们看。这里所有的一切，都是这些老同志当年用生命用血汗创造的。""政委，这忽儿我们不讨论这一切是谁创造的。在这一点上，我们之间没有任何分歧。我要说的就是我心里的那点疙瘩……""心里疙瘩谁都有。解决这些疙瘩，首先要分清楚、搞明白自己到底站在谁的立场上在替谁说话。否则就永远也解决不了你那个所谓的'心里疙瘩'。""政委，我还听说……"谢平依然一副油盐不进的样子。林辅生终于不耐烦了，拧起他浓黑的眉毛，呵斥道："你不要说了！"

谢平略为一顿，一愣，只得不说了。这时林辅生干脆转过身去接待另一位来客，不再搭理谢平。又闷坐了一忽儿，谢平站起来说："天色不早，我得走了，政委。"林辅生也没再留他。谢平到后院去取大衣。跟"阿姨"告别。却看到他那一小包咸鱼干已被"阿姨"扔在了门外的一个垃圾桶里。大概是嫌它过于腥臭吧。

从那以后，谢平再没去过林辅生家。从那以后，林辅生在师机关也很少再提及谢平,偶尔有人说起谢平,他只会淡然一笑,说一声:"这个小巴朗子(维语。小年轻),还是欠锻炼啊。不够成熟啊。还是以我为中心的啊。那怎么成呢? 还需要好好锻炼锻炼啊。"

……那天林辅生派人把谢平叫到办公室,是因为他听说了谢平要成立什么造反组织。林辅生不同意许多老同志对当下从北京掀起的这场社会风暴的看法。他们认为,这场动荡仍然会以多年以前那场运动的方式结束:先开个口子让大伙乱一阵,然后发个号召,再派一大批工作组下去,收拾一批冒尖的。下放一批不听话的。劳改一批脑后有反骨的。就能再稳定十年八年。他觉得这一回是真要让各级掌权者正经经历一番"水能载舟,也能覆舟"的体验。虽然高居于"水"之上,却实在应该端正并认真反思和反省自己对"水"的认识和态度。调整一下已经开始有一些不正常的干群关系。这种体验、反省和调整究竟会以怎样的形式进行,到底又会进行到什么程度为止,他说不清。好像也没什么人能说得清。(他曾经给北京的一些老战友打过电话。但这些老战友都说不清。)但不管怎样,这场风暴必定空前猛烈。甚至会彻底颠覆许多同志十七年来已然固定了的思维模式和执政定式。这一点他能暗自确定……也不禁忐忑。于是,从不失眠的他开始失眠。从来极为自信的他,也开始不那么自信了……他琢磨着怎么在这场已然无法回避的风暴中做一些必要的"铺垫和安排",化被动为"主动"。他先找来朱留长。(为避人耳目,他把朱留长约到附近那个县政府所在地的招待所,找了个背静的单间。)朱留长原先并不愿意搞什么"群众组织"。多年的所见所闻早就让他"懂得",这种"在党外从事组织活动"一定不会有好下场。但林辅生却鼓励他主动出头去成立一个群众组织,以便掌握一部分"有生力量"。在需要时"引导广大群众","端正斗争的大方向"。在得知谢平等人"鼓捣"着一帮城市支边青年和机修总厂的青年工人,还有师部中学的一部分青年教师和高年级的学生筹建一个造反组织,他担心了。在办公室里踯躅。琢磨。他知道这一部分人一旦闹腾起来就不易控制,最后会闹成什么样也难预料。迟疑几天,不愿承担"操纵群众斗群众"罪名的他还是派人去找来了谢平。他希望谢平不去掺和什么运动。诚恳地告诉他:"党会培养你,让你茁壮成长"。如果一定要掺和,那么希望他也能像朱留长那样,把一部分群众组织起来和师党委同心同德。始终站在师党委的立场上,沿着"正确的方向",把本师的"文化大革命"进行到底。话说得很含蓄,用意还是挺明白的,就是要他"组织一些人来保卫师党委"。谈话中,见谢平一直不表态,他突然把话题一转,先是用既亲和又带一点点批评的口吻"责备"谢平,多长时间都不去家里坐坐了。"阿姨都不高兴了,老在念叨你哩。你没觉着耳朵根发热?"然后,装作不经意的模样,婉转地向谢平提到,他有个从北京来的小侄女,"找个适当的时间,介绍你俩认识一哈,怎么样?"……

林辅生分明是在向谢平提亲。当时谢平一心想着即将成立的造反组织,手头还有一大摊急事要办。完全无心去体会林辅生所说的"找个适当的时间认识一哈这个小侄女"到底有啥含意,也就没接林辅生这个话茬。只是掏出一份事先写好的书面报告,要林辅生给他即将成立的"红色近卫军造反兵团"批两间屋子做总部使用。另外再给他们的总部批一部电话机。理由是您已经给朱留长那个总部批了两间屋子和一部电话,也该给他这个总部批点"装备"。一碗水要端平嘛。林辅生却借口他这个当政委的不负责批房和安电话。"这事你去找师后勤。"但经不住谢平纠缠,林辅生最后还是批了个"同意"。(不过,谢平高高兴兴拿着林辅生的批条到后勤去要房子和电话,后勤上的人还是找了许多理由没给办。当时谢平还不懂,为什么见了林政委的亲笔批复,后勤居然敢顶着不办？过了一些年，经历多了，谢平才明白这里的奥秘：为了不让矛盾都集中到首长那儿，当时首长们一般都会"有求必应"地批同意。但这个"同意"里却大有文章。很有区别。在批条上会做暗示。比如有的首长事先会告诉下属，批条上虽然批了"同意照办"，但在落款写日期时，如果在代表年月日的阿拉伯数字中间只用逗号点开，而没用"年、月、日"几个汉字来隔开，就表明：这样的批条，你们是可以不办的，而且一定不要办。当然，不同的首长会约定不同的暗号。那就各抖各的机灵。各显各的神通了。对此真是只能"呵呵"了。后来还是机修总厂同一派的"战友"在他们厂里给整了两间房，并且通过一番"革命行动"，把厂部仅有的两部电话机中的一部占了去，给了谢平。）那天谢平回到机修总厂再给兄弟们说起林辅生"小侄女"这档事，他们惊呼。"哎呀，你大意了，这是走资派使的鬼花招，用自己的亲侄女'腐蚀拉拢革命造反派'啊。你应该当场狠批他一通的！"再提及那天在东苇湖见到的"小甜妹"，谢平才对上了号，觉悟到林辅生真是"妄图"使用美人计了。而且是个小美人。后来谢平多次想把这件事写成大字报，以揭发"走资派"的"险恶用心"和"丑恶嘴脸"。之所以几次动笔都没成文，多多少少还是跟那天林圆圆在东苇湖给他留下的纯真美好印象有关。他明白，自己一旦抛出这份大字报，肯定会把一场大火引到这个"小女孩"身上。让她暴露在光天化日之下无处藏身，很可能会给她带来毁灭性打击。铸成她人生一场灭顶之灾。他觉得不该毁了这样一个小女孩，没有任何理由让她来承担这样的后果……

其实，那天谢平和林辅生谈完话，走出师机关大楼时，林圆圆就在师机关传达室里坐着。林圆圆是应叔叔之嘱，在这儿等着的。如果谢平当场答应"小侄女认识一哈"，他就会派人来把圆圆叫到楼上去和谢平进行下半段的谈话。没想到谢平竟一甩手直接走了。谢平无心，圆圆却是有心的。因为圆圆这时已经知道谢平是何许人了。一来，叔叔在头天晚上已经告诉了她，今天可能要让她见一个叫谢平的小伙子。上海支边青年。再一个，前些日子，有几个北京红卫兵来独立师"煽风点火"。朱留长接受林辅生的指示，组织群众把那几个红卫兵包围起来，隔离起来，不让他们四处活动。朱留长还给林辅生出了个主意："那几个熊孩子我看跟您侄女一般大，又都是北京娃娃，让您侄女去做做他们的工作，让他们别在这儿捣乱，可能会收到意想不到的效果。"于是，林辅生特意让司机老陈开车把圆圆从东苇湖接了过去。等她赶到辩论现场，早已是人山人海。那几个"熊孩子"已经被围困十几小时。司机老陈带着一名警卫保护着圆圆，生拽硬挤地刚挤进人圈儿，圆圆就看到谢平等人正带着那"几个北京来的熊孩子"左冲右撞往外突围。谢平脑袋上被什么剌了个口子。血流一脸。听到那几个红卫兵孩子地道的北京口音，林圆圆心理防线瞬间就崩溃了，立即把同情票投到了他们和谢平这一边。当"红近军"总部的贺老五也带人赶到，拽出谢平等人，林圆圆完全不顾司机老陈的阻拦，竟然跟在谢平他们后头跑了起来。忙乱中，谢平把她当作北京来的红卫兵，一下扛起她搁在自己肩头，冲出包围圈……事情过去后，那几个北京来的红卫兵很快就离开了独立师，继续去其他地方"煽风点火"。（给谢平留下特别深刻印象的是，那几个红卫兵戴的红袖章都是用红呢子做的。"红卫兵"三个字是用金黄色的丝线绣上去的。后来才知道，这几个红卫兵都是北京部级以上领导干部的子女。）圆圆只记得当时自己横躺在谢平肩头上，在那种快速又激烈的颠动中，只听到谢平气喘吁吁地叮嘱她："一忽儿，你赶快走……追上那几个战友。你们该干吗还干吗。该回北京就赶紧回北京。这儿的事，你们就别管了。这儿有我们……有……有我们哩……你们放心……"一直跑出老远，看到大批机修总厂的青年工人赶来接应了,谢平才把林圆圆放了下来。等林圆圆摇摇晃晃站稳了,她发现自己手腕上的那块表不见了,便哭丧着脸死活要回头去找。而这时,一大帮朱留长的人接续又追赶了过来。谢平一把拽住林圆圆,冲她吼道:"别顾手表了,跑吧!"林圆圆急得眼泪直往下掉,嚷嚷道:"不行……不行……那是我爷爷留给我爸的纪念品。我爸又给了我。正经一块欧米茄好表……"谢平立即抹下自己手腕上的那块上海牌全钢手表塞到林圆圆手里,大声嚷嚷道:"先拿这个使着。快跑!"林圆圆说:"那不一样。我爷爷……再说,我怎么可以拿你的手表?怎么可以?"谢平一把揪住林圆圆的衣领,瞪大双眼吼道:"这时候还分啥你的我的?我们是一条战壕里的革命战友!快跑!"林圆圆却依然跺着脚嚷道:"我不能拿你的东西……不能……真的不能……"谢平无奈了,又急又气又觉得可笑,只得也跺了一下脚说道:"就算我请你替我保管的,行了吧?别黏糊了,快跑!""那你得告诉我你叫什么、哪个单位的,我好去找你。""谢平……""谢……谢平?(她想起来了。叔叔好像提到过这个名字。)哪个单位的?你不告诉我你是哪个单位的,我上哪去找你还这块表?""小姑娘,你真够烦的!这么跟你说吧,只要在独立师,你只要提'谢平',谁都知道。行了吧?!"说着便再不管林圆圆了,抄起一根大棒,和贺老五等人一起迎着朱留长他们那一帮人,大踏步冲了过去。随即发生的"械斗",说起来,真要算是独立师政治运动史上发生的第一起"武斗事件",也是林圆圆有生以来近距离目睹的第一起"非流氓性群发打斗事件"……

十六人头破血流。两人胳膊脱臼。还有一位被戳瞎一只眼。

……这块手表后来一直留在林圆圆的手腕上。不知道为什么,她知道自己应该早就送还的,而且从那一面过后,林圆圆总是莫名其妙地希望能再见到这个谢平。回想在他肩膀头上剧烈颠动的那段经历。有时孤独地呆坐在那棵弯曲的老杨树上,甚至会把野鸭的鸣叫声错听成谢平的喊叫声。心也会为此狂跳一阵。有好几次她都独自悄悄走出东苇湖,搭个便车上师部或二管处处部去瞎转悠,也是希望能"偶遇"谢平——那忽儿她已经知道谢平是何许人了,而且也知道他这一派主攻的就是自己的叔叔。是不是因为这,她才没去还手表?怕见他,又想见他?她说不清。后来,她跟父母一起回了北京。从那以后,"大西北"对她来说,再不只是一个地理名词,更不只是传说中"蛮荒之地"的衍生品和后来北大那个叫海子的年轻天才诗人笔下用以寄情的奇崛意象而已。**"今晚我在德令哈,姐姐……"**它成就了许多双真实的眼睛。木然的。渴求的。诙谐的。或者是粗鲁的、灼热的。总是一段剜不去的记忆。一片貌似平静却始终沸腾在她心中的湖水。一群活人。凿凿实实活在这个世界上的一群人构成了一个景。他们,特别是其中的一个,让她牵记,以至怜悯。每每北京的风大了,天凉了,雪少了,雨猛了,站在家里刚装修好的那一扇落地大塑钢窗前(后来又改成了断桥铝的),控制着从英国买回来的可以自动闭合或开启的六七米高的天鹅绒落地提花窗帘,怀里抱着那只可爱的拉布拉多犬,她心尖上总会突然掠过这么个思虑:**他们,还好吗?他呢?**……后来她知道他被捕了,被判刑了。她总想回去看看。是的,她总是用"回去"这个词来说明自己每一次去垦区的心绪。她一共回去了三次。每次除了去看望在那个岁月里曾经很好地照顾了她一家人的那些长辈和朋友——特别是叔叔林辅生一家,她都会去红山口探监。头一次是她自己一个人去的,她终于把那块旧得不能再旧的上海牌手表还给了它的主人。第二次是和男朋友一起去的。最后一次,是和丈夫一起去的。第一次是坐绿壳火车去的。第二次,男朋友给买的飞机票。最后一次,丈夫的爸爸给有关方面打了个电话,他俩搭了个"便机",那是空军去大西北执行任务的一架运输机。

　　……那是一个深秋的早晨。三四个小时的航程。一路上,她给比她大十多岁的丈夫介绍这个"谢平"。也谈到前两次"探监"的情况。说完后,她让丈夫谈谈他的感受。丈夫莞尔一笑道:"我可以告诉你我的感受,不过,我说了,你可别生气。"一边说,一边还替她整理了一下大衣领子——机舱里的温度有点低。羊绒大衣是新做的。两件。一件鹅黄色,另一件便是身上穿的这件。都是在那个专为出国公干人员做服装的红都服装店里定制的。在当时,这是一家普通人走不进去的服装店。"你只管说。"她笑了笑,顺便调整了一下坐姿,以便可以更清楚地看到对方说话时的神情,也免得一个姿势坐久了,坐皱了新大衣的下摆。这是一件水晶蓝高级羊绒料大衣。她特别喜欢这种亮而不艳的蓝。当时在国内还买不到这样的衣料。是丈夫当年插队时的一个好朋友(也是他父亲老战友的孩子),从英国替他们带回来的。拿到这块衣料时,她兴奋得脸都涨红了,抱着那个总像父亲一样爱她的丈夫接连说了许多个"谢谢","太感谢你了,真的真的真的……""你说了那么多,给我的感觉,实际上你还是并不太了解这个谢平。""父亲"似的丈夫说道,"他在你的印象中,始终还只是个镜象。'镜象',懂吗?(在大学里教过书的丈夫经常会用这种口吻跟她说话。)镜子的镜。印象的象。镜象。平面的,不是立体的;是经过某种心理折射后形成的印象,带有相当主观成分的伪客观印象。因此,归根结底它是非客观的。镜子中反映出来的形象肯定要受镜子本身平整度和构成这面镜子的玻璃、水银等原材料的质量好坏影响。这影像而且一定是'曾经'的,而不会是当下的,更不可能是'必然'的。所以它不可能生成立体的有温度感的带有强大生命因子的结论……"丈夫滔滔不绝。圆圆一如往常,保持着恭敬的微笑。有时丈夫在客厅里抚摸她的时候,也会对她在抚摸下产生的一些细微反应做出许多让她想象不到的头头是道的"理论分析"。而丈夫恰恰最喜欢她在听他做这些分析时所表现出的羞涩、似懂非懂的崇敬并在这种种羞涩和崇敬中呈现的迷离和茫然陶醉神情……丈夫和他父亲几个老战友的孩子这一阶段正在一起做市场分析,准备离开大学校园和国家机关大楼到"海"里去大干一番。这也是他父亲的一个老战友、老上级新近对他们做出的忠告:"赶快去占领市场。将来市场的走向和归属将决定中国的走向和归属。所以,你们要去占领这个阵地。你们。就是你们。要有紧迫的使命感。准备在中国打一场新的淮海战役。赶紧去上海。广东。总之先往南走。暂且不要恋栈北京。"这位老战友和老上级经常被突然响起的红电话机叫到另一个"海"(中南海)里去参加某些特别重要的会议。他总能得风气之先。

……也许她丈夫的分析和提醒起了作用,这一回再次见到谢平,林圆圆不再像前两次那样,还没见着人自己就先激动和哀怜起来。她遵从丈夫的告诫,让自己冷静,采取"旁观者"的立场。"这样你所看到的谢平,才是真正的真实的谢平。"她这样做了。于是她注意到了谢平那一身过于肥大的囚服以及塌在脚背上的囚裤裤管,而不只是看到他苍白瘦削的脸庞上隐约残留的曾经的"清秀"。既看到他在一瞥之间依旧闪烁着某种渴望,也看到了闪烁过后长时间滞现的木然和空白。既看到在他唇边时而会下意识流露的那种不经心的微笑,更看到了他略带些迟疑的步态和竟然佝偻了的身姿……特别是他被带进会见室时,明明已经看到了她,却完全不像前两回那样,会一直把目光停留在她身上,期待着跟她交谈。急切希望得到一些外界的真实信息。这一回他双手贴住裤缝,毕恭毕敬地呆站着,直直地看着带他进屋的那位管教,等着他发令。那位管教足足有二十几分钟没搭理他,只顾着跟其他几位管教商量上哪儿搞到卡车,能给各自的小家去拉运冬天的取暖煤和贮存大白菜。在这段时间里,谢平就一直呆站在那里。脸上竟然没有丝毫的不快和焦急。头一回来时,圆圆只想到在这种地方生活一定特别糟糕,便带了不少零吃。没再带别的。谢平却特别提醒她,如果再来,务必带点新出的书。他还举了应奋给他带《一个人的遭遇》和《罗马史》为例子。第二回她果然给他带了几本新译的世界文学名著。他果然高兴,但却偷偷地告诉圆圆,能再带点油炒面就更好了。趁管教不注意的瞬间,他又对圆圆说,不用带别的零吃,油炒面最好。那玩意儿可以充饥,还可以补充营养。口感也不错。这一回她特意带了好几斤油炒面,还带了两本新译出的哲学名著。等管教允许谢平过来跟圆圆见面时,她发现,他对那两本哲学名著压根儿“视若无睹”。但看到那两小袋油炒面时,两眼却放光了。而且立即捧着这两小袋油炒面,恭恭敬敬地走到那位管教跟前,下意识地流露出一丝谄媚的笑容低声说了句什么。那位管教摸了摸袋子,点了下头。谢平便留下一小袋给了那个管教。所有这一切,在谢平,竟然做得如此流畅。熟练。更无半点勉强之意。这让林圆圆的心一阵阵揪着疼。前两回,谢平听到圆圆跟他告别,或多或少都会流露出一点留恋、惜别之意。但这一回,这种表示没有了,只是呆呆地抱着剩下的那一小袋油炒面,两眼空空地等着她离开。

似乎无所期待了。

……回师部的路上,坐在车里,圆圆许久都说不出话来。一直在默默地流着泪。车子自然是林辅生派的。早已不是司机老陈当年开的那种美式吉普或苏式嘎斯六九,而是崭新的丰田“牛头巡洋舰”。圆圆没告诉林辅生,她用这车去干啥。不过,林辅生猜到她是去看谢平的。没阻拦。老到的他自然懂得，年轻人成长最需要的是"亲历"。只有亲身经历一番。亲眼看到。亲口尝到。亲手做过。亲身痛过。是非对错便烙刻在心，才会踏实下来做人和做事。至于那些最终也踏实不下来的，只能算人中的次品海面上的泡沫罢了。

……车子颠簸得厉害。红山口煤矿渐渐被弯道上一块块兀立着的黄褐色山头遮没。天边的火烧云褪去斑斓的外衣，只剩下几条形状怪异的黑色云团积聚在地平线上。戈壁滩也终于呈现出它原始的那份狰狞和冷酷。丈夫发现她在流泪，便体贴地握住她的小手，幽默了一句："别那么在意嘛。也许，我们看到的不是谢平，那不是真的谢平。"她慢慢地摇了摇头，认真地纠正道："不。是他。是真的谢平。真的……"当年有件小事，曾给圆圆留下特别深的印象。有一回（可以说是唯一的一回）她去谢平的造反总部，正赶上开饭。那时节，在造反总部"吃饭不要钱"，过着"共产主义生活"。到点儿就开饭，八人一桌。按伟大领袖毛主席提倡的四菜一汤规格，只要坐满一桌就上菜。流水席，几乎从早开到黑。那天，她恰好跟谢平同桌。同桌的有"红近军"总部几位核心组成员。还有一位是下边哪个农场的造反派头头，准备带着他的全班人马来加入"红近军"。"红近军"人数一直没朱留长"革造总"的多。一直是谢平他们心头一块大病。一直憋着一口气在扩大队伍。有人自动带着队伍来参加，当然高兴。饭桌上，贺老五张罗着让后厨给加两个菜助兴。那个小头头也特别兴奋，一手抓着一头紫皮蒜，一手抓着个大馒头，唾沫星子乱飞地白话着自己那一帮人有多么能干，曾揪出过多少"黑五类分子"。如何在抄家时抄出古代的春宫画……然后就开始点评桌上的那些菜肴，和贺老五争论起猪的后臀尖和前臀尖在味道上的区别，白色来杭鸡和花尾巴家养鸡在营养价值上的异同……圆圆发现谢平的脸色越来越凝重。听着听着就不耐烦起来,突然啪一下撂下筷子,丢下碗,起身走了。等人们都吃罢饭,那个小头头走了,他马上告诉在核心组内分工负责对外联络和内部队伍组织训练的高老师(师部中学的物理教员),此人不能用。高老师不解,问他为什么。谢平说,这忽儿没时间跟你细说,八零八团有人送来一份批判林辅生修正主义经营路线的大字报底稿,我得马上去帮着修改。你去找一本《毛泽东的青年时代》看看,就明白为什么不能用这个家伙了。高老师后来是否真的去找那本书看了,林圆圆当然不知道。但她却真的找来看了。书里写到毛泽东在长沙第一师范求学时,集合了一批志同道合者一起探讨中国革命的前程和道路问题。有一次聚会,其中一个人津津乐道地跟大伙谈起猪肉的分类及其烧法。毛泽东立即决定,从此不再搭理这个"胸无大志又极其庸俗的家伙"……可现在他自己却变得只对"油炒面感兴趣了"。

"你要懂得,人是会变的。适应环境,改变自己,是人和所有动物的一大特性。所不同的是,动物是本能使然,而人是可以有意为之的。这也是达尔文进化论的一个重要理论依据,也是中国'阴阳五行,天人合一'的理论依据之一。"丈夫轻轻地抚摸着她的手背,细声细语地劝慰道。

"我也会变吗?"圆圆问。

"当然啦。你看你从一个小公主,一下变成了一个夫人,太太,将来还会变成孩儿他妈……"

"谁跟你说这个?"圆圆的脸一下红了。

"不过,还有一种可能。"丈夫突然严肃起来。

"什么可能?"圆圆忙回过身来问。

"……"丈夫沉吟了一下,说道,"谢平他……"

"他怎么?"

"你别急嘛。瞧你,一提谢平,就显得那么急迫,那么上心。不怕我这个当老公的吃醋吗?"

"哎呀,他都变成那样了,你还吃他什么醋嘛!快说,还有一种什么可能?"

"我在想……"丈夫斟酌着怎么用更合适和准确的词来说明这个"可能","当然这也只是我的一种猜测。"

"哎呀呀呀呀,别兜圈子了,快说。"

"我们看到的这个谢平,当然是真的。"

"这还用你费什么劲去猜测?!"

"但是……他那些状态和做派,可能不一定是真的。"

"什么意思?"圆圆一愣。

"他会不会故意装成这么可怜和窝囊……"

"你说他的这些变化都是装出来的?"

"没有这种可能吗?为了在这么恶劣的环境中得以生存,他把自己装得很可怜很窝囊。而实际上,也许他根本就没那么可怜,更不窝囊。"

"……"圆圆呆住了。她真的没有想到过这一点。因为过去的谢平在她的印象中从来是不会伪装自己的。但现在,他学会了伪装?也许……可能……如果……那么就很难说了……

过了好大一忽儿,圆圆才缓过神来,打量丈夫,突然这么指责:"你这个人的内心怎么这么阴暗,总把别人想得那么复杂和不堪?"

丈夫不想再跟她谈论下去,只淡淡一笑,便仰身往椅背上靠去,把视线投向越发暗淡下来的车窗外,又过了一忽儿,他突然起身问:"你前两回来探望时,他托你去办过什么事没有?"

"干什么?"

"问问嘛。"

"第一次来，他跟我要书。第二次，他跟我要油炒面……还问了问北京的情况……"

"你看他还是关心大墙外风云变幻的。没托你去外头找什么人？"

"你又想哪儿去了？"

"嗨，这能想哪儿去？只不过是想认真判断一下，几年的这种生活，是不是已经把他这种人的心彻底搞死了没有？"

"上一次来的时候，他……"

"他怎样？"

"他让我替他把一本书还给一个人。"

"还一本书？还给谁？"

"他们'红近军'原先核心组的一个勤务员，上海女知青袁雅芳。"

"只还书，没带话？"

"没。"

"书里也没夹着什么纸片？"

"你干啥呢？KGB（克格勃）啊?! 人家劳改队的人不比你细心？现场把书翻过来倒过去的，检查了又检查。哪还允许他夹带什么信和便条？真是的！"

"书的任何一页上都没有留字？"

"你这人好烦哦。劳改队的人能允许他这么干吗？再说了，他再缺心眼儿、脑子再不够用，也不会这么明目张胆。劳改队的人当着我的面把这本书来回来去翻检了好几遍，除了有个小娃娃乱七八糟画的啥，里头啥也没有。"

"小孩画的？画什么了？"

"好像是个大公鸡。小娃娃画的嘛，歪七扭八的画得像鸡，又像鸭，还像个小狗……只不过屁股上戳着几根长长的羽毛,头上又画了个像鸡冠那样的东西,看着才更像个公鸡。"

"这个画里会不会有啥名堂?"

"什么事情到你眼里怎么都有名堂都是阴谋?我看你才是地地道道的阴谋家!"

"那是一本什么书?"

"不理你了。"

"那好吧。不说了。"

"告诉你,是列宁写的一本书。列宁的书现在也禁了?不会吧?"

"没有没有。现在只是不再公开提倡读列宁同志的书。禁是不会禁的。不过,能告诉我书名吗?"

"《国家与革命》。有问题吗?"

"你给那个袁雅芳送去了?"

"送去了。还想打听这个袁雅芳是男是女吗?袁雅芳,女生!"

"她没说啥?"

"说啦。两个字:'谢谢'。还问了问谢平的情况。"

"那本书……"

"她接过那本书后,随手翻了翻,就扔一边儿去了。"

"再没说啥?"

"说啦,说,这小子倒还记得还我书。"

"再没说啥?"

"哎,哎,哎,你到底想干啥呢?紧着问个不停。"

"嗨,嗨,别那么大声。没有就好嘛……没有就好嘛……好了好了,不说了。不说了。小乖乖,来,让哥抱抱……"

……

下午三点左右林辅生也赶到了二管处。他是根据垦区临时党委的决定，紧急赶过来坐镇处理这起返城风潮

下午一点钟，车到沙道湾兵站。院子的土围墙里可以同时停放一二十辆军用卡车。在那儿打个尖，下车活动活动腿脚。在兵站食堂吃碗臊子面。喝口水。去院后那个满是戈壁片石的慢坡上解个小手。忽然想到，得把朱留长叫过来。便借兵站的电话让师党办的人赶紧通知，让他赶往二管处候命。林辅生深知，要真正平息这次返城风潮只有一途，就是给这些老知青以同等回城的待遇。只是抓几个闹事头头，能镇一时之动荡，而不能平根本之怨愤。况且这些闹事头头虽然做了些过杠杠的事，也确实触犯了现行的刑律，但毕竟还在"人民内部矛盾"的范畴里。就是捕了判了，最多关个一年半载你还得放人。法不责众。稳定第一。还真不可能把他们怎么样。所以，但凡想从根本上解决问题，还是要靠"疏通"和"安抚"，要靠一视同仁地落实政策。你既然已经把几千万红卫兵知青都放回城里去了，凭什么不让这十多万在边疆农场吃过更多苦出过更多力的老支边知青回城？而且，他也获悉高层的口径已有所松动。部分领导已经意识到对这一批"文革"前支边来垦区的知青最后还是应该落实相应的政策。只不过需要按不同情况用不同安置办法，分期分批让他们返城。"潮流使然"嘛。既然已不再提倡"上山下乡"，也明确这不是解决城市青年就业的基本途径，且放弃了推动青年去与工农相结合的基本方针，就已经瓦解了让这部分青年留在边疆

扎根的政治基础和精神支撑。强行逆势而动,肯定不利于当前最需要的那个**"社会稳定"**。弊大利少。且"后患无穷"。当然,他的这些想法,并没有在师党委常委会上全然披露。也不能全然披露。他的想法是:能不能通过一些在这批老知青中有一定影响的人分别去做做工作,**缓解**当前这种剑拔弩张的态势。起码先阻止先前已经逃跑回上海的那部分支青"杀回"垦区来再"闹事",进一步激化整个局势。可是让谁回去做这个工作呢?动身前,他曾和师临时党委现任几个主要领导同志反复研究商量,老师长也同意把李爽作为此举的第一人选。他是这次二管处和独立师闹返城的幕后总指挥。在这批人中拥有巨大影响。如果能说服了他出面去做工作应该是管用的。就看他愿不愿意了。到二管处后,林辅生得知谢平被释放了。他觉得这也是个可以考虑的人选。谢平多年来的这些遭遇,很可能反而让他在一部分老支青中获得某种"同情分"。"滋生"出某种不可忽视的影响力。(虽然这种"同情"和"残留"的影响力在各级政府看来极其"另类"和不正常。不应该。)如果他也能以身说法,和李爽一道去劝导那些老知青不再闹事,可能会取得事半功倍,也是别人所达不到,甚至是意料之外的效果。可让谁去做这两个人的工作?自己亲自去接触这两人,自有种种不便,于是他想到了朱留长。

当年那个学习班结束,朱留长受到重用,一度被调到抓革命促生产指挥部政法组帮工,大刀阔斧地协助指挥部处理了一批运动中的"打砸抢分子"和造反派头头。后来当上政法组组长。又干了一段时间,粉碎"四人帮","文革"结束,恢复垦区和独立师原建制,林辅生复职。曾经有消息,他还会回到垦区总部任他原先那个副司令员。当时,他都为离开独立师做了各种准备,包括各种人事安排。紧急提拔了一批干部。其中很重要的一项就是把朱留长提起来,当了师党委办公室副主任,并兼任师政法处副处长。(主任和处长都是从各大军区"空降"来的现役军人。)

朱留长忠心。老到。细致。又熟悉本地情况。使用时一向得心应手……所有这一切,在现在这个师机关里可以说无人出其右——虽说朱是李、谢的"老对手",让朱出面做他俩的工作,可能会增加李、谢的疑虑,但由朱出面,李、谢二人一定会想到此举有林的背景,有林的厚度和力度。他要的就是这个效果:他不出现的出现。让朱留长替他出现。这一点,还真让林辅生说中了。当李爽看到随谢平之后,朱留长又被金达同和向少文他俩带进这守园人小屋里来时,在心头产生诧异和不快的瞬间,也产生了巨大的震惊。李爽在管理处党委办公室工作多年,熟悉官场规矩。他懂:作为政法处副处长、林政委的"心腹之人",未经林辅生的授意或点头,朱留长是不会擅自出现在这种场合的。"林辅生让他来干啥?"一时间两人都呆愣住了。等朱留长说明来意,李爽却冷笑了,心想,这明摆着在"劝降"啊! 不等朱留长再开口,李爽转过身去狠狠地瞪了向少文一眼,心想:"你他妈的向少文,这就是你带我和谢平上这儿来的目的?!"他本能的反应就是立即拽着谢平向门外冲去,却被金达同和向少文一把拦住。李爽直着嗓门喊了声:"向少文你狗日的!"侧转身抱起肘拐子向挡在门前的向少文猛撞去。没想到这一肘拐正好撞在了向少文的鼻梁上。顿时一注热血酸酸咸咸地从少文鼻腔涌出。"兄弟……兄弟……"向少文慌忙用一只手捂住鼻子,另一只手却死命地拽住李爽不放。李爽绝望地跳脚大叫:"你……你还算是自家兄弟?!"倒是谢平只在一旁默默站着,像个无事人似的。多少年以后,这哥仨再回忆这一刻的情景,那二位追问谢平,你小子当时一声不吭,只顾袖手旁观。到底在想啥呢?谢平淡然一笑道,我到底在想啥?无非觉得你俩

152

的言行举止有点可笑。

"可笑?"向、李二位不解了。

但那时刻,等李爽惊怒稍定,等朱留长温和地把来意再次说明,不等李爽再度暴跳,向少文抢先说了一句,这句话是对朱留长说的:"能不能让我和李爽谢平先单独聊一聊?"朱留长大度地一笑道:"那敢情好。不过,在你们单独聊以前,我能先说两句吗?只说两句。"向少文忙应:"你说。你说。"一边说一边特意往后捎了大半步,腾出正面的位置,让朱留长好面对李、谢二人。

"老李,小谢,咱们应该算是老熟人了吧?俗话说,亲不亲,抬头不认低头认。现在已经不是当年打派仗那个阵势了,我们面前有个大局……"朱留长继续温和。

"这大局就是要把我们这批人排除在知青的行列?!"李爽冷笑。

"怎么能说排除呢?李爽,你我都是共产党员,又是垦区的机关干部。我们一起为党工作……"

"你为林辅生工作。"

"林辅生是谁?是阶级敌人?"朱留长的口气立即严峻起来。说着,他推开小屋的门,让李爽和谢平看清了路边停着一辆满满装载着一车甜菜疙瘩的大卡车。驾驶室里坐着徐又成。这又让李爽和谢平吃了一大惊。朱留长说:"徐厂长是你俩的老朋友。这,没错吧?垦区和师领导特地安排他开车送你们去白杨河市火车站。你们应该可以放心了吧?这里不会有什么阴谋诡计了吧?而且去上海的火车票也都替你们买妥了。只希望你俩回到上海,跟那些逗留在上海的老支青战友说一声,他们的要求,垦区和北京方面一定会认真考虑。愿意回农场来帮着一起恢复正常生产生活秩序的,垦区各级组织一如既往欢迎你们回来。有困难暂时不能回来的,也希望能在上海耐心等待中央的新决定。不要再让形势恶化下去。你们……"

"老朱,你这'两句话'也有点太长了吧?"向少文笑着打断朱留长的话。这时,一直在一旁没作声的谢平却突然拔高了嗓门,喊叫了一声:"让朱主任把话说完!"

"没了。没了。我要说的都说了。就这些。都是真心话。请你们慎重考虑。慎重考虑。"朱留长说罢,转身便向外走去。

朱留长走后,留在屋里的那三位足足沉闷了四五分钟。谢平之所以不作声,不只是因为听向少文说了"要单独跟他俩聊聊",在等少文开"聊"。更主要的还是因为这些年的坎坷。他养成一种习惯,不管干啥,"慢三拍",实施"四不政策":不抢着开口,不急着表态,更不慌着逞能,不仓促做决定。一切都留有余地。即便喝水,他也会本能地在杯底里留上一点,不会一口喝尽。上大街上吃早点。买一屉小笼包子。总会剩两三个打包带走。其实当场是能全吃完的。到底为什么?自己也说不清。操控这种行为的是另一种潜意识:**不知道明天到底还会发生什么。而明天发生什么,是自己完全无法操控的。**正因为如此,多少年后,当第一次听到苏芮唱出那句歌词**"到底是我们改变了世界,还是世界改变了我们"**时,他突然想哭。想喊叫。而李爽不开口则完全是因为心里憋着一大口怨气。他怨恨向少文,你既然早一步得知垦区那头有这样的部署,会来抓捕,为什么不提前透个信,非要拖到这一刻才伙同金某人朱某人一起来搞最后通牒?**"你这不是生生把我们往悬崖边逼吗!"**

李爽这样埋怨其实很主观。向少文并非"早就得知有这样一个行动计划"。他和所有参与今晚这个突袭行动的中层干部一样,都是在行

动开始前一刻才被叫到师部第一招待所那个常委会议室去接受任务
的。也只有到那时才知道有这么一个行动安排。事前,所有预案都被
高度保密。必须保密。决策者和执行者都明白,预案一旦被泄露,就可
能被人利用去掀起一场更大更猛烈的风潮。

而向少文此刻之所以也迟迟不吭声,只因为他心里有太多的话要
对这哥俩"单独聊"。前些日子他被父亲逼着到北京走了一趟,而且让
他"**坐飞机来。机票钱我给报**。如果你开不出买机票的证明,我去给你
领导打招呼"。

按说,返城风潮正在热火头上,师团两级机关的工作人员全都被取
消了公休,受命全力应对。无论如何是不会准他这个假的。后来还是
父亲亲自给师领导打了电话。按特例处理。处长还一再叮嘱:"千万别
对外声张。也别超假了。"

父亲告诉他,**中国马上要发生一场天翻地覆的变化**。"马上? 天翻
地覆? 又……又揪出谁来了?"向少文当时一震。"'天翻地覆',就一定
是'揪出谁''打倒谁'了? 你这种'你死我活的斗争'思维模式也该改改
了。过时啦。"住在三里河国务院宿舍区青砖楼群一套两居室单元房
里,父亲说话时的神情相当严肃。(可是一两个月前,老爷子还打电话对
他说,边疆地区情况复杂,遇事一定要保持头脑清醒,千万别丢了阶级
斗争这根弦。后来他还跟老爸开玩笑似的说过,我们头脑里这根阶级
斗争的弦当年就是你们这些当爹当妈的老同志给安上去的。现在又哭
着喊着让我们改换思维方式,去掉这根弦。你们累不累啊?!)母亲去世
后,父亲一直独居,房间里依然故我延续着母亲在世时的习惯,收拾得
一尘不染,井井有条。即使在跟儿子谈论如此重大的话题,他仍然不时
习惯性地瞟瞥一下跟前那个褐黄色实木茶几上摆放的烟缸、茶杯和软

木杯垫。还有几本白封皮上印着红字的小册子,那是中央领导讲话的单行本。两三支红蓝铅笔。一小瓶书写修正液和一把牛骨柄裁纸刀……即便在少文看来,所有这些小物件都已经摆放得相当甚至可以称得上是极其整齐了,但父亲还是会不时地挪挪这个,动动那个,把它们的边边角角再三对齐到丝毫不差的位置……

"我说的'天翻地覆'是思想路线和大政方针方面的。这要比揪出几个人打倒几个人更深刻,也要复杂艰巨得多。可能会牵涉整个中国今后多少年发展的道路和方向。"

"又一次转轨?"

"你用**转轨**这个词,很恰当。从突出政治的轨道转到以经济建设为中心的轨道上来。北京思想界最近很热闹。各种各样的思潮,否定之否定,让人目不暇接。我让你来,就是希望**你亲身感受一下这个气氛**,换换脑子,呼吸一点新鲜空气,找找做一种**新人**的感觉。机会难得。你们也不年轻了。不能认为自己手里还掌握着时间的主动权,得赶紧换换脑子了!否则就跟不上时代的变化了。""**要跟得上**","**及时拐弯**"这是父亲多年来在教育少文时经常挂在嘴边的话。

随后几天,父亲让他手下的一位工作人员带少文去参加了(严格说起来应该是"旁听"了)一个研讨会。地点是在五四大街还是西直门附近的某条胡同里,完全不熟悉北京的向少文一直也没能记住。更说太不清楚。真格儿地有点发蒙。反正有人带路呗。在一条很不起眼的小胡同里转来转去。灰砖墙。特别背静的院子。冬末的干燥萧索。粗大年迈的老槐树。还有廊檐下堆放的煤饼。那一长排歪着斜着摆放的老旧自行车。或者还有一辆竹木做成的儿童推车……这个环境和研讨会现场一帮"青春年少"的热烈激情澎湃形成强烈反差。而尤其给少文留下终生难忘印象的是,这一帮"青春年少"言辞的尖锐激烈坦率和神情的真挚。这让他想起十五六年前的自己。也是这样。在静安公园的那个凉亭里，那个"哲学研习会"。许多次**争论**"中国到底应该向何处去""我们这一代人到底要在这样一个历史时刻做一种什么样的人？"……同样的脸红耳赤。"拍案而起"。"声嘶力竭"……难免的"引经据典"，甚至"夸大其词""不及其余"……而眼前这群人所谓"青春年少"，其实和少文、李爽、谢平差不多大小吧，三十上下。个别的还要小一些。有的也可能大一些。有穿军便服的。有的女孩脱了军棉大衣，里头倒是一身时尚打扮。比如那种牛仔裤、喇叭裤和长筒靴必然是向少文从来没见过的。也有的"眼镜男"穿着十分普通。脚上还趿着黑布老头鞋。手上老夹着一支烟卷。因为开夜车、喝浓茶，脸色黑黄。言辞却更加犀利。

那天，他们没有讨论很具体的微观政策问题，先是几个年轻人向与会者分发他们先期去农村做的调研报告。都是油印的。然后由这份调研报告的几位执笔者向大伙详细介绍他们调研的过程和个人体会。有的很会说话，讲得很生动，不时穿插一些段子类的政治笑话，讽刺挖苦多年来农村过早搞一大二公的"恶果"。有的也不是那么善于演讲。但不管怎样，都特别认真，仿佛他们正在决定中国的未来。少文起先以为这些年轻人一定是中央机关某部门的工作人员。后来父亲告诉他：哪里啊！都是自发的。有关机构最多给他们补贴一点路费和伙食钱。写那么多调研报告，恐怕连一分钱稿费都拿不到。（后来得知，这一帮年轻人当时的作为也不完全是自发的。还是有几个中老年级的"头脑"人物在组织和谋划。）

"他们要动**所有制**这根脊梁骨？"李爽听了少文的讲述，立刻敏感地追问。"所有制也能动？这一帮年轻人真可以啊。"李爽愣怔。

"嗯……"这一回少文只是犹犹豫豫地"嗯"了一下，没做正面回答。

"你爸呢？他啥态度？"一直还没开过口的谢平弱弱地问了一声。

"我问过。他想了好长时间，只跟我说了三个'一切'：**一切还只是开始**。**一切都在过程中**。最后是：**一切皆有可能**。"

谢平则继续他的"不吭声"。只是听着。

接着向少文又说了这么一档子事：

在结束这次北京之行的前夕，有一位在那个小胡同的讨论会现场结识的朋友突然邀请少文到家里"坐坐，聊聊"。这个朋友好像比少文、李爽还要年轻两三岁，应该和谢平差不多大，但神情却十分老到。中等个儿偏瘦，衣着朴素端正，脚上总是一双旧的黑皮鞋。开会时习惯摊开一本自己装订的软布封面记事本，却拿一支名牌派克金笔，像煞有介事要做记录，其实记得很少。说得也很少。只是听得特别认真。时不时会插两句，调侃一下发言者，以此活跃一下会场气氛。而且还时不时地会折身替正在发言的那个人续一下杯中水。向少文回忆道，当时会场上总能主动替别人茶缸里续水的，真还只有他。（少文还注意到，会场不设服务员。）那天约好是下午三点见。那个朋友给了个地址。对北京完全不熟悉的向少文很费了一番周折才找到地方，让他吃惊的是自己进了老大不小的一个宅院——应该是几进几院的大四合院。有穿两个兜的军服的现役军人做门卫。还有穿四个兜的军服的军人不时在院里走动。两人聊得投机，不知不觉就到了傍晚。向少文原以为那个朋友会留他吃个"便饭"。但那个朋友却对少文说，真对不起，晚上我另有个安排。到饭辙口了，你只好自己去解决晚饭问题了。"没事没事。"少文只觉聊得痛快，根本也不在乎对方留不留饭，便爽快地告辞。因为这一下午交谈大有收益，回三里河宿舍也得自己找饭辙，便找了个街边小饭店。要一碟葱炒大田螺。一碟东北大拉皮。五六块油炸臭豆腐。还要了一小瓶二锅头。稀里哗啦吸着满满拌着麻酱辣油和蒜末的拉皮，大口嚼着肥厚筋道的田螺肉和炸得外脆里嫩的臭豆腐。浅斟慢酌。回到父亲住处天色已黑透。因为少文近日就要回垦区,那天,父亲难得在家炒了两个菜,想着父子俩对酌一番,再深度聊上一聊。不料少文到家却已半醉。父亲问啥,都答非所问。只把一张写着地址的便条往父亲跟前一扔。这还是那个朋友写下的地址。父亲一开始并没有把这张便条当一回事,只是随便瞄了那么一眼。一看之间,先不觉一愣,然后拿起便条再三打量,这才拧起眉毛问少文:"这个朋友让你去这地方见面了?""咋了,这又不是迪斯科舞厅,更不是派出所和看守所。你……你跟我瞪那么大眼睛干吗?"少文很少跟父亲打趣,这时仗着酒劲儿居然调侃。父亲没搭理少文这个调侃,只是问:"他说这是他的家?""是……是啊,咋的了吗? 我就是上那儿去了嘛。"平日很少喝酒的少文顶不住五十六度二锅头的烧灼,摇摇晃晃只想赶紧躺下。但父亲却一把拽住他,再问:"你这个朋友叫什么来着?""干……干吗呢,您?""你别管,先告诉我他叫什么?"向少文挣扎着慢慢把朋友的名字说了。父亲的眼睛却一下睁大了,有几秒钟再没说话。少文似乎觉得这里有什么名堂了,便强撑起问:"咋了? 到底咋的了?"父亲说:"他没告诉你,他的父亲是中央高层的一位领导,是政治局委员呐。""政治局委员? 他老爹?!"就这一下子,把少文肚子里的酒虫彻底赶跑。他猛然清醒,身子随之坐直了坐稳了,眼睛也睁大了……

"中央政治局委员的儿子? 真的假的? 他找你干啥?"李爽和谢平当然也十分惊诧。

"说是聊天呗。"向少文答道。

"聊天? 把你找到家里去聊? 一个政治局委员的儿子? 聊啥重大机密事需要把你请到他家里去聊? 这样的家是一般人随便能进出的

吗?"李爽仍然不信。

"真没聊啥机密事,主要是向我了解咱们垦区的一些情况。他想知道多年来垦区经营为什么老是亏损。扭亏的可能性和途径等等。还涉及的一个话题就是边疆地区当前的民族关系。也谈到边防。大国关系。问得非常详细……"

"他是干啥的?"

"好像……曾经也是个知青吧,不过应该是红卫兵那一拨的。比我们小个五六岁。对了,他还特地说到,当年他和一批红卫兵还到过我们白杨河。'煽风点火'。闹腾时还尿过裤子。"

"是吗?"谢平笑了。他想起了那两个十五六岁的女红卫兵。想起林圆圆。想起她们的齐耳短发和用橡皮筋扎起的"一把揪"。

"后来,他去了内蒙古插队。打倒'四人帮'以后调回北京,现在好像在社科院一家什么出版社做见习编辑。"

"一个小年轻,出版社的见习编辑,打听这些情况干毬? 更没必要把你找到家里去密谈! 这里恐怕还是另有企图的吧?"李爽试探。

"哎,一个年轻见习编辑怎么啦,怎么就不能关心一下边疆地区的政治经济状况? 当年我们十七八岁,病退在家吃闲饭,处境还不如一个'见习编辑'哩,不也'纠集'了一帮人心潮澎湃地讨论'中国向何处去'那么个大问题吗? 父亲告诉我,北京眼下确有一大帮这个年龄段的人在'疯狂'探讨到底应该怎么看待中国已经过去的这三十年,中国下一步的出路到底又在哪里。对比一下,倒是我们这帮人在过了这么些年后反而有点麻木冷淡了……"

"他们有靠山有后门,顺顺当当回城,回城后有房住、有工作干,啥都用不着自己操心,当然可以高谈阔论,颐指天下!"

"这,我可得纠正你一下。我在那个小胡同研讨会现场接触的那些同龄人不都是大官子女,多数应该还是平民家的孩子。也不光是北京的孩子,还有外省的。他们集合在一起,确实是想干一件大事。"

"约你,有没有想拉你入伙的意思?"谢平突然问。一时间没找到合适的词汇,就用了在红山听惯也说惯了的"入伙"。没等少文回答,李爽先嚷嚷了:"不管咋说,我们现在必须先解决返城问题。在解决这个问题之前,一切免谈。同志们哪,我们已经高度'革命理想化'过了。为这种理想化付出过惨烈代价。现在能不能允许我们讲点现实主义,实用主义?而且我哥跟我说过,今后的中国就是一个只讲实用、实惠、实际的中国。就是一个实用主义的中国。"

"……"向少文不作声了。他没法回答谢平关于"入伙"的探问。暂时也不想和李爽争论今后的中国是否"就是一个只讲实用、实惠、实际的中国。就是一个实用主义的中国"。那天那个"公子"确曾**有意无意地**向少文了解过他本人的简历。家庭情况。兴趣爱好。特别还征询了他对当下形势的种种看法。**好像是有点"面试"的意思**。并且还提及**"应奋"**和**"她的二哥"**,也是在打听这二位的近况。少文只能如实告诉他:"这个应奋,我真的不是十分了解。只是认识而已。如果你真想了解,我倒可以给你介绍一位我的朋友,他跟这位应奋大姐有过一定的接触……"少文本想把谢平介绍给这位"公子"。如果可能,借助这位"公子"的社会关系,去帮谢平"解困"。但这位"公子"立即连声说:"不用了不用了,我也就是随便问问,没啥大事。没啥大事。不必麻烦。"显得很谨慎。向少文也就没再接茬往下说。最后,该"公子"还跟他约定,"争取找个时间咱们再好好做一次深聊"……还顺便提到了葛拉西安的一句话……

"葛拉西安?"李爽问。

"你怎么就忘了呢?西班牙十七世纪的奇人。当年在静安公园里有人就建议我们去读一读这位葛拉西安写的那本奇书《智慧书》。说这本书和意大利人马基雅维利写的《君王论》、我们孙武写的《孙子兵法》，被欧洲许多学者并称为千百年来人类思想史上具有永恒价值的三大奇书。尼采说葛拉西安写的这本《智慧书》所展现的人生经验，直至今日仍能显示出无可匹敌的智慧。叔本华亲自将它翻译成德文，说它是一本随时都能用得上的书，可以做终身伴侣。"

"他提到葛拉西安的哪句话了？"谢平问。

"他咕噜咕噜说了句德文版的原话。给我解释这句话的大意是：**我们应该有心随时更新我们曾有过的辉煌。**"

"幼稚。可笑。我倒是想更新哩。但是，我们想更新就可以更新了？想怎么更新就能怎么更新了？可能吗?! 别说更新了。我们现在只不过是想回到原先的起点上都这么难！"李爽反驳。

"但是无论在什么情况下，都应该确立一个生活目标。然后为此不懈地去追求。努力。这个人生 ABC 问题，早十多年前，我们在静安公园里就解决了。难道今天还要再为它磨嘴皮？"向少文激动了，"真可惜，没让你俩跟我一道去北京，看一看那一帮年轻人的状态……"

"看看他们又能怎么样？"

"像他们一样，找回当年我们十七八岁时的激情和向往啊，兄弟！"

"谢平，你他妈的吭个声。说说你的想法。"李爽回过头来用力推了谢平一把。

谢平装着好像被推疼了似的蔫蔫地去摸了摸被推搡的那条胳膊。还故意摇晃了一下。这才说道："争。两位继续争。两个吃得太饱的人真是争论什么问题都那么有水平。那么有学问。有意思。争。太有意思了！继续争。"不等谢平嘲讽完，李爽吼了他一句："去你妈的！"又用力狠狠地推了他一把。

在得到李爽和谢平承诺,同意回上海去做那部分先期跑回上海的支边青年工作后,朱留长和向少文便回师部去了。徐又成带着李爽和谢平也很快向白杨河市驰去。一路无语。五个小时后,车便驶近了白杨河市。按说,在白杨河市就能登上去上海的火车。火车票也已经在徐又成手里捏着了。却偏偏就在快要看到火车站那大屋子的尖顶时,徐又成打了把方向盘,卡车突然拐了个大弯,急速从火车站后身擦过,向市郊猛进水库方向驶去了。

李爽一愣,刚想问徐又成这又是为什么,却被谢平用力摁住,让他"稍安毋躁","且看他们下回如何分解"。

附近有一家糖厂。这是李爽、谢平都知道的

一到初冬季节,各农场都会往那儿运送甜菜疙瘩。榨糖。一辆辆卡车就会在厂区大门前那条黑油公路上排起长龙。但徐又成最后只是把车开进了糖厂背后垦区京剧团那个大院。院里零星地长着几棵彪悍高大的钻天杨。还栽着许多根木桩。木桩之间拉起一根根铁丝。那些铁丝本来是家属们用来晾晒衣服的。这忽儿却晾满了各式各样的戏服蟒袍,髯口和各式带翅的官帽……五彩缤纷的倒也壮观别致。停下车,徐又成带着那哥俩又走进了一个小院。算是院中院吧。粉碎"四人帮"后,应"拨乱反正"和保存国粹之需,原来只让演样板戏的京剧团得以恢复演传统剧目。京剧团恢复了几出老戏码。还没完全抻直腰,好好喘上两口气,偏偏上头又要求试行艺术院团市场化经营。接着又被骤然

间红遍天的"李谷一""邓丽君"们"挤对"得卖不出票抬不起头。常常地,一场只能卖出三五张票。一度极为窘困。除了上面拨的那点可怜见的人头费,再无其他收入。一些年轻演员去歌厅酒吧驻唱,反倒迅速走红致富。剧团最窘困时部分中老年演员甚至上街摆过地摊。卖过"进口"(实际是水货)打火机或冒牌名表。或在婚丧喜事场合给人"唱堂会"。为执行垦区宣传部的指令,无论如何都得搞一场"传统经典折子戏"公演,也为几位退休的老演员结清住院而欠下的高额治疗费用,京剧团领导只能卖出院中的这一个小套院。

　　徐又成带着李爽和谢平走进去的,正是京剧团卖出的这个小套院。而买下这个小院的,正是徐又成当年的一个老部下,也是李爽和谢平的一个熟人,李开。李开是个"土人",却也是个"奇人"。当年,徐又成在零三连搜罗了五六个这样的"奇人",他们历史上都犯过错误。受过处分。有的还不止一次受过严重处分。其他单位都不怎么敢使用和收留。自恃根正苗红混不吝的徐又成在双胞胎的妈去世后,似乎看透了一点什么,偏偏把他们都搜罗到自己麾下,曾引起一片哗然。李开就是这五六个奇人中的一个。这家伙据说早先是河南上蔡地方诸多乡长中最年轻的一个乡长。后来被免了职还是撤了职还是降了职,就有点说不太清楚了。反正被一撸到底。开除党籍。偷盖公章,跑到垦区来。一度还被恢复了党籍。后被发现,据说又被摘掉党员帽子,要赶他回原籍。他说啥也不肯走,生生顶着个"盲流"帽子,赖下了。此人精通医道,不仅能治人的病,还能治猪马牛羊的病。因此混到哪个生产连队都挺受待见。甚至重用。吃得开。是个名副其实的李"开"。但有人揭发他"三年毁了四匹马"。居心叵测。徐又成却为他辩护:你们只看到他三年治死过四匹马,咋看不到治好的那几十匹呢?关于他以往的这一段经历还有一种说法。说他当年不仅是他们县里最年轻的一个乡长,还是最能干的一个乡长。能说会道。人也勤快。笔杆子也来得。思想还特别活跃。政府动员农村青年支边,他身先士卒做了带队的。如果说出过啥事,那也是到垦区后才出了点儿啥破事。可能是年轻气盛,仗着自己年纪不大就在口里当过乡长,就没把这儿的"土豆"当"干粮",惹毛了某个农场哪个连队里的主官。党籍也是在那个连队里被开除的。但到底因为啥问题跟那儿的头头闹了如此之大的别扭,摔了那么一大个跟斗,却又没人能说得清楚了。好像事情比传说的要复杂许多。

学习班结束后,徐又成从零三连连长兼党支部书记位置上被拿下。毕竟自己主政的连队在"九·二六"事件中开枪。不管出于何种原因,当时中央是下达过三不命令的:骂不还口。打不还手。绝不开枪。你开枪了,作为该连的主官,就必须负起该负的领导责任。除此以外,有人说他"用人不当"也是其中重要原因之一。后来那个一直在筹划中的大型综合性加工厂要上马,他被派去工地做了筹建组组长。彻底离开零三连。调离开整个武装系统。他搜罗来的那几位"奇人"不可避免的也都跟着被清出了武装连。当时,徐又成对他们说:"要不,有劳各位还跟我去加工厂工地干干?""行啦,害您一回还不够,还得再来一回您才过瘾?徐大连长,您没病吧?来来来,喝酒。喝酒。不说这烦心事了。"说话的这一位是个老资格,姓贾,名树三——多年前他被军方驻京某总部下放到独立师任副师长。被下放前是该总部辖下一个师级歌舞团或文工团的正师职团长。官不算小了。和林辅生同级嘛。下放他,是因为那忽儿看得特别严重的"男女关系"问题。婚外恋。贪腥。为惩前毖后,当时只降了他半级,放到垦区来锻炼一下,期待他能清醒自律,管住自己的下半身,然后还是要调他回北京继续使用的。如此

"宽容",一方面因为有党一贯的政策管着。再一方面也因为他是个音乐戏剧歌舞全才,尤其在作曲方面很有天分。但老小子还是管不住自己的那玩意儿。在独立师副师长任上,把师医院急诊室一个小护士搞了。无奈再往下放。放到二管处水管所当副所长。这回整降了一级,成副团职。仍然没管住自己的那玩意儿。几个月后又跟配水点上一个比他大四五岁的女职工搞上了,还让人家丈夫抓了个"现行"。光着屁股,双手捂着自己那不争气的玩意儿,让人撵着满院子乱跑。这一回把垦区和师里的首长真的整恼火了。彻底没招。一跺脚一狠心,把他一撸到底,放到磨前沟水库劳动,"以观后效"。这一招,让老贾觉着疼了,有点受不了了。他去找了徐又成。当年,他带那个正师级的歌舞团上徐又成所在的部队演出过。部队首长让徐又成带一个排的人帮着搬运行李道具灯光装台卸台……前前后后伺候着,忙了十来天。有过这样一番交往。建立起基本信任。徐又成收留这些犯过错误的奇人理由很简单,双胞胎母亲去世,突然让他看到人世间一切都有尽头。只不过各有早晚先后不同罢了。让他陡增了许多的**"悲悯心"**。悲悯他自己。悲悯这世界。更悲悯这世界上一切不幸的落难之人。更愿意张开自己宽厚的双臂,去袒护那些一时间无法自拔的落难者。这几位仁兄被扔到了垦区这么遥远的边陲之地,算是到了天尽头地边缘了。再踢一脚,就滚出地球去了。应该说他们已经受到了最大的惩罚。他们是做错了许多事。但他们有一个共同点,不存坑人之心。并非传统意义上的"坏人"。有这一条,能容人处就给人留一条活路。再说,他们都有旁人所不及,也是自己管理一个连队用得着的一技之长,便下决心"收留"了这几位。打倒"四人帮",落实政策。这位当年的正师级歌舞团团长和其他几位"奇人"相继离开垦区,或回了他们的原籍以及原单位,有的甚至还官复了原职。唯有这位李开老弟却仍一心跟定徐大哥,一起在综合

性大型加工厂工地上辛苦劳作。建起这厂子后，又在组织协调生产等
重要环节上发挥他这位"前乡长"的"聪明才智"。终于有一天，他去找
徐厂长，还提着两瓶酒，口称："咱爷俩好久没在一块堆喝过了。这是咱
们酿酒分厂刚试着蒸馏出的特曲原浆。您尝尝。"徐又成掂起那酒瓶连
瞧都没瞧一眼就往身后墙角旮旯里一撂，从自家的衣柜深处掏出一瓶
十五年藏的茅台，哗哗倒出一满杯，自己先干了。再哗哗倒出一杯，往
李开面前一搁，慢慢吞吞地笑道："想好了？啥时走？""……"李开的脸
顿时红起，一时语塞，支吾着："……不是……不是……"其实徐又成早
知道他这段时间一直在外活动。到白杨河市联系了一个老乡，现今的
老板。两人先是合计着开一家河南烩面馆。再合计时，又听人说，农场
里一些胆子大的、敢外出跑买卖的、"先发起来"的那一部分人，有不少
到白杨河市来开了新买卖。租房子。生孩子。需要有人替他们打理家
务活儿。也需要有人替他们如何在白杨河市里落脚谋生做"咨询"。李
开赶紧地帮那个熟人在市里办了个综合服务员中介所。生意还挺火。
很攒了些"银子"……李开明知徐又成平日滴酒不沾，今天非节非假的，
偏偏掂两瓶酒上门，用意何在，徐又成当然心知肚明。他怎么忍心去阻
挡人家人生的新境界致富的新财路呢？就这样，李开"移居"到了白杨
河市。不多久，就凭那个"中介所"挣到了人们所说的"第一桶金"。后
续瞄着越来越多的私家车，居然盘下了个加油站，第二桶第三桶"金"便
"滚滚达三江"了。并以超低价格从京剧团盘下了这座小院。再过一段
时间，还替徐又成在白杨河市里买了一套两居室。徐又成一直不肯拿
这单元门钥匙，还跟李开说："你别跟我来这一套。咱俩之间用不着玩
这一套。"直到他两个闺女很争气地考上白杨河市最好的一中高中部，
才认真起来——闺女到白杨河来上学，可以住校。但陪读的小姨子总
得有个地方住啊。娃娃周末也总得有个地方待着啊。再说，他有时候

到市里来看孩子,总不能老住招待所宾馆的。他这才勉强接受了那套房子,但说好:"买房的钱,将来一定还你。先欠着。我给你打欠条。""中中中,你爱咋着咋着,赶紧去办你闺女的转学手续吧。别跟我这儿扯啥欠条不欠条的了!"自从在白杨河盘下这座小套院,手头活泛起来,他跟大老徐之间的关系也起了微妙的变化。说话更直来直去了。开始称兄道弟。徐连长倒也不计较这些。他喜欢跟他们称兄道弟。

小院三间正房一明两暗坐北朝南。李开盘下这小院后,上二管处那个西果园移了一架名贵的无核白葡萄藤过来,还移来两棵黄元帅苹果。原先的堂屋被布置成客厅。请细木工上家来打了一大一中一小一整套沙发。一水漆成那忽儿最流行的枣红色。软包扶手。靠背和坐垫上则一律都按流行做法铺上双子戏鱼莲藕粉荷印花塑料布。茶几上更少不了在一个仿古掸瓶里插上一大束由绿叶衬起的大红塑料富贵牡丹花。这种塑料花当时即便在白杨河市都要算稀罕物,全是拜托回家探亲的知青从上海天津武汉等地打包邮过来的。倒是正墙上挂的那副对联是李爽和谢平曾经见过,也被他俩暗自赞赏过的。上联写道:**"环壁列奇书,有史有文堪探秘"**,下联写的是:**"小屋陈佳美,宜风宜雨足安居"**。只是没横批。他说这横批得等他事业真成规模了,再请一位大贵人来题写。"让我这陋屋升华升华。哈哈。"实木的书架做得有模有样。但书架上能让谢平、李爽看得上的书却没几本。大多是后来被自由派知识分子嘲笑的那种"心灵鸡汤"和特别畅销的"养生健体"、"商场秘诀"、"官场黑幕"一类小册子。一整套雅俗共赏精装版的《金庸全集》倒实实在在可称"蔚为大观"。

安顿坐下。李爽着急。为什么还不去火车站。在这儿喝啥茶扯啥淡?!刚要张嘴问,就见从门外拥进一帮人。正是当年徐又成"搜罗"到零三连的那几位"奇人"。除了那位贾副师长，还有一个老钟表匠，坐过三年牢，后来便再不肯开口说话。只是叫他干啥就干啥。他能修钟表，修照相机，修收音机，修电话机，吭哧吭哧爬到连部房顶上修那突然哑巴了的高音喇叭。凡事都能手到擒来。但他最大的特长是"专修"一切对不上账的财务报表。多年前他就是因为自己的这个"特长"，栽了个大跟斗。当时他是武汉一家大型铁工厂的总账会计。年底，厂子里财务上发生巨亏。厂长让他在账面上做平它，跟他说，你把账给我做平了，一开春我就把你那个因小儿麻痹残疾了的闺女招了工，到厂子的大食堂卖饭菜票。女儿的就业问题一直是插在他心头的一把生了锈的鬼头刀。他应了。事发后，厂长却把一切责任都推给了他。他无凭无据也无能力为自己洗白。厂长暗中托人给困在看守所里的他捎话，让他在法庭上继续把一切责任承揽了。厂子里一定会设法打通各种关系，把这档子事舒缓了，抹平了，并继续解决他闺女招工的难题。他又应了。但开庭之日，当看到瘦小单薄的闺女坐着轮椅被推到旁听席上，苍白的脸上，一双无助的大眼睛哀怨地痛不欲生地注视着他时，他后悔了。他觉得他不能让闺女带着"父亲就是个彻头彻尾的坏人"这念头离开法庭。他要说出事实真相。他要告诉闺女，他不是个坏人。真不是坏人。他不能再让闺女对他绝望了。因为闺女她妈早几个月已经病逝。于是他扑向审判长。他说他要"翻供"。他转身向同样坐在旁听席上的厂长叫道："请你凭着良心替我说句真话。凭凭良心……凭凭良心……"而厂长镇定自若，听而不闻，视若无睹。因为他知道他拿不出任何证据。他也确实"无凭无据再无能力为自己洗白"……后来他被送到垦区的劳改队服刑。(好像也在红山口煤矿待过。)刑满后，按当时的政策，"留场就业"，就再没能回武汉。而闺女没来得及等到他刑满，病逝了。在他脑海里，永远抹不去的一句话是那天宣判完了，坐在轮椅上的闺女从旁听席被人推出法庭,拼命回头冲着他喊了一声:"爸爸,我知道你不是坏人……"徐又成倒是没让他替零三连做过账。但零三连连部的会计和统计经他一番训练培养,真成了全垦区武装系统财会人员业务比赛的尖子,拿回过好几张套红烫金奖状。还有一位"奇人"当年是上海同济大学学城市规划的大学生。吹拉弹唱书法绘画样样来得。一九五七年被定性"学生右派",放到垦区劳动。徐又成把他要到零三连,和老贾一起替连里排演了整本革命现代京剧《红灯记》。革命现代京剧必须得有大乐队伴奏。他们只得自己动手做伴奏时少不了的大提琴和小提琴。做出来还真拉响了。音还准。在那个年月,全垦区除了垦区总部的京剧团,都没几个师部演出队能演整本样板戏的,更遑言一个连队来演这样的大戏。那一段日子里,不断有人来请他们去演出。就凭这一出样板戏,正经让零三连和徐又成风光了好大一阵子。

这几位在政策宽松后都回了原籍。(那个学城市规划的"右派学生"后来好像还当上了哪个省还是哪个市建设局或规划厅的主管。)这一次是被李开叫回来参加他婚礼的。四十多的李开这回找了个二十多的新娘。用贾副师长的话来说,天下的好事都他妈的让这姓李的小子一个人赶上了,还故意笑着大吼道,不服啊,老贾我就是不服啊!

当晚去上海的火车下午五点四十七分开。这时都快三点了,徐又成还在跟那一帮老伙计混搭着嘻嘻哈哈地闹洞房。姓徐的到底在搞啥名堂哩?

四点十七分,李爽看到徐又成突然瞟了李开和老贾一眼。那二位立即会意地点了点头,嚷嚷着连新娘带那几个老伙计,还有零三连时期的一帮老兵,都给带到院子西头那间厢房里去了。客厅里只剩了徐又成和李爽、谢平他仨。谢平看出这架势像是徐又成要说正事了。他早就猜到徐又成之所以迟迟不把他俩送往车站，一定是还有话要说。有事要交代。而且一定是针对李爽的。(他觉得自己那点儿事，再严重，已经有六年的隔离，五年的劳改，应该算是彻底两清了。)便知趣地站起，拍拍身上的干果屑和葵花子壳儿，也跟着那一帮人往西厢房走去。没料徐又成立即叫住了他："谢平，你干吗？给我坐哈。"

"我……干吗？"谢平迟疑。

"不赶马也不赶驴。让你坐哈就坐哈。"徐又成说罢，拉过一把椅子贴近那二位刚要坐下，老贾走了进来，凑在徐又成的耳朵旁低声说了句啥。徐又成赶紧起身，对李爽和谢平说了声："你俩等我一忽儿。我去去就来。"说着就跟老贾出去了。他前脚刚走，李开匆匆走了进来。一进屋就把门关上了。

"跟你俩沟通个情况。一忽儿老徐不管跟你俩说啥，问啥，你俩都只管听着，应承着就行了。"李开放低了声音嘱咐。

"啥叫'应承着就行了'？他让我们抢银行，我们也去?!"李爽堵了李开一句。

"抬死杠哩，有意思吗?!"李开又往那二位的跟前踏前了半步，再度压低声音解释，"这忽儿来不及跟你俩细说，只说一句，自从他媳妇不幸去世以后，这些年，你别瞧这个大男人，心里一直没去得了这个疙瘩。这层阴影一直还在。所以千万别跟他提这档子事……"

"他咋了？精神有问题了？这怎么可能，大老徐精神有问题了?"李爽问。

"你能不插嘴吗？听李乡长说下去。"谢平突然又冒了这么一句。所剩时间不多，他更想尽快结束这场谈话去赶火车。

"别别别。早就没啥'李乡长'了。谢平，你别给我乱戴高帽。陈芝麻烂谷子捡不得。老疤痕过时伤更揭不得。"李开忙摆摆手道。谢平微微红起脸,刚想道歉,门外已经响起徐又成的脚步声。显然,刚才老贾进屋来支走徐又成,是他们几个合演的一出"戏",就是为了打这么个时间差,能让李开过来跟李爽、谢平他俩提这么个醒。李开听到徐又成的脚步声,忙转身在屋里随便挑了两个茶杯,再对李爽和谢平叮嘱了一句:"注点意。听话!"就向外走去。在门口遇见徐又成,故意举起那两个茶杯说了声:"那边缺两个杯子……老徐,掌握时间,别让他俩误了火车。"

自从那年妻子在"九·二六"事件中被炸去世,徐又成一直再没续弦。鳏居至今。一对双胞胎闺女被李开接到白杨河市来上中学。小姨子原先只想留在加工厂照顾他。但他兴许是为了避嫌,千方百计以"替我照顾好那两个女娃比啥都重要"为由,死活把她也打发到白杨河来了。所以说,这些年他也是孤单得可以。李开和老贾多次劝他再找个女人。也认真替他踅摸过几个。他倒也没拒之千里。也答应跟人见面。个别的也约了一起吃过饭。聊过天。但最后总是"以不了而了之"。朋友们为他约过来跟他见面的有女老师、女出租车司机、女刑警、女老板……最不济的,也是菜市场入口处那个卖山货的女子。那是零三连的一个老班长替大老徐介绍的。说这女子面相好,肩膀头和屁股瓣儿宽大肥厚,旺夫。旺家。会干活儿。还能生男孩。而且这女子脑子特别够使,正跟人搭伙在市里筹办一个小型超市。这在一个"越来越富裕起来的社会"里可是个"朝阳产业"。但徐大男人瞧了一眼,仍然"以不了而了之"。到最后,那几位都急了,干脆把话说到头了:"你就跟你小姨子一块儿过吧。她死活不嫁人,明摆着心里有你! 娶了她,两全。嫂子在九泉之下也安心。你要开不了口,我们去说。""你们脑子让拖拉机碾了,还是让驴踹了?"他冷笑,"谁说谁去跟她过。"后来他才说了实话:也不是不想要女人,但你们给找的那几位,他看着实在走不过去。至于小姨子，他觉着不仅差着辈分，也让他觉着对不起死去的那位……

"啥叫差着辈分？小姨子年岁再小，也跟你平辈。让她替她姐照顾你这个姐夫，天经地义。你这个几十岁的糙老爷们，矫情啥？"

朋友们一通猛啐。

对于许多男人来说，确实的，找个女人，就是陪自己过个日子。半夜醒来，一伸手，有个温软体贴的身子可以搂上一搂。舒服那么一哈。不要了，可以先放在一边儿搁着嘛。做个饭洗个衣服啥的。咋会有"走不过去""对不起"的问题？！

凑合着过吧。

女人嘛。

千百年来，中国的夫妻，不少不都是这么凑合着过的吗。但徐又成还是觉得"走不过去"。"对不起"。他耳边总是会响起妻子临死前那连连的呼唤声："又成……又成……又成……又成……"他怎么也忘不掉她抓住他的那只手是怎么从痉挛般地着力，一点点慢慢松开，最后又是怎么垂落……变凉……灰白……他知道，她想抓住他。不想离开他。他仍然抹不去那张清秀的脸，那眼睛里最后一点神性的微光是怎么从微微虚开的眼缝中突然消失的……彻底灰暗……

当年他结识妻子时，还是一个刚提拔起来的小排长。她是医学院的学生。他俩是在各自回家探亲的火车上相识的。他在车厢里学雷锋，擦地送开水。她听到列车广播室急呼有旅客发病，需要急救。他俩几乎同时冲向病人所在的车厢。他手中开水壶里的开水滴落在她脚背上。后来的多少年里，他一直说要感谢这几滴开水和这趟列车。她老说，他当时是故意用开水烫她的，以此借故来接近她搭讪她。这种"污

173

蔑"惹他急辩。她喜欢看他着急的样子。因为他只有在着急时,才会撂却扮在外表上的那种军官威势,显露出农村孩子内在的那份纯真。憨厚。而在他心底确有那么一份纯真。这是她特别看重的。那天,她脚背上被烫起了很大一个水泡。车到她家那一站。她说脚疼得走不了了(其实也没多疼)。于是他坚持要跟她一起下车,坚持要送她去医院。而那一站离他老家还有好几十公里。她半推半就。最后,"凑合着"让他送到家。尔后的日子里,他就经常无端地被埋怨:她是被一个"假雷锋"骗到手的。而他的说法是,谁让你那天穿着蓝色的背带工装裤,上身还穿了件白的确良衬衣,脑袋上偏偏还要打两只好看的蝴蝶结。胸前还别着个特别神气的大学校徽。手里捧着一本比砖头还厚的《俄汉大辞典》。"你自己说吧,满车厢里还有谁比你更打眼?平日里我掂十壶水都没事,可那天就掂了那么一壶水,手都打战。你让我咋办?越走近你,手战得越厉害。那水不洒到你脚背上老天也不容啊。能怪我吗?"

一个老实巴交的农村小排长竟然能说出如此一番多色调的"情话"。"老天真不容"了。哈哈。

当年转业。在开往大西北垦区的火车上,闺女们睡着了。这是复退转业军人安置办分配给他们一家使用的三人座。女儿们花叉着睡在座位上。他和妻子就只能席地而坐,背靠住座位。这样一方面可以用自己的脊背挡住闺女,以防她俩在车厢发生剧烈颠动时从并不宽敞的座位上滚落。另一方面,自己实在打熬不住时可以借势打会儿瞌睡。几天几夜的旅程。那时,运送转业退伍兵的这个专列已经在一望无际的大戈壁上行驶了整整一天又一夜。放眼望去,视野里真的是"没有草也没有水,连鸟儿也不飞"。星空倒是灿烂。妻子呆呆地看着车窗外飞速向后掠去的高压线塔和灿烂的星空,低声问:"又成,我们还会有明天吗?"老徐看了看手表,轻轻地告诉她:"快啦,还有三四个小时就到明天了。"她知道他在故意打岔，只是为了安慰她。接着，他悄悄地搂紧她，又说了一句："只要我俩在一起，明天会有的，后天也会有的。"这是他借用当时非常热门的一部苏联电影《列宁在一九一八》中的一句台词"面包会有的，牛奶也会有的"。那年代，布尔什维克在俄罗斯刚取得十月革命的胜利。在世界上建立第一个苏维埃政权。要建设全民所有、共同富裕的社会主义社会。国内外敌人疯狂围剿，非要把这个政权扼杀在"摇篮"里。处境十分艰难。影片的主人公瓦西里在执行完一项列宁亲自交办的关键性的运粮任务后，自己竟然饿晕了过去。但他还是坚定地告诉自己的同志和亲人，"面包会有的，牛奶也会有的。"由于影片在中国公映时，中国的物质供应同样十分紧张，不少人由于饥饿在浮肿。家家粮食都定量凭票供应。于是这句台词就像大堤上一夜春雨后疯长的野草那样，"疯狂"地流行在很多中国人的嘴上。有调侃的意思，更有互相勉励的成分。以后的那么些年里，徐又成再没听妻子向任何人质疑过"我们会有明天吗"。虽然这位医学院的毕业生、优秀的内科大夫跟着营职转业军干徐又成，不管是在独立师师部比较杂乱的第二招待所里等待分配，还是后来一起"高配"到零三连去任职。一度还住过地窝子。夜晚让大胆妄为的田鼠溜到枕头边来咬破过耳郭。师劳动工资科科长曾色眯眯地打量过她，告诫她，零三连将来会移防到遥远的卡拉库里荒原守边。而他，师劳资科科长是可以把她留在师部医院的。"你愿意去哪个科室我都能替你办到。你也不用担心老徐走了你怎么生活。你住的吃的用的，一切的一切，包括你两个幼小的女儿，我都可以很好地照顾到……"而如果执意要跟着老徐去零三连，她最大的可能是去当一个连队卫生员。而据他所知，零三连卫生员的位置上已经有人了。这样，她只有两个选择，第一是在那儿做一个连队小学的教员。十几个孩子。四个年级。教员只有她自己。第二个选择就是下大田劳动。"你这嫩皮肤,你这小身板儿……你再考虑考虑吧。你愿意让自己的两个女儿也跟着你们一起下连队住地窝子喝渠道水?"她却没有一点犹豫,照直告诉那个科长:"我去零三连。"以后的岁月,零三连的碱水让她头发枯黄。卡拉库里灼热的阳光让她皮肤焦黑起皱。她却变得越发平静。她尽自己一切努力协助老徐做好连队工作。只要连队需要的,她什么都干。"九·二六"事发那天,她就是在连部给年轻的孕妇们上产前须知课,听到枪声冲出去,才挨了那颗手榴弹……

……因为她的平静,一向脾气有点急躁的他,也变得稳重沉着许多。他们因此都坚信"明天,会有的"。

但她却独自提前走了……不再等待明天……

留下他自己活着。他面前仍然会有许多的女人走过来走过去。男人还是需要女人的。造物主创造女人,是因为他同时创造了男人。创造男人也因为世界上有一种神灵般的生物叫"女人"。但她们中哪一个会对他说,徐又成,不管你走到哪里,我都会跟着你,也不管那里有没有面包,有没有牛奶。因为我坚信,只要那里有你,那就一定会有"明天"。我们的明天也一定会有牛奶。一定会有面包。她们中哪一个在临终前的那一刻,仍然会不停地呼唤:"又成……又成……又成……"因为明天毕竟还没来临……

没有了……不会再有了……

女人千千万,真正属于他大老徐的,只有这一个……

老天爷就是这样配对的。

为什么她必须死去?

为什么必须让她去死?

难道,为了让中国变得更好,必须让她……也得让他付这样的代价?这是他俩无法承受的代价啊。要知道,她是他两个孩子的母亲啊。她是他不可能再有的"爱人"啊。而"明天"又究竟在哪里呢？

不……不……不……

不！

许多个夜晚，熟睡中的徐又成会突然惊醒。因为他总会听到类似妻子的那个声音在远处不住地呼唤："又成……又成……又成……"他一头冷汗。一身冷汗。

他走不过去……

二十多分钟后，谢平和李爽从西厢房里走了出来

一直守候在门外的李开等人忙迎了上去。

"咋样？"李开压低了声音问。

"啥咋样？挺好啊。没事。"李爽笑笑。谢平依然一声不吭。李开和老贾狐疑地对视了一眼。他俩不信。如果啥事也没有，老徐干吗要把他俩叫到那屋里单练？况且在这二十多分钟里，分明传出过两次摔玻璃杯的声音。如果真没事，干吗要摔玻璃杯？正待继续追问，却见徐又成也闷着头走了出来。李开和老贾等人便赶紧把涌到嘴头的话又强咽了下去。

徐又成一直走到卡车旁才把两张火车票递给李爽和谢平。本来说好，由他把李、谢送到火车站的。朱留长转达林政委的指示是：务必亲眼瞅着他俩上了火车，进了车厢，才能往回撤。但他不送了。让李开送。他再没说一句话，掉转身只顾去市里看闺女了。

……这场谈话确实不顺。在二管处那个果园背后，卡车启动前，朱留长曾一再叮嘱徐又成，到白杨河，在把车票交到他俩手里以前，务必再找他俩确认一下，是不是真愿意去上海做那些先期"溜"回上海的支边青年的工作。"还是不放心我俩？"李爽冷笑。"不存在放心不放心的问题嘛。也就是走个形式，最后确认一下。去银行取钱，存折是你的，钱是你的。最后银行不还是要你签个字确认你拿到钱了嘛！手续。就是办个手续而已。"徐又成尽量把话说得和缓。如果他不说下面那句话，事情也就这么过去了。此时，李爽和谢平最着急的事毕竟不是跟谁斗嘴。置气。还是赶紧上火车。以防"夜长梦多"。现在一切的一切，上火车，回上海，才是压倒一切的头等要务。这时，徐又成偏偏又多说了这么一句：希望前一阶段"擅自脱离生产岗位的年轻人能以实际行动弥补给整个大局所造成的损害……"李爽一听，当时就蹦了起来："损害？谁造成了损害？我们？徐大厂长，您这话说得也太……"这时谢平用力把李爽拽回到座位上，吼了他一句："你干啥呢？让徐厂长把话说完！"李爽又从座位上蹦起，冲着谢平吼道："你他妈的没听到？他说我们损害了大局。这顶帽子我们能戴吗？啊？整个过程中到底谁出尔反尔在妨碍大局……"这时刻，就发生了一回摔玻璃杯的事。只听咣当一声脆响，谢平抓起一个玻璃杯向地上砸了过去，定定地瞪住李爽，好像是再一次提醒李爽，你狗日的能不再斗嘴了吗？先听他把话说完。火车快要开了，没多少时间让你在这儿"扯鸡巴蛋了"！

这一下摔杯子声传出去，李开等人以为里头打起来了，冲进去想拉架，却被徐又成挥挥手轰了出来。"上车前，朱主任已经把上头的底牌亮给了你们，知青返城问题，你们着急，从上到下各级领导比你们还着急。你们一定要相信，这个问题早晚一定会妥善解决的。不会一直把你们这十来万人就这么晾在一边。朱主任是师首长身边的人,他和林政委的关系你们也清楚。我一个小小不然的营职干部可以空嘴白牙瞎白话。他不会。是得到师首长授权来说这些话的。当然,具体什么时间、以什么方式彻底解决你们这十万人的问题,我说不清楚,我看朱主任也未必说得清楚。估计垦区总部的领导也在等北京方面高层做最后决策。毕竟这是个细活儿。可能会按不同情况做不同处置。但总的原则不会变,就是按现有知青政策,结合垦区特殊情况,让大家分期分批返回原籍。毛主席说过,没有区别就没有政策嘛。但有一个大前提,就是要保证垦区的稳定和发展。垦区不能乱。边疆不能乱。大西北不能乱。中国不能乱。这一点,你们同意不同意?"

这一番话,让李爽和谢平足足有两分多钟都闷在那里出不了声。整个客厅静得只听得那个仿民国范儿的大立钟在咔嗒咔嗒地摆动着它那根既长又笨重的钟摆。一只黑猫这时从窗台上悄悄蹦了下来。

又犹豫许久,李爽开口,苦笑:"是啊,一场交易而已。用我们回上海帮你们做工作,交换你们不捕我,再礼送我们回上海替你们去做工作。交易啊……"

这时,徐又成突然大吼一声:"李爽,别忘了你还是一个共产党员!"

"共产党员就不能要求一个做人的基本权利了?既然中央已经批准那么多的知青返城,让他们享受做人的权利,我们也有父母兄弟姐妹,我们也向往过一种更文明的生活,我们也要做个完整的人。为什么偏偏要为难我们这一批人?!"

"说得好,要做人的权利,要做个完整的人,过更文明的生活。李爽同志,想想吧,你们这些上海鸭子是人,有权要求各种做人的权利。这些年你们付出了重大代价,似乎没有得到应有的回报。你们有权感到委屈。但垦区不只有你们这十多万支边青年。白杨河垦区差不多有一百多万人,从中扣除你们这十万,还有九十多万。我们……我们这些将继续留在垦区的人算什么?啊?我们是不是人?我们的委屈算不算委屈?我们的付出、牺牲,我们献了青春又献子孙,算不算付出和牺牲?我们的亲人、我们的父母、我们的儿女、我们的妻子丈夫、我们的一生……"说到这里,徐又成心里一阵绞疼,后脑勺又嗡嗡地响起那刺耳的杂音。杂音里若隐若现地响起了那带着气喘声息的呼唤:"又成……又成……又成……"一瞬间,他显然控制不住自己了,一边吼叫,一边同样抄起他跟前的一只茶杯用力地向地上砸去:"我们也是人!"这就是李开等人在门外听到的第二回摔玻璃杯的声音。

"……"这时,李爽和谢平再一次不作声了。因为完全被震慑住了。

"到底替不替大局考虑,这个决定你们自己做。"等这阵子突然的发作过去后,徐又成才长出一口气让自己稍稍得以平静,接着往下说道,"离火车开车还有一个半小时。我给你们三十分钟考虑。给我回个话。"

"这事我们已经明确告诉过朱留长……"

"别'我们''我们'的。这事跟谢平无关。他刑满释放,按新政策,谁也不能强留他在垦区。至于你,李爽,你让我说你啥好?我看你就是个二毬货。傻逼蛋。就是一块不开窍的榆木疙瘩。掉在茅屎坑里又臭又硬的石头。反正我已经把话撂这儿了,三十分钟以后,你自己瞧着办!"说完,徐又成再不搭理李爽,转过身来冲着谢平说道,"你过来,我跟你单独说点儿事。"说着,便带着谢平去西厢房了。

李开等人在院子里眼睁睁地看着大老徐大踏步把谢平带进那个小屋,却不敢上前阻拦。这个小院原本是京剧团为外请名家来传经授艺而建。正房三间供名家生活起居。东厢房两间。一间的整面墙上安了块大镜子,还安了根长长的把杆儿,用来练功。一间挂着黑板和摆放了课桌椅,用来教学。西厢房原计划也是两间,一间餐厅,一间厨房;装修工程也是被后来的群众运动冲砸中止了的,只来得及做成一间。也正因为这点半半拉"胡子工程",卖出时,被精明的李开狠杀了一把价。现在,这一间被李开用来重做成"书画室"又兼了"财务室"。谢平跟着徐又成走进这屋,一股挡不住的墨汁儿香味郁郁地扑面。

"只剩三十分钟。咱们长话短说。"徐又成开门见山。

"……"谢平不作声。屏住气,等着他往下说。这已然是他在红山煤矿修炼成的诸多"功夫"中的一项。凡事不先开口。等着瞧。

这时,李开的新媳妇端着一个果盘和一壶新沏的茶走了进来。谢平忙上前谢过新媳妇,又从新媳妇手里接过茶壶,先给徐又成跟前的空茶杯筛满茶汤,这才回到自己的位置上端端正正地坐下。继续"等着瞧"。

让媳妇进来送茶,是李开有意的安排。只是为了进屋探个虚实。听媳妇说,屋里那二位面对面安安详详地坐着,神色也平和。他们那一拨人这才放下心回东厢房去了。

谢平原以为徐某人之所以要带他到这小屋里单独谈,是有什么特别的决定要向他宣布。所以,进屋之初他还是有些忐忑的。虽说进入新时期,全国的劳改政策有了相当大的改进和完善,对再没新的判决需要继续剥夺其政治权利的刑满释放人员,从他们被释放的那一刻起就可以合理合法享受法律给定的公民权利——也就是说,不能再强制他们留场就业。当然,这只是从理论上和法理上来说是这样。国内的实际情况往往是一项好的政策,能不能得到彻底的实施,还要看当地官员的喜好和政策水平。目前他还没离开垦区。如果独立师和二管处的某些官员不想让你走,还是有一千种办法一万个口实把你"扣"下来的。当年还在红山口服刑时,他就听一个被判了二十年重刑的老头跟他说过这么一档事。有一回，一批嫌犯被宣判后，看守所用卡车送他们去劳改队服刑。半道上有个老乡去百十公里外的南山林场取东西，搭了他们这个便车。傍晚时分，车到劳改队，这老乡稀里糊涂跟着一起下了车。劳改队也"稀里糊涂"一起把他收了监。这个完全没文化的老汉当晚也就住下了，还侥幸自己找到个不花钱的住处。第二天，想着得继续赶路啊，窸窸窣窣收拾了自己身上那件破旧黑棉袄和单薄的铺盖卷儿要离开劳改队。不料却被大门口的卫兵挡住。拿不出"刑满释放证"怎么能让你随随便便出劳改队？况且你还有件"黑棉袄"——劳改服就是黑的嘛。"啥证哩？我就是搭了一哈你们的便车嘛，我又不是你们这哈的人，要啥证哩？"可是，昨天送嫌犯的车和司机，还有押送嫌犯来这儿的看守所管教和法警一大早就走了。再没人证明他只是个搭便车的。随车送来的人犯档案里也查不到他的档案。便怀疑是档案丢了？还是缺失？还是漏带了？还是被谁偷了？在没有搞清情况以前，当然不敢轻易放人。可是谁去搞清情况？上哪儿搞清情况？再三请示，上头给的答复只有一句话："没有搞清情况前，绝对不能轻易放人。"完全是"宁肯错关一千，不能漏关一个"的节奏啊。真让人醉了。也要吐了。并再送上两个膝盖。紧接着边境上形势紧张，这一带十几个劳改队奉命内迁。几千个人犯转移。安全至上。谁还顾得上去查这么个老汉的情况？他当然也一起被转移，并且被转到另一个更加人生地不熟的劳改队。搞清的难度就更大了。就这样，他稀里糊涂不明不白地在那儿被"扣"了好些年。一直到一场重病让他报了病危。奄奄一息之际。许多人才意识到必须弄清他到底是什么人了……而这时，他已经在不同的劳改队里生活了十多个年头。情况终于查明。有关工作人员受了处分。事件也成"官僚主义作风害死人"的典型案例被通报整个司法系统。但老人却早已死了。所以说谢平此时的担心和忐忑并非全是"空穴来风"。更不是无来由的"自虐"。

但那天,他还真是过虑了。徐又成在沉默了一忽儿后,突然对谢平说了这么一句话:"谢平,这些年来我一直看好你。"

谢平的心略略为之一怔。多年没听到这样暖心的话了。他反倒警惕起来——这儿有"坑"?

"我问你件事。你要跟我说实话。当年你带着一帮人打倒林辅生,搜集了不少他的黑材料。这些黑材料还在吗?"

谢平一愣:"黑……黑材料?那些材料在接受隔离审查的时候,全都交专案组了。他们怎么处置的,我就不知道了。"

"有人告诉我,你手里还留着一部分。"

"我还留了一部分?我留它干啥?"谢平的脸马上微红起来。随即控制住心跳。

徐又成低下头沉静了一忽儿,随后慢慢掏出一本书,轻轻地放到谢平跟前。谢平用眼角的余光瞟了那书一眼,似乎有点眼熟,再一看,认出那是一本老版本的列宁著作,《国家与革命》。他经手过。这时,谢平的心尖一颤,暗自微微疼挛。徐又成又翻开书的封底。画着一只公鸡。铅笔画的。画得很稚拙。鸡的身子不太像鸡,但鸡冠鸡尾却画得很像。

"想起啥来了没有?"

"这……这本书我看过……可……可这跟黑材料有啥关系?"

"袁雅芳,你还记得吧?"

"袁雅芳,记得……"

"你当时在红山口托了一个人交给她这么一本画着暗号的书……"

"暗号?啥暗号?您指那只公鸡?"

"是啥,你自己明白。"

"徐大哥,您比我年长,应该能理解我们这些从那个动荡年代过来的年轻人。当时我们都很狂热,崇拜革命领袖和战斗英雄,比如毛泽东、格瓦拉、牛虻、卓娅和舒拉。列宁就更不要说了。也很相信专讲革命的理论。在那个年代那种情况下,给朋友熟人送一本列宁的书,应该是很正常也是太常见的事⋯⋯这几年外头的情况怎么样,我不太清楚。是不是都不让再看列宁的书,也不说列宁的事了?列宁的遗体还在莫斯科红场上撂着吧?"

"别胡说。谁告诉你现在不让看列宁的书了?只是不怎么提倡了而已。现在着急的是把经济搞上去,要统一思想。就是要让大伙针对中国的实际需要,多学中央领导的讲话。"

"我真不知道是谁在书上画了这只公鸡,又是为什么要画它。如果是我画的,我就是再差劲,也不至于画成这样。这明显是五六岁甚至年龄更小的娃娃画的嘛⋯⋯而且,那已经是十多年前的事了。这些年⋯⋯您应该知道,我先是被隔离在戈壁滩上放了六年羊,整天一个人面对着一群羊,四周一片荒原,每个月有人赶着牛牛车来给我送一点苞谷粉土豆白菜过日子。脑袋完全是空白的。麻木的。因为整天只能跟羊念叨念叨,到最后我都快不会说人话了。后来又在红山口挖了五年煤⋯⋯每天面对管教的训斥和教导,徐厂长,要让您在那样的环境中生活十一二年,您还能记得住某一天到底为啥给一个朋友送了一本当时各级领导都在号召学的书,书里又为啥画了一只狗屁公鸡。就算这么干确有啥重大阴谋在里头,但十二年过去了,当年的那伙人早都散了摊子了,都跟着新的党中央奔向幸福的明天了。都忙着伺候老丈母娘和公公婆婆了。我干吗还要藏着啥黑材料,念想着一个妄图翻天的狗屁阴谋?您⋯⋯您⋯⋯您是不是觉得谢平这些年真有精神病,还是咋的了?"这是谢平自拿到刑满释放证,被向少文接出红山口监所以后,头一次用如此激烈的口气跟人说上这么一大段自辩式的话,而且是跟一位完全有可能动用关系把他重新投入监狱的人说的。

出乎他意料的是,这个人在被他"猛喷"了一通后,却怔怔地不说话了。

三十分钟后,李爽和谢平还是按计划被送上了去上海的那列火车。开车前,李开把一封徐又成托付的信交到李爽手里,让他"务必等车开了之后再交给谢平"。谢平赶紧躲到车厢连接处拆信。李爽也迫不及待想知道信的内容。"瞧瞧,谁那么神秘。"谢平拆开信先看落款。居然是林辅生。一惊。"不会吧?"李爽也一惊,忙抢过信再验落款。还是林辅生。并且还是亲笔。两人怔怔地对视了一眼,忙惊醒般地展开信纸来看

信中写道:

谢平同志:中国已经开始了一个新阶段,新时期,从上到下都经不住再折腾了。希望你能和所有热爱这个国家、这个垦区的人

一样，认真学习党的十一届三中全会精神，开始自己的新生活，在新的时代迈出新的一步。

　　致

　　　　礼

　　　　　　　　　　　　　　　　　　　　　　林辅生

　　　　　　　　　　　　　　　　　　　　　　×月×日

　　另:如果你还愿意继续留在垦区工作和生活，

　　　　遭遇什么困难，可以来找我。

　　　　　　　　　　　　　　　　　林　　又及。

　　"一个新的生活……新的开始……"谢平喃喃复述。低下头。信纸自然而然地从他手中缓缓飘落。借着从车厢接缝处透过来的那一点点微光，李爽看到谢平脸上慢慢出现了两滴泪痕；又过了一忽儿，他便开始哽咽，而且一下比一下激烈，后来居然怎么也控制不住自己，双手捂住脸，大声号啕起来。

车到上海，应该是凌晨时分

　　……上海北站。有点小雾。又有点小雨。也许是雾中带雨。(江南那种特有的毛毛细雨。)或许是雨中带雾。(江南那种常见的薄雾。)车站广场周边楼房的轮廓看起来就不会那么清晰，但还没到若隐若现的地步。李爽的弟弟借了辆上海牌轿车——自然是旧的，来接他哥。李爽

动员谢平跟他一起坐车走,还说可以先送谢平回家。谢平谢绝了。他
说他要在雨中小站一忽儿,"看看这个陌生太久的大上海"。"你没带
伞……"李爽的弟弟劝告。李爽却没再勉强谢平,只给谢平留了个家里
的电话号码。(那时候,上海已经允许普通市民申请在家里安装私人电
话了。只因为每次放号太少,申请的人又太多,总得排大队。得等好长
时间。还得付特别多的初装费。在北京,至少得等半年多,得交五六千
元。但总算可以不按级别和社会地位来给私人家里安装电话了。而且
是程控的。市民们都觉得确实有了"新气象"啦!)车发动前,他用力握
了握谢平的手,说了声:"保持联系。兄弟。一定哦。"等李爽刚走,谢平
就急速地向车站的小件行李寄存处走去,既没有像他刚才说的那样还
要"在雨中小站一忽儿",更没有待下来"看看陌生太久的大上海"。他
立即把行李寄存了,然后直奔袁雅芳家去。

　　关于"黑材料"问题,他没跟徐又成说真话。
　　确实还有一部分"黑材料"保存在袁雅芳那儿。当时,有"内部消
息"告诉他,他将要被隔离审查。便料到自己一切物件都将被抄检没
收。赶紧把一直留在手中的那部分材料秘密转移到鸡场老汉那儿。鸡
场老汉是他的好朋友。忘年交。老汉其实也是个奇人。学生时期在西
安度过。老家好像是汉中一带的富裕户。后来到西安上学接触了几个
信仰社会主义的教员。看了些翻印得很粗糙的社会主义书刊和传单。
参加了几回地下党的外围活动。因而被追捕。逃兰州。在城市规划一
类的机构里谋了个饭碗。等我大军打到兰州,他便从了军归了队。随
彭德怀的第一野战军二、六兵团一起奔赴大西北,又奉毛泽东的命令:
"你们现在可以把战斗的武器保存起来,拿起生产建设的武器……"成
了垦区最早的开拓者之一,好像还担任过垦区规划设计院(还是勘察设

计院?)院长或副院长一类的职务。后来又坚决请辞不干，心甘情愿到独立师二管处养鸡安度晚年……至于为什么要请辞、养鸡，谢平就不清楚了。也不去问。关键是人可交就行。运动初期，朱留长和谢平都曾亲自上门去请这位老革命出山，企图拿他来"以壮本门派行色"。特别是谢平的"红近军"更希望能有这样一位"老革命"来支撑。朱留长的"革造总"被人称之为"保皇派"。组织里人员成分比较"干净"。贫下中农多。共产党员多。机关干部多。退伍军人多。谢平的"红近军"是远近皆知的造反派。成分杂驳。以师部管理处处部机修厂的青年工人、大城市来的支边知青和几个学校的青年教员、高年级的学生为主干。但不回避的是，"黑五类子女"和"四类分子"要比"革造总"多得多。多的重要一个原因是，"革造总"拒绝吸收他们加入。而"红近军"却不拒绝。**还有一个原因并非不重要，只是这些人不会公开承认：在"文革"前的十来年里，他们因为家庭出身和本人成分的问题，受到某个具体单位、具体地方，比如某个乡镇县市团场连队某个领导的某种不公对待。他们的确也想起来造一下这些领导人的反。即便不敢公开参与，也会暗中支持造反派。同情造反派。**"文革"结束后，他们不会承认自己曾经和臭名昭著的造反派有过"勾搭"。但谢平很清楚，当时有不少这样的人，在他跟前真诚地诉说过哭泣过，要求加入"红近军"。**最后造成的结果确实是"红近军"组织里成分高的人比较多。"红近军"一度被"革造总"称为"地富反坏右的大本营"。"颠覆社会主义江山的前哨阵地"。彻头彻尾的"反动组织"。也正因为如此，谢平他们特别希望这个拥有老革命资历的鸡场老汉能加入到他们的组织里来。为他们正名。**但所有这一切，都被老人婉拒。"老汉我现在只能提供鸡蛋。况且数量还不多。别的，对不起，一概提供不了。"但从老人的眼底深处，谢平感觉到他是支持他起来冲击师党委的。至于为什么，他还是一个**"不清楚"**。

很有几次,当谢平被朱留长"革造总"的人"追杀"而无处逃遁时,都是老人悄悄把他藏到鸡场堆放饲料的小偏屋里,方得以脱身。那天找到老人,告诉他要把一些重要的书面材料存放在他那儿时,老人居然没"婉拒"。坦然接收。并承诺一定妥为保管。后来,谢平在红山口得到消息说管理处要搞扩建,老人的那个鸡场也要被拆掉,保不齐那些材料会被曝光,便赶紧通知袁雅芳去转移那包材料。事先为保密,他甚至都没告诉袁雅芳材料到底藏在谁那儿。只是跟她约定,到时候,会有人给你送去一本《国家与革命》,并以封底有一只类似儿童画的公鸡为暗号,就明白该上谁那儿取东西了。但,这本已经完成使命的《国家与革命》后来怎么又会落到徐又成手里的? 那包材料还在袁雅芳手中吗? 时至今日,徐又成怎么会又要来打探这包材料的去向……一系列疑问让他忐忑不安。最令他忐忑的是,万一这包材料被曝光,就可能据此定他一个"妄图翻案"罪,重新捕他入监。所以,当下最要紧的当然还不是澄清这些疑问,而是取回这包材料。不能再有半点闪失。不能了……

赶紧"冲"到袁家。袁雅芳却不在家

　　袁雅芳的姐姐告诉谢平,雅芳现在不住在家里。姐姐说:"你看我和我爸爸妈妈就住这一间半,老少三代人。十几平方米的房间里搭阁楼。螺蛳壳里做道场。哪能再挤得进她一家子? 怎么,你也是从那边农场回来的? 听说那边吵得老结棍(厉害)的。十几万人都想回上海。戈壁滩上种了这么多年地,回来又怎么办? 真是作孽啊。唉! 你找她有啥事体?""阿姐,我是谢平。""谢……谢平? 你是谢平?"姐姐立即瞠

大了眼睛,"不会吧……你哪能会是谢平?""阿姐,我真是谢平。过去到你家来过的。""你不是……不是被……""是的,我被劳改过。现在刑满了。你放心,我不是逃出来的。我有刑满释放证。你可以看看……""不用不用……""阿姐,你还是看一看。这样,大家都放心。"姐姐嘴里说不用,手已经伸过来接谢平的"刑满释放证"了。仔细地看了又看。看了又看。又认真打量了一下谢平。谢平外貌上的变化实在太大了。不只个头长高了。皮肤变粗黑。还穿着一身早就过时了的蓝黑色的"的(确良)卡(其)"中山装。皱皱巴巴地耷拉在身上。这种的确良卡其布中山装多年前就已经从上海人身上淘汰。和脚上那双簇新的军绿色解放跑鞋搭配,在上海人看起来,实在有点不伦不类。老土。阿乡。已经到了"一塌糊涂"的程度了。阿姐重重地叹了口气,摇了摇头,弯下腰关小了煤球炉的炉门,又去虚开一点锅盖,防止正炖着的什么汤溢出。这才去狭小幽暗的楼梯间墙壁上一枚小竹钉上取下一个木夹子。(楼梯间里好像还新设了一个祭台。陈放着一张老人的黑白照片和一些供品。一束纸花。由于楼梯间光线特别暗,看不清照片上的老人到底是谁。)从木夹子上取下一张纸条递给谢平。阿姐解释:"这是雅芳一家人搬走前留在这里的。她好像晓得你要来。应该就是留给你的。"纸条上果然写着一个地址。这时谢平已经觉出对方并不欢迎他多逗留,赶紧接过纸条,谢过一声之后,便匆匆向外走去。刚走到灶披间后门口,阿姐又叫住了他:"谢平,你稍微等一等,我还有句闲话要跟你讲哩。讲出来,你不要动气哦。""怎么会呢?阿姐,你讲。""雅芳这趟回来,到现在还没有找到正经生活做。唉,一家大小六个人,全靠她一个人帮人家拆洗被子和旧棉袄赚一点辛苦钱混日子。她嫁的那个外地男人身体又不好,又比较懒。当初叫她熬一熬,不要那么急着嫁人。她偏不信。就是

190

熬不住。你们这一帮人啊,这一生吃亏就吃在太自信。太听不进我们这些过来人的话。总以为自己最革命。最来三(最行)。到底革了点啥命哦?!唉,所以讲,你以后……要是没有啥大事体,最好少去找她。让她太太平平地混几年日子。把几个小囡带大。我没有别的意思哦。你千万不要动气。现在大家都活得老不容易的。唉……”“……阿姐,我晓得了。你放心。我不会给她添麻烦的……”谢平应了声,就赶紧走出了这条在上海地面上还应该算是中等偏下的老式里弄,再没回头。

当年动员青年报名去垦区,谢平和向少文李爽等不止一次到袁雅芳的这个家里来过。袁雅芳是街道团总支副书记。许多事情都要找她解决。大概因为袁雅芳经常向这位阿姐讲起这三位的“传奇事迹”,每次见面,阿姐待这哥仨还是非常热情的,总喜欢拉着他们的手,连声称赞:“哎呀呀呀,你们这么年轻,又这么上进,思想这么积极,真不容易啊。不容易不容易实在不容易!我们家的雅芳真应该向你们好好学习啊。小姑娘当个团委书记也不容易。你们多帮我们家的雅芳做做工作。阿姐谢谢你们啦。”

现在,袁雅芳自己这一家都六口人了……

怎么会有六口人呢?这几年里,她会连着生四个娃娃?

当初学习班结束,袁雅芳基本没受处分,只是让她回连队劳动,(如果把回连队劳动也当作一种处分的话,那么她还是受到了一定的“处分”。因为那时候,别说像袁雅芳那样的正经八百“文革”前的高中毕业生,就连有点初中文化程度的知青,基本上也都调离大田劳动班组,安排出去,当个连队会计统计,或子女校教员等的,脱产使用了。)她却在大田里又实实干了四五年才被重新起用,分配到一个连队小学里当了名代课老师。后来,结婚,嫁给这个连队的一个卫生员。这一点谢平也知道。丈夫是河南人——垦区当年来了一大批河南农村青年支边。他们能吃苦,又踏实肯干。很快就成了农场各连队基层骨干。那个丈夫很会唱豫剧,但身体不好。这一点谢平也知道。但,她一家怎么会有六口人?传说中,她只生了三个娃娃呀。那第六口人又会是谁?难不成,她把公公或婆婆也带到上海来了?

两个小时后,谢平找到袁雅芳。应该是在上海西郊某个"城乡接合部"。周边有些农田。露天粪坑。菜地。也有不少宅院。陈旧小楼。土路、碎石路、水泥路……手扶拖拉机在不远处突突作响。灰壳子的上海牌轿车也会不时停留在一些被竹林掩映的大宅院门前。

就像刚才袁雅芳的姐姐认不出谢平一样,现在,谢平站在一幢老式别墅门前,也深深怀疑袁雅芳是不是写错了地址和门牌号。因为他无论如何也不敢相信,只能靠帮人家拆洗被子和旧棉衣"混日子"的袁雅芳居然能住上这样一幢"别墅"——虽然从外观上看,它的确够破够旧够"不登样"的了。生锈的铁栅栏,有半扇铁门已经关不上。小楼的灰墙上到处是灰黑的霉斑和棕黄色的水迹。台阶上也有裂痕。裂缝里暴露出一块块破碎的砖块。砖块缝里长着青草。即便如此,它毕竟还是一幢"别墅"啊。他当然会想到雅芳可能是在替哪个大户人家看房子,交换所得便是暂时允许她一家免费在这儿住着存身。后来印证,谢平这个猜测正确。这幢破旧别墅还是李爽家一个亲戚的。"文革"期间被附近大队里的村民占用,拥进来七八家人。花园里搭起不少储存旧物的小棚棚。这两年落实政策,房子是归还给李爽家那个亲戚了,但已经破旧得不像个样了。好在李爽这个亲戚最近全家出国,正准备办移民手续,短期内既不会卖了它,也不会重新装修它。只是需要有人看守它。更巧的是,当时李爽的母亲听说袁雅芳回上海来了,就赶过来找她打听李爽近况，得知袁雅芳一家正愁着没地方落脚，回去跟那位亲戚一说，倒成全了一桩双赢的安排。

　　上海的冬天，过去除了住在外国租界洋房里的有钱人生壁炉取暖，一般人家都没烤火的习惯和能力。老人抱个暖水袋到室外晒晒太阳。晚上用热水烫烫脚。最多再在被窝里塞个黄铜做的"烫婆子"驱寒。袁雅芳只是借住在这个老宅里。这忽儿当然也没生火。她穿一件旧的棉睡袍。肥大到臃肿的地步。廉价的黄底色布料上印一些粉色的碎花。趿一双大红旧棉拖鞋，显然不是从垦区带回来的，也不会是捡的姐姐或妹妹家的旧衣。最大的可能是这个旧别墅主人扔下的箱底货。不知何故，还戴着一顶南方产妇在冬日里坐月子时为防风寒才会戴的那种平顶单布帽。软塌塌皱巴巴地歪扣在头顶上。客厅不小。却放着好几个大卡盆。盆里便是顾客送来要她清洗的衣物。沿墙根儿摆着几个大大小小的腌菜坛子，让整个厅屋里充满了一股酸臭味。(自家腌些菜，必然会省去日常许多小菜钱。)通往二楼的楼梯扶手上散搭着不少她们一家洗过或没洗过的衣物，这样取用脱换倒也方便。为一举两得，把做饭烧水的煤球炉搬进屋来，接了一根长长的马口铁做的烟筒管，多少给屋里增加了些温度，也多少满足了一些从大西北来的这一家人对"取暖"的心理需求。五岁的大女儿骑着一辆掉漆的童车(也是主人家扔下的旧物)，在屋子里来回疯跑。三岁的二女儿和刚会走路的小女儿则在她后头哭着喊着追她，她也不理会。丈夫独自坐在后门口的阳光里，沏了一壶廉价的高末，卷着散装的烟叶，视而不见地对着后门外别人家的一群高头大鹅发呆。二楼的走廊里还坐着一个十八九岁的小伙子，正借助一架砖头录音机反复练习"八百标兵奔北坡……"。据说他准备报考上海戏剧学院表演系，赶一趟做演艺明星的大潮。他睡的那个地铺一旁的墙壁上,贴了不少明星彩照。比如李秀明、张金玲、刘晓庆和于洋、王心刚、孙道临等。原来他就是雅芳家的"第六口人"。丈夫的弟弟。雅芳的小叔子。一张小桌子上堆着早饭时用过的碗盏。板凳上扔着小女儿尿湿了的脏裤。所有这一切似乎都在等袁雅芳腾出手来后才能去收拾。花园里有一口井。院子里已经晾起了两三竹竿儿的衣物。谢平进门的时候,袁雅芳正在井旁淘洗衣服。她高高挽起了袖管,赤裸的两条胳臂湿漉漉的,早已冻得通红。而她说话做事依然像当年在街道做团总支副书记时那样,风风火火,大大咧咧。好像这世界上仍然不会有任何忧愁能让她熄灭了心头的那团火。也总是认同眼前发生的一切是正常的正确的和应该发生的。无须埋怨的。谢平特别了解袁雅芳。她其实是一个并无太大主见的"女孩"。在生活的不同阶段,她会自觉不自觉地依附或遵从一个让她特别信任的"声音",比如过去她三句话总不离"这是某某报纸"或"某某广播"或"某某领导"怎么怎么说的,以此来教育说服别人。"文革"期间她喜欢拿"谢平刚才怎么怎么说的"来说服别人。而现在她常说:"我姐这么这么跟我说……""我姐那样那样告诉我……"姐姐说的想的似已成了她当下生活唯一的依据和标杆儿——只是在见到谢平的那一刹那,她愣了一下,脸上所有的笑纹一下全都凝固了,收缩了,继而消失。板结。而后,突然改换用垦区的方言说了句:"咋会是你呢? 你咋回来了呢?"谢平立即上前告诉她:"我刑满了。"她又愣了一下,想起来好像应该有这么一档事。这时,谢平本能地要掏刑满释放证给她看。她却匆匆摘下头上那顶扁布帽,对谢平说了声:"你等我一忽儿……"就转身向后门口跑去了。应该是跟丈夫"请假"去了。不一忽儿,她果然换去了身上那件棉睡袍,换上一件在农场里常穿的那件灰布棉猴(带尖顶棉帽的棉大衣)跑了回来。又叮嘱了大女儿两声,让她别再招惹两个妹妹,便带着谢平去了竹林背后小河那边的镇街。这时,她丈夫探过身来大声提醒她:"中午吃的馍馍还没蒸哩。"她只应了一声:"放心吧。误不了你!"

　　镇街很窄很干净。街面上铺的鹅卵石都让人踩过千百年。袁雅芳把谢平带到镇市梢一家售卖热水的小店里。这种小店在上海通常被称作"老虎灶"

　　"老虎灶"专卖开水。热水。这种方便市民的小零碎买卖好像只有上海人会做。一分钱换两根小竹筹码。一根筹码打一暖瓶开水。或一铜铫(水壶)热水。烧水的锅呈锥筒状立起,总有半人多高,一般都砌在店堂的外间。当街而立。里间摆上三几张方桌,便做了茶室。资金要再充足一点,一般还会在茶室后头附设一个"澡堂"。总是有关热水的一条龙买卖。因为还是上午时分,所谓的茶室里还比较清静。袁雅芳挑了个最靠里的座位,点了一壶茶。她问谢平:"你现在喝绿茶、花茶,还是红茶?"谢平笑笑:"劳改队只喝渠道水和凉白开。""那我们就喝花茶吧。""白开水就行了。""总要点壶茶水,老板才会让我们在这儿多坐一忽儿。一壶茶五分钱,我还请得起。""还是我来吧。"谢平说着就要掏钱。袁雅芳忙去制止。当她的手压住谢平那只掏钱的手的时候,她忽然战栗了一下。她没有马上松开自己的手,反倒就那样放在谢平的手背上,并且握住了谢平的手,并一下抬起头,直瞪瞪地盯住了谢平。嘴唇颤颤地抖着。谢平看到她眼眶里涌满了泪水⋯⋯

195

能说"**此时无声胜有声**"吗？

大约有两三分钟时间，两个人就这样默默地坐着。都紧紧地握着对方的手。袁雅芳紧咬住嘴唇，没让自己哽咽出一点声音。只在默默流泪。等袁雅芳哽咽般的战栗稍稍平息，谢平忙掏出手帕给袁雅芳递了过去。

手帕真的很脏。还皱。

"啥断命手绢。揩台布！"袁雅芳扑哧一声笑了。掏出自己的手帕，擦去泪水，这才长长舒出一口气来，问谢平："还好吧，你？"说着，眼眶又红了。

"蛮好。"谢平应道。

"蛮好？"

"可以着哩。"

"能在上海多待一阵吧？"

"待着看吧。现在还说不上来。你呢？"

"你不是都看到了？没啥不好，也没啥好的。就这么过吧。"说着苦笑笑，不过，立即又振作起来，说道，"等一歇别走了，在我家里吃中饭。没啥好吃的，一忽儿去称点肉，给你炒个回锅肉。还记得不，那时候你最馋这个菜。总叫贺老五在炒肉片的时候多放点辣椒大葱和皮芽子（洋葱）。"

"不用麻烦了。"

"这有啥麻烦的？能在上海请你吃一次回锅肉，多么不容易啊！反正我们自家也要吃中饭的嘛。"

"雅芳，今天我来，是想问你一件事……"

"你怎么还是这副样子？脑子里除了事事事，就没有别的了？哎，我问你，有对鼻子（对象）没有？"

"刚刑满……"

"所以要抓紧时间了嘛。你也三十开外了吧？这桩事包在我身上。老阿姐帮你介绍一个。"

"不急。"

"啥叫不急?! 我姐说，男人一过三十，身边没有女人，会憋出毛病的。这可不是开玩笑的事。你看我娃娃都三个了，你还单身一个。说起来男生比女生经得起拖，但也不好拖得太长。这个镇市梢附近一个大队里有几个小姑娘长得还可以。脾气也蛮好的。身材也不错。就是家境稍微差一点。我经常叫她们过来，帮我洗点东西，让她们也赚点零用钱。都挺熟的。找个时间，约她们过来见见面。"

"这件事真的以后再说……"谢平微微红起脸，并本能地向四周瞟了一眼。这时，茶室里人已增加不少。多是些五六十岁的老人。也有一两位四十来岁的常客。喧哗得可以了。倒是没人注意他俩，谢平这才把身子探近雅芳，低声说道："你还记得那包东西吗?"

"东西? 啥东西?"

"我放在鸡场老汉那儿的……"

"哦……"雅芳长长地应了声，"在。还在。你要?"

"如果方便的话……"

"你要它做啥?"袁雅芳警觉地瞪了谢平一眼。这让谢平的心里咯噔了一下："我……我……""是不是又有人向你追查这桩事了，还是你自己要用它派啥用场?""当然是我自己要用。""拿它派啥用场?""这……一时半会儿跟你也说大不清楚。在这儿也不方便说。""说不清楚，我是不会给你的。你刚从监牢里放出来，还没过两天太平日子，浑身痒痒又想吃生活了?（挨揍。）你以为拿到刑满释放证，事情就了结了? 没那么简单的。前些日子还有人来找过我……"

"也是来向你要那些材料的?"

"还拿着那本列宁写的书。叫啥来着?国家和啥来着?"

"国家与革命。"

"对。就是当时你让那个叫林圆圆的小姑娘带给我的那本书……"

"这本书怎么会落到他们手里的呢?"

"我正要问你哩。你托那个姓林的小姑娘把这本书带给我。我根据事先的约定,带着这本有暗号的书去找鸡场那个老头。从老头那儿取了那包材料,就把书留在老头那儿了。前前后后,知道这本书的,除了你本人,就只有我和他两个。你仔细想想,这三个人中间到底是谁供出这本书的?我看那个姓林的小姑娘有点靠不住……"

"她肯定不会。小姑娘挺单纯的。"

"那么只有养鸡的老头子了?瘦骨伶仃。邋里邋遢。一看就不像一个正经货色……"

"不要以貌取人。你们都不了解他。老人相当有来头。曾经做过许多大事。当过相当一级领导……"

"照你这么说,这三个人当中会出卖你的只有我袁雅芳了?"

"当然不会……"

"谢平,你是不是真的在怀疑我?"袁雅芳的脸色一下涨得通红,继而又青白起来,"你……你怎么会怀疑我?"

"没有没有。你不要瞎想。我怎么会怀疑你雅芳姐……"

"……那你说,还有啥人会出卖你?"袁雅芳厉声责问,不等谢平再辩白,她竟然噙着泪花,断然扔下五分茶钱,扭头就跑出了茶室。

这时,天色完全阴沉了下来。
天空堆满乌云。似乎要下雪

　　谢平一路快走带小跑,追到附近一个特别安静的街心花园里才拦住了袁雅芳。没想到,袁雅芳转过身来时,却已经平静下来了,并且先向他道了个歉:"对不起……刚刚我态度不好……你别在意……最近这段时间,不晓得为啥,我脾气总是有点暴躁,老容易发火的……自己也控制不住自己……是不是到更年期了?""不要瞎讲。你只比我大多少,啥更年期? 早呐! 刚才只怪我没把话说清楚,不怪你。"两人很快静下心来,对视着在街心花园里找了张掉了漆的靠背长椅重新坐了下来。谢平告诉袁雅芳,他今天一下火车就来找她,原本是想要搞清这本《国家与革命》到底是怎么落到徐又成他们手里的。但转过头来再想想,"这一切真的都无所谓了。就算搞清了又能怎样? 现在重要的倒是,假如材料还在你手里,赶快拿出来销毁它。不要再让人抓住把柄掼榔头。

　　"哈哈,'掼榔头'。真想不到你在戈壁滩上这么多年,倒还没忘记上海话?"袁雅芳笑了。

　　"没忘,也很生疏了……"

　　"我也是。刚回上海的时候,讲起上海话,疙里疙瘩,舌头都转不过来。笑煞人。"袁雅芳笑着叹了口气,又问,"你真要销毁这些材料?"

　　"留它做啥? 放在你那里,恐怕还会连累你。"

　　"谢平,我说一个情况,你不要生气。"

　　"嗨,我还能生谁的气?"

"你这些材料……"

"材料怎么了?"

"我没征得你同意,偷偷地看了一下。觉得……"

"觉得怎样?"

"哎,我水平低,可能讲得不对,你别笑话我。我觉得……觉得真没什么……"

"什么叫'真没什么'?"

"就是……就是……看来看去,里头没啥骇人倒怪的东西。倒让我想到这样一个问题,当初我们怎么就凭这点东西拼了命地要打倒林辅生?"

"你……真有这种感觉?"谢平怔怔地看定了袁雅芳,不说话了。

袁雅芳赶紧安慰他:"哎哎哎,我已经声明过了,我水平低,看问题抓不住要害。讲啥都讲不出个所以然来。你不要把我说的话当一桩事。还有就是,我也来不及把你这包里头所有的材料都看光。真正是只看了一部分。所以,我的感觉不准确的。唉,这几年活过来,我算想通一个问题了,花好桃好,过好自己的日子才是真好。不要去跟人别苗头。争高低。既没这个必要,我们这种人也没有这个本钱。**中国向何处去?轮得到我们这种人去考虑吗?真是的!谁真的需要我们去考虑?我们都是瞎起劲啊。真是瞎起劲啊。**就说我、我这段婚姻、我这个老公,几乎农场里所有的上海老乡、我上海所有的亲戚朋友都怪我不该嫁给这么一个不起眼的外地人,更不应该嫁一个只是在农场连队里做小小卫生员的外地人。外地人又怎么样了?小小连队卫生员又怎么样了?他确确实实是农民的儿子。父亲是五八年从河南支边到垦区来的农民。本身没有啥文凭。身体又不好。还有点懒,偏偏还有点大男子主义。但当时从学习班受审查回到连队,几乎所有人都用白眼看我,包括一些上海青年。好像他们就从来没有喊过'毛主席万岁'。从来没有唱过'大海航行靠舵手'。从来没有去抄过别人的家去破过四旧。也从来没有批斗过走资派一样。所有人里头只有他对我说,袁雅芳,我知道你是个好人。如果你实在想不通了,就到我卫生室关起门来狠狠哭一通吼两声。俗话说,鞋子合不合适只有脚晓得。我用得着跟别人去争吗?跟他们争得清爽吗?谢平啊,听我的,只要法律允许你重新开始生活,你就大胆去开始,用不着再东张西望瞻前顾后,更不要根据那些家伙的脸色来盘算你自己的日子。至于那些材料,你放心,我替你藏在一个好地方了……"

"什么地方?"

"藏在我妈那只骨灰盒里了……"

"藏在骨灰盒里了?那……那你老人家的骨灰呢?"

"我当然另外妥善安放了。不会委屈了我老娘的。"

"骨灰盒藏在哪里了?"

"寄放在殡仪馆里啊。你说保险不保险?"

"放在哪家殡仪馆里了?"

"这个你就不要过问了。你啥时候说要销毁这些材料,我会替你去拿出来烧了。不过,你要是拿去派别的用场,又想拿它们去跟啥人过不去,老实跟你说,我是不会给你的。而且就是告诉你放在哪家殡仪馆里,你也没办法取走它。殡仪馆对骨灰盒的管理老严格的。没有特别的手续,其他人是绝对取不走的。谢平,听我一声劝,算啦,这扇门已经关上了,啥走资派不走资派,就不要再去捅这根神经了。随便他们去走吧。不要再自作主张自寻烦恼啦!现在扒分(赚钞票)最要紧。你要看清楚,现在中国这个社会,你要是没有几张钞票,就不算个人。懂哦?老老实实重新开始过自己的日子吧。随便怎么样,还是自己的日子最重要。重新开始吧。重新开始吧。我再说一遍，重新开始吧。最近我听到一句话，我觉得讲得特别到位，不过我忘了是谁讲给我听的了。它讲：**我们花了那么多年的时间在寻找一把钥匙，其实门一直是开着的。何必呢?!**"

"……"谢平当时没回答。但记住了这句话。过了很多年，比如，三十年，或四十年，他又拿出这句话来跟已经做了外婆的雅芳探讨。他认真地反问："雅芳，你现在再回过头去仔细想想，**中国真的不需要再去找钥匙了?**"

重新开始

那天，应奋没想到原定六点三十分才来的客人竟然五点过一点儿时就陆陆续续到了。最先到的还是坐飞机从北京赶来的一批。他们大部分是应奋的小哥当兵时的战友，或者是这些战友的朋友。因为这些朋友中有两位是女士，小哥便拉着应奋一起去大门口迎接。一出门，应奋便看到一群人说说笑笑地从几辆军用吉普车上拥了下来，呼呼啦啦地把她兄妹俩围住了。她瞄了一眼吉普车。每一辆车头上都挂着上海警备区的专用车牌。应该有三四辆或者四五辆吧。清一色的军用吉普。一长溜在她家门口的人行道旁排了好几十米长。气势非凡。却让她心里一阵慌乱。她不希望这种"派头"和"场面"发生在自己家门口。更不希望让邻居们看到这种场面后再产生某种不该产生的误会。就像三年自然灾害期间，全上海的人都吃不饱。她就不希望自家香港的亲戚总是往这儿寄各种食品，招邮局的工作人员那种异样的眼神和邻里们的"闲言碎语"。(有一些则是"赞羡"。)当然了,现在更不会有人因为这种事来她家门上贴什么标语或大字报了。但她还是不愿意。她慌慌地看了小哥一眼。小哥没做多解释,只低低地跟她嘀咕了声:"没关系的。平静些。"就先行上前跟走在头里的那个大高个儿年轻人握手去了。大高个儿年轻人据说是一位副司令员的儿子。是海军副司令还是空军副司令,还是某个大军区省军区的副司令,是前任副司令还是现任副司令,应奋就搞不清了。这一点她小哥特别能耐。他能如数家珍地说出中华人民共和国成立后任何一届中央政治局常委、国务院和军委三总部、各大军兵种领导班子,以及国务院"内阁成员"名单。甚至不同时期各部委各军兵种领导班子成员的变动情况,也都了如指掌。这是他茶余饭后的一个爱好。特长。并常为此津津乐道。

"知道你们家有个大房子,可没想到这么大。哎呀呀,应全啊,你家太奢侈啦。太过分了。太让人受不了啦。早该来你们家吃大户的啦!"大高个儿爽朗地大声笑道。"再大也不会有你们家的那个大吧? 将军别墅嘛!"小哥笑着应道。"我们家那个? 嗨,部队盖的,那也能叫别墅? 是,挺大,几个方盒子往一块儿摆,瞧着就比砖瓦窑多了几个窗户眼儿。透气洞。还有啥? 你要瞧着过瘾,咱俩换换?""别逗了。将军府,我这号人住进去,阎王不折我阳寿才怪哩!""来来来,我给各位介绍一下,这位应全大哥是我在步七师当战士那忽儿的班长。那时候他可真他妈的没少剋我。真剋啊。那叫一个狠。头一回五公里越野我没跑下来,还猛踹过我几脚,是不是?! 当时把我恨得牙根直痒痒,半夜里拿个枕头闷死他的心都有了。后来还做了我入党介绍人。带我走上光明大道。来来来,都跟我这位革命领路人握握手。握握手。"走在最后的一位便是那个政治局委员的儿子,孙涛。"孙涛"应该不是他本名。或者说,"孙"不是他本姓,但"涛"则是他本名。也就是说他本不姓孙。从小到大对外他父亲都不让他姓自家的本姓。更不许他随便跟人说及自己这个"家"和"父亲"。

这时,应奋亲切地挽着那两位女士,甩下这帮嘻嘻哈哈还在"臭贫"着的男人,已经径自往林木蓊郁的院里走去了。

这一伙年轻人是来上海考察"投资环境",寻找"投资项目"的。按说他们应该去广州和深圳。那儿"大门"已基本敞开。"门槛儿"不是完全撤了,也降了许多。改革之火已熊熊燃起。许许多多在过去看来照准是违法和犯法的事,比如炒汇切汇、买卖土地、长途贩运、私人雇工办厂、让外国人来投资挣我们的钱等,在那两个地方,尤其在深圳,只要瞧着"能推动经济发展",都允许"先行先试"了。据说当时还发生过这么一档子事:公安部某专案组奉国务院某领导之命,带着逮捕令来抓捕某私下进行外汇交易的"要犯"。深圳市委某领导得知后,生生抵制住了坚决不让抓,说是"本市马上就要放开外汇交易管制。你们这一抓,我们还怎么推进这方面的改革?"于是,数以百万计的年轻人热血沸腾,心潮澎湃,兼以一份最原始灿烂的冲动,挟一件最简单轻薄的行李包袱,买一张最便宜的硬座火车票,到简陋的深圳站后,在陌生闷热潮湿拥挤的车站广场上徜徉。然后像水银泻地般分散消失,钻进这个城市更加闷热更加拥挤更加潮湿,又极其简陋的小街小巷和大大小小的出租屋中。脱离了原来的各种条条框框的制约——以至包括男欢女爱方面的限制,开始喷发解禁中那份激情和想象力……而上海那一刻依然像一个优雅富裕的中年寡妇,循规蹈矩地守着自己那份向来的"坚贞""清高"和"重负",暂时还"按兵没动"。但不久前,他们几个恭恭敬敬地去看望一位仍在高位担任某一种国家级领导职务的"遗孀",在貌似平和的清谈中,那位德高望重的阿姨(论辈分应该称奶奶了)突然说了这么一句:"你们应该去上海看看。赶紧去。那里将来必定会是个竞争的大舞台。"就说了这么一句,然后……然后,就若无其事地聊起别的了。对于上海的重要性,这一群年轻人当然是懂的。不管它眼前是"动"了还是"没动",它在中国从来就是**各种力量**的大舞台,也注定是个**必争**的**"大舞台"**。但为什么要"赶紧去"呢?这三个字出自这样一位几乎被人人崇敬的"老奶奶"和国家级领导人之口(她身边的人都亲切地尊称她"大姐"),应不会是随意,更不会是无意为之的吧?

如果是有意为之,那……她意在何处?又意欲何为?回家的路上这几位年轻人就在车里七嘴八舌地议论开了。

关心政治,而且**特别**关心政治,又具有相当的政治敏感性,政治素养,是他们这些将军、部长、副总理甚至于政治局委员的子女血统中——由基因遗传带来的一种特质。一种禀赋。也得力于家庭环境熏陶使然。当然,还不能说他们家里每一个孩子都拥有这种特质。

一场必将影响中国后几百年走向的大变动已势不可挡。首先在南方爆发。然后——**上海是个大舞台**。"赶紧去"。淡淡一句。雷霆万钧。应该说,这位令人尊敬的老奶奶、革命老前辈已经给点拨得十分清楚了。老奶奶的话里是不是已经包含着她老人家这样一个忧虑:上海这个大舞台将会属于谁们?中国这个大舞台将来又终究会落在谁们之手的掌控中?所以得**"赶紧去"**。如果你脑子没进水……如果你的智商没严重损伤了你的政治判断力……还要她老人家说啥?

赶紧去吧。

这是个大舞台。

最后站在这聚光灯下焦点位置上的那个人、那一群人、那一层人将会是谁?

主宰这个舞台的又会是谁们?

所以，"赶紧去"。

"赶紧去"——是三字真言。箴言。诤言。

　　……后来，大个儿曾单独去找过孙涛。他俩在帽儿胡同外的一家京味儿小吃店里坐了老半天。从这儿拐过弯去就是著名的什刹海。离鼓楼也不远。大个儿得知孙涛还没吃早饭，就给他点了一份炒肝儿，两个麻酱烧饼，一小碟北京酱菜。给自己要了一碗卤煮火烧，两个炸糕。孙涛没动那炒肝儿和酱菜，只拣那个烧饼吃了多半个。

　　"既然大姐说了'赶紧去'，那就赶紧去。还犹豫啥？"孙涛把手心里的麻酱屑敛敛，一下倒进嘴里，嚼着，说道。

　　"可她就这么说了一下……"大个儿放下筷子申述隐忧。

　　"你还要她说几下？"孙涛推开眼前那碗炒肝儿。他历来见不得这种煮得黏不拉唧、稀里糊涂又黑不溜丢的玩意儿，"你还想让她老人家撂下天下大事专门给你们这几个小嘎巴豆来做个长篇动员报告？啧！"

　　"我跟我爸叨叨过这事，他也这么说……"

　　孙涛一听大个儿跟他爸说了这事，立即放下手里剩余的那小半个火烧，诧异地斥问："你怎么这么不懂事？这样的事怎么可以随便跟人去瞎叨叨？"

　　"没随便去瞎叨叨啊，只不过是跟我爸说了说！"

　　"你爸跟你叨叨过他部队啥事没有？"

　　"他当然不能跟我叨叨。他那个层级的人……"

　　"大姐不比你爸的层级更高，所处的位置更关键，她说的话密级不更大？"

　　"……"大个儿愣怔了，但随即又狡黠地微笑道，"那我也不该跟你叨叨这事了？"

"按说应该是这样。"

"那你说怎么办？"

"怎么办？借用林彪当年说过的一句话，'理解的要执行，暂时不理解的也要执行。在执行中加深理解。'"

四十分钟后，大个儿又把那几个朋友都叫到了什刹海边，找个清静地儿，让孙涛给大伙儿细细分析了一下当前的形势。最后决定，先去上海"摸摸行情"。孙涛还告诉他们：其实早先已经有一批哥们儿姐们儿开始行动了，拿着有关领导或父亲或叔叔伯伯们的亲笔批条去了广州和深圳，或拿地，或拿项目。少数人也有去上海的。言下之意，"你们已经不是第一批了"。然后他又分析："他们和你们还不太一样。他们的年龄都要比你们大，资历也要比你们深。父母都属于最早一批平反复出的省部以上的高级领导干部，目前又都在各核心岗位上担任要职。你们在他们之后再去上海，要低调，不能像他们那样，一到了就直接找市里的头头脑脑，让他们给批条要地办各种事。能不能试着走走民间渠道，先做一下可行性调研。别毛毛糙糙把好事办砸了。当然，最重要的是别打着大姐的旗子去唬人。别犯这政治纪律。"这时大个儿才提出，他有个老战友，叫应全，其祖父和父亲在上海商圈颇有影响。这位战友本人也相当熟知商界的情况……

为了达到"低调"的目的，他们还商定到上海后不能公开打着调研的旗号去摸情况。建议应奋兄妹以"老战友""老朋友"聚会的名义，办个"派对"，找一些圈内的熟人来喝喝啤酒，吃点烤肉，唱唱歌，蹦蹦迪，"抽空子再聊上一聊，摸个底"。

"派对"办在应家那套大别墅里。别墅刚装修过。祖父在去世前对这套大别墅是有遗嘱写明要将其捐献给政府的。遗嘱的复印件都报到市委统战部了。后来经市委办公会议研究,觉得在那一阵子的形势下不宜再提倡"前资本家""捐献"不动产,以避免造成新一波的思想动荡和误解。建议对应老先生生前的"善意""押后"再议。由于一时没捐成,应家也无心再去修缮它。这才有了谢平等人那时所看到它陈旧不堪的模样。等打倒"四人帮",应家人依然向有关方面报告了祖父的这个心愿。这时上面的态度就很明确了,不接受捐赠。也不提倡捐赠。又看到周围亲戚朋友——特别是人去了海外和港台的,凡是过去被没收占用的私产——都如数发还。应家这才不再坚持要兑现祖父当年的遗愿,才下决心重新装潢它。不仅动用了曾经被冻结在国内银行的一些资金,还从加拿大银行里调了些头寸过来。真真地动用了一点真金白银。交给一个专门装修老式大型别墅为主业的装潢公司承办。先是把它拆成空壳毛坯房,彻彻底底地"重砌炉灶另开张"。用应奋父亲从温哥华发回的"指令"说:希望这次装修能保证在五十年内不会让人感到它过时。汰扳(差劲)。

……那天晚间,应家花园那一排修剪整齐的冬青和几棵高大的罗汉松、玉兰树被一串串晶莹剔透玲珑闪烁的五彩灯链环绕。一帮人在应奋弟弟应会的带领下,在花园一角一个洛可可式的亭子里烧烤取乐。应全、应奋则领着孙涛、大个儿和另外那五六个哥们儿姐们儿隐身在二楼大起居室后头那间小书房里,拉起厚厚的织锦缎窗帘,做他们的"秘密商谈"。小书房——或许应称它为图书室——楼下客厅后身还有一个挑空式的大房间,贴墙放着齐天花板高的书架,那里才是正书房。雪白的粉墙上唯独挂着一幅石鲁的《山水图》。笔触焦黑而粗犷。听应全介绍,这画是他祖父众多收藏精品中的精品。孙涛赞赏道:"难得。你祖父生意做得那么大,还有这样一种高品位的审美情趣,实在难得。"

"你以为以前的资本家都是大腹便便，一脸油汗脖子里戴着狗链子一般粗的金链？那是这两年的暴发户。"应全笑道，"听我祖父说，当年他曾想花重金，甚至不惜工本想去收藏石鲁那幅最著名的《转战陕北》。可惜，手还是有点短，没够着，这让他遗憾终生。""这不是手长手短的问题。"孙涛挥了挥手说道，"石鲁的《转战陕北》不只是他个人的成名作，还开创了长安画派的画风和画路子，铁定了他在中国美术史上不可动摇的大师级地位。《转战陕北》这幅画也可以说是个国宝。而那个年代还不是市场和金钱说了算的。像这样一个等级的艺术品更不是私人单凭财力可以拿得到的。国家收啦。"

话刚说到这里，应会匆匆上楼来，好像有啥急事似的，把应奋叫到一旁低声说了些什么。应奋立即跟应全和在场的其他好友打了声招呼，就匆匆跟着应会下楼去了。

应奋跟应会急匆匆来到大门口

向少文、李爽和谢平的小妹谢珍奇等人急忙上前告诉应奋,他们是来找谢平的。应奋一听,疙愣住。问:"找谢平? 他……他已回上海?"李爽意外:"您不知道他回上海了? 他没跟您说过他要回上海?"应奋一愣:"没有啊。""他都回来这么长时间了,一直没来看过您? 不会吧?""到底怎么一回事? 我不知道他已回上海。出什么事了?"听到应奋这么回答,在场的几位都面面相觑。

谢平回到上海,居然都不来看望他一向最敬重的"应奋姐"。甚至都没向她通报一下自己回上海了。

太不正常了嘛。

为什么?

向少文他们也解释不了这个"现象",只能告诉应奋,谢平刑满了。回上海"探亲"也有十来天了。昨天跟家里人大吵一架。吵得天翻地覆。地动山摇。然后,就"失联"了。按说十多年了,磕磕绊绊鼻青脸肿地好不容易才回上海一回,刚待了这么些日子,说啥也不该、也不会跟家里人撕破脸去抬什么杠啊! 尤其是发生在今天的谢平身上,简直让人"跌碎眼镜",更是惊脱了下巴颏。离开垦区前,向少文特意给他和李爽讲过这样一档事。前不久,他有幸随垦区组织的一个中青年领导骨干参观访问团去英国。在威斯敏斯特大教堂地下室墓碑林中看到一块著名的无名氏墓碑。在这块碑上读到一段曾惊倒过世间无数闻人雅士的箴言。这段箴言这样说道:

> 当我年轻时,我的想象力从没有受到过限制,我梦想改变这个世界。当我成熟以后,我发现我不能改变这个世界。我将目光缩短了些,决定只改变我的国家。
>
> 当我进入暮年以后,我发现我并不能改变我的国家。
>
> 我最后的愿望仅仅是改变一下我的家庭。但是,我发现我也不可能。当我躺在床上,行将就木时,我突然意识到:如果一开始我仅仅去改变我自己,然后作为一个榜样,我可能改变我的家庭;在家人的帮助和鼓励下,我可能为国家做一些事情。然后谁知道呢?我甚至可能惊变这个世界。

当时谢平虽然没有像李爽那样,在听了向少文说的这段话后,立刻钦羡地表示,有机会一定也要去英国拜访一下这个大教堂,瞧瞧那块无名氏墓碑,但也一直用很专注和关切的神情,听着他二位议论。后来一贯喜欢在人前掉书袋的李爽还背诵了唐朝一个禅意诗人写的一首禅意诗:"终日寻春不见春,芒鞋踏破岭头云;归来偶把梅花嗅,春在枝头已十分。"谢平随即感叹:"是的。是的。我们一直对改变自己的必要性重视不够。现实生活却时时处处在告诫我们,不要刻意寻春,春在枝头已十分。这么多年来,我们也许是活得过于刻意了。"向少文对他的这种突如其来的"随和""随性"感,当场就表示了不尽同意,并提醒他:"必要的刻意还是需要的。否则就随大流了。"谁也想不到,这样一个已经下了决心要在"改变自己"上下功夫的谢平刚回上海竟然就会跟家人闹翻了。

那天他和袁雅芳分手,回到北站小件存放处取了行李,自己一人往家走。坐公共车。一边听着女售票员用一口"刮拉松脆"的上海话报站名。一边细细体会公交车车轮滚动在上海大地上那种微微战栗的感觉……他不敢细看车窗外那连续向后快速退去的景物。怕分神了,错过了到站。其实从北站到谢平家,还有很远的路要走。还要经过很多很多个站头。挤在各种各样的上海人中间。他忍不住会偷偷去打量他们。这么些上海人,没有一个还像他那样穿着蓝黑色的确良卡其布中山装,还旧了巴唧。皱了巴唧。脚上穿着一双同样很旧的军绿色解放鞋。他很快觉出近旁的一两个乘客总在设法躲着他。尽量不挨近他。他知道自己头发有点乱。胡子有点长。身上有气味儿。他愿意回避。可是往哪儿避呢?左边。右边。前边。后边。都是"干干净净的上海人"。他想对他们大喊一声,我也是上海人。曾经也是……也是跟你们一样的上海人啊……当然,他没有喊。知道不能喊。他不想让别人把他当一个疯子。神经病。

……实事求是地说,在上火车前,谢平的心绪已经变得很平静了。他已经想通。明白。自己的后半生一定会比谁都过得艰难。跟少文、李爽、雅芳那几个"赤脚朋友"(发小,铁杆儿)比是这样,跟十多万当初一起"豪情万丈奔赴大西北战天斗地"的支边知青比也会是这样。更不要说跟其他那些从未下过乡一直留在上海按部就班地读完大学,后来或留校或进机关研究所,哪怕到工厂里弄生产组去干活的同龄幸运儿比了。对此,他做足了思想准备。

少文早就决定留在垦区往下干。他从北京回垦区不久,就从种种公开半公开或不公开的渠道得知,组织上已经决定把他树为垦区"坚守革命理想信念""坚持扎根边疆"的标杆儿之一,并把他列入"第三梯队"来做重点培养。"可靠情报"还称,有关部门已经正式向上打报告,要把他从目前的二管处武装科副科长位置上破格提拔为师武装处副处长。下一步还会把他放到某农场场长或政委那样正团级的主管岗位上去积累主政的资历和抓经济搞生产的经验。再下一步也一定会按惯例送他到省委党校或中央党校中青班深造。至于再再下一步,也就可想而知。顺理成章了……

而李爽的打算很现实。新政策虽尚未正式公布,但从已获取的可靠消息看,高层认可他们的"知青"身份,认可他们同样享受知青返城待遇,必成"大势"而不可逆。只是像大老徐说的那样,要针对一些不同情况,做些不同的规定。红卫兵知青返城,他们中绝大多数人仍然是单身。基本没家小牵累。情况要单一得多。也好处理得多。但这批"文革"前就来农场支边的城市知青就不一样了。有依然单身的——但少数。绝大多数都已结婚成家。结了婚的又分两种情况。一种,夫妇俩都是从大城市支边来的,当然无法再阻止他(她)一家人回城。另一种像袁雅芳那样的,嫁了或娶了外地汉子或女子,就有点棘手。按当时的户籍政策,外地人是不能随随便便进入像上海北京武汉天津这样的特大城市落户的。即便婚侣一方是大城市的,也有政策限控。有的为求一方能顺利回城,因此离婚。演出不少真真假假的悲剧。继续为爱而保持或维持这种婚姻的,当然就会被挡在城市门外。但这一回上头又"人性化"了:允许该类家庭有一名子女回城落户在爷爷家或姥爷家,或叔叔舅舅阿姨家。李爽跟那位河南籍"一针姐"老护士虽然一直保持着非比寻常的"亲密关系"。但他一直"清醒地""极有远见地"扛住了"一针姐"的软磨硬泡，至今没跟她去登记。"成功"贯彻了所谓的"只跟人上床不跟人领证"的战略方针。在法律上仍保持着自己这"珍贵"的"单身"身份。于是，他"笃定可以按现行政策回上海"。而且父亲和哥哥也已经向他打了包票，"侬下一步在上海的就业问题统统包在我俚两人身上。"李爽相信他俩是"托牢了自己的下巴"做这个保证的。因为老爸是造船厂副总工程师。到德国和苏联去学过造船。打倒"四人帮"以后，"文凭"受到空前重视。迅速提拔了一大批有文凭，又有一定基层工作经验的年轻人进入各级领导班子。像李爽父亲那样的高级知识分子更是受到特别的重视和特殊的优待。就像对待平反复职的高级干部一样，如果要解决子女或家庭里的什么问题，相关部门都会为其开启特别的绿色通道。而李爽的大哥又在区民政局当主任科员。既有这个能力，也有这样那样的关系来实现这个承诺。至于住，更不成问题。家里一直住的是当年祖父留下的一整幢三层楼的新式里弄房。煤（气）卫（生间）齐全。原先他独住的那个房间，在他去了垦区后，空关了一段时间。母亲不让人占用。她有一点迷信。觉得小儿子的房间让人占用了，等于断了小儿子的后路。就永远回不到她身边来了。后来大哥成家给她生了个宝贝孙子。看在宝贝孙子的面子上，才同意把这间房改做了儿童室——就这样，仍然不同意重新粉刷这个房间。她要留着这个念想，等待小儿子回家。现在侄子都要上小学了。大哥外头找定了房子。一家三口都会搬出去住。因此，留给他的不仅是他原先的那一间，连同大哥大嫂的卧室也将重新收拾一番后，会给他做未来的婚房。所以，现在他只想"到家后先放松放松"。到"老西门城隍庙小吃一条街去转转，吃吃开洋葱油拌面和南翔小笼包，尝尝王家沙的鸡肉生煎馒头和豫园春风得月楼有名的素菜包"。然后找个适当的时间再跟父亲和阿哥谈一谈。听听他们对自己的"后半生之路"有什么建议。再做最后打算。老实说，过去自己不太重视这些过来人的想法。十几年过去了。自己也成"过来人"了。才觉悟到过来人的许多人生观念和想法都有一个特点，那就是实用。实惠。实际。尤其是上海这些过来人。他们身上这个讲实惠的特点更突出。更周全。更带有"文化光环"。而这一点，正是自己当初最缺乏又是当前最急需的。他也考虑过，是不是需要再拼他一拼，比如，争取去读一次大学。毕竟这是自己一生最大一个夙愿和至今未了的遗恨。虽然年龄已经不允许他再去读本科，那么，能不能努力一下，直接考个研？考个博？考理科的有点难，考个文科的，还不把掐把拿……当然，父兄也郑重提醒他，如果真要考，也只能考上海本地大学的研究生。折腾小半生，好不容易回到上海这个老巢里来了，就不要再往外走了，去自寻烦恼，再给后半生平添许多沟沟坎坎……

　　轮到谢平说说自己打算时，他仍然是沉默。好长时间后才说了句："我暂时还没打算。"李爽和向少文一开始怎么也不信。不信谢平会对自己的后半生"没打算"。但在听他做了这样一个分析后，两位就不作声了。谢平是这样说的："我当然愿意做一番计划和打算。但是，高层这次新出台的支边知青返城政策，没有对像我这样在运动中出过事、受过刑事处罚的支边知青做出具体规定。是允许我们也返城啊，还是必须继续留在垦区深入'改造'？既然还没发话，没给政策，我本人做啥打算都等于零。所以，等一等吧。如果他们顾得过来，能想到当下还有我们这样一些人需要他们吭个声，发个话，画个杠杠，我想总会给我们一个政策的。给点出路的。"

……那就"等一等"呗。虽然自己家的条件远不能和向少文、李爽相比，但总还能提供一个温暖的角落，让自己静下心来，踏踏实实地睡上几觉。吃吃一直在梦里都想吃的"咸菜肉丝炒毛豆子过过泡饭"吧？没料想到的是，一进家门，就被一个迎面扑来的"巨浪"把他噎得几乎要闭过气去。哪里还容得他再"等一等"。必须立即、马上、赶紧做出某种决定。

先是大妹无比兴奋、无比激动地告诉他，"我们家也有海外关系了"。当时一路没搞到水喝的谢平，(从白杨河开往上海的这趟火车，可能是那个历史时期全中国最拥挤的一趟车了。常年的，别说在过道里，就是座位下、厕所里也都挤满人。要想方便或找口水喝，必须等车到某站，赶紧下车去站台上找地方解决。而要下车，又谈何容易？那就得钻人缝。或干脆从人头上爬出去。所以，一般人但凡能忍的就忍忍。而这一忍就得忍三天四夜啊……)嗓子眼干得冒烟。嚼馍馍直掉末末子。在袁雅芳那边镇街上的老虎灶里喝那几口水也没能解得了渴。一进家门便迫不及待要水喝。但一听大妹这么说，"自己家里也有了海外关系"，一口水刚咽一半，差一点又惊诧万分地喷出。

"啥？海……海外关系？我们家？"他呆住。曾经一段日子，谁家有海外关系都会是一件很"恐怖"的事。即使不会立即受到什么处置，也是个必须得交代明白说说清楚的"政治问题"。即便说清楚了，也一定会在你个人档案里重重注上一笔。谢平的"红近军"在独立师称雄一时，他就曾率领他的战斗队员到许多单位去揪"隐瞒海外关系"的"坏分子"。与世隔绝十来年、刚刚刑满获释的他当然不可能得知现如今这个噩梦般的"海外关系"不仅不算个问题，还成了"香饽饽"。而且上边制定一系列政策提倡并鼓励国人去"攀国外的亲戚熟人"。往回拉投资。办厂子。甚至在最高领导的亲自过问下，开启了和外国人通婚的大门。中央自己也在组织一批高干和有培养前途的优秀中青年干部去国外参观访问。去的还都是最发达的资本主义国家。顶级的帝国主义。而且明确是去"学习取经"的。不是去"挖坑埋葬别人"的。再后来,和欧美交往,门户开放,便成新潮流。新常态。(以至后来发展到相当一批干部把自己做成"裸官"。把妻儿老小和非法所得全都输送到国外。唯独留下自己,继续领导当地的民众去"爱国",去实践"民族复兴"的伟业。这是后话。也是意料之外的副产品。负产品。)

这一切的变化,他当然不知道。也不可能预料得到。

……谢平十岁没了母亲。兄妹四人一直跟着瘦弱多病的父亲长大。父亲没再给他们找继母。不是他不想找,而是找不着。想想也是,谁会愿意给四个不大点的"小毛头"当后母呢?谁又肯给一个身后带着四只"拖油瓶"且又瘦弱多病、脾气不好、并无家产积蓄的男人当填房?而在谢平看来,父亲从来就是一个十分复杂的男人。在外,软弱,窝囊;在家,却又极其刚愎自用,粗暴生硬。邻居们只知道父亲是造船厂的一个老工人,有点小聪明、手艺还过得去,遇事不太求人但人求必应,也不抽烟又不喝酒、老实本分的"好户头"。但在家里,他绝不允许孩子们回嘴。尤其不能忍受谢平跟他顶嘴。常常不等谢平把一句辩解的话说完,一个耳光就已经扇了过来。更甚时,一脚能把谢平踹下楼去。(幸亏谢平家住的这棚户区里所谓的"楼"只有两层,楼层也极矮,一层和一层之间只有那么十一二级楼梯板高。楼梯也不是水泥灌的那种,只是用木板条钉起来的。)十一二岁时,谢平怕这个父亲。十三四岁时,他恨这个父亲。这两年,自己经历了一些坎坷,谢平再回过头去想想才隐隐约约觉出父亲心里憋屈着什么,困扰着什么,纠结着什么,才开始意识到自己并不(有时甚至觉得完全不)了解父亲。待稍稍放低了身段,稍稍回过头来留神注意一下这个被自己一直也不怎么瞧得起的父亲,才恍然觉察到,父亲身上竟有那么多的谜团……比如,早就听父亲说过,他有一个姐姐和哥哥。大姑在天津的一所大学里教数学。大伯当过兵。国民党的兵。据父亲说,大伯死在淞沪抗战的炮火中了。应算作"抗日烈士"。但他从来没听说过他们兄弟和姐弟之间有过什么来往。甚至都不许谢平兄妹几个提一句"大姑和大伯"。为什么?再比如,印象中,母亲去世前,他们一家应该是住在上海另一个地方的一套大房子里的。谢平当然已经说不上来那地方的路名和门牌号了。但依然大概其地记得,好像是在虹口的什么方,对面马路旁有一所不小的中学。在那儿,父亲和母亲有一间单独的卧室。家里的男孩和女孩也是分在两个房间里住的。他记得,在那套房子里,还有一个不小的客厅……大房子里好像还经常响起一阵阵钢琴声。究竟是发自自家客厅里的,还是从隔壁人家传过来的,谢平已经说不准了。但后来怎么会搬到这棚户区来了?搬家的事发生在母亲去世以后。难道和母亲去世有直接的关系?如果有,那是一种什么关系?说到母亲,为什么在母亲去世前后,父亲就像是完全变了一个人似的。这种变化和谢平有直接关系的就是,在母亲去世前,他记得父亲从来没打过他,也不打弟弟妹妹,还很少管过家里的和孩子们的事。相反,倒是长得秀气而端庄的母亲较为严厉,管束他们比较多。家里的事大致上是母亲在拿主意。而在母亲去世后,父亲却一改往常,只用打来管教他们兄妹几个。总是怨气冲天。这又是为什么?更蹊跷的是,从来在外声称文化不高,甚至都不肯到居民读报小组里去替大家读读报的他,却珍藏着一支"原装进口"的美国派克金笔,一本软封面精装的日记本。床底下一只木匣子里据说还藏着一把民国时期姓顾的制壶大师做的紫砂茶壶。相当值钱。那本日记封面上凹印着一小帧套色木刻版的丰子恺漫画。日记本里的钢笔字,是用后来很少再见得到的那种纯蓝墨水写的。字迹流利,娟秀,小巧。一行一行都有点向上斜去的趋势。那字迹和书写习惯,和父亲在母亲几张大照片背面留下的文字几乎完全一样。日记记的都是家常一点琐事。间或也有点自嘲式的幽默趣语。日记记到母亲去世那天戛然而止。好像母亲的去世完全打乱了父亲既定的生命程序似的,也中止了他惯常的生活欲求和期待……那天,谢平的确是有意要翻出这本日记本来仔细看看的。他早就知道有这么一本东西。因为父亲关照过,谁也不许动这本日记,所以他一直没敢看。但那天,他心血来潮了,太想知道父亲母亲到底是怎么样的一个人了,就偷偷从樟木箱子的底里把这本日记本和那支派克金笔翻找了出来。这一举动偏偏让父亲发现了。父亲脸都气青了,问他为什么要偷看这本日记?他知道一顿暴打是肯定躲不过去了,反倒平静,只是说:"爸爸,啥也别问了。你打吧。""你嘴硬?你还嘴硬?!你嘴硬!嘴硬!嘴硬!"父亲一边歇斯底里地吼叫着,一边四五个耳光连连地扇了过来。谢平当场就被打晕。血立马从他的鼻孔和嘴角处喷了出来。邻居们闻声冲上楼,拖起谢平,一边往下走去,一边责备道:"谢家阿爸,就是打拖油瓶也不作兴这样打的。侬看看。侬看看。还是自家亲生的!把小囡打成啥样子了!罪过啊!!"在邻居阿姨的怀里,谢平晕晕乎乎睁开眼,回头看了一眼父亲。这一眼,让他永生难忘:他看到父亲呆站着,脸色灰暗,目光迟钝,嘴角战栗,神情僵硬。从他木然的眼神中透露出来的既不是凶狠,也不是悔恨,更不是无端的不知所措或事发后常见的那种空虚苍白……而是一种茫然和惶恐……眼眶里居然满满地溢动着一股浑浊的泪水……

那天晚上,他告诉父亲,他要报名走了。

父亲呆住了,定定地看了他好大一会儿,突然这么应道:"也好……"

本以为父亲会像惯常的那样，来一次爆发的，却得到一个从来没得到过的平静和"也好"。这反而让谢平有点不适应，不知道该怎么把谈话继续下去了。

父亲闷坐了一会儿，时而抬起头看看他，时而又闷下头去默坐，然后再抬起头来打量他。好像是要从他的神情中确认"要报名走了"这句话的真实性和真正含义。

几分钟后，父亲突然起身向楼下走去。走到楼梯口才站住脚，回转身来又定定地看着谢平问："侬是不是不想在这个家里再待下去了才要报名去种田的？"

"侬低估我了。"谢平回答道。

父亲翻起软塌塌的眼皮，直视着谢平，用从来没有过的急迫的口气再问："侬是想独闯天下？"

"侬又高估我了。"

谢平这两句不温不火、含义又不明不白的回答，着实让父亲一时理不清他的头绪。父亲再次认真打量了一眼谢平，一猫腰一转身便径直下楼去了。父亲第一次在这种耳不顺的情况下没冲上来，用巴掌结束父子之间的对话，反倒让谢平有点忐忑了，因为他听见父亲的脚步声从小弄堂破碎的水泥地面上哒哒传出，是一直向大弄堂口响过去的。父亲到天黑后很久才踽踽地回来。大妹妹早做得了晚饭。谢平和弟妹们端坐在饭桌前，谁都没动筷子，只是等着父亲。

"吃饭。"父亲一边吩咐，一边先自端起了饭碗。吃罢饭，父亲对兄妹几个说："都别走。我有话要讲。"

谢平觉得父亲主要是要解决他"走"的问题，便对弟妹们说："你们都上阁楼上去。"

谢家统共十三平方米。就一间。母亲死后，父亲完全不能应付这一家的日常生活运转，就请了个娘姨（女佣）。那时候他们家早已经从虹口公寓楼里搬到这个棚户区来了。上海人家里请的女佣都是要吃住在雇主家的。那时候还没有"钟点工"这一说。那位苏北女佣到家来没做十天就回绝了谢家这份活儿。她心想，一共十几平方米的鸽子窝，连你们自家人都伸不开腿脚，还请啥用人？她觉得这家人实在有点可笑。后来，大妹妹大了，即使打地铺，让她跟几个"男人"挤在一起也觉得"老方便的"。父亲就请厂里工友帮忙，自家出了点材料费，在本来就很低矮的房间里又搭了个小阁楼。两个妹妹为此就有了她们"专用的女生房间"了。只不过那个阁楼上绝对直不起腰。只能佝偻着身子爬上去，赶紧平躺下来。就这样，两个妹妹依然高兴得要命，向看守公用电话的宁波老伯伯要了两本旧的《人民画报》，剪剪贴贴，用大妹妹的话来说，把这间"女生房间"布置得"跟仙女住的地方一样了"。

虽然让弟弟妹妹回避到阁楼上仍然免不了让他们听到他和父亲之间的对话，但他们不在自己眼前毕竟会减去不少阻碍他畅所欲言的心理障碍。他觉得今天晚上，他必须把十几年来，尤其是近两三年来一直憋在心里不敢跟父亲说的话，特别是这一段时间以来，自己对今后一生的设想、打算通通倒出来。也要明确对父亲说，你这样的活法是不行的。他不可能再像父亲那样活一辈子。他怕自己一下子在父亲面前说这么多的话，这么重的话，会吓着弟弟妹妹，所以觉得还是把他们支到阁楼上去的好。没想到，父亲说："谁也别走。都坐着。我有话要对你们大家讲。"

那天，父亲最后只跟全家人说了一句话："你们都竖起耳朵给我听好了。我晓得你们都看不起我这个当阿爸的。特别是你谢平。你恨我。"

谢平忙否认："我没有……"

父亲冷笑:"有没有自己心里有数。"然后又说道,"有本事跨出这个门槛。好。有气派。不过话要讲清楚,不要在外头混几年,最后又灰毛落脱地溜回来。我不收这种落脚货!(废品,次品。)"

现在他"灰毛落脱"地回来了。推开家门知道的第一件事居然是这样一个父亲多年来居然"成功"地隐瞒了一个"海外关系"!这个"海外关系"居然还是被他声称早已在抗日战场上阵亡了的大伯。他自己的那个亲哥。据说这个大伯当时并没有"阵亡"。后来跟着老蒋去了台湾。后来又去了加拿大开餐馆。当老板。不止开一家餐馆。现在还相当有钱。更"可恨可耻"的是,他已经放弃了中国国籍。在人家的国旗下,向人家的宪法宣誓,要忠诚于人家的信条。变成了地道的"外国人"。

父亲这么一个人他怎么会、怎么敢、又怎么会有如此的"能耐"隐瞒住了所有这一切? 直到今天。

他?!

要知道他是个老工人啊。我们社会的根基。中坚力量啊。

谢平足足有好几分钟说不出话来。白痴般地看看大妹。再看看在一旁稳坐不语的父亲。

"这有啥稀奇的啦?"半倚半靠紧挨父亲站着的大妹看他一副傻不愣登的模样,得意兮兮地笑,并替父亲轻轻拍去散落在他肩膀头上的头皮屑,说,"据说阿爸厂里的党委副书记最近透露,他也有海外关系。在申请出国探亲。这才是正常现象。古今中外啥地方的水会有那么清的? 水混才好养鱼嘛。好了好了。不讲这些闲话了。说点自己家里眼前这点实际的事。阿爸要去香港看大伯,(由于当时和加拿大还没有建立外交关系。父亲和大伯只能约到香港见面,并已经办妥一切手续。)

总归要带点见面礼去。这见面礼也不能太寒酸。我们再穷也不能让大伯看不起。现在的问题是，家里没有多少积蓄。这一点大家都是晓得的。阿爸的意思是，把床底下藏了多少年的那把民国顾大师做的宜兴紫砂茶壶带去。我觉得，就带这么一把茶壶，好像还缺点啥。所以说，谁手里有私房钱，先拿点出来。凑一凑。从长远考虑，搞好大伯这个关系，将来对我们所有的人都有好处。这也是一种投资嘛。你们说对不对啦？"

接下来的几天里，谢平看到的听到的事情让他觉得更加难以理解。小弄堂和父亲厂里的人对父亲的态度居然因此也会发生巨大变化。过去弄堂里的人大多数并不把谢平父亲当一回事。现在不了。起码有一点让谢平感觉明显：过去见面总是父亲先向别人打招呼，现在往往是别人抢着先过来向父亲打招呼。厂里的人变化更大。父亲从来很少请假。偶尔有个头痛脑热伤风咳嗽，能熬，总是熬过去。免得被扣了病假工资。毕竟家里这一大摊开销全都靠他这点工资。实在熬不过去了，非得要请个病假，也一定得他亲自到厂医护室量个体温看个舌苔搭个脉搏，才开得出病假条。而且厂医护室那个王医生往往还要让父亲跑个两三趟，才肯开出这张病假条。现在不需要了，只要去说一声，甚至打个电话过去，病假条照开病假照准。同等享受生产大组长和车间主任一级的待遇。发薪水时，厂里总会有那样的热心人主动帮父亲到财务科领出来。到这条像盲肠一样大的小弄堂里来交到"谢师傅"手里。还会百倍诚恳地劝"谢师傅"："侬怎么还住在这种'下只角'小弄堂里啦？可以搬个地方哉。到大马路那边租两间煤卫俱全的洋房享享清福哉！啥辰光搬，尽管开口。兄弟我一定过来搭把手。不要客气咯。"如此这般。等等等等。

又过了几天，一个下午，大妹和父亲接了大伯从加拿大打过来的一个长途电话。谢平发现他俩脸色骤变。躲着全家人在弄堂口小便池那道砖墙背后的老桑树底下小声窃议了好大一忽儿。第二天一早,小弟小妹上班走了,谢平刚要拎起煤球炉子到弄堂口去生火——从回到上海那天起,起早生煤球炉这活儿就归谢平了。大妹忙拦下谢平,把他叫到楼上。阿爸已经泡好一壶铁观音。过去他只喝绿茶。绿茶中够等级的喝不起,即便喝高末——就是茶叶碎屑子,他也要喝杭州无锡一带茶山上出产的。或者就喝黄山那边的炒青。这点讲究他还一直保持着。有一度他为了给家里省钱,想戒掉这个"嗜好"。母亲说:"算啦。你一辈子不吃老酒不抽香烟,就这一点点爱好,再戒掉了就不要做男人了。家里再缺钞票,也不缺你这点茶叶末子钞票。"这两年上海时兴刮日韩港台风。许多人也跟着喝起港台热门的工夫茶。铁观音。后来还炒作云南的"普洱"。湖南的"黑茶"。说得花好桃好。谢平喝下来,这些动辄数千元一斤的"珍品"无非和大西北牧民们天天在帐篷里喝的最普通的砖茶"一个鸟样"。父亲很长一段时间仍坚持喝绿茶末子。只在知道大伯要在香港跟他见面,突然间也改行"闽台风",喝起铁观音了。但家里的那把茶壶毕竟有了年头。壶盖和壶嘴处都有缺损或裂纹。破裂处被铁观音浓烈乌红的茶汤茶垢洇浸,生成黑色的一些细纹。它们无规则随心所欲漫延。游蛇似的进入细白瓷面和斗彩花鸟丛中。"呈现一种后现代意味的形式感"。大概也能让那些提倡"无意识之意识流"的有心者感喟把玩一番。

"阿爸,侬叫我?"其实谢平一向对父亲恭敬。因为生煤球炉的技术还不太熟练,难免要沾些煤灰。说话时顺便在脸盆里洗了洗手,又抄起挂在门口两根竹钉子上的小毛巾擦了擦。这洗手的习惯原先就有。但这十多年在生产连队、在戈壁滩、在矿井深处,不再讲究了。回上海后的这几天里才开始一点点在恢复各种"文明"习惯。比如吃饭时再不会把鱼刺肉骨头随意往地板上吐。"老阿哥,看看清爽,这里是木头地板,不是你农场里的烂泥地!"大妹笑啐过他多回,纠正过他多回。

父亲一手捧着那把茶壶,向身旁一张方板凳努了努嘴,示意他坐下。

前面说过,谢平父亲这个船厂老木工这一辈子跟谁都唯唯诺诺不说一句硬话大话,总是逆来顺受,(也许正因为如此,别人才不会怀疑他这么个"窝囊的落脚货"还会有什么海外关系。即便开展清查,也不会把他列入待查名单。)但他对谢平这个大儿子却严酷、精算得不近人情。其实谢平这孩子起小聪明伶俐,又特别有主见。学习成绩也好。因为特别有主见,常常不肯完全顺着老师和辅导员,不会"贴"着他们。所以入队入团都比同班同学晚。但不管是在初中还是高中阶段,年级的大队干部、学生会正副职主席,还有团委的学生干部都愿意找他一起复习功课。考试结束,也愿意找他对答案。他身边不仅总会有一帮全校最出色的同学说这说那,身后还会有一帮全校最调皮捣蛋的差生跟着起哄。就这么一个在外头风光无限的孩子,偏偏一到父亲跟前,就完全蔫了。变得服服帖帖。唯命是从。这也让邻居们大跌眼镜。知道内情的会感慨这孩子懂事。不知道的会觉得他"心理分裂"。变异。外强中干。其实谢平之所以对父亲时时处处"逆来顺受",全在于他觉得父亲活得太不容易。母亲走后,一个大男人就凭那一份木工工资带大他们兄妹四人,实在不是每一个男人都做得到的。但谢平偏偏犯了自己一生最大的最不该犯的一个错误——高中毕业时被查出肺结核。被取消高考资格。必须休学治疗。要知道他母亲就是因为肺结核死的。几十年前,肺结核在中国被称作"肺痨"。是个不治之症。等同于今天的癌症。"谈痨色变"。而且治疗肺结核的高昂费用对任何一个底层家庭来说绝对是一场消受不起的经济灾难。有母亲的遭遇,这一家人当然比谁都懂,一个家庭一旦有人得了肺结核对他(她)本人对这个家庭都意味着什么。拿到体检报告,他以为父亲又会因为他这个天大的"错误"会痛打他一顿。他不敢马上回家。一直熬到深夜。才悄悄摸进房间。没想到父亲还在等他。小弟小妹已经睡了。大妹还陪着父亲。看情况,父亲已经知道这个消息了(弄堂里有同校同年级的同学)。他像一个被抓了现行的小偷似的不敢抬头看父亲一眼。过了好一忽儿,才嗫嚅地把体检报告递到父亲手里。父亲不想惊醒睡熟了的小弟小妹。没开灯。只是凭着窗外路灯那点弱光,仔仔细细反反复复看了好几遍。一遍又一遍地看着。好像在看一份追债的"最后通牒"。或"死刑判决书"。父亲放下体检报告。谢平本能地往后倒退半步——等着父亲用他惯常的方式来教训他。但这一回他又一次"失算"了。父亲没有因为"做儿子的让他这个做父亲的如此失望"而用力把他踹翻在地。父亲突然垂下了头,双手捂住了脸,默默地默默地呜咽起来。像一个赌徒突然输光了全部血本。像一个船东带着满船的财宝历经磨难,在到达港口前的最后一刻遭遇风暴翻了船。也像一个妓女把积攒一生的卖身钱偷偷交给一个意中人,寄希望于他能帮自己赎身。但这个意中人拿了这钱却扔下她跑了……是的,谢平明白,父亲这一回"赌输"了。这么多年,父亲也是在进行一场"赌博"。他赌的是自己这个大儿子谢平。他把自己和这个家一切希望都押在了这个大儿子身上。他要他出人头地。他不许他在任何一方面有任何一点差错。他无法忍受他有一点"不争气""不如人"。他没有别的管教方法。一方面"狡黠"地利用自己制造的"软弱假象"在别人那儿博取怜悯同情,哪怕是对他"不屑一顾",以便使他们不去计较自己这个家,能够宽谅自己和自己的这个大儿子谢平种种不到之处。也期望因为有这种同情和怜悯,他们会在某些个关节之处帮帮自己的大儿子谢平。另一方面,就是严厉。甚至严酷。

绝不放过儿子任何一点瑕疵。因为妻子临终前，用冰冷的手死死抓住他曾说过这样一句话是："谢……谢平是个有出息的小囡……你一定要……一定要……一定要管好他……"对这样一个老工人来说，"管好"的含义，自然只能是"拳头"加"耳光"。但这样一个儿子今天偏偏也得了肺结核，得了他妈妈因此撒手不管他和这个家而去的"不治之症"。这对于这样一个老工人来说，等于是站在了悬崖上又一次一脚踩空了……

命啊……

泪水从父亲指缝间涌出。这时的谢平真的非常内疚，而且是非常非常非常的内疚。当时真想直接从窗口跳下去算了——如果他家住的是国际饭店二十四层顶楼，他就跳了。可惜不是……从"下只角"这么低矮的二楼跳下去，连脚都不会崴一下。情急时，为逃避父亲的殴打，他不止一次这么尝试过。

谢平为治疗肺结核不得不休学。要吃药。一般情况下，短则起码要服一年的药；长的话，就很难说了，两三年三四年，甚至一辈子捧着个药罐子都有可能。最后像他妈妈那样，终于还是因为肺上烂出许多空洞，吐血不止，而奄奄一息走了的，也并非个例。但谢平却只吃了三四个月就停药了。不是他的病灶已经钙化好转。而是他自己不愿意再吃下去。他觉得自己不能再让这个家这个父亲为他承受这么沉重的经济负担。那时候专治肺结核的特效药，如异烟肼、利福平等，现在很容易得到，价钱也很便宜。甚至国家会免费提供。但当时不行。即使后来已经不像当年母亲得病时那样，必须从香港等地进口，但价钱仍然很贵。他得寻求别的办法。哪怕是"恶治"——为了自己的一生，也为了让这个家尽快摆脱由他的病所面临的厄运。他认真读了伟大领袖毛主席的《矛盾论》和《实践论》。毛主席教导说，万物变化均以内因为主，外因为辅。要想治病,首先得"既来之则安之"。战略上要藐视这个"敌人"。在战术上,突破口就在提高人体自身免疫力。围而歼之。又不知他从哪本"神仙书"上看到,洗冷水澡能提高自身"免疫力"。(好像是从车尔尼雪夫斯基的《怎么办?》中得到的启发。但书里是说一群贵族青年立志推翻沙皇专制统治,为了迎接日后革命生涯中必将遭遇的残酷考验,决心从当下就开始磨炼自己的"革命意志",即使生活在最华美的贵族之家,也逼自己吃最差的饭食。睡最简陋的硬板床。在俄罗斯零下几十度的冬天,也只许自己盖一张薄薄的毛毯,还在床单下面放上一层鹅卵石,增加"痛苦"。并且在那样的严冬里洗冷水澡……)也不知道怎么搞的,谢平因此得出结论:革命意志、体格和免疫力的增长是成正比关系的。小弄堂里的自来水管铺得简陋,都裸露在外。即便在江南那样算不得严酷的冬天里也上冻。但街道办事处机关就不一样。它设在一幢带花园的小洋楼里。那里的水管冻不住。他便利用自己在街道团委帮工的方便,每天赶在街道干部上班前去洋楼里洗冷水澡。办事处那帮机关干部一上楼听他在卫生间冷水龙头下洗得稀里哗啦响,便浑身直打寒战,鸡皮疙瘩恨不能掉一地。就这样坚持了一冬一春。到第二年夏,奇迹果然出现了:他的肺结核居然从"带有高度传染性扩散性的浸润期"好转到不带传染性、病灶正在钙化的"静止期"。后来他下那么大的决心,放弃重新获得的高考资格去大西北垦区支边,当然和在"哲学研习会"中所获得的那些立志改造中国改造世界的理念有相当大的关系,甚至要说起了决定性作用,但不能说就没有一点世俗考虑——为了减轻父亲一人养家的压力。当时街道办事处从被批准去大西北支边的青年中,选择一些比较优秀、家庭经济状况又特别困难的,每人给了一百元补助。让他们买点衣物,以充实行装。谢平行前把这一百元留在了父亲的枕头底下,还留了这样一张字条。上边写道:

爸爸：

　　请原谅我没听您的话，还是走了。这是我第一次做出的、希望
也是最后一次所做的不听话的决定。我现在要说的是：我必须走，
也只能走。这是时代对我们这一代人的要求。为了革命。为了中
国。也为了全人类。我必须遵循它的召唤。弟妹们也将长大。我
想您和弟妹们将来总有一天会理解我现在这个行动。

　　今后还望多加保重。这一百元请您收下。它绝非不当所得。
请相信您这个不听话的儿子。

　　　　　　　　　　　　　　　　　　　　　　谨此致以

最崇高的革命敬礼

　　　　　　　　　　　　　　儿　谢平　于即日

　　后来谢平才得知，那天大伯在长途电话里主要说了一件事：希望谢
平父子俩一起到香港去见他。"要我去？为啥？"谢平对此完全"蒙圈
儿"——即便真需要有个人陪阿爸去香港，这个人也不该是他。应该是
大妹，或小弟。以他目前这个境况，他有什么资格、有什么"本钱"，代表
谢家的第二代和父亲一起去看望大伯？他看看父亲，又看看大妹，寻求
答案。

　　"这是你大伯要求的嘛。"父亲闷闷地说道。他当然希望由大妹陪
着去。一路上也好照顾他的起居。在他眼里，大妹头路子（脑子）活
络。会办事。由她陪着，他要省不少劲。而谢平在他看来，在农场待了
十来年，"越活越迟钝了，甚至都有点木嘎嘎了"。一路上怕是不仅照顾
不到他，反过来还要他这个当阿爸的来照顾这个儿子才行。唉……

　　"是大伯指名道姓要你去的。"大妹补充。

"指名道姓要我去？为……为啥？"谢平更搞不懂了。

"大伯在电话里没有仔细解释。我和阿爸猜，他这趟来煞不及（这么着急）提出要见你和阿爸，恐怕主要还是为了他自己的后事……"

"他的后事？他怎么了？"谢平愣怔了一下，问。

"这些年他身体老不好的，已经住过好几趟医院，还被抢救过一两趟。肯定想到了自己这份遗产的继承问题。大伯当年跟老蒋去台湾。后来移民加拿大。前后好像结过两三趟婚。缺门的是，这两三个老婆都没帮他生出个小囡来。他跟她们离婚，好像也都是因为这个缘故。但我和阿爸估计，生不出小囡，应该是大伯他本人的问题，跟人家女方没啥关系。要不然，也不会三个女人的肚皮都这么不争气，都生不出小囡。总是打仗的时候伤着他啥致命的地方了。这次突然提出要你跟阿爸一起去香港，我和阿爸猜，他是想托孤了……"

"托孤？"

"托孤都不懂？亏你过去还看过那么多书！就是想把自己身后这点事托给你了。"

"托……托孤的原意……好……好像是把自己的小囡，也就是自己死后成为孤儿的那个小孩，托给可靠的人……"谢平故意吞吞吐吐。不想让大妹觉得他在她面前掉书袋。卖弄。

"哎呀，你就不要跟我瞎订正了。多少年过去了，还喜欢跟人咬文嚼字瞎订正，有意思吗？"大妹白他一眼，又说道，"你想嘛，老人家无后，总不能把这么大一笔家产带到棺材里去。也不能就这样扔在外国，白白地便宜了那些外国赤佬。对哦？至于为啥一定要你去，这也好理解。老伯伯虽然在国外生活了这么多年，过着老现代化的高档日子。但思想深处恐怕还是中国老封建老脑筋那一套，随便怎么样，总归还是想把家产留给自己谢家人。"

"你不是也姓谢吗?"谢平补充。

"你怎么连这一点门道都不懂?"大妹不屑地撇了撇嘴,"我虽然姓谢,但将来我总归要嫁出去的嘛。我生的小囡就不会姓谢了。遗产交给我,将来还是会落到外姓人手里。大伯就是不愿意看到这个结局嘛。"大妹并不隐瞒她此刻的沮丧和失落,叹道,"我要是男小孩,还用你讲?唉……"

"不是还有小弟吗……我……"谢平一时间没有"我"下去。但父亲和大妹都懂他的意思。他是想说,自己毕竟是吃过官司坐过牢的人。让他出国去接管这么大一笔遗产无论怎么说也不合适。接下来,父亲解释的理由着实又让谢平吃了一大惊。让他进一步感受到自己这些年来的确与世隔绝得有点耳聋目瞽,跟不上世道的变化了。父亲说:"你啊,还是拎不清。外头的情况不是你想象的那样。我和你大妹分析,大伯看中你的可能偏偏还就是你在大陆吃过官司坐过牢这点经历。他们这种人在国外待的时间长了,接受国外反共宣传,可能觉得凡是在大陆吃过官司坐过牢的人,都是受政府迫害的。对于他们来讲可能反而是信得过、更可靠的人。"

"是啊,要不然,他为啥会突然间提出要你去香港呢?"大妹忿忿。

父亲接着解释:"大伯在电话里还讲到,你当年有那么大勇气和决心去大西北开荒,实在是不容易。像你这样能吃得起苦,还愿意吃这么多苦的年轻人,现在就是在加拿大美国也不多见了。他希望我们无论如何也要说服你跑一趟香港,让他亲眼看看你。"

"他是想当面考察你哩。老慎重的哦。看样子他留下来的家产不是一点点哦!"大妹又补充道。

在父亲和大妹看来,自己的后半生能被这样一个有钱的亲戚托住,谢平应该大喜过望。应该感激涕零。有所表示。但谢平却偏偏还是沉默,过了好大一忽儿才讷讷地问:"如果要去香港,啥时候动身?"态度还是犹豫。迟疑。"别的都没啥了,就看护照和签证啥时候能办得下来。"大妹解释。"哦……"谢平不咸不淡不轻不重地应了一声。含意仍不明。他这一刻之所以持这样一种"不咸不淡含意不明"的态度,在大妹看来恐怕还是因为自卑——他可能觉得自己刚刑满释放,以这种身份去办出境手续恐怕比登天还难。(那天在电话里,大妹向大伯也申述了这个困难,希望大伯重新考虑一个人选。但大伯执意要谢平去,还说他会通过其他关系和门路,甚至包括去请中国驻加拿大使馆出面帮谢平办理出境手续。大妹才停止了争辩。)其实,大妹用"自卑"两字界定她这位大哥此刻的心态并不准确。要精准地说,应该是"自省"。谢平确实通过"自省",意识到以自己当下这个身份去办护照的难度。所以,那天临了还是恳请父亲给他一两天时间"考虑考虑"。父亲一听就火冒三丈,这么好的事你还要考虑?真把自己这两斤放在三斤里跷哩!刚瞪起眼睛要训斥,却被大妹一把拦住。大妹觉得自己这位老阿哥也三十出点头了,又刚刚刑满释放从垦区回来,无论如何也要给他一点面子,让他增加一点生活的自信。再说了,大伯那边还需要他去"搭桥"。假如真的把他闹毛闹翻彻底搞僵,他硬碰硬地就是不去香港见大伯,你又能把他怎样?说一千道一万,眼前最重要的毕竟还是让他出去把大伯这笔巨额遗产弄回上海。这才是真生活(最正经、最关键、最重要的事)。

　　这一天晚饭,大妹虽然做了平时不大舍得做的油煎烤仔鱼和红焖蹄髈,还烧了一大碗冬瓜扁尖豆片汤。可一家人还是吃得不开心。不那么舒畅。

　　后来谢平想去找少文和李爽商量这事。但少文没回上海。据说跟着主管武装工作的副师长,带了几个武装连去搞冬季拉练了。李爽家的老阿姨(佣工)则告诉他,"阿伲头"(李爽在家排行老二。上海话把"二"念作"伲"。"阿伲头"的意思就是"老二")躲到乡下去"温课迎考"了。

"温课?他温啥课?"

"这个嘛,我就不晓得了。"老阿姨故意回避。

"他在哪个乡下?"谢平再问。

"哦……这个……我就更加弄不清他了……"老阿姨略显尴尬地笑笑。显然是事先被告诫了轻易别跟任何人透露"阿伲头"的确切去处,避免让人无端去干扰他温课迎考。"不过,侬要是有啥紧要事情,可以留张条子下来。"老阿姨一边说一边拿出一本硬壳拍纸簿和一支圆珠笔递给谢平。圆珠笔笔帽上有一根细细的玻璃丝绳,把笔和拍纸簿连在了一起。看得出都是事先备下的。当时在国内还鲜见所谓的"圆珠笔"。纯是稀罕物。它应该是李爽他爸出国考察时带回来的。那忽儿一些有机会出国的人,口袋里还不会有多少外币。但又不能不带一些礼物回来"孝敬亲戚朋友同事和上级领导"。最可行的办法就是带一大把花费不多,但在国内还买不到的圆珠笔回来打点各种关系。既便宜又体面。"面子"和"里子"全都照顾到了。

"不用了不用了。侬只要告诉他,白杨河垦区的谢平来过了就可以了。麻烦侬了。"谢平放下笔和拍纸簿,笑笑转身走了。心里多少还是有些失落。看来向、李二位的生活都已经有了着落。而且是漂漂亮亮地软着陆了。都上了正轨。开始他们一轮新的"挣扎"(奋斗)。自己呢?

是啊,自己呢?

自己还能去找谁商量?

找过去认识的街道团委或团区委的干部？他们会接待我吗？还记得我吗？即便记得,还愿意理睬现在这个坐过牢的谢平吗？

或者,去找应奋？应姐？

但他在小弄堂口的路灯下犹犹豫豫地转了两圈之后,还是没去。回到上海后的这些日子里,已经不是头一回这样想见应奋。又犹豫。他觉得自己从来就不是一个干事犹豫不决的人。绝对能当机立断。但这一回就是犹豫。而且犹豫犹豫再犹豫。不决不决再不决。最后还是打消了这个念头。这里的原因有点复杂。但说起来也很简单。

因为……因为他曾经结识过一个小丫头。十六七岁吧。后来跟她还发生了"不该发生的"那种关系。

大圆苍苍。大方茫茫。
何时再见大雪的无痕

她叫小满。

凭良心说,这档事儿完全是这个小满丫头占的主动。

小丫头原先是独立师二管处子女校学生。个儿不高。圆圆脸。扎两根翘翘的马尾辫。那时刚从河南农村转学过来。发育挺早。心挺单纯。见人只会腼腆地笑。眼睛却特别明亮。后来也跟着她们的老师和高年级的同学一起参加了谢平的"红近军"战斗队。"红近军"中光二管处子女校的学生就有五六百。而且还都是特别能冲能拼的那一类。那时候的谢平,作为"红近军"的一号勤务员,指挥万余名战斗队员,根本没那个可能注意到这几百名二管处子女校的学生战斗队员中还有这么一个"小鸡娃子"。何况还是个"女娃子"。再说，他的心思也没往那个方向用。说白了就是，虽然已经是一个十八九岁发育中的成人了，却不谙"人事"。那个年代，多数青年在性事方面都比较晚熟。（要是早熟一点，同时又有所流露，就会被人说成是骚婆子或小流氓。）并不像后来王小波在小说里写的那样，一帮年轻人整天无事一般都在寻思着搞男女关系。当然，像谢平那样完全不谙"人事"和"情事"的，也只属个别。说一件现在想起来让人特别可乐甚至都有点不可思议的事。因为向少文当时在零三连当副指导员，得经常去管理处武装科办事。于是谢平也跟着去武装科。心想把关系搞熟了，能争取这些武装人员对自己"红近军"的支持。这么就认识了武装科科长的老婆尹桂芹。科长四十六七。桂芹才三十一二。桂芹虽然已经在发胖，但酒窝却依然很深。即使已生过三胎，却依然喜欢和科里那些年轻的参谋干事说说笑笑。打打闹闹。也挺喜欢谢平。说他眼神清亮。干净。眉目间有股"招人"的清气。有一回谢平在武装科借阅《解放军报》的合订本——伟大领袖毛主席当时说他只看两种报，《人民日报》和《解放军报》。他们也想看。但那忽儿，军报不是随便什么人都能订得到的。就像《参考消息》一样。谢平每隔十天八天就去武装科或零三连看一回。有时为了撰写什么长篇驳论性的大字报，还会像那天那样，借上一期合订本，查阅近期以来发表过的重要社论。那天武装科办公室里只有他自己。参谋干事们在科长屋里开会。桂芹便端着一盘刚炒得的带壳花生来找谢平。按规定，武装科在运动中不能带派性。对待各派群众组织都得一碗水端平。只许"坚定地"捍卫毛主席革命路线。但科长老婆是群众。还特别关心政治。她有派性。她讨厌朱留长的"革造总"。因为"革造总"支持"原党委"那些"老人"。她比较支持谢平的"红近军"。是因为"红近军"

力主打倒这些"老人"。她听说打倒苏楚海和林辅生以后,会由垦区武装系统来接管整个旧党委系统。在管理处,就会由武装科来接管处党委。她那个现任武装科科长的老公就可能顶着管理处政委这个角色,统管全管理处七个农场。还有一层关系,便是她比较喜欢谢平这个"小嘎娃子"。所以,只要见着谢平,她总是特别热乎。那天,她把那盘花生往办公桌上一搁,就站在谢平面前,一边毕毕剥剥剥着花生往嘴里扔,一边听谢平分析独立师和二管处运动下一步的发展趋势。听着听着,有意无意地屈起一条腿,把它轻轻搁在了谢平的腿面上。据她自己后来笑着跟科里那些"臭参谋烂干事"们说,谢平平日里总是一副油盐不进的假正经模样。她就是存心要试试这个"小革命家"的"正经"里头到底有几分真。办公室里又没其他人。初春的阳光艰难地透过被旧报纸糊起来的窗户,(随着运动深入,半夜三更的,总有一些莫名其妙的人在武装科窗外晃动。科长下令用旧报纸把窗户全糊上了)已经在室内布置妥了一种暧昧气氛。桂芹还不时暗自用眼神撩拨谢平。"这小子咋样?"那些参谋干事迫不及待地追问。"嗨,你说这小子,就没把我这条腿当女人的腿。可能也根本没把我当女人。整整一二十分钟吧,继续……继续……""继续咋了?""妈的,继续一本正经跟我分析当前的革命大好形势。哈哈哈哈……"若干年后武装科的这几位同志和小尹遇见谢平,再跟他说起此事,谢平脸红了。"我当时真没想到你小尹会有那么坏。"他笑着这么圆场。那忽儿,几乎所有的人都把这位科长太太称"小尹"。包括比她小十来岁的谢平。

再回过头来说小满和谢平。这样就可以理解,在很长一段时间谢平为什么不会关注到这个小丫头了。后来谢平被隔离审查。小丫头老去荒原上看望谢平。给他带奶疙瘩。用小布口袋装起。有时候还拿某一位"老叔"的空酒瓶带多半瓶酸马奶过来。时不时替他把脏被单洗了,摊在地窝子外边的沙枣树上晾晒。甚至替他缝补破得不能再破了的内裤。还挺认真地跟他说那种话:"谢平,我们一定要坚定地战斗到底。我那大姨和三叔一定有能耐帮你解决问题的。你腈等着好了……"小丫头喜欢在各种各样的人面前摆谱,说她在垦区有这样那样的"姨""叔""伯""舅"多么"有权势"。后来才知道,其实她啥也没有。本身就是一个"孤儿"。是从河南老家投奔一个用八竿子够也够不着的远房姑奶奶来的。这个远房姑奶奶倒是一个"官",当年从河南支边来垦区,现如今在一个作业站畜牧队当羊群组长。管着好几百只改良品种的长绒细毛羊。小丫头之所以这么"摆谱",据她后来向谢平"坦白",也是以防有人"侵害"她。毕竟自己在垦区举目无亲。拉虎皮当大旗。威武自个儿。吓阻别个儿有歹心的。但,话还是要说回来,小丫头还是有点能耐的。后来,谢平去了红山煤矿。小丫头居然有心也有本事找关系把她自己也办到了矿上,在电话总机房做了接线员。这时,两人虽然仍抬头不见低头见,但她已不可以随便给他送吃的,更不能替他洗洗涮涮了。劳改队毕竟有劳改队的规矩。一直到他被调到井上,被委以管理图书室和广播站的"重任",小丫头才得着机会不时凑到他跟前去。他多次警告她,"你应该跟我划清界限"。她嬉皮笑脸,说:"我不管。我是来看书看画报的。又没说是来看你的。咋的啦,这儿的画报我不能看?谁规定的?!"后来的那几年里,小丫头蹿个儿。齐谢平肩膀头了。脸还是圆圆的。继续红扑扑。因为在总机房工作,一天也晒不着太阳,脸变得粉嫩粉嫩。但河南农村姑娘那股泼辣憨实劲儿却更足。上身老穿一件旧黄军衣。下身还是一条黑布缅裆裤。系一条不知从谁那儿搞到的军用皮带。再加一双系带子的圆口千层底黑布鞋。裤管儿又肥又长又宽大,一直耷拉到脚背。因为谢平有一回随口对她说过这么一句话:"你的脚型好,穿双白线袜肯定好看。"她就老穿白线袜。即便补了又补。仍接着穿。脑袋上老是扎两把马尾揪。一走一颠一晃悠。这时谢平已尽量不去联想应姐。觉得自己不可能再回上海。也不可能再见到应奋了。当小丫头故意那样地贴近他,故意让他感觉到她身体的那种柔软。那种饱满。温热。从发际和脖梗间散发出那股重重的体息。他会惊慌。震颤。心跳勃然加剧。有时候甚至都会有点晕眩——他会告诉自己,这并非因为自己意志不坚而泛滥起"资产阶级腐朽思想"而"心猿意马"之故。多一半跟营养不良和过度劳累有关。他因此会赶紧闭上眼。放缓呼吸。或者索性改用腹式。深呼吸。再深呼吸。一下。一下。又一下,让自己得以慢慢平静。可是真的平静下来那一刻,那瞬间,眼前又会隐隐约约地浮起应奋的剪影。一片薄薄的,仿佛在雾里飘动的,忽远忽近的海市蜃楼般的……洇染出一丝不知所措……还有那种无所适从的怅然……

有时他会突然追问:应奋姐,你……我……我们这辈子真的再见不成了?

事情的转折发生在那年初春。矿上改造电话线路,要把原先因陋就简使用的十四号粗铁丝全更换成皮线。肯定是个大工程。更是苦活儿累活儿受罪的活儿。走戈壁。窜荒野。风餐露宿。日晒雨淋是常事。总机房人手不够。便让队里派几个劳改员去帮工。那可是在野外放单飞。还没有警卫二十四小时跟着。盯着。必须得挑踏实可靠又肯干的。小丫头趁机点名要了谢平。派谢平,队上和矿上都放心。那天活儿干到肯八里沟。那是条干涸了几百上千年或几万年的古河道。岸壁陡峭。沟底总有一二百米宽。向阳处泉水叮咚。水杞柳已然泛青。苇子芽的嫩尖尖猩红。背阴地里却还积存残冰剩雪。近处的旱獭窝和远处的狐狸洞都隐约可见。林间也总有成群结队的白嘴鸦在傍晚时聒噪。起落。天擦黑时分，小丫头说："歇了。做饭。"谢平说："天色还早，应该能再干一忽儿吧？"小丫头说："啥应该不应该，听我的还是听你的？"谢平只得收工。按老例，谢平便起身去捡柴火架火。小丫头利利索索地从背包里掏出一大瓶羊奶。一包冻硬了的白面揪片子。一小罐油泼辣子。两头大蒜。两个紫皮洋葱。谢平感觉中，好像从到红山口以后，已有"八百年"没吃过一口细粮了。队里一日三餐两稀一干，全是苞谷粉。几百人的食堂一日三餐需要使用的苞谷粉数量巨大。而苞谷粉本来湿度就比面粉高。那么大量地堆放储存在高大的木柜里很容易发焐霉变。苞谷粉一发霉就苦。于是一年四季三百六十五天一日三餐几乎天天餐餐在吃这发霉发苦的东西。再加上顿顿盐水煮白菜或咸萝卜疙瘩。不带半点油星星子。可想而知。一旦瞧见小丫头手里那些"惊天食材"，就完全可以理解他为什么眼睛一下子直了。亮了。小心脏更受不了了，必然开始不规律地猛烈撞击胸腔壁。

　　刚才说到，小丫头是个"孤儿"。父母早亡。你要听她自个儿扯，她的来头比天大。不光在垦区，在郑州洛阳省委市政府机关……哪哪都有她的"至亲"。哪哪她都能说得上话。她扯的这些当然没人信。但她确实有那本事，能搞来种种别人搞不到的食材和日常用品。至于她到底是怎么能搞到这些别人搞不来的东西，她只说："给你吃你就吃。有吃的，就是你的福分儿。你管怎些干啥？真是个棒槌货！""棒槌货"是她的口头禅。大概是"一窍不通"和"死脑瓜"的代名词。

　　吃完饭，青紫色的暮霭渐渐从不远处的水杞柳丛中蔓延开。她从来不让谢平去洗碗。她说这不是男人该干的活儿。然后她抱膝坐在火堆旁，逼着谢平给她讲"啥是上海"。"你们这帮人为啥会傻到这个份儿上,愿意到戈壁滩上来吃这份冤枉苦。难怪有人会说你们都是棒槌货二毬蛋!也真让人怀疑你们到底是不是上海城里人。你瞧垦区有那么些河南支边来的,但都是农村人。有一个是郑州洛阳市里的吗?没有。所以,好些人都说你们这些'上海鸭子'其实也都是上海郊区的农村娃。上海郊区地少人多。当官的怕你们闲逛到上海城里不学好,就把你们都弄到咱这荒凉戈壁上来刨食儿,跟我们争一口饭吃。对不?"(垦区的老职工喜欢称上海知青"上海鸭子"。垦区人听他们互相之间用上海话交流,语速极快,叽里呱啦听起来特别像鸭叫。另一个原因就是这些上海娃特别喜水。刚到农场那忽儿,男生见了渠道涝坝之类有水的地方总要往下跳美其名曰"游泳"。而女生只要有水,一天里往往要洗涮好几回。也跟鸭子一样。"上海鸭子"之称便由此而来。)"你跟我掏心窝说个实话,这么些年,真的从来没碰过女人?就连那忽儿跟'革造总'打得最狠最乱的时候,整天有恁些女娃娃打着造反的旗号,黑天白日围着你转的时候,你也没趁乱摸过她们?为啥哩?真是个棒槌货?"然后就是一连串的笑声,咯咯咯咯……总是她说得多。让谢平插不上嘴。

他也不想插嘴。

微笑着听她白话那种半色不色的荤话,心里却觉得从来没这样轻松过,痛快过。

戈壁滩上的黑夜虽说总迟到。但一旦到了,就仿佛一口大铁锅瞬间倒扣了下来。等篝火慢慢变暗,她去帐篷里铺"床"。再等谢平撩起门帘,钻进帐篷时,只见她已经把两个地铺并到一块儿了。

谢平的心一紧,不知道说什么才好。只得呆站在那儿。

她赶紧捻小马灯灯光,径直脱了棉衣棉裤钻进被窝。当然是背对着谢平。蜷缩着。

谢平不知道咋办。进也难。退也难。这时的人生感慨和李白这老小子当年所抒发的一样,"难于上青天"。过了好大一忽儿,她反身坐起,啐一口:"咋的了,想站一宿哪。明天还干不干活儿了? 赶紧的,脱了!"

谢平索索。

慢慢走过去。

想把自己那块灰毡子往远处挪一挪。他刚弯下腰,他那只冰凉的,又因为紧张已然汗湿了的手就被一只火热绵软的小手摁住了。他赶紧要直身。却反被拉倒在地铺上。随即一团火热的身子便偎到了怀里。

"别别别……别别别……"他忙挣扎,"小满……小……小……小满子,别……别……"

"我不管。不管。"说着,她已经坐到了他的腿上,反手紧紧搂住他脖梗,并把热得烫人的脸贴在了他胸前。

"小满子……小满子……不可以……我们不可以的……"他慌乱。深深记着自己还在服刑。

"我不管。我不管。你瞎叫个啥呀? 我到底叫小满,还是小满子? 你说!"她故意。继续把脸贴上来。游蛇一般。蛇身凉。她热。很热。而且很热很热。随即,他明显感到她脸上有水。是泪水。她哭了? 后来他问过她多次,这时候都那样了,咋还会哭呢? 到底哭啥?

"你们男人不懂!"她不肯直说。脸绯红。眼眶又湿了。但眼神的纯洁和真诚,内涵的炽烈和喷薄,却是实实在在地让他感动。

"可是……到底为啥要哭呢? 如果是感到受了欺负……为啥还要……为啥还要那样……"他就是不明白。想不通。追着问。要答案。谢平的一生吃亏就吃在"总要追问"。总要一个"答案"。

"哎呀哎呀哎呀……不懂就算了,多问个啥嘛。真是个棒槌货!"她的脸大红。有许多的羞涩和张皇。眼眶里却再一次莹莹地湿了。搂紧了他。

后来她也问过他多次："当时我都那样了，你为啥还能那样镇静，还推三阻四，还七问八问？问恁些不该你问的问题？"

"我……"

"你啥？"

"我……我不能害你。"

"假话。"

"咋会是假话？"

"我觉得你心里有别人。"

"那忽儿我哆嗦得连你都不敢要，还能想啥别人？"

"真的？"

"真的假的反正在你跟前我说啥都不算数呗……"他难得又像多年前那样坏笑了一下。

"后来你咋又敢了呢，把我给要了，还那么……那么厉害……"小丫头再次偎上来，紧搂着追问。

"我……我们……能不说这些吗？"

"不。我想听你说。就要你说！后来你咋又敢把我给要了呢？而且还那么厉害……那么下流！"

"……"谢平只能直直地看着她了。不无难堪。尴尬。就这样沉默下来。对视。过了好大一忽儿，他低下头去。她上前来一把抱住他，轻轻地晃他，仿佛在哄一个婴幼儿入睡："好了好了，傻哥哥，我们不说了……不说了……"火热、柔软且又湿润的嘴唇便贴了上来。

是的，那天晚上，谢平最后还是没忍住，"要"了这个"小女生"。但事后他紧张。害怕。特别特别害怕。一直没睡着。说"后悔""自责"都是轻的。小丫头枕着他的胳臂,在他怀里却睡得无比香甜。他一直听着帐篷外的风声和沙石击打帐篷的细碎声,还有大大小小野物从帐篷外溜达搜寻的脚步声。但最怕的还是队上管教会过来"突击检查"。线路施工期间,这样的事虽然不经常发生,但并非绝无仅有。唯恐就发生在今晚此时此刻。后果那就不堪设想了。他只想让小丫头赶紧回她自己被窝里去。又怕吵醒她。她确实也累了。但最后还是狠狠心叫醒了她……多年后又读了些新书以后,谢平非常相信福柯的一个观点:应当在自我变异的意义上"反对自己"。只有这样,个体的人才能获得真正解放。但怎样做才能把自己给"反对"了?怎样才算得上是一次"真正的解放"?难道说,这个世界上,"在人间",最大的难题不就是这个"反对自己"吗?如何在反对自己之中,让自己得到真正的解放?正是这两个难题继续困扰了他多年。直至头发花白。而那一晚上面对在自己怀里睡熟了的小满,他很自然地再一次想起了应姐……他呆直。不知所措。然后起誓般地告诉自己,告诫自己,重重地真真地告诉自己:你以后不能再去见应姐了。不该再去见应姐了。我现在有了小满。我要对她负责。对不起了,应姐,我不能再跟你见面了。不应该了……

但是,现在面对这么一个让自己完全处在两难境地的问题:要不要把自己彻彻底底、完完全全"卖"给那个曾经当过国民党兵、现如今又成了加拿大中餐馆大老板的大伯,去做他忠诚的接班人?(虽然在当代许多人心里,这已经不成个问题。不仅不是个问题,还是天大的好事。)他想来想去还得去找找应姐——撇开她,还能去找谁呢?

这时他正好站在了静安寺庙门口。马路对过就是静安公园。那作为公园标志的几十棵排列整齐、高大齐云端兼彪悍如壮汉的法国梧桐，葳蕤一片，完全挡住早年本是一家火葬场的砖红色建筑尖顶。沉稳的曾经的往生场所和现如今金碧辉煌热闹非凡的超度胜地隔路相望，难不成这筑成了人一生挣扎的全程？

　　接着开始下小雨。他靠在人行道旁的铁栏杆儿上，继续发呆。在农场时，如果想家想上海，想的往往就是这种小雨中的上海。"雨蒙蒙，雾蒙蒙，好梦在心中"。湿漉漉。静悄悄。且又滴滴答答。窸窸窣窣。柏油马路上沙沙沙沙地驰过当当响的无轨电车。架在车厢顶上的通电把杆儿在清晨灰蓝色的天空中不时击发出噼里啪啦的电火花。在农场连队那种没有灯没有月亮只有狗叫和虫鸣的夜晚，他们躺在地窝子的大通铺上，还会拼命地追忆和争论：从静安寺经过的无轨电车有十五路、二十路，到底还有没有二十二路？整个上海有这个"二十二路无轨电车"吗？记忆怎么总会淡薄去……也将被雾轻轻地笼罩了呢？
　　……

　　在回上海的绿壳火车上，李爽曾经说过这样一段话："谢平，这些年，我真的搞懂了这样一个道理，这个世界上，多数人一辈子说来说去其实只办一件事，那就是弥合理想与现实之间的差距。有本事的人用改造现实的方法来弥合理想和现实之间的差距。绝大多数人只能分解稀释了自己先前的理想，让它向坚硬却不如意的现实靠拢，以求现实对自己的认可……不过，历史的教训告诉我们，立志改现实的人，即便收获了部分的成功，敢教日月换了新天。但他本人往往以悲剧收场。"
　　"结论不要下得太早。也不可以太悲观。更不要以偏概全。我们毕竟还年轻。谈到历史教训和状况，时间这个因素对我们还是有利的。我们都还有很大的上升空间。我们仍然拥有未来。切忌用过去时的心态看待今天和明天。"这是后来,当他俩又拿这个话题去和向少文探讨时,少文做了如此有力的纠正。后来等谢平不在场了,他低声斥责李爽:"谢平刚刑满释放,你在他面前多讲点正面的,乐观向上带鼓励性的话。他现在需要正面的东西。就像一个饿汉急需淀粉食品。你老兄在机关工作这么多年,跟在领导后头也处理过不少人事问题,怎么连这点分寸都把握不住?"

"哎呀,谢平是自家兄弟嘛! 在自家兄弟面前说话,还要顾忌那么多? 你累不累啊! 再说,谢平的思想底子你我也不是不清楚,他不是那种轻易就能被挫折磨损折弯的人……"

"人是会变的。变是永恒的。这是历史辩证法的基本原理。自家兄弟过去的思想底子再厚实,也要考虑他这些年的人生境遇和现如今可能接受的程度。有句老话是怎么讲的? 叫'此一时彼一时'。叫'三十年河东,三十年河西'!"

……谢平那天在静安寺的雨中呆站了好大一忽儿,思前想后虽然还在犹豫,但想着在外头待的时间太长,家里人可能会着急;再说,雨下着下着也逐渐见大见密集,自己又没带雨伞,确实也该回家了。刚走了几步,却见小妹打着雨伞找来了。兄妹四人中,小妹和谢平长得最像母亲。两人的脾性也最相近。当时谢平豪情万丈地要报名去大西北,全家只有小妹没有对他的行动表示过疑虑和反对。后来小妹听说他被分配到一个比较偏僻的水库接受"再教育",那儿离常规居民区有三四十公里之遥,便毅然把积攒了很长时间准备给自己买块手表的一百多元钱寄给谢平,让他买辆永久二八自行车,以方便和外界往来。"免得在孤独和闭塞的环境中磨灭了自己身上那点可贵的生活热情和为理想拼搏的激情。"小妹在给谢平的信中如此激励她。再后来,小妹和小弟作为红卫兵上山下乡浪潮中的一员,都去了北大荒农场。小弟后来是被"红卫兵知青返城大浪"卷回上海的。小妹则考取华东师大历史系也回了上海。

……但小妹并没带谢平回家,而是回过头来带他进了静安公园茶室一个包间。包间里竟然已经有个人坐着了,还点好了一壶花茶。一碟椒盐五香葵花子。一碟带壳花生。一碟凤爪。一碟猪手(都是谢平爱吃的)。两屉小笼馒头。又要了三个茶盏三双筷子等着了。说是包间,其实也就是被一扇镂空雕花屏风隔出的一个不大点儿的空间。透亮澄净,倒也清雅。人到齐。茶上过。那几碟干果瓜子花生还有热气腾腾的小笼馒头等食品随即也在一连串沙哑的吆喝声中传了过来。

谢平没着急落座。只是用眼角余光瞟过去打量那个先来的人。觉得眼熟陌生——瞧着有点眼熟,但一时又叫不上名来,显得有点陌生。再一想,哦,难道他是住在自己家附近那条大弄堂七号大黑门里的黄林大?

怎么会是他?

当年,这一大一小两条弄堂——谢平家所在的小弄堂和黄林大住的那条大弄堂统归一个居委会管。在这个居委会辖区里,甚至还可以说在整个街道办事处管辖的区域里,有两个年轻人最出名。两人都是因病休学在家养病的社会青年。一个当然是谢平。他出名,不仅因为他后来坚决带头放弃上海户口,报名到大西北垦区支边,还帮着街道、里弄共青团组织到处动员别的年轻人报名。另一个出名人物就是这个黄林大。黄林大出名,则是因为他和初期的谢平一样,坚决不肯报名去支边。而且一直顽固坚持到了最后。用现在的话来说,就是一个"他妈的顽固到底的钉子户"。一个让街道党委、团委干部和居委会爷叔(上海人称"大叔"为"爷叔")大妈最为头痛的人。黄林大出名,还有一个原因,就是他家那个"七号大黑门"。这一大一小两条弄堂在上海来讲,"出身卑下"。弄堂里住的当然都是上海最底层的劳工。小商小贩小职员。个别也有为躲债、躲"革命"、躲族际"械斗追杀"等从外省举家跑来的"流(逃)亡地主"。或"地痞流氓"。比如谢平住的那条小弄堂里就有这么一家。就是个女地主。带了一个女儿来上海,招了个入赘的上海女婿。生下五个外孙。一般情况下,这条小弄堂的,一个门牌号里至少要住两三户人家。比如谢平家所在的四号,就住了三家。谢平家住二楼前楼房间。后楼房间和底楼再住一家。男主人是菜市场营业员。还有一家住在楼梯板底下那个狭窄低矮得连窗子都没有的黑暗空间里。是个宁波乡下女人。在上海给人当佣工。单身带两个女儿。一个六七岁。一个三四岁。而那个"女地主"独家占了一个门牌号。楼上楼下都归她一家。谢平记忆独深的是,每天下午她都会斜靠在自家门框上,笃悠悠、笃悠悠地吃掉一小碗白砂糖拌黑芝麻粉。补养身体。很多年了,谢平还记得老太太由于黑芝麻的缘故,头发依然那么黑亮。柔软而细密。记得她手中那个细白瓷的汤勺去剜芝麻粉时触碰到那个小碗的青花瓷面时所发出的声音。细小而清脆。那个黄林大家住的七号,是整个大小弄堂一两千户人家中间少有的大户。说少有,谦虚了。必须说"只有"。"唯有"。"独有"。在这个上海典型的"下只角"里,多数人家住的都是竹木搭的鸽子笼。或者像谢平家住的那种简易板楼。往往两棵紫桐树下拉一根尼龙绳,总要晒五六家、七八家人的衣被,排列八九家人的煤球炉。早上会晾晒出十几个刚刷洗完的马桶。而这个独门独户的七号,高围墙。黑漆门。麻条石门框青石台阶。院子里灰砖铺地,(当然,由于年代久远,不少地砖或已下陷,或已开裂)院子之大,只要愿意,可以同时开三四桌麻将。更不一般的是,这么大一个院子,不种上海人普遍喜欢的桂花、月兰或夹竹桃,偏偏只种了一棵南天竹。别人家也种南天竹,养在紫砂盆里,最多长半人高。而他家这棵南天竹直接种在院子地里,足有一个半人高。枝叶间累累硕硕结满一粒粒可爱的小红果。早上也只会晾晒两个马桶。当家的老人用一个。其余的小辈用一个。正房一明两暗一反常规偏偏坐南朝北,再加东西两边各两间厢房,虽说全只是平房,但这样一种规模,这样一种气派,在这块地方真的呈现"舍其谁有"的气势。谢平在离开上海前,在相当长的一个时间段里,却非常看不起这家人——不只是因为黄林大坚决不肯报名去大西北支边,(他还真忘了,自己一度也是"坚决不肯报名"的)还因为黄林大的祖父是个"浦东木匠中的暴发户"。不像自己的父亲,也是个木工,却一直"坚守在产业工人"的队伍里。黄家祖父的木工从浦东做到浦西。开了好几家家具店。家具生意越做越大,在沪西一带逐渐有了点名声。老木匠头路子活,也敏感。发现越来越多的外国"冒险家"来上海"淘金"。定居。必然要添置家具。而且他还慧眼独具地发现他们跟"老古板的中国财主"不同,都喜欢浅色的比如那种奶油色家具。于是他一改过去专做深色沉稳中式家具的套路,在上海滩上较早地做起奶油色西式家具。后来居然还开起了西药房。当铺。让人称奇的是,钱有了,人老了,老木匠黄盛泰却始终不肯像其他暴发起来的人那样,趁自己还有精力还有欲望享受花七花八的生活,甩出多少根金条银锭,赶紧到法租界英租界去买幢别墅,或者去虹口日租界顶一套有打蜡地板立地钢窗抽水马桶的新式里弄房住住。依然只肯"赖"在这条"下只角"弄堂里。不搬的原因只有两个。其中一个就是因为这棵南天竹。老木匠笃信风水。风水先生鉴定,这棵南天竹是他黄家的"风水宝树",动不得。一动,黄家的风水财运就全破了。另外一个原因是他舍不得这个老宅。老木匠特别恋旧。在生活上本别无奢求，只求能有间大房子把一家人聚在一个屋檐下。每天晚上围拢在一张八仙桌上吃顿饭，讲讲话。"搓两把卫生麻将"（上海人把输赢很小的麻将称作"卫生麻将"）。自己嘛，每天有点老酒"扳扳"，炒一碗乡下带出来的萝卜干咸肉片和青蚕豆，再有一小碟黄泥螺和一只腌螃蜞（江南水乡一种生活在水田和芦苇丛中、脚上长毛的小螃蟹）咂咂，足矣。谢平记得小时候见过这个老木匠。那时候老木匠体形已佝偻。步态也蹒跚。远看像一只半死不活的青皮大龙虾。近看，嘴里还保留着两颗黄灿灿金牙。谢平总觉得这个镶了金牙的"黄老板"不会是"好东西"。因为在那个年代的文艺作品里，只有流氓地痞老财军统特务青洪帮头子逃亡地主嘴里才会镶金牙。太阳穴上还会贴块菱形的膏药。但这位"黄老板"有一点不流俗。当年上海许多男人但凡手里稍微有点余钱，都想着要讨个小老婆玩玩（用上海话说就是"白相相"）。连弄堂口那个小小烟纸店的宋老板也在自家后房间的阁楼上娶了个乡下女人做"小妾"。老木匠偏偏没有。一生就跟这一位老奶奶过了下来。老奶奶年轻时怀过一次孕，流产。月子里还亲自去河浜边洗衣裳。遭遇泼皮流氓调戏。不慎滑落到冰冷的臭河浜里落下病根，再怀不上孩子。老木匠就把自己家的侄儿过继来做了干儿子。把他从浦东带出来跟自己学做木匠生活。后来送出去读书。大学毕业，又把老奶奶家的侄女讨过门做了儿媳。这过继来的儿子和儿媳也只给他生了一个孙子。算是黄家这"十八亩地里长的一根独苗"。老木匠给这根独苗取名"黄林大"。老头觉得木匠家有一片"大大的树林"，子孙后代百世永年都不愁吃穿。这位黄林大"童鞋"也算是谢平的同辈人，却要比谢平大五六岁。大高个儿。长方脸。手指细长，拉得一手好二胡。当年也是因肺结核病休学在家。按说，要论老木匠的家底，笃定请得起上海滩上最好的医生。住得起最高级的疗养院，比如上海专治肺痨病的澄衷疗养院。吃得起最贵的特效药——哪怕托人从香港和美国往回带。但黄同学的肺结核就是"不见好"。病不见好,当然就可以不去上山下乡。不必离开上海。谢平总觉得他是故意的——故意留着这点"肺结核",用它来逃避"伟大的上山下乡运动"。甚至在街道、居委会、共青团的人上门来动员他出来参加一般性的集体活动时,他都借"病"推脱,一概回绝。动员报名支边时,街道干部和居委会大妈大姐爷叔们一次又一次上门做工作,故意把锣鼓敲到他家门口,也只见他背起手站在他家麻条石门框里,跟初期的谢平一样,含笑不语。随你万千说辞,"我自岿然不动"。更让谢平既不快又不解的是,当谢平后来"思想转变过来了",为了这些活动在弄堂里忙进忙出时,总能看到这位大龄"黄同学"继续站在自家大门口,平静地微笑着注视来来去去的谢平。眼光中时不时还会浮闪出一种让谢平猜不透其意蕴的东西。不是嘲讽,也不像贬斥。有一两回,这位"黄同学"似乎有意邀请谢平进院去坐坐。每逢这时刻,谢平总是只当没看见似的,加快步伐,赶紧闪离……

　　这次回上海,谢平偶尔还能看到这位黄同学站在大门口,仍然含意不明地注视着来来往往的人流。一脚已然踏进中年门槛的他,国字脸轮廓更加分明,却仍然是那么苍白。中分的发型和凹凸越加分明的五官已很清晰地显示了岁月痕迹……谢平掐指一算,他至少也得有三十六七岁了吧。只听说他仍单着。祖父母早已去世。在大学里教书的父母也早已搬到新建楼群小区里住了。这座老宅按祖父的临终嘱咐留给了他。他还是没什么正经营生,常年在家宅着。守着那棵越发高大茂盛的南天竹。但谢平家贴隔壁有一个邻居老肖(他曾经和工厂一起搬迁支援三线,去了青海大山里。前几年借口有病请假回上海治疗,就再没有回去。厂子里一直扣着他的户口不给。后来见他去意已坚，还是替他办了户口和粮油等关系的迁移证明。但上海方面却一直按上海的"政策"没接收他这样的人重新落户。他只得把那些证明放在自己口袋里。将就着。这种人在上海还有一批。人们称之为"袋袋户口"，以区别原单位完全没给开具户口迁出证明而长期"赖"在上海的"黑户头"），老肖告诉他，这位黄同学有时会天南海北不知所终地出去忙个几十天，有时又闲在家里大门不出二门不迈地"闷"上一两个月，甚至几个月。没人知道他到底在忙啥。又活个什么劲儿。老肖还悄悄告诉谢平："你家的小妹正在跟这位黄林大'轧朋友'（谈恋爱）。"谢平当时矢口否认。反应还有点激烈："怎么可能？我小妹跟黄林大？侬不要乱话三千！"但今天从他踏进这个清雅的小包间一眼认出这位黄同学那一刻起，他相信老肖的"情报"可能"并非虚妄"……

于是，他心里又老大地不舒服起来。

果不其然，还没等他坐定，小妹的脸便先微微红起，并不无有些窘态地向谢平解释："阿哥，林大来煞不及（着急）要见你。有点情况我还来不及跟你说……只好先安排你们在这个地方碰个头……"

"好地方嘛……"谢平惨淡一笑，万千都料想不到自己最亲的小阿妹会被黄盛泰家这个正宗继承人"掳掠"到手。暂且压下满腹不快，略略躬下身去握了一下黄林大欠身伸过来的那个既绵软又宽大但却略嫌阴凉的手。以示礼貌。但这所谓的"握"，只不过是轻轻"碰"了那么一下而已。

当然，接下来两人还得略事寒暄。

黄林大立即说："小妹找的这个地方是个吃茶的好地方，但不是促膝深谈的场合。都是自家人嘛，还是到我家里去坐坐更惬意。谢平，你看怎么样？”

他倒显得豁达。

“那……点了那么多好吃的东西不是浪费了？”小妹噘嘴。

“打包。统统打包。”黄林大挥挥手，便起身先行去买单。

黄家所在的大弄堂和谢家所在的小弄堂之间的关系，说形象一点，就是大肠和盲肠的关系。它们都在延安西路南京西路尾巴上。大弄堂从东南向偏西北方向延伸，总长应该超过一千多米。总户数谢平没仔细统计过，毛估估，也总有一两千吧。而谢家住的那条小弄堂拢共只有五个门牌号，十二三户人家。实际上也是黄家住的那条大弄堂的一条支弄。一条大蜈蚣身上的一只小脚。

到家后，黄林大随即从附近一家“五方食堂”叫了几个菜，烫了一壶黄酒。“五方食堂”已有几十年历史。说是“食堂”，其实是个大众化饭店。二十四小时营业。有点像九十年代在各大城市从台湾引进的那种兼有小型超市性质又卖快餐的便利店。只不过，它只做堂吃餐饮生意，得闲时也捎带做些外卖。“五方食堂的东西，你应该晓得的，都是大路货，没啥特色。不过它的‘划水’（红烧鱼尾）和这个‘乌鱼蛋片汤’还是有点名堂的。味道醇厚。加了点火腿玉兰片和猴头菇。花几个钟头炖出来的这个汤，味道蛮有层次。不是靠味之素（味精）调出来的。有点正宗本帮菜的特色。尝尝。尝尝。”几口黄酒下肚，他和谢平之间便有了以下这样一大段对话：

“谢老弟，今天我们随便聊聊，你不要客气。我知道你过去一直不太看得起我们这种人。”

“哪能呢……”谢平嘴上否认，脸却已经些微红起。

“我有证据的。”黄同学狡黠一笑，随即起身向他书房走去。

小妹跟着笑道:"你又要翻这本老账了？算了。算了。"

黄同学只是挥了挥手没搭理小妹的劝告,照直到书房取来一本旧影集,从里边翻出一张放大了的黑白照片。照片上显示的是当年居委会一群人敲锣打鼓来到黄家大黑门前,喊口号,做动员,要求黄林大报名去垦区支边当农工。黄林大被一帮子爷叔阿姨大嫂大姐包围在中间,神情略显尴尬,倒也还镇静。而在一旁站着的正是谢平。(后面还站着向少文和李爽。但他俩的脸被前边人的脑袋和挥舞的三角小纸旗遮去多半个,看不太清。)谢平站在人群最里圈儿,手里同样举着一面三角小纸旗,神情激昂,大张了嘴,一定是在领头喊口号。他瞥视黄林大的那眼神,的的确确流露着一种深深的"不屑"和"不满"。

"你怎么会有这种照片的？"谢平脸上越发潮热了。

"居委会的人给我的。"

"他们给你的？啊？你要知道,当年最瞧不上你的不是我,是他们。他们怎么会把这种照片翻印给你？"

"嘿嘿,谢老弟啊,这就叫'此一时彼一时'嘛。风向变了,潮流变了,政策也变了。居委会也换了好几拨当家人了。他们重视的人和待人接物的方式方法也大不一样了嘛。你可能不同意我这个看法,但这就叫'三十年河东,三十年河西'。你一定读过叔本华的书。这位德国爷叔(大叔)认为,世界无非就是我的表象。没有什么太阳什么地球,而永远只是眼睛,是眼睛看见太阳;永远只是手,是手感触了地球。历史原本就是一种感觉。一种意向。最后这句话不是叔本华的。是我黄林大加上去的。哈哈。"

"……"谢平只是不应声。

黄林大却拿起那张照片,慢慢把它撕成碎片,扔进身旁一只竹编的废纸篓里,又问:"看过美国作家托马斯·沃尔夫写的《天使,望故乡》吗？"

谢平慢慢地摇了摇头。

"没看过,不会吧?小妹告诉过我,你是个很喜欢读书,也是读过很多书的人。"

"那都是什么时候的事了!八百年前的吧?"谢平苦笑笑,"就算是在那个时候,我也很少看英美小说。而且特别不喜欢看英美的。总觉得英美的文学作品小家子气。只着重个人感受。家长里短。男欢女爱。所以,那时候我只看苏联小说。俄罗斯小说。后来……就再没机会看外国小说了。也没苏联小说可看了。"

"沃尔夫在他这本小说里有一段话是这样说的,'对青年人来说,(他是指一战时期的年轻人)战争不是死亡。战争就是一种生活。'怎么样,这话说得准确吧?精辟吧?康德也说过,人有自由,相反地,他又没有自由。在人那里,一切都是自然的必然性。任何一个人,当然包括你和我,其实都是历史舞台上被动的扮演者。总编剧、总导演只能是时代和社会。即使像恺撒、拿破仑、成吉思汗或者现当代一些我们不便点名的那些伟人无非也是这样。总归要受时代的局限。老子伟大吧?当时他也不可能想象到火车飞机的出现。始皇帝算得牛逼了,但他再霸气,他的'座驾'也只能是马拉的,无非比别人多套了几匹更加肥壮的马而已。慈禧一个女流之辈可说是一手遮天,苦苦支撑着祖宗留下的天下。大臣们也替她买来铁壳军舰、洋枪洋炮。但数以万计的军队在几千洋人士兵面前,一碰就稀里哗啦散了架。谁活一辈子都摆脱不了时代的局限和桎梏,只能在时代给定的可能范围内以它允许的方式活着。你们那一群人当时的毛病就在于顽固地认为自己能改变这个限定;并且顽固地认为当今社会所有的人只应该,也只能按你们认定的一种方式生活。你们把它称之为'理想'。更可怕的是,如果不那样活着,差不多就等于反革命,就要采取种种方法去强迫各种各样的人用同一种方式生活。不过……还得说一句实话,对于你,谢平同志,谢平老弟,那时候我还是有一点羡慕和钦佩,甚至还有一点忌妒的……"

"挖苦我?"

"你看我像是在挖苦你吗?"

"……"

"当时我佩服你两点。一,有勇气走出大上海高等级生活圈到遥远的低层次的边疆去闯荡。在这一点上,你和你的同伙身上真有那么一点俄国十二月革命党人和天主教早期殉道者,还有欧美早期的传道士之风骨。羡慕你们能够无所顾忌地在时代的浪尖上冲冲杀杀。毕竟那个时候我也只有二十出点头嘛。我也曾几次三番犹豫过,要不要跟你们一起报名走。我之所以最后没能走出这个家门,一方面,当然是因为我确实有病。除了大家都知道的肺结核,你们可能还看不大出来,我的左脚有点瘸。那是小儿麻痹留下的后遗症。只是不像其他患者那么明显。严重。只要平时走路稍稍注意一点,一般人很难看得出来。也没受到贵府小妹的嫌弃。哈哈。但即使那样,就像我刚才说的,我心里也有冲动。毕竟年轻和冲动、激情是共生体。历来如此。借用沃尔夫的话来说,狂热冲动不光是盲从,也是那一代青年的生活。本质。甚至不惜于投入战争。但最后我还是没报名。没跟你们一起走。一方面跟我过于留恋这个黑漆大门里的生活有关,用你们喜欢的术语就是'阶级烙印'吧。但主要还是因为你们当时逼我逼得太狠。天天上我家门前来敲锣打鼓喊口号。这么一个搞法,逼得我很不服气:难道只有离开上海才能革命?才算革命?那,留在上海的几百万人、上千万人都是不革命的?上海是中国产业工人的大本营。他们都在上海。没走啊!难道他们也是'不革命'、'反革命'?有一次你们还把标语直接贴到我客堂间的大门上。这条标语我记得特别清楚，说什么'划清剥削家庭界限，走彻底革命道路'。"

"……这条标语……好像是我写的。"

"哈哈，原来是你啊！"黄林大端着酒杯站起来，笑着在屋里转了个圈，又回到桌子跟前，直瞪瞪地打量了一下谢平，这才又坐下说道，"你们这么逼我，产生反冲力了嘛。只能让我逆反——我就不离开上海，看你们能把我怎么样。非得经你们允许，我才能留在上海？我自己就没那个权利决定自己的去留？我偏不。总不能捆着我把我押送上火车吧？第二，我听说，当时街道党委的领导找你们几个人谈过话。他们只需要你们帮着组织动员别人到垦区去，自己不必报名。等大批的社会青年离开上海以后，街道会把你们安排在上海工作。他们需要你们留在上海工作。但你们还是坚持报名走了。还听说，在此前，街道曾给过你一个名额，要安排你到国际饭店去就业。你把这个名额让给了里弄里一个家庭更困难的青年，自己还是报名到边疆去了……"

"这情况纯属'内幕'啊。谁告诉你的？"

"这你就别问了。这说明，当时就是街道党委也不认为所有的有志青年都应该到垦区去嘛。上海还是需要有志青年的嘛。他们要你们留在上海，为什么我就不能留在上海？嗯？非要'组织需要'才能留下来？我就不能选择自己的人生去向？你现在倒是要认认真真回过头去想一想，当初你们的行动，到底是自己选择的结果，还是被时代浪潮煽动裹挟的结果？"

"这……不能一概而论。前前后后从上海一共走了十多万人。这中间有自己选择的，当然也会有被时代大潮裹挟甚至逼迫的。"

"我问你。"

"我哥是自己选择的。这一点我可以做证。"小妹抢先回答。

"我不掩饰,当时我的的确确是自己选择了走。但也不否认其中是有时代的因素起作用——时代提倡'有志青年志在四方'。中国文化传统也一直提倡'国家兴亡匹夫有责'。这些都在我们当时的行动中起了重要作用。不过,正像你刚才说的那样,当时上头确实想留我们这几个人在上海,但我们还是选择了走。随便怎么说,这一个'走'字,在我们还是经过慎重考虑才选定的。"谢平尽量把话说得平静,客观。

"后悔过吗?"黄同学居然不依不饶。

"问我,还是问我们这一批人?"

"当然是问你。当年的激进分子。"

"我嘛……"谢平低下了头去。

"怎样?"

"假如我说我不后悔,而且九死而不悔,你相信吗?"谢平突然抬起头这么回答。

"……"现在轮到黄同学沉默了。略有些诧异和不解地去让自己呆住。呆呆地盯住谢平。很显然,"九死而不悔"这样决绝而掷地有声的话从历经如此一番坎坷的谢平嘴里蹦将出来,不只让黄同学感到意外,也使他受到扎扎实实的震动。甚至怀疑:这是真话吗?

……后来,平时几乎不喝酒的谢平就被黄酒带进了"微醺"状。黄同学便趁机带他四处参观这个"七号大宅院"。它的回廊。它的堂屋。它的厢房。它深褐色的木柱。脱漆处露出石膏勾缝。一副楹联用瘦金体写出,写的是"得半日之闲 度十年尘梦"。潇洒透彻。堂屋匾额上刻的是"大风堂"三个魏碑体大字,呈现一种浑厚苍劲。舒张有力。但让谢平最感慨的是宅子里尽是"黄盛泰"时期留下来的那些老旧家具。比如书房里那张织锦缎面的美人榻灰暗陈旧到已经看不清织物的经纬脉络了,但堆放在榻上的却是一些很现代的理论书。有一些还是这一两年才在国内知识界时兴起来的西方哲学大师,像尼采、萨特、弗洛伊德、海德格尔和福柯、德里达等人的经典作品……让谢平特别感到意外和惊讶的是,书架上还很周全地陈放着一批西(方)马(克思主义)和存在主义经典作家,如哈贝马斯、卢卡奇、阿尔都塞、克尔凯郭尔、加谬、伽达默尔的作品。有些居然还是外文原著。("黄童鞋"的外语程度有那么高吗?存疑。)而一些已经被翻阅过许多遍的马恩列斯和毛泽东著作选本,特别是他们某些名作的单行本就近放在紧邻书桌的一张宽平深色琴凳上,甚至一直堆放到凳脚旁的地板上。而那个琴凳由于年代久远,漆布面的包角已经破损,露出了里头绵软的焦黄色衬芯。书桌背后立着一张黄花梨木的百宝架,从接榫的方法和包浆的成色来看,一定是"大开门"的老东西。架上陈放一些古董,有价值不菲的和田玉香炉、明清瓷瓶、仿古陶俑和某些制壶大师做的紫砂茶壶等等。而尤为"黄童鞋"珍惜的居然是一个宋代瓷枕。在不懂古董的谢平看来,这长方形六面体的玩意儿实在稀松平常。瓷面灰白。造型简单。枕面上画一个侧卧的胖孩儿,笔法和人物造型又相当地"稚拙"。远不如上海解放前那种香烟牌上画的时尚少女那么"靓丽标致"。想来当年宋人将它枕在脑后,硬邦邦地也不会太舒服吧。黄同学却告诉他,就这么个"被你认为稀松平常"的玩意儿拿到古董店里,随随便便都能换两三套这样的宅院。黄同学还特意向谢平介绍宋人烧制在瓷枕上的那十个题字"有人问浮世,无言指落花。""这十个字,深刻。博大。极有张力和包孕性。为什么?你想啊,它是不是基本囊括了千百年来中国士大夫阶层和知识群体面对封建专制强权的无奈歇世心态和精神指向?你再翻翻唐诗宋词和一些古文集综看看,其中百分之七八十……不,甚至可以说百分之九十以上所表达的思想情绪和精神状态都可以被囊括到这十个字里。至于被那些文学教授们誉为中国小说创作无法逾越的顶峰之作《红楼梦》，皇皇四大本，百变心酸史，翻过来倒过去写的也没出了这个十个字划定的圈圈。这十个字好精准。好厉害。让人好徜徉、好踯躅……又好捶胸顿足泪如泉涌啊。而千百年来真正能从这种精神迷茫的束缚中破壳而出的，落实到文学一支笔上的，就是鲁迅等一批人了……可是，中国今后还会有鲁迅吗？听说最近一些从欧美留学回来的中青年教授正拼着命地要否鲁迅。找他脚上的鸡眼踩。这伙人到底想干啥呢？中国不就这一个鲁迅嘛！"说着，他把手中的酒杯用力蹾到桌面上，直视着谢平，问。显然是有点醉了。

"你是指文学界？"谢平也问。

"岂止是文学界。整个思想和精神领域。"

"……"谢平不作声了。这些情况他全都不知道。

再到他书桌旁去细看，更让谢平大为惊诧：在一只旧双铃闹钟和一把正在使用中的宜兴紫砂茶壶旁，放着一本马克思的《一八四四年经济哲学手稿》，因为翻阅次数太多，有所破损的书脊都用白色医用胶布粘补过了。书里几乎每一页都认真做了眉批，画了重点符号。谢平前不久和几位高中时期的老同学重新联络上了。(这些老同学当年都健健康康地高中毕业，考入大学，后来或留校做了教员，或进了一些研究机构，或上了政府大楼。)听他们说这两年各大学和一些社科人文研究机构风向大转，已鲜有人再主推这一类马恩原著，都忙于翻译和介绍西方现代或后现代理论。做什么"纯文学"和"纯理论"，置中国当下极丰富极复杂极多彩又极动荡多变的现实生活于脑后。而这位年近"四张"、在别人看来一直"蜗居"家中、长期以来关起门拒绝参加任何街道组织活动的黄同学，一边感慨着"浮世"近"落花"，一边却还在精读马克思二十六岁时写的这本经典名著……这……这……这算怎么一回事？真应唐人所谓的"秋到长门秋草黄,画梁双燕去,出宫墙"了?谢平迟疑,又不好意思当面去询问,只好随手去翻了翻那本他也曾熟读过的《一八四四年经济哲学手稿》,还拿起放在美人榻上的那些书,浏览了一下书名后诚实地向这位黄同学坦然承认:"这些新出的理论名著我全没看过。我有很多年没机会接触这样的书了,唉……最近倒是听人说起过这几本书,比如这个弗伊洛德,说他开发了一种新理论,专门研究人的潜意识……"

"啥?弗伊洛德?兄弟,应该是弗洛伊德吧?"

"弗伊……弗洛……"谢平一时拿不准,迟迟疑疑自询般喃喃,重复了两遍。黄林大拿起一本弗洛伊德说梦的书,让他看印在封面上的作者名字。

"啊……对的对的……应该是'弗洛伊德'……是'弗洛伊德'……对不起……"谢平又脸红了。

"以后你想看什么书,随时可以上这儿来,而且随便拿。自己没空,开个书单,让小妹来拿。"

"那怎么可以……"谢平谦让,是因为他看到书架的深色硬木框子上贴着这样一张小纸条。纸条上用毛笔正楷写着一行小字"恕不外借"。黄同学立即笑着解释:"这是对付那些附庸风雅,又不会认真读书的人的。这种人多数都不知道爱惜书。书借回去,就随手一丢。有的更是不知所终。有去无回。而我平时又喜欢交朋友。家里经常有三教九流的人来串门。不贴上这样一张小条子,我这些书早就死无葬身之地了。哈哈……不过,女为悦己者容,书供识货者读嘛。你当然不在小纸条限制之列。何况还有小妹这一层关系呢?"说罢他故意"邪性"地瞟了小妹一眼,哈哈大笑。小妹再一次脸红。那天离开黄家时,谢平就很想再找个时间请他给自己拟一份必读书单。特别推荐一些入门级的新书。趁自己这一段"闲"在家中,好好补补课。回家的路上,谢平似乎一直在想着啥,不说话。小妹以为他还在"晕酒",过了好大一忽儿才犹豫着讨问他对这位黄同学的印象。他反问小妹,你怎么会喜欢上这个黄同学的?

"还不是因为你。"小妹调皮地一瞥。

"因为我?这话怎么说的?"谢平又不懂了。

"……"小妹"暧昧"地笑了笑答道,"你忘记了?我老早以前曾经告诉过你,将来万一我真的想找男人,一定要找一个老像你的男人。"

"这位黄同学像我?不是吧?"谢平站住了。他觉得自己虽算不得多么英俊,但比起那位长着一副马脸、背还有点罗锅的黄同学(再说今天他自己交代,一条腿还有一点瘸!)怎么也要顺眼得多吧?!小妹,你啥眼神嘛!

"你声音放轻点!深更半夜,人家还以为我俩在这里吵相骂哩!"小妹脸微红起,笑着啐道。说罢,又赶紧拉他向前走去。谢平家的小弄堂口就在黄家大门的斜对面,走走也就一两分钟。小妹显然不想这么快就回家。她还有话要对这位阿哥讲。于是他俩走过自家那条小弄堂口后又继续向前走了走。前边一条小弄堂叫"牛皮作"。(作,作坊之意。)据说是因中华人民共和国成立前一帮携家带口从苏北来上海专替人熟牛皮的工匠在此建房定居而得名。再往前走,视界略显开阔。一棵老杨树下开着一家小杂货店。老板娘头上见天带着七八只发卷,平时也会只穿着件睡袍就出来替人打酱油醋什么的。有好几次谢平生煤球炉时发现火柴盒空了,去小店里买。老板娘总是从货架上的火柴盒里抓出十来根送给谢平。然后又从其他火柴盒里抓出一些来匀给那一盒,重新放回货架上待售。再向前走,虽然还在同一条大弄堂里,景象又大不同。如果说整个这条弄堂在上海都要算"下只角",那么这后半条弄堂要算这下只角的"下只角"。这里早年聚居的都是些做苦力中最苦的一类人。他们好比如今的临时工。在码头上扛麻袋。在货栈里拉老虎榻车。在外白渡桥上帮三轮车夫推车。小菜场上帮摊主清菜皮垃圾……或者帮说书人看个场子、为地头蛇似的青洪帮小头头们做个打手之类被上海人称作"泼皮无赖"的……他们住的大都是用竹竿儿和席子搭起的被叫作"滚地龙"的棚棚子。中华人民共和国成立后这里住房状况有所好转。棚棚子拆了。倒也建起了"房子"那样的东西。但基本上还是像谢平家住的那种板壁房。而且更次。(用毛竹竿儿做柱子、篾席做隔墙。)开间也十分地窄小低矮。进门抬脚就得上床。煤球炉子也只能放在门外头。

"我说的他像你,当然不是指长相。而是指脾气性格。"小妹解释。

"他的脾气性格像我?情人眼里固然会出'西施'。但也不能这样不讲分寸地对不像'西施'的'西施'做过分的加工啊!"谢平笑了。难得一调侃。

"你们有两点老像的。一,都特别喜欢看书。也看了好多书……"

"看书方面我怎么好跟他比?你看刚才我就出洋相了,把那么有名的'弗洛伊德'都说成'弗伊洛德'。"

"那有啥啦?这几年你过的啥日子,他过的啥日子?只要你日子过正常了,我相信那都不算个事。"

"……"谢平没再反驳。心里顿觉温热。

"第二,你俩都有股倔劲。犟头倔脑的。自己要做的事一定要做到底。九头牛也拉不转来。"

"你觉得这是优点?"

"当然啦。你看看现在,周围多少人,特别是成年人,都学得老乖巧老会看风使舵的。一个风浪打过来,就跟风倒。赶浪头。就像有些人挖苦一些记者时所讲的那样:报道同一件事,他们口袋里总是放着两份稿子。看领导的倾向往外拿稿子。领导倾向左面,就掏左边口袋里的稿子。领导倾向右面,就往外掏右边口袋里的稿子。万事只求自家太平。表面上跟谁都一团和气,只想做'老好好'。心里只剩'钞票'两字。也就是上海人这两年讲得特别起劲的'扒分'。这样下去,不仅人心都要散掉,也会坏掉。上头看看没办法了,又开始提倡孔孟之道。(后来有人甚至要在天安门广场上竖起孔子雕像。)一帮老逼样子文人也跟着贬斥'崇高',搞啥'非英雄化'。用心险恶,真跟日本人一样,存心要灭我华夏民族精魂。你说说看,去掉崇高,再让他们实现了'非英雄化',光靠孔孟之道能救中国吗? 尊孔崇孟在中国搞过两千多年。它救中国了吗? 到头来还不是被人逼得割地赔款,丧权辱国,骂你一声'东亚病夫''支那猪',有你讨价还价的余地吗? 最后实在没活路了,才逼出那么多革命党人出来搞那么多场革命,流那么多血,被砍掉那么多脑袋,无非是想寻一条新路。结果到头来七搞八搞又搞回去了。早知今日,何必当初? 存心啊?! 为啥?"小妹越说越起劲,声音也越来越响。这下轮到谢平来提醒她了:"喂喂喂,谢小姐,收收口,深更半夜了……"

"对不起……对不起……"小妹立即刹车。

"你这些想法,是从哪里来的? 从那位黄先生那里批发的?"谢平立即追问。小妹这一番话倒也是他埋在心里一直想说出来的。

"性别歧视! 哼!"小妹笑着啐道,"为啥我要批发他的东西? 告诉你,我可是个女权主义者。我这个女生的脑袋是长在我自己肩胛上的!"

"好。好。好!"谢平立即应和。连说三个好。

"怎么,我刚才讲的那些你都不认可?"小妹勉强笑过,然后敏感地问。

"那倒也不是……"

"那你啥态度？为啥不说话？"

"你哇啦哇啦像开机关枪连环炮一样，我哪里插得上嘴？"

"好。我不说。你说。"

"……"谢平却又不作声了。小妹再催。他只得说："我现在真说不出多少道理。不过听了你这一番话，我倒是感到小妹你真的长大了，成熟了，有自己的思想了……"

小妹笑了："看你这话说的。我今年都二十五岁了。不是两岁半。妈妈像我这个年纪，都已经生过你和阿姐了。好像记得有一位名人说过，现在生活越来越好，人反而越来越晚熟了。我们都属于晚熟的一代。"

"这倒也是的。你看，我们十六七岁十七八岁时已经一心想着要去改造全中国全世界。而且也有切实的行动了……"

"你以为这是你们这一代人成熟的标志？"小妹这样反问，反倒让谢平疙愣住了。这时，兄妹俩已经走到大弄堂的尾端。再往前便是个丁字路口，出现一条南北走向的大马路，各种商店招牌和橱窗灯光骤然繁密辉映起来。虽然已近子夜时分，个别街边大排档和小饭店里仍然人影幢幢。这里余剩的一点棚户陋屋听说很快也要拆迁。地皮让北京的一家大公司买走，在这儿建高档住宅小区。小区里会建花园假山。还有小道消息说，这个小区的规格比照洛杉矶最高档的比弗利山庄。假如此传说是真，那是否还要建一条"罗德尔大街"，搞么一个"农夫市场"？大家惊问，到底是怎样一家公司，才有那个能量在上海西区的市中心静安寺附近拿地皮。搞拆迁。建高档小区？到底是啥背景？甚来头？当然，这还只是个"传说"。不过，弄堂里倒是有人盼着这件事成真。他们实在也是在下只角里住厌了。住怕了。快三代人了吧，在这里都住得快要长毛发霉了。他们想道：不管让他们往哪儿搬，总不会再让他们去住毛竹爿木棍棍加篾席油毛毡搭的棚棚子了吧？当然，那个时候他们也没想到，他们这些老上海人中的大多数会被拆迁到他们祖辈人再穷再困窘也都看不起、不会去的浦东。而让他们更想不到的是，几年之后浦东竟然会发展得和浦西一样洋气。一样现代化。甚至更洋气更现代化。只不过，偶尔回到静安寺一带去看看，住在新盖起的豪华住宅里的，大多数都是刚大富大贵起来的新上海人。再看不见过去那些穷乡邻的身影。出出进进的男人女人身上都散发着优雅的法国香水气味。高档轿跑悄没声地滑进宽敞的地下车库。再看从山沟沟里走出来的煤老板的情妇们和被个别官员包养的小三们飘曳着梦里娜时装的身影在这儿嘚瑟。他们心里多少还是有点酸楚和不平……

……这时，谢平打算往回走了。小妹却突然问道："阿哥，我可以再问你个问题吗？"

"你问。"谢平收住脚步。

"我问了，你千万不要生气，更不要难过。"

"啥事嘛，这么严重？"谢平笑笑。

"嗯……"小妹还有点犹豫。

"你要不说，我就回去了。"谢平催促。

"好好好，我讲。阿哥，假如你听到有人在背后说你和你们这一拨人这一辈子就到此为止了，不可能再会有啥花头势了（上海俚语，不可能再有什么名堂，有什么出头日子了），你会怎么想？"

"你听谁说的？"

"这个你先不要问……"

"是那位黄同学？"

"你先不要管它是谁说的。"

谢平沉吟了一下:"他们说的不是'我们这一拨人'吧? 说的是你阿哥我。说我谢平再不会有出头日子了。这一生也就到此为止了。对哦?"

"……"珍奇默认了。眼眶忽然湿润。"听到别人这样讲你,我心里老难过的……"

"这种话不稀奇,我老早就听到过了。"

"你真的不在乎人家这样讲你?"小妹诧异地问。

"人家要这样讲,你有啥办法?"

"你心里是怎么想的呢?"

"我心里……"

"你跟我讲讲不要紧的。有啥想不通的地方,不要憋在心里。"

"我可以告诉你我真实的想法。不过,你得满足我两个要求……"

"啥要求?"

"一,不管我说啥,你都不能外传……"

"这个当然。你放心。"

"包括黄同学那里哦。"

"你真讨厌,老是提到他! 桥归桥,路归路。我们兄妹之间的事跟他不搭界。快说第二个要求。"

"二,告诉我,这话是谁跟你说的?"

"嗯……"小妹犹豫了一下,"这有那么重要吗?"

"我不过也是做一点社会调查嘛。想知道究竟有哪些人在这样看待我和我这种人。"

珍奇答应了:"好的。你说吧。"

"你知道马克思曾经说过这样一句话吗?"

"哎呀,又跟我打官腔。人家要听你自己的真实想法嘛!

"这不是官腔。马克思从来不跟人打官腔。因为他从来也没当过

266

官。一生没掌过权执过政。一生都在为创建和完善他那套理论而埋头奋斗。为最穷苦的劳动人民翻身当家做主人而奋斗。所以,他说的话都是最实的话。因此,他个人的处境一直非常凶险。经济上更是十分拮据。困窘。经常要靠恩格斯寄点钱接济,全家人才能勉强度日。对于自己这样的一生,他说过这样一句话。一个人在那样的情况下还能说出那样一句话,并坚持一生,那是要有多么大的勇气和多么坚定的信念做支撑啊……"

"哎呀呀,不要跟我绕七绕八兜圈子了。你这位伟人到底是怎么说的嘛?"

"他说:走自己的路,让别人说去。"

"这么简单?"小妹显然有点失望。

"简单吗?你想想,当时持共产主义观点的革命者加起来大概不会超过一千个人吧。面对的却是拥有强大国家机器、可以调动各种军队来镇压革命的各国反动派。这里有皇帝、君主、总统、数不清的工厂主、农场主、银行家、无数达官贵人……他却要高举起'全世界无产者联合起来'的大旗,用'英特那雄纳尔一定要实现'的理想,鼓舞无产阶级'把旧世界打个落花流水'……"

"……"小妹迟迟疑疑地打量了一眼谢平。似乎还想问点什么,但到最后还是没开口问。听到别人说自己的哥哥这一生到此为止了,她当然很难过。不仅难过,还隐隐约约地担心,阿哥摔了这么一大跤,还能爬得起来吗?还能鼓得起生活的勇气扬得起事业的风帆吗?会不会就这样沉沦下去了?他毕竟三十刚出一点头。还没谈过朋友成过家。一大半的日子还在后头。还没尝到过做人的真正滋味。还没开启人生的胜境。"小荷才露尖尖角",就必须"垂头耷脑萎一旁"了?他今后的几十年怎么过?怎么活?有人可以忍受那种"只是为活着而活着"的活法。只要能活着，怎么活都可以。他能吗？能吗?！能吗?！！如果不能，他又会怎样？

……

嗣后的一段路，直到进家门，兄妹俩都没再吱声。谢平甚至都忘了追问那话到底出自谁之口。不过他下意识中已经猜到，这话一定是那位黄同学说的。快走到小弄堂口了，谢平下意识地回头看了看弄堂斜对面黄家七号大门。黑漆大门已经关上。在寂静的夜色下，它显得从未有过的厚实和高大。"真是一户一天地。一人一世界。要充分解析并包容这么一个纷繁复杂且又多元多样的众人天地，真是太不容易了。我们过去确实把'世界'、把'人间'二字想象得过于简单了。"他感叹。然后他对小妹说："你先回去睡觉。我想自己一个人静一静。走一走……""你说好不生气不难过的。你……""我哪里生气难过了嘛。这么多年没回上海没有在弄堂里走一走了。就是想一个人走一走看一看嘛。""让我陪陪你好嘞……"珍奇不放心。谢平双手插进裤子袋，晃了晃身子，故意做出一副满不在乎、洒脱不羁的模样笑道："至于吗，你？"小妹无奈，但还是有点不放心："你……""好好好。我再给你一句话。这句话，我在别人面前都没有说过。只说给你听。让你好对我这个阿哥放心。""你快说。""小妹，你放心。我的一生我做主。懂吗？我、这、一、生、我、做、主。别人说啥，我当然不会完全不在意。但请你相信，他们左右不了我。"小妹怔怔地点了点头，这才叮嘱谢平道："那……那你不要走太远哦……""嗨！在这条弄堂里走，还能远到哪里去？"目送小妹一步三回头地踽踽走进小弄堂，谢平这才收敛了刚才勉强挤出的笑容，认真整理起已然翻腾起来的心绪。

谢平确实不是第一次听到有人断定他这一生"到此为止，再不会有出头之日"了。大多数人是在背后议论。也有当面开销的。最早给他这说法的，是红山煤矿劳改队里的一个重刑犯。那时他刚从井下被安排到井上，受托"管理广播室和图书室"。有一天有人来还书。此人被判二十年重刑。但让谢平怎么也想不通的是，他竟然可以不干任何活儿，说是"有病"，整天晃悠。还享有种种"特殊待遇"。比如在号子里独占两个铺位。这样他就可以用两个白蜡木箱子在多余的那个铺位上叠出一道"矮墙"，隔出他独用的一个空间。他曾是垦区勘察设计院的一个高级工程师。"文革"期间，他们一直在追查的那个引水渠龙口闸门坍塌事件所涉及到的那个闸门就是他设计监造的。事件中死伤数十人之多。他因此被判入狱。谢平接手这个图书室后，并没有太多的人来光顾。这一位倒是常客。爱看画报。下雨天就在窗前发呆。望着蒙蒙雨雾中的近山远峰，往往一坐半天。一动不动。一声不吭……这位老兄还爱把画报带回自己号子里去慢慢"品赏"。按劳改队图书室的规定，这原本是绝对不允许的。但他手里有队长的批条。特许。他还有个谢平更无法忍受的毛病：无所顾忌地从画报里撕下他所喜欢的画页留存。他只撕这两类画页——有关农田水利工程的。有关女人的。女人也只要年龄跟他相仿，四十来岁快五十的。圆盘脸。身板结实。最好剪一个桐花头。但胸部别太丰满。(这都是他亲口跟谢平说的。至于为什么，他不说。也猜得到——可能跟他曾经喜欢过的哪一个女子相像吧。)谢平曾说过他。不管用。后来找队领导。仍不管用。再后来谢平才得知，这家伙之所以那么"嚣张"，也是得到特许的。龙口闸门事故并非他一人造成。但他"勇敢"地出头承担了全部责任。保护了有关领导。他们对他的"服刑生活"不仅做过各种暗示，还直接给队上发过话。还有一项：队里和矿上不管盖什么房用什么材料，添置什么机电设备，只要通过他去捅关系，有关方面总能免费或按最低价供应，并派人来帮着建成。包括队长管教们小家里的这一类"建设"所需,通过他这关系,也都能给办得妥妥的。但,因此你就可以随意撕画报了?你是工程师,文化人。这么干,也忒随意任性了吧?有一回他又来借新到的那期《人民画报》。谢平故意告诉他,已经借走了。他盯住谢平看了两眼,说,那给我旧的。谢平说,全借走了。他冷笑笑,突然一把扒拉开谢平,从谢平身后那存放旧画报的柜子里把所有的旧画报都掏了出来,用力甩在谢平面前,冷冷地瞥了谢平一眼,问:"啥意思?你!"谢平应道:"没啥意思,就是不希望它们都被你撕了。"没等谢平这句话落地,这家伙就扑过来,一把掐住谢平的咽喉,大吼:"你他妈的跟我犯啥腻哪?你以为你还是个玩意儿?啊?屌毛灰!狗屎堆!扔给狗啃狗都不会瞧一眼的破玩意儿!知道不?知道不?知道不?!你以为你还是过去那个'谢平'?还把自己当个玩意儿在这旮旯里跟谁较真?撕你几本画报又咋的了?你他妈的整个儿一个猪脑袋!吭哧吭哧鼻拱地,还装一副人样跟我较真!你的一生已经到此结束了,你不再是从前那个'谢平'了,听明白了没有?别再把自己当个玩意儿了!赶紧摆正自己的位置吧,狗日的!"

十秒……二十秒……他大声嚷嚷,终于松手。青白着脸。

谢平差一点被掐晕过去……

我的一生到此就结束了?我不再是"谢平"了?是的。人总会做错事。包括我。人说"年轻就是用来犯错的。受伤的"。这话听起来也没错。但你看戈壁滩上那些间歇性的大河,汹涌百年,无数次龙摆尾似的改道,或断流,消失……再消失……但能说它真的消失了?如果它完全消失,干涸,戈壁滩上那一块块一片片绿洲是咋"长"出来的?那些千年不死的胡杨、百年不折的旱柳老槐、一眼望不到边的芨芨草滩和泉眼旁粗壮的苇子棵……还有那些垮而不塌的冬窝子,蜿蜒起伏躺在蓝天白云怀里的夏牧场……仰望南山顶上那古城堡似的岩石群,在雾霭中似隐似现。同时白雪皑皑……

它们还在。

没错。它们还在。

生活在继续。必须继续。

包括,我。

我的一生我做主。

我过去不懂。但不能一辈子不懂。

……

他终于让自己放慢呼吸。慢慢、慢慢地恢复平静。适应。适应各种人对他的各种"判决"。各种眼神。眼神中的不屑和讥笑。冷漠。充分保持距离……后来少文对他说过这么一档子事:他头一回听到苏芮唱的那两句著名歌词:"到底是我们改变了世界,还是世界改变了我们?"肝儿直颤。(后来谢平也赶紧去找这首歌来听。居然同感——苏芮这一问,问得太直白太戳心窝。)其实想通了,一代又一代人的使命就是驯化自己和他人,以维持一种最庸常自得的惯于顺从的某种小市民群体生存状态。再后来,他们便劝告众人都要遵照菩萨和佛的指示必须"放下"。别再"执着"。因为一切无非"四大皆空"。这样才能获得心灵自由。不会再有痛苦。这便是生的真谛。活的胜境。真是这样?他怀疑。如果人类从来就是"放下"和"不执着",更"不必进取","得过且过",到现在恐怕仍然是一群"茹毛饮血"的原始动物,或者是一群还在树上蹦跶的猴子!而某些蓄意提倡"放下论"的人自己到底放下了没有,是在怎么活着的,也是可以存疑的。还要质疑他们这样提倡的动机。如果鼓捣着其他人都"放下"了,他们自己不放下,咋办?特别是好人善人都放下了,恶人们,比如贪官污吏们,投机钻营贪得无厌以假充真的商人们、言而无信翻手为云覆手为雨只为少数既得利益者开路、继而大肆进行权钱交易的政客们和欺行霸市无恶不作的蛮人们不放下,这个世界这个国家这个民族怎么办? 就由着他们去折腾随意处置了? 难道这就是我们活着的宿命? 我们所要的"在人间"?!

在人间啊。生命虽然短暂,但毕竟还是要存在那么几十上百年的啊!

看着大山背后的云彩渐趋暗淡。带着雪意的冷风逼近。谢平没跟任何人争辩。

他知道自己做过错事……

但自己毕竟还活着。还要继续活下去。

因此,更重要和加倍迫切的问题一定是:你要继续一种什么活法? 并回答这样一个拷问:你,谢平,还能活出一番什么样的胜景?

他在家里先是沉默了几天。父亲和大妹天天催他快点答应去香港见大伯。几乎所有的熟人都劝他别再犹豫了,也不能再犹豫了。机会难得。甚至见到过去团区委和街道党委的老熟人也都这样对他说:"去香港有啥好顾虑的啦? 那边也是自家同胞嘛。说句玩笑话,加拿大,大家拿嘛。如果再能到加拿大去把那笔遗产接收回来,要晓得,那可都是外汇哦,是我们国家现在最需要也是最缺的东西哦。真金白银哦。多好一桩事体。真的是好事体! 不要再东张西望、缩头缩脑了。这件事于国于己都有利的嘛。这个样子,你自己也有个好日子过了。下决心吧!"但他还是犹豫。还是坚持"要再想一想"。前十年的教训痛切之处明明白白告诉他,当一股社会大潮来临时,最困难的也是最必要的是让自己保持冷静。清醒。当前几乎所有人,特别是上海的许多人把自己

出国、送儿女出国当成人生最高甚至至高无上的一个追求时,我能不能
先冷静一下。静一静。附和时尚,容易。热衷赶潮流,也是某些国人千
百年来的一种爱好。有一种人在各种新兴的时尚和潮流中迅速转换自
己的嘴脸变幻手中所擎的大旗,并以此为生机,谋大利。有句话说得尖
刻:人通常都会有假面具。不同的是,有的人只有一副,迫不得已时才
戴一戴使一使。但内心还是会为此感到痛苦和愧疚。有的人却有多
副。以换戴面具、多方谋一己之私利为常,并乐此不疲。自以为得计。
这些人换面具比在闷热潮湿的黄梅季节里更换衬衣内裤还要快捷迅
疾。为此,他们总能在涛头立,弄新潮,并为自己拥有此般伎俩能呼风
又唤雨,"占领人生新制高点"而得意。得计。并嘚瑟。

但他却必须犹豫。慎重。因为他有过那样一个十一二年……

后来谢平又去找过向少文和李爽。那天向少文刚从北京回来,正
兴奋着哩。中午还把谢平和李爽请到南京东路一家著名饭店奢侈了一
顿。吃饭的当口,谢平刚说了自己这点事,少文就告诉他:"不要再纠缠
在你大伯这点事情上了。现在去香港加拿大都不算一回事了,能去,就
赶紧去看一看。开开眼界。能把那笔遗产弄回来,更好。不要再拘泥
在这些局部的枝节问题上了。中国马上要大变了。有更重要的事情需
要我们去做。"他告诉李爽和谢平,这次在北京,父亲给他看了几份密级
不高,但的确出自高层内部的一种"未定稿"。

"未定稿?"李爽问。

向少文告诉他俩,所谓"未定稿"是高层智囊机构做的一种不定期
内部出版物。为最高层出主意。谋大局。只供少数高层领导参阅。关
键在"未定"这两个字上。既然是"未定",就允许直抒己见。可以大胆
前瞻。不设框框条条。故所刊之文往往具有一定的"爆炸性"。

向少文看到的那几本"未定稿",主要是谈三农问题。分地包产到户。有一份还谈到了城市工矿企业可以私有并允许雇工……将来还要考虑国有企业破产和出卖给个人。等等,等等。如此这般。无非是要理顺多年来一直不太顺的生产关系,充分调动国人的积极性,把发展经济放到中心位置上来。这一下,真把李爽和谢平震到了。私有?出卖国企?雇工?允许外国资本进入中国?他俩在愣怔之后,首先关心这些"未定稿"到底有没有官方背景?还是纯属那几个先锋学者看了几本西方经济学原著后,在赶个新潮"玩玩"的?

"玩玩的?这'未定稿'是国务院研究中心办的内刊。是让你玩玩的?"少文厉言,"它当然有背景的。"

"如果有官方背景,这……这事情就大了。好像是要否定前些年一系列的基本理论和做法。那毛……"李爽刚说出一个"毛"字,向少文立即做了个手势,让他别再出声,并急速打量了一下四周,然后伸出一根手指,蘸点茶水,在桌面上写出一个"毛"字,再向李、谢二位探过身去,指着桌面上的那个"毛"字,小声道:"小点声。"然后又压低了声音说,"听说北京有一部分高干吵吵着要主张重新评价他……"李爽和谢平的身子一下惊得都僵直了。再不说话。过了好大一忽儿。少文才低声说道:"所以……"

"所以怎么样?"李爽忙问。

"所以……"一时间向少文好像也有一点"所以"不下去。过了好一忽儿,才继续说道,"所以,我们都要有充分思想准备。"

"准备做啥?"李爽拧起眉毛问。

"准备接受这样一个大变动。大变革。"

一忽儿工夫,服务员端来李爽点的菜。李爽是个吃客。只要聚餐,点菜的活儿都由他来办。今天他先点了一个"海鲜锅巴"。刚从红山口出来的谢平当然没见过更别说吃过了。当那一大碗滚烫的精华汇似的海鲜青豆虾仁玉兰片什锦羹一下倾倒在煎脆了的锅巴身上,顿时发出一系列嗞嗞啦啦叭叭嚓嚓的响声时,谢平再一次被"惊倒",一时间甚至把那个到底要不要去香港和加拿大去做"资本家接班人"的问题都扔到了脑后。

偏偏李爽没忘了这档事:"你咋样?到底去不去香港和加拿大?听说和家里还小吵了几回?"在夹起一大块尚未被鲜美的羹汁泡软了的锅巴往嘴里送去后,一边斜起眼瞄着谢平,一边就嘎吱嘎吱嚼起香喷喷的锅巴来发问。

"你怎么知道他跟家里吵过?"向少文见谢平吃得含蓄斯文谦让,便夹了一块清蒸鲈鱼放到谢平饭碗上,回头问李爽。

"我阿弟早上去过他家。他小妹悄悄告诉我阿弟的。说是吵得四邻八舍整夜都不得安生。完全吵翻了。"

"那还算是小吵?哎,完全吵翻了又是啥意思?"少文问。

"你让谢平自己讲。"

"啥意思?"向少文把脸转向谢平,再问。

"……"谢平苦笑一下叹道,"唉,也就是要我在去不去香港加拿大接受大伯的遗产这个问题上快点做决定。"

"你自己到底怎么考虑的?"少文柔柔地问。

"我想……"谢平刚夹起那块鲈鱼准备往嘴里送,听少文这么问,又把鱼片放回到饭碗里头,认真地答道,"我想,从眼前看,去香港也好,去加拿大也好,对个人大概是有利的。不过,从长远看,就有点拿不准了。将来……"

"将来?"李爽一下抢过谢平的话头,大声反驳,"你现在还考虑啥将来。长远。先把自己眼前摆平吧。把眼前这个日子过下去,安顿好,就……"

"就啥了?"谢平突然截住李爽的话头,怔怔反问。他不仅抢了李爽的话头,还放下了手中的筷子,直瞪瞪地盯住李爽,问,"你的意思是,将来和长远是你们考虑的事。我谢平可以不必考虑将来、长远。谢平我已经没有将来和长远了。是这样吗?"说到这里,他脸色青白了。气粗喘急了。一下站起,竟然吼叫:"是这样吗? 是不是? 是不是?"

"哎呀呀,你吼个啥吗?"李爽一下子还完全没意识到问题的严重性,更没意识到自己刚才那句话无意中捅着了谢平内心一块正在淌血的伤口,竟然还像以前那样,一边打着马虎眼,嬉笑着夹一筷蒜泥白肉搁在谢平的饭碗上,一边掩饰道:"吃嘛。吃嘛。一边吃一边说。撂啥筷子嘛。"但谢平这时已经绷不住了,用力一推自己面前的饭碗,差一点把碗推落到地上,紧接着就转身向外走去。少文、李爽赶紧去拦阻。谢平转身说声:"不吃了。不跟你们这帮人吃了。滚蛋!"说完,二四不着六地照直走出店门。

是的,谁说我谢平"不会再有未来"都可以,就是你们二位不行。你俩是谁? 我多年最亲近的战友啊。你们怎么可以就这样轻易地在精神上道义上判了我"死刑"呢?! 我谢平就是到了"路死路埋,沟倒沟葬"的那一刻,你二位也该最后撑我一把啊。也得让我站着咽下最后一口气。也不能就由着我随便倒下。我们仨是啥关系? 你李爽怎么也跟那帮混毯家伙一样,这么信不过我啊! 走出那家豪华酒店玻璃旋转门时,谢平哽咽着抽搐了一下。

这一夜回到家,他果不其然又跟父亲大吵了一架。破天荒地连着吵。一直吵到把整条小弄堂里的人都撅倒。那些在自家正从收音机里收听沪剧名家王盘声的《一曲相思送宝岛》、丁是娥、石筱英的经典段子

《阿必大回娘家》的邻居,立即把音量旋到最低。在自家灶披间(厨房)里搭起小方桌,玩输赢极小的"卫生麻将"的阿婆爷叔们也立即停下手……按惯例,应该有人冲出来劝架。小弄堂就这点好,跟北京的大杂院一样。邻居们都会把别人家的糟心事当自己家的事来过问。但那一晚却没有。邻居们知道,谢家这档事不好办。难插手。于是整条小弄堂瞬时都变得极其安静。所有窗户里的灯光仿佛立即冻住了似的。只有两个人冲到谢平家去了。一个是隔壁五号里的老肖,肖天宝,因为同样有在"老少边穷"地区生活工作的经历,谢平回上海后,老肖经常过来跟谢平聊天。也经常给已经不太习惯上海生活的谢平一点"劝告"和"指点"。还有一个人是住在谢平家楼梯间里那个常年帮人做"娘姨"(佣工)的阿菊娘。

应该说,昨晚本来是吵不起来的。从南京东路上那家豪华饭店一气之下跑出来,谢平就知道自己又"冒傻气"了。还是没守住底线。没记住自己制定的戒律:一切都在重新开始。再度起步。无论遭遇怎样的不顺心,不许再发火。绝不冲动。冲动是魔鬼。第一条,就是"忍",就是"让"。对少文、李爽发火就更不应该了。你还不了解他俩?他俩说啥,肯定都是为你着急。着想。总是一番真心照天地。再说自己现在有什么资格,又有什么本钱去跟人发火?跟人吵架?后来如果不是因为父亲说了这样一段话,他确实也不会跳起来。冲过去。父亲说:"你谢平今天还有脸跟我狠三狠四?十几年前,叫你不要去大西北,你狠三狠四去了。讲得好听,要听谁谁谁的话去革命。你走之前,我怎么对你说的?有本事走出这个家门,就不要再做落脚货,缩回来。十几年工夫,你革命革出个啥名堂来了?除开把你自己的命革掉了,你还革了谁的命了?!革得自己一点后路都没有啦。亏得大伯还看得起你,眼睛里还有你这么个大侄子,叫你去香港见个面,你还两斤放在三斤里跷。

不去就不去,还要那么狠。狠啥狠?啊?你狠啥狠?!有本事就不要回来。有本事就不要坐牢。有本事就不要天天赖在家里吃闲饭。有本事就不要让我这个老头子再为你操心。眼睛瞪得那么大做啥?还想打我?你这个永远不学好,也学不了好的赤佬、瘪三、王八蛋!"于是,谢平就冲了过去⋯⋯

谢平当时冲过去,本想是去拿自己那个吊在房梁上的行李铺盖。是想一走了之。更无意去碰撞父亲。但房间太小,加上那几个人——弟妹和肖天宝、阿菊娘等都挤在房间里。没多余空间。再加上,被那一连串"污辱性"的话语气蒙了的他,当时已经有一点恍惚。晕乎。潜意识中积聚了二三十年的受辱性委屈也让他产生了一种报复性冲动,在避开其他人的身体时,自然而然地就撞上了父亲,并把他撞倒在地。

"你打我!你打我!你打你老子!你这个畜生!我让你打!打!打!"父亲从地上跳起,一下扑到谢平跟前,揪住谢平的衣领,没头没脑地煽打谢平。谢平这时倒清醒了。知道不能还手。便由着父亲打。脸上脑袋上一块块一条条火辣辣。打累了,父亲一下倒在那把破藤椅上。直喘。吼吼。谢平这才扔下几张钞票,说了声:"这是这段日子我的饭钱。"然后冲着父亲声嘶力竭地喊起,"这一向吃你的、住你的、用你的,对不起你了。我谢平确实不是个东西。对不起了!"几乎喊破嗓子。咳出血丝。同时迸出一脸泪水,挟起行李铺盖向楼下跑去。没等他跑到楼底,大妹小妹小弟全都追了上来。小妹几乎是从那一架特别陡狭特别幽暗的木制老旧楼梯上连滚带爬翻下来的,扑倒在谢平脚下,一把抱住谢平的双腿,哭喊着:"阿哥,你不要走⋯⋯不要走⋯⋯我们一家好不容易团聚了⋯⋯你不要走⋯⋯不要走啊⋯⋯"

但,谢平还是走了。

"你们觉得他会去哪儿了？"在应家
花园大门口，应奋竭力镇静一下自己，
这样问向少文、李爽和谢珍奇等人

　　"会去的能去的地方都去找过了。没有。"在得到这样的回答后，应奋试探着提议："要不要去派出所，请他们帮帮忙？"

　　"派出所，暂时就算了。等实在不行了再说。你们觉得呢？"向少文不想一下把事情闹得太大。不到非要动用公安的程度。他也不信谢平真会出什么事。

　　"那……这样吧，你们再去找找。我这里不巧还有几个北京来的客人。我先去把他们打发了，然后咱们再一起想办法去找谢平。这段时间里，你们一定要跟我保持联系。有啥消息，及时通气。你们还没有我这里的电话号码吧？来来来，都记一下。用心点。不要记错了。"应奋急急忙忙报出应家花园的电话号码时，当然想不到几天后谢平竟然会"自动"出现在她面前。

　　其实那天谢平并没有跑远

　　冲出自己家，又冲出小弄堂口后，他曾经一下站停过。他知道自己无处可去。初冬的冷雨也在围逼他。他到静安寺附近一条小弄堂里，找一家澡堂，花几毛钱住一夜。第二天又到火车北站转了一整天。当然不会在候车室里发呆。那样太显眼。怕碰见从垦区"溜"回来的熟人。他钻到站台里面。好在雨已停歇。他便在一堆废旧枕木后头一个背风处,一直窝到下午时分,终于被站内员工发现赶了出来。那几个员工本来是要扭送他去派出所的。他告诉他们自己是当年从上海支边去白杨河垦区的知青。因为在当地犯过一点事,被劳改,刚刑满释放。总算被允许回上海看看爹妈。没钱买火车票,一路蹭到上海。不敢明明地出站。想等天黑了再混出去。请各位大哥爷叔高抬贵手,放我一马。请你们相信,我在这儿真没干任何坏事。那些年里,上海几乎每个家庭都有人去插队落户当知青的。好像"二战"刚结束时,俄罗斯几乎家家都有牺牲在反法西斯战场上的亲人一样。这几个车站员工也不例外。甚至也有到大西北垦区去支边的。比如新疆兵团和白杨河垦区。或者去了宁夏兵团。这几位"大哥""爷叔"看过了谢平手里的刑满释放证,又验过了垦区政法部门给他出具的路条,显然动容了。动了心底里一直都存着的那种怜悯心,也相信了眼前这位脸色苍白、略显瘦削、手提破旧行李铺盖卷、眼神中满是惶惑不安和歉疚的年轻人所说的一切。故而不仅"放了他一马",还把他带到一个专供员工使用的出站口。他们这一刻的心情就等于在送自己家一个刚从农场"逃跑"回来的兄弟出站。而后,混混沌沌的他又一次不知应该去哪儿存身了。就直奔应家花园来了。直至到了应家大门口,他才问自己,怎么会上这儿来的?怎么可以上这儿来?自己已经有了小满,并且已经跟她做过那样的事。还来找应奋姐干啥?放下破旧的行李铺盖卷儿,站在应家花园对马路那个小邮局门前,再次发呆。他一向喜欢这个小邮局。它确实有一点北欧小镇上那种古老邮政所的模样。谢平在谁的明信片上见过。(好像是李爽父亲出国监造一条我国在外订购的大船时寄来的。)比照那明信片,这儿只是缺少了藤篮状或木桶状的花坛和花坛里盛开的金黄色矢车菊和一种紫蓝色的郁金香……

……

后来谢平看到几辆军用吉普车气势宏大地开了过来。一帮人敲开应家大木门。又看到应奋和小弟应会一起来应门。后来又看到向少文、李爽,还有小妹。他知道他们一定是来找他的。他便赶紧提溜起铺盖卷儿,悄悄向静安寺方向隐去……

应奋没跟这帮人一起进楼。她等少文等人走后,让应会赶紧去告诉应全,自己临时有点急事不能去参加孙涛那边的"密谈"了。让应全自行掌握那边的进程。假如要留他们便饭的话,趁早到马路对面新开张的那家川菜馆订个包间。据说那里川菜做得蛮地道。环境也雅致。人均消费只要两三元左右,还是蛮划算的。随后她在那个小起居室里稍稍定了定神,吃了片止痛片(头痛),合上眼,又稍稍让自己的心情平复下来。这才重新打起精神,快步上楼,想给自己加件大衣再去谢平家打探情况。但还没等她走上通往自己卧室的那个环形大阳台,就听到身后有人在贴近大阳台的那排冬青树丛里小声地叫着她:"应姐……应奋姐……"

此人是袁雅芳。

在雅芳身后蔫不出声地站着的那个小女子却是小满。此时小满怯怯地,却又用极钦羡的目光不住地打量着眼前这幢样式新奇的大房子。并暗自感叹:到底是上海的有钱人家啊!(其实让内行人看来,应家这幢墙壁加厚、外墙面拉毛、屋顶稍带坡形、窗洞较小的别墅属于欧式别墅中偏重西班牙风格的一种。比起英式、法式和罗马样式的,它显得古朴。厚重。沉稳。也更显内敛。低调。)

雅芳告诉应奋,是谢平让她来找她的。

"谢平？侬看见他了？"应奋一震。

"是的。"

"啥辰光？"

"刚刚。"

"啊？刚刚？这只小赤佬到底在搞啥名堂经？！"平时很少说上海话的应奋，这时刻，真是又气又急且又惊喜万分，竟然迸出一串地道的上海话。追问："侬在啥地方看见他的？"

傍晚时分，谢平悄悄地从马路对面的那个小邮政局门前离开以后，直接就去了雅芳家。此刻他不想见任何人。他要找个地方静下心来好好掂量一下所有这些事。

他在邮政局旁边一个公用电话亭里先给雅芳打了个传呼电话。他想问问，雅芳那儿能不能容他住个两三天。前提是，雅芳不会追问"你究竟为什么不在自己家里住，要住到我这里来"。接通电话，雅芳居然惊叫："我正要找你哩。快来。快过来！"而且不告诉他"为什么"。"你赶快、马上、立即过来就是了！"

谢平赶到那座破别墅跟前时，雅芳和小满已经迫不及待地等候在大门口了。攀爬在木质栅栏门楣上的那些藤萝和蔷薇因长久疏于管理和修剪，枯黄的归于枯黄。疯长的依旧在疯长。

他第一眼看到的是小满。其他的一切当即都空白了。小满扑了过来。一脸泪水还有鼻涕……搂住他。啥也不说，只是踮起脚，掏拳雨点般捶向谢平，并埋怨，把带一点蒜味和辣味儿的气息照直喷到他脸上："一封信都没有。你一封信都没有……你到底想干啥哩？！"谢平则搂住这一方仿佛从天上掉下来的"温软"，把脸埋倒在那一块同样"温软"却在激烈战栗抖动的肩膀头上，释放这几十个小时里积攒凝固的绝望和委屈。几分钟后,他不好意思地抬起头,向这才被自己想起来的"袁雅芳同志"介绍这个"小满同志"。袁雅芳笑了:"你俩啥关系还用得着介绍吗? 赶紧帮人家擦擦眼泪和鼻涕水吧。一忽儿糊一脸,干巴了就不好收拾啦! 啧!"

　　嗣后,小满便迫不及待地告诉谢平,"你时来运转啦。终于有出头日子了。"谢平曾经把一包"黑材料"托给雅芳。还有一包"纯属私人性质"的文字,则存放在"小满同志"那儿了。小满问过他:"这是啥玩意儿吗? 要都是你给那些不要脸的女娃娃写的情书底稿,那,落到我手上,该烧烧,该撕就撕! 你信不?!""是不是那些玩意儿,你自己可以去看,去判断。都跟你说过几百遍了。你,小满姑娘,是我老谢正经恋爱过的第一个'对鼻子'。而且从今往后再也不会,也不可能有第二个了。""正经的我是第一个。不正经的还有几个? 老实坦白。"谢平只能把小尹那回事搬出来做证:"你瞧,那时节,别人把腿直接搁我腿上,我都没感觉。没动心。我们这号人当时都被训练培养成那样的了,还能有啥'不正经'的?""那……那……你说你'正经',但那天夜里,在戈壁滩上的帐篷里,你咋会恁下流、恁用力……""我……""你咋了?"小满故意逼问。坏笑。"我……""你咋了? 说呀。""我……我俩……""别说'我俩'。只说你。你咋会恁坏?""我……我俩啥关系吗?!"谢平说着说着就急了。小满喜欢听他一次又一次急赤白脸地向她声明"我俩啥关系吗?!"也正因为确信了不会是谢平给那些"不要脸的女娃娃写的情书",她一直都没去拆看那包文字。另一方面,她也担心自己看不懂谢平写的关于其他方面问题的文字。真去看了,谢平要让她说说"读后感",自己说不出个所以然就露怯了。所以,索性不看。再说,那一段时日里,谢平一直在红山口。在她身边。抬头不见低头老见。她也放心。那包文字到底写的啥,对她也无所谓。后来他刑满。她为他高兴。但也有过担心——

以往,在垦区,刑满必须留场就业。但现在不能强求刑满人员留场。谢平就可能离开这儿。后来听说谢平过去那一拨"'红近军'里的哥们儿姐们儿"——这些哥们儿姐们儿中不少人在消除派性以后,混得还不错。他们打算只等谢平刑满,集资在独立师师部或红山口附近为他租个门面房,开一家摩托车修理店。还说要为他把婚礼也办了。让他正经把日子过下去。她又放下了心。她也想好了,到那一天,她就辞了矿上这总机房的差事,一心一意跟着谢平去打理那个摩托车修理店。估计日子不会太红火,但也不会差到哪儿去。再说,她还有那么些"叔叔""伯伯""阿姨"和"舅舅"哩!但紧接着得知谢平被独立师那个大名鼎鼎的林政委"派"到上海去做支边青年工作。她内心立马就起了不小的"涟漪"。刚刑满,就能被堂堂独立师的一把手瞟上。起用。固然是档好事。但,"刘姥姥一旦进了大观院",眼花了。心乱了。不跟羊群进了菜园子一样,那还回得了头吗?再加上原先答应一到上海就给她来信。久等也没信。她坐不住了。时不时地翻看谢平留在她那里的一些物件,甚至包括那些不准备再带回上海去的衣物她也会一一翻检出来细看。细究。细细捉摸。越看心越慌。各种迹象似乎都在显示这老小子肯定不会回来了。很自然地,就断然拆开了那一包文字。原本还真是想从中找些线索,外头有什么"花心丫头"在"勾搭"他。以此来推测他回垦区的可能性有多大。但细看之下,却被这些文字深深打动了。这是一部日记体小说手稿。题目叫《向西向西》。记述的是谢平那一拨人历来的——主要是开始阶段的知青生涯。亲身经历。种种波澜。倒让她认识了一个过去完全不知道的谢平。一群她几乎认为不可能是真实存在过的"热血青年"。

那些天里,那个曾判了重刑的水利工程师也即将被提前释放。他是突然收到法院的"重审改判文书"。拿到改判决定,心情当不用说了,常来总机房找那些女孩儿聊天。有一回看到小满捧着一包写在各种各样纸片上的文字在流泪。便好奇。就夺过这包"乱七八糟的纸片",看了几眼。居然也被吸引。坐下来。看了下去。小满当然知道此人蛮横。不敢拦阻。他又看了一忽儿。再看了一忽儿。他问:"谁写的?"小满环顾左右:"我也不知道……"他定睛冷冷打量了小满一眼:"不知道?你不知道,我拿走了!""哎,那不行……"小满急了。"谢平写的?"他坏笑笑问。这段时间以来矿上的人都知道了她和谢平相好。特别是谢平刑满以后,她不再隐瞒这层关系,还故意去张扬。面对这家伙如此追问,小满却红脸。不知所措。"我拿去看看。"说罢,这家伙居然就揽起这包东西起身走了。等小满鼓起千般勇气去追索。他大摇大摆已经隐身在那堆报废锈蚀了的翻斗车背后,走远了。

小满惶惶。

这包东西要是被这家伙弄丢了,咋跟谢平交代?

以后一段时间里,她几次三番踅摸着要去追讨。但每每走到那家伙住的地窝子跟前,却又不敢去撩他门帘。(队上决定提前释放他以后,就向上报了材料。在等正式批复的这段时间里,已经按他自己的要求,让他住"单间"了。)之所以不敢去,只是因为听说这家伙最近越发"张狂",尤其喜欢跟结过婚破了身的女子动手动脚。

……然后,又一天的傍晚。这家伙居然在大食堂门前拦住小满。

"还想要那包玩意儿不?"他问。虽然批复仍没下来,这家伙居然已经自行脱掉黑色的劳改服,换上一身藏青色的哔叽呢中山装。旧的。显然在箱子里存放了不少时间。衣服上呈现明显的褶痕。但很干净。在正式解除劳改手续办下来以前,只有他敢这么"擅自更换着装"。也只有他能这么干。

"当然。"小满答。并警觉。同时往后退了半步去。

"那，跟我走。"他嘴边浮现一丝含意不明的浅笑。

"去哪儿？"小满依然警觉。

"上我屋里取那包玩意儿啊。"说着，他倒背起手先走了。小满迟疑了一下。最后还是跟着走了过去。但跟着走到他住的那地窝子跟前，便驻足了。

"咋了？"他回过头来问。

"我在这儿等着。"

"我还有话要跟你说。"

"在这儿说。"

"你他妈的……跟我转（zhuǎi）啥转！"这家伙突然吼叫。逼近。伸手来一把拽住小满的手腕。小满用力甩脱，同时也大叫："你才他妈的！想干啥？你想干啥？流氓！"瞬时脸憋青。刷白。并急速往后躲去。

那家伙忽然间变换了神情。哈哈大笑起来。还使劲晃着他那硕大的秃脑袋。（多年前并不秃啊。有头发时，也没见得他这颗脑袋有多大啊。）打量了一眼小满后坏笑道："我要真想玩你，你觉得你能躲得了吗？小逼样子的！"就在小满发愣的一瞬间，他闪电似的扑过来，抓住小满的双腕，把她生拽到自己跟前，紧贴住小满的耳根，又低声说道："我有话要你带给谢平。快跟我进屋。别磨蹭！"话音虽低，却粗重。带着一股燥热的蒜味儿和牙垢味儿。他那胳臂多毛且又粗壮。手掌力度极大。抓拽得小满生疼。无法动弹。小满惊恐地看着他。一向以来，她无论如何也不相信，这样的一个"蛮人"，多年前居然会是垦区农田水利勘察设计方面顶尖的工程技术人员。还跟苏联专家见习过。她扭动了两下手腕。仍然摆脱不了他的抓捏。就在她即将陷入绝望的时候，他突然松开了她，示好般地把自己的双手举起来晃了晃，便自顾自地去撩他地窝子的那门帘了。

在稍一迟疑之后，小满还是进了那地窝子——为了取回那包东西，面前就是十八层地狱，她也得往下跳。只不过，在进门前，她悄悄地捡起半拉红砖带着。以防万一。

显然，这家伙是认真读了谢平这个日记体"小说"的。但让小满最为意外和惊讶的是，他居然还花了不少工夫，认真收拾了那些底稿。这底稿原先都写在一张张大小不等、纸质不一——有一些甚至是写在纸烟盒外壳的背面。相当一部分写在使用过的统计表格背面。现在，一页一页地都被规规整整地粘贴在了大小一致的白纸上。编上了页码。装订成册。

"谁……谁给收拾的？你？"小满极度诧异。

"反正不是你。"他用力蹬掉脚上那双黑棉胶鞋。换上一双牛皮面的软底拖鞋。因为太旧，这儿的天气太干燥，加上穿的时间也太长久，牛皮面早已开裂。土墙上居然贴着不少从画报上撕下来的女人和条田、林带、渠道等图片。还有一些农场居民点的风光。

他往一把腿脚重新捆绑加固过的老式藤皮圈椅上一坐。那把曾经快要散架的藤皮圈椅立即发出严重的嘎吱声。然后他指指砌在屋子当间的那个火炉子。那意思是让小满去把煤添上。然后，喘了一忽儿。小满放下煤铲子才发现，他确实虚胖。额头上一层油汗。脸色也黄里泛青。嘴唇和耳郭处不知为啥有点浮肿。发紫。搁在身旁那张黄漆小圆桌面上的那条胳膊还在微微发颤。

她等着他发话。

喘定。

他才问："你读了谢平写的这些文字吗？"

小满犹豫了一下，不想跟这家伙说真话，也想听听他的感想，便说："没有。"

他直愣愣地盯着小满打量了一忽儿，又问："那么，你跟谢平睡过觉没有？"

"你狗日的！"小满一下被激愤。拿起那半块红砖直想砸到他那个油光锃亮的秃脑瓢上。但她没敢。只是把它用力拍在了小圆桌面上吼："你会不会说人话？不会说就给我滚一边去！"吼着，就扑过去夺那一摞底稿。但去夺底稿的那只手却一下被那家伙摁住。攥紧。

被攥得生疼。还抽不回来。

"别跟我闹。跟你这么说吧，这份底稿我不会再给你了。"他逼近小满，低声说。说得认真而坚决。

"去你妈的！"小满用力挣扎。想抽回手。

"别去你妈去他爹的。你去啥也不中了！今天你拿不回去。以后你也拿不走。我不会再给你。"他阴笑。得意。胖脸上的黄肉抽动。就在他妄然得意、手上松了一之际，小满趁机进气发力。一下抽出手。疯了似的抄起搁在屋角的一把铁锹向那家伙脑袋上砍去。那家伙也算手疾眼快。踉跄着往后躲闪，并抬起一只胳臂本能地阻挡。这一铁锹挺狠，砍在了他手腕处。

鲜血直接喷发。

"我操！你个小丫头片子真砍啊……"他忙捂住血口子，四处乱窜。好比在着了火的屋子里着急慌乱地找出口的一匹灰狼。血立刻从他捂住伤口的那只手的指缝间淌涌了出来。染红手背。染红衣袖。顺着胳臂滴答。他继续四处打转。小满吓呆了。他叫喊："你还在那儿发啥愣呢？打开那只小木匣子……那只……那只……我的亲娘哎，你是听不懂我的话还是故意的？那只！对！掀开匣盖！看到那只小瓶子了没有？小、瓶、子！"当小满把那只小瓶子递到他跟前时，他夺过瓶子，拧开瓶盖，几乎把一整瓶的止血粉都倒在了伤口上——在红山口，必须准备些急救玩意儿。谁也不知道什么时候会出啥样的事。然后用血淋淋的手从小木匣里再拈起一块医用纱布把伤口捂住。接着又冲进里屋。里屋有两个使坏了的漏了底儿的搪瓷脸盆。盆里全栽着某种小满所不知名的绿植。他迫不及待地从那些绿植上捋下大把的鲜叶，塞嘴里嚼烂了，把它们敷到伤口上。因此嘴角不时淌出绿汁儿。再让小满用一块干净的医用纱布棉花，一条绷带替他把伤口包扎起来。还从那个小瓶子里找出两粒米粒大的小红丸吞下。这才松了一口气似的，软瘫着坐倒在那把破藤皮椅上。半闭着眼睛。直喘。还嘟囔："你个小丫头片子啊……你他娘的真砍啊……小丫头片子……"

小满继续呆站。呆若木鸡。手上的血渐渐发黏发干。也许是因为他的血，她觉得恶心。不敢碰它。且不知所措。斜眼瞟了一下那把被扔在一旁的铁锹，这才看清，这把铁锹长久被人使用。锹头磨得明光锃亮。锹口锋利如刀刃。刚才她如果再使点劲儿，挥劈的方向再往上一点儿，直接对准了这家伙的脑袋，后果就真的是不堪设想了……

后来才得知，这家伙几乎是一口气读完谢平这本底稿的。不仅被吸引。而且有所震动。甚至怀疑不是谢平的原创。直接怀疑谢平写不出这样的文字。写不出这样复杂刁钻的故事。更写不出许多形形色色的人物。"他肚子里什么时候攒了这么些古怪事的？又怎么可以这么不遮不盖地往外抖搂白杨河垦区的阴暗面？"他一边看，一边倒吸冷气。心里还在替谢平"打鼓"："他想干吗？吃饱了撑的？还是活腻了，真觉得自己在红山口还没待够哩?!"更让他不安和诧异的是，随着一页一页地往后翻篇儿，这些文字总会形成一些画面，让他又回想起自己一生的某些片段。而这些片段、这些记忆是自己早已决定要让它们一点点消沉，麻木、隐去的。却被谢平激醒。直至骇然产生这种感觉：谢平就是在写他。这个错觉，一度让他紧张。在谢平的这一厚摞以第一人称写的日记体文字里反复查找。查找痕迹。证据。以证明这家伙确实是在写他。要"暴露"他。"报复"他……当然，仔细查看下来，许多细节都对不上茬。谢平写的还是另一拨人。他自己那一拨人。不是他。但是……

"为什么老觉得他在写我呢？老觉得这些人物中有一个就是我呢？这老小子到底在搞啥名堂？"这些年早已变得多疑而又暴躁的他却又被一个突发的奇想搅扰得兴奋起来：为什么不可以让更多的人通过这些文字来了解这边的人和这边的生活。了解这个远离北京"十万八千里"，"天高皇帝远"的偏僻地方所发生的事情。最后，他甚至希望谢平索性把他也写进去。"让谢平出面去披露这一切。"但凡有风险，反正有这小子自己去承担。他被自己这个"绝妙的点子"激动。

"你给我带一句话给谢平。不要急于拿出去发表……"

"他压根儿就没想到要发表。"

"当然要发表。但不是现在。"手腕上的伤口突然火辣辣的一蹦一蹦地跳疼起来。（大概和他心情突然激荡，血流突然加快有关吧。）他托住那只伤手，再一次嘶嘶地倒吸一口冷气后说道："你跟他说，我还有许多素材可以提供给他。我经历过的，他肯定没经历过。他那点经历算个鸡巴！"

"……"小满仍保持着必要的警觉。一声不吭地看着他。

"我们先找个行家看看这个底稿。听听行家的意见。需要做哪方面的修改。还可以往里加些啥玩意儿。这跟工程设计是一回事。没有十次八次修改，就不算完善。我有这样的朋友。我可以请这样的朋友来帮忙。"

　　小满犹豫了一下："那……能请你这位朋友上这儿来看看稿子,帮忙出个点子?"

　　"你说得轻巧。人家是啥人? 名人。大忙人。只能把稿子寄给他……"

　　"那不行。"小满断然。

　　"为什么?"手腕又剧疼起来。

　　"底稿就这一份……"

　　"没人要你这底稿。"

　　"不行。"

　　"我操! 你既没看过稿子,也没跟谢平上过床。你算个屁?! 你有什么资格决定行与不行?"

　　"我说不行就是不行!"小满再重复了一遍。并故意向那把歪躺在地上的铁锹走近一步。

　　手腕已经被砍伤的他,瞅瞅那把铁锹,只能恨恨地瞪了小满一眼。

　　僵持。

　　不说话。

　　过了一忽儿,最后妥协:给谢平打电话。让谢平自己做决定。长途电话打到上海小弄堂管公用电话的宁波阿爷那儿。宁波阿爷叫来谢平。谢平同意寄出去请行家看看。但小满还是想着,必须要留着这份底稿。以防万一。于是,她花钱买来一厚摞正规稿纸。又说动总机房其他两位小姐妹,轮流日夜开工,帮着誊抄手稿。还坚持要那家伙出具一份借条:"今借到谢平所写日记体小说稿一份。共四百六十七页。特立此据为证。"签名。日期。而且还亲自"带着"那家伙,搭乘矿上的便车,和那家伙一起到独立师师部邮局,往北京寄出那包抄录稿。走出邮局,那家伙掏出十元钱给小满。说是买稿纸的钱就算他出了。小满瞟他一眼反问："凭啥要你出?"那家伙坦然笑道："你一个月就开二十来元工资。还跟我充啥大头?"小满只是笑笑。等回到矿上,下车时,小满却把这十元钱又还给了那家伙。这才跟他说："实话跟你说,我跟谢平睡过觉了。他的事就是我的事。所以,买稿纸的钱,该我出。你就别跟我争了。至于你愿意帮这个忙,找个能人来帮着鉴定一下这稿子,我谢谢你。但别忘了,寄走的这份稿子到时候还是得替我要回来。我拿着借条哩。"

后来发生的事情,又是所有人都想不到的。北京那儿竟然很快有了回音:小说情感真挚。生活气息浓厚。有一定思想力度。但叙事手法稍嫌老式。结构较为臃肿。议论也过多。语言过于平实,缺乏应有的张力。人物形象还不够扎实,多数还流于类型化。总体来说,有修改的基础。但还有很大的提升空间和必要。看稿的那位"朋友"可能是从那家伙那里听说了谢平的一些经历,在给了那些"意见"以后,还特地引用《克拉玛佐夫兄弟》这本书中的一段话勉励了谢平一番:"活着就是天堂。这天堂隐藏在我们心中,只要我愿意,它明天就会展现在我眼前,够我终生受用。"还说了一些类似在《人民日报》一、四版上经常能读得到的那种话。比如:"在已经到来的新时期,只要你努力,又端正了政治方向,生活绝不会亏待你们这一代人。你们毕竟还年轻……"等等,等等。

后来小满见着应奋,告诉她,谢平去北京了。找那位鼓励他"别泄气。继续好好努力"的人去了。还告诉应奋:"让您不用替他着急。"

应奋哭笑不得。趁机埋怨:"说什么'不用为他着急'。他回上海这么长时间都不来看我一下。到底怎么回事吗?"

"对不起。他不是不想来看您。是不好意思来看您。"小满歉然一笑地回答。

292

"不好意思来看我？看我，还有什么好意思和不好意思的？"

小满稍稍犹豫了一下，拧过头去看看袁雅芳。仿佛是在征求雅芳的意见，要不要如实向应奋和盘托出全部实情。

袁雅芳乖巧。只是默默一笑。不表态。

小满低下头，沉吟了一下，断然决定还是和盘托出全部实情为好。

"应姐，说实在的，在所有人里边，您是谢平他最想见的……"

"不是吧……"应奋的语调中已然带上了一点"酸涩"。

"您听我说完。"小满轻轻叹了口气，勉强笑道，"过去他经常跟我说起您。回忆您曾经给过他的一切帮助……"

"我能给他什么帮助？"应奋故作诧异状。

"也许您自己没觉得有多么了不得。但当时在谢平心里凿凿实实就跟大冬天里获得了一颗巨温暖的太阳一样。带着这颗太阳给的温暖，他勇敢地到了我们垦区……坚持了很久……后来遇到的坎坷就不用我再跟您叨叨了。就在他人生最低谷的状况下，他遇到了一个小女生。说起来，这个小女生各方面都跟他不般配，长得也不怎么好看……"

"小满！"袁雅芳呵斥了。

"姐，您先别插嘴。"小满哀求。然后又正过身来继续对应奋说道，"实际上也是那个小女生先诱惑了他。说勾引也可以……"

"你胡说些啥嘛！"袁雅芳再次"拦截"。

"但话又得说回来，那个小女生虽然也是个棒槌货，但是真心喜欢他。而且她是在大多数人都嫌弃他的时候喜欢上他，去'诱惑勾引'他的。她真的只想得到他这个人。没想从他身上捞一点别的什么。小丫头在人前装得挺'强大'，挺'有份儿'。其实她啥也不是。啥也没有。一直挺无助。就想在垦区找个实实在在的小伙子……"说到这儿，小满眼眶湿润了，"……被那个小女生勾搭上了以后，谢平他就总觉得自己挺对不住您应姐的。"

"……"应奋简直听傻了，听呆了。论阅历，也可以算是相当丰富的她，还真没有听到过这样的"表白"。

"这些，他在这本小说里都写了……当然，他没用您的真名。他去火车站以前，特别叮嘱我，如果您愿意，他还想花您一点时间，请您看看这部手稿。给他提提意见。他说您文学鉴赏能力挺强的。"

"他呀，这么说，真太客气了。"应奋挖苦。暗讽。

小满没听出应奋话里暗含的那点揶揄，还在一个劲儿地表白："他是真心想请您给这部稿子提提意见。跟他交往这么长时间，我是到最近才明白，一直以来，他真正看重的人其实只有您。真的。您还别说，我知道这一点后，心里还真有点酸酸的。真有点吃您的醋哩。"

这时，应奋突然走了过去，搂过小满，啥也不说，只是紧紧地搂起她，像一个大姐姐，又有点像一个年轻的母亲，搂着，搂住这个恒久以来就没有过姐姐，也再不会有"母亲"的"小女生"……她很想亲亲她，亲亲这个说着一口河南话的小女生……

送走雅芳和小满，应奋在大门口还呆站了好一忽儿

她忽然觉得做人很累。不只是心累。况且头又开始疼了。呆站了一忽儿轻轻地长出一口气后，才觉得舒服了一点。这才慢慢碰上大木门上那个新换的斯拨灵锁。慢慢往回走。这时，应会急匆匆来找她。"电话。"他冲她叫喊。好像发生了什么大事。她站住。木木地打量应

会。低声应道:"别跟我嚷。我有点不舒服。去躺一忽儿。什么电话啊? 你替我去接一下吧……""那怎么可以?"应会又嚷。应奋阻止他:"别嚷。别嚷。有什么不可以的? 我让你去接你就去接!"应奋突然显得很不耐烦。长久以来,她还真的很少在人前表现出某种不耐烦。她当然懂得,做人必须要学会控制自己。"是谢平找你。他要你亲自去接电话。"应会说道。应奋接下来的反应让应会愕然。她居然一把推开应会,然后也喊叫了起来:"别跟我开这种玩笑! 他去北京了。我刚得到消息。这种玩笑并不可笑! 而且很无聊!"家里兄弟姐妹中年龄跟她较为接近的是应会和应全。他俩知道她曾特地去垦区看望谢平。又常在他俩跟前念叨这个"小年轻"。不时为他操些心。偏偏她又一直不成家。这哥俩偶尔就会拿她跟谢平的这种"不明不白的关系"开玩笑。平时她也不在乎这种玩笑,随口用一句"你俩又闲得没事干了,是吧? 去帮吴姨做大扫除去!"堵他俩的嘴。吴姨是他们家的老佣工。在他们家已经待了二三十年。单身至今。好像再也没有要离开应家出去自己成家的意思了。应家上下也早就把她当自己家不可或缺的一个成员。

"无聊不无聊随你便。反正,我已经告诉你了。谢平在那边等着你去接电话!"应会丢下一句硬话,转身走了。

于是应奋明白这不是小弟开的玩笑。等应奋急急忙忙拿起放在二楼起居室那张法式胡桃木梳妆台上的电话机时,她自己都不明白心跳为什么会那么厉害。不明白自己究竟在慌乱些什么。

此刻谢平已经到了上海北站。但还没上车。离开车还有点早。犹豫再三,他觉得无论如何还是要跟应奋通个电话。"你终于想到要给我打个电话了? 谢平,你到底是什么意思? 啊?!"应奋真生气了,情不自禁地跺了一下脚。眼眶居然湿润了。

"雅芳和那个小满是不是把一份底稿给您留下了?"谢平问。尽量装得平静。

"别跟我说什么底稿的事。"

"怎么了,姐?"

"你说怎么了?"

"……"谢平不作声了。

"还有多长时间开车?"

"四十多分钟吧。"

"退票!"

"姐……"

"退票。如果你认为必须要去北京跑这一趟,我会给你再买明天的票。现在退票!"

这儿是凯德公寓……

凯德公寓是上世纪三十年代一个犹太地产商掏钱在老上海法租界霞飞路(现如今的淮海路)附近盖的一幢大楼。花岗岩贴面。黄铜门把。门厅里的大理石地面和西班牙云石壁灯。还有住户家的细柚木条镶花地板……无一不显示着它自身的和在这里进进出出的人的身价、地位。应家在这幢楼里有一套"老宅"。是应奋的祖父当年为他第三位太太置的房产。只可惜这位年轻体弱的太太十七岁进门,十九岁就难产走了。在这幢楼里总共住了不到两年光景。"文革"期间,应全拒绝跟"资本家"的祖父和父亲住一起,更不愿住那个别墅,便在凯德公寓楼顶的晒台上给自己搭了一间十二三平方米的板屋——那时候上海房管系统也在造反,工作人员真没这工夫也没这份闲心来管束这种"私建乱搭"的行为。他趁机还弄了个小煤球炉,在晒台上开起小灶。用北京胡同串子话来说,他在这晒台上"滋儿滋儿"地过了相当长一段"小乐惠"日子。现在那小屋早已铁将军把门——锁上了。屋里堆许多杂物。还有两三辆长久没骑的旧自行车。据说房管部门已来催过好几次。让拆。

　　现在应奋和谢平就在这间小板屋里坐着。相对无语。屋里的电线显然已经被房管部门或居委会的人剪断。没法开灯。夕阳已西下。应奋并不想知道面前这个"小赤佬"拒绝去香港见那个大伯的真正理由。也不想去责备他居然跟个情感萌动初期的初中生似的,还会闹一出"离家出走"的"蠢事"。她知道谢平家住房跟鸽子笼一样,既小又简陋。谢平刑满前,她曾托人婉转地向谢平提议,如果能回上海,可以暂住到她那儿做个"过渡"。却莫名其妙地遭到谢平的拒绝。现在知道了,不愿意住过来是因为已经有了一个"小满姑娘"。可是,有了一个"小满姑娘",难道"姐"就不再是"姐"了?**"В ЛЮДЯХ"**啊。但小赤佬毕竟已经三十出头。而且还坐过五六年大牢。下过矿井。挖过煤。对这样一个大男人,就没必要再拿这些浅薄的"人生拷问"去责难他,再跟他纠缠不清。也许自己本来就没想着要去追问什么。只是想见一见。问一声"你活得还可以吗"? ……如此而已。而已而已。或者再多说一句话:"姐还有啥可以帮得上你的?"

　　于是,应奋一声不吭。直瞪瞪地打量这个"小赤佬"。

　　于是,暮色渐浓……

坦白地说,应奋曾经很喜欢过这个"小赤佬"。喜欢当初他眼神中那点难得的"干净"。也被这眼神背后常常呈现出的那种可怕的执着而打动……上海的男孩一般都很聪明。懂事。头路子活。知识面也宽。也懂得要照顾别人。但能坚定执着于一种形而上的向往的却少。执着到让人感到可怕程度的,更少。但缺少了这种"执着",怎能成就了男人就有的胆气和魄力?最后一次在红山口见谢平。恍惚间,在他眼神中已不见了那种"执着",也失去了固有的"干净"。只剩一点"木讷"和"顺从"。甚至出现了一点她最不愿看到的"狡黠"。她知道这里多少会有一点"故意装出来的"成分。"演"的成分。但她还是感到了失望和失落。甚至失落得很厉害。她知道许多人都在"装"都在"演"。在种种不如意的生存状态和环境中用某种"装"和"演"来麻痹别人和自己,以求一呈。但"装"惯了"演"惯了,必定会丢失"人"的本色。从此随波逐流。得过且过。难道今天见面时时隐时现的那种紧张和不安,还是在担心会从这"小赤佬"的身上或眼神中再一次看到这些她不愿看到的东西?甚至担心他已经完全不再是从前那个她喜欢过的谢平了?

也许吧……

谢平小心翼翼地坐下了——他没去坐那把真皮面的圆弧形单人小沙发,只一屁股坐到自己那早已被雨淋湿过的铺盖卷上。这个单人小沙发是应全当年搬上来让自己在多风多雨的傍晚在灯下沏杯香茗,听听音乐,读几首时尚的朦胧诗时"享用"的。

几分钟时间里,两人相对无语。

"您……您……您喝水吗……"居然还是谢平先开口了。做出一副要给应奋倒水的样子。四下环视。好像在寻找热水瓶和茶杯。

"这里没水。也没杯子。"应奋冷冷地。

298

"哦……"谢平有点尴尬。又坐下。再等了一忽儿。见应奋仍然冷着脸。不说话。他环顾左右地喃喃,开始向应奋做检讨,"一直没给您打电话……也没来看您……确实……确实……"

"今天怎么春暖花开了呢? 太阳从西天升起了? 突然想起要给我打电话了呢?"应奋还是冷冷的。并在挖苦。

"是的……今天……真的不好意思……如果您特别忙……家里还有一堆客人。我……我……从北京回来了再来……再来看您……"说着,他站了起来。

应奋忍了又忍。忍到这忽儿,看到谢平居然起身要告辞,便声色俱厉:"你,你想干啥? 想走? 要走可以,那你也得把话说说清楚。"

谢平僵在那儿了。在红山口、在当年那个办在水库上的学习班里,他经常被人这么呵斥:"谢平,你老实一点! 把事情说说清楚!"

今天,应姐也这样说。

其实这是一个很普通的句式。人与人之间追索和探讨时常用到它。只是谢平有了那样一番经历,对它过于敏感罢了。这时,他下意识地咽了一口唾沫。喉头猛地滑动了一下。手脚更僵了。

"没话要跟我说,还是不想跟我说?"

"……不是……"他想辩解。又无从说起。

应奋抱起双臂,倚靠在门框边,怔怔地看着谢平,不一忽儿,她的眼眶里竟然慢慢闪动出一丝泪花。"到底怎么了? 谢平。难道真的还需要我给你上一堂人生励志课,就像对一个中考落榜的初中生那样,不至于吧? 这不应该是我认识的那个谢平吧?"

"……"谢平沉默。

渐渐地,天色已全黑。

但谢平,还是沉默。不过,这时他脸上已全然没有了刚才应奋看到的那种随和、谦卑的神情。只有一点落寞。悲愁。却还算坦然。他终于挺直了身子——在此前,他虽然是站着的,却一直有点佝偻。借着从窗框里映射进来的那一点极微弱的城市街光,指着那一包底稿说:"应姐,小满这丫头,真不该拿它来麻烦您……事先都没跟我说一下……"

"怎么了,你不想让我看?你那位小满姑娘刚把它给到我手上。我还没来得及看哩。应姐哪里又得罪你了?"

"不是这个意思。您别多心……您要真有时间,就溜几眼。您是我最早的文学老师。也可以说是唯一的文学老师……"

"客气!"应奋冷笑笑。

"真心话。"

"谢平,你知道我把你叫过来,想跟你说一句什么话吗?"

"您说。"

"谢平,你能不能别'您'啊'您'的。上海人一般情况下不说'您'。你不知道?别在我跟前装得好有腔调。好谦卑。好低三下四。你到底怎么了?站在我面前的到底是谁?还是不是我兄弟?"应奋终于忍不住了,吼叫了起来,"我就是想好好地问一声:我从前熟悉的那个谢平哪儿去了?!"应奋发作。厉声。谢平没回答。渐渐又佝偻下身子。

十分钟过去了。谢平仍然不回答。

应奋走过去,推开门。

"好吧。你走吧。"

又僵持了几秒钟,谢平居然拿起那包底稿,真的向门外走去了。走到门外了,才回转身来对应奋说道:"应姐,对不起,惹您生气了。知道那么看重过去那个'谢平'。我真的挺受感动。也挺受教育。这些年,我也在找这个'谢平'。但是,我要告诉您,您过去熟悉的那个'谢平'肯定不会再有了。也不可能再有了。但是……"

"但是啥?"

"但是……我还会来看您的……"

站在完全黑下来的小板屋里,
应奋默默地流了一忽儿泪

回到楼下大屋里,只见应全在等她。

"你上哪儿去了? 害得我到处找你。"应全问。一面从西餐桌上一个捷克水晶果盘里摘下一颗紫红色的进口提子往嘴里送。

应奋此刻不想跟小哥多说什么,更不想向他提及谢平,只含糊其词地"嗯"了一声后,故意转移话题问道:"你那帮哥们儿姐们儿怎么了? 走了吗? 他们拥到上海,蹉摸啥呢?""还能有啥?'讨教商业项目'呗。""北京的这些干部子弟怎么了? 全跟商业干上了! 光来找我们谈项目的都有三四拨了吧?""据说去广州和深圳的更多。""去深圳干吗? 那边不是刚有点眉目,好像还在搞基建哩! 全城都像个大工地。""所以啊! 他们去深圳的本意就是为了拿地。带着各种首长的亲笔批条,去跟深圳市政府要地。就像英国十七世纪那忽儿,新兴贵族跑马圈地建工厂修铁路办农场一样抢个先手。要是等那边各种各样的基建项目都起来了,没一块空白地了。干啥都事倍功半了。""拿地? 无偿的?""就是有价,大概也就是红木家具掏的松木板的价吧。而且就是这点'松木板'的钱,也不用他们自己掏腰包。有银行替他们担着哩。""这公平吗?""妹子哎,你怎么还不明白? 公平从来是看人头的。""如果公平还要看人头,那还有什么'公'和'平'?!""你瞧你又抬死杠较牛劲儿了不是?!邓大人都说了,让一部分人先富起来……""小平同志说的让一部分人先富起来的意思,也不会是让这部分高干子弟先富吧?如果让老百姓看到先富起来的基本上都是高干子弟,人民还怎么理解我们在新华门里那块影壁上对着全世界刻下的那句话:为人民服务?""首先必须澄清的是,先富的那一群人并非像你说的那样,全是干部子弟。然后,实事求是地说,现在的困境是我们没有那个实力、恐怕也没有那个能力马上让十亿人一起富……但这一定是我们的最终目标……""那也不能让老百姓觉得我们搞改革开放就是为了让这批干部子弟先富起来。让人民群众产生这种误解后果会很危险!""你瞧你,又走极端。谁说过'只让干部子弟先富起来'?也就是我们接待了几拨干部子弟。让我们感觉到好像只有这些高官们忙着在让他们的子弟挣钱。实际上,更多的、可以说是多得多的普通民众在改革开放政策鼓舞下已经活跃起来。运用他们能用的各种方式和各种门路搞生产。发展经济。挣钱……""各种方式、各种门路?你应全去银行试试,看他们给不给你贷款?贷不上款,什么方式什么门路什么点子都是瞎耽误工夫。""我贷不上款?你也太小看你小哥了吧?改天我贷给你瞧瞧!你想贷多少?三五万,还是三五十万?""你就是能贷到,那还不是靠着阿爷(祖父)和爹爹留下的那点影响。他俩都是市里排得上号的重点统战对象。是有特殊政策特殊待遇的。如果是谢平和袁雅芳那一类的呢,哪家银行会搭理他们?""这你就又在瞎较劲了。银行发放贷款,当然要考虑风险和可行性问题。全世界的银行都一样嘛。发达的西方资本主义国家金融业更是这样。""我亲爱的兄长,万能的小哥,别跟我说什么'发达的西方资本主义国家'。我们毕竟还不是资本主义。我们毕竟还是社、会、主、义!至少我们自己还认为我们还要搞、还在搞社会主义。我们至高无上的宗旨是为人民服务。""这个问题我们不争了，好吗？小平同志有话，姓社姓资的问题，不争论。""说不通了，就不争论。哼！""不是说不通。这里有许多理论和实际问题，要靠实践来验证。光靠嘴皮子吧嗒不解决问题。再说了，停下来什么都不干先吧嗒，会误了可贵的发展机遇期。这就像发射人造卫星一样。有一个限定的发射窗口期。就在那么几个小时或几分钟里。错过了这样的窗口期，就无法把卫星准确地送到预定轨道上。""那……""打住。打住。我都让你给闹蒙了。把正事给搁浅了。我都有好些日子没来了。原先我在这公寓楼顶晒台上搭的那间小房子让房管所那帮人拆了没有？""干吗？""我有急用。""你有急用？你想把孙涛那帮哥们儿姐们儿都安顿到那小屋里？不至于吧？那一大帮人也住不下啊！""瞧你说的！我已经在延安饭店帮那些哥们儿姐们儿订了房间。""延安饭店？档次会不会有点低？这帮北京哥们儿姐们儿可都不是省油的灯……""你想得过分了。从北京深宅大院来的，也有各式各样的。这一批哥们儿姐们儿，低调着哩。我原本是想给他们订'锦江'，至少也得'衡山'或者去'兴国'和别的同一档次的。反正住宿费都是他们自己掏嘛。我落得做个人情。但孙涛的意思还是不要住太高档的。要注意群众影响。他觉得延安饭店就很可以了。地段不错。价格也适中。去机场也方便。又是部队系统的。安全绝对没问题。他们还可以通过上海警备区的关系，让饭店在房价上给他们多打点折扣。""那你还要那间木棚棚做啥？""临时有个急客住一住。三五天而已。时间不会长。""又是急客？你哪来那么些急客？""这个人你应该也认得。那年你去白杨河垦区看那个谢平时，应该见过这个人。""谁？""我一个老战友。大老徐。""大老徐？""徐又成。""他到上海来了？"

三天前徐又成突然接到林辅生亲自
打来的电话，要他立即到白杨河市
去见他。放下电话，他生生愣怔了
好大一忽儿。怎么也不敢相信这个
电话是林辅生本人"亲自"打来的

……首先是声音不对。徐又成曾多次当面聆听过林辅生的讲话。
声音洪亮。中气十足。嬉笑怒骂。顿挫有力。根本不用秘书起草。咔
咔咔咔脱稿连说两三小时不带断片儿。而且条理分明。生动活泼。但
这一回，从电话机里传出的声音，音色灰暗。沙哑低沉。不仅时断时
续，还有点喘。

其次，林辅生是谁？他徐又成又是谁？林辅生是独立师的一把手，
近期一直有消息在传，中央这一回调整垦区总部领导班子，林辅生十有
八九会重回总部任常务副司令，而且铁定要进常委班子。如果这要成
为事实，他就是副兵团级的领导。还听说，前不久从北京空降来垦区担
任一把手的康政委和文司令员一到任，便驱车到独立师，就垦区今后的
发展愿景和当前急需解决的某些问题，跟林推心置腹地做了彻夜长
谈。前几天林辅生"暴病"，康文二位急得不行不行的，立即下令要把林
急送北京解放军三〇一总院诊治。只因林本人坚持，才暂时延宕在垦
区总院做"观察"……

而我大老徐又是谁？充其量也就是个正营职干部。那一年专案
组查实了"九·二六"事件真相，自己被调离垦区武装系统。上缴了那

支挺精致的勃朗宁小手枪。带着十九岁的小姨子和两个闺女在独立师师部第二招待所西侧小院两间平房里"晃荡"了相当一段时间。上东苇湖钓鱼。去枪械所帮着验枪。等待重新分配。后来受命去二管处加工厂建设工地任总指挥。再后来"顺理成章"地被任命为该厂厂长。这个加工厂在独立师工副业生产系统里说起来,是个大单位。管着好几个分厂。但也就是个正营级单位。"我大老徐和正向副兵团级迈进的林辅生之间正经隔着十来个'卡拉库里荒原'。一百个'昆卡戈壁'。恐怕还得再加上一个浩瀚的太平洋……就算发生再大的事,按规矩,惯例,应该是林辅生的秘书,或党办主任副主任一类的同志来拨这个电话,向我传达林政委的指示。到底发生了啥样的大事,会让林辅生'亲自''直接'给我这么个徐又成打电话,约我去白杨河市见面?"

一时之间,徐又成还真有点发蒙。甚至忐忑。

……所幸加工厂自己有车。车直奔白杨河市。他无心按一贯的做法先去看一眼已在那儿上中学的两个闺女和依然独身的小姨子,也没像以往那样或者先去李开那儿打个尖儿,喝两盅,谝个闲传……车子带着满身的尘土就直接开进了总部医院。林辅生说的,你直接上那儿来找我。冬日的北疆正经历一场难得的连绵阴雨。蛛网似的雨丝在干黄的树枝上慢慢积聚成水珠,晶莹地滴下。林辅生没说他住在几病区。但不用他说,他也必然住在高干的特护病区。那是新盖的一幢三层小楼。外墙面贴着淡蓝色的瓷砖。徐又成刚在特护病房那个军绿色布面木扶手单人沙发上坐下,林辅生就把滞留在病房里的其他各色人等统统"请"了出去。只留下徐又成一个。

林辅生开门见山："大老徐，你替我到上海找个人。原先你们二管处党办的李爽。你认识他不？上海支边青年。"

"认……认识啊……"徐又成迟疑。

"别'啊'。到底是认识还是不认识？"

"认识。"

"熟不熟？"

"应该算是比较熟的吧……"

"到底熟还是不熟？别跟我来什么'应该''算是'还'比较'的。"

"熟。很熟。"

"那不就得了！你替我去找他，向他要一份他一九七〇年前后替当时的垦区党委写的一份调研报告底稿。"

"一九七〇年？替垦区党委写的调研报告？"

"大致就在那个前后吧。具体年限我记不太清。他一定清楚。"

"可是……林副司令……"

"瞎叫啥呢？副司令，你任命的？"林辅生冷冷扫了他一眼。直接把话给堵了回去。

大老徐立即改口："林……林政委，您会不会……会不会记错人头了？一九七〇年前后，李爽好像还在咱们独立师二管处党办当助理员……他从来也没……没在垦区总部机关任过职……"

"那年冬天，垦区开三（级）干（部）会。调他去临时帮工。在总部机关干了几个月。那份调研报告就是在那个阶段写的。"为了说完这段话，他停顿了两三次。喘了好几口。

他咋的啦？好像病得不轻。

徐又成没再往下问。

他当然很想知道，这是一份什么样的调研报告。为什么事隔这么些年,林辅生还要特地派他去上海追回这报告。但,"不该问的坚决不问。不该看的坚决不看。不该听的坚决不听。不该说的坚决不说。"最后他只请示道:"我可以明确告诉李爽,是您让我去取的吗?"许多时候,大领导私下里直接给你布置个"秘密"任务,往往不希望别人知道是领导派去的。所以得问清楚。

"当然要亮这个底牌。否则他不会给你的。"说着,他喘了一口,"不过,不能让其他任何人知道我派你去了上海……(又喘一口)更不能让任何人知道派你去上海是为了取这份底稿……"

"十多年前的一份底稿……万一……我说的是'万一'。万一……他没保存下来……"

"这,不用你操心。他一定会保存着的。"

说得"斩钉截铁"。

徐又成不问了。也没啥要问的了。也不能再问啥了。虽然他并没有在林辅生身边工作的经历,但许多传闻都告诉他,林辅生下达任务时,不喜欢接受任务的下属"打破砂锅璺(问)到底"。他只要你去执行。踏踏实实彻彻底底地去执行就是了。他本人在他的上级,比如在苏政委面前也是这样。

最后,林辅生又指示大老徐:在离开上海前,单独找一下谢平。"跟他谈一谈。详细了解一下他的近况……"

他怎么还没忘了谢平?!想弄啥呢?大老徐不禁隐隐地为谢平这小子有些担心起来——经验告诉他,有些时候,让太大的领导关注,不一定是好事。特别是曾经跟这位大领导有过什么过节,而这个领导现在又有点烦心事的时候,就更会是这样。

是的，林辅生最近心里确实有点烦。而
且还不是一般的烦。是很烦。非常的烦！

　　"文革"结束后，林辅生是垦区所有师一级领导干部中最早得到平反昭雪，并恢复原职，上了主席台的。在最近刚结束的垦区党代会上，他又进了垦区党委常委班子。全垦区十二个师级单位、总部机关各部委，林林总总算上老的和刚上位的近两百名师一级领导干部中，进了垦区党委常委班子的只有他一个。他领导下制定的"独立师新五年发展纲要"也在这次党代会上"出足风头"。康政委在这一次垦区党代会上所做的党委工作报告中反反复复（有人数了一下，足足有五六次之多）提到了独立师的这个发展纲要。认为它"设想之大胆，计划之周密，既符合中央近年来一系列关于'改革的步子要迈得大一点，再大一点'的基本精神，又切合垦区广大干部和职工打翻身仗的强烈愿望。也具体体现了垦区新一届党委提出的战斗目标：'向新疆兵团、北大荒农垦总局等老大哥单位看齐，发扬光大拓荒牛精神，争取用三五年时间彻底扭转长期以来经营亏损局面，还西北大地一个崭新的白杨河垦区'"。垦区《白杨河战士报》连续数日，头版头条，套红通栏大标题，重点追踪报道这个纲要的主要内容和出台经过。独立师自己的报纸《跃进报》自然更是及时跟进，连续编发了五六篇社论和署名评论。一而再地论述和强调"一股以经济建设为中心的春风已然蓬蓬勃勃在整个独立师大地掀起"。

　　如此这般，"林大人"还能有啥烦恼呢？有人猜他是为迟迟没接到

"垦区副司令员"的正式任命而烦恼。还有人跟风"八卦",向家庭私生活处去猜测。说他烦恼是因为自己那个还不到二十岁的儿子跟一位前些年从白杨河市下放到独立师师部来劳动锻炼的大龄女演员谈上"乱爱"了。这女子要比他儿子大十岁左右。甚至还要多。一头牛犊子死活啃上一丛老草了。据说这女人"曾经沧海"。离过婚。刮过宫。不止流过一次产。"最可恨的还在于"这女子只想跟他儿子"玩玩",压根儿就没有结婚成家的打算。"这哪是恋爱?简直就是乱爱嘛!胡闹台!"等等。不一而足。

夫复何言?

……

但所有这一切,还包括别的,都没猜对。

比如"没接到总部副司令员的正式任命"。实际情况是康政委和文司令员去独立师看望林辅生时,不仅就整个垦区今后发展思路问题向他征求意见。同时也跟他深入地探讨过能不能去总部兼职任副司令员。是林辅生自己婉拒了。而且是十分诚恳地坚决地婉拒了。这里有一段他和康、文二位的对话为证。这段对话是当时原话的实录:

> 林辅生:"感谢新一届党委领导对我的高度信任。我相信有新党委的坚强领导,我们白杨河垦区一定能跨上一个新台阶。走上一个新高度。创造新辉煌。迎来新纪元。我个人,只有这么一点考虑:自己在农垦战线上干了一辈子,所剩时间不多。现在只想切切实实地再做一两件事。希望党委能让我留在独立师,率领独立师这十来万人,专心致志去实现刚制定的这个新五年发展纲要……"
>
> 康政委:"你们这个纲要,我和文司令都认真拜读过。我在党

代会上也说了。它很全面。好得很。作为农垦战线上的新兵,我们很受启发。不过,辅生同志,这和你到总部来工作并不矛盾啊。我和文司令员考虑的也是继续让你兼任独立师政委。甚至可以考虑让你把工作重点继续放在独立师那一摊上。把这个五年规划搞起来,为全垦区落实中央关于'以经济建设为中心,抓住机遇期,迎接新挑战'的战略构想做个示范。但总部班子也希望能有您这样的老同志来发挥作用。这二者之间完全是可以相辅相成的嘛。可以相得益彰的嘛。"

林辅生:"我真的特别感谢新领导对独立师这个五年发展纲要的高度肯定和重视。但是,政委同志,我要说一句实话,要实现这样一个五年发展纲要,还是有难度的。几十年来,我们曾下过多次决心,制定过多个'规划'。都因为种种原因,到了还是没能实现了这些规划,没能摘了这顶太沉重的亏损帽。另一方面,垦区广大干部职工自力更生,艰苦奋斗,为共和国挣下这么大一份家当,但他们的生活一直没能得到期望中的改善。长期以来,一直十分艰辛地劳作在西北边疆这片大地上。这一点,您二位随便到下边去走上一走,就可以非常明显地感受得到。我作为这份家业曾经的创建者、现在主要当家人之一,深感愧疚。不安。现在,党排除了各种干扰,能让我们这一批人重新出来工作。重新有所作为。我们除了去努力实现党提出来的新时期各项奋斗目标,真的别无所求。我不去总部工作,真的不是要卸担子。有一个情况我要特别说明,在经历了这么些年的动荡以后,现在这个林辅生体力不行了。已是强弩之末,穿石无力了。掂量来掂量去,能干的最后一档事,也就是扑在独立师这个地盘上,去实现那个'五年纲要',为自己这一生也为独立师这十多万干部职工争取打上一个不留太大遗

310

憾的句号……"

文司令员："老林啊，不用那么悲观吧？现在就谈什么'句号'
啊，'最后一档事'啊，太早。太早了嘛！我看你的身体还蛮好的
嘛！"

林辅生："廉颇尚能饭否？外强中干啦……"

康政委："好了好了，就这样吧。老林同志，你嘛，再慎重考虑
考虑我们的提议。我们嘛，回去也再认真研究研究你的想法。并
且向上报一报。再听听省委和中组部的意见。最后咱们都要服从
组织决定嘛。老同志嘛，这一点应该没问题吧？"

出乎众人意料的是（这一点，甚至连林辅生本人都觉得有一点意
外），组织上最后居然同意了他的"请求"，全职留在独立师。全心全意、
全力以赴地当好这个师政委。用"实现独立师的这个五年纲要"，为全
垦区的改革开放树一个样板。

至于儿子和女演员之间的那档"糗事"，纯属"无稽之谈"。实际情
况无非是儿子喜欢唱歌，跟她学了几天"流行唱法"。一起吃过几顿夜
宵。去迪厅蹦跶过一两回罢了。况且她随即就被白杨河市一个搞建筑
材料批发的"暴发户"带走了。（好像说还是李开生意场上的一个搭档。
也有人说此伙计是她前夫。找她是为了复婚。）这一类事，在林辅生眼
里无非是"一地鸡毛"中的小零碎。烦得着他这位大政委吗？

真正让他心烦的恰恰是那个曾让他在党代会期间"春风得意"的那
个"五年纲要"。还有就是这"组织上突然同意了他的请求"，不去垦区
总部兼职。

这两件事如果不是跟某一个人关联上，说实在的，也烦不着他。但

偏偏都和一个重要人物联系上了。他就是垦区前一把手苏政委苏楚海。

这个"五年纲要",洋洋数万言,撮其要害,只是一条铁路。而纳入"五年纲要",在期限内要干成的,还只是其中的"半条"。也就是说,五年里指定要修建起来的是计划中那条铁路中的半条。这半条铁路以独立师师部为起点,向西北开进。直插北高地群山。那里有新发现的铝矾土矿和油页岩矿。还有原先就有的、为它还专门组建了一七五三连的那个铀矿。(后来以该连为基础,扩建了个副团职单位一○五矿指挥部。)铝矾土矿可以提炼铝。油页岩打碎加热后可得页岩油。页岩油加氢裂解精制后可获汽油、煤油、柴油、石蜡、石焦油等多种化工产品。炼油过程中还能得到各种副产品:硫酸铵可做肥料。酚类和吡啶可用来生产合成纤维、塑料、染料、药物。生产过程中排出的气体,就像天然气一样,可用来发电、取暖和运输。留下的页岩灰渣,还可制砖、制水泥、制陶瓷纤维、陶粒等高级建筑用材……在房地产市场日渐看好看涨的今后二三十年,它断定会是个招财进宝的"大财神爷"。至于那个铀矿有了这条铁路,今后的发展前景更是不可同日而语。这样一来,独立师辖区内的这个北高地区域,便可从最偏远最贫困最寒冷的地方,变成依然是最偏远但绝不偏僻更不贫困也不会让人们感到寒冷的工副业生产基地——要知道,历年来,独立师的经济收入可怜兮兮地一是靠卖棉花,再就是靠一些基础很薄弱的工副业产出。现在要是有了这样一个带有浓重朝阳色彩的强大的工副业生产基地,独立师的前程、他这"城堡"中的居民的日子将会是如何一番的"灿烂辉煌",就不言而喻了。甚至都可以说是"难以估量"。而这还只是"半条"的功效。如果后续再把这"半条"向东延伸到白杨河市,和通往北京的铁路连接上。向西再延伸个百十公里,探伸出"国门",远望欧洲,和国际通道接上轨。一条完整的七彩天路和新世纪的"丝绸之路",便真真正正地连接了"诗和远方"。"天堂胜境"。对十多万独立师人和一百多万白杨河垦区人,说什么"梦话"就都不会只是一种浪漫的幻觉了。走活垦区这个整盘棋也完全"指日可待"。当然,这并非易事。北高地群山险峻。谷深滩急。岩层破碎。地质和气候情况多变。以及在高寒冻土带上筑路必然会遭遇的种种技术难题和方方面面的考验,远不是独立师一己之力就能克服,继而胜任得了的。它所需要人力和财力的投入,也远远超出当年"组织实施一场(或几场)开挖排干渠大会战"所需的,更不是"连轴转几个晚上不睡觉"就能拿得下的。

虽然艰难,但已"时不我待"。

必须干了。

只能干了。

"必须干"——这里还隐藏着他多年的一个冲动。或向往。这个冲动和向往跟他祖父有关系。祖父是个绝顶聪明的人。用林辅生自己的话来说,"是个有大局观的老古板。"但一生不得志。单传一子——林辅生的父亲,却又体弱多病。常年离不开药罐。祖父只把林家的希望寄托在林辅生身上。说起祖父的身世,也让人颇为唏嘘。太祖父曾让他去日本留学。他中途到了上海却不走了。由"左派"朋友介绍,考入上海大学,并在一个专为纺织女工举办的夜校里做义务兼职教员。成了秘密的"地下党"党员。红色工运的参与者和组织者。一九二七年,蒋介石发动四·一二清党兵变,上海街头枪声不断。年青的革命者血流成河。祖父看到受他影响而加入共产党外围组织读书会的几个年轻女工深夜被拉到上海最繁华的南京东路上当街被枪杀。精神几近崩溃。逃匿崇明岛藏身。后又辗转回到兰州。再没参加过任何政治活动。成

313

了经商的太祖父跟前"言听计从"并又"愧疚终生"的"好学徒"。祖父在去世前的几年,曾带十一二岁的小辅生到祁连山里走了一趟。去看一个牧场。那是一个春天。黑松。蓝天。慢坡。绿野。加上朵朵白云。溪水旁的磨坊古老。半塌的马厩依旧。傍晚,走到一片显然是人工种植的饲料地旁。祖父站下了。祁连山里的牧场开天辟地以来就不用人工种植饲料。但这一片却真的是人工种植的牧草。叫"苜蓿"。能长到齐胸高。开小紫花。多年生。似乎已许久没人料理过她了。由她自生自灭。苜蓿地旁有几间用圆木搭建的小屋。屋子前的空地上,几根拴马桩,有歪斜的。发黑的。开裂的。推开小屋的门,那一阵吱吱嘎嘎的响声,让小辅生第一次感受到一种岁月的悠远空灵。那时的他还不懂什么叫"沉重"。但是他从祖父这一刻的眼神中却看到了他不懂的东西。祖父在昏暗的小屋里呆站了好大一忽儿。然后带着小辅生走到小溪旁,架起一堆火。有牧人送来一只淘汰公羊。祖父付钱。祖父要亲手宰杀这只羊。小辅生惊叫。想躲进小屋去。祖父已经脱去外套,把衬衣袖管挽到胳臂肘上,领口处扣子脱落,露出他大半个长毛的胸脯。却瘦骨嶙峋。他左手拿着尖刀。(祖父是左撇子)三步两步便挡住了小辅生的去路。"回去。给我站在火堆旁。睁着眼。"老人家说得温和,却坚定。宰杀的过程没想象的那么"惨不忍睹"。这主要归功于祖父手法的娴熟和利索。三下五去二。刀刀落在该落的位置上。即便如此,还是把小辅生看得心惊肉跳。但也吸引住了他。没见过祖父这样。"香吗?"啃下第一口烤肉,祖父问。"……"小辅生点点头。祖父叹了口气。在身旁的草地上擦了擦手,抹去手指头上那点油腻和血垢,捧着羊头和剩余的杂碎、蹄子,带着小辅生走到事先就挖好的那个土坑前,埋起。再铺上事先起出的草皮。恢复草地的原状。回到火堆旁。告诉小辅生,这个牧场他曾经想作为"遗产"留给他的。后来卖了。"要给你大大

（父亲）治病。"火光在祖父的眼瞳深处映照出无限的遗恨。无奈和自嘲。他开始给小辅生讲述种植苜蓿这种牧草（也可做绿肥）的好处。在天地间料理自己一个小牧场的乐趣。"你奶奶太能吃苦了。天下再找不到你奶奶那样的好女子了。"（这时奶奶已去世多年。）"人生不如意是肯定的。但总要争取属于自己的那片天地。自由自在地活在属于自己的一个城堡里。我最后没争取到。你大大是不可能了。你呢?"他把一根老羊皮编结成的马鞭子交给小辅生。"在天地间活着,啥时候都不能把自己手上那根有形无形的'鞭子'丢了。我没能拿得住它。你大大拿不动它。你呢?"再三问"你呢?"抬头呆看面前大山山脊。山脊的耸起,真的酷似古城堡的城堞。后来大部队解放兰州。全家人都反对林辅生参军。因为他也是单传独子。独苗。祖父却力挺。"走。走得远远的。该找啥找啥去哩。找你自己那一片天地。建立自己的'城堡'去。"大部队后来风驰云涌般解放大西北。奉命就地转业。在戈壁滩上建起第一个农场。苏政委是这农场政治处主任。他竭力要留林辅生在场部机关。林辅生却坚决要下连队。别人不明白,他为什么那么热衷在连队里搞轮作(在同一块地上种一年小麦苞谷,下一年换种苜蓿、草木樨。再下一年换种大豆。然后再回过头去种小麦苞谷。在农学上,这种做法叫"轮作养地"。可以恢复和提升土壤肥力,增加它的"团粒结构"和蓄水功能。以达到改良土壤、增产增收的目的)。在别的战友对上级让他们放下枪杆子就地转业务农多少还有点想不通的时候,他却对建农场特别来劲儿。干得也特别精细。即便明知自己在某个连队或作业站只可能干一两年或两三年,他也要把那里的大食堂、托儿所、猪场和果园建得像模像样。当上团场政委后,在他任职的每一个农场里都会建一个园林队。最后建成的场部肯定都淹没在墨绿色的"林海树原"里。而到那时,他往往已得到命令要调离这个团场了。并不能享受那些"林海"

带来的舒适和惬意。而人们往往又能发现,在他调离前,他总会骑着马或开着车(五十年代开美式吉普。六十年代初开的是苏式嘎斯六九),或在高大宽阔的灌溉斗渠堤岸上,或沿着农场边缘慢慢地环行一圈。必到最早种下苜蓿的那块条田前默默地站一忽儿。别人当然不会洞知他这一刻在心里仍会想起祖父留给他的那根无形的"马鞭"。那种对"一片完全属于自己的天地和城堡"的耿耿嘱意。一直到当上独立师的政委。上任的第一天,在一招那个陈设精致的常委会议室,听老师长介绍独立师的概况。面对挂在墙上的那张独立师地形地貌图和展开在大会议桌上那张苏联专家绘制的独立师早期规划蓝图,他会抑制不住地想起祁连山里的那个小牧场——面前这个已经归自己掌管的"独立师"比寄托祖父人生梦想的那个"小牧场"不知大了几千倍了啊!一时间他无比激动。甚至自豪。有几秒钟时间心潮澎湃,感慨万千⋯⋯

是的,林家人都认为从外貌到脾气性格,他长得更像祖父,而不太像父亲。包括尖突的后脑勺和宽大的脑门和多毛的胸脯。和干一件想干的事非要干到底的脾气。

也许正是出于这样的原动力,林辅生才会对来自上海天津武汉和北京的支边知青一直抱有一种特殊的好感。同理,他也会对谢平那样"一度无端盲动"阻遏和打断了他在这片原始荒原上实现某种理想境界的作为深恶痛绝。

⋯⋯也许正因为如此,在师常委扩大会上讨论今后五年的规划时,他力推、力挺、力争这个"铁路设想"。可以说"不遗余力"到了"声嘶力竭""不及其余"的程度——当时他能想到的就是甩掉那根"马鞭",让一个喷着蒸汽、轰隆作响、力大无比的铁家伙进出北高地群山丛中。把自古以来只单一地以农耕面貌示人的农垦事业,带进"工业化城堡"的金刚大门。是的,先带进门去再说。他粗略地盘算了一下,这可能是自己这一生在独立师一把手岗位上能办、该办、值得办的最后一件大事。办成办不成,到点儿自己也得退了啊。到时即退,这可是一条硬杠杠。高压线啊。时不我待。机不再来。舍其……当然还会有后来者。但我呢? 我又怎能善罢甘休!!!

……最后,这条铁路终于被列入独立师总体规划中,而且是作为重中之重的重点被列入的。老天有眼啊! 那一晚上,平时自控极严、难得一醉的林辅生喝了个酩酊大醉……

但接下来发生的事,却完全 "不以他的意志为转移"了

……仍然是某一天的深夜。仍然是康政委。一个电话把林辅生连夜请到总部。已是凌晨时分。康政委传下话来:"总部领导的例会还没结束,请林政委暂且去垦区迎宾馆休息一下。"但林辅生躺不下来。他直觉要出事。而且事情可能就出在他的这条北高地铁路上。北高地铁路看样子要"黄"啊……

那段日子里,垦区已经开始筹备纪念垦区建立三十周年的大庆活动。按惯例,中央会派出高规格的慰问团。向垦区广大干部职工表达中央和全党全军全国人民的祝福和祈愿。按说,筹办这三十周年大庆活动和独立师实施这五年纲要、开工建设北高地铁路没有任何矛盾。但不久林辅生就得到一个消息,这次和以往二十周年或十周年的大庆活动有一个不同之处:还会有一个特殊群体随中央慰问团一起来垦区看望广大干部职工。他们是早年白手创建白杨河垦区的功臣,后来因

工作需要陆续被调离垦区,在其他地方(主要在北京)许多重要岗位上又立下新功的老同志、老领导。其中不少人都还是垦区现职师团,甚至总部一级领导的老战友、老上级。在垦区建立三十周年之际,"中央特地安排"他们随中央慰问团一起到垦区来。他们的"归来",在政治上具有特殊意义,在精神上所起的激励和鼓舞作用也是不言而喻的。所以"一定要'高规格''高水平'地做好接待工作"。所以"要对原先定下的接待方案做'适当的调整补充'"。说是"适当的",实际上调整幅度之大,新增项目之多,用心之细微周全都是"破天荒"的。比如,要重新整修大庆活动和接待的主场地老会堂和小白楼。针对随访团中多数老同志当年都是来自西北野战军中陕西籍的领导,还有一部分来自胶东老区。随访团到达的第一天晚间,在老会堂举行欢迎晚宴上增加"羊肉泡馍"和"大葱卷烙饼"之类的特色小吃。在嗣后举行的那台综艺性欢迎晚会上增加带有陕西和山东地方风味的节目。还必须各准备一台陕西秦腔和山东吕剧的专场演出。

诸如此类。等等,等等。

这些,还算是花费不太大的。接下来要做的一些调整和补充项目就非同小可了。比如:要彻底整理白杨河市市容。所谓的"彻底整理"就不仅仅是打扫打扫卫生,粉刷粉刷主要街区的墙面。要"以彻底改造市内那条中央大街'八一大道'为突破口,在大道两旁新建一座百货大楼。一座影剧院。一座高标准的在三五十年内都不会'落伍'的五星级宾馆。为了更好地把这些老领导老首长在垦区的活动记录传送出去,要再建一个广播电视转播塔"。还要仿照北京在粉碎'四人帮'以后,在'国民经济濒临崩溃''百废待兴'的情况下,以壮士断腕的决心,迅速、果断地在前门外大街那样的城市中心地段建造一批供高知、高干住的高层住宅楼,以落实新时期党的干部政策和知识分子政策。方案建议

"在八一大道两旁同样建一批这样的住宅楼,同样体现白杨河垦区在新时代落实新政策后出现的新气象"。当然,这批住宅楼不一定都像北京"前三门"新建楼群那样建到十二层。在白杨河市有个六七层,加上黄墙红顶蓝窗框,在三十多米高的白杨树的掩映中,就已经很显眼很像样很能显示新时期生动活泼的喜感了。方案建议调集全垦区所有的基建力量——垦区有两个专业建工师。下属的每个农场也都有一个专事基建的工程队。用剩下不到一年零四个月的时间,打一场决战决胜的"改造白杨河市市容歼灭战"。

这还不够。

关键还在如何接待好随访团的那些老首长老领导。

在此前,接待办(垦区办公厅)的领导亲自专程去京城拜访这些老同志。了解到他们中间许多人退休后都很想回垦区来安度晚年。即使由于家属和孩子的缘故,不能再回垦区定居,也希望一年之中能回垦区来生活一至三个月。"我们就是一群年迈的候鸟,依然眷恋着这个亲手在戈壁荒原上建设起来的第二故乡。"为此在调整补充方案中又专门增加了这么个项目:在环境幽美的老会堂黑松林中,为他们建一个住宅区。搞些联排或双拼别墅,除此以外,再适当地为几位正部以上的退休老同志建几幢独幢别墅。使用面积不宜过大,控制在三四百平方米以内。最重要的是必须在各户的房前屋后留一片宽敞的果园和菜地。有方便就医的地方——需要在黑松林里增建一个医护所。以添置一些进口的体检和化验仪器为重。这是老同志老首长们再三叮嘱和期盼的。同时建一个健身会馆、门球场、带放映厅的俱乐部……幼儿园之类的附属设施暂不作第一期工程考虑。但嗣后是必须完善的……

……

如此大幅度的"补充和调整"势必产生一个巨大的经费缺口。拿啥来填堵这缺口？按惯例，中央财政会有一些贴补。但仅靠这点贴补远远不敷调整补充所需。于是，分歧和争议就出来了。一方的意见是暂且缓建独立师的那半条铁路，以腾出经费来实施这个调整补充方案。充分做好这次大庆接待工作。另一种意见是大庆的接待工作必须搞好。但应该在保证北高地铁路工程顺利开工并能有效进行的前提下，对这个调整补充方案做一些必要的压缩调整……

最后，前一个意见占了上风。

北高地铁路暂停。

"不是不建。是缓建。"康政委安抚。并强调，"一定不会不建。"

"接待好这个随访团同样是一个政治性很强的工作。这一点，您作为垦区的老同志，应该比我们有更深切的体会。独立师是大师。让你们多付出一些，多承担一些，在你们是义不容辞的责任，在我们也是万难之中的无奈之举。不让你们来承担，还能让谁来承担呢？谁让你们是垦区这幢屋子里一根最高大最坚实的顶梁柱呢？"文司令员接着解释。态度更加诚恳。

林辅生默不作声。表情完全凝固。

林辅生很清楚，假如北高地铁路这一回被"缓建"，啥时候能再被立项开工就很难说了。这样的教训太多了。过去制定的一个又一个规划、纲要、设想，不也正是因为遭遇来自各方面的干扰时，定力不足，更多地考虑了"平衡各方关系"，忍痛放弃，而导致虎头蛇尾，无疾而终夭折了的，已不乏先例。

关系。

在一些人心目中,关系就是最大的政治。一旦上位,在他们心中,最重要的事不再是"踏踏实实为民谋利,有始有终为国争光",而是维系各种各样的人事关系,以此保住自己既得的"位置"。

更让林辅生感到纳闷的是新来的两位军政一把手康、文首长的态度。难道他俩看不出大庆活动筹备领导小组接待办公室提出的那个所谓的"调整补充方案"过于铺张了吗?不懂得中止北高地铁路给独立师和整个垦区会带来多大损失?他们看出来了。也懂。但他们为什么最终还是在摇摆不定之中勉强画了圈,同意了这个方案呢?

为什么?

这里的原因,其实林辅生心里早就明白。这个补充调整方案是大庆活动筹备领导小组接待办公室那几位年轻同志提出来的。如果仅仅是这一帮人,绝对动不了他的"北高地铁路"。问题是背后有人在撑着他们。此人就是垦区前一把手、林辅生的老上级、垦区党委的原书记、政治委员苏楚海。

苏政委在这一次党代会上没有进入垦区新组建的常委领导班子。而是"另有任用"。可靠消息指:他有可能去农垦部。争取被任命为常务副部长。

"另有任用"毕竟还没任用。没任用,就可能存在某种变数。比如说,全国几大兄弟垦区,新疆兵团、北大荒农垦总局等老大哥单位的主要领导,都有这个条件、有这个可能进入农垦部领导班子。但肯定不能全进入。一个部委不可能一下子增加那么些副职。更不可能有多位常务副部长。为此,苏政委有理由产生某种"焦虑"。作为垦区一把手,苏政委已经干到年限了。如果再不往上走一走,就必须退了。为此,苏政委"多次去北京走动"。逢年过节也会让办公厅提前备好一火车皮的白杨河"土特产品"发往北京。有一年还从自己老家搞来三百条当地产的滩羊皮褥子送往北京。这滩羊皮闻名中外。润如玉。白如雪。毛长足有一二十公分。稀罕的是每一根都有九道弯弯。每条褥子即便按内部价计,也得三四千元。

"九道湾湾黄河滩,不见故人难上坎儿……"

正被这焦虑煎熬时,"三十周年大庆"之日要来了。

于是有人就为苏政委出主意:这是扩大白杨河垦区和您个人影响的绝好机会。可以说是"天赐良机"。趁三十周年大庆,请一批在北京的老同志回来亲眼"看一看瞧一瞧这些年白杨河垦区在苏楚海同志领导下发生了怎样的巨大变化"。请他们把耳闻目睹之白杨河现状传回北京去。"苏楚海同志应该是农垦部下一任常务副部长的最佳人选"。在三十周年大庆之际行此举,不仅名正言顺,也可造成必须要的那种声势。于是有了组建一个"随访团"来垦区参加大庆活动这么一个想法。也就是说,这个"随访团",并不是中央原定的。是接待办的这几位年轻同志的主意。他们还进一步给苏政委进言:把这批老同志请回来,能否见效,取决于下列三方面的工作是否做得到位:第一,当然是要让这些老同志老领导看到垦区"变化确实很大"。这种变化还要能达到"震撼他们"的程度才好。二,参加这个"随访团"的人员也应有所选择。首先,他们应该是熟悉并亲身经历过白杨河以往创业过程的——这样才可以做今昔之对比,才容易被震撼到。其次,必须是对白杨河垦区,特别是对苏政委本人有感情的——这样,他们回北京后才会愿意为白杨河垦区,特别是愿意为苏政委发声说话。最后,还要在北京有一定影响力的,最好还能通天的——这样,他们发出的声音说出的话才能直达"天庭",才能立竿见影,起到应起的推动作用。说白了,才能影响到对苏政委的"另有任用"。第三,也是很重要的一环,务必要接待好他们。接待办的这些年轻同志认为,由于在"文革"中受到过"伤害",一些老同志拨乱反正后比较在意别人对待他们的态度。比较讲究这方面的感受。如果他们来到垦区,接待不好,所产生的副作用会更大,那还不如不请。这里既是个态度问题。更是一个政治问题。所以,既然请了,就要舍得花血本。即便超规格,也在所不惜。接待办的那几个年轻同志强调,如果接待水准达不到一定的高度,就"难以确保这些老同志回京后一定会为垦区和苏政委发声。"为此,他们一面建议对原先的接待方案进行大幅度的"补充调整"。一面又赶到北京做调研,对老同志逐个地拜访。"谈心"。"摸底"。了解所求。初步拟出一份适宜参加该"随访团"的人员名单。交苏政委本人"圈定"。再呈请有关方面审核批准。

为了确保该调整补充方案得到实施,他们私下里劝说苏政委亲自出面担任大庆活动筹备领导小组总顾问。他们对他说:落实这个庞大的补充调整方案,一定会遇到各种非议和阻力。有您坐在这个"总顾问"位置上,反对的声音和想公开出头来阻挠的人都会少许多。即便冒出一些来,也好及时排除。这样就为顺利实施这个调整补充后方案加上了一道必须的保险锁。

当然,如此大规模的"补充调整",经费缺口问题势必就成了万事俱备后的"东风"问题了。曾让所有人一筹莫展。还是苏政委身边这几个年轻同志有主意:"实在没辙了,先把独立师的北高地铁路暂时缓建,把筑路经费'借'过来填补这个缺口。"

那天听康政委向他传达了"缓建"的决定后,林辅生最后只是无奈地笑了笑叹道,既然组织上已经做了决定,我还能说啥?独立师只有服从。就这样吧……就这样吧……连说了两个"就这样吧"。康政委明白他此刻的心情,沉吟了一忽儿才说道,要不,你再考虑考虑?有啥困难,我们改天再谈?或者请常委们再议议……

康政委明显在留活话。但林辅生知道,事到如今,已经没有翻盘的可能了。在苏政委心重于"另有任用"一事,而且在退而不休担任了大庆筹备工作组总顾问的情况下,即使"再送常委会议一议",这个"调整补充方案"也绝无被推翻的可能。而从垦区当前财务状况来看,实施这个方案所产生的经费缺口如此之大,也只有从北高地铁路这么个大项目上去找补。真的要想翻盘,只有一个可能,就是说服苏政委和他身边的那些同志收回那个"调整补充方案"。而这又是绝对没有可能的。首先一个难题就是:谁会出头去说服苏政委和他身边的这些人?康政委?他作为空降来的新领导,有顾虑也是"情有可原"的。自己刚到任怎么能就直接挑头去冒犯原一把手?何况这位"原一把手"还没走。"另有任用"哩。而"另有任用"的一个重要去向是"农垦部"。虽然"农垦部副部长"和白杨河垦区一把手是同级干部。但农垦部毕竟是全国农垦系统,当然也包括白杨河垦区的上级主管机构。他当然要考虑自己今后和这位"副部长",而且还有可能是"常务副部长"的关系问题。退一万步说,即便他苏楚海被任用到其他岗位上,彻底离开农垦系统了,几十年来他培养的、重用的、信任的人都还在白杨河。不管怎样,这支"苏家军"仍然是白杨河垦区一支重要的不可忽视的工作力量。虽然多年来我们一直反对在党内立山头、拉小圈子,但"山头"和"小圈子","某家军"现象从来也没有被彻底消除过。有些同志还特别热衷于树山头,拉圈子,建立"某家军",直至发展出这种"没有谁谁谁的谁谁谁的山头现象"。任何一个政治里手都懂,能不能处理好和各种各样"山头""小圈子"的关系,不仅考验他们的政治运作水准,某种程度上也在考验他们能不能维持住本地区本部门本领域"局势稳定"。(这一点,近年来被各级领导都视作执政的底线和绝对不容触碰的高压线。)因而也决定着到底能不能戴牢自己头上这顶乌纱帽。所以,很难期待初来乍到的康政委会直接去"冒犯"苏政委。改变这补充调整了的"接待方案"。他说的那一番"活话",在林辅生听来,也只能算是一帖"安慰剂"。千万别当真。

至于其他人,就更不必说了。

这一夜,在垦区迎宾馆高级套间里,林辅生躺下,又坐起。坐起,又躺下。

难道……这条北高地铁路就这样完了?

其实,他不是不可以这样安抚自己:完就完了呗。路死路埋。沟死沟葬。独立师又不是我林家遗产,更不是我林辅生娘胎里带来的。要死要活屌朝天。爱咋咋的去!剩下这几年里,我林辅生就是啥都不干,也已经把独立师干成了全白杨河垦区实力最强的一个师级单位。我林辅生俯仰天地，对得起任何人。也对得起独立师这十来万跟我干了大半辈子的干部职工……但即便这样，他还是……一忽儿躺下又坐起。坐起了，一忽儿又躺下。

林辅生毕竟不是近些年由某些人拼着命提倡"以自我为中心"所形成的大环境中成长起来的人。更不信当下某些人天天在网络上"贩卖"的那种心灵鸡汤，"蛊惑"人们要"放下一切俗念"。"与世无争"。"立地成佛"。

他就是这么一个放不下的人。

他就是这么一个不甘心"放下"的人。

要真的放下了、心甘情愿了，六十多年前那一二十个信奉共产主义的年轻人也没必要在嘉兴南湖那条旧木船上发誓要带领工农闹一场革命，彻底改变旧中国。

他，林辅生，依然信这一套。

那么，自己直接去找找苏政委，再跟他说说北高地铁路？他转身看看房门。房门开着。走廊里寂静无声。从中庭里漫射上来的灯光，透过那一棵栽种在假土山上的铁蒺藜树枝叶，铺排到洁白的墙上，幻觉一般。他走了过去。却只做了个关门的动作。走回来。继续躺下。

不敢去说？不敢去争了？

放在三十年前……不，哪怕二十五年……二十年……甚至十五年前，自己不会这么犹豫。迟疑。一定会走过去。敲门。"对不起，政委，这么晚了还来打扰您。关于北高地铁路，关于这一回三十周年大庆活动，我有一点不同的意见……"

那忽儿还有勇气说出自己的"不同"。一个优秀的政党总是允许、提倡、鼓励自己的党员向组织向党的高层说出自己的"不同"。虽然近三四十年，每一届新中央领导班子上任，都会修改一回党章，但无论怎样修改，都给普通党员保留了这个神圣的权利和义务。为什么今天自己"走了过去"，却……"只做了个关门的动作。走回来。继续躺下"。

是不敢去说？还是觉得即便去了，说了，苏政委也不会汲取，不会产生任何作用，所以，不去也罢……

"从什么时候起我们这些人身上发生了如此的变化？再也不敢走过去敲门，大胆说一声，领导，我有一个不同的想法，有一点不同的意见？"——近些年，林辅生经常不由自主地反省。自问。同样，也惊醒为啥这些年几乎见不到，或很少能看到有人敢来敲我林辅生办公室的门，说一声：林政委，我有一个不同的想法，有一点不同的意见想跟您交换一下……

不能说林辅生从来都不敢走过去敲苏政委的门，向他说一声"我有一个不同的看法……"

在很长一段时间里，林辅生和苏政委之间是可以也经常说"我有一个不同的看法，请您考虑"。

现在说不清，这种状况是从哪一年的哪一个月的哪一天结束的。大山的隆起，必然要历经千万年万千次的震动。那场逼得人类都向诺亚方舟上跑去的大雨也是从一滴一滴开始的。但有一天的有一回的一档事，在林辅生心中印象最深。苏楚海当时还在独立师当政委。林辅生在通古博拉的八团农场政治处当政法股长。那天，苏楚海要主持一个大型农田水利工程项目的鉴定会。通知林辅生来与会。按说，"农田水利工程项目"鉴定会,找谁参加也不会找到一个政法股长头上。但苏政委偏偏找了。苏政委当年就是这么信任和喜欢这个"小林"。一方面,"小林"在参军前上过两年初等师范。这在当时,在这个刚从战争硝烟中走出来的农垦部队中,确实已经要算是个"大知识分子"了。再一方面,从苏政委奉命带人在荒原上开发最早两个农场时起,"小林"就一直追随在苏政委左右。用得特别顺手。合心。那时候,苏政委就让林辅生带着几个技术员,一个马队,进荒原腹地搞过一阵子农田水利勘察设计。"小林"不是这方面的外行。后来去当连长指导员。这两年又把他放到政法股当股长,完全是为了让他多一个领域的工作历练。多一份政治资历。为日后的提拔使用做准备。所以,苏政委让人通知林辅生这个政法股长来参加这么个农田水利工程项目鉴定会,也不能就说他"任人唯亲"。(但他喜欢使用"自己用惯了的用顺手的人"的偏好,也是大家心知肚明的。)

不巧的是,那天林辅生恰好已经有别的安排了。而且是一周前就预定下的。通古博拉八团农场有几个命案的结案报告,要请农场党委常委讨论议定。那时候,在农场里,公检法不分家,案子的侦破、起诉、审判、执行都由政法股一手操办。判五年以下含五年的,团场自己有权定夺。五年以上直至死刑,必须报师政治部政法科,再呈师党委常委讨论议决。在呈报师党委前,当然先要让团场党委过一下"筛"。而这几个凶残的杀人犯因为个别证据需要补充侦查,已经在通古博拉看守所里关了小两年。拖的时间实在太长。群众反应太大。不能再拖。"政委,这边几个常委已经把手头所有的工作都推了,等着参加明天这个常委会定这几个案子。明天我就不去参加您那个鉴定会了。赶紧把这边几个命案结了。反正,您那边的鉴定会少我一个会还能照开。这边少我这个政法股长,会就泡汤了。您看行不行?"

这样的事，过去也经常发生。都出于"工作需要"。苏政委一般也都不在意林辅生的"自行其是"。但那天林辅生觉得苏政委似乎很在意了。以往他总是这样回复林辅生的请求："行。你先忙你的吧。忙完你的，回我一个电话。有点儿事还要听听你的意见。"那天却这样回答："那……行啊，你自己看着办吧。"随即不容林辅生再说啥，"叭"一下就把电话挂了。听得出，他不高兴。不高兴就不高兴呗。反正都是"工作需要"嘛。林辅生还拿"老皇历"掂量此事。

但接下来发生的事，就让当时还比较年轻的林辅生发现自己是"疏忽大意"了。他的大意在于：自己如此接近苏政委，居然会没有察觉到这时的苏政委已经非常在意别人，特别是那些被他认定为"自己人"的工作人员在对待他态度上发生的任何一点细微变化。为此，在师机关，他已经毫不犹豫地调整了几个关键岗位上的工作人员。比如师党委办公室的正副主任。政治部组织科、干部科、后勤部财务科和司令部生产料的正副科长。还有小车班。甚至连师机关负责打理师首长伙食的小食堂司务长他都重新考察调整过了。

果不其然，不久之后，这个疏忽大意的后果就逐渐显现了出来——那个工程项目的可行性鉴定会后来又开过两三回。后来这几次鉴定会，林辅生是有档期去参加的。但苏政委都没再通知他去参加。一个多月后，师党委召开全师三（级）干（部）会，传达垦区党委扩大会精神。以往每逢要开这样重量级的会议，苏政委一定会把林辅生召到师部参加筹备。会议期间也会让他进入秘书组专门负责会议简报工作。特别是必须呈送总部党委主要领导阅示的那几份简报，苏政委都会让林辅生未仔细推敲斟酌才放心上报。但这一次却没了动静。会前既没有通知他去参加筹备，会议期间也没要他在简报组把关。自始至终，林辅生以一个普通与会者身份参加会议。住大房间。吃大食堂。林辅生怅然了。骇异了。冷静了。开始回顾。一档事一档事回顾。翻检。觉得自己再没做过别的错事得罪过政委。只有那一回"鉴定会"。没听话。没丢下一切去"顺从"他的安排。违逆了。再想起有一回去苏政委家随便聊天。曾随口聊起现在一些刚上岗的年轻同志,"往往把自我看得太重"。交付他们一些工作,"总是推三阻四,把自己的事看得比领导托付的活儿都重要……"没等林辅生把话说完,苏政委突然拉长了脸,用高八度音呵斥:"这样的人怎么能用?!你没人可用了?!"反应如此激烈和直率,让他惊诧。

于是,他当晚就赶往师部。当时的师领导还没像后来那样,每家一幢或两家一幢两层别墅楼。住的还是最早供给制时期的那种大院。平房。其他方面也还遗留一些供给制时代的"痕迹"。比如,给每个师级领导家配备一个保姆。一个勤务员。正师级配一辆苏制嘎斯六九车。副师级配一辆老式的美制吉普。团场一级领导要去师部或白杨河市开会,就只能坐场部修理连用来拉日用百货或化肥或冬季烤火煤的大卡车。这个阶段延续时间不长。后来反对"平均主义"。师领导很快就搬进苏联专家设计的四层板楼。每家一个单元。一律三间。有地板。俄式圆筒状铸铁大壁炉。和双层玻璃窗。配齐家具。(家具都编了号登了记的。工作调动时,总务科的同志还会来清点。因为它们是不能私自带走的。)一部手摇把的电话机直接安在师首长卧室。再后来差距就渐渐拉开。分出正师和副师。正师——师长政委住独门独户别墅。一家一幢。前带果园。后带菜地。副师级领导两家住一幢。虽然前也带果园。后也带菜地。但却是楼上一家。楼下一家。只是不在一个门里进出。苏政委不喜欢住别墅。单独在一个果园里开辟了个带院墙的大院子。建了五六间青砖大瓦房。那个果园足有两三亩。院墙厚重。大门口养了两条转种的德国黑背狼狗。客厅里有一台老式的五灯(真空管)

两波段收音机。正面墙上挂着一个老大不小的镜框。镜框里装着毛主席一九五二年二月亲自签发的《人民革命军事委员会命令》放大版的复制件。命令中国人民解放军三十一个师转为建设师。"你们过去曾经是久经锻炼的有高度组织性纪律性的战斗队,我相信你们将在生产建设的战线上,成为有熟练技术的建设突击队……你们现在可以把战斗的武器保存起来,拿起生产建设的武器。当祖国有事需要召唤你们的时候,我将命令你们重新拿起战斗的武器,捍卫祖国。"侧墙上还斜斜地挂着一支苏政委最心爱的匈牙利猎枪和一把作为战利品保留下来的日本战刀。据说还有一个美军用过的望远镜,被政委家的孩子摔过一回,准备送军区枪械所去修理。(打倒"四人帮"以后,苏政委平反复职。他家供起了观世音菩萨像。这也让林辅生吃过一大惊。苏政委的解释是"你嫂子心善。供着多一份念想。也就是多一份寄托吧"。)

　　……

　　那天晚间,林辅生在苏政委家待了好几个小时。深刻检查自己的"违逆行为"。及造成这种可怕行为背后的思想根源。阶级立场和阶级感情。再一次认真回顾在苏政委领导下,随大部队从兰州出发。战斗。修理缴获的敌人卡车。弥天沙尘暴中长途跋涉。跟着苏政委去接收起义部队。就他俩各带一支驳壳枪和卡宾枪,却接收了一支人数有三四百且全副武装的国民党骑兵支队,加辎重队。当晚窗外枪声不止。后来平叛。遭遇伏击。含泪掩埋被叛军虐杀的女工作队员遗体……这几个小时中,偌大个果园里寂静无声。黑背狼犬不时短促吠叫。让果园更显寂静。但效果却是显见的。越明年开"三干会",就通知林辅生去筹备了。尔后,林辅生渐渐觉察他自己也发生了某种变异……

……举一个例。说起来只能算是件小事。小到不能再小的事。这事发生时，苏政委刚调任总部副政委不多时。林辅生随即也被他点名随调到总部办公厅任副主任。有一回年终。机关聚餐。林辅生多喝了两杯。脑袋有点晕。上餐厅屏风背后的长沙发上躺着过一过酒劲。躺下前特地叮嘱办公厅一个老秘书，让他务必在十五分钟后叫醒他。到时候总部领导还要和获得这一年机关先进工作者称号的同志合影留念。他也要以总部机关部门主要领导人身份参加这次合影。并让那个老秘书"顺便"打听一下，总部首长参加合影都会怎么着装。但不料，躺下不一忽儿就睡着了。惊醒时，再看墙上的电钟，已经过了十五分钟。而那位老秘书竟安然坐在一旁，跷着二郎腿，有滋有味地翻看着新一期《参考消息》。他火冒三丈，冲过去吼叫："你干啥吃的呢？过时间了知道不?!"态度之火暴，用词之激烈实为空前。把那老秘书吓愣。不等老秘书醒悟，他已经冲出餐厅。冲到门口，又冲了回来，仍旧冲着老秘书吼叫，"首长们穿啥衣服？你问清楚了没有？""应该是……照例是……"老秘书指着一旁为林辅生准备好的一套中山服，却口吃了。一阵极度的忙乱。不。要说是"慌乱"。林辅生三下五去二换妥衣服，一边向合影的集合点机关办公主楼匆匆跑去，一边向抱着他换下来的衣服跟随他跑着的老秘书训斥道："你啥时候不能看《参考》？啊？这《参考消息》就那么好看？啊？你是老同志了，怎么就这么分不清轻重缓急？啊?!"他说不清自己为什么要那么着急。只是觉得自己跻身总部机关部门主要领导行列，在应该有自己在场的场合必须在场，在应该露脸的时候必须露脸。在那样的时候和场合，不能让首长们看不到他，不能让首长们产生一种有他没他都无所谓的错觉。

自身的重量和价值完全取决于他人或一个体系的"印象"时，你就不是你自己了。你也就没有了你自己。"每个时代都有自己的腐败行为。我们时代的腐败行为也许不只是放纵佚荡或耽于声色，相反，是一种无节制的泛神论对个人的轻蔑。……一切都必须依附于某种运动之中……让自己丧失在事件的总体和世界的历史之中。没有一个人希望成为个人（自己）。"这是很多年以后，林辅生完全退休在家养病，在他儿子书桌上一本书里读到的一段话。是一个叫克尔凯郭尔的丹麦哲学家在批判黑格尔时说的。他认为人是可以独立于世界体系和历史进程之外的一个完全自由的个体。他的这种思想曾使二十世纪八九十年代中国的青年知识分子疯狂。也让垂垂老矣的林辅生沉思。迷惑。

在后续的反思和沉思中，林辅生才意识到，在曾经很长一段时间历程中，有一些同志——多数？少数？他们无论是作为一个老共产党员，还是作为一个老领导者，无论嘴上喊着怎样的口号，手里打着什么旗号，实际生活中只是在某种"关系"中沉浮。这种"关系"，就是攀附某个"山头"。争取进入某个"圈子"，被那个"圈子"认作"自己人"。怕被一个"圈子"冷落、疏忽、抛弃。即便某一个无关紧要的会议，没有拿到会议通知，自己都会忐忑不安。

在场，就是"存在"。在康德那里，它被理解为"物自体"。在黑格尔那里被解释为"绝对理念"。在尼采的字典中，它又代表着"强力意志"。操法语的笛卡尔把它翻译为"对象的客观性"。Anwesen，即为"显现的存在"，或"存在意义的显现"。而在海德格尔的哲学世界里它被直接归结为"在"和"存在"。绕了这么一个大弯子，说直白了，在场的关键一招就看"在领导心里有我没我"。

从执着于"消灭敌人""为了建立新中国冲啊！"到执着于"领导心里

有我没我",这样的蜕变,这样一条路自己走得很"苦"。算一算,苏政委完成这个蜕变过程大约用了三十年。自己大约用了二十年。当代更年轻一拨从政的,没有了"为建立新中国冲啊""为劳苦大众求解放"那样一个起点。他们往往直接就在"实现自我价值"这个所谓的"普世基准点"上起步。其中一些人(多数还是少数?)最后便成了所谓的"精致的个人(利己)主义者"。也许他们更在意去算这笔"账":"领导心里到底有我没我?"或者扩大到"老板心里到底有我没我?"

只为着这一点而活。

在我们的队伍中,有多少同志是真正在意"人民心中有我没我"的?

这个现象可怕吗?

一个令人不安的结论。

林辅生问自己:这种现象怎么会发生在我们这些人身上的? 那个夜晚,在垦区总部白杨河迎宾馆陈设奢华的大套间里,他就感觉到有点胸闷了。心间开始一痉一痉地刺疼。

过后不久,有人从门缝里给林辅生塞进来一张小纸条。小纸条上只写了一句话。正是这仅有的一句话,却让林辅生这一夜再也无法安睡。

那时大约在凌晨。两点多钟

小纸条上写的是:"**所有接待所谓的随访团的歪点子都出自钟。警惕吧,您,林政委……**"无落款。那字也不是手写的。剪自报纸。贴在一张最普通的白纸上。让人很难查清纸和字的来源和出处。但从最后那一声"**警惕吧,您,林政委……**"林辅生敏感到,此人应该是个"圈里人"。有一定身份。掌握某种内情。而一开始提到的那个"**钟**",就是现任垦区党委办公厅主任**钟绍灵**。是当年由林辅生一手培养提拔起来的年轻干部。

林辅生立即冲了出去。

果然在走廊尽头的楼梯口截住了那人。让林辅生意外的是,竟然还是个女子。裹着条老式的羊毛方头巾。小碎步。跑得不算快。上身穿一件中长的灰蓝色牛仔布料做的单大衣。下身穿件长及脚背的深色呢裙。式样都很时尚。撩开她那条厚厚的羊毛方头巾,初看,三十岁?三十五岁?肯定还不到四十。还在喘。喘得有点厉害。脸色更显苍白。下巴颏也更显尖削。前突。略有些散乱的黑发遮去小半个宽大的额头和小半边脸。这时,她本能地后退一大步。想重新用头巾包住自己的脸。却被林辅生一把拦住。

果然是熟人。

"小燕?"林辅生诧异了。甚至可以说是惊诧了。而且十分惊诧。

白小燕。总部党委办公厅原副主任。几个月前刚以健康为由,递了辞呈,正等着组织回复。目前"病休"在家。

这一位——白小燕和她提到的那个"钟"——钟绍灵一样,都是林辅生当年在总部任职时一手培养和提拔起来的"优秀青年干部"。而且**都是他从独立师带出来的"嘎娃子"**。白小燕有背景。祖父是垦区最早一任司令员。西北野战军中出了名的能打硬仗的虎将。是苏政委的老首长。带部队执行毛主席的命令就地转业。开荒戍边。建起第一批农场。安顿好这里的一切以后,就被中央军委调到东南沿海去做台海方向的作战准备了。也就是说,他在垦区待的时间不长。临走前,他把已经成年的大儿子留在了垦区,交代他:你代替我留在这里,和那些叔叔伯伯们继续执行主席交给我们这支部队屯垦戍边的光荣任务。只有稳住了西北边疆,你老爸在东南沿海才能放开手脚揍他们。完成统一祖国的历史重任。大儿子后来在独立师通古博拉八团担任副团长,和林辅生搭档,也干得相当出色。不幸没干太久,遭遇车祸,不仅高位截瘫,还失去了双眼视力。这个和他父亲一样生性刚猛的男子汉不愿就此"苟延残喘",用唯一能动的一只左手开枪自尽。时年才三十来岁。开枪前,留下一份遗嘱。两条。一,让家属赶紧改嫁。二,把唯一的孩子,小燕,托付给"好兄弟"林辅生"照看"。

钟绍灵则纯属一个"土孩子"。父亲应该是盲流来独立师的一个退伍老兵——也就是说先光荣退伍回了老家农村。那时候老家农村实在太苦。待不下去。便"纠集"几个年龄差不多的同乡跑到垦区来"找饭碗"。没带任何证明。公社大队不给开证明。把党的关系也"丢"了。这一类人在垦区统一被称作"盲流"。在二十世纪六十年代初,从甘肃、青海、四川、河南等地往垦区"流"过来不少。老钟"流"到独立师,很快以能吃别人吃不了的苦和绝对服从领导"征服"了连里的干部。别人两人一组赶一辆牛牛车,一天一夜只能打回一车梭梭柴来。他一个人赶两辆牛牛车,一天一夜能打回两车梭梭柴。他说他是老党员。找指导员交党费。指导员说没见着你任何组织手续,我咋收你这钱?他整了个猪尿泡,晒干了,外头抹上清油。防雨。拿细麻绳拴上,挂在指导员家门楣上。每月往里存一毛钱。一直挂了好几年。后来团里在荒原深处挖地窝子建点,正式成立"副业队",专职打柴。让他在那儿负责。手下几十个队员全是"盲流人员"。先是靠队里给他们送给养坚持着。后来自个儿在那儿挖渠,从附近的老乡公社引水过来开荒种菜养鸡喂猪,自立门户。自给自足。他也成了这个副业队没有正式任命的"队长"。按说这几十号人最难管。人杂。心散。却被他可丁可卯管得顺顺溜溜。这家伙就是有一点不好,脾气暴。爱打人。自己也被人打瞎了一只眼。

钟绍灵就是在这片荒原上被父亲打大的。

林辅生头一回见到钟绍灵,就喜欢上了这孩子。那时他还在二管处当政委,去卡拉库里几个连队检查冬季整党和积肥备耕备料工作的开展情况。车坏在了那个"副业队"附近。天色将晚。四荒八野。举目望去,尽是干硬的沟沟壑壑。悄无人烟。正愁着无处安身。老钟闻讯带人赶来救援。那一夜就在老钟家安顿下了。居然有酒。有肉。酒是散酒。肉是头一年腌下的黄羊肉。还有戈壁滩上自产的肉苁蓉炖老母鸡汤。刚熬出锅的苞谷糁子粥金黄灿烂。老钟把队里几个骨干分子都叫来陪酒。最后听着地窝子外头掺和着狼嚎的狂风。雪粒猛击窝顶。不善喝酒的林辅生真喝晕了,但还是注意到饭桌旁一直有个十四五岁的男孩毕恭毕敬地垂手伺候着他们进食。男孩清瘦。黝黑。长短不齐的头发有点蓬乱。眼睛却特别清亮。含蓄。

　　第二天一早,还没完全消除酒乏的林辅生却被不近不远处一阵嘈杂的嚷嚷声吵醒。他在雪地里信步走去。看到那个男孩带着一帮大小不一的娃娃,(大部分都比他大)站在不远处一个沙包上,冲着刚升起的太阳大声喊叫。沙包上长着一大片高过人头的红柳。这时都被雪埋住。霞光刚能染红左近几棵扭曲的胡杨树梢。娃娃们都还笼罩在青蓝色的晨霭中。走近了才听清,他们喊叫(背诵)的是这么一段话:**"英国有这样一条船——它二十七次被风暴折断桅杆,一百一十六次触礁,还遇到过一百三十八次冰山,十三次大火。但是它一直没有沉没。我,就是那条船。"**然后在那个小钟的带领下,他们一起又连喊五遍,**"我就是那条船。我就是那条船……我就是……"**

　　后来得知,他们每天早晨都要对着初升的朝阳,先背诵几段毛主席语录,然后就大声背诵这段话。林辅生责问过这些娃娃:"谁教你们这么喊叫的? 干吗要做英国的船? 我们中国就没船了?! 是老师教你们的?"

　　先是沉默。

　　然后那些孩子陆陆续续都把目光投向了那个男孩。那个男孩毕恭毕敬地往前踏上一步,告诉林辅生:"这里没有老师。"后来林辅生才知道,这些娃娃全都是盲流人员往这边"流窜"时带过来的。由于这个所谓的"副业队"本身就是临时凑合不在编的。所以,上边既不会拨钱在这儿盖房建校。更不会添个编制往这儿派老师。是这个男孩自告奋勇集起这些大小不等的娃娃。分年级给他们上课。其实他自己在老家也只上过一年多初中。眼下正自学高中课程。林辅生还发现他们身后所有那些胡杨和旱柳树树干上几乎都给刻上了个"**痛**"字。有大有小。有深有浅。深的刻到了木质层上。随着树的长高变粗，这些"**痛**"字就像再也无法愈合的伤口，随着里面的"肌肉"止不住地向外胀翻，字形变得狰狞可怖。有的都难以辨认出"**痛**"字的模样了。林子里还戳着一块木块。板上刻着两行这样的字："**我们根本就没存在过。只是一些泡沫。但即使是泡沫，也要做一个坚强的泡沫。**"

不用追问，这块板子也肯定是这个叫钟绍灵的孩子戳起的。那两行字也是他写上去的。

那天，林辅生把钟绍灵找到队部办公室。他注意到他脚上没袜子。只穿着一双补丁摞补丁的解放鞋。是个苦孩子。

林辅生问他："知道我是谁吗？"

那苦孩子点点头："知道。您是咱们管理处的政委。"

"知道政委是干啥的吗？"

"知道。是咱们管理处最大的领导。"

"一忽儿我就要回管理处处部了。我先考考你。你知道什么是阿拉丁神灯吗？"林辅生接着问。

钟绍灵犹豫了一下答道："知道。这是个外国神话故事。谁能得到这盏灯，就能实现自己三个愿望……"

"嘿，你不简单啊。"林辅生笑了，"咱们玩个游戏。把这个神话变成真的。现在你也可以向我提三个要求。随便提。看看能不能让它们实现了。"

钟绍灵再次迟疑地看了看林辅生。（后来林辅生发现，当有什么好事降临时，钟绍灵的反应总没有像遭遇什么坏事时那么快，那么果断。

总要先迟疑一下。权衡一下。掂量掂量这样的"好事"怎么可能真的会落到自己头上。琢磨一下对方是不是还怀着其他"不可告人"的动机和念头。)

这时,有人向老钟"报告",你儿子被林政委叫到队部去了。他不知儿子犯了什么错,居然冒犯了管理处的一把手,便着急上火,一头闯了进来,拽着儿子的手就往外拉,并冲儿子怒吼:"谁让你来吵着政委休息了?混毯!快给我滚!"

"撒手!"林辅生立即呵斥住他。并把这个父亲赶了出去。这时门外已经聚集了一堆人。有那些娃娃,还有他们的父母。

"你可以向我提三个要求。三个你最想得到的东西。说吧。"林辅生去关上门,不动声色地催促。他想测试一下这个孩子。他历来相信,从一个人的愿望便能评定这个人的高下和雅俗。孩子尚未成熟定型。愿望和企图还会有变。这一招用在他们身上可能不是十分得当。但对一个十四五岁的孩子,总也能掂出个六七成吧?"不好意思说,也可以把它写出来。那就写吧。写你最想得到的。"林辅生从那张放都放不平稳的瘸腿破办公桌里翻找出一张纸和一小段铅笔头,放在钟绍灵面前。

钟绍灵再次打量了一下自己面前的这个"大领导"。气息渐渐急促起来。看看依然在门框边呆站着的父亲。看看窗外的小伙伴。在经过最后的犹豫后,终于从自己的裤兜里掏出一个瘦长的粗布小布袋。解开收紧袋口的细绳。从里边倒出一支廉价的自来水笔。在那张表格纸的空白背面写了这么一句话:"请给我们派个正规的老师。"然后忐忑地看看林辅生。生怕冒犯了这位"管理处最大的领导"。林辅生拿过纸片来看了一眼,字迹端正。清秀。笔画有力。"可以提三个要求。还有呢?"钟绍灵犹豫了一下后,又写道:"二,像对待那些正规的子女校老师一样,给这个老师发工资。"写到这里,他的手有一点抖颤了。没等林辅生再催,他断然写下第三条:"三,给我们的爸爸妈妈上户口。让我们在白杨河安心扎根。感谢党。感谢政委。"写到这里,孩子的眼眶开始湿润。泪水似要从他眼眶里涌出。霎时间,林辅生居然觉得自己的鼻子也有点酸涩了。

……

回到管理处处部,林辅生立即让管理处党办主任从管理处子女校抽调了一个领工资的在编全职教员去那儿任教。同时把钟绍灵安排到管理处处部子女校中学部住读。一切学杂费用全免。后来这个钟绍灵又以优异成绩考入垦区自办的农(业)专(科学校)政教系。毕业时,林辅生已经到独立师任政委了。他便安排他到独立师师部八一中学当政治教员,并兼了学校团委副书记。林辅生随苏政委去总部任职后,顶住一切歧见,又把他调进自己分管的垦区党委办公厅。(这时候,在林辅生的特别过问下,小钟入党才一年多——也就是说从预备党员转正还不到三个月。)一切正如林辅生所预料和期待的那样,这孩子以他出众的肯学、吃苦、能干和超群的忍耐精神,很快就从办公厅这个能人云集的精英群体中脱颖而出。他年轻却老成。肯学却始终保持低调。喜欢替人办事却又不显山露水更不招摇显摆。听话顺从却又拥有足够的机敏和主见。始终把自己放在一个"泡沫"的位置上,修炼一份应有的"坚强"。最难能可贵的是,他出色、出众却不招人嫉恨。

好苗子。

……

就这样,这个钟绍灵在林辅生的庇护导引下,一步一个脚印,终于成了垦区有史以来没有任何政治背景、没有名校毕业文凭,甚至都没有正规出身、以一个在垦区仅高于"劳改员子女""新生员子女"的"**盲流人员子女**"身份走上党委办公厅主任这个高位的第一人,也是唯一人。也有人说过这样的风凉话:不能说他没背景吧?这林大政委怎么也算得是他的一个"背景"和"靠山"吧!只是不知道这么个"小屁娃娃"是怎么贴上这么一座"大山"的。要没有林大人撑住他,他这么个"盲流子女"能进得了总部办公厅?做梦哩!是的,在当时那个特别讲究家庭出身和本人成分的情况下,没有林辅生,他钟绍灵再能耐也进不了办公厅。但他最后在办公厅待住了,又逐渐成了办公厅的大拿,跟他自己的努力绝对分不开。事实是:钟绍灵被调进垦区党委办公厅不久,林辅生自己因为和垦区一把手苏政委之间发生了一点矛盾,离开了总部领导岗位,失去了在总部的话语权。当时许多人因此认定这个"盲流后代"在总部,甚至在垦区的好日子就此也告结束。"说到底还是个兔子尾巴嘛,咋弄都长不了的嘛。"钟绍灵一度也的确被调离了办公厅的核心部门秘书科。但出乎所有人的意料,没隔太久,他又回到了秘书科。不仅回来了,后来还当上了科长……后来一步步又当上了主任。而林辅生这时早已离开了总部机关,去了独立师。

白小燕后来也当上了办公厅的领导。是副主任。近几个月她突然称病不上班,据说跟钟绍灵有关。他俩很长时间以来一直闹不团结。此事当然瞒不过林辅生。他也曾婉转地去做过这两个人的工作。劝他们要讲团结。但有一次白小燕居然对林辅生说出这样的话:"我爸这一生最大的错误就是调离垦区时,推荐了苏政委当他的接班人。而您林叔迄今为止最大的失策,就是一直没看透钟绍灵这个人的本质。"林辅生立刻正色道:"白小燕,你怎么可以这么说你父亲和苏政委?你太不知道天高地厚了!你对小钟的那种成见,还有你们之间不团结的问题,我以后再跟你谈。但就这一条,在背后随便议论领导,这种自由主义,再加上你的任性,你要不警惕,发展下去就不得了!作为办公厅的工作同志,这是大忌!我跟你们说过多少回了?!"小燕不说话了。但显然对林辅生的这个批评是不服气的。嗒然垂下头去,默然许久,抬起头苦笑着回了林辅生这样一句话:"林叔,您啥都好,就是太溺爱钟主任了。真的,太溺爱了。真的。"

那天夜间,被林辅生"逮"住后,林辅生问她:"你这是干啥呢?有话不能当面说。在背后搞这种小动作?!"白小燕怕冷似的裹紧了那条厚厚的大方头巾还在哆嗦,然后就问林辅生:"我们能另找个地方说说话吗?"语速超快。声音压得特低。

"现在?"林辅生犹豫了一下。

"随你。"白小燕又止不住地哆嗦了一下。

"你有地方?"林辅生再问。

"当然。"她直愣愣的眼神背后闪显出的那种偏执和激烈,竟让林辅生止不住地也恍惚了一下。

这时,迎宾馆假山背后停着一辆浅蓝色的菲亚特126P小轿车

这种产自波兰的车,其模样有点像几十年后在北京上海等一线大城市里特别受中青年知识分子青睐的德国甲壳虫车。当时人们叫它"小土豆"。后轮驱动。结构简单。结实耐使。价格还低廉——所谓"低廉",自然是相对于那些高档公务用车来说的。那时候,全国虽然已经出现万元户十万元户。但在白杨河市,人们的月薪普遍还滞留在三五十元水平线上。这个"小土豆"在他们看来,当数"极昂贵极奢侈梦幻般的消费品"。基本没人买得起它。一般人头脑里还没产生"私家车"

这样的消费概念。也不敢有。不会有。就是有，也无处去买。钟绍灵曾经在全办公厅干部大会上，当着所有同志的面，含蓄地批评过自己的这位副手，在生活上不该如此"脱离群众"。包括她的衣着。大冬天的，只穿件牛仔布料中长单大衣，里边却穿条格子呢长裙。长裙里边再穿一条东方绸的纯白长裤。"咱们有必要赶这个时髦？带这个头？"年轻的钟主任一如既往，语调平和，神情温良，但言辞却犀利。被批评的白副主任，怀抱着双臂，仰靠椅背，侧脸看着主任，嘴角微微吊着一丝冷笑。对主任的批评不做任何解释和检讨。也不屑于做解释和检讨。

"车是我大哥给的。我没掏一分钱。"林辅生一上车，小燕就"此地无银三百两"地解释。她大哥前两年从部队正师级位置上退役，叨父亲和家属的光，在东南沿海某副省级城市谋了个主管消防器材生产和销售职位。有外财。手头比较宽裕。白小燕告诉林辅生，外边的人只知道组织"随访团"、大幅度调整补充接待方案、缓建北高地铁路等点子，是接待办的一些年轻人出的。**"实际上这几个点子都出自您最看重的这位高徒。我就不明白了，难道他钟绍灵就真的不懂，这么一来，受伤害最大的就是您林叔的独立师和您林叔本人。也伤害了垦区的未来。他干吗要跟您跟独立师甚至跟这个垦区过不去。他到底在图个啥嘛……"**

林辅生冷静地倾听。不表态。他不能表态。因为他深知，这档事直接牵涉到苏政委苏楚海。

白小燕至今单身。一直住在垦区歌舞团的大院内。她说她喜欢日常能听到一点钢琴和小号还有架子鼓的声音。总部机关事务管理处归办公厅管辖。管理处的协理员说了几回要给她分房，她都没要。仍旧住在院内一个仓库改装的大房子里。装修时，她亲自画出气氛图。请人装得简洁淡雅且又别致实用。家具和一些软装饰也是她自己设计好了请歌舞团和省电影厂的两位置景师来做的。不问贵贱。只要称心。院里有一棵老槐树正挨着她窗外，长得粗壮高大。槐花香时，便知道荒原上的沙枣花也该开了。大槐树底下堆放着歌舞团许多的旧景片和待修理的道具、灯箱。还有些木方、寸板、苫布和灯光架子。显得凌乱不堪。她完全可以动用自己手中这个"办公厅副主任"的权力，让歌舞团派人来好好清理一下。还窗外一片清静。但她觉得"这就是生活"。何必在意别人在你窗外怎么活着。所以，她的女友（闺蜜）们笑她"你哪像个当官的，更不像当了办公厅副主任这么个大官的。倒像个既没脾气，却又任性的中学音乐女老师。你这个样子可不行啊。你这顶乌纱帽怕是戴不长啊。"

"戴不长吗？嘿嘿。那就让它戴不长吧。"她淡淡一笑。

但这时，在林辅生跟前，她却没"嘿嘿"。也没微笑。脸色继续青白。眼神仍然偏执。说上一两句话，浑身便会战栗一下。紧抓住头巾的手背上青筋直暴。

车窗外不时响起一片片簌簌的枝叶声。

林辅生在这片簌簌声中端坐不动。内心却有点复杂。有个情况不仅白小燕还不知情，可以说任何人都不知道：修建这条铁路的点子也是"小钟"给他出的。当时，独立师准备召开师党委扩大会研究讨论新五年规划。林辅生当然要了解两位新首长的思路，就特地把钟绍灵请到独立师师部，就这个规划问题跟钟绍灵单独做过一次彻夜长谈。钟绍灵是两位新首长提议建立的那个"垦区新五年规划方案起草小组"的成员。他了解新首长的想法。就在那夜，钟绍灵给林辅生出了"修建北高地铁路"这个点子。让林辅生激动不已，称赞："真是个四两拨千斤的好点子啊。"钟绍灵则希望"林叔"保证对外不声张这个点子是他"小钟"给他出的。因为根据新首长的指示,各师都在制定"新五年规划"。不止一个师提出要修建铁路。但总部不可能让所有想修建铁路的师都去修一条铁路。最后到底批准谁先修,谁缓修,在总部首长有态度前,"我作为党委办公厅的主要负责人不能先于首长公开表示出某种倾向。这是规矩。也是纪律。您当年就是这么谆谆教导我们的。所以……"**所以**,林辅生从来没向任何人提过此事,甚至对独立师那几个常委都"三缄了其口"。只是对钟绍灵提了这么个要求:"修北高地铁路有相当的难度。如果被允许立项了,修建过程中,你可要一如既往给予支持,在总部首长身边多为独立师的这条救命路敲敲边鼓……"当时钟绍灵还这样表了态:"林叔,瞧您这话说的! 为独立师出力,这还用得着您提醒? 我到啥时候都是咱独立师的子弟。独立师和您林叔的头等大事,永远是我小钟的头等大事!"**"转瞬之间"**他怎么又能到苏政委跟前去建议"缓建"了呢? 有这个可能吗?

白小燕看到林辅生迟迟疑疑地并不愿意相信她的这个"揭发",真有点不高兴了,嗔责道:"林叔,您看,群众的眼睛就是雪亮的嘛。说您偏心,溺爱钟绍灵,一点没错。您这是为什么呀?!"

"……"林辅生没做回答。

平心静气地说,林辅生自己一向也承认他偏爱这个**苦孩子**钟绍灵。当年林辅生起用钟绍灵和白小燕,曾遭遇不小的非议和阻力。但他还是坚持用了这两个"孩子"。林辅生多年追随在苏政委左右,可以说和苏政委一起白手起家创建了这个垦区。垦区的变化——无论是物还是人的变化,他全盘掌握。历历在目。垦区曾经拥有过一批最能打硬仗、最肯牺牲自己,也最能吃苦、面对党和毛主席交给的任何艰巨任务都绝无二价的忠诚干部和战士。当年的白司令和苏政委就是这样一种中高层干部的杰出代表。多年来在这些同志的率领下,垦区面貌发生了天翻地覆的变化。即便拿举世闻名的美国西部大开发与之相比,说谦虚一点,是毫不逊色于它。要说得不客气,远比美国的神圣和辉煌。美国的拓荒者固然了不起,但他们是为自己在积攒巨量的财富。成就的是一大批大小农场主和牧主。而在垦区这边,当这些垦荒者开拓者在千里荒原上开垦一个个绿洲,建设一个个准现代化的城镇和农场居民点时,他们绝对没有为自身积累财富的想法。他们所创造的一切都是国家的。都是党的。都是人民的。白司令调离垦区去担任更高一级的职务时,带走的仅仅是一个旧皮箱。一个战争年代马背生涯留下的一个"马褡子"。一副军用望远镜。最多还有一个书箱。而已。而已。不只是白司令员一个人是这样。几乎所有的干部调动离去,都"挥挥手,不带走一片云彩"。留下汗水。泪水。血水。和情谊。有的还不得不留下自己一个小土堆似的坟墓和壮志未酬的年轻生命,以及壮阔的西北天空和大地……有一批当年的老战士,至今还生活在极其偏僻的荒原腹地。住着土坯房。喝着涝坝水。一辈子没进过县城。不知火车轮船为何物。却依然"无怨无悔"。但这些年来,随着总部和师部、师部和场部、场部和连队的建设面貌差距越来越大,各级干部和基层连队职工生活水准的差距越来越大。某些干部能享受到的"法权"也越来越多。"争取当干部""争取留在机关里,留在首长身边"的动机也相应发生了质的变化。听话、顺从、让干啥就干啥成了一部分干部行为的宗旨和法条。这使林辅生痛感不少办事机构里集聚了一些"能听话、知通融、善妥协、热衷长袖善舞、精通在种种周旋中摆平各种关系的官场'操盘里手'"。他们有点像《沙家浜》里的阿庆嫂为了糊弄那个草包司令胡传魁时唱的那样:"开茶馆,盼兴旺,江湖义气第一桩……来的都是客,全凭嘴一张。相逢开口笑,过后不思量。人一走茶就凉……"但当年阿庆嫂开这茶馆可不是为"个人发财兴旺"。真心是有"终极目标"的。有炽烈的信念。并有忠诚于这个信念的行动纲要。正因为如此,当苏政委把他带到总部机关主抓办公厅工作,授意他"一定在办公厅里好好搭一个真能替我办事的工作班子"时,林辅生就认定,这个工作班子里必须要有几个"清道夫"式的人。这些人"执着而少通融"。"分黑白又敢直言。敢抻头碰硬"。而小燕正是这么一个生性执着。只认死理。往往一条道走到黑。不太懂得通融的人。而且作为垦区最早一任司令员的女儿,她又可以借这个"个人背景"去抗压。便有先天之优势。当然,她的任性也是出了名的。但"两害权衡取其轻",林辅生他还是坚持了自己的决定。至于使用钟绍灵,更是引发一片惊呼。林辅生同样坚持了下来。尤其在"文革"结束之后,林辅生静下心来认真做过反思。他得出一个结论:官场必须经常引进新人,尤其像垦区这样、半军半民色彩比较重。地处偏远又自成系统。再加上领导层一二十年不换人。很容易形成自我封闭的山头。像钟绍灵那样来自基层的年轻人,"苦孩子",至少可以起一点稀释碰撞的作用。他们就像一张白纸。能画最美最新的图画。这些年来,这两位确实也很争气。有成长。出成果。当然免不了的是,也有变化。但林辅生认为总体来说,他们是走在健康向上不断负重和成熟的轨道上。在林辅生看来,他们正在接班。正在接管必定要由他们这一代人接管的中国。林辅生欣慰。但是,也总有一些不谐和的声音传到他耳朵里。尤其是关于"小钟"的种种议论,归根结底无非是在说他的变化有点大……

"您不会也跟那些人似的,认为我没当上办公厅主任,妒忌他钟绍灵,才会跟他闹不团结,才会来向您反映这些情况的吧? 林叔,您在听我说吗?"白小燕问。

"我在听你说。"林辅生内心翻腾,表面上却不动声色。

"……"她却不说了。

小车依然在怠速运转。发动机低鸣在寂静的夜晚。在显得尤为空旷的街心花园旁。高大的白杨树下。"有话快说。天快亮了。让人瞅见一个老汉跟一个年轻女公务员黑灯瞎火地猫在一辆小汽车里,可不是啥好事。"林辅生突然觉得该结束这场谈话了。便故意调侃。催促。

"那行。咱们换一个地方。"她断然。

"还要谈?"林辅生诧异了。

"当然!"白小燕又一次做出激烈反应,挺身而起时,脑袋竟然碰撞那低矮的车厢顶。"我们换个地方再谈。"她果断提议。不等林辅生回应就松了手刹。踩离合。换挡。一脚油门。车照直蹿了出去。

她把林辅生带到自己住的地方

"喝茶,还是喝甜水?"把车钥匙往床头柜上一扔,合上窗帘,摘去大方头巾,随即便把"热得快"上的那根金属棒插进了那个盛满水的蓝白两色大搪瓷缸子里。

"别忙乎。我不喝甜水。"林辅生无奈。

"那就沏茶。我有好茶。"

"大半夜的沏什么茶啊?有白开水吗?"

但白小燕已经从一个小柜里取出一个精致的茶叶罐。用一个小竹勺从中抠出两小勺茶叶抖进杯子里,并声明:"茶是当年的。我应该置个冰箱来存放它。可惜打听过好几回。市百货大楼没货。要不,这种当年的绿茶现在沏来喝还能更香些。我这杯子绝对干净。您放心大胆使。保证不会让您染上最近在流行的乙肝。"说着又去给炉子添了几块乌黑油亮的无烟煤。捅旺了炉火。真下决心要在今晚跟林辅生谈个通透。

林辅生平时不喝这种绿茶。一生仍然钟情于那种傻大黑粗的"砖茶"。往煮沸的水里扔进一大把。由它咕嘟。撇去沫子。最后再兑进些奶子——牛的,羊的。或骆驼的。再稍许撒点盐粒。三大碗。喝到全身发热,后脊梁微微出汗。全身舒畅。不过,他懂茶。接过小燕递过来的茶杯,大略地看了一眼茶水的颜色。闻了闻气味。又小小地抿了一口。便知道它肯定不是"当年的绿茶"。小燕却弯着腰还在那儿忙啥。好像是要在另一个柜子深处找出几样小点心来给林叔"佐茶"。这时,他多少有点怜惜地打量着她瘦弱的背影。是的,两位"高徒"这些年都发生了很大的变化。对此,他向来不以为怪。更不认为有什么不能理解的。在中央党校进修时,他曾读过马克思那本著名的《关于费尔巴哈的提纲》。书里有一句著名的话:"人的本质是一切社会关系的总和。"他把如此年轻的二位,搁到如此高大上的机构里。让他们肩负起如此重任。又处在如此复杂的"社会(政治)关系网"里。要他俩不变怎么可能?也肯定过不去啊。况且作为官场的一员,不可免地要服从千百年来或明或暗遗留在官场的一个习俗——不管你说它是陋习,还是恶习,还是铁律,规则,总之它一直沿袭到今天。那就是"各事其主,各谋其政"。所以,即便从小白嘴里得知"小钟"当着他的面,提议修建北高地铁路,背着他,到了苏政委跟前,为满足苏政委的需要又力主缓建这条铁路,对此林辅生在情感上仍没有产生太大的反感和拒斥。他自问,在官场沉浮几十年,难道自己就没有这么"出尔反尔"过?上面的政策发生巨变时,自己就没有跟着变过?没忠实执行过"林副统帅"当年

"指示"的"理解的要执行,不理解的在执行过程中加深理解"? 换了领导以后,难道自己没有跟着新来的领导赶紧否定自己昨天刚说过的话、刚定的计划、刚安排的活动? 真没做过这样的事? 只是今天因为同样的事发生在"小钟"身上,而小钟这样做又直接伤害了他和独立师,才让他多少感到了一点"哭笑不得"。一点遗憾。一点"心悸"。一点点不舒服……他这才觉出自己真的有好长时间没有和"小钟"推心置腹地聊上一聊了……

只是他不再出声为"小钟"辩护。白小燕却继续地"不依不饶"。一直到爆出一个"大料",林辅生才被大大震惊——甚至震骇倒。

这一轮争辩是由小燕的这句话发端的。她说:"林叔,您所谓的'各事其主'是不是要我们年青一代也当驯服工具? 甭管主人啥个德行,都该老老实实听着从着跟着干?"

林辅生无奈地叹道:"那就看你怎么理解我的话了。"小燕又激奋起来:"怎么理解我都觉得这还是'驯服工具论'的翻版。还是孔老二'君要臣死,臣不得不死。父要子亡子不能不亡'那一套嘛!"此时,林辅生其实已经不想再跟她争辩了。一方面固然是因为时间太晚。他有点累了。再一方面,也是因为他多次听总部机关的同志跟他说过,您当年栽培的这位"白副主任"这段时间以来也可能是"更年期提前",特别"固执己见"。说话做事好"剑走偏锋"。语速也越来越快。断句、短语也越来越多。突然间转移话题,事前毫无铺垫。所跳转的话题之间甚至缺乏应有的逻辑关系。往往让对方摸不着头脑。而她自己却总显得十分激动。脸颊时时潮红。两眼灼亮。对于这一些,她自己不是一点都没有觉察。也曾找过林辅生征询意见。看是否需要请个长假,去国外找个清静的地方,比如阿尔卑斯山脚下某个既幽静、风格又清新的小镇上住些日子,放松放松。林辅生则建议她去意大利的西西里岛或加勒比海沿岸找个温暖的沙滩,晒晒太阳。在椰子林里或橄榄树下彻底调整一下自己的"心态"。

"您是否跟他们一样,也觉得我小燕精神有点不正常?"

"你怎么会这么想?"林辅生回答,"过敏了,你。真的。"

"林叔,如果事情只牵涉一个钟绍灵,那也罢了。你应该比谁都清楚,这里还有苏……"

"小燕!"林辅生声色俱厉了。他觉得必须制止这个"疯丫头"了。要不,还不知道她会说出什么话来。这样的话万一传到苏政委和他身边什么人耳朵里,就会"产生极大的误解",认为他和白小燕一起在背后搞什么"非组织活动"。会造成最忌讳的难以解套的一种人事(政治)局面。林辅生原以为自己这么厉声呵斥,白小燕会跟他大吼大叫。但没想到她苦笑了。几乎是毫无先兆地突然沉静下来。怔怔地盯着林辅生,只像是在打量一个陌生人。随即,眼眶里闪烁起泪光,然后不无感伤地垂下了头。好像要做一个很不容易做的自我裁决。再然后,仿佛在自言自语:"钟绍灵最近找过康政委。多次。要求调整办公厅的领导班子。理由是,他力不胜任。实则上,谁都明白,他所谓的'要调整',只是要赶走我,留下他。"她说得非常平静。"他要赶走我!"她突然抬起头。又大声重复了一遍。眼光灼热。隐含伤感。"林叔,他要赶走我。"她再次重复,语调中加上许多的悲愤。稠得化不开。接着又问,"您知道我爸临终前把我叫到他病床前说过一些什么话吗?"

"我们去参加追悼会。都听说了。"林辅生想打断她的话。

"跟你们传达的,都是能公开的版本。是经过批准的版本。"白小燕继续反驳。

"是吗?"

"哈哈。还'是吗'？林叔，您就别装了。您比谁都清楚，不少老同志的临终遗言都没让按原样传达。更不让公开。"

那天自觉将不久人世的老司令员把小燕叫到病床前，说了这么一番话："燕呐，你现在大小也是个领导干部了。也算是个带队伍的人。从前，我老跟你们说'咱们这个革命队伍曾经这样那样。那样这样'。希望你们别丢了这些好不容易积攒起来的传统。你们总嫌我唠叨。思维定式僵化。我现在再跟你唠叨两句。也许是我真的老了僵化了。过于怀旧了。我总担心，将来我们要丢掉的不仅仅是'传统'。而是这样一支'革命的队伍'。今后万一没有了'革命的队伍'。满中国只剩下'挣钱的队伍'。你，准备咋带你这支队伍？"当时白小燕没意识到父亲这不治的病情已到了最后关头，也没能领会老父亲说这番话时内心的急切和沉重，只想跟他调侃一番把单人病房里那种压抑的气氛缓和了，就笑着回答："咋带？像小平同志一贯教导的那样，不争论。跟着走呗。以不变应万变呗。"老爷子见她只是嬉皮笑脸，立马拉长了灰白已久的脸，吃力地瞪她一眼，扭过头去，再不搭理她。直到去世都再也没跟她说个啥。让白小燕至今想起这一切仍后悔不已。唏嘘不止……

……听白小燕把话说到这个程度，林辅生觉得自己必须走了。白司令员的遗言，曾有传闻。但苏政委在垦区党委会上强调过，"现在有些人或者编造一些老同志的遗言，或者掐头去尾利用一些老同志临终遗言中的片言只语来否定改革开放。要引起我们足够的重视和警惕。"以他的身份和地位，当然不便也"不该"随随便便地跟什么人——即使是相当亲近的人，谈论这样敏感的话题。于是起身。这时，白小燕突然说了这么一句话："不久前，我收到一封匿名信。"不等林辅生做出反应，她就打开锁着的抽屉，从中取出一个牛皮纸卷宗，递到林辅生面前。林辅生心里咯噔了一下,迟迟疑疑地接过卷宗,问:"匿名信? 啥内容?"

"揭发钟绍灵和苏政委在当年龙口闸门事件中的违法行为。"

"钟绍灵和苏政委的违法行为?"林辅生立即像触摸到一个烧红了的铁件似的,把那个卷宗扔回到桌子上,"那你应该把它交给组织上。"

"信是写给我的。我给谁看是我个人的事。"

"小燕,你在办公厅工作这么些年,你应该懂的,这样的事从来都不属于个人。"

"您不想看看这封信? 信里也谈到了您。"

"……"林辅生一愣。不说话了。经验告诉他,再这样纠缠下去,真难以预料小燕还会扯出什么来。得冷场处理了。这时,白小燕好像发现了什么,一把拿起卷宗,去掏里头的信件。然后她惊呼:"怎么搞的?信呢?"

卷宗里头空了。那封信不见了。

白小燕慌乱。扯开卷宗翻检。确实空了。"怎么可能?!"她大叫,"我去找您之前亲手把这封匿名信放到这个卷宗里的。临离开这里时,还特地给抽屉上了锁。"

但卷宗确实是空的。

如果白小燕所言属实,那么,这封匿名信只能是在白小燕离开这屋子以后,并在带林辅生回这屋子以前这么一小段很短的时间里"丢失"的。但门锁没被撬。抽屉锁也完好如初。窗框插销也没被动过。难不成它是被哪位气功大师"隔空取物"了?!

"……"林辅生多少有点狐疑地打量着慌乱、激愤中的小燕。敏感的白小燕再一次大叫:"您这么看着我,是什么意思? 怀疑我幻听幻看了?! 在去找您之前,我亲手把这封匿名信装进这个卷宗里去的! 我亲手!"喊叫着,眼泪已夺眶而出。

虽然早就有人到林辅生跟前说过白小燕许多"坏话",但林辅生始终认为,这是小燕"任性"和"说话率直"造成的后果。从来不信她精神上发生了什么变异。他相信这个牛皮纸卷宗里确实有过一封匿名信。他沉住气再一次去打量屋子。一切确实安好如常。一壁白墙上挂着两个做软装饰用的特大号蝴蝶形风筝。整个屋子里所有的东西都静置不动,只有那两个风筝上长长的飘带在无风的情况下还在微微摆动。仿佛有人刚从它身旁走过。但这屋里除了他和小燕,此刻确实再无旁人。这飘带咋的会摆动起来了呢?一股寒气骤然从林辅生后脊梁上升起。他微微地哆嗦了一下。而莫名其妙地丢失了匿名信,让白小燕突然显得无比绝望。在屋里不断地来来回回走着。把自己歪歪斜斜的身影投射到那面雪白的墙上去晃动。

据小燕仔细回述,这是一封多年前写的匿名"揭发信"。从信件眉头上盖着的信函收发章里注明的签收日期来看,是多年前的那个"中央"下令让垦区提早结束"四大"、解散各群众组织、成立三结合领导班子时寄到那忽儿的临时省委去的。由临时省委省政府人民信访办转回垦区。当时,各地各级组织都忙着为"文革"中受打击的老同志平反昭雪。也在批判社会上一些"别有用心的人","花八分钱邮票寄一封匿名信,搞垮革命干部"的"恶劣做法"。许多类似的揭发信都很草率地直接退转到被揭发者所属单位,有的还转到被揭发者本人手里。退转回来的信,一些就被销毁了。有一些便作为排查和收拾这些"恶意诽谤者"的依据。更多的便**石沉大海**。因此也确实有效地抑制了一时盛行的匿名告状热潮。但上访风却随之高涨。有人在高检高法公安部中纪委国务院信访办门外人行道上打地铺。也有人去中央电视台东门外打地铺。想拦住那些著名主持人,请他们替其递转告状材料。某部委信访办的同志甚至还遇到过这样一件事,某地的一个男子竟然带着他哥哥的一颗头颅来上访。说是被当地几个村霸砍杀的。而白小燕得到的这封匿名信涉及三个人：苏政委。钟绍灵。林辅生。说了两件事。一件是当年为接待一位老领导回垦区视察工作，动用大批麦草铺路，致使当年冬末初春大批牲口因缺乏饲料而死亡。第二件事直指当年挪用工程款导致新修建的库都克达吾克引水渠龙口闸门垮塌。重点是"揭发"挪用工程款是经苏某本人拍板批准的。苏某本人应对后来的工程垮塌事故和事故中牺牲的那二十几条生命负直接责任。还透露那几个具体操办挪用款项的知情人突然失踪是有内情的。但，匿名信也没说出这几个知情人现在到底在哪儿。只是明确告知：有一个人肯定知道他们在哪儿。因为此人当时参与和组织了隐匿这几个证人的"勾当"。

此人不是别人，正是钟绍灵这个**"苦孩子"**。

"刚看完这信时，我也不信。闸门垮塌事件发生时，我和钟绍灵可以说都还是小嘎娃子嘛，刚到总部办公厅。一个普通得不能再普通的办事员。还在见习阶段。见天干些给老同志灌暖瓶擦桌子倒烟灰缸等杂活儿。怎么可能介入到那么重大的一档秘事里去？说钟绍灵他知情，还不如说您家那两条黑背狼狗知情让我更觉得靠谱。"白小燕再次激动，"您……不觉得这封匿名信把矛头直指当年还只有二十来岁的钟绍灵，实在有点太奇怪了吗？"

林辅生却显得异常地镇静。镇静得让白小燕都无法镇静。他抿了一口那杯本不想"抿"的茶水。这时的他只想知道匿名信是怎么"揭发"他的。

白小燕告诉林辅生，写这封匿名信的人显然在总部机关工作过。很知道一些内幕。居然知道当时已担任垦区副司令的林辅生虽然碍于苏政委的关系，没有公开站出来反对挪用龙门闸口工程款，但私下里多次找苏政委表示过异议。有一回还跟苏政委争执。争执到吵的程度。

而且吵得相当厉害。曾用辞职"威胁、要挟"过苏政委。(这个细节在匿名信里被披露,让林辅生十二万分地惊诧。因为这件事,除了他和苏政委,应该没有第三人知道。当时他也是一时在气头上才会说出那种"完全没有分寸的话"。后来曾在私下里多次向苏政委做过深刻检讨。)写匿名信的人还因此预测,"根据苏政委近些年来的一贯做派,林辅生很可能因此在垦区总部待不长了,会被放到下边师里去任职。"他特别提请上级有关部门关注这位"还算有正义感的林副司令员今后的去向和遭遇"。后来林辅生的遭遇和这个人的"预测"基本都对上了。

这个人是谁?!!

又是谁得到了这封转回垦区来的匿名信,在把它私藏了这么多年后,又在这时节拿出来露布"挑事"。重起嚣端?为什么要将它偷偷塞给白小燕?**目的何在?**而这封匿名信却偏偏又在一个多小时前神秘地**"失窃"**了。

沉吟。

再沉吟。

在沉吟了好大一会儿后,林辅生问白小燕:"你报警了没有?"

"我不是也刚发现信被人偷了吗?"白小燕无奈地苦笑。

"你想报警吗?"

"您说呢?"

还是沉吟。

回到特护病房,林辅生又是一夜未眠

临走前,他告诉白小燕暂时先不要报警。直觉告诉林辅生,正如小

白分析的那样,当初写这封匿名信的,一定是"内部人"。而且据他分析,后来的藏信、塞信,还有刚发生的窃信,都是"内部人"干的。而且这些个"内部人"还不是"一般的人"。对于这样的人,报警在多数情况下,不会起任何作用。反而会产生某种副作用。"打草惊了蛇"。甚至还会"引火烧了身"。

上策是静观待变。

当然,还有一种猜测那就更大胆了:所有这一切都是一个人干的。他(她)当年写了这封匿名揭发信,寄出去后,随即就发现自己错判了形势。那时节上上下下都忙着"解放干部","稳定人心",忙于实行"以经济建设为中心"的新政。强力转型并轨。"不换思想便换人"。以实现新政需要的那种重大社会变革。而不是"继续追查干部们原先遗留的那些违法违纪问题"。自己在这个时候去挑刺,和整个社会潮流满拧。"热脸贴在了冷屁股"上。果不其然,这封信不仅没有引起应有的重视,还可能被认为是"继续执行极'左'路线,把矛头对准革命干部"。为此,被例行公事一般退转了回来。甚至复信都是统一铅印的:"由本单位实事求是地调查研究,酌情处理。"他(或她)借工作之便,截留了这封退转回来的匿名信。私藏到今天。以待时机。直到近年来"不正之风"又在党内抬头。高层也意识到党内腐败不治,必将严重危及改革开放事业和政权的稳定。经统一思想,把反腐提到"不反就会亡党亡国"的高度。他(或她)便觉得时机到了,又想起了自己写过的那封匿名信……在得知白小燕如他(她)所希望的那样,已经把情况都转告给了林辅生以后,便又过来不留任何痕迹地把信"偷"了回去……就像老练的"案犯"达到作案目的后,总要擦去所有可能留下的指纹和足迹一样。以保自身。

既然如此……这家伙为什么没把信直接塞给林辅生,而要自找麻烦地上白小燕那儿拐这么个弯呢?唯一能拿来解释的理由只能是:信如果塞给林辅生,再要把它从林辅生那样一个老手那儿取回来,难度太大。或者说,就基本没这个可能了。林本人的戒备心要远强于白小燕。更何况组织上为林所做的警备保卫工作,更是远强于基本不受什么特别警卫保护的白小燕。而且此人一定也是熟知白小燕和林辅生之间这点关系的,坚信她会把信的内容转告给林辅生。

如果真相果然如此,此人此举的目的又何在? 难道他(她)真的还想仿效夏商的龙逄比干、西汉的朱云折槛、大唐的金藏剖心、北宋的李沆不阿……把自己做成一个地道的"鹤鸣之士"?

当然,这时的林辅生完全还可以有另一种态度对待刚发生的这档子事——"置之不理"。或"坦然入睡"。并劝导白小燕也别插手这事。这事毕竟牵涉苏政委。还会牵扯到一批仍在位的领导干部。牵涉钟绍灵。更何况事情已过去这么多年。许多关键的人证物证已难现真身。康、文又是初来乍到。一般来说,原先的主要领导就算遗留下天大的问题,这些初来乍到的新领导,一般都不会上马伊始就立即慌忙地去处理——除非更高层下达立即查办的指令,或本地的局势已十分动荡。这应该是"常规"了。林辅生懂的。

但……林辅生还是睡不着。

没等林辅生厘清纷乱的头绪,特护病房里的专线电话铃突然尖锐地响了起来。又是白小燕。她让林辅生马上下楼等着。她会很快驱车到特护病区来接他。因为"发生了一个不能在电话里细说的情况"。林辅生真的很无奈了。一般情况下,医院的病房里都是不给安电话的。哪怕你出大钱包了大套间,也不行。但这里是特护病房。住的是垦区师以上领导干部。出于工作需要,经特批,给这里的每个特护病房安了一部专线电话。为确保首长住院不受干扰,电话打进打出都得经垦区总部的总机转接。还得通过身份查验——要给接线员报一个验证码。每个首长都有一个编码。报不出这个数字,就认定是"外边那些不相干的人打来的"。自然是不会给你转接的。这验证码要绝对保密。但在实际使用过程中,这个"密"没能保得太久。你挡不住首长向他的家属、司机、子女、至亲好友等"泄露"。甚至他孩子学校的老师或外地的亲戚都拿得到这个"码",纷纷往特护病房里打电话"骚扰首长"。再后来有了"大哥大""汉显"和"诺基亚""摩托罗拉",这条专线更是形同虚设。自然而然成了聋子的耳朵,"歇了菜"。但那天晚间,这条专线还实实在在地使用着。因为必须由接线员转接,使用的还是那种老式的插拔式转接平台。在这种设备上,接线员只要愿意(按规定必须得到批准)是可以监听到通话内容的。所以,不是万分紧急的情况,首长们不在这种专线上说很机密的话。因此白小燕必须再一次把林辅生约出去面谈。林辅生将信将疑。又不能不信。他只得告诉这位白小燕同志:"你把车停在拐进特护病区前的那个路口边。在那儿等着我。"他不想让特护病区的值班大夫和护士看到这辆全白杨河市独一无二的**菲亚特126P轿车和它年轻时尚的女主人**又一次把他接出特护病区。而且在十分寂静的到处都耸立着秀丽挺拔的白杨树的深夜里。

……林辅生走后,小燕曾在屋里呆呆地坐了好大一忽儿。信的突然失窃,而且失窃得如此神秘,让她凿实感到了一点恐惧。她合上窗帘。把屋里所有的灯都开亮。然后继续坐立不安。她问自己,为什么要如此不安?为什么一定要林辅生相信她手里真正拿到过这样一封十几年前退转回来的匿名信?仅仅是为了查证当年那一档工程款挪用事件的真相?是的,这很重要。因为有二十来个年轻人为此付出了不该付出的生命代价。但是……但是当时好像自己还被信里提到的另一个说法深深震动过。一个她从来也没有听到过的说法。(一种分析？一种结论？一种危途？)而且,信里还专门提到了林辅生,让她觉得一定要把这情况告诉他,并且有必要和他商量一下……

　　这说法是……有点拗口……什么"飘移"……对了,是什么"**群体飘移**"还有什么"**异化**"……她突然想起,这个特别新鲜的提法她最早不是在那封匿名信里看到的。这让她心里突然一下亮了起来……是的,她是在另一页纸上读到这个提法的。这就是说,当时拿到那封多年前的匿名信原件时,她还拿到了另外两页纸。是的是的。它们在哪儿？找到它们,同样可以证明她确实收到过这么一封匿名信。迄今为止发生的一切真不是她的幻觉。更不是捏造。她让自己平静下来。想一想。有了！赶紧转身去大衣柜里取出一个用旧了的手包。等林辅生再次上了她那辆漂亮的菲亚特126P,便果断地把这个手包扔在他面前。林辅生迟迟疑疑地拿起那个手包。里头有一个发黄的信封。正是那封匿名信的信封。信封上分明也盖着当时那个临时省委信访办长方形的蓝色收发章和用毛笔写下的登记编号和日期。"庙"在,总能证明此处曾经住过"和尚"吧?!

　　留下这个信封纯属偶然。当时只是觉得没必要连它一块儿给林辅生。从中取出信笺后,就把它塞到那个旧手包里,扔进大衣柜里去了。现在正好拿**信封**来做证:言之凿凿的"**匿名信**"并非幻觉。"里边还有两页纸。算是附件吧。是那家伙后来写的。您仔细瞧瞧。"她理直气壮地吩咐。"就在这儿看?"林辅生觉得车里黑灯瞎火的,开车内灯的话又太招人。让她还是赶紧把车开到她的住处去看——如果真有必要的话。车再次回到那个万籁俱静的大院里。进屋后,林辅生细心地从那几近已发黄发脆了的旧信封里抽出那两片纸。这两片纸是新的。内容更是新写的。是对匿名信做的一个"注解"。纸片上这样写道:

又及：今天再来看这封匿名信,是否应该特别注意这样一个事实:我们执政党内部将会或已经在发生一种我称之为**群体飘移和个体异化现象**。个别县市、团场和城镇的领导班子发生窝案和塌方式腐败堕落,就是其重要症状之一。而更值得人们警惕和忧伤的是,像钟绍灵那样曾被我们一些同志大力推荐和着力培养的**"年轻干部"也已经开始在飘移和异化**。他们很能干,很听话,有学历,头脑特别灵活,而且是在新时期获得的学历。知识面开阔。但他们中相当一部分人精神上缺乏一个坚实的信仰支架。(还有一部分人倒是有坚定的信仰,还相当顽强,但都是留学时被灌输的西方自由主义的东西。)光鲜亮丽能干听话的外衣下掩盖着的是一个支离破碎、形而下的存在。缺乏应有的政治根基和必须的归宿感。归属感。只是在依附。开发对自己有用的资源。整体上和浮萍一般。即使一阵微风过来也能产生动荡和漂移。甚至会产生多米诺骨牌那样的倒塌效应。内心的转向已经使他们在做人这方面逐渐地向巴尔扎克笔下那个'伏脱冷'靠近。那个伏脱冷的人生观就体现在他自己阐述的这样一段话里:**"……我得忠告你一句了,好朋友,你不能拿自己的话当真,也不能拿自己的主张当真。有人要收买你的灵魂,不妨出卖……世界上没有原则,只有事迹。没有定律,只有时势。高明的人抓住事变跟时势加以控制……一个人何必比整个民族更敏慧?"**(见《高老头》P162)十年二十年之后,这种伏脱冷式的年轻干部必然会进入三四十、四五十岁的阶段。他们方方面面的"技巧"和"伎俩"都将更"圆熟"。虽然说,这样一种年轻干部,在全体年轻干部中仍然是只占少数。但问题是:这少数,是会被逐渐得到识别、剔除,从而得以减少(绝迹?),还是会因势疯长,蚕食、占领和腐蚀我们的各层权力机构?剖析钟绍灵这个"样本",实在是应该从现在就开始严加注意,并下力气去做的一件事啊。

做完这些理论分析以后,他**直接点明,就是这个"小钟",当年帮着处理了在龙口闸门挪用款项事件中可做证人的那几个人。**他们是被弄死了,还是送劳改队或"疯人院""秘藏"起来了?这个"小钟"一定清楚。然后,他又直截了当地写道:**"正因为他帮着'妥善'地处置了这几个人,在一度失去林辅生这样一个'政治靠山'的情况下,不仅重新在总部机关站稳了脚跟,并且在苏某人的山头上一步步迅速得到了出人意料的提拔擢升。"**

小钟他真的这么干了?

关于钟绍灵的这种"传说",消息灵通的林辅生不是头一回听到了。但他从来都不信。在林辅生的感觉中,多年来小钟他依然彬彬有礼。至今见到"恩师林政委"仍然执之于师礼。不管在什么场合见到这位"恩师",他都会快走几步,上前来用双手握住,问个好——虽然总部办公厅主任和独立师政委在行政级别上已是同级。而且有消息风传,再下一届党代会上,这个"小钟同志"完全有可能会进常委。甚至会升任垦区副政委或副司令员……但他仍然"彬彬有礼""微笑有加"。从不允许从口里来垦区看望自己的亲属乘用公家配给自己的那辆专车。在办公厅工作这么些年,只是把年老多病的父亲搬到白杨河市来跟自己一起生活而已。父亲的户籍、(打倒"四人帮"以后,垦区新党委给一批在垦区已就业多年的"盲流人员"入了籍)工资关系还在独立师,还在那个偏僻到不能再偏僻的"副业队"。(也即从前的那个打柴队。后来周边的那些梭梭红柳琵琶柴都打完了,便改成副业队,专营烧砖、挖甘草、肉苁蓉、熟皮子、放羊放马等生意。)在办公厅干这么多年也没给父亲在白杨河市找个不用上班只拿干薪的岗位。而市里那么些工副业单位领导简直可以说都"哭着喊着"上门来求"钟主任家的老爷子"能上他们单位去上班。顶个虚名只拿干薪。不必天天去打卡出勤。他一一婉拒。"我爹没啥文化。身子骨又不好。就不给你们添麻烦了。"他结婚办酒席，只请了领导和外单位、外部口的熟人。只敬酒点烟剥糖不收份子钱。至于机关里的同事和办公厅的部下都请到家里吃"家宴"。散酒紧着喝。从卡拉库里荒原附近老乡公社猎户那里买来的野猪肉，用大锅炖上土豆紧着吃。还有大盘手扒羊肉。韭黄炒散养鸡子和黄红相间油光鲜亮的手抓饭。他老岳父是市里一家民营大饭店的厨师。之所以找一个民营大饭店厨师的闺女，是希望能把父亲退休后的生活调理得更舒服，以弥补老人家大半辈子的艰辛——他从不在家里接待来谈工作的部下和同事。他清楚，他们上家来，谈工作谈事只是借口，更重要的是方便他们带礼物和钱来"孝敬"。拉关系。礼物中，老父亲能嚼得动的食品，他会留下。除此以外，特别是现金，他绝对拒绝。"我没别的意思。我本人倒没啥，无非就是党委首长手里的一根拐杖而已。就是怕给首长添麻烦。想着首长把我放在这样一个说大不大说小也不算小的位置上，我小钟没别的能耐，有一项我得做到，就是得保证这样一根'拐杖'能好使。能让首长长久使下去。所以，咱们之间就别来这一套了。您说呢？"因此，除非有首长亲笔批条，他从不替任何人行方便之门。那种走捷径递口信打招呼一类的事，一般情况下也请免谈。但是，如果部下和同事本人或家属生活上有什么困难，他一定会竭尽全力帮着去解决。

他还有一个习惯：不管是谁来找他办事，哪年哪月哪天几点几分，是哪位首长授意的，要办什么事。办的结果是什么。最后向哪位首长报告过。首长的答复是什么。他都有最规范和详尽的记载。这叫《工作日志》。既备案。也备查。

如此这般。等等,等等。

所有这一切,林辅生都知道得一清二楚。这样一个"小钟"怎么可能帮着谁去处置那几个证人。还会把人**"弄死"**?或弄到"疯人院劳改队"里去?或者……让他们不知所踪???

"钟主任的父亲没工作……"白小燕见林辅生仍在怀疑,便进一步举证。

"这和那几个证人失踪有关系吗?"林辅生反问。

"但老爷子经常带着个很简单的行李卷儿,一件老羊皮大衣,一个挎包外出。"

"老爷子赋闲了,就不能外出打个工弄点外快?外出打工,现在是普遍现象。既合理也合法啊!"

"钟主任的老父亲还需要自己背个行李卷儿上外地去打工谋食儿?您信?"

"一位党委办公厅主任的父亲为什么就不能再自己背个行李外出去打工谋食了?"

"当然可以。伟大领袖毛泽东的儿子从苏联留学回延安,伟大领袖还让他自己扛着行李到老乡家去学种地哩。但几十年过去了。现在还有这种事吗?还有人让自己的儿子闺女住到老乡家去接近、讨好老乡吗?您还相信有这样的'**同志**'吗?更别说让自己的老父亲扛着行李去打工谋食了!"

"那你说他去干吗了?"

"我早就注意到这档子事了。就说打工,咱们农场职工一般都只会在农闲时节外出打工,而且总是结伴往外走。到农忙开始前一定会回农场参加春耕春种或秋收秋耕。有点像候鸟，来去都特别有规律。他不。总是单个儿行动。跟谁也不搭伙儿。而且也不论季节的忙闲。想起来就走。有时走个三五天。有时走几个星期。说走就走。说回就回。让人摸不着头脑。有这样打工的吗？"

"你说他去干什么了？"

"应该是替他儿子去探望什么、处置什么、安排什么去了。"

"你的意思是替他儿子去那几个证人落脚的地方干什么去了？"

"有可能。但我说不准。"白小燕说到这儿停顿了一下，"当年您不是让那个姓李的'上海鸭子'写过一个调研材料吗？听说他当时见过那几个证人中的谁。掌握了一些第一手情况……那份材料还在吗？"

林辅生不作声了。

"这些年来，不少人都学会了戴着面具生活。所不同的是，有的人只有一副面具。有的人却有许多副。"白小燕继续亢奋。

"你这种论调是错误的……片面的……还没有消除'文革'极'左'的影响。对当下干部队伍的状况是一种严重的误判……而且是政治误判。这些年，国家经济建设上的突飞猛进，人心向稳，都是有目共睹，举世公认的。"

"林叔，您觉得您的反驳有力吗？我没有否认这些年的进步和发展。但您真的觉得这些年，我们的队伍里确实没有发生这个家伙说的**那种群体飘移和个体异化现象？**"白小燕冷笑。

"……"林辅生又一次不作声了。

群体飘移和个体异化现象？

那个家伙在"又及"中居然这样"大放厥词"："近些年来，在**个别团场、县市和城镇的领导班子中发生窝案和塌方式腐败堕落，就是群体飘**

移和个体异化的一个重要症状和突出表现。而更值得人们警惕和忧虑的是,像钟绍灵那样曾被我们一些同志大力推荐和着力培养的有学历有文凭的'年轻干部'也已经开始在飘移和异化。"

这个家伙是谁?

他到底想干什么?

必须找到这个人。一夜没睡的林辅生
很快——大概只花了不到一个小时
的时间就初步圈定了这个人是谁

他用排他法。

先列出条件。此人一定在总部机关待过,否则他不可能在当年直接或间接地接触到这封从省里退转下来的上告信。其次,他一定参与过引水渠龙口闸门工程,是个内部的知情人,才能对当年那场事故有如此清晰的了解。再次,他必须是一个愿意出头去"管闲事"的人,才肯写这种匿名信。多年来,特别是在机关里,并不是人人都愿意对发生在本单位的什么丑事表示一种义愤填膺的。即便义愤填膺了,也不是都愿意公开表达出来的。相当一部分人得过且过。自保饭碗。愿当刺儿头的,永远是少数。极少数。而且这样的刺儿头在本单位的处境往往不会太好。甚至会遭到多数人的排斥和白眼儿。最后,也是最重要的一条:他(或她)对当时事故中为抢险死去的那二十多个年轻人始终"耿耿于怀""悲悯不已"。甚至更甚。更烈。当年,可能曾不惜"拂袖而去"。如今,才又会"拍案再起"。如此这般,这等这样,把所有"嫌疑人"一一过筛。排除。剩下的必定就是这个当年曾慷慨寄信,后来又秘密藏信,如今又执意塞信,并在"又及"的附言中慷慨陈词,剀切分析,直指利弊的"嫌犯""真凶"。

最后,他圈定了一个人。老友常庚。"鸡场老汉"。

于是他决定亲自找他谈一谈。当然这样的谈话一定要"悄悄"地。"秘密"地进行。

傍晚,他把常庚约到特护病区后头的小林子里

那里铸铁灯柱下的小径旁,零散安放着几条刷了绿漆的铁脚靠背木长椅。常庚觉得那里不是说话的好地方,便把林辅生带到八一大街附近一个农贸市场。一家新开张不久的理发兼营洗脚按摩等生意的名为"西北之光"的休闲场所。"没上这儿来过吧,领导?"常庚揶揄。店门的门楣上刚安装上霓虹灯标。煞是晃眼。洗头房里,四张同样是新购置的猪皮磨砂面黑躺椅上都有人仰身闭眼在享受着"被洗头"的舒畅。再往里走,出后门,是个干干净净的小院。几间屋子门上都挂着清一色粉地大红团花牡丹布面棉门帘。撩开其中一张棉帘。一水清砖墙面。只刷了层石灰水。火墙倒烧得挺热。屋里摆着两张小床。一张床上铺着白床单。床头挖了一个脸盘大的圆洞。一张床上没挖洞,却铺着粉地大红团花牡丹床单。一条薄薄的被褥,色彩同样俗艳得可以。屋里还有一张小方桌。一把粉彩多子戏蝶提梁茶壶。四个茶盏。自然少不了一个烟灰缸。两张方板凳。随后进来个中年汉子,像是该店的老

板。显然跟"常叔"极熟。也见面熟似的跟林辅生打了声招呼:"来了,叔?"便附在"常叔"耳根处,说了句悄悄话。常庚立即正色:"我跟你说过多少回了,我老了。别跟我来这一套。去去去。"说着从口袋里掏出一个废旧信封袋。信封里装的是自备的茶叶。递给那中年汉子。让他用这个茶叶去沏茶。中年汉子接过常庚这"自备茶"略显尴尬地说道:"老爷子,您跟我还来这一手。太伤人了吧?我这儿刚进了些好茶。您……要不尝尝我的……"常庚立即挥挥手,说声:"去去去,你的'好茶'我知道是啥货色。"等中年汉子走后,林辅生问常庚,那小子刚才跟你咬啥耳朵根呢?常庚笑而不言语,只是起身去拉开墙上一幅绿布帘子。布帘下遮着一幅在林辅生看来类似春宫画的东西。一群接近全裸的外国胖女子,和一个穿着皮靴、身子却也全裸着的男人嬉笑着搂抱在一起斜躺在林间空地上。林辅生仔细瞧,才看出它像是莫奈还是谁的一幅名画,但印得过于粗糙。套色也不精准。便说:"这应该是西方一幅名画的低劣复制品。"常庚说:"心正的人瞧着像是名画。心不正的就只看到光屁股和大奶子了。而把它挂在这儿的其用意可不是让你欣赏名画。"说着随手又合上了那布帘。"哈哈。我看你跟这个老板挺熟,经常来啊?"林辅生话里带话。也趁机报复揶揄一把。"有一度不光是经常来哦,还正经在这儿当过不用交房租的房客哩。不过不是住在这屋里。"常庚一边替林辅生面前的茶盏里筛上茶,一边笑道,"早年我跟他父亲很熟。他们家是这一带少有的土生土长的汉人。在昆卡戈壁边边上生活,少说也有三四代了。当时我们在白杨河河谷荒原里跟着苏联专家搞水利农田勘察设计。请他父亲给我们当向导。那忽儿他只有四五岁,光脚光屁股跟在他父亲身后帮我们喂马。我们教他识字。唱歌。他的第一双鞋、第一条裤子都是我们给买的。'文革'期间这小子当了一派的小头头。好几回追杀另一派的人。自己也被打得头破血流。在我鸡场里养伤。这小子爱喝生鸡蛋黄。在鸡蛋的两头各敲出一个小窟窿眼儿，仰起头咕噜咕噜就喝。就这样喝掉我不少个鸡蛋。一七零三连有个李开，你知道不？"

林辅生摇摇头。

常庚继续往下说："他们都是最早从农场跑到白杨河来做生意发了财的人。康、文新首长把我弄回总部那忽儿，机关后勤一时没给我找到特别合适的住房。这小子非拽着我在他这儿住了一段时间，还管我一日三餐。"

"你好一通享受吧……"林辅生笑着再揶揄。

"好吃好喝自然是少不了的。谁让他喝了我那么些鸡蛋黄呢！嘿嘿。嘿嘿嘿嘿。不过，你也知道，那时候白杨河市里，还不兴眼下这乱七八糟的一套。什么掏点钱就可以叫个女人来替你从头摸到脚。那忽儿社会风气还比较干净。他这个理发店里也没现在这些乌七八糟的名堂。用一些'可爱'的年轻知识分子的话来说，那忽儿，'人性'在许多方面还受到严重'压抑'……"

"啥'人性'?！应该把前边那个'人'字去掉。让他们感到压抑的是'性'。"林辅生愤愤。

"倒也是。嘿嘿……不过，'性'这玩意儿过分给压抑了，也会出乱子哩。**'正视你的欲望，被压抑的欲望会导致更大的精神扭曲。'**这可是现在最吃得开的一个'精神导师'的名言。嘿嘿。"

"谁啊，把欲望说得那么重要？"

"弗洛伊德嘛。"

"嗬嗬。你还挺赶潮流！"

"嗨，儿子的枕边书。我随手抄起来溜了那么几眼。哈哈。"

"听说这位弗大爷也干过一档蠢事，把海洛因当治疗精神疾病的特效药,推荐给那些上他那儿来求治的精神变异症患者。害了不少人哦。哈哈。"

"是吗?这我倒真还不知道。"

"哈哈。也有你不知道的啊!看来以后还得多看看你儿子的枕边书啊!不过,我劝你小心着点,别让儿子把你带到沟里去了。年轻不等于万能,更不等于'真理'哦!"

两人这么一说一递、一递一说、嘻嘻哈哈地随便聊了一忽儿,这才回到正题上。屋里的气氛忽然间也就"严肃"了起来。这里有个情况必须先做些注解。这两位虽说是老熟人。多年来常庚也一直在林辅生主政的独立师待着。受他照应。但由于种种常规的限制和约束,特别是老常自身那种不爱去"敲门""拜访"的"老毛病",他们之间实际的来往并不多。相互间还不能说特别的了解。只是相互尊重。慕名而已。正符合古已有之的"君子之交淡如水"的说法。现在面对匿名信这样一个直接牵扯到老领导苏楚海、敏感度极强的陈年旧事,两人,尤其是林辅生当然要慎重。先探个底。要澄清的问题很多,比如你这时候抛出这封早已发黄了的匿名信,**"究竟想干啥?有何背景?"**等等。但首先要澄清的当然是:这封匿名信是不是你常庚写的?但得到的回答,让林辅生大为意外。并愕然。老常头竟然说,这封匿名信不是他写的。更让林辅生惊愕的是,老常头说,据他所知,写信的人不是"一个人",而是"一群人"。

"一群人?"

这几年,各级主政者最担心的就是发生所谓的"群发性事件"。也就是"一群人在折腾闹事"。假如这封信当初也是一群人写的。今天也是一群人鼓捣着重新拿它"说事儿",那情况复杂了。后果也更难料。

"他们不是'重新'在折腾这档事。而是一直在折腾这档事。只不过没有折腾到你我头上，没敢惊动到你我。只是在水面下暗自倒腾而已。"

"他们想干啥？"

"弄清真相。"

"仅仅如此？不会吧！"

"林政委英明。他们确实不只是想弄清十多年前的那档旧事的真相。"

"还想干啥？"

"希望能阻止那种'**群体飘移和个体异化现象**'在垦区的进一步漫延和泛滥。"

"你同意他们的这种说法，难道现在真已经出现什么'**群体飘移和个体异化现象**'了？"

"尊敬的林政委，难道现在真的还没出现什么'**群体飘移和个体异化现象**'？如果没有，你怎么解释近些年来，在某些团场、某些连队、某些县市乡镇，以至省市部委的领导班子中出现的塌方式腐败和被连锅端的现象？听说某省的交通厅连续三年倒了三个厅长。全因为贪腐。真是'前赴后继''英勇壮烈'啊。这种前赴后继英勇壮烈的'**事迹**'过去只出现在国民党的枪口前。现在却出现在我们自己的刑场和法庭上。你又怎么解释在解放初杀一两个刘子善张青山那样的地委级干部就能让全国的干部清廉十几年。现在连着处决和重判好几个省部级以上的贪腐官员，贪腐形势却越发严峻？当年只要提倡一个雷锋一个焦裕禄，就能在全国民众和干部中掀起艰苦奋斗勤政为民的热潮。现在年年开大会，行行树典型，天天喊口号，效果怎么样，你应该比我清楚……"

两人把话说到这里，那个中年店主来敲门，亲自端来几样菜品。一瓶新疆兵团农七师奎屯酒厂出产的好酒奎屯大曲。菜品中有一海碗用笋尖、火腿、猴头菇陪炖出来的飞龙汤和一盘反季节的清炒蒜蓉荷兰豆。荷兰豆里点缀着十来片油光光黑红黑红的腊肉。凉菜是一大碗常庚最爱吃的用醋和麻酱、油泼辣子拌出来的东北拉皮,还有一碟蒜泥白肉。再加几个特别耐嚼的死面饼。中年汉子向二位特别推荐这碗飞龙汤:"俗话说宁吃飞禽一口,不吃走兽一兜。这飞龙又是飞禽中的珍品。只在东北林海雪原里才能找得到它。您二位有口福。真是来得早不如来得巧。刚巧我一个东北哥们儿上这儿来跟我谈一笔生意,给我带了几只。我不是吹的。你满白杨河去找,也绝对不可能再在第二家吃食店里找出这玩意儿。这腊肉,是我一个湖南姐们儿自家用祖传秘方熏制的……"没等他再往下说,常庚便把他"驱逐"了出去,并"警告"他:"我跟这位朋友说点事儿。我们需要啥,会招呼你的。你别有事没事老往这儿跑。吹啥吹?去吧去吧。"并命中年汉子出去时,把花布棉门帘顺严实了。把门带紧了。他自己则起身往火墙炉膛里添了两铲子无烟煤。重新坐下。又分别给两人面前的酒杯里都满上酒。再撮两片腊肉填进自己嘴里叭咂叭咂地嚼着,一边再劝林辅生道:"别撂筷子呀。边吃边聊嘛。"但林辅生却没应承着立即去拿筷子。只用双手轻轻扶住桌子边沿,挺直了上身,瞠瞠反问:"你老常同志很同意这种对形势的判断?我们的'**群体**'已经发生了飘移?**个体**也都已经**异化**了?有那么严重吗?我们这个社会整体变形了?甚至都改变了性质?""哎呀,你听清明了嘛。人家说的是'**群体**',没说是'**整体**'和'**全体**'。也没说所有的个体都已经异化。更没有说**所有的群体**都发生了飘移。辩证法的几条基本原则是咋说的?其中一条,不注意量的分寸,就会造成质的误解。""跟我玩文字游戏。""这哪里是文字游戏?只要不带成见,我的林大政委,您应该能明白我只是在陈述一个事实。陈述一个在部分单位部分地方已经形成的一个严酷事实。从多年前我参与勘察设计的那个龙口闸门发生的事故,到今天你向往的那个北高地铁路被迫下马,是不是都在说明,我们这个垦区,我们这支队伍,我们一些同志身上确确实实发生了某种'飘移和异化'现象? 如果再不加以制止,它有可能蔓延发展成一种趋势。倾向。就像一千多年前,白杨河突然改道,甩下半拉卡拉库里荒原和昆卡戈壁,让几百万亩的绿洲变成了荒漠沙丘一样,恐怕就不太好办了。"

"你对当前垦区干部队伍现状的估计和分析,是不是有点过于悲观了? 过多看到了一些负面的东西。"林辅生反驳。

"也许吧……也许我在鸡场待得太久……两耳只闻鸡鸣声,一心不觉人间事了……"常庚笑笑,低下头去沉吟。过了一忽儿,又问林辅生,似乎仍竭力地想要说服林辅生接受他的某些观点,"你知道当初我为啥死活要从勘察设计院副院长位置上辞职不干,心甘情愿上你二管处去逗那一群莱杭鸡玩? 大多数同志都认为那是因为苏政委派了一位在业务上远远不如我,但是又特别能替他办事的人来当院一把手,压了我这业务尖子一头。我才不愿意了。还有一种说法,在内部一个小范围里,大概也包括您林大人在内都挺认可的,就认为我的辞职是因为反对当时的党委主要领导挪用龙口闸门工程款去接待他当年那位老首长的遗孀。这两个说法,都有一定道理。但都不是我辞职不干的真正原因。当时我听说了要挪用龙口闸门的工程款,确实去找过苏政委。去以前,也确实拟好了一封辞职信。也确实有过那么个想法,万一谈不拢,就当面把辞职信递了。但跟外头传的不一样,那天的真实情况是谈到最后我没递这封辞职信。没递的原因是,那天苏政委把我说服了。他说他一直认为我是个好同志。值得信任和重用。但是他劝我,考虑问题不能只从一个角度一个方面着想。他说,你作为龙口闸门工程的技术负责人之一,更多地从工程技术的需要考虑问题,本来是没什么可责怪的。但垦区是个整体。要做好整个垦区的工作,必须照顾到方方面面的关系。不能只顾一个龙口闸门工程。龙口闸门工程有时也得服从垦区全局工作,更多地要站在全局的高度,特别是要从政治的高度去考虑,不能只拘泥于一个专业技术人员的眼光,只从纯技术的角度来考虑问题。这就像弹钢琴一样,十个手指头都得动起来才能弹出一首完美动听的曲子。多年来在老部队里流传这样一种说法还是有道理的:**一个连长不知道营长要干啥,不会是个好连长。而不知道团长在想什么的营长,也成不了个好营长。**是的,龙口闸门工程经费预算本来就不宽裕。但是在当前这个情况下,从全局考虑,能不能再挤出一点来,支持垦区党委做好另一项和工程同样重要、从某个角度来说甚至是更重要的工作,同时又能不能想出办法继续保证工程质量呢? 这也是一块试金石嘛,考验一个技术干部是否是一个真有全局观念、真懂政治、真有能力的好同志! 当时他真把我说得无话可说了。我就把已经掏出来的辞职信又悄悄地塞回裤兜里去了。后来发生的事完全出乎我的预料。他们不是从工程预算里**挤出一点儿**,而是**拿走了一大块**……拿掉了那么一大块工程预算款,势必就造成这么个局面:逼着施工人员偷工减料。势必造成闸门和堤岸的坍塌。后来牺牲了那么些人……唉……”说到这里,老常的脸色灰暗了,“其实这时候我还没递辞职申请。反而觉得出了这么大的事,作为工程负责人之一的我来说,已经不是什么辞职不辞职的事了。应该对这个事故负一份我应负的责任。不管是坐牢、判刑、下放、开除……总之,都罪有应得。那天我带着请求处分的检讨书赶到黑松林找苏楚海。他们正在开常委会。那时候,你好像还不是常委。没参加那天的会吧?”老常顺便问道。

“我不是常委,但那天的会,我参加了。是被扩大到会上去的。研究如何处置这起重大事故。”林辅生答。

"按说苏楚海当时正在主持常委会，一般情况下是不会中断了会议出来见人的，"常庚继续说道，"但那天他得知是我要见他，破格暂停了会议，把我叫到常委会议室隔壁的那个房间里，关上门，很严肃很郑重地训斥我，'你慌个啥？怎么处置这起事故，党委正在拟订方案。作为个人，谁负什么责任，怎么负责，负到什么程度，一切听党委的决定。**事情不像你想得那么简单！**这段时间，你不要到外面去乱说乱表态。要和党委保持高度一致。不要打乱党委的部署。具体措施正在研究商定中。总的精神就是要把坏事变好事。'当时给我印象最深的就是他这句话，**要把坏事变好事**。后来发生的那些，你自然比我更清楚了，就是要立即召开一次全垦区的三干会，大力地宣扬那些死难者'一不怕苦二不怕死'的抢险救险精神。在全垦区掀起一个学英雄做英雄的热潮，把垦区抓革命促生产工作推向一个新阶段。完全不提事故原因和事故责任。当然，完全不追究事故责任，无论是对上还是向下，都是没法交代的。研究来研究去，把责任全部推到我手下一个姓耿的年轻施工工程师头上。一开始他不肯承担这个责任。谁都明白，这责任太大。太重。承担下来，不得了。从根本上来说也不能说全是他的事嘛。而且主要也不是他的责任嘛。但经不住有人反复找他谈话。做工作。包括我……是的，我也去做过他的工作。他不肯承担这个责任，苏楚海就让我去谈。我是工程内行。我可以从技术上给他分析，作为施工监理，你疏忽了什么。做错了哪些。我能说得他无话可说。有口难辩。这才打开了缺口。当然，我也说了这样的话：事情不可能让你一个施工监理独自承受。但我们不能眼睁睁地看着这把火烧到垦区首长头上。我们要顾大局。关键时刻要敢于勇于甚至乐于为组织多承担一份责任。说到这里，我把苏楚海对我说的那段话也用上了：事情不是你想得那么简单。这也是考验一个干部是否真有全局观念、真懂政治、真有能力的好

376

同志的一块试金石！俗话说一个连长不知道营长想干啥，不会是个好连长。不知道团长想要什么的营长，也不会是个好营长。"

"他低头了？"

"话说到这个份儿上，其实他还没有低头。后来我又补了一句。我问他，小耿呀，你再想一想，你要是死抗着不认这个账，你后几十年在垦区的日子会怎么样？你想不想在这个垦区干下去了？!"

"他低头了？"

"是的。话说到这份儿上，他低头了。在这件事情上，我一直很后悔。很内疚。特别是没想到后来直接给他判了二十年。让他承担了全部责任。"

"后来，你就去找苏政委递了辞职信？"

"是的。我去了……但这一回我连他家门都没进，把辞职信塞到他家门缝底下，转身就走了。"

随后，两人都沉默了。随后，老常头端起那杯足有二两量的酒，直接倒进了自己的喉管里。随后闷闷地长叹了一声："辅生老弟啊，事实证明，这样一种飘移和异化同样也曾发生在我这个老垦区人身上啊……而且，问题的要害还不只是出在我们这一号人身上。所以……所以……"一时间，话滞顿在这儿了。林辅生明白老常头接下去是想跟他说说"苏政委"。但大概是也感觉到此话题太敏感。太重大。就有点恍惚。有点"难以为继"了。林辅生也觉得以自己这个身份、地位已经不便和他继续往深处聊了。便主动转换了个话题，问起钟绍灵的事："关于钟绍灵，你手头有什么确凿的证据吗？"

"没有。"这一回老头倒答得很干脆。

"哦……没证据。那……你又在那两页纸上写了那么些关于他的话，啥意思呢？"

"我无非是想说，这个所谓的'群体飘移和个体异化现象'已经蔓延到年青一代那儿去了。你觉得呢？"

"……"林辅生没回答。

"上个月，因为听说要把我调回勘察设计院，我踅摸着，真回设计院去了，就不得清闲了，赶紧请了个假，上南方去转了转。到南京雨花台看了个烈士事迹展览。有一面墙上贴着好几十位年轻烈士的照片。看上去都只有二十郎当岁。有一些还不到二十。好像还是在读的大学生。据介绍，这一群年轻的烈士都牺牲在一九四九年十月一日天安门广场上升起五星红旗的前夜。当时押送他们去刑场的国民党特务宪兵告诉他们，只要在一份自首书上签个字，就释放他们。他们就可以活着享受自己为之奋斗而即将收获的'革命胜利成果'。但他们还是拒绝签这个字。于是被枪杀。纷纷倒在了共和国成立的前一天夜间。相比这一群年轻人，我总觉得我们培养的人好像缺少了一点什么。缺了什么呢？"

"……"林辅生还是没回答。过了一小忽儿，林辅生才补充道，"恐怕还不能说我们培养的都缺少这样一种崇高吧？所谓的理想信念……"

"那当然。那当然。不能说全都缺少。当然不能这么说。"常庚赶紧纠正。两人稍稍沉默了一忽儿，林辅生又说："不同的时代，面临不同的考验，付出不同的代价，做出不同的牺牲……不能一概而论。你说呢，老常？"

"是的是的。还是当政委的考虑问题全面。"常庚笑了笑。

林辅生没笑。过了一小忽儿，他又问："关于那个挪用工程款的事情……你很确切吗？那时候我虽然还没离开总部的岗位，但一直没具体插手这档子事……"

"挪用的事,我想应该是有的。因为苏政委当着我的面都说过这样的话:'能不能从本来就不宽裕的闸门工程经费预算里再挤出一点来,去支持垦区党委做好另一项更重要的工作'。这已经说得很清楚了嘛,就是要挪用嘛。"

"哦……"林辅生不置可否地"哦"了一声,又问道,"你跟写那封匿名信的一群人,还有联系吗?"

"没有。"老常头斩钉截铁。

"说实话。没人再追究什么责任。"

"追究不追究,我跟他们也没啥联系。信是他们托人送到我手上的。只提了一个要求,要我把信转给你。并且一定要把原件取回。"

"为什么一定要把这匿名信转交给我?"

"他们说,你是独立师的一把手。你领导着独立师的公检法和纪检机构。这条引水渠又在你独立师的地盘上。事故中的死难者多数也是你独立师的人。这一回,被迫下马的北高地铁路也是你独立师的。他们认为独立师的领导应该有责任为独立师这十多万干部职工去查清这背后掖着藏着的猫腻。而且根据他们多年的观察认为,您林大人有这份正义心会出头来为他们也为独立师、为整个垦区伸张这份正义……"

"这么说来,你还是具体接触过他们,最起码接触过他们中的某个人的?"

"那倒是的。"

"他们是谁?"

"我不能告诉你。我答应过他们,什么时候您林大人开始追查这个旧案了,我才能告诉你他们是谁。他们也愿意出来见您,协助你澄清这个谜团。如果你不想操这份心,那咱们就路死路埋。沟死沟葬。只当从来没发生过这档事……"

"你跟那一伙人的意思是要让我派人去直接查苏政委的老账。是这样吗？"

林辅生这一反问，直接点到了要害上。倒教老常一下愣怔住了。不知是点头好呢，还是摇头好？只见他的喉结上下滑动了那么两下后，呆呆地咽了一口口水，便不再作声了。

回到特护病房，林辅生本想洗个热水澡，让自己放松一下，但刚换了拖鞋，拿了毛巾药皂，就接到老伴从独立师师部的家打来的问候电话。林辅生前一阶段确实发生过两次拉黑便的现象。曾经在团场卫生队当过两年指导员的老伴为此正经担心过一阵子。虽说后来再没拉了，这次老林来"住院体检"，老伴还是格外关注这次的体检结果。并一再叮嘱这一回去做体检，再不能像以往那样嫌麻烦，只验个血，做个肺部透视拍个 X 光片，最多再加个"B超"就完事大吉。三言两语把电话里的老伴应付过去，他却已经没什么"兴趣"再去洗什么"热水澡"了。扔下毛巾药皂，甩掉拖鞋，便在那个单人沙发上盘腿坐下——本来满可以去床上躺下，但他却实在躺不下。为那封匿名信，为"那始终不肯善罢甘休的一群人"，为老常头跟这一群人的"神秘关系"，也为小钟"出尔反尔"的善变，还有那个高度理论化的什么"群体飘移和个体异化"——当然，归根结底还是为这段时间以来一直纠缠于心的那两个"心结"。一个是**苏政委**。另一个便是新来的那二位首长**康和文**。对于苏政委本人来说，当下这个时段，确实相当关键。要么丢下一切功名利禄宏愿大志彻底退下。要么再努一把老劲儿，实现人生的最后辉煌，从副部晋爵到正部。但无论如何都不能伤了自己亲手创建的这个垦区啊。一帮小年轻顺你的意搞出个什么调整补充方案，你也不掂量一下这方案有多么的不靠谱，会带来多大的后遗症，就照单全收。当年跟着白司令员进军大西北,你带一个团的人马取得庙儿沟大捷。全歼西北马匪一个师。两个营长在庆功宴上给每桌多上了盘全鸡,都让你骂了个狗血淋头。差一点让你当场撤了职。就是在"文革"结束后,那一回你把一些老部下找到黑松林做"劫后幸存者聚会"。有些老同志给你带了些稍值点钱的礼品,你还警告他们:"别刚复出就忘了这一年多遭过的罪了!还是得好了伤疤记住疼哩。"这一回却正经是要用"一个白杨河市"和"整个独立师"的前程来换您"正部级"的前程啊。这算"飘移"吗?!而另一个秘密心结便是由新首长康、文引起的。他俩受中央之托来主政垦区,上马伊始自不能立即对前任遗留的什么问题出台大的举措来纠正之。但对某种某些明显违背中央禁令、有碍垦区发展大局的行为应当有个态度。能暂缓之则暂缓之。有把握制止的,也应适时制止。而这段时间来,苏政委的做法已经在垦区各层人士中引发了种种议论,康、文二位却依然像没事人一样,只在各师各团场做着常规的履职初的"调研"。与此同时,暂缓修建北高地铁路的决定却又是通过他二位的嘴来通知林辅生的。

怎么回事?

但刚才离开那个"多功能"理发店时,老常头挺不经心地顺口跟他说了个事,却在他心里又引发了个不一样的"波澜"。常庚告诉他,两天前,对,就在两天前康、文首长找他谈话。要他"**换个岗位干干**。能不能过到**经计委**那边去主持个工作。"常老头自己觉得这个提议有点"不可思议"。自己几十年来就干了两件事,一是农田水利勘察设计。再一个就是伺候了一群莱杭鸡。事隔多年,凭着一点当年的"童子功""老本钱",让回勘察设计院主持工作,凑凑合合还能干得下去。凭什么突发这么个奇想,让我去主持经计委那一大摊工作?在北京,国家层面,它是两个机构,一个简称"经委"。另一个简称"计委"。统管全国的经济计划的制订和运营。人说,"一个国家经委、一个国家计委,就等于半拉国务院。"可见其重要。到了垦区,这两个机构合了,简称"经计委"。但它的重要性不减丝毫。连广大基层干部和职工都懂。他们这样说:"经计委主任顶半拉司令员。"让一个从来没有管过经济,更没有主政过任何一个实际工农业生产单位的人来"主持这个经计委工作",两位首长在想什么呢? 说话的当时,林辅生按场面上的规矩,对老常头的被重用,立即表示了"由衷"的祝贺,但现在盘腿坐下来静心一琢磨,觉得此事确实蹊跷。个中必有名堂。

他从沙发上站了起来。

再联想到发生在自己身上的事。康、文二位最早曾有意让林辅生担任总部副司令员一职。找林辅生谈话时,说得那么迫切。恳切。给林辅生的感觉,他俩恨不能第二天就派车去把林辅生一家老少全都接到白杨河市去才放心。但只待林辅生一说自己希望继续留在独立师干点事,他俩第二天就打来电话,同意林辅生留独立师。林辅生当时放下电话,不能不说还是有一点失落和惆怅的。看来二位首长并不是真心要让他去总部工作的呀。如果是真心,也不至于他这么一请求,二位就立即"顺水推舟"般地把他留在了独立师。再说了,过几年毕竟以"总部副司令员"的名义退休,和以师政委的名义退休,还是不一样的。这二位的耳朵根怎么会那么软? 真的是那种没什么准主意的人? 在随后的接触中所获得的感受又告诉他,这二位绝对不是没准主意的人。但这时的他已经陷入制定"新五年规划"大忙中。早淡漠了不久前的那一点惆怅和失落。更没有去深入追问一下,两位绝对有准主意的首长,为什么没有坚持自己当初的想法,"轻而易举"地就把他林辅生放回了独立师去? 再联想他们在常庚身上这"不可思议"的举动,其用意凿实**"可疑"**。

难道说，他们在为谋划一个什么行动而布局？要唱一出震撼整个垦区的大戏？

林辅生开始在病房里来回踱步。并面对窗外那漆黑一片的白杨林发呆。

多年来人们都有这么一种说法，只要稳住独立师，就能稳住整个白杨河垦区的阵脚。就像古已有之的那种说法"湖广熟天下足"一样。同样，只要稳住经计委，让它正常运转，就能保证全垦区的生产经营不出大问题。让身经百战而依然雄心勃勃的林辅生回独立师坐镇。再派一个厚道的聪明人去坐镇经计委，（常老头虽然没主抓过经济计划工作，但他的忠诚正直和在原则问题上的宁折不弯，在为人做派上从不搞两面三刀口是心非和阳奉阴违，几十年来在全垦区上下都是出了名的。把他放在经计委，也许不能期待他会干得多么出彩，但绝对会在康、文首长全身心敷衍那出"大戏"时，保证经计委按康、文首长的意图正常开展工作）两位首长如此苦心孤诣，擘画于中军帐中，究竟要唱一出什么大戏？

想到这儿，老到的林辅生心里其实已经有个八九不离十的指向了。他们难道真的要对他，苏楚海采取什么措施了……

真要解决苏政委的问题？

所谓的"另有任用"是否也只是高层的一招缓兵之计？

可能吗？？？？？

苏政委官拜副部级。是中管干部。要解决一个中管干部的问题，中央不点头，手里没有中央赐给的"尚方宝剑"，拿得起扛得动"斩得下"吗？

只靠稳住一个独立师和经计委，就能解决这么个大问题了？

当然不行。

他又联想到白小燕。小燕"这孩子"表面上看起来的确任性。率性。似乎没什么城府。但她却有一种超乎常人的政治敏锐性。(家庭教养和独特环境影响的缘故?)也由于父亲的关系,在垦区内外她拥有一批铁杆师友。她喜欢跟他们探讨政治。就像跟一些闺蜜探讨风筝和钢琴。热衷于到百货大楼某专柜翻来覆去挑拣新到的进口化妆品和真皮鱼嘴坡跟鞋。她的确不拘小节。常常大大咧咧。有些举止相当男性化。但在大事上却绝对不含糊。精明谨慎和固执起来又很"女人"。林辅生坚信,这一回,她绝对不会是被偶尔扯进"匿名信"这事里来的。常庚找她,必有来头。她和他一定知道了些什么。最起码也是感觉到了些什么。林辅生很想知道这里到底有什么**"背景"**。但几次拿起电话,踌躇再三,他又放下了电话。

万一这一切只是自己的妄测呢?以自己的身份和地位,在目前一切都还处于模糊不清极为朦胧的状态时,私下做这样的"探听",不仅不明智,简直就是幼稚草率而有点"轻举妄动"了。

这时候,电话铃突然又响了……

他一惊。这么晚了,还有谁会打电话过来?他迟疑了一下。然后才拿起电话。

"林叔。我是小钟。"

钟绍灵?

"刚才我打了好几回电话。您病房里一直没人接。这么晚了。您

384

还在外头忙着呢？"

"刚才洗澡哩。听不到……"

"这么晚给您打电话，没打扰到您吧？一直想着要过医院那边去看看您。约您去新开张的黑松林餐厅吃一碗拉条子。最近新开发一种菜品，叫大盘鸡。卖得很火啊。咱爷俩带小嘎巴去尝尝？小嘎巴下个月都三岁整了。老念叨着让我带他去看'林爷爷'哩。"小嘎巴是钟绍灵的头生子。媳妇第一胎就给老钟家生了个大胖孙子，老钟头都快乐疯了。

"嗬嗬嗬，小嘎巴都三岁了？该上幼儿园了吧？"

"平时我爸看着哩。他姥姥姥爷想带到他们河南老家去住一阵子，我爸说啥也不舍得。现在真是万千宠爱在一身。简直没法说啊。"

"老人嘛，可以理解。我那不争气的儿子，多大了？就是不结婚不生娃。愁死人。该给小嘎巴寻个好幼儿园了吧？老搁在老人身边也不是个事儿啊。"

"我那口子也是这么想的。正找人托关系，瞧瞧能不能送省城寻个全托的国际幼儿园……"

"那你老爸肯放手吗？"

"就是啊。八字还没一撇呐，老人家就折腾开了。说也要去省城。在幼儿园边上租个房，陪读哩。晚上把孙子接他出租屋里，开个小灶，给孙子补充补充营养。哈哈……"

"哈哈哈……可以理解。完全可以理解。"

"您不会马上就回师里去吧？这两天，我手头还有点事，康政委交办的。等办利索了。请林叔上家去坐坐。咱爷俩好好叙叙。您也去看看小嘎巴。小家伙可想念林爷爷了……"

"好啊好啊。要不，过些日子我让周师傅（林辅生的小车司机）来把他接到独立师去住几天。你婶还挺想他的哩。"

两人东拉西扯地聊。林辅生料想钟绍灵这么晚了打这个电话定有用意。就等着他"抖包袱"。果不其然,不一忽儿,钟绍灵说道:"我还有一点事想跟林叔您絮叨絮叨。不过,您先别批评我年纪轻轻就开始'斗志衰退'。在办公厅干了这么些年,我真的觉得有点乏了。也干空了。想到基层去锻炼一下。充充电。回独立师哪个团场当个生产参谋或作业站站长……"

　　"你开啥玩笑呢?!"

　　"叔,我说的是真心话。麻烦您到康、文首长跟前帮我说合说合。您在他俩跟前说话,还是挺管用的。机关里的同志都知道,康、文首长特别信任您。"

　　钟绍灵说到这儿,林辅生警觉起来。这小子是不是风闻了一些什么,今晚来摸底? 打探? 他立即笑道:"可以啊。我快退了。你去接我的班吧,到独立师当政委。正合适。"

　　"林叔,我真不是在跟您胡嘞哩。我是真有点干乏了。倦了。真想到基层去待段日子。换换脑子。喘口气。你帮我到康、文首长跟前说说吧……"

　　话说到这儿,林辅生确定这小子是来"摸底"的。想从林辅生这儿试探到康、文首长近来对他的态度是否已经发生了什么变化。便想尽快结束这场谈话:"行啦行啦,我的钟主任。他二位刚上任,身边正需要你这样年富力强的干将。我去跟他俩要你上我独立师去,不明摆着是在拆他俩的台嘛。你这是故意让我到康、文首长跟前去找骂挨怼哩? 你真以为你林叔老年痴呆了哩! 哈哈。"

　　放下电话,林辅生才觉出自己后背居然有点飕飕凉意。刚才出汗了? 冷汗? 热汗? 大冬天的。出啥汗呢? 心里有那么紧张吗? 如果说钟绍灵真是风闻了什么,来上他这儿打探康、文首长对他的态度有什么变化,那么,是不是说明康、文首长确实已经有什么安排和举措了。让钟绍灵有所觉察?那么,苏政委那边一定也会有所感应了吧?

"难道康、文首长真要安排一出文武双全、生旦净末丑昆档不乱的大戏?从清理整顿垦区多年来的积案和种种不正之风着手来开拓他们工作的新局面,甚至不惜要动一动他们的前任一把手苏政委头上的那点积土?这么干,整个垦区会地动山摇吗?会电闪雷鸣吗?千年干沟会倒灌、卡拉库里会因此燃起一片烈焰吗?常庚这老家伙一定找康、文首长深谈过了。到我这儿却假模假式地装着不理解他俩为什么把他安到经计委那位置上去。"

想到这里,林辅生不无有一点忐忑。忐忑中却又有一种莫名的感慨、惆怅和期待。但他立即告诫自己,这时候最稳妥的做法是静观其变。如果刚才那个猜测是准确的话,他相信康、文他俩会主动来找他的。在此以前,当务之急自然是抓紧抓实独立师的各项工作。此其一。其二,不放弃北高地铁路的筹建工作。以待其变。最后就是马上派人去上海,找到那个叫李爽的上海知青。取回他当年写的那份调研报告。当时因为这小伙子不听话,擅自去做了事故真相的调研,他忙于"三干会"的筹备,只是大略地翻了翻,没有细看。如果这份旧时的报告里真有"料",自己还是应该先期掌握起来为好。想到这里,他立即拿起电话,让接线员为他接独立师党委办公室的朱留长。让朱留长派人去找李爽办此事。

……李爽至今还记得,那年的那天接到通知,让他带着全部行李到农场组织股去转组织关系——把党的关系转到管理处机关。组织股的陈股长坐在火墙跟前一把旧的布面躺椅上,一边卷着莫合烟,一边吩咐股里那位姓哈的助理员给李爽开组织介绍信,一边控制着老慢支引起的咳呛,嘶哑地告诉李爽:"好好干。这应该是你最后一次调动了。不容易啊。"是的,像陈股长那样的基层干部,大多数待在一个岗位上,一待就是大半辈子。甚至一辈子。但让所有人都想不到的是,李爽到管理处党办室报到没两月,垦区党委办公厅就打来电话,点着名要李爽去总部机关"帮工"。这必然引起轰动。党办室不算主任,工作人员一共四个。三男一女。金达同"大秘",专为处长和政委起草各种文稿、讲稿。瘦高个的老鲁负责组织、政法。李爽分管宣传和劳动竞赛。那个女的,也是上海知青。好像来自上海某郊县。负责机要收发保管。那忽儿正和基建办公室的一个转业军人谈着恋爱。打得一片火热。当天晚间,几位小聚。也算为李爽践行。金达同逼李爽大口喝酒。李爽说,至于吗?不就是去帮个工嘛。金达同说了两个理由,非要李爽连干三杯。一,我老金好歹也是东北名校哲学系毕业。在管理处窝了这么些年,他娘的还没捞着一回去总部帮工的机会。你他妈的才来了两月。这绣球就撂到你脑袋上了。垦区首长对你们这帮上海知青就是偏心眼。你还不该喝?二,啥叫"帮工"?听我老金跟你慢慢叙来。这帮工不是给地主老财家打短工。是总部首长考察干部的一种方法。帮合适了,你就留下了。就在白杨河市里住楼房,跟总部首长坐伏尔加了(从苏联进口来的一种比较高档的轿车)。你小子鬼机灵。笔杆子又耍得好。这一回百分之八九十是回不了管理处了。你他妈的还不该连喝三杯?啧!

第二天赶到总部,待住定。才得知调他来是为即将召开的"三干会"写几个先进模范人物事迹。从全垦区借调了一批"笔杆子"。李爽只是其中之一。先期分给他写三个先进典型。偏僻配水点上的模范夫妻。带病坚持春耕春播连轴转、几天几夜不下机车、最后晕死在驾驶室

388

里的女拖拉机手。七十多岁仍常年坚持行走在戈壁滩上为各放牧点上的牲口治病的老兽医。所写材料全部一稿过审。事迹完整生动。文字流畅简洁明快。视角新颖。条理清晰。也有一定的思想高度。受到会议筹备处秘书组几位领导一致赞赏。就在这时，库都克达吾克引水大渠龙口闸门发生了那起重大垮塌事故。二十七个男女青年英雄为抢险救灾义无反顾地献出了自己年轻生命。垦区临时党委决定要在这次'三干会'上大树特树这个年轻的英雄群体。任务下达给会议筹备处。领导决定让李爽来写这篇重头稿。

"写英雄"。"学英雄"。"学了英雄一定写好英雄。"李爽受命后很兴奋。很激动。也感到这副担子沉重。总部领导如此看重这份材料，自己要真把它写好了，"说不定就能留我在总部机关"。他暗自掂量，又嘱咐自己："人生固然要走好每一步，但关键的往往只有几步。这几步一定要走得跺地有声，踩石留痕。"于是他背上挎包，带上洗漱用具和一两套换洗内衣内裤，借来谢平那辆永久二八（自行）车。对这二十七位年轻英雄成长经历逐一进行摸底采访。"出访"前，去垦区档案馆认真查阅了大量有关垦区创建和发展的历史资料。甚至还读了不少水利勘察、工程施工等方面的专业书籍，以加深对这个事件的理解。

但是随后的所见让他意外，并震惊。相当一部分人在接受采访时吞吞吐吐，含含糊糊，只说其一不说其二。有的甚至让人感到他们肚子里其实还有"其三"。但不管怎样只说到"其一"就不肯再往下说了。直到有一回他去垦区水利勘察设计院采访那位老工程师，局面才开始发生转机。一开始这位老人对李爽同样敬而远之。后来，在李爽的自我介绍中得知他原先在独立师二管处工作，便问及"在你们管理处处部的鸡场里有个养鸡老汉你认识吗？"李爽对这位"鸡场老汉"的尊重和崇敬，立即缩短了他和老工程师之间情感上的距离，部分消解了对方对他的疑虑和戒备。"哦，他原先可是我们这儿老领导……一个难得的好人好领导呐……"这位头发花白的老工程师感喟。由于有了这样的共同语言，两人在情感上迅速接近起来。产生了基本的信任感。等李爽再问及那个"青年英雄群体"，老人沉默了一会儿，终于说道："这些年轻人确实了不起。但是……不过……他们本来可以不死的。可以不让这些年轻人付这样的代价。唉……"这让李爽极为惊讶。但继续追问，老人却不肯说了。李爽聪明，知道这里必有"名堂"。但不能勉强他。别让刚建立起来的那点信任散了架。那一晚，李爽就没走，在设计院的招待所里住下了。住的是三人间——不只是为了省钱。按李爽当时的资历和级别，他也只能住三人间。另两位是陪同一个农业师的副师长来这儿出差的。其中一个是司机，另一个可能是秘书。首长当然住在另一幢小楼的高间里去了。那个司机也是个上海支边青年。说一口带浓重浦东口音的上海话。烟瘾特大。原先就是个"见面熟"，见了李爽这个老乡，更是有说不完的话。一边吹嘘他给首长当了小车司机后享受到的各种"优厚待遇"，一边卷着莫合烟"大炮"，还向李爽介绍他炒制加工优质莫合烟的心得体会。李爽心烦。不想跟他搭话，又不得不搭话。更受不了他那"优质烟"的气味。只想出去走走。正在这时，有人敲门。李爽本就想上外头去躲躲，赶紧抢着去开门。不料打开门一看，来敲门的竟然是那个老工程师。老人贴近他低声说："你明天不走吧？那我们随便找个地方坐坐。方便不？"

这分明是"话里有话"。另有隐情。

第二天，不管那个浦东老乡怎么劝说，他都坚持不跟他去"逛大街"。等到十点多钟光景，招待所里该退房的客人都走了，新来住宿的还没到，走廊里完全一片寂静时，果然有人来敲他住的那个505房间的门。一个十来岁的陌生女孩问："您是李叔叔吧？我家楼上的董爷爷说您想找个地方喝茶,他让我来带您去个茶座瞅瞅。""喝茶?"李爽一时没转过弯来。那女孩赶紧又说:"您是李爽叔叔吧? 那就没错。跟我走吧。"说着就径直先走了。李爽这时悟出,这是老人不想让招待所的杂人知道他将接受李爽的采访而使的障眼法,便赶紧拿上记事本跟了上去。

女孩走后院。出边门。穿林带。刚走出百十来米,就见路旁停着一辆南京生产的跃进牌一吨半小货车。方头愣脑。驾驶室里除了司机,就坐着那个姓董的老工程师。见李爽走近,老人执意要把副驾驶的位置让给李爽,自己往后头车厢里爬去。李爽当然不肯。老人虽然瘦小,手上的力道不小。一把抓住李爽。李爽竟然无法挣脱。"你是客人。别推。咱们快走。时间有限。"老人说着一纵身上了后头车厢。小货车出了白杨河市,在土路上颠簸了将近一个小时,停在一个三岔道口旁。瘦高彪悍的新疆杨林带里,有个被土墙包围的院子。不远处还坐落着一个油泵站。这样的油泵站在这一片戈壁滩上每隔多少公里就会有一个。石油矿区必须依靠这些泵站对那些黏稠的原油加压加温,再通过粗大的管道一段一段接力赛似的,才能把它们输送到上百公里外的炼油厂去炼制成各种所需的成品油。李爽当年在连队过劳动关时,每每看到这些油泵站——这是在连队周边十来公里范围里唯一具有"工业"和"市镇"意味的"符号",他内心总会抑制不住地涌出莫名的向往。尤其是在大田里浇夜班水,周围漆黑一片。夜空高远。看着从不远处泵站闪烁出来的那团灿若星火的灯光,总能让他怀念黄浦江畔的喧嚣和繁华……会暗自羡慕那些穿着灰蓝色工作服在油泵站里工作的年轻人。因为这种"羡慕",他不止一次在日记中严厉批判自己内心"残存"的"小资产阶级软弱性",告诫自己不要被某种"革命的不彻底性"腐蚀了,压垮了……

油泵站左近肯定会有一片片疏疏落落的沙枣林和一望无际的戈壁荒野。小货车进入院子。这里应该是某农场办的一个路边客店。因为已近午饭饭口,院子里还停着好几辆途经此地拉煤拉甜菜的大货车。还有两辆长途班车。店堂里自然熙熙攘攘得可以。同时飘荡着一股股葱爆回锅肉和白菜炖粉条的诱人香味。今天天气晴好。后院同时也会晾满一条条不白也不黄、刚赶洗出来的旧床单。每条床单中间都会染上一个大大的已褪成褐红色的印记。标明该农场的名号。后边一间孤零零的土屋里,白皮方桌上已经摆上了一瓶散酒和几盘子几碟儿的下酒菜。等老董带李爽绕过那些热闹非凡的店堂一走进这冷清的土屋,早就在桌旁一声不吭等候着的那几个人立即起身示意。老董随即关上屋门。

　　因为曾有令禁止他们就当年这场事故接受外界采访,所以,不等李爽坐下,老董就说了这么一番话:"先声明,今天我们不是接受采访。只是朋友间聚餐。听说您是我们常总的好朋友。("常总"就是那位"鸡场老汉"。)远道稀客。今天这一聚只不过是我们替常总尽一份地主之情。""开场白"里明显带有"此地无银三百两"的意味。"朋友见面难免喝几杯。喝多了说啥都是酒话。胡嘞了些啥,都别当真。说啥都到此为止。出门不算。来来来,欢迎总部来的大笔杆子小李同志,我先干为敬!"又是一个"此地无银三百两"的再声明。

　　后来李爽才得知在座的几位中有一位是二十七位年轻英烈中某一位的父亲。有一位是当年这个引水渠龙口闸门工程的设计师。还有一位是当时参与抢险救灾的技术员。还有一位是事故发生后奉命参与事故责任调查的专案组成员。看来,老董工程师为今天这个"朋友聚会",约齐这些"关键见证者",整忙了一宿。

接下来发生的，便让李爽震惊。他们告诉李爽，那年确实遭遇五十年不遇的浮冰和春洪袭击。但如果当初能严格按原设计标准施工，龙口闸门完全可以抵御住那种力度的袭击。一切均可安然度过。"但当时有人挪用了工程款，严重影响了施工质量。事后，对外只让宣传抢险救灾者的英雄事迹。对上的报告中，让一位施工监理承担了全部失责的责任，竭力掩盖了事故发生的真实原因。"（这位施工监理后来被判了重刑。他就是谢平在红山口煤矿遭遇的那一位。）

在座所有的人都谈得凄怆。悲愤。那位父亲更是泣不成声。没人再有心情去动酒菜。在干了第一杯后，那瓶散酒就再没被启开过。后来每个人在起身做最后的敬酒时，几乎都双手捧着酒杯，走到李爽面前，极恳切动情地表达了这样一个愿望："小李同志，你一定要如实地把这档事写下来，报道出去，替我们说说心里话啊。好，我先干了，你随意。"

李爽一杯接着一杯干。眼眶里溢满泪水。心间涌动着义愤。两腿也一直止不住地战抖。

这一夜，几乎一直谈到天明。各尽所知，向李爽抖搂出各种细节。李爽担心"座谈"的时间拖得太长，动静大了，会被人发现他们在这儿搞"非组织活动"，会对老董他们今后产生严重的不良后果。在觉得已掌握了事故真相的基本事实以后，几次婉转地打断他们的"发言"，请他们"早点回去休息。"但都劝阻不住。老董告诉李爽，"你不用担心。这个地方偏僻。来往的都是过路客。吃顿饭，抹抹嘴，就上车走了。这个店的女经理是我一个朋友的家属。她手下那些开票的端盘子的白案红案上的大小工都跟她干了好些年，可靠着哩。她自己有个孩子也在那次事故中受伤致残。心里一直郁闷得没法说。绝对不会坏我们的事。"

回到白杨河市垦区总部招待所。因为要动笔了，秘书处领导特地给他换了房间,从三人间换到单间。而且是大床间。他把自己关在房间里整整憋闷了一天多,没写出一个字。真要落笔了,他才觉察到这活儿的难度了。他犹豫了。来回在房间里打转。发呆。拿不定主意。要不要把了解到的这些**"实情"**写在这份调研报告里? 按说这些情况上边不可能不知道。上边之所以只让我写事故的后半段,也就是事故发生后抢险救灾"英雄事迹"那一段,一定是有他们某种政治考虑。不管他们的用意是什么,现在**领导没让你写事故是怎么发生的,如果我写了,这样自作主张先斩后奏,可以吗?** 可是,**"我们离开繁华的大上海,到这遥远的边疆来,不就是要和这里人民一起改变一个旧世界,创造一个新世界"**吗? 现在明明了解到事故的真实内情,有人挪用工程款,造成如此重大的事故,如果我仍然熟视无睹,隐瞒不报,**对得起谁?**

我们每一代人都会做成一点什么事。留下一些什么痕迹。那些留下的痕迹,有些辉煌。有些卑劣。或者平凡。有些是抹得去的。有些则是抹不去的。什么是抹得去的,哪些偏偏是抹不去的,会常存人间,一定要等待后人来确认。

是的,明理的人都说,最后的裁判者总是历史和人民。

可是……无论如何,说到底,**领导没让我写这一段啊**……是写,还是不写,他和哈姆雷特一样,在两难中徘徊。最后他想出一个办法:写两份。一份只写英雄事迹。再一份,写上那些**"内幕"**。然后把两份不动声色地一起交上去。让领导自己去取舍。(其实他不知道,这种手段并非他李爽首创。一些笔杆子早就使用过这种做法。)

当然,这里还有个难题,"三干会"筹备工作领导小组的领导不止一位。秘书组里也有好几个审稿人。交到哪一位领导手里比较妥当,才不会对自己产生不好的后果呢?

他想到了林辅生。

林辅生这时也"临时"从独立师调来担任会议筹备工作领导小组的副组长。在领导小组的诸多领导者之中，只他算是个"熟人"。而且领导小组内部分工，秘书组也分给他管。文稿交他手上应是"名正言顺"。真要出啥问题，兴许他还能出面替我挡上一挡。稍有不妥的是，越过秘书组的审稿人，直接把文稿呈送林辅生，有越级之嫌。但这时就顾不得这些了。两份稿子交到林辅生手上。林辅生还是敏感的，随手翻看了一下就问："怎么是两份？"他支支吾吾，解释："您先看看。因为了解到了一点新情况，就用了两种写法。两个切入点……我不太有把握……""不太有把握？"林辅生又翻了一下稿子，反问，好像有点不太高兴，那意思是："你自己都不太有把握，就送到我这里来了？这算啥名堂？"

"您先看看吧。看看吧。"李爽继续支吾。

两份稿子就这样放那儿了。

接下来便是"漫长"的等待。漫长到令人难耐的等待——其实只等了一个星期左右。总部给林辅生临时新配的那个秘书来敲门，拿着写"英雄事迹"的那份报告，转达林政委的指示："尽快把这个稿送秘书组审。但不要告诉他们我已经看过。""林政委对稿子有啥意见？"李爽问。"他没说。"秘书答。李爽赶紧去翻看稿子。稿子上也没留任何批示。没留下一点字迹。可能是不想让秘书组那几位审稿人觉察到在他们看到这份稿子前，此稿已越级呈他审看过。至于那一份专写"事故内情"的调研报告给压下了——到底看了没看？如果看了，有什么态度、要如何处置……所有这一切，**"首长没说"**。

李爽当然不敢追问。毕竟在管理处机关干过。还是懂规矩的。**"不该问的不问。不该看的不看。不该说的不说。不该知道的坚决不**

去知道。"

很快，秘书组几位领导对那份"英雄事迹"的意见传达下来了："写得很好。尽快送领导小组审定。"所谓送"领导小组"，实质上就是送林辅生。稿子呈送林辅生后，他故意放了两天才做批示——这也是为了不让秘书组的那几个头头觉出他早已看过此稿。林辅生的正式批示，八个字："同意印发。大力宣扬。"

仍然不提另一份稿子的事。

李爽所写的这份"英雄事迹"在"三干会"上果然引起强烈反响。秘书组的同事们因此在私底下纷纷预测：李爽这小子"这回在领导跟前露了这么一大脸，垦区总部机关一定会留用他。哪怕只有一个名额，这个名额也是他的了"。各种议论纷纷扬扬。李爽表面镇静，暗自激动，但心底里却扑通扑通地在打着另一通"鼓"——林辅生对自己报上去的那一份"事故内情"报告始终没有任何回应。为什么？为什么？为什么？……

纳闷。甚至有一种不祥的预感隐约升起……

随后"三干会"顺利闭幕。帮着做完一系列事务性的会议收尾工作，已经是散会后的第四天了。轻松。秘书组全体轰轰烈烈吃了一顿"散伙饭"。招待所食堂特地给煮了一大锅白水羊头。领导们亲自到场，一一敬酒。林辅生当时正陪同苏政委等垦区总部的主要领导接待财政部派来的一个工作组，也特地从那个宴席上赶来给大伙敬了一轮。再随后，从各师调来帮工的同志便得到通知：各位辛苦了，现在可以返回各师了。其中居然也包括李爽。这让同事们感到十分意外。不应该啊。又不好意思去打听个中原因。李爽难免有点尴尬和委屈，但暂时还有足够的定力让自己在表面上装得很无所谓。有个别好心者上前来安慰，帮他分析：让你回独立师去，可能是办调动手续的吧？李爽哭笑不得。点头不是，摇头也不是。就在这尴尬之中，吃完"散伙饭"的第二天晚上，林辅生的秘书又来敲门。"林政委让你去他办公室一趟。""现在？这么晚了……"他一愣。"对的。就是现在。"这位秘书还是那么冷静。表情依然中性。他在总部办公厅工作多年，是个老练的干家，沉稳而谨慎，仅从他的表情中根本无法判断接下来即将要发生在你身上的到底是好事还是坏事。是大事还是小事。他只是文笔差些，为人也欠点活泛劲儿，所以一直没能跻身到主要领导身边去工作。

李爽一走进林辅生办公室的门，林辅生就放下手里的指甲剪，微笑着冲李爽做了个让座的手势，说了句："没想到你的酒量还不小啊。"李爽赶紧也笑笑，躬身坐下，一瞥间，发现自己那份"事故内情"调研报告此刻正放在了林辅生面前的办公桌上。他心跳顿时加快。终于要说那份调研报告的事了？

"打算啥时候回二管处？"林辅生却又散问。仍然微笑。

"如果领导没啥事交给我办了，明……明后天吧……"

"行李多不多？"林辅生继续问。

"哪有啥行李。就是一个挎包，两身替换内衣。"

"是直接回二管处，还是要在师部逗留一下？"

"如果需要……咋弄都没问题。"

"那就托你了，把这几瓶药先替我捎给我家属。"说着，从那宽大的两头沉办公桌柜子里取出个不算太小、捆扎严实的包裹递给李爽，还叮嘱了一声："别瓶了。我家属皮肤老起疙瘩。不等入冬就痒得厉害。师部医院弄不到这种特效药。这还是他们从北京大医院给我弄来的。有涂抹的，还有煎煮汤药调理阴阳平衡用的。另外，这个，你自己保存。"说着把那份稿子递给了李爽。

稿子退回，还让他自己保存。而且说得那么平淡。好像是从地上捡起来的一张过期的电影票。为什么呢？林辅生没说。但李爽的心却狠狠地一沉。一凉。李爽接过这两样东西，本该立即告辞，但不知为什么却挪不开步去，似乎一下"冻"那儿了。潜意识中觉得林辅生似乎还应该（也希望他）对他再说两句什么——关于这份调研报告。关于他的去留。关于"关于"的关于……但林辅生在略加沉吟后，只是重复叮嘱了一句："好好保存它。"然后隔空放炮似的教训了几句，"有些事情只能由组织上去办，特别是做结论这样的大事。个人一定不能随便插手。不能犯自由主义错误。自由主义害死人哪。"对李爽的去留，仍不置一词。其实想想，这也对。筹备小组的领导从来没谁跟李爽说过你有可能留垦区总部机关。林辅生也没有跟他说过类似的话啊。他们凭什么要对"没留李爽"一事向李爽做解释呢？

可是，为什么要"好好保存"那份底稿呢？既然已经退回了，既然好像"一张不值什么钱的过期电影票一般"，既然这么写这么做已经大有"犯自由主义错误"之嫌，为什么还特别叮嘱要"好好保存"？

为什么？

不懂。

回到招待所，负责开票和来客登记的那个大姐通知他，会议结束了，秘书组解散了，如果还想住，可以，但只能回三人间。这是规定。等搬回三人间，再找时间到后勤那儿领了返程的长途班车票，偏偏听到这样一个消息：在秘书组帮工的同事中，有两位无论从哪方面来比较都不如李爽的却拿到了正式调令，调总部机关工作……

完全是"当头棒喝"。岂止是沮丧。

为什么不是我？

就因为我**"擅自"**去调研了事故内情？

就算我**"擅自"**了，错了，可我还是懂规矩的，并没扩散这调研结果。我把调研所得只呈报给了领导。没到社会上去制造任何负面影响。难道这点"错误"也是不可饶恕的？我"小小年纪"（才二十出点头嘛）。自恃有才又有理想。澎湃着"以天下为己任"的家国情怀。又充沛着"救国救民"志向。完全不知道，也不可能知道自己当时"无意"中卷入了一场什么样的政治漩涡。触碰了一条什么他根本也不想去触碰的政治底线……而这一类"漩涡"和"底线"又只可能发生在某一种特定的圈子里……

直至多年后他对此才有所觉悟，才知晓了个中的一点儿真相。而迟到的真相，即便是只有"一丁点儿"，对当事人来说，往往也可能是极其严酷的。

那天谢平却忙着要上北京去见那个看了
他小说稿的"负责同志"，只买到站票

小满和雅芳都劝他缓两天再去北京。看看能不能托谁上北站售票处走个后门，等搞到一张坐票后再走。上海到北京，特快也要走二十来小时。毕竟也三十岁的人了。再一个她俩觉得，谢平只听了老耿这么一说：北京文艺界有个领导干部看了你这稿子，表示支持。都没弄清楚人家到底是啥意思、啥情况。兴许人家只是随便翻了翻，随口对自己家的外甥说了一句场面上应付差事的套话。就火急火燎地上北京"去找那位文艺部门的负责人"。咋说，也有点鲁莽草率。有点"饥不择食"。"慌不择路"。

谢平承认自己有点"饥不择食"。但并非"慌不择路"。毕竟是北京

的一位高层领导关注了自己。毕竟针对我说了这样的话：**只要我愿意，它（天堂）明天就会展现在我眼前，够我终生受用。**而且**"在已经到来的新时期，只要你努力，又端正了政治方向，生活绝不会亏待你们这一代人。你们毕竟还年轻……未来的人生图景是要靠你们自己去描绘的"**。为此，站二十四小时去见他一面。代价算大吗？

傍晚时分，火车减速，吭哧吭哧生喘着通过一个城中弯道，缓缓驰入了北京站。后来在北京的遭遇却又是谢平想不到的。

小说稿是红山煤矿的那个老耿托他一个老同学的儿子——王凯递给那个负责同志的。老同学的妻子是那个负责同志的妹妹。按说老耿应该直接托那个老同学去办这档事更爽快些。但老同学前些年死在"牛棚"里了。据说是让造反派打死的。王凯在北大荒农场当过知青。也写小说。剧本。书法。马蒂斯野兽派油画。抽象派雕塑。弄一团生锈的铁丝搁在两个旧乳罩上。样样都能来一点。是北京著名的星星画派的骨干分子。跟他的亲舅——那位某文艺部门的负责同志经常为中国当代艺术应向何处去的问题辩论。谢平也想见见这样一位青年才俊和先锋派人物。那天小满"监督"着老耿上师部邮政所去寄稿子。顺便抄下了收件人的地址。谢平就是拿着这个地址，在北京人民艺术剧院对马路一条胡同里，找到王凯他亲舅家。王凯因为隔天要去法国留学。这一阵子就一直住在舅家。

敲开那四合院院门，来开门的是王凯的表姐。说明来意。表姐马上把王凯叫了出来。王凯的第一句话，就把谢平噎那儿了："谢平？哦哦哦，你怎么来了？"王凯本来想说的是："谁让你来的？"话到嘴边，觉得这话多少有些唐突，临时改成"你怎么来了"？

即便听到王凯脱口说出的这句"你怎么来了"，谢平还没意识到自己已被对方当作"不速之客"了。即便看到后院里灯火通明，人影憧憧，不时传来欢声笑语。很明确这个四合院人家有聚会。王凯一身出国的装备：上身一件熨烫得笔挺的小立领白衬衣。白得即使在微弱的灯光下也隐隐泛青。金属袖扣即便在暗中也仍在闪亮。下身穿一条藏青色直筒羊毛混纺薄款有褶修身免烫长裤。配一双三节头的深棕色皮鞋。擦得锃光亮。再配一条谢平从来也没见过的那种用细麂皮条编织起来的腰带……就算到这时，谢平仍不懂，这一家人正在聚会为王凯明天出国践行，再者也是为王凯去世的父亲终获平反而庆贺。甚至王凯面带为难之色，硬着头皮婉转地告诉谢平："今天家里有重要活动。你看……"谢平居然还虔诚地说："不急。不急。我可以等一等的。"王凯无奈了，谦笑一下，便进后院了。把谢平独自留在骏黑一片的前院，再没出来答理他。在骏黑一片的前院待了两个小时，仍没人出来答理，谢平才觉悟到，自己真扮演了"不速之客"，生生搅扰了人家的聚会。这时，**他才知趣地悄悄离开了。**

在后来的生涯中，谢平又多次被别人问到过："你怎么来了？"或者"你怎么也来了？""谁让你来的？！"印象最深、最典型的是这样两回。其中一回发生在他这部小说稿终于获得发表之后。上海电影制片厂文学部的一个负责人因此发现了他，邀请他参加电影厂组织的笔会。笔会诸多活动中最难得的一项是"观摩外国优秀参考影片"。当时看外国电影就像现在看"内参"和"未定稿"一样，是限制级的，只有内部的相关人士才能享受此种"待遇"。谢平当然喜出望外。从报到，安排住宿，领取观摩证、餐票和会议日程表……一切顺利。大伙对他也很客气。"很诚恳很热情"。当天晚上就要放映一部美国电影《伟大的公民》。据说是一部史诗级的、在世界电影史上具有"划时代意义"的经典巨作。谢平二十年没看外国电影了——除了苏联的《列宁在一九一八》和朝鲜的《卖花姑娘》。更别说美国电影。拿着观摩证向放映间走去时，他心跳就开始加速,不仅有点喘不上气,连头都有一点晕了。(这样描述,不带一点文学夸张。只是如实记录。如果还有当年关着窗合着窗帘、拧小了砖头式录放机的音量,第一回偷听那已经被转录了多少遍的邓丽君盒带经历的朋友,当会认可谢平当时这个状态。)刚走进放映间门厅,从他身后就突然传来了这样一声斥问:"你怎么也来了?谁让你来的?"直觉告诉他,这种"斥问"此时此地此种场面里,只可能是冲着他来的。他呆愣住了。尴尬。极为尴尬。就像小偷被当场攥住作案的手一样。他迟迟疑疑地转过身来。一张男人脸。还是同龄人。身旁站着个年龄差不多大小的女子。应该是夫妻俩。当男的向谢平发出这样责问时,女的因为正忙着向拥入门厅的许多作家编剧导演和著名演员微笑点头示意,就没注意到谢平。这时因为丈夫这一声"呵斥",也回过头来看了一眼谢平。谢平这才认出,这二位居然还是他曾经的熟人。女的是近当代一位里程碑式的大作家的女儿。多年前,她父亲受冲击。他俩因了林圆圆一家的关系,通过当时还没靠边站的林辅生也暂时性地躲到白杨河垦区来"避难"。从林圆圆嘴里,他俩得知当地一个造反派头头是上海知青,就很想认识一下。林圆圆当时还担心会遭到谢平的拒绝。犹豫了好几天。没想到对文学暗恋多年的谢平想见识一下大作家家人的愿望远胜于对"黑五类子女"的戒心。主动到东苇湖去看望过他俩。因为他俩来自上海。又是同龄人。谈话中又得知他俩都是复旦中文系的。钦羡有加。见面和交谈都无拘无束。为此,过不久他又去看望了他俩一回。后来他俩是怎么被上海造反派揪回去的,谢平就不清楚了。因为那时候他已经身不由己地陷在那个"学习班"里了。听这位"女婿"如此斥问自己。谢平只能一声不吭。但却直直地看着他。心里在说:"当年我去东苇湖看望落难的你俩时,你怎么没问我:你怎么来了?谁让你来的?"还有一回发生在北京。小满做生意,四处"跑江湖",

居然被一个北京的"老板娘"赏识。老板娘是一个著名相声演员的老婆。那时候，演艺界最有钱最风光的还不是演影视的，而是说相声的。后来才轮到演小品的。再后来才是影视界什么"鲜肉""咸肉"之类的。"老板娘"和她老公的日子自然过得十分兴旺。短短几年时间就攒了几套三居室的公寓房。(有一套据说是开发商送的。交换条件是允许开发商在售楼处悬挂她老公的大幅肖像，并声明该名人已在此处"购买住宅"。)谢平和小满当时的收入当然只够他们跟人合租一个四十多平方米的小二居。但小满闲下来，有个特殊爱好，不逛商场不看电影，就爱去各楼市"逛"样板间。"买不起，我还逛不起?"花一点公交钱，就能在各种高档样板间里徜徉几个小时，不仅过眼瘾，有时还能喝到售楼处免费提供的茶水水果。越是高档的楼盘，售楼处提供的小食品越高级。甚至能喝到很不错的卡布其诺和炭烧。就在这样某一次的"巡游"中，他俩遭遇了那个"老板娘"。那是在一个地处远郊的新开盘独幢别墅售楼处。这里的每幢别墅都带二三百平方米的花园。小区紧邻高尔夫球场。小区的会所里有游泳池和健身房。有桑拿、足浴和后来普及京城的SPA。每幢别墅的总价至少也得上千万左右。"老板娘"见到他俩，差一点惊掉下巴颏。第一句话就是："你们来干什么?"小满听着这句话，心里虽然也有那么一点不舒服，但还是嘻嘻哈哈地把"老板娘"对付过去。只是谢平一直闷声不响，走出售楼处，却苦笑着对小满说了一句她听不太懂的话："小满，你知道不，我俩在别人眼里又当了一回'祥林嫂'。"

那天悄悄离开王凯他舅家以后，谢平直接去北京站买了返程车票。本想就近找个小旅馆将就一夜。问了几家，才知道手里所剩的钱都不够付人家一夜的房钱。腿也走酸了。打听了一下，才知道北京站离天安门不远。便决定去天安门再转转。也不枉来北京这一趟。大概是拐错了一个路口,也因为一整天的折腾,体力本来就不济了。等他到达广场,一种精疲力竭的感觉弥漫了全身。广场啊广场。一切都是那么熟悉。仿佛前世经历。一切却又是那么的陌生。恍惚在梦中。云中。雾中。人民大会堂肯定是进不去的。毛主席纪念堂到这个点儿也早已闭馆了。抬头驻足瞻仰人民英雄纪念碑时,他突然想哭。后来就真的觉得脸颊上有湿湿的热流。不好意思哽咽。心里却直想喊出这样一句话:

天安门。天安门。如果我说,当年就是为了您,我和我的那些年轻的伙伴才奔向大西北去的。您信吗?

谢平回到上海,累劈了。便病了两天。和小满一起,在袁雅芳家住着。由雅芳那个原先在连队当过卫生员的老公诊治。几天后退烧。谢平就摇摇晃晃地起床,和小满一起帮着雅芳洗那些顾客们送来的衣物。让袁雅芳一顿臭骂:"你俩是瞧不起我袁雅芳还是咋的?就住我这两天吃我这几顿,还非得干点活儿来还我这点人情?我就这么让朋友吃不起住不起吗?我袁雅芳现在是穷。还不至于穷到连个朋友都交不起……"话刚说到这儿,街心公园竹林后头那个老虎灶里看管公用电话的老板娘来传袁雅芳去接电话。打电话的是李爽。他告诉袁雅芳,林辅生派徐又成来取他当年写的那个调研报告底稿。让她尽快把那份底稿找出来。当年把那期间必须保留下来的重要文稿交袁雅芳保管——这是他们仨——谢平、李爽和袁雅芳私下的一个"约定"。之所以要交雅芳保管,无非是因为雅芳不那么惹人注目。东西搁她那儿比较保险。

放下公用电话,袁雅芳急匆匆回到那个旧别墅里,让老公替她去幼儿园接回老三,让小满去照看正在炉子上熬煮的稀饭,就去地下室吭哧吭哧从一大堆带回上海以后再也没开过封的旧纸板箱里翻出其中的一个。箱身上曾特地标明"别动！！！"点上一支蜡烛，找出那份底稿。（地下室的电源线坏了。她老公不让找人修。他说，人家只是让我们来看房子的。没说让我们掏钱替他修房子。）正待细看。谢平匆匆走了下来。

李爽一直遵守着林辅生当年对他下的指令：任何时候任何情况下，不到时机成熟，不对任何人公开那一回的调查结果。所以，他也没对谢平透露过什么。但谢平对此不是没有过一点怀疑：你既然调查过那二十多位牺牲者的"事迹"，对事故内幕真相就没做任何同步的"追问"？这像是你李爽干的事吗？

但李爽一直否认。否认他对事故内幕真相做过同步"追问"。所以，当雅芳对还在床上躺着的谢平嚷了那么一嗓子："我去地下室替李爽找找当年他让我保管的那份调查报告。"而且"听说林辅生派大老徐专程飞上海来取这份报告了"。谢平立即敏感到这里"有鬼"。趁小满不在，便趿上鞋皮，不顾因高烧和体虚引起的轻微头晕心慌，直奔地下室而去。

这份调查报告并不长。四五千字吧。未及完全看完，谢平浑身的血就齐集了都向头顶涌去。上身即刻间僵硬。肿胀。只得攥紧了拳头、咬紧牙关，才能控制住不由自主地发出的那一阵阵战栗。雅芳问他："咋的了？"他不答。"到底咋的了？你说话呀！"雅芳推了谢平一下，又问。"你自己看。"谢平为了控制住自己的情绪，一边说着，一边赶紧站起，离开这支蜡烛和这份底稿。袁雅芳迟疑地看看那份底稿，又看看烛光下脸色越显青白的谢平，说道："我哪有心思看它。你跟我说说嘛。到底……"没等雅芳把话说完，谢平终于控制不住了，大吼起来："到底到底到底！十几年前李爽这狗日的就已经掌握了龙口闸门事件内幕真相。他还见过其中一个证人。写了这样一份调查报告。可他始终不站出来做证。故意隐瞒自己知道的这一切。包庇挪用工程款的那帮当权派……"

"不会吧?"雅芳仍迟疑。

"你自己看吧。"谢平拿起那卷发黄的底稿往雅芳面前一拍,接着就大吼一声:"李爽,我操你祖宗八代!"便向门外冲去。就在他将要跨出门而又尚未跨出的一瞬间,他被一个人挡住了。是小满。这时,蜡烛突然灭了——不知道是因为烛油燃尽了的缘故,还是被谢平往外冲去时引发的那股"衣带风"刮灭的缘故,总之,地下室里一下全黑了。只听小满在黑暗中拼尽全身的力气,这么喊了一声:"谢平,你以为你还是谁呢?!"

那天,谢平没让李爽拿走那份底稿

谢平扣下了那份调研底稿。

谁劝也不成。

李爽亲自来找。他不见。李爽急了。直接闯了进来。"你是谁?"谢平问。就像在问一个陌生人。"谢平,现在不是算你我之间什么旧账的时候……"李爽诚恳。"我俩有啥旧账?你先告诉我,你是谁?"谢平故意。李爽还想说些什么。谢平已经把门打开了:"对不起。您可以走了。该找谁找谁去。我不认识你。请。""谢平,你冷静一点。当时……还有后来,有许多情况你并不清楚。咱们另找个时间再好好谈。今天你先把这份底稿还给我。不是我要使用它。你也知道了,是垦区那边组织上要使用这份底稿。挺急的。一定是要出台什么大动作。咱们得配合。"

还是不管用。

隔天。大老徐亲自来了。

谢平冷笑："咋的？要抓我回去？有逮捕证吗？现在可是法治的年代。"

徐又成立即从椅子上折起身，一把捏住谢平的胳臂，出力晃了两下，啐道："你说啥呢，谢平！"谢平垂下头去。仅这一两天时间，他居然瘦了好些。李爽在关键时刻向他隐瞒了如此重要的信息。并且眼看着谢平因为没有证据坐实当时的"旧党委一帮人挪用工程款"一案而被定性为"恶意攻击"，被押去放羊和劳动改造仍然不抛出这份报告。他没法不觉得自己是被最亲密的"战友""出卖"了。"这份底稿我不会让你们拿走。"谢平抬起头，说得坚定，"你们没资格来拿这份报告。得让那二十多个年轻人点头同意才行。"

"他们死了！"

"哈哈。你们也知道他们死了。哈哈。哈哈哈哈哈……他们怎么死的？啊？说话呀！告诉我，他们是怎么死的？他们应该去死吗？徐又成，你他妈的还是个老党员。告诉我，他们应该去死吗？说话呀！"眼泪又从谢平略带浮肿的眼眶里迸出。

"谢平咱们先不谈这份底稿的事。我要告诉你的是，这一回我不是自己一个人来的。"

谢平又冷笑："我听说了，您老人家是林辅生派来的。那又怎样?！"

徐又成忙摇头："不不不。我不是那意思。我是说我不是一个人来的。是你应奋姐带我上这儿来的。这几天我一直住在你应奋姐那儿。她管吃管住，还管导游……"

谢平不作声了。大老徐的话音还没完全落地，就听到一阵喊喊喳喳细碎的脚步声，由远及近而来。

应奋出现在房门口时，一脸的不高兴。摘下那副麂皮手套，往五斗柜上一扔，那脾气就直接冲着谢平来了："小满都这样了，你们还在这儿闲扯个啥？"

袁雅芳一愣："小满她怎么了……"

"刚才是不是有人撞了她一下？我问她是谁撞的。她不肯说。是你撞的吗？谢平！"

谢平讷讷："我？我撞的？"刚才在气头上，他根本没注意到自己的举动。应该是小满在门口拦他时，两人推搡中，他用力撞了她。

"小满又怀上了。你没感觉？让你这么一撞。下边都流血了。还愣着干啥？还有啥事比这一大一小两条命重要？快去打电话。叫救护车。"

谢平这才往地下室外紧走两步，好像又想起什么来。大概是找钱包。当然没找到。应奋从自己的手包里掏出一个小巧的包包扔给谢平。又叮嘱谢平道："在电话里跟急救站说清楚，孕妇在流血。让他们快一点。让救护车直接开进这个破别墅院里。越往里开越好。听到没有？"

这一夜，谢平就没回这"破别墅"。因为小满住的是妇产科病区。男士"请勿入内"。他只能在外头走廊的长椅上躺了一夜。而这一夜，反而是他近几个夜晚睡得最踏实的一夜。他那种山也响海也啸的呼噜声把医院的保安都惊着了。

住院检查结果，胎儿并无大碍。血也止住了。于是取了不多点保胎药止血药和消炎药，小满果断要出院。谢平知道她的用心。不愿多花那个"小巧的绣花荷包"里的钱。虽然她很想在上海这个著名的国际妇幼保健院多住两天。太干净。太规范。住着就是享受。躺着就不想起来。但她还是逼谢平去办了出院手续。还不舍得坐出租。被谢平狠狠熊了一通。在被扶上出租车的时候，她却反过来同样狠狠地啐了谢平一嘴："你给我好好记住了。花了人家多少钱，将来一分不少必须还给人家。心，咱们得领。情，咱们不欠。"

小满出院的第二天，徐又成和应奋，还有李爽又来看小满。他们还带来了一个人——向少文。向少文把一篮子水果放在小满床头，还有一束紫罗兰。小满从来没见过紫色的花——独立师在南山脚下曾经过特批种过一些"一百号"，也就是常说的罂粟。（制药用。始终有武装连持枪战士值班看护。）罂粟花开，跟七彩云霞落地似的，曾让小满兴奋得满坑满谷地乱跑乱叫喊。罂粟花里也有紫色的。但那种紫太浅。后来倒是引种过薰衣草。那种惊心动魄、落日凝固般的紫，一马平川，缓缓起伏延连到地平线上——但那又是后来的事了。那天，小满捧着那束紫罗兰，拉着向少文的手，嘚着嘴，故意装委屈地说道："向哥，你待我这么好。我嫁给你算了。谢平到现在都没送过我一枝花。我这么优秀一个女孩，这日子混得惨不惨哪？"向少文故意做出一副怕怕的样子，连忙甩掉她的手说："我要娶了你，谢平还不把我给宰了？"小丫头哈哈大笑道："那是。你要敢娶我，他不宰了你，我就宰了他！"

一直在场的谢平当然知道，这几个家伙一起过来，绝对不是只为了"慰问刚出院的小满同志"。午饭雅芳给做的拉条子。拌羊肉西红柿汤。一大脸盆。饭桌上，几个家伙还只是在跟谢平斗嘴。不说正事。向少文和大老徐都嚷嚷着要给谢平的娃娃当干爹。只有李爽好像挺有自知之明似的，没插嘴。向少文笑着说谢平："你他妈的在我们三个里头年纪最小。看起来最老实。没想到还是你最早搞大了人家小姑娘的肚子……"谢平只哼哼一声干笑，斜瞥了李爽一眼说道："你以为有些人老实？还不知道他把人家一针姐弄床上折腾过多少回了。"李爽没做任何回应。由着谢平讽刺挖苦。他不想得罪谢平,别弄得一忽儿都没法说正事。应奋却听不下去了,直啐他们道:"喂喂喂,除了床上床下那些臭事,还能不能说些别的了? 你们这些男人真恶心!"在场的几位都认为应奋犯的是"老处女通病",忌讳人家说男女之间那点事。不跟她计较罢了。就自觉地收了嘴。

饭吃罢。应奋要帮雅芳洗碗。雅芳忙不迭地推开她,笑道:"大小姐,这是你干的活儿吗? 别在这儿碍手碍脚了。忙你们的正事去吧。"说着,给向少文使了个眼色。少文又给大老徐使了个眼色。他们便按来时就策划好的预案——应奋和大老徐去小满那儿继续陪她说话。那二位便拉着谢平去院子里那个让野草长满了台阶裂缝的凉亭里。郑重其事地坐下。

下午冬末的阳光已经使这个地处江南的特大城市散发出一股初春的温煦。

向少文掏出一盒云烟。散给李爽一支。

"你怎么抽上了?"李爽接过烟,看了看,却又把它放回烟盒去了。

"嘿嘿……"向少文自嘲般地笑着摇了摇脑袋,没作任何回答,那意思好像是"算啦。不说这挠心事了"。然后,便给自己点着了一支。

前不久,少文被康、文二位首长点名送去垦区党校"深造",同时又接到一个涉及多人的任免通知,其中一项和他有关:免去向少文同志的独立师武装处副处长一职,任命为独立师第二管理处副处长。说起来这只是个平级调动。但这调动意义重大。是从机关业务部门调去一个生产单位。而第二管理处又是独立师最大一个管理处。它直接管着七个农场。十来万亩良田。五六万干部职工。林辅生当年就在二管处当

410

过副处长,后来一步步从处长、政委位置上提起来的。

"谢平,我们先放下这份底稿的事不谈。我先请你相信两点。一,今天我和李爽来是和你'推心置腹'的。就像当年在静安公园那个凉亭里纵论天下一样……"说到这里,向少文停顿了一忽儿。少文今天是奉林辅生之令,特地从垦区飞过来"会一会"谢平的。林辅生得到徐又成的报告,李爽那份调研报告卡在谢平手里了,知道事情不太好办。就把朱留长叫来商量。两人不约而同地想到了向少文。赶巧向少文得到新任命后,准备先去师武装处办交接手续,再去二管处报到,最后再回垦区党校把剩余的那点课上完。到了师部就让林辅生截住,没让他去二管处。直接被送往省城机场。(朱留长也曾建议,与其费那么大劲儿,还不如让李爽重写一份。但李爽借口事情已经过了那么长时间,许多关键的细节在记忆中都似是而非了。很难准确还原原稿的模样。不愿再动笔掺和这事。)对今天的谈话,少文和大老徐反复斟酌。怎么谈。谈些啥。才能让谢平真正明白了他们的心志。打消了他心结。他们估计到,不管他们说得怎么中听,谢平都会有一个反驳,会说出一番很激烈的话。比如:"别再指望我们这些人重回当年那个境界里去了。**不可能了。我们都不是当年的那个'我们'了。**"他会瞪大他那充血的眼睛,斜睨着李爽。但让少文和李爽意外的是,这幅景象今天没出现。谢平的眼睛确实充着血——那是由于几天来的烦闷失眠焦虑踯躅所致。但**"激烈"**没出现。**"不可能了""不会了"**……也没出现。出现的反倒是一个从来没见过那样"温顺"的谢平。他弓起腰背,把双手笼在宽大的棉衣袖里,露出一副罕见的神情,仿佛迫切期待着向少文继续往下说。这反而使得向少文一时间有点说不下去。因为预先准备好的一番话,是对付谢平"激烈反驳"的。现在"反驳"没出现,这预定的下一番话就没法说了。假如硬说了,等于"无的放矢"。他迅速和同样感到意外的李爽交换了一下眼色。李爽只是鼓励似的冲他微微点了点头。少文只得继续说了下去。"我希望你别打断我的话。(这也是事先准备好的词句。可现场的情况是人家没打断你啊。你这不是在说废话吗?)我希望我们能回到当年那个状态来进行今天这场对话。好像我们还在静安公园那个凉亭里一样。即便你已经完全不相信李爽……还有我,我也希望你先假装相信我俩还是当年的那个李爽和向少文。以便让我们仨今天能认真进行完这场谈话。行吗,谢平?"

"当然……"谢平突然开口了。脸上显示的还是那种温和顺从。但已经添加了一种让少文和李爽一时捉摸不透其原因和含义的"为难"。这时,李爽迅速向少文使了个眼色,让他抓住这契机,鼓励谢平把话说下去。只要谢平能开口,说出心里话,这场谈话就有希望产生好的结果——这是在过去那些岁月里,向、李二人或坐机关或当领导,和下边的人谈心时得下的共同经验和体会。但,少文刚要开口去鼓励,谢平却做了个很果断的手势,让他不要打断他的话。在略一迟疑后,谢平从宽大的袖管里抽出一样东西来,稳稳地放在了那二位面前,同时说道:"您二位今天不就是为它来的吗?"

李爽一看。正是那份底稿。他迅即用眼神告诉少文:"就是它!"但又有些不相信这是真的,刚想伸手去拿过来验证一下。没等他的手触碰到这卷东西,谢平却又把它拿了回去。

"别着急。我们得讲个条件。"谢平歉然一笑。

"条件? 你要什么条件?"李爽谨慎地问。

"我要什么? 我要的东西太多了,李爽同志啊,我谢平现在要房没房。要工作没工作。如果娃娃出生,我还不知道上哪儿去给他找奶粉钱和买尿布的钱。前几天小满住院检查的钱我还欠着应姐的。家里人天天逼着我去加拿大去有钱的富亲戚那儿替他们把钱搞回来好让他们在上海'扎台型'(上海俚语,显摆的意思)。所有这些,你们都给得起吗?空口跟我说'**当年**'。还想一竿子把我支回到那个幼稚冲动的'**静安公园凉亭**'里去。你们残忍不残忍?空洞不空洞?亲爱的战友李爽同志、向少文同志?cruelty啊。"(谢平突然冒了一个英语单词。他啥时候自学英语的?在红山地底下挖煤的时候?)说到这里,谢平停顿了一下,把身子往椅背上一仰,嘴角上浮起一撇不屑的微笑,直直地看着眼前这二位。

"谢平,你……你好像有点不讲道理了。这份调查报告是你写的吗?你……你凭什么把它扣在自己手里,用它来跟我们交换什么?"李爽忍不住了。

"这份报告是你写的。"谢平回答。

"那不结了吗?你该还给我……"

"但你还不是它的真正作者。"

"哈哈。哈哈。这话又怎么说呢?它真正的作者是谁?难道是你谢平?"

"是那二十七个在事故抢险中付出生命代价的年轻人!有他们同意,我才能把这份报告交还给你们!"谢平一下站了起来。大声吼着。

"你这不是在故意找别扭吗?他们死了!"

"可他们的冤魂还在!还在!还在!"谢平拼着呛出喉管里的血丝,大声吼道。

现场气氛一下又白热化了。

谢平的吼声把雅芳、应奋、小满和大老徐都催了过来。

"谢平,你想干啥?你能冷静一点吗?"小满挣脱应奋和雅芳的搀扶,向谢平扑去。谢平抱住小满的时候,小满便在谢平的怀里呜咽开了。

杂草丛生的园子上空有几只乌鸦飞过。它们给现场带来片刻的寂静。这时却听到雅芳她老公操着醇厚地道的河南腔，从后门口那把破旧躺椅上折起身，向这边吼了一声："咋没一点动静了？鳖孙！谁上幼儿园去接大妮儿？晚上喝啥呢？"

"谁去接，恁不是个人？哔哔哔，哔哔哔，哔哔啥嘞?！喝啥？老天爷从上边掉啥你喝啥呗！"袁雅芳涨红脸回了一句。

"中中中。我去接。恁早说就是了。发恁大脾气干啥哩？没人跟你哔哔哔、哔哔哔……"一阵喊里喀喳推自行车的声音远去。整幢破旧别墅楼和几近荒芜的园子又安静了下来。

"谢平……"徐又成刚想开口，被谢平一下拦住。谢平说："徐连长……"

向少文更正："人家现在是徐厂长。"

谢平改口："徐厂长……"

徐又成笑道："啥鸡巴连长厂长，就是个大老徐嘛。"

谢平还是叫了声："徐厂长。"接着说道，"这事是我们兄弟之间的事。跟您没关系。"

"怎么没关系？你不把这份底稿给了徐厂长。他怎么回去跟林政委交差？"

"让林辅生自己找我来拿！"谢平冲着向少文吼道。

"谢平，你疯了?！"小满挣扎着离开谢平的怀抱，一边呵斥，一边回转身来捏起拳头，使劲捶了谢平两下。

"好吧好吧。看起来是得找个地方好好跟你谢平老弟把话说说清楚了。事情不是你想的那么简单……"

"有什么简单不简单的?"谢平冷笑。

向少文这时却一下冲了过去，一把揪住谢平的衣领，吼道："你给我

好好听着。刚才你说啥来着？说我们想一竿子把你支回到当年那个
'幼稚冲动'的静安公园凉亭里去。我看用不着。因为你现在仍然非常
幼稚。冲动。甚至比当年还幼稚。还冲动。你能不能改一改了？能不
能有点长进了？我的谢平老弟！"松开谢平的衣领，仍处于异常激愤之
中的向少文，一时间还平静不下来，在原地转了两个圈，又回到谢平面
前，指着谢平的鼻子说道："看来是得好好跟你说道说道了。让你进入
一点情况。你还完全不明白现在整个态势的复杂性。党内。党外。上
边。下边。更不要说国内。国外。你完全不明白。我们得找个地方谈
谈……"

应奋婉转地："不能就在这儿谈？也让我们听听嘛。晚饭我负责买
单。雅芳你负责跑腿。到附近镇上买几个现成的热炒回来。咱们就在
这儿边吃边聊。"

雅芳立即响应："好啊好啊。边吃边聊，让我们也开开窍。"

"对不起……"向少文歉然，"我绝对不是要故弄玄虚。也不是要搞
什么内外有别。垦区的有些情况现在确实不能公开。不是一般的复
杂。如果不是谢平这个死脑瓜显现得这么死硬，我们原先都没打算跟
他亮这个底牌。现在看来不跟他说说清楚，他是不会拐弯的。他这脑
子就跟出了窑的砖，定死了型。应姐的热炒我就不吃了……"

应奋赶紧："你这是干吗？嫌弃我的……"

向少文忙解释："别别别。别误解。拿一句通俗的话来说，就是千
万别把事弄拧巴了。我得去一个朋友家取一点东西回来对付谢平这个
死脑瓜。"然后他对李爽和谢平说，"你俩就在这儿等着。我来回来去怎
么也得一个来小时吧。然后找个安静的好去处，我们坐下来彻彻底底
地摊牌。"

四点。向少文没回来。四点半,还没回。徐又成有点坐不住了。五点……五点半,谢平和李爽也有点坐不住了……五点四十六分,有吉普车声逼近。然后就停在了大门口。几个人一起冲了出去。真是向少文。胳肢窝里还挟了个公文包。鼓鼓囊囊。一脸疲倦相。他想着要向谢平"摊牌",还是得打个电话跟林政委请示一下。别搞什么"先斩后奏"。因为家已经搬去北京,这个电话没法在自己家打。当然可以找到朋友家去打。有几个朋友政治上还是非常可靠的。但他琢磨着,为保密起见,上谁家去打都不如到电话局去。电话局起码会提供一个带玻璃门的小隔离间供你去说任何"悄悄话"。不方便的是,在电话局挂长途,往往要等相当长的时间才接转得通——特别是呼叫大西北又偏西北的独立师。长话厅里一排排长靠椅上坐满了这样一些等电话的人,看起来就让人"恐怖"。但还得去。林辅生在电话里倒是彻底授权了。"说服了谢平,下一步的事也就好办了。你看着酌情办理吧。"走出邮电大楼,向少文的心是轻松了,身体上的疲乏感却一下加重了。这一天一夜之内,从白杨河赶回独立师受命,又为赶航班,长途"奔袭"数百公里,再次途经白杨河,赶往省会机场飞上海……就算还年轻,毕竟不是个机器人啊。就是机器人,也该充一忽儿电了吧。他很想找个咖啡厅坐一忽儿。而且下雨了。仔细看看,自己应该是在北苏州路边上。四川路桥头。身后这幢大楼便是上海邮政总局。那楼被人认为是欧洲折中主义建筑学的代表作。当时的上海十大建筑之一。南面的高墙正中塑有希腊神话中的信使。她手持双蛇缠绕和信鸽之杖。脚上还长着翅膀。身边则有她将要飞越的地球。据说该大楼二层的营业厅同时能容纳六个篮球队比赛,当时被誉为"远东第一厅"。繁忙的苏州河上,几艘运粪的平底木船突突地向着与黄浦江的汇合处赶去。目睹这一切曾经十分熟悉并收藏在记忆深处的景象,少文居然有点失落了。是啊,上海已经没有我的家了。上海已经"不是我的"了。许多人拼死拼活地争着回上海。我却断然决定走另一条路。当时我安慰我自己：此举我取的是"整个中国"，而失去的"只是上海"。既然如此，我就不该有这种"失落"的情绪产生。到底还是"小布尔乔亚"的劣根性吧。站在苏州河畔这座著名的四川路桥桥头上，他这样自嘲。

在回那个破烂别墅前，他还去了一趟朋友家。下飞机后，他把一部分随身带的东西寄放在那个朋友家了。他知道谢平那儿无处可寄存。李爽家倒是有地方可存放，但他随身带的物件中有一样东西不宜存放在他那儿。那是一支手枪。枪是他当了武装处副处长后，组织上按规定配发给他的。这次工作调动，他必须上交。但还没来得及上交。这次回垦区他想着一定把它上交了。就随身带着了。他当然不能把枪存放在李爽那儿。甚至都不能告诉任何人他随身还带着枪。他只能通知了另一位朋友开着一辆进口黑色 **Kaiser jeep** 来虹桥机场接他。那位朋友是上海安全局系统的。回到破别墅，他见桌上摆着一桌酒菜。都还在等他回来动筷。匆匆吃完。他让谢平带上那份底稿，便带他俩上了车。

还是那辆Kaiser jeep。从复兴西路拐进武康路。再向西进入湖南路。一直开到著名的兴国宾馆里面才停下

让李爽和谢平吃惊的是，门卫都没拦一下。好像只看了一下车牌号，就放行了。(那时上海的这个"兴国宾馆"的地位有一点像北京的钓鱼台国宾馆。后来才慢慢被一些新建的国宾馆,像"西郊宾馆"那样的取代。)给李爽和谢平的第一印象,这儿的林木远比诸多向公众开放的公园还要葱郁。草地的绵密柔软程度也要远超过那些园林。再加上天色近晚,视线被一系列高大的林木阻挡,只觉得它"宽广无比"。一时间,他俩都只顾着"东张西望"了。

这时,那个朋友扔给少文一把带铜牌的钥匙。说了个楼号和房间号。叮嘱:"两个小时后我来接你们。如果时间不够,提前半小时告诉我一声。不过,最多只能再延长一个小时。到时间……这里还有别的安排。""我明白。我明白。我们尽可能在两个小时内交还你钥匙。"向少文连声应承。用力握手。轻轻关门。

房间不算奢华。但一切设施的齐全,器物的高档,摆放的精心,色彩的柔和,卧具的洁净,在李爽和谢平看来无一不"精美绝伦"。它还带一个不大点儿的会客室。一大一小两个卫生间。会客室沙发后头立着一杆立地灯。灯头被一个硕大的本色亚麻布筒状灯罩覆盖。透过柔曼的纱帘看院子,那在丛林中时隐时现的灯光和小楼群中一个个高下错落或大或小的窗户,仿佛在再现格林童话或伊索寓言中某个如梦如幻的场景。

这三位都很自觉,没去触碰卧室和卫生间的任何东西。随后这三位坐下。少文摘下手表,把它放在身前的那个茶色玻璃茶几上。以便他随时掌控谈话时间。再从公文包里取出好几份事先准备好的书面文字材料。顺序摆放在茶几上。摆放这些材料前,他担心茶几上会遗留水渍,特地掏出手帕把那玻璃茶几桌面细细地擦拭了一遍。然后又周正地折叠好手帕,将它收回到裤袋里。他这一番下意识的动作,像极了他父亲。把李爽看乐了。想笑。不得不憋住。又忍不住要和谢平交换个眼色。却见谢平脸无表情。完全不回应他这边的动静。"你干啥呢?

鬼头鬼脑的!"向少文觉察到了。问李爽。"没事没事。你开说吧。领导同志。"李爽赶紧声明。"谁是领导?少挖苦!"向少文正色。明知李爽等是在跟他开玩笑。但他不爱听。谢平则仍然穿着那身过分肥大的旧棉袄。双手笼在袖管里——虽然这房间里有上海地区罕见的暖气开放。那份底稿也在他袖管里笼着。

然后,向少文去把那厚厚的一层织锦缎的窗帘合上。房间就完全跟外界隔绝了。最后,他从那个公文包里掏出了那把手枪。是型号比较老的一种。国产五六式?还是更老一些从解放战争战场上缴获库存的九零口径"加拿大"?总之,他把它轻轻放在了茶几上。对谢平说:"这是我这些年的工作用枪。现在调离武装系统了。准备上交。除了训练用它打过几次靶。我还真没正经用过它。枪里还有七发子弹。"说着,他取下弹夹,把弹夹里的子弹亮给谢平看。

谢平没作任何回应。他不明白向少文突然之间掏出手枪是为啥?

向少文重新把弹夹装到枪里,再把手枪放到谢平面前:"谢平,我完全能理解你现在的心情。当你得知,李爽手里明明掌握着龙口闸门事故部分真相,却还眼睁睁地看着你被当时的一些机构和组织送去放羊和挖煤,而不抛出它来为你澄清问题。你不可能不怨恨他。鄙视他。但当时李爽这么做,是有原因的。这原因,我也是最近才知道。现在,你能不能给李爽五分钟时间。耐心听他把话说完。只要五分钟。最多也不过十分钟吧。用那些在自由市场上卖假货的小商人的话来说,五分钟你盖不了一幢高楼。五分钟你也挖不了一个火坑。烤不出一坑香喷喷的馕来。给李爽五分钟,他就能让你知道一个真相。明白他当时的苦衷和无奈。如果你听完了李爽的讲述,还觉得今天是我帮着李爽在合伙蒙骗你谢平,你就用这把枪把我给打了。随便你打哪儿。就是别把我打死。打死了我,你也跑不了。小满会恨我。还有你那还不会说话的大儿子和即将要出生的小儿子也会恨我。除此以外,你想打哪儿都行。只要能消了你心头的那股恨和怨气,到时候我会跟人说,是我擦枪走火伤了自己。成吗?"

谢平看看枪,看看向少文,嘿嘿一声冷笑,应道:"至于吗? 为了这么一个家伙动枪动家伙……"

"我都这么说了,你还信不过我吗?"向少文真急了。涨红了脸。瞪大了眼。吼了一声,"我们是兄弟!"

"兄弟?"谢平晃了晃上身,端端地坐下了。嘴角突然又呈现出他那惯有的"坏笑"。

枪虽然是把老枪,但在少文的精心养护下,却隐隐闪发着瓦蓝瓦蓝的金属光。

五分钟后,枪声没起。

当然是在接着谈。气氛有所好转。又谈了一个来小时。电话铃响。是少文安全局的那个朋友打来的。他说情况有变。要提前收回这个房间的使用权了。"我那边的人提前到上海了。对不起啊。""你咋能这样?"向少文急了。"再给我半小时怎么样?"朋友说一分钟都不行了。那边的人已经离开虹桥机场,正往这边赶过来。还得给服务员留出一点收拾房间的时间。"所以,你们必须立即撤出。""我用一下你这幢楼门厅里的咖啡座,行不? 我要跟我这两位兄弟说的也是一档特别重要的事。我需要这么一个没有任何干扰的安静地方。"朋友回答得特别干脆:"肯定不行。你应该知道我们要接待的是什么人。这幢小楼我们已经全部包下来了,包括那个咖啡座,就是为了保密。"

"走。我们另找个房间。费用我来付。"李爽痛快。

他们没舍得离开兴国。在院内另一个小楼里开了间房。而且就在这幢小楼的近旁。在前台开票付费时，李爽才觉出自己这一慨然承诺代价有多大。向少文在一旁也听到了前台工作人员说出这房价，便立即抢前一步付了钱。并说了个能说服李爽的理由："我回去，找个由头一准能把它给报了。这事跟独立师有关。林政委会给我签字报销的。放心。"

在新开的房里刚坐下不多久，就看见好几辆黑壳轿车(灯光暗淡，是林肯还是皇冠还是伏尔加，看不清)，在那辆 Kaiser Jeep 的带领下，缓缓开到刚才那幢小楼前，一字排开，稳稳停下。车上的人很快蹿进楼里。小楼所有窗户上的厚窗帘立即全都合上。除了还有一小匹灯光从门厅的玻璃大门里泄出，整幢小楼便铸造成一个张着嘴的黑疙瘩。只有甬道旁的两杆生铁铸的路灯跟它做伴。而那几辆挺有派头的黑壳轿车迅速开走了。

这三个哥们儿好像又谈了一夜。到天亮时分，好像是谈完了。向少文说，上海我再没地方去了，我就在这里眯上一觉。解解乏。然后去机场，回白杨河。汇报。李爽问谢平，你呢？谢平说，我有老婆娃娃。我当然得回去。虽然那也不是我的家。李爽便说，我可以回家。但这个房间我们租到今天中午为止。反正房间里有两张床。这么好的地段。这么好的宾馆。空了一张床不用，太可惜了。我陪少文在这儿休息。一忽儿我让我弟把那辆上海牌轿车再借过来。我送少文去机场。谢平你回去跟小满妹子再好好说道说道。沟通沟通。毕竟她肚子里又有了。而少文最后跟你说的那档子事，又非同小可。谢平没做回应，只是把向少文带给他和袁雅芳的几袋独立师加工总厂新出的白杨河牌奶粉揣进背包里，指指撂在桌子上的那份底稿，那意思是，东西我可是给你们放下了。看清楚了。别再找我了。就走了。

回到那个破旧别墅。一伙人——除了雅芳的老公和那个考了一回也没考上上海戏剧学院表演系的小叔子在各自的房间里睡着，其他人都还在客厅里眼巴巴地干等着。

"你们干吗不睡？跟谁在较劲呢？"谢平惊了。

"跟你呀！"小满狠狠白他一眼。

谢平再仔细一看，妹妹珍奇和那位黄同学居然也在"干等"之列。他不得不苦笑了："你们干吗不把上海公安局的特警也叫几个过来？"

"你以为我们没叫？应姐都跟110打过报失踪电话了。人家一打听，失踪的是那个叫谢平的'小痞子'，懒得管理。就没立案。"小满说道。谢平急了："你们真去报失踪了？"应奋笑了："小满跟你说气话哩。你们三个怎么谈了这么长时间？别的倒不担心，就担心你们谈着谈着打起来了。"谢平笑道："打是没打，不过，差一点真动了枪。""动枪?!"几个人同时惊叫。谢平再一次笑了，大概地把这"枪的故事"说了一遍。雅芳立刻打圆场："好了好了。事情圆满和平解决。皆大欢喜。大老徐，我看您都打过好几回瞌睡了。最可怜小满，整整一夜，强撑着病体，搂着小别根，支棱着耳朵，就盼门外响起你谢平的脚步声和叫门声。""谁支棱着耳朵盼他回？爱回不回！"小满啐着，眼眶先湿润了。"好了好了。都找个地方歇忽儿吧。我给你们整早饭去。等早饭好了，我再叫你们。"雅芳说着，给谢平递了个眼色，让他好好哄哄一夜下来人累心苦的小满。

于是，谢平一手抱着还在熟睡的小别根，一手搀扶着步履蹒跚的小满，向他们借住的那个小平房走去

因为天色刚灰蓝般微明，屋里肯定还是黑暗的。谢平一进屋，先把

儿子小别根安顿在那张特别简陋的床上。然后才借助窗框两旁那两根钉子,把一条旧灰棉毯挂在这个唯一的窗户眼儿上。然后才拉亮灯。然后把一条叠起的棉被垫到小满的背后,让她也在床上半依半靠地躺下。然后点着煤油炉。烧上水。然后帮小满脱去棉鞋,意图是要帮小满揉揉小腿和脚背。她只要一怀上,腿脚肯定要肿胀。她还有个"怪癖":只要一入冬,整个脚底板肯定是冰凉的。不见春雷它不回暖。他只能不时地把她的脚裹到他棉袄的衣襟里暖暖。但小满今天却缩回了脚,还轻轻地蹬了他一下。啐道:"别瞎讨好。先跟我说说昨晚到底发生了什么?"他抓回她的脚,塞回到衣襟里,只嘘了一声:"别吵醒小别根。"眼看水就要烧开了。他放下小满的脚,弯腰去取出两只带把的瓷杯。一盒袋装三合一速溶咖啡。撕开两袋。先热腾腾地冲出一杯,让小满把手焐上。这速溶咖啡是小满从应奋那儿拿来的。说是应姐主动给的。谢平不高兴:"她给,你就拿? 她家里东西多了。你……""人家给你你不要,不是驳人家的面子存心让人难堪? 再说了,我们要在上海长久地住下去。学会喝点咖啡又怎么了?""你以为上海人都是喝咖啡的? 过去那许多掂着个暖瓶去老虎灶上买开水的人,买回开水去都是冲咖啡用的? 啧!"谢平在心里反驳,没说出口。他觉得自己年纪比她大得多。没必要跟这么个"小姑娘"较这个劲儿。至于今天,就像离开兴国宾馆时,李爽说的那样,"谢平,你回去再好好跟小满妹子说道说道。沟通沟通。毕竟她肚子里又有了。而**少文最后跟你说的那档子事,又非同小可。**"所以,他更需要一个和顺的氛围。来跟这个"小姑娘"做一番好好的"沟通"。并求得她全力支持。

    昨晚,李爽是这样开始他的解释的。

    "我本以为,凭着咱们仨这么些年的战斗交情,没必要再翻出那些老账来做相互间的通融和理解。但看来，羊再老实，肠子也是曲里拐弯的……"

"李爽，你到底想解决矛盾，还是扩大矛盾?!"少文立即呵斥。

李爽苦笑笑："好吧。我们就事论事。更早一些的事，我就不去啰唆了。当时因为我写了那份事件内幕真相调研报告，林辅生取消了我留总部机关的资格。这个情况，你们都知道。"李爽一边说，一边把那把手枪稍稍往远处推了推。他觉得让它放在自己面前总有点"瘆人"。"后来，我就回二管处了。虽然心里不服，但我还得继续努力工作。因为，我们曾经都有同一个初衷：我们不是为了哪一个领导才到大西北来的。更不是为了留在什么总部机关当文员才告别黄浦江的。那时候我们的思想就这么单纯。高尚。当然，那时候也没'跳槽'这一说。你想跳也没处跳。而我根本也没想要跳槽。"说到这里李爽稍稍喘了口气。"这年秋天，二管处的生产形势不错。秋收进度占全师首位。秋耕秋播的数量质量也都看得过去。牲口存栏数和财务收入也比往年同期有所增加。冬季备耕备料的工作进展得也比较顺畅。在林辅生的授意下，师生产处在二管处开了个现场会。推广二管处经验。那个经验总结是我起草的。林辅生亲自主持了这次现场会。他自始至终都显得很高兴。散了会，他还有余兴去二管处底下的几个农场转转。当然，那时候还轮不到我跟着处长政委一起去陪林辅生转。那铁定是金大秘的活儿。但后来听说，林辅生在下边转的时候，多次提到我。问我的情况。他们一路巡察，每天晚上都去那个'憩园'休息。喝点酒。吹个牛。打打牌。某一天下午，处长政委突然派一辆老嘎斯六九车把我接到憩园。一见面就告诉我，林政委要见你。我以为出啥事了。处长政委笑道，你说出啥事了? 好事! 然后处长提醒我：'你肚子里装着不少情况。一忽儿到政委跟前，啥该说，啥不该说，自己嘴头上把把关。'处长文化不高,但记忆力特强,又特别能吃苦。一年三百六十五天,不说他有三百天总是在下边连队里转,也有二百九十九天半。上哪检查工作,到饭口,只要有个白面馍馍,一头生蒜,一勺子油泼辣子,一碗苞谷糊糊,就能把他打发过去。唯一的要求,就是这糊糊必须是用今年的新苞谷粉做的……"

"别扯太远。说要点。"向少文瞟了一眼茶几上的手表。提醒。

"……那天我在憩园还美美地吃了顿地道的抓饭……"

"让你赶紧说要点。又扯什么抓饭呢?!"

"这也是要点啊。我的向首长,你他妈的当时在一七零三连当副指导员,经常让炊事班长偷偷给你们这几个连里的主管领导单开小灶,弄个油烙饼手抓饭、时不时还焖个羊腿熬个精白米稀饭什么的。再弄二两伊犁特(西北好酒)咂咂。我们吃大食堂的,见天吃啥来着? 那个岁月,能吃到油滋麻花的羊肉抓饭,就是天大的'要点'!"

"你跟我玩真的假的?!"向少文指指手表。

"好好好……言归正传。"李爽笑了,"他们把我带到了林辅生的房间里。他住的房间当然是憩园最阔气的那个特别间。'文革'期间这个憩园被我们说成是'严重脱离群众''搞修正主义'的典型。但现在来看,就拿它那个最阔气的特别间来说,也没法跟当下这些个豪华宾馆的这些奢侈房间比。但在那个时候,我们看惯了农场连队的土块房地窝子,我自己在办公室睡的也只是长条凳架两块木板搭成的床铺,猛然间看到憩园的那个特别间,起码床上那两条大红绸子绣花被面,亮晃晃的,就差一点把我眼给晃瞎了。"

"李爽! 说、要、点! 赶紧! 少转你那些文学描写和艺术夸张!"

"……说要点……谢平,有个要点我一直不敢跟你说。你知道不,多年来,一种感觉常萦绕我心间,那就是林辅生对你谢平一直挺上心的。你先别反驳。忍着性子先听我说下去。是的,后来要隔离审查你,是他下的命令,后来要判你刑,可能也有他的授意。但这是大环境所需。上面压下来的活儿。就像当年反右一样。不是他一个人能做得了主的。反正这儿搁着少文的手枪哩。向首长也给了口谕了。你要觉得我在说瞎话,你可以用它崩我。多了不说,就说那天。我刚坐下,他第一句话不是问我的近况,却问'哎,你那个上海同胞谢平咋样了?'当然,后来他还提到了少文,让我俩一定要向这位向少文同志好好学习。"

"李爽!"向少文再一次呵斥。

"然后才问到了我的工作和生活情况。大概是为了表示他的平易近人,还跟我东拉西扯。居然还谈到我那个一针姐。然后,才装出一副很淡然的样子提到了那份**调研报告**。先是问我,没乱扔乱放吧?在得到我肯定的回答后,他宽慰地点点头。连声称赞'好。很好。没乱扔乱放就好。'接下去,又开始跟我东拉西扯。告诉我当年他在二管处当政委那忽儿,就认识那个一针姐。告诉我'这是个不错的小妮儿。值得交往。''不要嫌人家文化浅。家底子不好。文化是可以补的。家底是可以变的,但人品是天定的。而且要管一生。这就叫千金难买人品好。'还说'看人品,就看眼睛。那个妮儿眼睛里存的是一汪清水。现在你再上哪儿去找眼睛里只有一汪清水的妮儿?漂亮的妮儿满世界都是。但眼睛里只有一汪清水的难。一千个人里,老天爷最多只给一两个人眼睛里注的是清水。'等等,等等。直到秘书来催他,说各农场的场长政委都在餐厅里等着了,他才让我辞行。当时我心里直纳闷,难道这么个大政委今天特地把我叫来就是专门分析那个'妮儿眼睛里的一汪清水'的?不会吧?!等我犹犹豫豫走到房门口,还听到他在问秘书,小李的晚饭有安排吗?听秘书说已经安排了,而且也有羊肉抓饭。他才放心地向他们领导用餐的小餐厅走去。一直快走到小餐厅门口,都能听到那里头的谈笑声了,他突然停下了脚步,左右打量了一眼,让秘书先行离开,这才把我往一旁的小门外引去。小门外,是个不大点儿的葡萄园。据说当年林则徐被发配大西北,路过此地亲手栽的那棵葡萄,就长在这个小院里。已经收获过葡萄的葡萄棚里枝叶仍然繁茂。使得棚下显得相当的幽暗。残存几串晚熟的,则孤单单地垂挂在幽暗的深处。这时林辅生突然压低了声音告诉我:'我下边说的话很重要,你要给我记住了:一定保管好你这份材料。无论何时何地何种情况,不要轻易公开你这份材料。记住了,我说的是:**任何时候、任何情况下,不到条件成熟,不要往外拿。没有例外**。'他看我傻呆呆地有点不明白他这话的含义,便靠近我进一步压低了声音说道,'否则……**所有的当事人都可能会有生命危险**。'然后他又重复了一遍,'**所有的当事人都可能会有生命危险。记住了没有?**'其实我还是不明白,甚至在后来相当长一个时间段里我依然不明白'**有生命危险**'是什么意思。它的真正含义到底是什么。难道有人真的会为此**杀人灭口**?因为据我了解,涉事双方都是党的干部,而且相当一部分还是领导干部。有的还是高级领导干部。但当时我唯一能做的当然是**点头**。而且是**很用力地**点了点头。看到我点头了,他用力拍了一下我的臂膀,表示赞许。宽慰。然后急速抽身离去。步伐之匆匆,绝对是不想让人看到他在和我单独交谈。"

"抛出这份调研报告,会让某些人有生命危险?"谢平质疑。

"是的。他当时就是这么说的。"

"所以……你一直替他隐瞒这份调研报告、隐瞒你所知道的事件真相?"

"是的。"

"……"谢平不作声了。(这时,向少文趁谢平还在那儿发呆的空儿,悄悄把那支手枪挪到自己面前可以控制的范围里——他担心谢平万一拧不过弯来,想做什么过火的举动,就不好收场了。)过了一小忽儿,谢平才迟迟疑疑地问李爽:"你当时就没有怀疑,林辅生这么说,只是为了保护什么人,比如他的顶头上司苏楚海,在给你布置一道障眼迷雾而已?"

"如果不是呢?"

"你就那么相信林辅生?"

"因为当时我已经知道,林辅生是反对挪用龙口闸门工程款的。再后来,又得知案子中某些相关当事人开始'被失踪'。包括那几位跟我见过面说过话的同志,后来也找不到了。他们到底是遇害了,被灭口了,还是怎么的,总之是不见了。这让我逐渐地意识到,'**有生命危险**'这句话不是空穴来风。更不是吓唬吓唬我的。林辅生当然比我们知道更多的内幕情况。知道这个事故内幕真相一旦被揭露,会危及什么样人的身家性命和既得利益。很可能会让他们丧失多年来已获得的那些政治资本和经济所得。为此,他或他们完全有可能放出最后的霹雳手段来阻止这种结局出现。包括杀人灭口。他意识到什么样的人一直在密切注视着所谓的龙口闸门事件的进展。处心积虑地防备着内幕真相被揭露。林辅生大概看我年轻,又是个上海支边知青。还算是个热血青年。才以'**有生命危险**'来告诫我……"

"如果他真像你说的那样,是反对挪用工程款的。他自己为什么不站出来做斗争?他有权。有力量。可以做这样的斗争。"谢平问。

"这也正是我想知道的。"李爽答。"答案可能就像他强调的,**条件和时机还不成熟**。"

"所以,那时候你就认为,他和那些蓄意挪用工程款来为自己头上那顶乌纱帽增高的领导不一样。他还是想按党的原则来解决这档子事的。只不过要等一个时机。等一个条件。所以,到了运动后期,你实际上和朱留长一样,已经成了林辅生贴心的保皇派。也正因为如此,你一直保持着沉默。宁愿眼睁睁地看着我被隔离到昆卡戈壁上去放六年羊。被送到红山煤矿挖五年煤。也不肯公开你所知道的那点事件真相……"

"但**因此**你也活了下来。"李爽这次回答得非常干脆。

"……"谢平似乎一下被李爽的这句话噎住了。于是整个房间里只剩下当年那种老式日光灯管的"起搏器"在发出低微的嘶鸣声。"所以……我还得感谢你?当年一万多名'红近军'战士也都要感谢你?呵呵!呵呵!"过了一小忽儿,谢平还是忍不住要嘲讽——想起自己曾经的那六年和五年。

"这事跟一万多名'红近军'战士没一毛钱关系。但是跟你谢平有绝对的关系。"李爽的口气渐趋生硬。但随即他却又无奈地笑了笑,垂下头去。过了好大一忽儿,才苦笑着抬起头对谢平说,"反正是我隐瞒了真相。把那份材料藏着掖着,眼睁睁地看着你被押到昆卡戈壁去放羊,到红山口去挖煤!我没跟事故幕后的那些人死缠烂打。去不顾一切地揭发他们。我他妈的该死!你谢平还有什么要骂的要挖苦的嘲讽的,今天你一起使出来吧。再不然,就一枪把我给崩了!"说着扑过去就要取枪。被向少文一把推开。

三个人终于都沉静下来。几分钟后,向少文见他俩的情绪在这一通发作后,稍见平复,便收起手枪。又过了一忽儿,李爽苦笑道:"当年在静安公园做读书会。你们还记得雅斯柏斯这个德国哲学家吗?""记得啊。当时研习会里好些人都说他生在马克思死的那一年。本该是马克思的转世灵童。结果不是。对他印象比较深。""是的。就是他。他说过这样一句话,我印象特别深。当时还不信他这句话。好像还批判过他这句话。他说:人是一个没有完成而且不可能完成的东西。现在

没有,将来也不会有完整的人。那时候我们总坚信,我们自己一定会是一个完整的人。而且用高尔基的话来说,还会是个大写的人。""你引用的雅斯柏斯的话不完全。他这句话中间还有一句话,他说,人不完整,但他永远向着将来敞开大门。也就是说,人虽然总是不完整的,但他总在向着未来努力。我们无法获取终极真理,但总在接近真理的路途中。这个表达,还是比较确切的。"向少文立即补充道。

"人类真的总在接近真理的路上?"一直没作声的谢平突然插了这么一句,"不会突然被一些会玩弄权术、人品又不端的人蒙蔽了,让眼前的一些利益引诱了,离开了正确的大方向,糊里糊涂地干一些卖祖宗棺材板做小板凳那样的臭事?"

"这完全有可能。"向少文回答得干脆,"但是,从总体来说,人类一定会从种种教训中找到重回光明大道的路,去继续接近真理。"

"你们今天不会是只为了跟我谈大道理来的吧?"谢平又"呵呵"。

"当然不是。"向少文又一次很干脆地答道。

"那还想跟我说个啥?"谢平又开始犯他那个"打破砂锅璺(问)到底"的毛病了。

向少文略略一沉吟,肯定地回答:"我没跟李爽商量。下面要说的话,只是我个人近期来的一点思考。我们曾经热血沸腾过。一心'叱咤风云''指点江山'。也头撞南墙。遍体鳞伤……"

"向大爷,您就别弯弯绕了。照直说吧。我谢平的确做过错事……"

"我在说我们这一代人。"向少文义正词严,"这些年许多人一直在追着我们说,你们这一代人必须要放弃一些什么,丢掉一些什么了,否则就会怎么怎么样了……"

李爽赶紧补充:"确实的。我有个邻居。是北京电影学院导演系的。前几年刚毕业,被放到部队农场锻炼。我探亲回上海。这小子刚

430

巧也回上海探亲。见了我特恭敬。我要向他请教一点电影方面的知识，他一个劲儿地说，我们学的那些东西不能再提了。还是你们这些投身到火热斗争生活去的革命青年将来有可能搞出点名堂来。这次回来就完全变了味儿了。有一回找他去聊电影。他就摆出一副专家和大师的架子了。直截了当地对我说，如果要说写作，以后只能看你弟弟妹妹那一代人还能搞出点啥名堂了。"李爽的话让谢平想起那个"女婿"对他的"鄙视"，感慨地连声应道："是的是的……"

"我们是要放弃一些什么、也要丢掉一些什么，也许更重要的是要补充一点什么。"向少文接着说道。

"是的是的。我们必须补充。"谢平又应道。很诚挚。

"但是呢?"李爽笑着调侃。

"但是，"向少文却依然严正，"但是……我们还要想到，我们不能放弃什么。不能丢掉什么。必须坚持一些什么。"

"向大爷，您不会也要求我和谢平学习您，回垦区继续'扎根'吧?"

"狭隘!"向少文站了起来，"世界和生活已经冲着我们打开了它多彩多姿的大门。没有人会强迫你采取何种方式生存……"

"真的吗?"李爽笑着反问。明显带着嘲讽的意味。

"听我说完。"少文瞪了他一眼，"因此也会有更多的思想、思潮涌过来，碰撞，喧闹，逞能，打出各种各样炫耀的旗号。做出各种各样否定之否定的动作。在这种一波又一波的浪潮里，我们这些人应该坚持什么? 还能贡献什么? 还要不要贡献什么? ……"

谢平"汇报"到这里，小满突然觉得，谢平今天的表现有点不太对头。有点"蹊跷"。他太"温顺"。太"体贴"。话也说得太详细。隐含着一个让她很不安的动机。她志忑紧张起来。

"你到底要跟我说个啥？直说！"她直瞪瞪地看着谢平，斥问。

"我怎么不对头了？"

"水烧开了，只冲了一杯咖啡。你心里肯定有事。"

"哦……哦……我还真没注意到这一点哩。"谢平起身要去补冲。小满已经挣扎着下床。重新点着煤油炉，坐上小半锅水。撕开一小袋咖啡倒进杯子里。把热气腾腾的咖啡端给谢平时，很严肃地问："给我说实话，那两个家伙又要你干啥？"

"嗨，他们……"

"嗨啥嗨？嗨啥嗨？！"小满叉在腰里的手已经开始颤抖了，"我还不知道他俩。总是欺负年纪比他俩小的你。干啥都让你去打头阵。真不知道他俩存的是啥心？！"

"这事，他们决定不了……不是他们……"

"这事？啥事？到底是啥事？谁又做了啥决定，要你去干啥？说话呀！"

"……"谢平有点蔫了。

"谢平，你给我听着，我知道，尽管我俩磕磕绊绊走到了今天，但你心里从来没有真正喜欢过我……"

"又胡说啥呢？"谢平立刻反驳。而且大声。

"你别跟我嚷嚷。好好给我听着。不管我在你心里到底占个啥位置，你要明白，你已经是个有儿子的人了。你可以不管我小满的死活。可以不把我这个农村丫头当一回事。但你不能不管小别根。老婆你可以当旧衣服那样换来换去，甭管你叫他'别根'还是'正根'，儿子永远是你谢家的血脉。一条根。你可得想清楚了！"

"谁把你当旧衣服了？不把你当一回事，我嘀嘀咕咕跟你说这么多干啥？！"谢平着急地解释，抬起头来看时，看到小满苍白而瘦成瓜子形的脸庞上已经挂上两串泪珠了。

昨晚的实际情况是,到最后,向少文确实给谢平布置了个任务。而且是一个"危险程度"颇高的任务:让他到一个叫吐瓦克的小镇上去摸清一个情况:"据有关方面最近掌握的情况",在库都克达吾克引水渠龙口闸门事故一案中,那些失踪了的证人和当事人,"好像"都被人控制在这个非常非常偏僻的小镇上。

"你可以不去。这不是命令。"向少文声明。

"这就是你说的'贡献'了?"谢平笑着问。

"……"向少文不答。只是看着谢平,等着他表态,去,还是不去这个叫吐瓦克的小镇。

在给谢平布置这任务前,向少文先支走了李爽。让他赶紧把那份底稿给大老徐送去。让大老徐赶紧买机票往回送这份材料。李爽是何等聪明的人,他当然看出向少文的用意,眯起眼,微微笑道:"找借口把我支开? 行。行。我走。给你俩腾地方。"向少文笑道:"别发牢骚啦。赶紧走吧。垦区党委几个主要领导都在等着你这份底稿议事哩。至于'支走你',也就是像你自己说的那样,为了不让更多的人'发生生命危险'。我跟谢平之间的谈话内容,知道的人越少越好。包括你在内。"李爽笑道:"好吧好吧。我走。哎,明天一大早我约了大老徐去我家附近一家新开的广东馆子喝早茶。喝完早茶再送他去机场。我把应姐也约上了。你俩来的时候,带上小满和雅芳一家。"

李爽走后,向少文马上就向谢平摊牌了。谢平怔怔地打量了一眼向少文后,却笑了,问:"你老兄也不问问我下一步怎么个打算法,到底怎么安顿我自己和老婆娃娃。就这么一竿子又把我直接支回垦区执行任务。凭什么你们觉得我会去执行这样的任务? 我为什么还要为你们去执行这样的任务？"

"因为你是'谢平'。"

"哈哈。因为我是谢平。对不起,我不是了。"

"你是。"

"我不是。"

"谢平,你别装了。别再装作你不是'谢平'了。也许你真心不想再做'谢平'。但你回不了头了。懂吗？我再说一遍,你回不了头了。你这一辈子做定这个'谢平'了。"

"笑话。真是天大的笑话。做不做'谢平',我自己做不了主。谁做主？谁做主?!"谢平激动了。

"你做主。"

"还是呀!"

"……"向少文不说话了,定定地看着谢平。过了一小忽儿,他问,"为什么不去香港和加拿大？"

"这是两码事。"

"是两码事,但说明了同一个问题。"

"什么问题？"

"到底要不要继续做这个'谢平'。你心里很明白,一去香港和加拿大,你就绝对不可能再是曾经的那个'谢平'了。但你不甘心。拉锯下末啊。"

"我有什么不甘心的……"谢平嘴里这么嘀咕,但语气先就软了下来。音调语速也低沉了,缓慢了。这时,向少文不再跟谢平较这个劲了,拿出一份打印材料往谢平面前一放。只有两三页。标题上写着这样一行字:《关于所谓"群体飘移和个体异化"现象的一点分析》。作者署名:常庚。

434

"这个常庚不会是我们二管处鸡场的那个常老汉吧?"

"就是他。"

"哦……"谢平慢慢拿起这两三页,仔细看去。他先是被**"群体飘移和个体异化"**这个提法吸引。觉得新鲜。紧接着被材料中列举的许多事实震撼。放下这份薄薄的两三页,他问,"终于要下手去澄清这个龙口闸门事件了?"

"依我的理解,最终目的好像还不只是要澄清一两个事件真相。是想从根本上解决这个群体飘移和个体异化的问题。"

"澄清一个龙口闸门事件,就能有效制止这种飘移现象了?"

"这当然是不够的。千里之行吧。飘移危及方方面面。最严重的一点在于,认为只要搞了市场经济,就高枕无忧了。一切都可以拿到市场上去做交易了。包括手中的权力。基本信念。一切与市场无关的都要否定了。包括社会主义方向和多年来社会主义建设所取得的成就。还有群众监督。这是近年来发生在一部分知识分子和少数领导干部身上的最大变化。这些变化,有些是隐性的。有些干脆是赤裸裸的。更可怕的是它正蔓延到各个层次的年轻人身上。而在青年一代身上所蜕变出的极端个人主义享乐主义拜金主义取向和高度膨胀的私欲,在一定的群落中已发展到了骇人听闻的地步。关于这情况,有些内部通报简直看得你目瞪口呆。心惊肉跳。更可怕的某些机构也在大声附和、大力提倡,甚至出台一些政策滋长这些变化。随着这场斗争的深入,可能会有更多的'库都克达吾克事件'被揭发出来,等待清算。垦区党委究竟怎么全面部署这场斗争的,他们不会告诉我。我跟你也说不清。但这场斗争肯定不会仅仅停留在库都克达吾克龙口闸门这一档事上。它一定会是一场长期的全面的带有'生死存亡'意义上的那样一场斗争。用康政委找我谈话时说过的话来说,还要考虑到它很可能会有反复。挫折。甚至牺牲。"

"康政委直接找你谈过话?"

"是的。这档事,你别外传。现在还不宜外传。"

谢平默默地点了点头,就不说话了。向少文也不说话了。

一周后,谢平动身去那个叫吐瓦克的小镇

吐瓦克,翻成汉语,就是"锅盖"。如果在哈萨克族人嘴里说起来,它应该是"卡和帕克"。

冬末春初的下午七八点,天色已经擦黑。再一忽儿工夫,就黑得相当厉害了。天上还在下着冻雨。动身前,向少文告诉谢平,你到了吐瓦克,先找一个老钟表匠。谢平见到老人时,只见他躬着背,偎坐在一张疤痕累累的工作台后头。腰弯得像口袋里的一把小折刀。工作台是用五六寸厚的老榆木方搭起来的。老人细软稀疏的头发早已花白,长长地飘零在他那尖突的后脑勺和宽阔的脑门子上。此刻,正哆哆嗦嗦地摆弄着一堆钟表零件。为了不让这些细巧的零件散落,他把它们都盛放在一个白色搪瓷盆里。当然,这个白色搪瓷盆由于使用的年头太长,边边角角上的瓷面不少都被磕碰掉了。借着微弱的光线,谢平略略地扫视了这屋子其他部分。很显然,老人是个多面手,不光会修钟表。在他身后和另一面墙跟前各戳着一个高大的木制搁板架。分层的搁架上,除了满满当当存放着待修或已修的钟表,而且还存放着一些老式的真空管收音机、男女套鞋、毡筒和汽灯、手电筒。再往细处看,居然还有一两具钩破了皮面、露出白不呲呲木芯子或草芯子的马鞍、牛轭,还有

两三支缺柄少把的单筒猎枪和火铳一类的土玩意儿。也许正因为如此,屋内的杂乱程度已达到了让谢平瞠目结舌的地步。而在搁板架的最高层,陈放着一个镜框。镜框里陈列着一张黑白照片。这是一张合影。一个老人和一个坐轮椅的残疾姑娘。

四十分钟前,他和小满结束了长达十三小时的颠簸,下了那辆浑身沾满泥巴的长途班车。站在浑黑一片的路边,听着一阵阵夜雨挟带着大小不一的冰碴雪粒,击打那块用马口铁皮做成的站牌。谢平发了好大一阵子呆。他无法让自己相信,这个下车的地方真是什么"镇"——虽然那个大胡子司机用带着浓重的乡音和当地少数民族腔的普通话告诉他:"吐瓦克镇嘛,多(到)啦!赶快的哈(下)车奏(走)嘛。奏(走)嘛。"虽然,借助手电筒的光,他仔细把站牌牌子上几个缺胳膊少腿的印刷体仿宋字拼凑起来,确实也像是"吐瓦克镇"几个字,但这里哪有一个镇子最起码的迹象?没有灯光、没有房屋、没有人声,更别说车辆。远远近近除了一片黑漆抹乌,还是一片漆黑乌抹。在垦区这么些年,他待过不少荒凉偏僻的地方,还真没有见过这么偏僻这么荒凉的地方。难不成今天一早天蒙蒙地暗,被人昏头昏脑带上了一辆幽灵车。在一车老少幽灵的挟持下(车顶上还绑着两只活羊),晃晃荡荡、忽忽悠悠地来到了这天地的尽头、地狱的入口?好在那个站牌子上还画着一个蓝色的箭头。好在他还敢领着小满顺着箭头所指的方向走了过去。好在走了大约三十分钟后,突然间不知从何处蹿出一条被长长的铁链拴着的大黑狗。经过它一阵狂蹦乱咬和无耻无畏的吼叫,在无边幽深的黑处"召唤"出一盏马灯和一个提马灯的人,以及一间被这微弱的马灯光勉强勾勒(或披露或揭发)出轮廓来的土屋……好在向这位手提马灯的陌生人一提起"修钟表的老人",他立即改变了自己粗犷丑陋的脸上那副木然和戒备的神情,立即透露出一丝和善与亲近,并答应为谢平他俩带路。而这时候,谢平浑身上下已经被冻雨淌透。(他俩带了一件军用雨衣。一把雨伞。雨衣给了小满。他手里打着的雨伞在这种富有定力和强度的斜风冻雨中压根儿不顶事儿。)不管是从应奋那儿找来的那个用防雨布做成的双肩背军用背包,还是原先在红山煤矿时小满给他置办的那双翻毛皮鞋,都已经进水。淌透。尤其让他无法忍受的是,翻毛皮鞋被刺骨的冰水浸透后,紧紧裹着他那有些肿胀的脚面和所有的脚趾。这一刻双脚跟针扎似的疼痛。有一阵子,雨虽然小了,但风却更加猛烈。刮得他俩无处藏身。再怎样蜷缩起身子,那湿透了的衣服仍然像冰壳一样包裹着挤压着他们。他甚至能清清楚楚地感觉到自己身上最后一点热量和抗争的生存意志正伴随着越发剧烈的寒战从脚底、从后脊梁处、从已经完完全全无法控制的牙齿捉对的叩击中溜走……所以,当他护拥着同样疲乏到极点的小满(何况她还带着三四个月的身孕),跟跄着推开老钟表匠家那扇吱嘎作响的旧木门,一股混杂着鱼皮胶、旧棉胶鞋、劣等莫合烟和烤煳了的苞谷馍片味道的湿热空气,浓重地扑面袭来时,他竟不由自主地哽咽了。有几秒钟时间,他感觉到小满也已经站立不稳了……

临行前,向少文又详细向谢平交代过任务细节。首先是再次跟他确认,他,谢平确实是自愿去执行这次任务的。"谢平,你可考虑妥了,去吐瓦克是有危险的。据有关方面从线人那儿初步得到的'情报'称,库都克达吾克事件中那些所谓失踪了的当事人和证人,好像都被控制在那儿。也确认了实际动用一切手段控制那儿的就是现任垦区办公厅主任钟绍灵。线人因为年老体衰、行动不便,又因为有精湛的各种手艺才得以在那儿站住脚。但也正因为这几个因素,也由于钟绍灵在那里对所有人员都实施了极严格的条块分隔组织监督措施,老人无法进行必要的调查活动,始终也无法拿到澄清案件所必需的证言和证据。从目前情况看,在某人的'另有任用'问题得到彻底解决前,那儿的情况不会有任何缓解。即使如他所愿,解决了'另有任用'问题,有关方面估计,他可能会采取断然措施,把所有能澄清内幕真相的证据,包括证人都销毁在那个偏僻的小镇上,以确保他蜕化变质后做的种种丑事不被败露。所以,时间很紧了。必须尽快拿到这些证人手中已有的证据,再拖延不得了⋯⋯"

"为什么要派我去?"这个问题,上一次在兴国宾馆谢平就问过。向少文当时没做正面回答,是因为向少文也在等垦区党委领导那边的最后答复,是否一定要动用谢平去完成这样一个任务。现在答复下来了,而且是肯定的。他可以回答谢平了:"不是他们派的。是我推荐的。""为什么?""因为只有你最合适。""这话怎么说?""为推荐你,事先我向林辅生请示过。林辅生还向康、文首长请示过。康、文首长最后指示同意我这个推荐前,还亲自给我打了电话。向我仔细询问了你的情况。特别要提到的是,林辅生对让你去执行这次任务是给了全称性的肯定。他说,少文推荐对了。谢平是合适的人选。""你没告诉康、文首长我只不过是一个刑、满、释、放、人、员?""实话跟你说,有关方面同意让你去执行这次任务,其中一个重要的因素,就是看中了你这个'刑满释放人员'的身份。""哈哈。还歪打正着了哩?""在目前这个状况下,派任何一个精明强悍能干的青年人或中年人混入吐瓦克,一定会引起钟绍灵手下那一拨人的怀疑。警惕。但再让一个年老体衰的去,已无济于事。而你正好弥补了这两方面的不足。你的精力、体力和智力,懂人识人的经验,还有观察分析问题和在紧急状态下处理问题的能力等,都毋庸置疑。然后,你再设想这样一个画面:一个刚刑满释放的年轻人带着怀有身孕的年轻妻子艰难地四出去寻找活路,几经周折,无奈之中来到这么个偏僻小镇,希望得到收留。还有比这更合适的理由来解释你为什么会出现在吐瓦克,出现在他们这一帮人面前而不让他们怀疑到你此行的真正目的吗?"谢平沉默了。过了好大一忽儿,他问:"你的意思是要让小满跟我一起去? 你应该知道她的身体状况……""我再说一遍,这件事,我既不会勉强你。更不会替你做主。你们自己决定。我这边只有一个请求,干,还是不干,请尽快答复。"

那天回到他们借住的那个小平房里,别根已经睡了。小满满头大汗地在收拾东西。应奋、雅芳也在帮她一起收拾。

"你们这是在干啥?"谢平站在门口问。地上大包小包的,都没他插脚的地方。

"你和小满不是要出一趟远差吗? 把别根留下来倒没啥,东西要好好收拾啊!"雅芳说道。

"我和小满要出远差? 谁说的?"谢平诧异。自己未进家门,消息怎么就已经先他进了家门?

"……"雅芳刚想解释,小满先接过话头,一边谢过那二位的帮助,一边从她二位袖管上卸下袖套,请二位回屋休息,关上门,正要跟谢平说什么。刚走出屋去的应奋在外头叫了:"谢平,你出来一下。我有话要跟你说。"谢平到门外。应奋低声问:"能告诉我你要带小满去哪儿吗?"谢平回答:"去哪儿不能说。带不带小满还没定。""哦……你是一定要走的?""是的。""哦……那我就不多问了。小满的身体状况你是清楚的。你们自己做决定吧。会走很长时间吗?""也许……还说不定……"又是一声"哦……"然后便稍稍停顿了一忽儿,应奋又说:"小别根你们放心。我和雅芳会照顾好他的。你一路上一定照顾好小满。这个……你收着。"她塞给谢平一个信封。信封里装着十来张崭新的百元人民币,"别告诉小满。她会不高兴的。这是路上给小满加餐加营养的。你自己也要注意身体。不要熬夜。要是方便,到一个地方,找得到邮局,就顺便给我发一张明信片,告诉你们的下落。""好的。看情况吧。""是呀是呀。要是不方便就算了。祝你们平平安安回上海。"说着,便转身循入那已荒芜了一大半的花园路径之中,快快地向大门口走去。

回到屋里,不等小满开口询问,谢平先把那个信封放在了小满面前。小满数了数钱,眼眶竟湿润了。

"你是怎么知道我要出这趟差的? 又怎么知道我……我一定会带你出这趟差的?"

"你不带我走,我能放你走吗?"

"可是……"

"在这件事情上,没有'可是'! 不信? 你试试!"

"我的老天爷啊,我怎么娶了你这么个王熙凤!"

"幸亏你没娶林黛玉!"

"可是小别根……"

"小别根我已经安排妥了。现在让我发愁的只是我们家的那个'大别根'!"

"你耐心听我说,小满,刚才少文跟我明确了。其实这趟差就去上海附近。时间也不会长。最多两三天、三四天就解决问题。你说你至于要这么大动干戈吗?"

"你哄傻蛋呢?"

"小满……"

小满转身从那个矮矮的小方桌底下取出一包东西用力扔在谢平面前。那"啪"的一声,惊着了熟睡中的小别根。他哼哼了两声。所幸翻了个身又睡了过去。小满赶紧把吊挂在小别根床前那条当帘子用的棉毯拉过来,把小别根隔离在棉毯后头。然后打开那包东西,压低了声音对谢平说:"你自己瞧。"

打开那包东西,谢平觉得眼熟。再看。惊诧。是他那部小说的底稿和在红山煤矿挖煤的那几年里点点滴滴做下的读书笔记。好几大厚本。翻开那些笔记,密密麻麻地写满了小字。标记着各种重点记号。她手里另外还捏着几页纸。

"老谢,咱俩在一块堆搭伙过日子的时间不短了吧?"

"啥叫'搭伙过日子'?咱俩正经是领了证的。"

"我承认,当初是我追的你。是我主动上了你的床——如果那忽儿那个苫布帐篷里的地铺,我们现在还应该把它叫作'床'的话。"

"你今天咋的啦?"

"别打断我。这些话我憋了多少年了。今天必须说出来。当时把我自己给了你以后,说实话,心里确实是欢畅的,但也一直有不明白、不自信,甚至自卑的地方。一个不明白是你老谢那忽儿要了我,到底是只为了应付差事临时解决一下生理问题的呢,还是实心实意要跟我长久过日子?后来慢慢看出你确实是要跟我长久过日子,我心里又犯嘀咕,虽然天天跟你在一起过日子,可总觉得你的心不在我身上……"

"又胡嘞。"谢平哭笑不得。

"我不是说你心里有别的女人。包括应姐。我知道你心里一直有她。但那是**另一种有**。我明白。我只是说你心里除了我,还有许多,或者要说还有更多的什么,是我捉摸不透的。你常常坐在那儿发呆。说一些我听不懂的话。在本子上写一些我不爱看的文字。最初,正因为你这样,才让我觉得你跟别的劳改员不一样。特别吸引我。等你刑满释放以后,再仔细捉摸,你又跟许多正常过日子的男人不一样。这又让我没法踏实了。总让我觉得……你好像要长翅膀似的。我总害怕,有一天突然醒过来,屋里不见了你和小别根。长了翅膀的你,带着小别根,已经飞到高高的云朵里,正在跟我挥手告别。这段时间到了上海,这种感觉越来越严重。害得我整宿整宿睡不着……"

"又夸大其词。哪个晚上不是看你睡得呼呼噜噜的。呼噜打得我和小别根都恨不能逃到楼顶的天台上去躲着。"

"你才打呼打得跟个猪一样。哪里会知道人家失眠的痛苦……失眠时,坐起来看看你,老琢磨你还是不是我认识和熟悉的那个老谢。再看看小别根,长得越来越像你。心里又觉得踏实了一点。但一躺下心里就又犯嘀咕。后来白天趁你去跟老向老李他们说事的空儿,我就翻看你过去写的那些东西。我想尽量多地了解,接近你。我知道你许多心里话都没跟我说。也不会跟我说,只会写在你那些文字里。所以,我一定要读懂你。有朝一日,你真的要飞上天去时,我才有可能跟着你一块儿上天……"

"我谢平今生今世还想上天?做梦呢?!"

"你今后能不能上天,咱没法说。但我确实感觉到你是想上天的。"

"我想上天?哈哈。哈哈……"

"你别哈哈。我看了你这么些写过的东西后,就有这种感觉。"

"那一大堆东西里,哪一页哪一段里我写过'我想上天'了?你指给我看!"

这时,小满拿出一个新买的小学生练习本,指着那一大包东西告诉谢平:"这是我从你那么些读书笔记和写的其他文字里摘出来的。你听听:'我要从过去时代接受火,而不是灰烬。'摘自让·若莱士。法国社会主义者。'我虽然牺牲了我的幸福,可是我没有失去我的骄傲。'摘自契诃夫的《万尼亚舅舅》。'你得相信每一个人,否则就没法活下去。'摘自叶琳娜·安得列夫娜的台词。'你知道才能是什么意思?那就是勇敢,开阔的思想,远大的眼光……他种下一棵树,就得到千百年后的结果,已经憧憬到人类的幸福。这种人是少有的。要爱就爱这种人。'同上。摘自《万尼亚舅舅》。再看这个:'如果我不为自己,那么谁来为我呢?如果我只为自己,我又算一个什么人?'摘自希莱尔。犹太圣人。公元前三十年到公元后十年。还有这个:'过分看重自己痛苦的人,做不出什么事情来。'摘自巴金的《雾》。第六十六页。'何尝见明镜疲于屡照,清流惮于惠风?'摘自孝武将讲孝经条。'摩西死在天国的门口。人类的历史是由无数想把世界变好的人的鲜血写成的。无名的科学殉难者,人类一切成就默默无闻的创造先驱——所有这些英雄都没有能够在黎明时、在鸟儿开始唱歌以前显露出笑容。不,在黎明时他们都已亡故。我是多么喜爱笑声和黎明。我是想歌颂那些表现了人民的意志的人。正是他们在推动历史前进并成为光明的未来助产士。'摘自库塞尼《中锋在黎明前死去》。还要念吗?"

"念。"

"'如果我必须去死,我会把黑暗当作新娘。记住有一个高尚而又神圣的事业,接受这一事业的心灵必须纯洁得不受任何自私的杂念影响。这种天职也是教士的天职。它不是为了一个女人的爱情,也不是为了转瞬即逝的片刻儿女私情,这是为了上帝和人民,它是始终不渝的。'摘自《牛虻》一书中牛虻被反动派枪杀前所写的绝命书。"

"念啊。继续念啊。"

"……为了上帝和人民。而且还'始终不渝'。如果改成'为了中国和人民',这是不是你谢平心里想说的话?告诉你吧,这两天,我还从应姐那儿借来了这本《牛虻》。我全看完了。我还真看懂了。我这才有一点明白。你老谢身上有些东西像什么人了。"

"像谁?"

"我不说。你自己明白。对了,还有一封没写完的信……"

"没写完的信?你从哪儿翻到的?"谢平一惊。在前些年最痛苦的时候,他曾经给应奋写过许多封"未寄出"的信。后来都很自觉地销毁了。难道还有"漏网"的?便扑过去夺信。已经三十出头的他,身手当然没有才二十出头的小满灵便——即使她已"身怀六甲",且有小恙。

"你着哪门子急嘛?信里又没啥见不得人的肉麻话。"即便如此,小满还是品出这信应该是写给应奋的——虽然没抬头,也没落款。是一封没写完的信。但这封信凿凿实实地表达了在很长一段时间里谢平内存的某种"不甘心"。"……我们这些人是犯了错。但在底层生活的这么些年,我们确确实实耳闻目睹,甚至亲身经历了这样一个铁的事实:一部分领导干部在变质。他们好像是被宠坏了的孩子。说轻一点,他们总在呵斥百姓役使百姓。就像那些从小就被娇宠坏了的子女长大后呵斥凌辱他们的父母一样。说重一点,这些年他们眼里再也没有了'人民''群众'。没有了社会主义和共产主义。只想着怎么让自己升官晋级,自我私欲膨胀的程度几乎已经逼近'为所欲为'。有一些甚至到了'骇人听闻'的地步。当然,现在不再提倡让人民群众来过问这些事。有些领导就主张,这些事交给我们来管。你们老百姓只要歌颂我们就行了。但纵观中国五千年的历史,哪朝哪代不反腐败?不抓贪官?明朝朱元璋出身乞丐,深知民间疾苦。当上皇帝后,用了前所未有的严厉手段惩治贪官。甚至把贪官剁成肉酱逼他的家属吃,以儆效尤。抓贪官也一直抓到全国各级衙门都没可用的官上班来主政。但明朝最后'万岁'了吗?'永存'了吗?我不知道我为什么还要跟您说这些'废话'。用我们大西北民间的一句歇后语来说,真是'抬着碾盘砸月亮,不知高低'。或者是用甘肃老乡的一句谚语来说就是'噘嘴骡子卖了个驴价钱——就贱在这张嘴上了。'但是……"

"但是啥了？下边没了？"

"还有一句。"

"念。"

"'但是……跟您说说这些话，我心里会痛快些。老实说，这些话我都不会跟小满她念叨……'"

"下边有这样一句话吗？还'念叨'哩！编假话都露馅。啥人嘛！"谢平出其不意地一把夺过那张信纸。只见在**"但是"**后面，整个是空白的。就啐小满，"随意捏造言论。你要搞专案，人肯定都让你给整死。"但小满接着摊出手里另一张纸，却真把谢平镇住了。这是一张手绘的地图。虽然画得十分粗陋，但可以看得很清楚，这是一张向人标明怎么到吐瓦克镇去的地图。这事发生在向少文找谢平谈话之前。从这张地图来看，在向少文他们执意要让谢平到这个小镇去执行任务之前，谢平就暗中已经"关注"到这个"吐瓦克小镇"了。而且已经准备要前往这个小镇。

"这吐瓦克是个啥地方？"小满这一回有了防备。把地图深深地藏在自己身后。逼着谢平回答她的问题，"说呀。你去干啥？"

"谁说我要去吐瓦克。快把这张地图给我。"

"快说。你快说……"

谢平当然不能告诉小满实情。这张地图跟谢平多年来一直憋在心里的那点"不甘心"有直接关系。是的，这些年几乎所有的人都告诫他，作为普通百姓中的一分子，并不是都可以去"直接过问"社会上所有的事情。不是都可以去直接插手解决社会上存在的所有的问题。他也终于懂得，这是建设一个正常的现代社会的必要前提。讲究规矩和秩序。仍然要维持一个等级和各种合法权益。至于谁可以、谁有权来过问和解决这些问题，在中国目前这种特殊情况下，是由组织选拔决定的。他认同这个观点。但他却一直"耿耿于怀"地想为自己澄清一个问题:库都克达吾克引水渠的龙口闸门工程里到底有没有"猫腻"存在。如果存在"猫腻",这个"猫腻"到底又有多大。到底谁是这"猫腻"幕后最大操盘手。他只想要一个答案。没想要把这些人怎么样。只要得到了答案,他觉得自己才有可能像向少文说的那样,结束人生的一个历史阶段。或者说得更个人化一点:他谢平才能真正从那个历史阶段里脱身而出。开启自己人生的新时期。这也是他迟迟不肯下决心,也下不了决心离开中国去什么加拿大或香港,会见那个非常有钱的大伯的重要原因之一。他一直在暗中通过自己的方式,寻找那几个证人和当事人的下落。包括在红山煤矿时期。他悄悄地接近那个掐过他喉咙,断定他再也不会有出头日子的"耿工程师"。因为他是他身边唯一接触过这个事件中的当事人之一。也正是从这个傲慢的老耿嘴里,他第一次听到了"吐瓦克"这个名字。而那张手绘地图的作者,便是"耿工"。

那天,向少文给谢平布置任务时,给他看过一个名单,还拿出几张有点发黄了的黑白照片。他给谢平布置的任务就是到吐瓦克镇上寻找这几个人。确认他们是否被隐藏在那儿。他要求谢平熟记名单和那几个人的相貌。随即又把名单和照片收回。后来谢平告诉小满,他只是去这个吐瓦克镇上找个朋友,打听一下那个镇上有没有适合他俩干的工作。最多不会超过六七天时间就会回来。"少文的意思本来是想让你跟我一起走这一趟。顺便也让你回垦区瞧瞧。我觉得没这必要了。再说你老人家近来身子骨也不太健朗。小别根一时也离不开你……""编。继续往下编。编瞎话都露馅,啥人嘛!(她马上把原话又扔回给了谢平。)从你画的这张图上看,这个吐瓦克镇离白杨河至少有七八百公里。从四百三十八公里处拐下黑油路,再往前去,全在戈壁滩上,得走那种没有路的盲路。这一趟走过去,车子不抛锚,不爆胎,没有个三几天都到不了这个什么吐瓦克镇。你六七天就能打个来回？你蒙谁呢？你以为我是你们上海小弄堂里那种连苏州无锡都没去过的小姑娘，怎么骗怎么信？你刚才从向少文那儿回来，先到雅芳姐那儿待了一会儿。是不是？""是啊。我向她要水喝来着。""一杯水喝了他妈的四五十分钟？""我说你小满今天真邪了门了。老是骂骂咧咧的。喝一杯水时间长点，又怎么了？谁规定喝一杯水只能用多长时间？我就不能在雅芳那儿多待一忽儿?!""你多待一忽儿？雅芳姐主动找我来了。没想到吧？揭发你了！她说你今天特别不对劲。从向少文那儿回以后，就到她跟前好像要交代什么后事留什么遗嘱似的，说了一堆挺吓人的话。说什么你要回垦区出一趟远差。托她多多照应我和别根。把这娘俩当自己家里的人看待。这次出差，一般情况下不会出什么问题。万一出啥事，你会给你小妹珍奇留一封信，有些事就麻烦她雅芳姐帮着小妹珍奇来和我一起处理。你这是干啥呀？是去吐瓦克找工作的吗？你是在送自己去火葬场还是去地崩天塌的火山口里淘宝呢？""小满你……""别跟我小满你小满她的。我今天告诉你，不管你去哪儿，我小满必须跟你走一道。要么你哪都别去。""小满你……你怎么变得这么蛮横不讲道理?!""那是让你们这种不讲道理的人逼的!"小满大声吼着，眼睛里全是火。

在老钟表匠那屋里连着喝了两大碗刚熬出锅的苞谷糊糊后，谢平和小满才觉着自己又活了过来

老钟表匠很木讷。但那一瞥一闪的眼神里却特别有"内容"。有"含义"。老在打量"考察"谢平他俩。当发现谢平反过来打量他时，他又赶紧顺下眼睑，只扮作无事人一样了。精明老头。谢平暗想。也为

向少文那一帮人叫好。确实的，不找个精明老头，又怎么能在这吐瓦克镇上这帮人里混到今天呢？"先歇着吧。有话咱们明天细细说？"老人征求谢平和小满的意见。后来谢平才得知，这老汉就是徐又成零三连里那个在武汉那家大厂子里做会计、后来被他厂长坑苦了的老人。零三连被撤销。他的问题得到武汉公检法机构另一种对待。最后给的结论是撤销当年的刑事诉讼。免于起诉。因为只是"免于起诉"，并没有完全否定当年对他的那个"有罪判决"。他没拿到多少国家赔偿。只是允许他回武汉。落户原籍。但在武汉他已举目无亲。住了一段，那气候、那环境、那嘈杂、那总是灰蒙蒙闷热的天气，实在住不惯。吃不消。又回了垦区。徐又成把他安排在他的加工总厂养老。在集体宿舍里给安了床位。后来又推荐给"相关部门"，让他以一个老钟表匠的身份，"打入吐瓦克镇"来当线人。

老人把谢平他二人带到镇政府招待所。谢平和小满万万没想到这个"镇政府招待所"居然会这么干净。墙刚粉刷过。房间里因此充满了一股石灰水的清凉味儿。三张床居然还都是铁架子的。被单枕套上也没有通常招待所里一定会有的莫合烟味儿和臭脚丫味儿。青砖地扫得一尘不染。看到生铁铸成的炉盖已经被烤得暗红暗红，听着炉火被烟道里的风抽吸得呼呼作响，困乏到极点的谢平再也支撑不住了，如果不是顾及这些时日来再也没有睡过如此正规整齐干净的铁床和被褥，他真的会连湿棉袄湿鞋袜都不脱就直接倒下睡过去……

早上醒时，冬末的阳光从青白的墙上反映过来已相当晃眼了。足足有好几分钟，谢平没搞明白自己到底睡在什么地方。半夜时分显然有人进屋来过，把他和小满的湿衣物支在炉边一个专用的铁烤架上烤干了。

难道这也是老钟表匠走之前安排下的？这时，天空净明高蓝。不远处的雪山逶迤多姿。招待所大门外一条街道宽平而清寂，眼前所有一切，都在白雪覆盖下，仿佛天造玉成一般。稍稍留意一下，谢平就看懂了，这条街是小镇上唯一的街。整个镇街上暂时还看不到一个人。除了明晃刺眼的雪和阳光，还就是雪和阳光的刺眼和明晃。镇街两旁很整齐地盖着一幢幢红顶黄墙的房子。奇怪的是这些房子都空关着。

早饭是在镇政府的食堂里吃的。所谓的食堂就是一个做饭的厨房。七八个神情严肃、面容瘦削的中年人向一个（很可能也是唯一的一个）右眼皮子上有一块明显疤痕的炊事员交了饭菜票，领了自己那一份早饭——一碗玉米糊糊，一个玉米馍馍，一小碟腌萝卜条。剥成羊脂玉般白润的蒜瓣和红亮红亮的油泼辣子则不限量自取。早饭搁在灶台上默默地吃着，基本不说话。而且都穿着统一的服装——蓝色的中山装。最后庄重地进来一个不到四十岁，但胸部却特别饱满的女子。这沉闷的局面总算有了一些改善。几个人往一块堆挤了挤，以便在本不大的灶台上再为她让出一小块搁碟子碗的地方。她举止笨重，一进屋慢慢脱去军棉大衣，不慌不忙地到炉子跟前烤暖和了那双又大又厚且又冻红了的肉手，再跟在场的所有人一一交代头天晚上为他们打印的文件情况（看样子她应该是机关的打字员兼电话总机接线员），然后故意找了一个离谢平和小满最远，但也最方便打量他俩的角落喝起糊糊来，并不时装作漫不经心的样子向谢平投来锐利细究的一瞥……

吃罢早饭，老人已经在招待所房间里等着他了。昨晚他跟谢平商量好的今天上午日程是先让谢平去前院接待室里把账结了，然后老人领着他俩去找镇政府的有关部门谈落户找工作的事。但不知道为什么，等谢平结完账回来，老人竟直接把谢平他俩又带回到他那个"脏乱差"的修理铺里。不等谢平询问这"擅自"改变日程安排的原因，老人先开口说了一段让谢平着实惊诧的话："一忽儿有人会来带你们去安排后几天的食宿。我现在要告诉你俩的是,我比你们先来一段时间,这儿的情况跟外边胡乱说的猜测的都有挺大的差距。你俩就好好跟他们去。别抱着原先的那些成见。更别先入为主地看待这里的人和事。否则……"否则怎么样,老人没再说下去。

这算什么话?什么叫"好好跟他们去"?他们是谁?什么叫"别抱原先的那些成见"?难道这儿不是"隐藏"和"囚禁"那些证人和当事人的地方?什么叫"更别先入为主地看待这里的人"?难不成这里的都是好人。来调查敲开这扇迷障的我们倒是坏人?老家伙,你到底是谁家的线人?站在谁的立场上说这话呢?

没等谢平和小满从这些疑惑中清醒,门被"咣"的一声大力推开。"冲"进来同样穿着一身蓝中山装的几个汉子。只是高矮胖瘦年龄大小都不一罢了。谢平自觉情况不妙,拉起小满的手正要往外冲去。门已经被老人拿根拐杖堵住。谢平只能狠狠瞪他一眼。老人那内容丰富神情灵动的眼神这时却显示出一种刻意的诚恳。那意思是在劝导谢平:"千万别莽撞。听我的话没错。"

这几个汉子带着谢平和小满一路向西走去。快走到西山脚下时,有一片干打垒的房子,都圈在一道掺和着干草屑摞起来的泥巴围墙里。围墙虽有些残缺,但院子着实不小,里头足足圈了一二十间平顶土房。谢平以为这就是他们要"关押"他俩之处。但这几个汉子似乎没有在这儿停留的意思,而是擦着围墙边走过,又照直向院后那无比开阔的高坡上走去。高坡顶上便是更加开阔的蓝天。白云。随他们一起向西走来的老人悄悄告诉谢平,这院墙里的一二十间土房是原先镇子上那些"卫生所"、"兽医站"、"良种队"、"配种站"和"马爬犁运输点"办公的地方。从围墙的缺口处向里张望,依然还能看到有个陈旧的木门上挂着画有红十字的白布门帘。在几间大房子跟前还停放着五六辆许久没再使用过的大型马爬犁。而在这两间大房子的后身用树棍搭起的一长排高架上,却仍堆放着一捆捆显然已经开始发黑发焐的牧草。即便是冬末,这院子仍往外散发着一阵阵马粪的气味儿……

再往上走,应该是没有居民点了。高坡上积雪更厚,雪地的反光更强烈。小满开始咳喘。一个瘦小的汉子想来搀扶。谢平用力推开了他。自己半扶半抱地搀着小满继续向坡上走去。

快要走到一个坡坎时,在雪地里隐隐约约出现了一条由汽车轱辘和马爬犁轨木压出来的路。这条路顺着山坡向上绕去,最后到达的地方有点远,粗看好像一个老大不小的居民点,细细一看却有不少疑点。比如它有围墙——什么村子屯子会用砖砌的围墙把自己围起来?再往细处看,围墙的四个角上还都耸立着一个瞭望塔似的筒状建筑物——哪个村子屯子现如今还会建这玩意儿?围墙里的建筑都非常规整。所有的房子好像都是按同一份图纸盖起来的。这在一般的村子和屯子里也是不可想象的。你看那些房子横成排,竖成行,且又三五成组分布。大院里聚集着好几个这样的房屋组群。所有房顶上的烟囱这会儿都冒着烟。但大院里却不见一个人影,也不见照例一定会有的狗们、马们或毛驴子们的身影。老人在谢平耳旁低声解释:"那一块地方过去是个军营。曾经为了应对边境的紧张局势,在那里驻扎过一个团的野战部队。还正经陈放过十好几辆坦克和装甲运兵车。后来部队撤了。那大院空关了好一阵。再后来,在传说中,有人利用它办过一家疯人院。也是在传说中,那里曾经关过你我要找的那个事件中的证人和当事人。但我来那忽儿,在这院子里就没见过一个什么疯子和大夫。"

　　走进这空阔到巨大的院子,让谢平小满他俩更是吃惊。院内同样不见一人。却分区域十分整齐地存放着各种建筑工程机械和材料。机械几乎都是崭新的。材料也都是没拆封过的。数量之多,品种之繁杂,分类之精细,存放(码放)之整齐,保管之完备,无不令人惊叹。如果这里是一个工地的料场,既不见料场管理员的小屋,也没见一般大型料场必备的高空行车。或龙门大吊。更不见一般料场上必有的"以旧换(领)新"所产生的废旧材料和零件。干干净净清一色全是备用的新东西。它是干啥的?让谢平和小满更为惊诧的是,有好几股电话线(不是农场里常用的那种十四号铁丝,而是标准的昂贵的皮线)架设在标准电线杆儿上的绝缘瓷瓶上进入了这个院里,又向院子后身的一片密集的灌木丛延伸去。那儿有铃铛刺。黑浆果。西伯利亚白茨。和贴着地皮生长的琵琶柴。也有少许的红柳、罗布麻和硬秆秆的芨芨草。各种蒿类碱草类植物和矮芦苇等等,等等。就在这样一片灌木丛中却掩藏着一节旧车厢。应该是老式绿壳火车车厢。卸去车轱辘。全部车窗都已用厚厚的木板钉起。那几股电话线突然从电线杆儿上弯下腰,一头扎进车厢。车厢里一定生着火炉。因为在车厢一头的顶棚上,伸出一节马口铁皮做的烟筒。正往外冒着袅袅灰烟。为了防止早已被冻透冻硬了的地面上的寒气透进车厢,整节车厢都被用水泥预制的铁路枕木垫高了四五十公分。为此,在两头的车厢门前都预设了台阶。而在这节车厢后身,则停着一辆八成新的牛头(丰田)巡洋舰——在垦区,到目前为止,它还是个高档稀罕物。这样的进口越野车刚配备给垦区党政一级主要领导使用。连师一级的领导暂时都还没资格拥有它。这情况谢平是听说了的。看车牌号,是白杨河市的,难不成有垦区主要领导到了?他又有点兴奋了。并告诉自己,垦区主要领导来了,自己和小满就不会有什么危险了。但随后发生的事又完全不是他预测到的。当这一行人走近其中一个车厢门时,门应声而开。台阶上出现了一个在垦区电视节目中不曾少见的大人物——垦区党委办公厅主任钟绍灵。

他在微笑。

谢平却呆掉了。心重重地往下一沉。因为向少文给他布置的任务中,重要的一项就是查明吐瓦克的存在、那些人的失踪到底和这位钟主任有多大的关系。他立刻想到,眼前所有这一切迹象无不表明,他和小满被出卖了。作为线人的这个老钟表匠确定已经"叛变"。他回头看了看那个老家伙。老家伙依然是那副表情,诚恳地示意他上台阶。进车厢门。谢平又本能地看了一眼小满。显然小满也明白了他俩此时的处境。眼神中闪过一丝恐惧。呆木。谢平想安慰和鼓励一下小满,便向她靠拢过去。想握住她冰凉的手。却被身后一个汉子阻挡。然后那汉子用力推了谢平一下。似乎是要强迫谢平走上台阶,走进这车厢去。几乎在这同时,不知道何时和怎么搞的,那个早饭时在镇政府食堂里见过的胖女人已经出现在小满的身后,好像也要"强迫"小满进那车厢门去。谢平立刻冲了过去,要保护小满。当那几个汉子都围过来阻止谢平时,钟主任却做了个手势,制止了他们的"鲁莽"。和暂时还没发生的"粗暴"。

谢平完全想象不到,这节如此陈旧的车厢被他们布置得如此舒适和周全。整节车厢被隔成三个空间(房间?),他俩被带进的是中间那个大间。也许还可以称之为"客厅兼餐厅"。中间安放着一张不算太长的西餐桌。一个高大的用紫铜制成的俄罗斯茶炊。少不了的一个托盘上陈放着五六只黄底粉彩口沿烫金的茶杯。脚下踩着的是一张地道的产自新疆和田的手织羊毛地毯。地毯上那种典型的伊斯兰纹饰使这空间既显得华丽,又给人以十分安详的感觉。车厢两壁一左一右分别挂着一张世界地图,一张中国地图。更让谢平想不到的是,车厢两端,一头张贴着马恩列斯的像。一端张贴着毛主席像。

这时,谢平突然觉得这位从未谋面的钟主任眼熟。好像在哪儿见过面打过什么交道似的。但这又是绝对没发生过的事。这时,小满好像也产生了这种"怪异"的感觉。不时悄悄地看看那位钟主任,又回过头来打量一下谢平。她这举动立刻让一向敏感的钟绍灵捕捉到了,立即笑道:"你是不是觉得我和你的这位谢先生长得有点像啊?"钟绍灵一语道破。"啊——真的很像!"小满差一点惊叫起来。

"早就有人这样跟我说过了。说我跟你的先生长得有点像。而且是垦区的一位高级领导亲口对我说的。"钟绍灵笑道。

"……高级领导?"谢平疑惑。

"独立师的林政委,你跟他很熟吧? 他早就告诉过我,说我和他师里一个上海支边青年长得特别像。真是有缘啊。"

这时,那个胖女子给钟绍灵端来早点——一杯牛奶。两片烤馍。一个煎蛋。两个需要蘸着盐吃的煮土豆。还有一小碟泡尖椒。

"我一会儿再吃吧……"钟绍灵让那女子把早点端走。说他不饿。

"你昨天都没吃晚饭。你到底咋的啦?"

"我说不饿就是不饿嘛!"

那女子只得把这些在谢平看来十分精美的食品又端了回去。再注意观察那位大名鼎鼎的钟主任。脸色青黄。眼泡虚肿。气色确实不太好。不一忽儿,胖女子又迈着小碎步,匆匆过来,贴着钟绍灵的耳朵根低声说了句什么。钟绍灵立即起身,对谢平说了声:"对不起。我去接个电话。"过了十来分钟,不见他出来。又等了十来分钟,还不见他出来。谢平对小满使了个眼色,就想趁机一走了之。但只等他俩起身,那几个汉子便毫不客气地从门外涌了进来。冲他俩吆喝:"坐下!"

钟绍灵这个电话打了将近一个小时。走出里间时,神情僵硬。脸色更加青黄。应该是听到什么特别不好的消息了。他匆匆对谢平说了句："我得去办个急事。先让他们带你俩去休息。我们另找时间聊。"谢平忙应道："你忙。你忙。其实我俩也没啥特别的事，就是想来你这儿找个活儿干干。如果不方便，我们就先走了。去别的地方再瞧瞧。不麻烦了。"

"你还找啥工作？他们派你上这儿来，不就是你的工作吗？既来之则安之吧。"钟绍灵话里带话，绵里藏针。穿起那女子给他递过来的一件狐皮领马裤呢军绿色皮大衣，走到门口，突然又回过头来问谢平，"哎，我俩谁大？应该是我吧？你是哪年生人？"谢平说了出生年月。他"哦"了一声，"那还是我大。小老弟，安心去歇息。人生在世，不容易啊。得放松时就放松吧。宽大宽大自个儿。别老跟自己过不去。没好下场。"说着告诫似的拍了拍谢平，匆匆走了。这一回去"办事"，时间不长。也就个把小时。可这一个来小时，谢平和小满真受了罪了。那几个汉子把他俩带到大料场一间小屋里。把他俩反锁在屋里。屋子里没火炉。堆了大半间屋子的旧桌椅。墙角墙壁上都挂着霜花，结着冰坨子。整个屋子完全跟个冰窟窿似的。透心凉。这个把小时，小满被冻得受不了了。谢平使劲拍门叫喊骂娘，才叫开了门。回到那个温暖如春的车厢里，却见钟绍灵正在训斥那几个汉子。"你们这是人办的事吗？没瞧出那女孩怀着身孕哩！"说着说着，就冲上前在那个队长的脸上啪啪扇了两巴掌。把那胖女子吓得忙上前把钟绍灵拉开了，并心疼地劝导："至于这么着急吗？都好几顿没吃了……"一直在一旁没作声的修钟表老人依然沉默着。

"道歉！"钟绍灵逼着那个队长向谢平和小满道歉。也许是真的"好几顿都没好好吃饭"了，就这么吼了几声，扇了两巴掌，他还喘个不停。

"我给您拿点药去。"那女子征询般问。

"我自己去拿。"说着，他软塌着身子进了里间。他刚走，那女子就悄悄地对谢平小满解释："他过去不这样……真不这样……不知道这两天咋的了……"说着忧虑重重地长出了口气。似乎胸间有点憋闷。

等钟绍灵吃完什么药，在里间稍稍躺了一小忽儿，喘过那口气来，精神状态有所好转了，便开门见山地告诉谢平："兄弟，我俩单独谈。"然后回头特地郑重地吩咐那个女子"你亲自去安排小满姑娘休息。别让那些蠢货稀里马哈地再给我丢人现眼捅娄子！"然后他又对谢平说，"你家属……就是那个小满丫头，有身孕三四个月了吧？我一眼就看出来了。那你还带她出来干吗？上海男人不是都挺会照顾老婆的吗？还特细心。兄弟，这档事你可干得不咋的。"

等小满万分不放心，万分不愿意，又不得不跟着那个胖女子和修钟表老人走了以后，钟绍灵坐在那张西餐桌主位上，把两条胳膊伸直了搁在桌面上，十指交叉握住，垂下头闭起眼，又让自己放松了一下，这才慢慢抬起头，告诉谢平："兄弟，你知道你这趟差使有多危险吗？"说着，他从桌面上收起胳膊，坐直了身子，定定地看着谢平，"你知道刚才那个电话是谁打来的吗？说的是一档什么事吗？"然后，他从隐身在西餐桌主位桌沿里的那个小抽屉里，"咔"掏出一把手枪。德国撸子。象牙把精雕。镀金纹饰。小巧而满不盈握，"他让我可以动手了。再不动手就晚了。动手的含义是什么，需要解释吗？给我下达这个指令的是有可能去某部门担任常务副部长的老同志。一个多年来我一直十分敬重到五体投地的老同志。当年大西北剿匪。一个刚起义过来的国民党骑兵团反水，绑架杀害了我工作队的十几名同志。当天晚上，他带了两把德国造二十响和两名战士，悄悄摸进这个正在举行庆功宴的骑兵团团部。当场击毙了那几个匪首，把整个骑兵团又拉了回来。我们这个垦区最早七八个农场都是他带人一脚一个坑地从荒原沼泽苇子湖边踏勘开发出来的。他曾经是全国农垦系统英模大会上得到表彰的唯一一个领导干部。可现在他给我下达了这样的指令。三天来，这是他给我打的第四个电话了。刚才我动用了我所有的能耐想说服他。他最后冷冷地给了我一句话：'你自己看着办吧。'就把电话甩了。"虚汗从他的鼻尖和额头上冒了出来。他背过身去拿毛巾。谢平觉得机不可失。时不再来。立即探身去取桌上那把手枪。却被他一把摁住。谢平觉得他在病中，应该可以从他手中夺到这把枪。但挣了两下，枪在他的按压下，却纹丝不动。他冷笑了。索性松开手，往椅子上一仰，指着枪，笑了笑："拿去吧。给你。想用它打我？枪声一响，你还能跑得出这节车厢吗？你跑不出这节车厢，小满丫头和她肚子里的娃娃咋办？你不打我，拿着枪冲出车厢，能带得走你娃娃他娘吗？就凭这只玩具似的小枪，你出得了这广阔如大海的百里戈壁滩吗？我只要用垦区办公厅主任的名义，给沿路各农场保卫股政法股派出所打个电话，不说几分钟，最多半个小时之内所有大路路口你都过不去。你在劳改队待过，应该知道为什么我们垦区的许多劳改队都不用建围墙设铁丝网的原因吧？比你有能耐得多的惯犯都跑不脱这天然大监狱。你有这能耐吗？"

谢平的手慢慢地从那支枪上收缩了回来。

"兄弟，长得跟我差不多的小兄弟啊，你到这忽儿还没觉悟到，我如果真要收拾你，还用得着等到这忽儿吗？还用得着跟你说那么多话吗？难道因为你家属怀着身孕，我就不忍心对你下手了吗？你太不懂得什么是'人'，尤其是现在的人了！"说着，他拿起手枪冲着车厢顶棚"啪啪啪"地连开了三枪。几个汉子立即冲了进来。手里都拿着各种长短家伙。钟绍灵喘着粗气冲他们挥了挥手。把他们打发了。随后，他做了个手势，让谢平坐下。

"你带着名单吗？"钟绍灵问。

"啥名单?"谢平装傻。

"好吧。看来你还是信不过我。这不怪你。有你这样经历的人,如果还能轻易相信别人,那才怪了,最起码也得是个圣人了。走,我先领你四处去转转看看。"

"……"谢平不作声。也不动身。

"我不害你。小兄弟……我俩长得那么相像,是缘分呐!虽然你出生在大上海。我长在大戈壁……"钟绍灵笑笑。

钟绍灵开着他的牛头巡洋舰,带着谢平向高坡下驰去。他先告诉谢平,那个大料场以前确实是个"疯人院"。他曾经把那几个证人和当事人弄到这个疯人院里"暂住"过几个月。后来就把这疯人院撤了,搬到其他师去了。只留下那几个证人和当事人。"想知道这几个同志现在在哪儿吗? 一忽儿我会带你去见见他们。他们很健康。在这儿干得也不错。除了个别同志。是的,个别同志很可惜……当时他们如果不是反抗得那么厉害的话,他们现在应该也会在这儿干得很出色的。"他告诉谢平这个料场里所有的器具和材料,都是为北高地铁路工程做准备的。"翻过吐瓦克镇的西山,就是北高地铁路的终点。我让它下马。又为它重新上马做准备。因为它对垦区的发展是有利的,所以它总有一天还会上马的。只要是有利于事业发展和民众生活的事,任你谁想阻拦,最后也是阻拦不住的。这就是历史规律。我当然是懂的。懂得这一点很重要啊。我的小兄弟。这一点非常重要。"

谢平暗自一惊。但没吭声。

钟绍灵然后带谢平去看那一幢幢红顶黄墙的空屋。说这是吐瓦克新城未来的居民区。"这是我留给吐瓦克镇的一点纪念。房子虽说不多,但筹集这点建房款,还是费了老鼻子力气。留一点算一点吧。将来谁有资格住这新房,得由全吐瓦克镇居民公议决定。开居民大会,公开辩论。当面锣背后鼓。都把理由摆在明处。搞无记名投票有时候也有猫腻。在小镇居民文化程度和自主意识普遍还比较低的情况下,拉票,贿选,暴力威胁,这些非法的不文明手段在英美大选中也屡见不鲜的非法手段,难免也会出现在我们这儿。这些手段对左右票选结果往往还是很管用的。为此选出的往往不一定真符合民意。选出的也不一定是真正能为民办事的人。因此,有些村镇的政权往往落在拳头硬、财力足、家族势力强的人手里。成为新的村霸镇霸。还不如上级委派下来的有所约束,办事也比较公道一些。你同意我的看法吗?"

再往前走了两三公里。又出现一个大院子。钟绍灵告诉谢平,这院子有历史了。是当年苏军渗透过来,卷入一场当地民族势力反对当年国民党政权的武装斗争。在这儿建的军事指挥所。中华人民共和国成立后,苏军撤走了。留下了这个大院。空关了很长一段时间。"文革"初期,这儿成了一些在各地被红卫兵批斗的知识分子逃难藏身之处。他们住下来以后,吸引附近一些村民的孩子来向他们求教。从义务办学,到由县教育局特批成立"民办公立"学校。到"文革"结束,这儿又来了一批被各地批斗的红卫兵头头。这些头头往往都是当年的老高三老高二。文化水准远远高于后来匆匆恢复教学后培养的头几批高中生。而且这两批人作为不同时期的幸存者,在这儿,哎,没想到融合得还可以。齐心协力办学。特别出彩的是,他们在这么一个最偏僻的地方,刻意复制了他们各自故乡城市最现代的生活。这些年轻和中年老师的宿舍陈设、个人衣着、日常用品,甚至他们阅读的杂志和书刊,男女之间的交往方式,无一不成了当地男女争相效仿的对象和模式。恢复高考后,这个学校的高考升学率远远高于附近几个县的县中和垦区好

460

几个师的师部中学。因此,学校也越来越出名。"你知道,它最早一任校长是谁吗?""谁?""我父亲。我在背后支持。包括想各种方法替他筹集办校所需的资金。由他出头露面主持校务。当然,他不可能常年住在这儿。经常白杨河和这儿两头跑。那些年也确实辛苦他了。他经常得独自一人背着行李铺盖卷儿,往这儿跑。你现在也有体会了吧。从白杨河上这儿来一趟,不像我有牛头巡洋舰可用。他太不容易了!"

而此时,在这个吐瓦克镇的冬末,荒原上的晚霞却是恢宏而任性的。

"读过陀斯妥耶夫斯基的《白夜》和契诃夫的《在草原上》吗?读过茅盾的《白杨礼赞》吗?"

"当然。"

"这就是了……"他向眼前的景色一指,说道。

回到那节车厢里,钟绍灵显得非常疲乏。脸色已经不只是青黄,而是白里泛青了

他靠在那把圈椅里,闭着眼睛,歇了忽儿。然后又把那支手枪掏了出来。"别害怕。这只是我近一段时间来形成的一个习惯。就像烟鬼和酒客,嘴上不叼支烟,手上不端个酒杯,总觉得自己生命中缺了一样可抓可挠的什么,怎么也不得劲。按说,我这个非武装系统人员,职位再高也是不该配枪的。但你应该知道,办公厅主任在垦区各级干部眼中,是一个什么分量的职位。垦区地处边疆,又是个独立自成系统的单位,制度建设还不能说很完善。尤其缺乏各种经常性的有力的监督机制保障。许多方针政策规定的贯彻落实主要还在靠执行者的自觉。说一句话,在这儿,主要还是靠人治。某些方面还在实行半军事化体制。下级必须绝对服从上级。在这种情况下,我要向某些部门要一支枪玩玩,真的只是一个电话的事。我要他们几点几分把手枪给我送到我办公室。他们绝对不敢误我一分钟。"说到这里,他自嘲般地笑笑。然后问,"带你看了这么一圈儿,你没一点感想?"

谢平笑着淡淡地问:"想听什么? 好话? 真话?"

"你最想跟我说的话。"

"……"谢平沉吟了一忽儿,才问,"你费那么大的劲,在这儿这么干,目的何在?"

"赎罪。"他回答得很平静。坦然。"我的主罪,虽然和你的一样,都是在二十岁以前犯下的。但你所犯的罪有回头路可走。而我的,只要有人追究,就**没有回头的可能**。"

"能跟我说得更清晰一点吗?你刚才说的听起来好像挺吓人的。什么叫'只要有人追究,就没有回头的可能'。"

"小老弟,别跟我揣着明白装糊涂啦。你假模假式带着你那怀着身孕的小丫头上这儿来,还不就是为了拿到确凿证据,落实我当年犯下的那些'罪行'吗?"钟绍灵一边说,一边下意识地拨弄着那支精巧的小手枪。

"我也被审判过。我不是也回来了吗?"

"我犯的是死罪。你能跟我比吗?"他惨笑。

"……"谢平的心狂跳起来。

"不想知道我犯的是什么死罪吗? 二十岁那一年,我弄死过一个人。"

这时,车厢里的空气好像骤然凝固和冻结了。谢平感觉到自己快要窒息了。完全透不过气来。他不时地瞟着钟绍灵手里在下意识地摆弄的那支小枪。

"那年苏政委让我负责押车,把几个和龙口闸门事件有关系的人员送到吐瓦克这儿来。这是我头一回被苏政委挑中,为他办大事。当时我特别激动。因为那时候,我的恩师林辅生得罪了苏政委,离开了总部的领导岗位,被放到独立师去了。机关里所有的人都认为,他倒了,靠他才能进入总部机关的我这么个盲流人员的娃娃,百分之一百、百分之一千也一定会被清出总部机关。但是你应该能懂得,我是多么不想离开这个机关。请设想,一个'苦孩子'拼尽全力,从'鸟飞无踪迹,夜深唯狼嗥'的卡拉库里亘古荒原腹地进入到'车来人往''电灯电话'的白杨河市。还能见到红绿灯和交警了。(虽然那时候全白杨河市只有一根红绿灯。一个交警。)从那阴暗潮湿、常年泛着碱的地窝子里一步跨进铺着木地板、装有暖气片、每周都有澡洗的机关干部宿舍楼。从赤着脚,白天黑夜只能靠喝苞谷糊糊、啃烫面苞谷馍过日子,到垦区总部食堂顿顿有荤有素、粗细搭配基本以细粮为主。再后来在木雕屏风后头总有我一个'专座'、每餐都可以单点小炒、任何时候外出都有小车伺候和秘书追随。我怎能不'唯慎唯谨'?更何况以后又了解到苏政委的脾气是绝对容不得手下的人跟他三心二意自作主张的。连林政委那样追随他多年、劳苦功高的老部下,稍不合意就被拿了下去,我有何德何能去违逆他的旨意?我怎能不比任何人都更珍惜眼前得到的这一切?我那种内在的胆战心惊,使我一直到现在,做的梦都还是'黑白'的……从来没做过带彩的梦啊。"说到这里,钟绍灵停顿了一忽儿。深深地喘了两口气。

"……我把那几个同志带到吐瓦克。当时没别的地方可安排他们的食宿。只有这么个正在酝酿搬迁的疯人院。住进这么个地方,他们当然不会安逸。开始闹。折腾。其中一个尤其会闹。几次三番偷着要到白杨河和省会去控告。申诉。我当然不能让他得逞。我不想给苏政委留下我不会办事,连这么几个人都管不住的印象。他跑一次我就设法抓他回来一次,就教训他一次。那个时候所谓的教训还能有什么好招?就是拳头棍棒伺候呗。一而再。再而三。伤口感染。化脓。发高烧。说胡话。当时我年轻气盛,特别自以为是。疯人院的大夫提醒我要赶紧送大医院去治疗。但我总觉得这一切都是他装出来的。是想'蒙混过关'而已。就这么拖了一段时间。高烧感染引起败血症。败血症又引起肾衰竭,又引起全身器官衰竭。再送大医院已经来不及了。况且,从吐瓦克往外送,路途又这么遥远。都没跑出两三百公里。他就在车里断了气。后来,我吸取了教训,把其余几个同志从疯人院里转了出来。半年后,这个疯人院也撤了……"说到这儿,钟绍灵从里间取出一个卷宗,放在谢平面前,说,"这就是那个死去的同志的全部医疗档案。死亡证明等材料。"又取出另一个卷宗,告诉谢平,"这是那另外几个同志写的有关龙口闸门事件挪用工程款的旁证材料。他们陆陆续续地回忆。我就陆陆续续地收集起来。有些还是多年前写的。我一直保存在这儿。我父亲每次过来的时候,我还都托他查看一下它们的保管情况。只怕给虫蛀了。老鼠啃了。水沤了。"

"为什么到这忽儿你才下决心把它们拿出来?"谢平小心翼翼地问。

"这很简单。这事牵扯到苏。还牵扯到另外一些人。**我必须等个时机。现在时机成熟了。**特别是新来的康、文首长有坚定的决心要从这个案子上开刀清脓挖疮,再造我垦区一个健康的肌体。我再不拿出这些证据,天地不容。也对不起这些同志。更对不起那个因为我而被冤死的同志。"

"你真的会带我去见见那几个同志?"

"当然。不过,你真的见到那些同志,你也许会感到很意外。这些年来,他们已经非常适应这儿的环境了。整个人也变得十分的安稳。踏实。有时候,你跟他们说起要不要换个地方去生活。他们还很茫然。有时候还会有一种莫名的惧怕。而这一切的变化恰恰是从那个同志去世后发生的。关于这一点，我旁敲侧击找他们谈过。他们很坦然地告诉我，那个同志的死，让他们觉出，自己不管咋样，到底还是个'幸存者'。终于幸存下来。就该珍惜。就得踏踏实实地活着。"

"幸存者。踏踏实实。很奇怪的一个论调。"

"幸存者。他们就是这样说的。小老弟，你说你我算不算是个'幸存者'？"

"……"谢平认真打量了钟绍灵一眼。钟绍灵这时低下头去。不知在想什么。他实际上并没有真的要谢平给他一个答案。而有没有答案，对于他真的是不那么重要了。

不一忽儿，大概是又到了钟绍灵吃药的时间了。那个胖女子过来送药送水。还关切地问了声："现在能不能吃几口东西？再不吃，你真要成神仙了。"这样靠近看，除了能闻到她身上散发出来那种廉价化妆品的气味，谢平还觉出她绝不可能已经四十岁了。可能只是因为胖，才显得年龄大。仔细看，最多也就二十七八。超不过三十去。而从她对钟绍灵这种细致入微的体贴和关照程度，他觉得她和他的关系可能并不一般。他当然不能直截了当地去询问。却不料，他的这种好奇和犹豫却让钟绍灵敏感到了。他倒大方，走了过来，笑着凑近谢平低声说："想知道小董为什么对我这么好？用你们上海人的说法，她是我的相好。""哦……"这反倒让谢平不自然起来。钟绍灵解释，"我已经跟我家属分居好几年了。她又死活不肯跟我离。还说随便我在外头怎么着，只要不跟她离就行。"看到这样的解说反让谢平深度疑惑。他又接着解释，"你别想歪了。我俩之间在此以前，谁都没有作风问题。真真正正是因为性格不合。你可能不知道，她爸是白杨河一家民营大饭店的大厨。能做一手独门菜品。我就图他爸这点手艺，想让我父亲晚年的生活过得精致一点。舒适一点。她呢，性格外向。当年也是个小可爱。有人牵线搭桥，我也没多考察，一拍即合，就应承了。没曾想，成了一家人以后，才发现这父女俩，尤其她这个老爹完全是冲着我这个女婿头上这顶'办公厅主任'的乌纱帽来的。经常打着我的旗号去办各种各样的事。这哪行啊！我找他谈。说浅了，他跟你嬉皮笑脸打哈哈。说深了，他给你一句，'打你旗号去办点事怎么了？你娶走我闺女，我都没要你多少财礼聘金。现在只不过用你这杆旗去晃两下，你啥损失都没有。银行存款也不少你一分一厘。你还嚷嚷个啥？现在社会上但凡有这样一杆旗的，谁家不拿出去晃几下？你瞧瞧那些官家子弟谁不是占着最好的位置，吃香喝辣过着最滋润的日子？还不都是拿他爹妈这杆旗去晃来的?!'他父女俩这德行真的让我非常痛苦。也让我恐惧。后来就认识了小董。这女孩朴实，就是嘴碎一点。在吐瓦克这屁大点地方做个内勤，一天也转接不了几个电话。打不了几个字。我一般两三个月来一回。她照顾我一下生活。人家从来不跟我提任何要求。我还真觉得挺亏欠她的。"

"这也算家里红旗不倒。门外彩旗飘飘。不过，老哥你可是厅局级干部。还有很大上升空间。前途看好。别以为吐瓦克偏远。尤其是男女关系这一类事，只要东南风一起，啥动静都能传到白杨河去。"让谢平诧异的是，对此，这位钟主任却好像无所谓似的，只不吭不哈、含含糊糊哼哼了两下，就再也没说什么了。

回到招待所，小满已经先回来了。房间也烧暖和了。小满问他手里拿的是啥？他才发觉自己竟然把那两个卷宗全拿回来了。他还一个愣怔。再一想，出门时，好像是那位钟主任说了一句："你把这两个卷宗带上吧。"他怎么把这么重要的东西就这么轻易地交给我了呢？我千辛万苦，都说是要冒这样的风险那样的风险，甚至还可能有生命危险才可能拿到这样的证言和证据。这小子怎能这么轻易地松手了？**他别在玩我哦**。把两个假卷宗当宝贝似的给了我？谢平赶紧去掏卷宗。卷宗不是空的。而且所有该有的那些东西妥妥地都放在这两个卷宗里。

这就算完成任务了？也太简单、太容易些了吧？再去打开卷宗看。东西确确实实在里头。小满问他干啥呢？跟个棒槌似的翻来覆去掏那个卷宗。谢平把前因后果跟她说了一遍。小满也觉得这位钟主任不可能如此轻易地就把关系到垦区一批干部身家性命，也包括他自己政治前程的一批证言证据跟"玩儿似的"交了出来。他脑子没毛病吧？

这时，有人敲门。两人本能地把两个卷宗往床褥子底下一塞。慌里慌张地拽平了皱缩起来的床单。先问清了敲门的是谁，这才打开房门。

门外站着同样有些慌张的胖小董。

小董说："没打扰您二位吧？"

小满忙应声："没事。没事。"

小董："刚才接到白杨河总部来的一个电话。是办公厅原先那个白副主任打来的。"

"哦？你慢慢说。坐着说。"谢平搬过一把椅子放在小董跟前。

小董忙摇摇手，好像在驱赶一群蚊子。"白副主任问我钟主任的现状……"

"现状？"

"是的。现状。这是她的原话。我们当总机房守机员，传达领导的指示，是一个字都不能随意改动的。这是纪律。白副主任问我钟主任现状如何？有什么异常表现。她还说过半个小时，要跟您通话。"

"她没告诉你，为什么要了解钟主任的现状？"

"她没说。他们一般不会跟我们说得这么详细。"

"你跟她说了钟主任什么异常表现了吗？"

姑娘犹豫了一忽儿，低声回答："我没说……"

"是有异常表现你没说。还是他没异常表现你没说？"

又犹豫了一忽儿，她答："有异常表现。我没说。"

"为什么？"

"我不想让别人对钟主任产生不好的印象……"说着，胖姑娘竟然抽泣起来。小满忙过去搂住她，安慰："不急。不慌。慢慢跟姐说。姐帮你拿主意。"

"他……他……"

"他咋啦？"

"他这一次回来，变化可大了。其实，从上一次起，我就发现他有些不太对头。真不好意思，跟你们说这种事……他不碰我……也不让我碰他……过去从来没这个样子过。而且总是叫头疼。疼厉害了，抱着脑袋满床滚。但一到人前，就装着跟没事人一样。其实你瞧他眼皮，尤其是左边的眼皮，疼的时候就一疼一疼地跳个不停。疼过了，浑身跟散了架一样，整个人都瘫了，倒在我怀里。不许开窗。不让屋里有一点动静。更不许我离开他。有时还会一声不哈地默默流泪。问他啥，他都不说。有一次问急了，他就苦笑，只说你不该跟我好的。我不值得你跟我好。突然掏出他那把手枪就顶住自己的太阳穴大声吼，我不值得你跟我好。不值得！要不是我扑过去夺下那把枪，当时真不知道会发生什么……"说着，小董浑身跟筛糠似的哆嗦起来。好像掉到冰窟窿里。完全无法制止住那一阵比一阵更强烈地袭来的哆嗦。颤抖。只剩下连续低声哼哼的劲儿了。

等她情绪稍稍得以平复，从小满怀里直起身来，却极其疲软地告诉谢平："差一点还忘了。还有一份林政委的电话记录。让我尽快交给你。是他一个字一个字地说。我一个字一个字地记下来的。包括标点符号。"

谢平忙拿过那份电话记录来看。只见那记录上写着:"钟好像也去吐瓦克了。密切注意他的动静。在那儿获得的任何情况,特别是书面证言证据,注意保管。保密。能转移的尽快转移。切。切。"

谢平问:"你给钟主任看了没有?"

小董脸一红:"那怎么可以? 我们有纪律。他到底出什么事了? 能告诉我吗?"

"别急。别慌。情况我们也不是很清楚……"

"钟主任绝对是个好人。还有他父亲。我真的了解他俩。您要不信,您可以去问修钟表的那个大爷……"

"我信……我们信……"

半小时后,谢平如约来到电话总机房

悄悄地。

钟绍灵不在。他好像去学校了。他的牛头巡洋舰也不在。接通白杨河的电话还是要费点劲儿的。就怕钟绍灵突然返回。所以在等接通的当口,小满主动承担了在外头望风的任务。即便如此,谢平仍然显得有些焦急。不安。站在守机员使用的那把椅子背后,心脏和总机台上闪烁的小灯一起跳动。

白副主任约他通话,一定有大事。从林辅生的电话记录内容和口气来判断,这一次垦区新党委部署的这个行动似已拉开大幕。乐队早已就座。指挥也已拿起了指挥棒。灯光正渐渐转暗。就等那第一声长笛吹起,同时敲响那隆隆的定音鼓了……

二十七分半时,白杨河的电话接通了。这要算是快的。

"是谢平同志吗?"白小燕的声音。标准的普通话。她的小学和中学都是在北京上的。她舅舅是北京东城区一所重点小学的校长。

"说话方便吗?"

"方便。"谢平尽量让自己的声音显得沉着。清晰。他知道自己仍然没改掉上海人说话语速太快、普通话的某些音咬不准的毛病。

"好。我们说简短些。你在吐瓦克,所以有些情况必须让你掌握。要及时沟通。钟主任昨晚给我打过一个电话,突然提出一个请求,让我以后多留意照顾吐瓦克总机房的那个小董姑娘。我立即向有关领导汇报了。他们认为这很可能是个很不好的迹象。要充分重视起来。总部机关几乎没有人知道哪里有这么个吐瓦克,更没什么人去过那儿。你马上查一下,这个所谓的'小董姑娘'究竟是个什么人。她和钟主任究竟有什么关系……"听到这儿,谢平悄悄地瞟了一眼戴着耳机端坐在总机交换台前的小董。她脸红了。说明她这时在监听他们的通话。谢平犹豫了一下,故意对白小燕说:"据我知道,她是钟主任的好朋友。""那好。请注意听我下面的话。务必保密……"听到这儿,谢平又瞟了一眼小董。她脸再次红了。这一回她自觉了,取下了耳机。白小燕继续说道:"……我知道钟主任身边有一把手枪。这是违规的。我几次跟他谈过。他都笑笑,不答理我。如果你方便,尽快在钟主任休息的地方,找到这把枪。尽量找到它。把枪控制在你手里。尽量控制住钟主任的情绪。我和林政委马上出发,到吐瓦克和你会合。"听到这儿,谢平注意到总机交换台前没人了。不知道什么时候,小董离开了她不该离开的岗位。谢平愣怔了一下。警惕地扫视了一下四周,并同时耸耳倾听。便听到从那边里间传来一阵阵窸窸窣窣的声音。马上意识到,刚才在他不经意间,小董又监听了他和小白之间的通话。她一定先一步去钟的房间找那把手枪了。她是替谁去找这把枪的？替他谢平？还是替钟绍灵？来不及细想，谢平冲电话嚷了一声："出了点事情。不能再跟你说下去了。希望你和林政委早点来。越早越好！"就撂下电话，冲进里间。

钟绍灵在屋里。

他没去学校。

而是去看那几个"证人"和"当事人"了。想跟他们告别。但一路上不知道为什么，心神如此不宁。如此的烦躁。压抑。胸闷。就像是酷热天大雷雨将临前那个气压极低且又极度暴躁不安的天空。他停下车。镇静一下自己。决定掉转车头。一挡。二挡。直接推到五挡上。把油门踩到底。一路狂奔。差一点把这辆高底盘的越野车颠散架了。当他冲进里间的时候，正是小董从他枕头底下抄出那把小手枪的时候。他愤怒了。扑了过去。夺下手枪就把枪口指着小董，怒吼："我告诉过你多少回，别动我的枪。别动我的枪。你为什么不听我的话?!"

"冷静。钟主任。冷静。这事跟小董无关。她是好心。我们都是好心。"这时也冲进房间来了的谢平，一面收住脚步，一面举起双手，和颜悦色地对钟绍灵说道。

"退后！"枪口掉转了过来。现在准准地对着谢平。

这时，一阵急促的脚步声出现在门外的台阶上。应该是小满。钟绍灵用脚钩住门板，想关上门，阻止更多的人进入里间。但门已经被挡住了。出现在门口的不仅有小满，还有那个修钟表的老人。是老人把在门外望风的小满带进来的。刚才他正在镇招待所替他们修理那个旧水泵。从身旁的窗户里看到巡洋舰疯了一般地向那边灌木丛里钻去，立即就一颠一跛地抄近路，向这儿跑来。

"全都给我向后退!"钟绍灵继续吼道。但不知道为什么,看到那个修钟表的老人后,他的声音和神情里顿时就减少了许多的凶狠和生硬。是因为他让他想到自己不久前去世的父亲?

小满看到谢平还安好地在里间站着,一时间揪着的心稍稍得以安顿。才觉得由于快跑,自己已经快窒息了,便不由自主地瘫靠在台阶旁的车厢壁上,让自己大口大口地倒换着憋在胸中的那点气息。

"我再说一遍,谁也别跟着我。都别跟着我。"钟绍灵说着就从修钟表老人和小满站立着的门口冲了出去。他没像大家以为的那样,重新驱车去他要去的地方。他照直跑进了灌木丛。这片面积不小的灌木丛后头是一片面积同样不小的开阔地。平坦。略有起伏。地面上尽是些细沙砾。长着一些地衣类的东西,还有一些碱蓬和苦豆子、野燕麦或狗尾草。再往前走,是一条干沟的陡壁。干沟总有一二百米宽吧。陡壁直上直下,也有三十多米高。站在陡壁边缘看干沟,犹如一条千年成神的黄龙,静卧在广宇之间。既等着腾空飞升。却又蜿蜒远去。钟绍灵是有意要向这边走来的。他明知走到干沟边缘,自己再无去路。于是他就站在了那断崖边。天空晴明。晚霞淡净。寒风凄怆。"鹰击长空"。落日与心潮齐平。孤鹜偕泪声长鸣。钟绍灵抬起双臂,挥舞着拿枪的那只手,喊叫:"谢平,你别再往前走了。不要再逼我了!"谢平喊叫:"钟主任,你冷静!林政委很快就到了。他有话要跟你说。世界上还有许多了解你的人。并没有规定谁必须走绝路。只能走绝路。你要相信我。我们都在二十岁时做过错事。上帝怜惜二十岁的年轻人。请你看在我俩长得那么相像的分儿上,请相信我这句话——老天爷不会平白无故让我俩长得那么像。我俩应该一起走到四十岁、六十岁、八十岁……我俩还有小满。小董。我们是同样的幸存者……为了幸存,我们要活下去。并且下决心活得

472

更好……"

但这时,枪声响了。

钟绍灵整个身体震颤了一下,那支枪突然从他手中飞脱,向空中飞去,然后他整个人和那支枪一起,急速地向着干沟底部沉落……沉落……

在最后一刻,所有人都看到在钟绍灵的额部渐渐开出了一朵小小的黑花……

这就算结尾了?

那就结尾吧。

但谢平已经向这个世界声明,说他还要活到四十岁、六十岁和八十岁的。那就让我们耐心地等着瞧他,谢平的四十岁、六十岁和八十岁吧。当然,有几句心里话,钟绍灵在最后时刻没跟任何人说。但他是一直想说的。他怕没人信他。他要告诉世人:他这些年活得很"分裂"。太分裂了。他是受不了这种内心的分裂,才走绝路的。他克服不了自己的软弱。他坚守不了他懂得的那些"真理"。他必须服从他知道不该服从的指令。拒绝不了他不该接受的种种诱惑。当最后一刻,看清了自己并不是那一个一直伸张的那种"坚强的泡沫"时,他举起了枪……

其实一个人完全可以不这样"结尾"的。我们很多人都坚信这一点。包括谢平、向少文和李爽。你呢?你信吗?

二〇一七年七月二十七日

下午四点零五分

于北京昌平北七家